中国艺术研究院
基本科研业务费项目

中国艺术研究院学术文库
主　编　王文章　周庆富

《红楼梦》校读文存

吕启祥　著

北京时代华文书局

图书在版编目（CIP）数据

《红楼梦》校读文存 / 吕启祥著 . -- 北京 : 北京时代华文书局 , 2025.6
（中国艺术研究院学术文库 / 王文章，周庆富主编）
ISBN 978-7-5699-5129-5

Ⅰ.①红… Ⅱ.①吕… Ⅲ.①《红楼梦》研究－文集 Ⅳ.① I207.411-53

中国国家版本馆 CIP 数据核字 (2024) 第 063313 号

HONGLOUMENG JIAODU WENCUN

出 版 人：陈　涛
责任编辑：宋启发　刘显芳
装帧设计：周伟伟
责任印制：刘　银　訾　敬

出版发行：北京时代华文书局 http://www.bjsdsj.com.cn
　　　　　北京市东城区安定门外大街 138 号皇城国际大厦 A 座 8 层
　　　　　邮编：100011　电话：010-64263661　64261528

印　　刷：三河市嘉科万达彩色印刷有限公司
开　　本：710 mm×1000 mm　1/16　　　成品尺寸：170 mm×240 mm
印　　张：31.125　　　　　　　　　　　字　　数：475 千字
版　　次：2025 年 6 月第 1 版　　　　　印　　次：2025 年 6 月第 1 次印刷
定　　价：98.00 元

版权所有，侵权必究
本书如有印刷、装订等质量问题，本社负责调换，电话：010-64267955。

"中国艺术研究院学术文库"
编辑委员会

主　编　王文章　周庆富

副主编　喻　静　李树峰　王能宪

委　员　王　馗　牛克成　田　林　孙伟科
　　　　李宏锋　李修建　吴文科　邱春林
　　　　宋宝珍　陈　曦　杭春晓　罗　微
　　　　赵卫防　卿　青　鲁太光
　　　　（按姓氏笔画排序）

编辑部

主　任　陈　曦

副主任　戴　健　曹贞华

成　员　马　岩　刘兆霏　汪　骁　张毛毛
　　　　胡芮宁　（按姓氏笔画排序）

"中国艺术研究院学术文库"再版序

周庆富

由中国艺术研究院策划、北京时代华文书局出版的大型系列丛书"中国艺术研究院学术文库",历经十余载,陆续出版近150种,逾5000万字,自面世以来取得了很好的社会反响。这套丛书以全景集成之姿,系统呈现了中国艺术研究院新一代学者在文化强国征程中,承继前海学术传统,赓续前辈学术遗产的共同追求,也展现了学者们鲜明的研究个性和独特的学术风格,勾勒出我国当代文化艺术从理论研究到实践探索的发展脉络,对推进中国艺术学学科体系、学术体系、话语体系建设具有重要的史料价值和学术价值。

北京时代华文书局意将整套丛书再版,并对装帧、版式等进行重新设计,让这一系列规模庞大、内容广博的研究成果持续发挥它应有的作用,这无疑是一件好事!衷心祝愿"中国艺术研究院学术文库"再版成功!中国艺术研究院的学者们也将继续以饱满的学术热情,将个人专长与国家需要紧密结合,不断为新时代文化艺术繁荣发展,为文化强国建设贡献智慧和力量。

2024年12月20日

总 序

王文章

以宏阔的视野和多元的思考方式，通过学术探求，超越当代社会功利，承续传统人文精神，努力寻求新时代的文化价值和精神理想，是文化学者义不容辞的责任。多年以来，中国艺术研究院的学者们，正是以"推陈出新"学术使命的担当为己任，关注文化艺术发展实践，求真求实，尽可能地从揭示不同艺术门类的本体规律出发做深入的研究。正因此，中国艺术研究院学者们的学术成果，才具有了独特的价值。

中国艺术研究院在曲折的发展历程中，经历聚散沉浮，但秉持学术自省、求真求实和理论创新的纯粹学术精神，是其一以贯之的主体性追求。一代又一代的学者扎根中国艺术研究院这片学术沃土，以学术为立身之本，奉献出了《中国戏曲通史》《中国戏曲通论》《中国古代音乐史稿》《中国美术史》《中国舞蹈发展史》《中国话剧通史》《中国电影发展史》《中国建筑艺术史》《美学概论》等新中国奠基性的艺术史论著作。及至近年来的《中国民间美术全集》《中国当代电影发展史》《中国近代戏曲史》《中国少数民族戏曲剧种发展史》《中国音乐文物大系》《中华艺术通史》《中国先进文化论》《非物质文化遗产概论》《西部人文资源研究丛书》等一大批学术专著，都在学界产生了重要影响。近十多年来，中国艺术研究院的学者出版学术专著在千种以上，并发表了大量的学术论文。处于大变革时代的中国艺术研究院的学者们以自己的创造智慧，在时代的发展中，为我国当代的文化建设和学术发展做出了当之无愧的贡献。

为检阅、展示中国艺术研究院学者们研究成果的概貌，我院特编选出版"中国艺术研究院学术文库"丛书。入选作者均为我院在职的副研究员、研究员。虽然他们只是我院包括离退休学者和青年学者在内众多的研究人员中的一部分，也只是每人一本专著或自选集入编，但从整体上看，丛书基本可以从学术精神上体现中国艺术研究院作为一个学术群体的自觉人文追求和学术探索的锐气，也体现了不同学者的独立研究个性和理论品格。他们的研究内容包括戏曲、音乐、美术、舞蹈、话剧、影视、摄影、建筑艺术、红学、艺术设计、非物质文化遗产和文学等，几乎涵盖了文化艺术的所有门类，学者们或以新的观念与方法，对各门类艺术史论做了新的揭示与概括，或着眼现实，从不同的角度表达了对当前文化艺术发展趋向的敏锐观察与深刻洞见。丛书通过对我院近年来学术成果的检阅性、集中性展示，可以强烈感受到我院新时期以来的学术创新和学术探索，并看到我国艺术学理论前沿的许多重要成果，同时也可以代表性地勾勒出新世纪以来我国文化艺术发展及其理论研究的时代轨迹。

中国艺术研究院作为我国唯一的一所集艺术研究、艺术创作、艺术教育为一体的国家级综合性艺术学术机构，始终以学术精进为己任，以推动我国文化艺术和学术繁荣为职责。进入新世纪以来，中国艺术研究院改变了单一的艺术研究体制，逐步形成了艺术研究、艺术创作、艺术教育三足鼎立的发展格局，全院同志共同努力，力求把中国艺术研究院办成国内一流、世界知名的艺术研究中心、艺术教育中心和国际艺术交流中心。在这样的发展格局中，我院的学术研究始终保持着生机勃勃的活力，基础性的艺术史论研究和对策性、实用性研究并行不悖。我们看到，在一大批个人的优秀研究成果不断涌现的同时，我院正陆续出版的"中国艺术学大系""中国艺术学博导文库·中国艺术研究院卷"，正在编撰中的"中华文化观念通诠""昆曲艺术大典""中国京剧大典"等一系列集体研究成果，不仅展现出我院作为国家级艺术研究机构的学术自觉，也充分体现出我院领军国内艺术学地位的应有学术贡献。这套"中国艺术研究院学术文库"和拟编选的本套文库离退休著名学者著述部分，正是我院多年艺术学科建设和学术积累的一个集中性展示。

多年来，中国艺术研究院的几代学者积淀起一种自身的学术传统，那就是勇于理论创新，秉持学术自省和理论联系实际的一以贯之的纯粹学术精神。对此，我们既可以从我院老一辈著名学者如张庚、王朝闻、郭汉城、杨荫浏、冯其庸等先生的学术生涯中深切感受，也可以从我院更多的中青年学者中看到这一点。令人十分欣喜的一个现象是我院的学者们从不故步自封，不断着眼于当代文化艺术发展的新问题，不断及时把握相关艺术领域发现的新史料、新文献，不断吸收借鉴学术演进的新观念、新方法，从而不断推出既带有学术群体共性，又体现学者在不同学术领域和不同研究方向上深度理论开掘的独特性。

在构建艺术研究、艺术创作和艺术教育三足鼎立的发展格局基础上，中国艺术研究院的艺术家们，在中国画、油画、书法、篆刻、雕塑、陶艺、版画及当代艺术的创作和文学创作各个方面，都以体现深厚传统和时代特征的创造性，在广阔的题材领域取得了丰硕的成果，这些成果在反映社会生活的深度和广度及艺术探索的独创性等方面，都站在时代前沿的位置而起到对当代文学艺术创作的引领作用。无疑，我院在文学艺术创作领域的活跃，以及近十多年来在非物质文化遗产保护实践方面的开创性，都为我院的学术研究提供了更鲜活的对象和更开阔的视域。而在我院的艺术教育方面，作为被国务院学位委员会批准的全国首家艺术学一级学科单位，十多年来艺术教育长足发展，各专业在校学生已达近千人。教学不仅注重传授知识，注重培养学生认识问题和解决问题的能力，同时更注重治学境界的养成及人文和思想道德的涵养。研究生院教学相长的良好气氛，也进一步促进了我院学术研究思想的活跃。艺术创作、艺术教育与学术研究并行，三者在交融中互为促进，不断向新的高度登攀。

在新的发展时期，中国艺术研究院将不断完善发展的思路和目标，继续培养和汇聚中国一流的学者、艺术家队伍，不断深化改革，实施无漏洞管理和效益管理，努力做到全面协调可持续发展，坚持以人为本，坚持知识创新、学术创新和理论创新，尊重学者、艺术家的学术创新、艺术创新精神，充分调动、发挥他们的聪明才智，在艺术研究领域拿出更多科学的、具有独创性的、充满鲜活生命力和深刻概括力的研究成果；在艺术创作领域推出更多具有思想震撼力和艺术感染力、具有时代标志性和代表性的精品力作；同时，培养更多德才兼备的优秀青年人才，真正把中国艺术研究院办成全国一流、世界知名的艺术研究中心、艺术教育中心和国际艺术交流中心，为中华民族伟大复兴的中国梦的实现和促进我国艺术与学术的发展做出新的贡献。

2014年8月26日

目 录

前 言 / 1

第一编　红学基础

鲁迅与绍兴会馆 / 3

《红楼梦研究稀见资料汇编》前言
　　——20世纪上半叶红学论评三百篇述略 / 37

关于《红楼梦》新校本注释的若干问题 / 69

关于《红楼梦》再版注释的修订 / 88

《红楼梦》新校本校读记 / 103

感恩·忆旧·图新
　　——写在《红楼梦》新校本出版二十五周年之际 / 130

《红楼梦大辞典》编纂旨趣述要 / 141

红学基础工程的坚守、充实、更新与提高
　　——以《红楼梦大辞典》为例 / 161

《犬窝谭红》所记《红楼梦》残钞本蠡测 / 169

不可企及的曹雪芹
　　——简论后四十回 / 187

不可替代的后四十回及诸多困惑
　　——写在程高本刊行220周年之际 / 199
也谈《红楼梦》程乙本对程甲本的改动
　　——以第六十八回至第七十七回这十回为例 / 216

第二编　红楼文心

《红楼梦》与东方女性之谜 / 229
老庄哲学与《红楼梦》的思辨魅力 / 238
王熙凤的魔力与魅力 / 254
散馥沁芳　青春常驻
　　——漫话红楼女儿的美容 / 279
人生之谜和超验之美
　　——体悟《红楼梦》 / 287
《红楼梦》与中国现代女性文化形象的塑立 / 302
梦在红楼之外
　　——《再生缘》与《红楼梦》 / 323
文化名人的厄运和幸运
　　——写在曹雪芹逝世250周年之际 / 351
曹雪芹在《红楼梦》中永生 / 363
红楼之美在哪里 / 365

第三编　感念师友

依稀梦境同
　　——半个世纪前一次关于《红楼梦》的座谈 / 371
两岸同入梦
　　——《红楼梦》文化艺术展在台北 / 377

楚辞大师的"红楼"情结 / 380

仁者风范暖人心
　　——忆苏一平同志 / 383

惜别艾克恩 / 385

周汝昌先生二三事 / 389

穿越光影写春秋
　　——记中国电影史大家李少白之点滴 / 393

陶老与《红楼梦》注释及辞典
　　——陶建基先生廿年祭 / 397

莫道前路无知己
　　——忆念黄宗汉先生 / 404

阔大恢宏，坚韧执着
　　——感受冯其庸先生治学为人的精神力量 / 413

谛听历史当事人的声音
　　——我所认识的李希凡先生 / 420

勤耕博采，宏图大观
　　——试说文彬治"红" / 438

遥寄黑山女士 / 446

附　录

《红楼梦开卷录》后记 / 451

《红楼梦会心录》（台湾版）后记 / 454

母亲今年九十整
　　——《红楼梦寻味录》代后记 / 458

《吕启祥论红楼梦》
　　——自选集《红楼梦寻》前言 / 463

《红楼梦会心录》（增订本）前言／469
《红楼梦会心录》（增订本）后记／472

后　记／476

前　言

中国艺术研究院没有忘记过往岁月中默默耕耘的老学人，用学术文库的形式保存他们学术成果中的部分精要。此举对于研究院和学者本人，都是很有意义和值得欣慰的事情。

本书包括三个部分和附录，因收录侧重于实证性文字，故名《校读文存》。

一、红学基础；

二、红楼文心；

三、感念师友。

首先要说明的是将《鲁迅与绍兴会馆》一文置于第一部分首篇，不仅因为鲁迅著有小说史略、对《红楼梦》有精当的评价；而且因为笔者在进入红学领域之前曾经通读过《鲁迅全集》，可算是一种学术准备吧。二十世纪六十年代之初在前辈学者唐弢、王瑶等指引下，我有幸参与过《中国现代文学史》鲁迅章节的初稿编写，嗣后在大学里教过相关的课程，在《北京师范大学学报（社会科学版）》和最早的《文艺研究》上写过少量有关鲁迅小说的文章。虽则稚拙，却是可贵的学术训练。收入本书这一篇，是新世纪应黄宗汉先生之约而写的，本意是为修复绍兴会馆，事未如愿而留下了这篇颇用力气具有资料性的文稿，也可作为历史足迹而留存。

我以为，鲁迅作品对于中国人尤其是中国知识分子而言，是极其宝贵取之不尽的精神财富。读鲁迅，有固本培根之效，使我们永远葆有民族的自信心和文化的原创力。

下面再依次分述各部分的内容。

第一部分红学基础，主要为参与红学基础工程所写的文字，包括资料、校读、注释、辞典等。这是我进入本院红学所所做的实证性的学术工作。这方面的文章由于篇幅较长、偏于枯燥，为以往的出书所割舍，而其实于读者是有益的。况且，我下了笨功夫在八十年代《红楼梦开卷录》中所辑的"四百例"，多年前竟为某高校学术带头人不告而取，改头换面成了其新的科研项目。对此，我无可奈何，只有将"校读记"收入本书，立此存照，该资料篇幅过长，无法容纳。关于辞典，二十多年来，对其质量的坚守已成为当代一个典型学案，仅收二文以存。至于版本及后四十回问题，我少有研究，所写诸文连同困惑一并收录于此。

这一部分，构成了本书的主体。

第二部分红楼文心，是我对《红楼梦》作品文本研究的一个缩影。几十年来，我所写这方面文章的数量最多，包括人物分析、艺术开掘、深层意蕴的探究等，不下百篇之数。从八十年代之初有关薛宝钗《形象的丰满和批评的贫困》、林黛玉《花的精魂 诗的化身》，到《文史知识》上的一系列短文；从《红楼梦形象体系的辩证机趣》，到《作为精神家园的红楼梦》；凡有所作，都是从文本出发的会心之言，都是把《红楼梦》作为一部文学作品、一个审美对象来看待，从而发现并探求其艺术奥秘和人生真谛。限于篇幅，上述诸文均不在本书内。人物方面仅收王熙凤一篇以作代表，余者带综论性的亦仅存数篇以概。近年纪念曹雪芹之文亦一并放在了这一部分。

第三部分感念师友，字数不多，分量不轻。我的怀人之作不止于此，本书主要收录本院的师长友人如已故的苏一平、艾克恩、周汝昌、陶建基、李

前 言

少白；健在的冯其庸、李希凡、胡文彬诸位。至于前辈学者李长之、姜亮夫、潘从规则是我在编资料中遇到或有缘得见的。黄宗汉先生是北京文化名家，因将大观园从纸上搬到了人间，敬佩他故有怀念之文。黑山女士是《红楼梦》斯洛伐克文译者，有缘相识，亦记于此。

附录为过往所出之书的若干前言和后记，或有助于了解我为文的背景和初衷。

若问出版此书，有何意义和价值，或可从以下诸方面概之。

一、具有史料价值。本书忠实记叙了社会影响巨大的《红楼梦》新校本（发行已近500万套）的特色，人民文学出版社1982年推出该本在《红楼梦》版本史上属于首次。

二、具有导读意义。本书有关注释和版本的具体细微的分析论证，有益于广大《红楼梦》读者理解原著，也有助于研究者的深度阅读和思考。

三、推动学风建设。本书作者长期参与各项红学基础工程，深知其对学科建设的重要性，需要锲而不舍、持续投入、戒除浮躁、坚守质量。

四、启示为学方法。作者坚持历史唯物主义和辩证法的基本观点，努力融会中国传统和域外新知，在实证的基础上感悟，立足于文本去探索，无论对红学或《红楼梦》的整体或局部，都力求做出独立的有新意的分析论证，奉献学界，求教同道。

总之，保持文化定力和学术敏感，是作者的自觉追求。虽不能至，心向往之。

回望红学，自七十年代中期《红楼梦》校注组成立至今已40年，1980年第一次全国红学研讨会和中国红楼梦学会成立至今已35年。笔者并无初创之功，但作为一个亲历者，目睹了当年红学之盛，活力四射。八十年代之初，红学率先复苏，聚集了劫后重生的文学、美学、哲学、文献学、文化学以至创作界影视界的各路学人，开会研讨，创办刊物，收获了可喜的成果，得到了海内外的好评。红学几乎成了人文社科以至思想文化界的"风向标"。时光流逝,不胜今昔之感;环顾当下,愿学界同仁深长思之。

笔者已年近八旬,见证了历史,自身也终将走进历史淹没其中;倘有余力,仍将笔耕心织,守护中国艺术研究院的学术家园。

末了,略缀数语,以结此文:

花飞花落　盛筵难再

云舒云卷　至情莫名

2015年春深

| 第一编　红学基础 |

这一编，构成了本书的主体。将有关鲁迅之文置于前篇，不仅因为他高度评价了《红楼梦》，更因为鲁迅作品是中国知识分子最宝贵的精神资源，也是我进入红学领域的学术准备。红学基础，主要为参与红学基础工程所写的文字，包括资料、校读、注释、辞典等实证性的学术工作。这方面的文章都在长期积累的基础上写成，由于篇幅较长，为以往的出书所割舍，而其实于读者是有益的。关于辞典，二十多年来，对其质量的坚守已成为当代一个典型学案，仅收二文以存。至于版本及后四十回问题，所写诸文连同困惑一并收录于此。

鲁迅与绍兴会馆

北京宣武门外南半截胡同的绍兴会馆，是鲁迅先生来北京之后的第一个寓居之地，据鲁迅日记壬子年(1912年)五月五日记，下午"七时抵北京"，次日"上午移入山会邑馆"(笔者按——山会指山阴和会稽)。与鲁迅一同到京的挚友许寿裳也有记述："到京后，同住山会邑馆，其时已改为绍兴会馆。先兄铭伯先生原居在此——嘉荫堂，现在我们兄弟二人同居，舍侄住对面的绿竹舫，鲁迅住藤花馆。"(许寿裳《鲁迅在北京》)约半年后即同年11月28日，鲁迅"移入院中南向小舍"。再后因同院邻居喧闹不堪，于1916年5月6日"以避喧移入补树书屋住"。据说鲁迅的祖父介孚公昔年曾在补树书屋中居住过，周作人来京之初也同寓于此，看来此屋与周家关系匪浅。鲁迅在《呐喊·自序》里记叙道："S会馆里有三间屋，相传往昔曾在院子里的槐树上缢死过一个女人的，现在槐树已经高不可攀了，而这屋还没有人住。"夏夜，屋里蚊子很多，屋外树下又有冰冷的槐蚕落在头顶上。

从1912年5月至1919年11月长达七年多的时间里，鲁迅一直居住在绍兴会馆里，这期间，即自辛亥革命以后至"五四"运动前夕，正是鲁迅精神上十分苦闷和沉郁的时期，辛亥革命所带来的短暂兴奋已经过去，复辟势力的猖獗、官场的黑暗、学界的污浊，令鲁迅极度失望。正如他自己说的："见过辛亥革命，见过二次革命，见过袁世凯称帝、张勋复辟，看来看去，就看得怀疑起来。"(《南腔北调集·自选集自序》)就在这种悲愤和郁闷的心情中，他白天去教育部上班，晚上就在会馆里抄碑帖、看佛经、校古籍，一连五六年，功力之深，积累之厚，鲜有其匹，真正成了一位学术荒原上艰辛探路默默耕耘的开拓者。

也是在绍兴会馆，当"五四"运动的高潮来临，钱玄同、刘半农等《新青年》同人成了会馆的常客，谈时局、讲学问，鲁迅终于打破沉默，写下了中国新文学的第一篇白话小说《狂人日记》，从此一发而不可收，仅在会馆的两年时间内，就创作和发表了五十余篇作品，包括《孔乙己》《药》《一件小事》《我之节烈观》《我们现在怎样做父亲》等一系列小说、杂文和论文，成了新文化运动的闯将和现代文学的奠基人。这应当是鲁迅的会馆生涯中最具光彩的一章。

以下，仅就闻见所及粗略勾勒鲁迅在绍兴会馆期间的生活和业绩。

兹分以下段落：

一、供职教育部；

二、整理古籍和学术拓荒；

三、对《红楼梦》的真知灼见；

四、从沉默到呐喊；

五、新文化运动的闯将；

六、"五四"思想革命的中坚；

七、俭朴的生活；

结语。

一 供职教育部

鲁迅曾在前后两个性质不同的教育部供职，自1912年至1926年，时间长达十四年之久。前者是辛亥革命以后南京临时政府的教育部，仅三个月左右；后者是北洋政府治下设在北京的教育部，头尾十四年。鲁迅入教育部是应革命临时政府教育总长蔡元培的邀约，不久由于政府的北迁，鲁迅也随之来到北京，住进了宣武门外的绍兴会馆。

由于辛亥革命的不彻底性，孙中山于1912年4月被迫辞去了临时大总统的职务，接任的袁世凯窃取了革命的果实，这个大野心家大阴谋家把持了政权，招牌虽换，内里依旧。教育部不但保留了前清学部的大量旧员，而且承袭了极为严重的官僚衙门作风；蔡元培的教育总长位置虽然暂时还得到继续任命，但以他为首的新派势力十分孤立，实权被旧派势力所把持，任何一点实质性的改革都异常困难。充斥部内的是窒闷的空气、烦琐的文牍和无聊的同事。1912年5月10日鲁迅到京后首次去教育部上班，当天日记谓"晨九时至下午四时半至教育部视事，枯坐终日，极无聊赖"。同年七月，蔡元培等代表孙中山国民党的四位总长集体辞职，袁世凯新任命的那些教育总长更是倒行逆施，成为鲁迅蔑视嘲笑的对象，在"鲁迅日记"里也有所反映，如1912年9月6日，"上午赴本部开会，仅有范总长演说，其词甚怪"。1913年2月5日，"范总长辞职而代以海军总长刘冠雄，下午到部演说少顷，不知所云"。这位海军总长乃一介武夫，以不惮杀人出名，来掌教育"不知所云"也就毫不奇怪了。在鲁迅供职教育部期间，这个部曾更换过三十八个教育总长，二十四个教育次长，有的总长有名无实，有的三上三下，有的滥竽充数，有的纯为傀儡。这些如走马灯一样忽而上台忽而下野的部长，有的只做了几十天甚至十几天，反映了各种势力各个派系之间的倾轧排挤、矛盾争夺，只知争权而不知教育为何物。为此闹出的笑话时有披露，当时有消息说，"教育总长一席，自范源廉君辞职之后，业经大总统任命海军总长刘冠雄兼署，刘到部后，于教育上知识，似形缺乏，以故不能得全部之重视，意殊不怿，遂于十九日具呈大总统，请别行简员接署教育总长"（《教育杂志》2卷5号）。

鲁迅后来曾总结这一点"世故"，即对"教育当局"不可谈"教育"，"乃是我身做十多年官僚，目睹一打以上总长，这才陆续地获得"的，指出"对'教育当局'谈教育的根本误点，是在将这四个字的力点看错了；以为他要来办'教育'。其实不然，大抵是在做'当局'的。""这可以用过去的事实证明。因为重在'当局'，所以——一、学校的会计员，可以做教育总长；二、教育总长，可以忽而化为内务总长；三、司法、海军总长，可以兼任教育总长"。所以，教育当局，意在"当局"，"说得露骨一点，就是做官"！(以上引文均见《而已集·反"漫谈"》)鲁迅以亲身的阅历洞察了官僚政治的黑暗，也就是他自己说的从旧垒中来，看得较为分明，所以揭露攻击格外切实有力。

尽管整个教育部是一个保守沉闷的官僚机构，鲁迅身在其中，难以有大的作为，但他在体察其种种可憎可嘲内情的同时，抱定"有权在手，便当任意作之"(1918年8月20日致许寿裳信)的主张，在职务范围内，竭力做了一些关乎开启民智的现代文化的开拓和奠基工作。1912年8月22日，"晨见教育部任命名氏，余为佥事"(该日《鲁迅日记》)。随即任命鲁迅为社会教育司第一科科长。社会教育司第一科的工作范围是：关于博物馆、图书馆事项；关于美术馆及美术展览会事项；关于文艺、音乐、演剧等事项；关于调查及搜集古物事项；关于动植物园等学术事项(参看《教育部令汇编》收载之《教育部分科规程》)。鲁迅在教育部的工作始终围绕上述方面，实地调查，恪尽职守，努力开拓；即便在他初到教育部尚未任命之前，所做的几件事情也与此相关，从《鲁迅日记》中可见大略。一是被派往天津"考察新剧"，新剧即所谓文明戏，"至广和楼观新剧，曰《江北水灾记》，勇可嘉而识与技均不足"(1912年6月11日《鲁迅日记》)。另一件是到天坛和先农坛去考察这些地方是否能开辟作为公园(6月14日《鲁迅日记》)。任职以后鲁迅倾注心力最多的是美术教育、图书馆和历史博物馆的筹建以及通俗教育诸方面。

蔡元培任教育总长时曾大力提倡美育，这是他教育思想的重要内容，鲁迅对此有深刻的认同和精湛的见解。当时举办的"夏期美术讲习会"是民国建立以后为适应社会需要而给担任教职的人灌输新知识的一种培训，鲁迅自1921年6月21日起赴会讲演，当天日记："下午四时至五时赴夏期讲演会演说《美术略论》，听者约三十人，中途退去者五六人。"此后每隔一星期讲一次，地点在教育部礼堂。第三次赴讲在7月5日，"大雨。下午四时赴讲演会，讲员均乞假，听者亦无一人，遂返"。会场的冷清恐怕不是因为大雨，而据说与此前传出了提倡美育的蔡总长提出辞职的消息有关。下一次的7月10日改在上午讲习，"听者约二十余人"，然而两天后，即7月12日教育部正在召开的"临时教育会议"就决议"删除美育"，鲁迅十分愤慨，当夜在日记中写道："闻临时教育会议竟删美育。此种豚犬，可怜可怜！"7月17日鲁迅仍如期前往讲演，"上午九时至十时在夏期讲会述《美术略论》"，这次听讲者"初止一人，终乃得十人，是日讲毕"。其时蔡元培已去职，新总长上台，对于这个美术讲习会，鲁迅始终一贯，坚持到底，哪怕只有一个听众也照样开讲，讲者和听者的这种执着精神，足以见出在中国这片美育荒原上开创拓荒是多么艰难又多么值得珍贵。遗憾的是作为讲稿的《美术略论》没有能够整理和保存下来，不过稍后鲁迅发表的《拟播布美术意见书》多少可以弥补这方面的缺憾。《拟播布美术意见书》最初发表于1913年2月教育部《编纂处月刊》第1卷第1册，署名周树人，今收入《集外集拾遗》。这篇文章分四部分：（一）何谓美术。（二）美术之类别：可分静美术，动美术；目之美术，耳之美术，心之美术；形之美术，声之美术；摹拟美术，独造美术；致用美术，非致用美术。（三）美术之目的与致用：美术可以表见文化；美术可以辅翼道德；美术可以救援经济。（四）播布美术之方：包括建设事业，如美术馆、美术展览会、剧场、奏乐堂、文艺会；保存事业，如著名之建筑、碑碣、林野；研究事业，如古乐、国民文术（按，义近民俗）。这篇文章篇幅不长，却提纲挈领地表述了对美术（实即艺术）的本质和功能、对保存文化遗产和发展文化艺术事业的重要意见，可以视为社会教育司工作的一个基本纲领。

  为了筹建计划中的美术馆、博物馆，教育部在1912年9月12日成立了一个美术调查处，主要是由社会教育司第一科的人员组成，鲁迅参加了领导工作，曾派人前往沈阳考察清宫美术物品，当年12月12日《鲁迅日记》记述："上午许季上、戴芦舲、齐寿山自奉天调核清宫古物归，携来目录十余册，皆磁、铜及书画之属。又摄景十二枚，内有李成《仙山楼阁图》极工致。"下午鲁迅与他们同往夏曾佑司长家汇报调查情况，带来的调查目录于次年在《教育部编纂处月刊》上发表。这个美术调查处由于种种原因虽未能更多开展工作，但清楚地见出了鲁迅对美术遗产和历史文物的关注，以及对发展艺术文博事业的热忱。

  鲁迅付出了很多精力、从头至尾全力操持的还有"全国儿童艺术展览会",展出时间是在1914年4月21日到6月20日,但准备工作则早在一年多以前就开始了。教育部举行这样的展览会还是第一次,工作由社会教育司主持,具体的指挥布置都是由鲁迅等几个人完成的。1913年3月31日《鲁迅日记》中记载,"午后同夏司长及戴芦舲往全浙会馆,视其戏台及附近房屋可作儿童艺术展览会会场不"。这年冬季选定了教育部礼堂作为展览会场,随后就着手进行布置,"午后同稻孙布置儿童艺术品"(1913年11月6日《鲁迅日记》),一直进行到下一年4月才告完成。展览会的展品主要是全国各地小学生的字画作业,还有他们所做的编织、刺绣、玩具及其他工艺品等,需分类分区、选择整理,工作量很大。整个展览历时两个月,在此期间,特别是开始阶段,鲁迅经常到会值班,甚至连星期天都不休息,从《鲁迅日记》中可以看到这方面的频繁记载:4月21日"午后一时全国儿童艺术展览会开会"。26日"星期,上午仍至教育部理儿童艺术展览会事"。5月3日"星期,午后仍赴展览会理事至晚"。5月10日"星期,上午仍至展览会办事"。5月17日"星期,上午仍至展览会治事,下午六时归寓"。5月20日"下午四时半儿童艺术展览会闭会,会员合摄一影"。这期间,鲁迅还曾发高烧,服药看病,仍坚持工作不稍懈。展出结束后,教育部于5月23日开了一次展品审查会,决定派鲁迅和陈师曾等人挑选一部分优秀展品送往巴拿马万国博览会(6月2日《鲁迅日记》)。此外,还编有《儿童艺术展览会纪要》一书,鲁迅以此寄赠亲友(1915年4月16日《鲁迅日记》)总之,从这件工作的始末,不仅充分反映了鲁迅敬业奉献的精神,还可以看出鲁迅自幼喜爱美术,又持"幼者本位"的现代观念,因而还寄托着他对发展美术事业和青少年教育事业的殷殷深情。

筹建图书馆是社会教育司的一项重要任务,为此鲁迅花费过许多心血。京师图书馆(今北京图书馆前身)创建于清末宣统元年(1909年),馆址在什刹海边广化寺内,辛亥革命后接管过来,派江瀚任馆长,仍沿用原来名称,馆藏则有了很大的充实,不仅将原翰林院和国子监的图书调归,且从直隶、奉天等省调入大批图书。1913年江瀚他调,馆长由社会教育司司长夏曾佑兼代,夏只挂名,实际工作则落在鲁迅等人身上。2月17日鲁迅"同沈商耆赴图书馆访江叔海问交代日期",3月7日又"同沈商耆赴图书馆商交代事务"(以上均见《鲁迅日记》)。待到接过这个摊子以后,便把精力投注于管理和建设尤其是迁址、进书上。

由于旧址房屋破旧潮湿,交通不便,因此准备迁馆及另设分馆。1913年4月1日,鲁迅"同夏司长、齐寿山、戴芦舲赴前青厂观图书分馆新赁房屋",10月29日"在部终日造三年度预算及议改组京师图书馆事,头脑岑岑然"(见《鲁迅日记》)。分馆于1914年建成开馆,总馆则到1915年7月才确定要迁到安定门内方家胡同,鲁迅参加了选择馆址和迁移布置等工作。1917年1月16日,京师图书馆在方家胡同举行开馆典礼,当天《鲁迅日记》记载:"上午赴京师图书馆开馆式。"迁馆后的一件大事是接收从内务部移交过来的《四库全书》。这套大书全数共三万六千多册,原藏热河避暑山庄的"文津阁",1914年运到了北京。据《鲁迅日记》1914年1月6日载:"晨教育部役人来云,热河文津阁书已至京,促赴部,遂赴部,议暂储大学校,遂往大学校,待久不至,询以德律风(按即电话),则云已为内务部员运入文华殿,遂回部。"可知该书到北京后即被内务部截取,后经多次交涉,才于1915年8月重新移交教育部,教育部即派鲁迅和戴芦舲前往办理,此事载于教育部公函,亦见于当年9月1日《鲁迅日记》,"午后同戴芦舲往内务部协议移交《四库全书》办法"。移交工作到10月才告结束。

历史博物馆的筹建也在社会教育司的职责范围之内。教育部在1912年7月就曾"拟就国子监旧署筹设历史博物馆",但这个筹建过程艰难而漫长,直到1926年7月才正式开放。在这个过程中,虽委派了人员具体经管,而鲁迅仍十分专注,常到国子监察看存放在那里的文物和设施,并且多方搜集,甚至把自己购得的一些文物赠送,以丰富藏品。其间,有一件事情足证鲁迅对文物的珍爱和护卫,1913年为筹备将于次年在德国莱比锡举办的以展出书籍墨迹为主的万国博览会,德国派了一个名叫米和伯的人来华筹办,通过教育部向历史博物馆借取展品,展品于当年11月20日送交教育部存放,鲁迅在这一天的日记上写道:"历史博物馆送藏品十三种至部,借德人米和伯持至利俾瑟（按即莱比锡）雕刻展览会者也，以其珍重，当守护，回寓取毡二枚，宿于部中。……不眠至晓。"次日"上午米和伯来部取藏品去"。鲁迅彻夜不眠地亲自守护，他对国家的贵重文物是何等珍惜！

这段时期，与鲁迅关系较多的还有通俗教育研究会和通俗图书馆这两个机构。1915年8月以后的几个月间，通俗教育研究会频繁地见于《鲁迅日记》，8月19日记"午后在通俗教育研究会"，此后9月6日、15日、29日，10月6日、13日、19日、27日、28日，11月17日、24日，12月22日接连有赴通俗教育研究会的记载。这个机构系教育部指派参加，带有官方性质，鲁迅被任命为小说股主任，9月15日因有"午后往通俗教育研究会小说股第一次会"的记录。研究会的章程规定小说股的任务包括新旧小说之调查、编辑、审核以及小说研究书籍之类撰译等事项，做了许多适应复辟倒退的"寓忠孝节义之意"的规定，在鲁迅主持下，小说股一反腐朽之风，重新制定了一套《审核小说之标准》，其中如"关于社会情况之小说，以改良社会为宗旨，词意俱精美者，为上等"，完全摒弃了忠孝节义那一套，这些做法自然引起当局的不满。1916年元月，袁世凯复辟，社会空气更加恶浊，鲁迅辞去了小说股主任的职务。从《鲁迅日记》看，1915年底通俗教育会已很冷落，"集者止四人，辍会"（12月22日）。1916年1月13日鲁迅往通俗教育会新年茶话会，这大约是最后一次，以后再未见这方面的记载。通俗图书馆因其也属社会教育司领导，是鲁迅常去的地方，早在1913年10月21日，《鲁迅日记》中就记有"午后通俗图书馆开馆，赴之"。1914年12月22日记"午后同徐吉轩、许季上至通俗图书馆检阅小说"。到1918年3月还有"往通俗图书馆"的记载。这个图书馆的藏书主要是从京师图书馆分出来的一些不被重视的书，主要对象是普通读者和儿童，鲁迅常把自己手头适合于这个图书馆需要的书籍杂志赠送给图书馆，如翻译的小说和《新青年》杂志等。这里的情形颇似他在小说《伤逝》中描写的："那里无须买票，阅书室里又装着两个铁火炉。纵使不过是烧着不死不活的煤的火炉，但单是看见装着它，精神上也就总觉得有些温暖。书却无可看：旧的陈腐，新的是几乎没有的。"无论如何，这个鲁迅关心、经管过的通俗图书馆在他记忆中保存着温暖的印象，它正是现今首都图书馆前身的一部分。

还有一件可以一说的事是清理所谓"大内档案"，这批在清朝内阁的大库里积存了三百多年，又在孔庙里塞了十多年的内容庞杂的文件资料，据说有八千麻袋之多，其中包括奏章、诏令、朱谕、实录、历科殿试考卷等，更因曾有过散碎残损的旧版古籍不断被盗而受到瞩目。大约在1918年春夏间，鲁迅受命"和麻袋们发生了一点关系，眼见它们的升沉隐显"。上峰"发一个命令，教我和G主事试看麻袋。即日搬了二十个到西花厅，我们俩在尘埃中看宝贝，大抵是贺表、黄绫封……至于宋版书呢，有是有的，或则破烂的半本，或是撕破的几张……"（见《而已集·谈所谓"大内档案"》）鲁迅最后感慨地说："中国公共的东西，实在不容易保存。如果当局者是外行，他便将东西糟完，倘是内行，他便将东西偷完。而其实也并不单是对于书籍或古董。"（同上文）这也是鲁迅在教育部时期亲见身历所得来的一种"世故"亦即经验。

供职教育部是鲁迅寓居绍兴会馆时期唯一的社会职业，以上所述便是在教育部经历事绩的大致轮廓。

二 整理古籍与学术拓荒

鲁迅从青年时代起就对古籍整理有浓厚的兴趣，1912年来到北京后，古都丰富的文化资源，绍兴会馆所处宣南的地域优势，使他有便利的条件浏览购置各种书籍、资料、拓片、画像等，加之生活相对稳定、沉寂，除白天在教育部上班外，其余所有的时间包括每天夜晚、星期休假以及上班时无公可办的时间在内，通通投入到古籍的整理包括辑佚、校勘、钩沉等学术拓荒的工作中，用心之专、致力之勤，罕有甚匹。所谓沉入古代、回到过去，表面看来是环境和情势造成，究其内里正是鲁迅的个性和兴趣使然。因此，这"业余"的工作其实比上班的"正业"更有意义，古籍整理的成果和经验留给后人的惠泽更长久。尤其是沉潜于中国久远的历史文化所形成的深刻观察和思考，对鲁迅思想的发展和成熟关系至为重大，此点在后文将会涉及。

这一时期，鲁迅辑录了三国吴谢承的《后汉书》、晋谢沈的《后汉书》、唐刘恂的《岭表录异》，编制了《六朝造像目录》《六朝墓志目录》《汉碑帖》《汉画像》等，这些都未出版。成书并在以后收入了《鲁迅全集》的，有《会稽郡故书杂集》《古小说钩沉》《嵇康集》《小说旧闻钞》《唐宋传奇集》五部。这是鲁迅整理古籍的重要成果，虽则其中有的早在辛亥前就已着手，有的到二十年代方始告成，但寓居绍兴会馆时是他致力于古籍整理时间和精力最为集中的时期。

这里，要特别提到一处鲁迅与之结缘甚深的地方，这就是宣武门外的琉璃厂（《鲁迅日记》中更多地写作"留黎厂"）。可以说，鲁迅寓居绍兴会馆的岁月中，除了教育部是上班办公必须去的而外，去的最多的地方就是琉璃厂了。如果说，到教育部是出于职责迫于生活，那么，去琉璃厂则完全是出于自愿甚至是兴之所至。试看鲁迅于1912年5月5日抵达北京，次日入住绍兴会馆，赴教育部报到，第一个周末即5月12日即去琉璃厂，该日日记载："星期休息。""下午与季巿、诗荃、协和至琉璃厂，历观古书肆，购傅氏《纂喜庐丛书》一部七本，五元八角。"当月就去了几次，月底，即5月30日"得津贴60元。晚游琉璃厂"购了《史略》《九歌图》《鬼趣图》等书和帖。这应该是来北京后第一次领得津贴，当晚唯一的去处正是琉璃厂。自此至年底不过半年上下，总共去琉璃厂27次。次年即1913年赴琉璃厂37次，1914年47次，1915年64次，1916年多达78次，1917年50次，1918年58次，1919年10月迁出绍兴会馆以前25次。也就是说，鲁迅在绍兴会馆居住期间，总共去过琉璃厂386次之多。从日记中可以看出，每逢星期休息，赴琉璃厂几乎是一项常规的活动；遇节假日，也是一个首选的去处，如1912年10月10日，国庆日休息，至琉璃厂观共和纪念会。1913年2月6日"旧历元旦也。午后即散步往琉璃厂"。朋友亲属来了，也是以到琉璃厂观览为快事，尤其是周作人到北京后，颇多"同二弟游琉璃厂"的记录。鲁迅去琉璃厂，一般是在午后，有时晚间也去，下雨也去，甚至一天内去两次，碰到较有余暇或多有所获的时候则会接连不断地去，如1913年2月1日、2日、3日、6日、8日、9日都有往琉璃厂的记载，九天之内去了六次，又如1914年12月5日、6日、9日、10日接连四次前往购书置帖，再如1916年4月23日、24日、26日、29日、30日连续五天购买碑帖、造像、拓本。《鲁迅日记》每年所附的大篇"书账"，其中绝大部分都购自琉璃厂，往往一次就购置多种。1913年3月16日日记载"下午整理书籍，已满两架"，其时来北京还不到一年，足见购书之多。1916年七八月间所付裱的拓本就有上百枚，仅工本费就花去数十元，足见投入之大。鲁迅常去的琉璃厂的书肆帖店，据《鲁迅日记》所载，有下列诸家：

  神州国光社　购买过汇刊、画册、诗集、经卷等。

  直隶官书局　购买过丛书、金石志、文字学及史料书籍等。

  有正书局　购买过诗稿、画册、佛经、墓志等。

  文明书局　购买过山水画册、墨迹、佛经等。

  中华书局　购买过考古及艺术方面的丛刊等。

  商务印书馆　购买过碑碣考及外文书等。

  德古斋　购买过石刻造像拓片、墓志拓本等。

  仿古斋　购买过石刻造像拓片及砖拓等。

  敦古谊帖店　购买过墓志、造像、铭文拓片等。

  李竹斋　购买过古钱币之类。

  松筠阁　购买过土偶及拓片。

  富华阁　购买过画像拓本等。

此外还有本立堂、弘道堂、清秘阁、庆云堂、耀文堂、同古堂、宝华堂、广文斋、保古斋、师古斋、式古斋、肆古斋、宜古斋、震古斋、泰东书局、世界书局、北新书局、精华印书局、博益书社、富晋书庄等。这一串名号对于今日琉璃厂的恢复重建也具有某种历史的参照价值。

总之，琉璃厂对于鲁迅的治学为文关系至大，成为他在绍兴会馆时期生活中不可或缺的一个部分，甚至可以说融为鲁迅精神生活的一部分。

从《鲁迅日记》每年年末所附的书账看，初到北京的头两年，购买必备的常用书籍较多，如史书、丛书、文集、工具书等，往后，画像、碑帖、墓志的拓片比重大增，以1916年为例，这是鲁迅在绍兴会馆数年间购书数量最多花费也最多的一年，这年的书账九成以上都是造像石刻碑帖的拓片，而且往往是十几枚、几十枚、一百多枚地成批购置。而且在1914年以后，鲁迅于佛经用功很猛，据许寿裳回忆，他们二人曾商定在购买佛经方面不必重复，比如鲁迅买了《翻译名义集》，许就不再买，而买《阅藏知津》。可见鲁迅阅读、使用的书籍远不止于自己购置的这些，除了与友人互通有无，图书馆更是他充分利用的宝库。

《会稽郡故书杂集》于1915年以周作人的名义刊行，而实际的工作是鲁迅做的，这本书早在他青年时代就已开始辑录，到北京后方始完成。此书共辑录了八种有关古会稽郡的史传和地志的佚文，其中《会稽先贤集》等四种是记述古代会稽籍一些人物的事迹小传，《会稽土地记》等四种是记述会稽郡的山水风土以及名胜传说等，佚文大多辑自各种类书和史书的注，并以几十种引用过八书的古籍加以补充校勘。每种之首，皆有短序，全书约五万余字。

《嵇康集》用力更多，不在辑佚钩沉，而在校勘整理，参照多本，不厌精详，成为校勘最善之书。这项工作自1913年起，在《鲁迅日记》中，多有关于校书的记载：1913年9月23日，"下午往留黎厂搜《嵇中散集》不得，遂以托本立堂"。10月1日"午后往图书馆寻王佐昌还《易林》，借《嵇康集》一册，是明吴鲍庵丛书堂写本"。10月15日"夜以丛书堂本《嵇康集》校《全三国文》，摘出佳字，将于暇日写之"。10月19日"星期休息……夜续校《嵇康集》"。10月20日"夜校《嵇康集》毕，作短跋系之"。12月30日"夜写《嵇康集》毕，计十卷，约四万字"。鲁迅对汉魏文章素所爱诵，嵇康憎恶权势、蔑视礼法、凛如秋霜的品格，与鲁迅精神上是相通的。《嵇康集》自唐宋以后颇有散失，只能看到明代的刻本和钞本，鲁迅以明《丛书堂钞本》为底本，用其余五家刻本校对比勘，又取《三国志注》《晋书》等多种史书中的引文，考其异同，成为最精的校本。文末附有《佚文考》和《著录考》。全书共约六万余字。

《古小说钩沉》《小说旧闻钞》《唐宋传奇集》这三种重要的古籍整理成果，正是撰写和讲授《中国小说史略》最重要、最直接的学术准备。

《古小说钩沉》约20万字，辑录校订了唐以前残存的古小说三十六种，其中涵括《中国小说史略》第三篇到第七篇所依据的主要材料；《唐宋传奇集》约17万字，选辑了唐宋短篇小说四十五篇，逐篇进行校正考订，为《中国小说史略》第八篇到第十一篇提供了可靠的史料；《小说旧闻钞》约9万字，搜集了宋以后的小说史料四十一种，是翻检了明清的数十种著作共一千五百余卷，从大量的笔记、杂集及古书中有关记载加以摘录、考订、编纂而成的，成为《中国小说史略》第十一篇到第二十八篇即最后一篇所依据的主要资料。如此系统地整理中国古典小说的史料，鲁迅是第一人。他后来回忆当年的情形，"时方困瘁，无力买书，则假自中央图书馆、通俗图书馆、教育部图书室等，废寝辍食，锐意穷搜，时或得之，瞿然则喜。……特以见闻虽隘，究非转贩，学子得此，或足省其复重寻检之劳"（《〈小说旧闻钞〉再版序言》），足见用功的勤奋、态度的严谨。《中国小说史略》正是在这样坚实宏富的第一手材料的基础上编著而成的。在1923年新潮社正式出版以前，曾不止一次地以《小说史大略》的名目油印、铅印过，1925年北新书局又据新潮社本再版，多所增删修改，直到鲁迅逝世的1936年，北新共印十一版，其间曾做过若干重要的补充订正。

三 对《红楼梦》的真知灼见

《红楼梦》在《中国小说史略》中辟有专章（在《小说史大略》中为第十四篇，在《中国小说史略》中为第二十四篇），均冠以"清之人情小说"的标题。上述鲁迅治学的严谨态度也体现在《红楼梦》专章之中。在鲁迅有关《红楼梦》的所有论述中，比较起来，《史略》里的这一章较其他各处所论篇幅最长而且完整，涉及了这部作品的许多方面，今天看来仍给我们以重要启示。

第一，鲁迅是重视版本的，他总要尽可能地依据比较可靠的本子。鲁迅在1922年写的《破〈唐人说荟〉》一文中曾经对于这部唐人小说集子的"胡闹"表示很大的愤慨和不满，列举它"一是删节"；"二是硬派"；"三是乱分"；"四是乱改句子"；"五是乱题撰人"；"六是妄造书名而且乱题撰人"；"七是错了时代"。因而得出结论："这一部书，倘若单以消闲，自然不成问题，假如用作历史的研究的材料，可就误人不浅。"可见在版本问题上，鲁迅十分审慎。《红楼梦》程高系统的刻本在当时是容易看到的，胡适等人热心提倡的正是程乙本，鲁迅据以写史的则是抄本系统的本子。为种种条件所限，抄本中较早较好的本子鲁迅当时无法看到。我们知道即便是以珍藏和研究《红楼梦》版本著称的胡适，他得到那些较重要的脂本也是后来的事。胡适分别于1927年、1933年方始得到"甲戌本"和"庚辰本"，鲁迅编著小说史略是在二十年代初，当然不可能看到这些本子，因此他的据戚蓼生本便是不难理解的了。据许寿裳回忆，民国元年，"四月中，我和鲁迅同返绍兴，五月初，同由绍兴启程北上，……记得在上海登轮之前，鲁迅买了一部有正书局出版的《红楼梦》，以备船中翻阅"。这就是说鲁迅于1912年5月看到了上海有正书局印的戚本《红楼梦》，后来据以编著小说史。这应当是在当时历史条件下所能得到的比较好的本子了。

　　第二，在《红楼梦》的本事和作者问题上，鲁迅的介绍和评论也是比较客观和实事求是的。鲁迅从作品的实际出发，十分看重小说开篇第一回作者借石头与空空道人的对话所表述的创作原则，认为《红楼梦》摆脱了旧套，与先前的人情小说大不相同，郑重指出"盖叙述皆存本真，闻见悉所亲历，正因写实，转成新鲜。而世人忽略此言，每欲别求深义，揣测之说，久而遂多"。人们由于忽略了《红楼梦》是一部真实地反映生活的现实主义作品，舍此求彼，舍本逐末，说法虽多，求之虽深，而歧路亡羊，离题愈远。鲁迅抓住了"正因写实，转成新鲜"这一基本之点，故能不为旧红学形形色色的"揣测之说"所惑，大刀阔斧地淘汰那些"悠谬不足辩"之说，诸如刺和珅、藏谶纬、明易象之类，而选择那些传布较广影响较大的学说加以介绍和评述，举出了：(一) 纳兰性德家事说；(二) 清世祖与董鄂妃故事说；（三）康熙朝政治状态说，指明了各说的阙失所在，明晰扼要，以简驭繁。像这样的评述的确能帮助读者在杂乱纷沓的红学迷雾中理出一个头绪，不愧史家笔法。

所谓"康熙朝政治状态说"的代表人物是蔡元培，他的《石头记索隐》正是这派学说的一部集大成之作。对于蔡元培的人品学识，鲁迅素所尊重。但蔡元培研究《红楼梦》所用的不是文学批评的方法而是政治索隐的方法，出发点虽则严正博大，反映了一个民族民主革命家的胸怀，但所用的方法是不科学的。在红学领域内鲁迅和蔡元培的见解完全不同，虽然也肯定《石头记索隐》"旁征博引，用力甚勤"，但指出由于胡适考得了作者的生平，因而蔡元培的政治索隐便完全站不住脚了。胡适的考证比蔡元培的索隐切实得多，对红学发展是有贡献的。在《红楼梦》的作者及其家世、小说的故事所本以及后四十回续作等方面，鲁迅基本上采用和吸取了胡适的研究成果，肯定了新红学优于旧红学。这样评文治史是客观的、公允的。

第三，作为小说史，最重要的还在确定各个作家作品的历史地位。这恐怕是治史成败的关键所在和检验编者胆识学力的重要方面。史料固然重要，它是基础；但倘无史识，则无从组织、无法评价，依然只是一堆史料。鲁迅历来重视史识，照着自己认定的路子做学问，比方他同郑振铎之间学术上交往很多，关系也很好，但在治史方面却有不同的意见。鲁迅曾说："郑君治学，盖用胡适之法，往往持孤本秘笈，为惊人之具，此实足以炫耀人目，其为学子所珍赏，宜也。我法稍不同，凡所泛览，皆通行之本，易得之书，故遂了然于学林之外。《中国小说史略》而非断代，即尝见贬于人。……盖近几年来，域外奇书，沙中残楮，虽时时介绍于中国，但尚无需因此大改《史略》，故多仍之。郑君所作《中国文学史》，顷已在上海豫约出版，我曾于《小说月报》上见其关于小说者数章，诚哉滔滔不已，然此乃文学史资料长编，非'史'也。但倘有具史识者，资以为史，亦可用耳"（1932年8月15日致台静农信）。可见鲁迅治学以"识见"胜而不靠珍本秘籍炫耀博学，因而尽管《中国小说史略》的编成时间较早，后来不断有新材料发现，但这部著作的基本观点、体系结构无须大改,"故多仍之"。如果没有史识,对于各时期的作家作品没有大体确当的评价并且用史的线索贯穿起来,是不可能具有这样的稳定性和权威性。当年听鲁迅讲授"小说史"课程的人曾回忆道:"我一直听了先生三年讲授。……在《中国小说史略》中,先生给了我对社会和文学的认识上一种严格的历史观念,使我了解每本著作不是一种平面的叙述,而是某个社会的真实批评(尚钺《忆念鲁迅先生》)"这正是因为鲁迅把每个作家和作品都看作是"文学史上一个环"(《〈人性的天才——迦尔洵〉译后附记》)的缘故。

对于《红楼梦》这部"人情小说",鲁迅虽然不像"五四"以后有些人那样热衷,据友人回忆,他对《儒林外史》所反映的士林丑态和讽刺艺术倒是更感兴趣,但《红楼梦》的价值他始终是确认并给以充分评价的。在《中国小说史大略》第十四篇开头便写道:"人情小说萌发于唐,迄明略有滋长,然同时坠入迂鄙,以才美为归,以名教自饰。……至清有《红楼梦》,乃异军突起,驾一切人情小说而远上之,较之前期,固与《水浒》《西游》为三绝,以一代言,则三百年中创作之冠冕也。"这一段话在后来的《中国小说史略》中虽不复原样出现,可能是由于补充了《金瓶梅》等内容,为了更平实稳妥起见,不这样直接论断,但其基本意思仍贯穿于修订后的《史略》中,如说它"摆脱旧套""转成新鲜"正是"异军突起"的意思。以后还说过"自从十八世纪的《红楼梦》以后,实在也没有产生什么较伟大的作品"[《〈草鞋脚〉(英译中国短篇小说集)小引》],这同上引《中国小说史大略》中对《红楼梦》在小说史上地位的高度评价是完全一致的。今天看来,这些赞语仍然是对这部著作的确评。

第四,从文学批评的角度看,《史略》对《红楼梦》的评价也有独到的地方。"五四"以后的新红学家谈论《红楼梦》多属考据深源,对于人物形象作品意义很少涉及。鲁迅的着眼点却颇不同。《史略》本来篇幅有限,行文简练,除去必不可少的介绍考订而外,所能论及人物的文字已经不多,细读《史略》,在这有限的文字内,鲁迅集中笔力于小说主人公贾宝玉,提出"爱博而心劳""悲凉之雾,遍被华林,然呼吸而领会之者,独宝玉而已"的见解,大段征引小说原文,启发读者去认识主人公的思想性格。鲁迅所引小说原文是这样两处：一是第五十七回，宝玉去看黛玉，先遇紫鹃，紫鹃防嫌不理睬他，他便失魂落魄，想着"将来渐渐的都不理我了，我所以想着自己伤心"。还有一处是七十八回，晴雯刚殁，宝玉去到灵前却扑了空，正在满心悲戚万分懊恼之际，忽闻贾政呼唤。其时贾政正与一班清客高谈阔论，诗兴大发，意欲表彰什么"风流俊逸忠义慷慨"的林四娘，命宝玉也来作文凑趣。鲁迅为什么不引一般人们瞩目的宝黛爱情纠葛的篇章或者分析我们今天通常认为重要的那些情节呢？为什么要举这样的例子来介绍宝玉的思想性格呢？这不是随意的、偶然的，鲁迅之所以把目光落在这里，同他当时的思想状况和文艺观点不无关系。

我们知道鲁迅在讲授《中国小说史略》的同时曾翻译了日本厨川白村的《苦闷的象征》，接着把这本书作为自己讲授文学理论课的讲义。厨川白村是日本现代文艺理论家，认为"生命力受了压抑而生的苦闷懊恼乃是文艺的根底"，这当然是唯心主义的。鲁迅翻译并讲授这本书，说明他当时在文艺思想上也同政治思想上一样，处于探索的阶段，寻求各种理论来探讨文艺上的根本问题。《苦闷的象征》当然不能回答这些问题，只有在后来"看了几种科学底文艺论"才得到明确的解决。尽管如此，此时的鲁迅也并没有用外国的厨川白村或中国的王国维的学说来解释《红楼梦》，把它看作是"苦闷的象征"或"欲念的解脱"，而是着眼于社会和人生，注重主人公的人生态度和作品的社会意义。"为人生"正是鲁迅的主张。他回顾自己"'为什么'做小说罢，我仍抱着十多年前的'启蒙主义'，以为必须是'为人生'，而且要改良这人生。我深恶先前的称小说为'闲书'，而且将'为艺术而艺术'，看作不过是'消闲'的新式的别号"（《南腔北调集·我怎样做起小说来》）。"为人生"也是"五四"以后著名进步文学团体文学研究会的主张，不赞成将小说当作高兴时的游戏或失意时的排遣，认为应当严肃地反映现实人生，于改造社会有益。由于鲁迅在政治上是一个彻底的革命民主主义者，加之各方面的修养深厚，因而他在创作实践和文艺思想方面比文学研究会的一群更要高出一筹。

在《红楼梦》研究的问题上鲁迅也有自己的看法。比方说王国维，鲁迅尊之为国学大师，十分敬重，而且鲁迅早年于佛经用功甚勤，对王国维醉心的西方叔本华哲学也不生疏，然而鲁迅并没有赞同王国维的欲念解脱之说；又如俞平伯的《红楼梦辨》这样的专著当然也在鲁迅的视野之内，他在《小说旧闻钞》序言中还提到过这部书，但鲁迅也没有把《红楼梦》解释成情场忏悔之作。对于小说的主人公贾宝玉，鲁迅着眼的是他"爱博而心劳"这样的思想性格特征。所谓"爱博"或云"博大的爱"似应包含两层意思：其一是这种"爱"是广义的，包括亲近、爱惜、尊重、同情等；因此，其二这"爱"所及的对象也就是比较广泛的，不限于黛，不限于钗，不限于湘，也包括紫鹃、晴雯、鸳鸯一干人和更加低贱的小丫头以至伶人等。这的确是贵族公子贾宝玉十分独特的难能可贵的地方。唯其"爱博"，所以"心劳"，以致遍被华林的悲凉之雾独有宝玉能够呼吸领会，这也就是说他的感觉最敏。偌大贾府，追逐权欲者有之，荒淫恣纵者有之，恬淡自守者有之，麻木不仁者有之，唯独宝玉失魂落魄，即所谓"无故寻愁觅恨""有时似傻如狂"。晴雯惨死，人们都视若平常，贾政照旧寻秋觅胜，谈轶论诗，清雅之至，而宝玉则五内俱摧。这个家庭的朽败冷酷只有他能够感受，能够"呼吸领会"，对于一个贵族公子来说，这不同样是十分难能可贵的吗？鲁迅所见的贾宝玉的爱博和敏感，的确是认识和分析这个人物应当着眼留神的地方，当时的红学家们是未必能够提出这样的见解的。今天我们尽可以对贾宝玉的形象做出洋洋洒洒的详尽而全面的分析，而鲁迅当年的见解仍然是精辟的，对我们仍然有启发的。

《史略》成书后不久，1924年夏天，鲁迅应西北大学和陕西省教育厅的邀请去西安讲学，那讲稿后来整理成《中国小说的历史的变迁》。《变迁》基本上是《史略》的简缩，当然也有发挥，而且因为是讲演，所以更为通俗生动。其中讲到《红楼梦》的价值，意思也和《史略》相类，只是更为直截明白，认为这部作品"在中国底小说中实在是不可多得的。其要点在敢于如实描写，并无讳饰"，"自有《红楼梦》出来以后，传统的思想和写法都打破了"。这一论断，可以说是对《红楼梦》历史地位和文学价值的经典论断，从那时起直到今天不断地被人们援引和发挥，足证鲁迅的明见卓识。此后，在鲁迅的各类文章里还有涉及《红楼梦》的地方，但多是零散和片段的，没有《史略》中这样完整和充分了。

《中国小说史略》是一部篇幅不大的著作，远不能和今之"多卷本""大部头"相比，但它的学术生命却远较许多卷帙浩繁的鸿篇巨制长久。胡适赞许这部《史略》是"开山的创作""搜集甚勤，取材甚精，断制也甚谨严"（《〈白话文学史〉自序》）。鲁迅去世时，蔡元培的挽联写道："著述最谨严非徒中国小说史，遗言太沉痛莫作空头文学家。"自《中国小说史略》问世之后的将近大半个世纪里，没有出现能在总体上超越它的同类著作，直到二十世纪八十年代以后这种状况才有了突破和改观，而且即使新的更加完善的小说史著作出现了，鲁迅打破"中国小说自来无史"的局面，亦即《史略》的开创之功是永远不可磨灭的。造就这部著作学术分量的原因自然是多方面的，而长期的学术积累、学术准备应是最重要原因之一，这里凝聚了鲁迅前半生很大一部分心血，几乎有二十多年的时间包括他在绍兴会馆里的这个时段。当我们翻阅这一时期的鲁迅日记和"书账"之时，仿佛看到一个每晚孤灯独坐，沉埋在古籍中"焚膏油以继晷，恒兀兀以穷年"的身影，连除夕之夜也"殊无换岁之感"（1917年1月22日旧历除夕日记）。鲁迅在1912年末书账后附言中慨叹"京师视古籍为古董，唯大力者能致之耳。今人处世不必读书，而我辈复无购书之力"。虽则生活困瘁，而他仍节衣缩食，着意搜罗，不断购书。在绍兴会馆期间，往琉璃厂有三百余次之多，每年书账更是明证，到北京的当年，几个月内就买书近百种，三百余册，1916年更达三百余种一千多册，除去跑图书馆，于此同样可见"废寝辍食，锐意穷搜"的精神。这种治学的精神，对于今之急功近利、浮躁虚夸之风，不啻一剂对症良药。

四　从沉默到呐喊

鲁迅对于辛亥革命，开始是满怀希望的，然而，希望愈大，失望也愈深。辛亥以后中国社会政治依旧一片混乱与黑暗，故乡绍兴那换汤不换药的情形令鲁迅深感痛心而且"滑稽可笑"。正如他在小说中所概括的那样，代表资产阶级投机分子的"假洋鬼子"和农村封建势力的"赵秀才"联合起来，共同到尼姑庵搬掉了"皇帝万岁万万岁"的龙牌，就算是革命告成。而"革命"之后，不仅原先的官僚变成了新贵，像"知县大老爷还是原官""带兵的也还是先前的老把总"，而且封建地主豪绅阶级的代表"举人老爷"也居然被请出来"帮办民政"了，平民百姓的遭际可想而知。这些几千年来受尽了剥削和压迫的劳动群众，在革命中一无所获，除去革掉了头顶上的一根辫子而外，丝毫没有改变他们的奴隶地位，无非是更换或加进了一些新的役使自己的主人。无怪鲁迅说："我觉得革命以前，我是做奴隶；革命以后不多久，就受了奴隶的骗，变成他们的奴隶了。"（《华盖集·忽然想到之二》）这样的革命，自然给了复辟势力可乘之机，很容易被袁世凯之流的野心家窃取政权，果然不久孙中山被迫辞职，政权落到了封建势力和帝国主义双重代表的北洋军阀袁世凯手中。鲁迅在北京亲眼目睹了军阀政府的倒行逆施，尤其是对思想文化领域里的复古逆流更有亲身感受，"祭孔"丑剧可以说是一个典型事例。

1913年9月28日，在袁世凯政府的教育总长安排之下，首次出演了"祭孔"丑剧，当天鲁迅日记载："又云是孔子生日也，昨汪总长令部员往国子监，且须跪拜，众已哗然。晨七时往视之，则至者仅三四十人，或跪或立，或旁立而笑，钱念敂又从旁大声而骂，顷刻间便草率了事，真一笑话……"鲁迅于1914年曾和教育部的五位同事联名致信教育总长，反对提倡"读经祭孔"，但在反动军阀政府的专制统治之下，自然不会见效。此后在鲁迅日记里每年春秋二祭都有"孔教会丁祭，荒陋可叹""晨祀孔，在崇圣祠执事"一类记载。他在杂文中说过，"我曾经是教育部的佥事，因为'区区'，所以还不入于鞠躬或顿首之列的，但届春秋二祭，仍不免被派去做执事，执事者，将所谓'帛'或'爵'递给鞠躬或顿首之诸公的听差之谓也"。（《坟·从胡须说到牙齿》）这种既不鞠躬又不顿首的"听差"当过多次，对这套鬼把戏也就看得越发清楚，尊孔与复辟的联系也就洞若观火了。"袁世凯也如一切儒者一样，最主张尊孔，做了离奇的古衣冠，盛行祭孔的时候，大概是要做皇帝的一两年。"(同上)后来鲁迅在《在现代中国的孔夫子》一文中曾回顾1902年在日本留学时遇见过一次祭孔，"这是有一天的事情，学监大久保先生集合起大家来，说，因为你们都是孔子之徒，今天到御茶之水的孔庙里去行礼罢！我大吃了一惊。现在还记得那时心里想，正因为绝望于孔夫子和他的之徒，所以到日本来的，然而又是拜么"。可是"到袁世凯时代……不但恢复了祭典，还新做了古怪的祭服，使奉祀的人们穿起来。跟着这事出现的便是帝制"。尊孔原来是一块敲门砖，为的是敲开登上龙庭宝座的帝制之门。废除共和复辟帝制其实是果而不是因，必须从根本上铲除封建政治制度的基础封建的思想文化，革命才有希望。可是周围的政治空气思想氛围是这样的恶浊沉闷，令人窒息，鲁迅在愤懑之中感到深深的失望和寂寞，"这寂寞又一天一天地长大起来，如大毒蛇，缠住了我的灵魂了"。"只是我自己的寂寞是不可不驱除的，因为这于我太痛苦。我于是用了种种法，来麻醉自己的灵魂，使我沉入于国民中，使我回到古代去，后来也亲历或旁观过几样更寂寞更悲哀的事，都为我所不愿追怀，甘心使他们和我的脑一同消灭在泥土里的，但我的麻醉法却也似乎已奏了功，再没有青年时代慷慨激昂的意思了"。(《呐喊·自序》)就这样，在绍兴会馆"许多年，我便寓在这屋里抄古碑"。

然而究竟是什么使鲁迅终于打破了沉默，起来"呐喊"，走上了新文化运动的战场呢？其直接的原因，是应友人所求，这种外部原因当然也是一种历史的机缘，与"五四"前夜的思想文化界的状况直接相关；而更重要的或说根本的原因是内在的、在于鲁迅自身。正如他自己所说，"新主义宣传者是放火人么，也须别人有精神的燃料，才会着火；是弹琴人么，别人的心上也须有弦索，才会出声；是发声器么？别人也须是发声器，才会共鸣"。(《随感录五十九·圣武》)正因心中有火的燃料，一点就燃起了熊熊的火焰；心中有发声的弦索，一拨就奏出了战斗的强音。鲁迅并没有麻醉，并没有沉入古代回到往昔，成为消极的遁世者；只是更加深了对现实社会和历史文化的思考，为投入新文化运动奠下了坚实的思想基础。鲁迅之所以一上阵就不同凡响锋芒锐利，之所以能蜕去空想韧性战斗，与这段历史生活的经历与思考关系至为重大。

检阅这一历史关键时刻的鲁迅日记和著作，生活和思想的印迹宛然在目。鲁迅所寓居的"S会馆"即绍兴会馆长时期中沉寂冷清，少有人来，自1917年9月30日《鲁迅日记》第一次载"下午钱玄同等人来"，此后的三年间，即到搬离绍兴会馆前这一时段，日记中记述钱玄同来寓座谈的次数达五十余次之多，"晚钱玄同来""夜钱玄同来"的字样在日记中频频出现，1918年5月的12日、22日、27日连续记载"夜钱玄同来"，而且在5月22日那天更有"夜钱玄同来，失眠"的记录。钱玄同是《新青年》的编委之一，也就是鲁迅在《呐喊·自序》里影其名曰"金心异"的老朋友，鲁迅在这篇自序里叙说这位老朋友一次翻着那些古碑的钞本发出"钞了这些有什么用"的质问，建议鲁迅"做点文章"，鲁迅懂得他的意思，知道他们正在办《新青年》，并且回忆当时心中的所想，"假如一间铁屋子，是绝无窗户而万难破毁的，里面有许多熟睡的人们，不久都要闷死了……然而几个人既然起来，你就不能说没有毁坏这铁屋的希望"。"说到希望，却是不能抹杀的"，"于是我终于答应他也做文章了，这便是最初的一篇《狂人日记》。从此以后，便一发而不可收"。如同火山找到了喷发口，钱玄同的不断来夜谈，带来了《新青年》的新信息，触发了鲁迅长期以来蕴积胸中的"地火"，日记中夜谈以致失眠的记录，反映了鲁迅思绪翻滚、夜不能寐的真实情况，其时正在《狂人日记》等发表前后。可见"一发而不可收"正是长期思索、蓄势待发的必然结果。日记中还有与钱玄同书信往还的记载，往往是当日即复，甚至是当日往返，如1919年2月4日"上午寄钱玄同信……夜得钱玄同信"。同年4月30日，"得钱玄同信，晚复"。7月5日"下午得钱玄同信，夜复之"。7月20日"寄钱玄同信。夜钱玄同来，交自所作文一篇"。8月12日"上午寄钱玄同信，下午得钱一信"；13日"上午得钱一信，即复"。此外来访和来信的还有《新青年》的另一员大将刘半农。1919年4月8日的《鲁迅日记》更有"下午寄李守常信"、16日有"得钱玄同信，附李守常信"的记载，7月8日记"晚钱玄同来，夜去，交李守常文一篇"，可见鲁迅和李大钊的直接交往。与钱玄同、刘半农的频繁接触则都是关于《新青年》的稿件和编辑事宜。鲁迅稍后把这一时期的作品编集曰"呐喊",用意在"慰藉那在寂寞里奔驰的猛士,使他不惮于前驱","既然是呐喊,则当然须听将令的了"。事实上,鲁迅的"呐喊"是"五四"文学革命和思想革命的最强音,他本人也因此成为"五四"新文化运动的主将。

五 新文化运动的闯将

《新青年》是"五四"前后和中国共产党创建初期的一个重要刊物,是新文化运动的主要阵地。鲁迅说过"《新青年》是提倡'文学改良',后来更进一步而号召'文学革命'的发难者"。(《〈中国新文学大系〉小说二集序》)当时,李大钊、陈独秀、胡适、钱玄同、沈尹默等都编辑过这份刊物。鲁迅是《新青年》的重要撰稿人,从1918年5月15日出版的第四卷第五号起,到1921年8月1日出版的第九卷第四期止,三年多时间,鲁迅在《新青年》上共发表了五十四篇作品,包括小说五篇,新诗六首,杂文二十九篇,社会论文两篇,通讯三篇,译文四篇,其他附记、正误七篇。他日后回顾说自己在《新青年》上发表的这些作品"步调是和大家大概一致的","这些确可以算作那时的革命文学"。并且把这一时期的创作称为"遵命文学","不过我所遵奉的,是那时革命的前驱者的命令,也是我自己所愿意遵奉的命令,决不是皇上的圣旨,也不是金元和真的指挥刀"。(以上引文均见《〈自选集〉自序》)对于李大钊这样的"革命的前驱者",鲁迅始终怀着敬意和好感,他在《〈守常全集〉题记》中说,"我最初看见守常先生的时候,是在独秀先生邀去商量怎样进行《新青年》的集会上……"他"诚实,谦和,不多说话。《新青年》的同人中,虽然也很有喜欢明争暗斗,扶植自己势力的人,但他一直到后来绝对的不是"。当1919年五四运动前夕,李大钊把他当月主编的《新青年》六卷五号定为《马克思主义研究专号》,该年4月8日《鲁迅日记》载"下午寄李守常信",4月16日载"下午得钱玄同信,附李守常信"。这些往返函件的内容,当为商谈稿件和有关《新青年》的编务事宜,就是在这一期的《新青年》

上，同时发表了鲁迅的五篇作品，即小说《药》和四篇随感录《来了》《现在的屠杀者》《人心很古》《圣武》，足见对这场革命运动的热情支持和有力配合，堪为"站同一战线上的伙伴"。鲁迅不仅经常撰稿，也参与过该刊的编辑工作，沈尹默曾回忆说，"《新青年》杂志由陈独秀带到北京之后，有一时期，曾交由鲁迅兄弟、玄同、胡适和我分期担任编辑"。(《文艺月报》1956年第十期) 鲁迅自己在《忆刘半农君》一文中也写道，"《新青年》每出一期，就开一次编辑会，商定下一期的稿件。其时最惹我注意的是陈独秀和胡适之。"并说过陈独秀"是催促我做小说最着力的一个"。(见《我怎么做起小说来》) 总之，鲁迅在"五四"新文化运动中创下的辉煌业绩是和《新青年》及其同人密不可分的。

上面提到鲁迅在《新青年》上所发表的一大批作品，其中多半正是在绍兴会馆写下的。最早的也是影响最大的一篇便是《狂人日记》。

《狂人日记》发表在1918年5月出刊的《新青年》第4卷第5号上，第一次用了"鲁迅"这一署名，此前发表的文章多用周树人的本名，间或用"令飞""迅行"等笔名，只是在《狂人日记》刊发之时，才首次出现了"鲁迅"之名。因而也可以说，鲁迅这个伟大的名字，是在"五四"前夜，在绍兴会馆诞生的。《狂人日记》是《新青年》发表的第一篇白话的创作小说，凝聚着对中国社会和历史文化的深刻认识和犀利批判，犹如"五四"前夜的一声春雷，震撼着铁屋子里昏睡的人们，又像一颗炸弹，轰动了沉寂郁闷的文坛。小说的矛头不仅指向封建礼教，而且指向整个封建制度的根基。狂人"翻开历史一查，这历史没有年代，歪歪斜斜的每页上都写着'仁义道德'几个字……仔细看了半天，才从字缝里看出字来，满纸都写着两个字，是'吃人'"。这是前所未有的发现，更是一针见血的结论，将几千年的历史归结为"吃人"的历史，可谓触目惊心、振聋发聩。鲁迅曾经提到写作此篇的思想动机是"意在暴露家族制度和礼教的弊害"。他在1918年8月20日致许寿裳信中说得更明白："偶阅通鉴，乃悟中国人尚是食人民族，因成此篇。此种发现，关系亦甚大，而知者尚寥寥也。"所谓"食人"，既包括历史上记载的食肉寝皮一类的野蛮事实,更泛指统治阶级用封建思想麻醉、残害人民的惨痛历史,在仁义道德、忠孝节义、三纲五常的名义下沉埋了多少冤魂。从来酷吏以法杀人,后儒以理杀人,以其用的是软刀子,具有很大的欺骗性,故而知者寥寥。对于吃人者的欺骗和伪善,小说也给以无情的揭露,"又想吃人,又鬼鬼祟祟,想法子遮掩","话中全是毒,笑中全是刀";更以精警的比喻来做象征性的概括,谓其兼具"狮子的雄心,兔子的怯弱,狐狸的狡猾"。小说更通过狂人之口,发出了"从来如此,便对么"?这样反叛的声音,对封建思想和伦理道德的永恒性提出了公开的挑战;作家虽则痛心于周围人们包括下一代的麻木状态,但最后还是满怀热情地提出"将来容不得吃人的人"的社会理想,喊出了"救救孩子"的响亮呼声,表达了对中国和人类前途的希望和信心。

《狂人日记》吹响了"五四"文化思想革命的号角,从内容到形式都令人耳目一新,不仅激励了广大青年,而且得到了中外承认。日本评论家青木正儿于1920年向国内外做过报道,《新青年》同人陈独秀和胡适均十分佩服,吴虞作为新文化运动初期的激进思想家在《吃人的礼教》(1919年11月1日《新青年》6卷6号)一文中说:"我读《新青年》里鲁迅君的《狂人日记》,不觉发了许多感想。我们中国人,最妙的是一面会吃人,一面又能够讲礼教,本来是极相矛盾的事,然而他们在历史上,却认为并行不悖的,这真正是奇怪了!……我觉得他这日记,把吃人的内容和仁义道德的表面看得清楚,那些戴着礼教面具吃人的滑头伎俩,都被他把黑幕揭破了。"这是最早的关于鲁迅小说的评论。鲁迅本人也认为这篇作品较果戈理的同名小说要"忧愤深广",所着眼的不是个人遭际而是社会变革,融入了作家的真知灼见和深沉愤懑,所表现的不仅是一个文学家而且是一个思想家的深刻和敏锐。只有放在新文化运动的历史进程中来考察,我们才能充分认识《狂人日记》的地位和意义,它不仅可以看作是《呐喊》以至鲁迅全部小说的一篇序言,同时更是中国新文学的开山之作,小说内容上的忧愤深广和艺术上的新颖别致充分体现了作为新文学奠基人鲁迅的首创精神和战斗实绩。

继《狂人日记》之后，鲁迅在绍兴会馆期间还写下了《孔乙己》《药》《明天》《一件小事》几个短篇小说。在《孔乙己》中，小说描绘了咸亨酒店这样一个典型环境，酒店的"曲尺形大柜台"富有隐喻的意味，可以被看作封建等级观念的物化。柜台隔开了长衫客和短衣帮两类酒客，长衫客坐在柜台里边要酒要菜慢慢喝，短衣帮只能在柜台外边站着喝。酒店掌柜对两种顾客的态度截然不同，对长衫客殷勤招呼，对短衣帮酒中掺水、又瞒又骗。在这样的背景下，突出了孔乙己这个"站着喝酒而穿长衫的唯一的人"，他读过书，没进学，不会营生，穷困潦倒，酒店内外充满了对他的嘲笑。对于这个卑微的小人物的善良迂执、受尽人们嘲弄凌辱的遭遇，作家显然是同情的；然而孔乙己深受封建科举制度的毒害而不悟，穷到无以为生还不肯脱下那件破烂衣衫，则寓含沉痛的批判。至于周围人们的冷漠、把别人的痛苦当作笑料的态度，更充分揭露了这种社会关系的残酷性。嘲笑者和被嘲笑者看似对立，实质上却出于同一根源，即封建等级制度的极端残酷性。孔乙己的不肯脱下长衫，不去学短衣帮的营生，是为了维护读书人的体面，其思想根源是封建的等级观念。周围人们嘲弄戏谑他的内在心理根据，也在于看不起他沦落到了更低的社会等级，在于他的言行和他实际卑微地位的极端不协调性。因而，孔乙己的沦落表面看去是由于自身缺乏生活能力和社会缺乏起码的同情，实质上是封建科举制度的毒害和封建等级制度的罪恶。这篇看似平淡篇幅短小的作品，包孕着对这个"吃人"社会的深沉控诉，孔乙己的"被吃"正是封建思想和制度残酷性的见证。《药》写了华老栓一家为了救治儿子小栓的病，寄望于一种神奇的"药"——人血馒头，当华老栓从刽子手手中战战兢兢地接过这"药"包时，"仿佛抱着一个十世单传的婴儿"，企望能移植生命，收获幸福。岂知这正是革命者夏瑜的鲜血，小说勾勒了旁观者的麻木和冷酷，通过他们之口侧写作为死囚的夏瑜"疯了"，"小东西"竟还要"劝牢头造反"。小说这一构思本身就寓含着深刻的思想，普通百姓华老栓们的痛苦和愚昧需要一场革命来解救，而革命者夏瑜为之所流的血却被当作治病的药，两个年轻的生命都被葬送了，他们比邻而葬，却彼此隔绝，坟场中间的一条小路也有象征的意味。因而《药》有一个明确的现实的主题就是表现革命者为群众牺牲而群众不觉悟的悲剧，还有一个潜在的深层的主题，即对于脱离社会思想变革的单纯政治革命的否定，对于中国反封建思想革命的期待。华、夏两家象征着中国，他们的遭遇隐括着对中国历史命运的思考，也可以看作是对辛亥革命经验教训的总结。也许因为这样的思考和教训过于沉重，所以作家"不恤用了曲笔在《药》的瑜儿的坟上平空添上一个花环"，使得小说在结尾处有了一些亮色。

相对而言，《一件小事》格调比较明朗，篇幅更为短小，情节也极其单纯，呈现的是一位人力车夫朴实无华的外表和高尚美好的心灵。所谓"一件小事"是以令人失望的"国家大事"和乌烟瘴气的"文治武功"作依托的，那些大事无可称道、了无痕迹，小事反而印象深刻、更加分明。人力车夫的形象又是由"我"作为反衬而显得高大，完全在"我"的内心感受中凸现出来。当"我"主观地认为路上的老妇人是自己跌倒，车夫毫无责任时，车夫却主动将她扶起并走向巡警驻所，我顿时有一种异样的感觉，"觉得他满身灰尘的后影，刹时高大了，而且愈走愈大，须仰视才见"，而且要威压、榨出皮袍下的"小"，"教我惭愧，催我自新"。"我"当然并不等同于作者，但分明也是一个不满现实的新式知识分子，从小说的对照描写中，体现了作家对劳动者由衷的敬佩和对知识分子严格的自审。《一件小事》的发表虽在1919年12月1日的北京《晨报》创刊纪念号上，而写作则在1919年7月，其时仍住绍兴会馆。从鲁迅当时的生活圈子看，很少有接触劳动者的机会，只是日常由住处绍兴会馆到教育部上下班，不乏与人力车夫打交道，我们从《鲁迅日记》中可以窥见一二。如1913年2月8日有为车夫抱不平的记录，慨叹"季世人性如野狗"；1917年5月17日载"自部归，券夹落车中，车夫以还，与之一元"。可见车夫拾金不昧的品行是给鲁迅留下了深刻印象的，很可能成为创作《一件小事》的某种契机。

除了《新青年》，鲁迅此时的文学活动还与新潮社有关，他的短篇小说《明天》就是发表在1919年10月出刊的《新潮》第二卷第二号上。新潮社是酝酿于1917年秋，成立于1918年10月的以北京大学学生为主体的社团，创刊之初与《新青年》相呼应，产生过积极的影响，鲁迅对它也寄予过希望，对于《新潮》上出现的倾向进步的作品给以热情的扶植。比如有的小说虽则幼稚、平铺直叙，而立意改革社会，鲁迅仍肯定其为佳作，认为这是上海鸳鸯蝴蝶派作家"梦里也没有想到过"的，"这样写下去，创作很有点希望"。(致傅斯年信1919年4月16日)当然，《新潮》无论从成员、倾向、时间、影响等与《新青年》都是无法比拟的。

六 "五四"思想革命的中坚

与创作白话小说的同时，鲁迅在"五四"时期写下了数量可观的杂感，以其快捷、短小、犀利、透彻抨击时弊、抉发黑暗、警醒世人，产生了很大的影响。这些杂感都发表在《新青年》上，该刊自1918年4月起开辟了一个专栏，总题"随感录"，刊登对于社会和时事的短评，总共发了133篇，鲁迅占了27篇，集中在1918年、1919年这两年，最早的一篇为1918年9月的"随感录二十五"，其后源源不断，有时在同一期上一气登出五六篇，仿佛集束手榴弹，威力之猛，远胜于该栏他人作品，大大增强了当时"四面受敌"的《新青年》的实力和锋芒。

这二十多则"随感录"，内容广泛，思想锐利，"有的是对于扶乩、静坐、打拳而发的；有的是对于所谓'保存国粹'而发的；有的是对于那时旧官僚的以经验自豪而发的；有的是对于《上海时报》的讽刺画而发的"，(《热风题记》)看似任意而谈，其实有很强的针对性。首先是对当时光怪陆离的社会相进行了广泛的揭露和讽刺："试看中国社会里，吃人，劫掠，残杀，人身买卖，生殖器崇拜，灵学，一夫多妻，凡有所谓国粹，没一件不与蛮人的文化(?)相合。"还有拖大辫，吸鸦片⋯⋯至于缠足，更是以残酷为乐，丑恶为美。(随感录四十二)"中国社会上的状态，简直是将几十世纪缩在一时：自油松片以至电灯，自独轮车以至飞机，自镖枪以至机关炮，自不许'妄谈法理'以至护法，自'食肉寝皮'的吃人思想以至人道主义，自迎尸拜蛇以至美育代宗教，都摩肩挨背的存在"。"既许信仰自由，却又特别尊孔；既自命'胜朝遗老'，却又在民国拿钱；既说是应该革新，却又主张复古……"(随感录五十四)可见鲁迅对于那自相矛盾者的真实嘴脸，对于提倡"国粹"者的险恶居心，洞若观火，他写道："只要从来如此，便是宝贝。即便无名肿毒，倘若生在中国人身上，也便'红肿之处，艳若桃花；溃烂之时，美如乳酪'。国粹所在，妙不可言。"(随感录三十九)这是何等痛快淋漓的揭露。对于那些鄙薄白话，认为白话俚俗浅陋的复古主义者，鲁迅给以迎头痛击，称之为"现在的屠杀者"，"四万万中国人嘴里发出来的声音，竟至总共'不值一哂'，真是可怜煞人"。"做了人类想成仙；生在地上要上天；明明是现代人，吸着现代的空气，却偏要勒派腐朽的名教，僵死的语言，侮蔑尽现在，这都是'现在的屠杀者'，杀了'现在'，也便杀了'将来'——将来是子孙时代"。(随感录五十七)鲁迅深感社会空气之恶浊，"民族根性改变不易"，忧惧"国粹"太多，"中国人民要从'世界人'中挤出"，而医治疗救这"不长进的民族"思想上的病，对症的一味药就是"科学"。(随感录三十六、三十八)这是真正的"五四"精神。若干年后鲁迅在为这些杂感编集时说过："我以为凡对时弊的攻击，文字须与时弊同时灭亡。我所悲哀的，现状和那时并没有大两样，病菌仍在，文字的生命也可以存留了。"还说无情的冷嘲与有情的讽刺在于后者是对社会弊病和一切不合理事物予以热烈地有立场的批判和讽刺，以促醒人们改革社会。作者反对犬儒式的冷嘲，致力于满腔热忱的尖锐淋漓的讽刺，有感于"周围的空气太寒冽了"，因此将这本杂文集题名曰"热风"。(1925年《〈热风〉题记》)由此可见鲁迅这类杂感的生命力和他作为伟大启蒙者的热烈情怀。尽管他感到周围的空气是如此的寒冽窒闷，还是希望中国青年"摆脱冷气，有一分热，发一分光，就令萤光一般，也可以在黑暗里发一点光"。(随感录四十一)"什么是路？就是从没路的地方践踏出来的，从只有荆棘的地方开辟出来的"。(随感录六十六·生命的路)这些都给青年以莫大的启示和鼓舞。

如果说"随感录"只是三五百、千把字的短制，那么此期鲁迅更有厚重的鸿篇巨制，这就是1918年8月和1919年11月先后发表的《我之节烈观》和《我们现在怎样做父亲》的长篇论文。这两篇论文先后刊登在《新青年》第5卷第2号和第6卷第6号，署名均为唐俟，写作地点也都是在绍兴会馆里。当《新青年》创刊不久，陈独秀就从提倡民主，反对专制的高度批判儒家的三纲五常和家族制度，陈独秀本人和吴虞都写过这方面的文章，但深入到这一制度的核心、在学理上做出剖析和论证的是鲁迅。针对家族制度中妇女全无地位又负荷深重痛苦的状况，在《我之节烈观》一文中进行了尖锐的揭露和深入的讨论，严肃质疑："不节烈的女子如何害了国家"？"何以救世的责任，全在女子"？"节烈是否道德"？指出"道德这事，必须普遍，人人应做，人人能行，又于自他两利，才有存在的价值"。所谓"节烈"是与男子绝不相干的片面要求于女子的"畸形道德"。系统批判了自古以来女子成为男子的物品，"妇者服也"，"饿死事小失节事大"，男子可以多妻妇女必须守节一类封建道德。因而倡扬节烈，事实上是"无主名无意识的杀人团"，使许多妇女"不幸上了历史和数目的无意识的圈套，做了无主名的牺牲"。"皇帝要臣子尽忠，男人便要女人守节……然而自己是被征服的国民，没有力量保护，没有勇气反抗了，只好别出心裁，鼓吹女人自杀"。"这类无主名无意识的杀人团里，古来不晓得死了多少人物"。文章依据事实，层层剖析，透彻说理，郑重宣告在人类眼前早已闪现曙光的二十世纪，节烈之类"无益于社会国家于人生将来又毫无意义的行为，现在已经失了存在的生命和价值"。文末，沉痛地呼吁："我们哀悼了过去的人，还要发愿：要除去虚伪的脸谱。要除去世上害己害人的昏迷和强暴。要除去人生毫无意义的苦痛。要除去制造并赏玩别人痛苦的昏迷和强暴"。"我们还要发愿：要人类都受正当的幸福"。

　　这篇文章具有很强的针对性，对于当时北洋政府和社会上复古主义者提倡节烈的反动潮流予以迎头痛击。辛亥革命后军阀政府为了压制民主反对改革，命令学校读经，支持社会上顽固分子的一切复古运动，提倡节烈即其内容之一，在政府颁布的褒扬条例中，就有"表彰节烈"的条款，此时以至"五四"前后的报章上还时有高唱"世风日下"颂扬节烈的诗文纪事。因此，揭露"节烈"这种封建道德的反人道残酷本质是民主革命的迫切任务之一，《我之节烈观》矛头所向，不仅具有强烈的战斗性，而且内涵丰富，所论不限于"节烈"一端，延伸及于男女权利问题、家庭问题。表达了"五四"的前驱者渴望在中国建立崭新的男女平权的家庭，以代替数千年来妇女受尽苦难的旧式家族制度。与此相呼应的是鲁迅在"随感录四十"中向旧式家族的包办婚姻发出叛逆的声音，拒绝无爱的婚姻。文中引述一位不相识青年所写的一首题为"爱情"的短诗，一开头就说"爱情！可怜我不知道你是什么"！"仿佛两个牲口听着主人的命令：咄，你们好好儿的住在一块儿罢"！鲁迅说这是血的蒸气，醒过来的人的真声音，叫出了没有爱的悲哀，叫出了无所可爱的悲哀。又不能责备异性，只好陪着做一世的牺牲，完结了四千年的旧账，虽则万分可怕，但这声音究竟醒而且真。我们在这里仿佛感受到了鲁迅本人感情伤口的巨大创痛，感受到了觉醒者的深沉的苦闷。

此期发表在《新青年》上的另一篇重要论文是《我们现在怎样做父亲》，这是鲁迅向旧式的封建家族制度提出的又一个带根本性质的问题，其要旨在革除长者本位观念，代之以幼者本位思想。他在文中开门见山地说："我作这一篇的本意，其实是想研究怎样改革家庭；又因为中国亲权重，父权更重，所以尤想对我历来认为神圣不可犯的父子问题，发表一点意见。总而言之，只是革命要革到老子身上罢了。"鲁迅指出，"生命何以必须继续呢？就是因为要发展，要进化……所以后起的生命，总比以前的更有意义，更近完全，因此也更有价值，更可宝贵。""但可惜的是中国的旧见解，又恰与这道理全相反。以为父对于子，有绝对权威，儿子有话，却在未说之前早已错了。""他们的误点，便在长者本位和利己思想，权利思想很重，义务思想和责任心却很轻。"鲁迅倡导一种离绝了交换关系和利害关系的爱，认为长者对幼者应尽义务，并非占有，长者对幼者的爱是天性，并非施恩，不求回报。因而觉醒的父母对于子女，"应健全的产生，尽力的教育，完全的解放"。在别的文章中也表述过类似的思想，说"中国的孩子，只管生，不管教"，怎样成为一个完全的人，现在正须"父范学堂"，要"人"之父。(随感录二十五) 而"父范学堂"

正在于告诉人们怎样做一个现代的父亲,《我们现在怎样做父亲》从历史上和学理上对此进行了深入的探讨和充分的论证,倡导一种新型的现代的父子关系,正可以作为"父范学堂"的基本教材。正是在这篇文章里,鲁迅大声疾呼要从我们开始,从觉醒的人开始,各自解放自己的孩子,留下了一句至今具有震撼力的名言:"自己背着因袭的重担,肩住了黑暗的闸门,放他们到宽阔光明的地方去;此后幸福的度日,合理的做人。"

简而言之,发表于"五四"高潮中《新青年》上的《我之节烈观》和《我们现在怎样做父亲》这两篇论文,从妇女地位、婚姻制度、父子关系、伦理道德诸多方面对中国封建的家族制度给以猛烈抨击。首次在历史上以现代观念对古老的家族制度进行了剖析和批判,从根本上对两性和两代人伦关系做出了系统的建设性的探讨,其深层意义在于使得家庭这一人伦之本从旧式宗法制度的基础转为现代民主社会的细胞。这些论文以及杂感短评,应当是中国思想史进入现代的辉煌文献和重要标志。

七 俭朴的生活

鲁迅在绍兴会馆寓居了整整七年半的时间,自1912年5月13日到1919年11月21日,其间于1916年5月6日以前住在"藤花馆",以后住在"补树书屋"。这段时期的生活状况总的说来是单调简朴甚至是相当清苦的。

会馆的房子并不坚实,且相当老旧,《鲁迅日记》中有"大风撼屋,几不得睡"(1915年3月3日)"夜大雷雨,屋多漏","修缮屋顶"(1917年8月1日、11月7日)的记载;而且住客似乎流品驳杂,鲁迅在会馆内的一次搬动就是为了"避喧",躲开那些不顾别人只管自己大声唱戏喧哗的人。会馆自然不备饭食,鲁迅单身一人,并无家眷,饭无定所,很不规律。

白天,鲁迅按时去教育部上班签到,从宣武门外南半截胡同的绍兴会馆到教育部,要经过菜市口、宣武门整条大街,相距约三里地。鲁迅上班经常步行,偶尔也坐"骡车"或人力车,"骡车"已很稀少,人力车则在《日记》

和小说《一件小事》中有所记叙。当时他习惯于早上不吃饭，中晚两餐往往东一顿西一顿，曾在"海天春""益昌"包过饭，因"日恶"等原因而中止，以至有时以馒头饼干之类充饥，晚上则到会馆附近的"广和居"去吃廉价的豆面炸丸子，或到小店和街头摊挑买饭。《日记》中还有友人"贻肴一器，馒首廿"的记载，这一天正是旧历除夕（1916年2月2日），可见即便到了旧历过年，鲁迅也只有朋友贻赠的一器菜肴和若干馒头而已。衣着方面更是俭朴，日常的生活必需品，则在宣武门内头发胡同的小市上购买，因为每天上下班都要在市口经过，顺便绕进去就可买些日用零星物品，有时也可意外地在旧货摊上购得一些虽残破而颇有价值的书籍文物。

绍兴会馆时期鲁迅的经济来源是教育部的薪金。1912年来京之初，教育部职务未定，部员每月一律发生活费60元，这年8月被任命为佥事和科长后，月薪为220元。约从1913年起，教育部规定了薪俸等级，依此，薪俸为240元。但此后军阀政府经常克扣薪金，不能如数发给，杂文《记发薪》中便写到教育部欠薪的情况。鲁迅每月的收入仅有一小部分用于自己极为简朴的生活，大宗的除去赡养家庭外，购买书籍碑帖拓片等费用不小，我们可以从鲁迅每年在日记后所附书账得到清晰具体的了解。自周作人及其一家来京，鲁迅为了买屋和负担大家庭的开支，更是屡屡举债，这主要是搬出绍兴会馆以后的事了。

由于长期的积郁多思和俭省而不规律的生活，加之夜间工作和抽廉价的劣质香烟，这一切都损害了鲁迅的健康，此时虽处壮年，却面容瘦削，《日记》中屡有关于牙疼、胃病、感冒发烧和气管炎等疾病的记录，而且多是草草对待，买点普通成药应付了事，极少就医。鲁迅晚年严重的肺病，也许在此时已伏下了病根。

结　语

鲁迅从青年时代起就离开故乡，到异地去寻求别样的人生。先是到南京、到日本求学，回国后在绍兴教书，辛亥革命后应邀到教育部，由南京而北京，脱离教育部后南下到厦门、广州的大学任教，最后在上海定居。鲁迅一生在多个城市寓居过，而以在北京的时间最长。在北京曾先后住过四个地方，除绍兴会馆外，还有八道湾11号（1919年11月至1923年8月）、砖塔胡同61号（1923年8月至1924年5月）和阜成门内西三条胡同21号即人称"老虎尾巴"的住所（1924年5月至1926年8月）。这后几处住所，短的不到一年，长的不过四年，都远不及在绍兴会馆居住的七年半时间长。因而，绍兴会馆是鲁迅在北京居住时间最长的地方。如果同鲁迅在其他城市的寓所相比，即以鲁迅晚年定居的上海而言，总共是六年，因而绍兴会馆又是鲁迅一生中寓居时间最长的地方。

综前所述，绍兴会馆时期的这一段历史生活，对鲁迅的一生，对他的思想发展和战斗业绩，关系至为重大。此期他身处历史文化古都的北京，又是军阀统治核心的北京，使他一方面对中国历史文化的思考更加深入，另一方面对社会现实弊病的洞察更为真切，奠下了鲁迅思想较同时人坚韧、彻底、成熟的坚实基础。尤其令人振奋的是北京乃"五四"新文化运动的中心、文学革命的发祥地，鲁迅积蓄已久的心火，终于得到了喷发，创下了辉煌的战斗业绩。

绍兴会馆，对于鲁迅思想和战斗的一生，是值得纪念的地方。

绍兴会馆，对于中国现代思想史和革命史，也是值得纪念的地方。

> 附记：本文应黄宗汉先生之命，仓促编写而成。其中有关鲁迅著作、日记、书信等，均经查核，有关旧教育部的文件、刊物等，不及查找原件，请读者鉴谅。

2003.4.25北京抗击"非典"之期

《红楼梦研究稀见资料汇编》前言

——20世纪上半叶红学论评三百篇述略

一

历史的进程已行将走到二十世纪的尽头，返身回顾本世纪上半叶的红学研究，由于有了半个世纪时间的间隔，这段距离足以使人变得比较从容、比较超脱，少了几分当事者的局促和偏狭，多了几分后来人的客观和包容。这是我们发愿汇编这样一部大型资料书的重要原因。同时也由于长期的积累，搜索和汇集了这一时期发表在全国各种报纸杂志上的红学论评约有五百余篇。这项收集和整理工作最早应上溯至二十多年前，即七十年代初人民文学出版社编辑出版的一套《红楼梦研究参考资料选辑》，其第三辑即相当于本书所涵盖的时段，只是由于当时历史条件的限制，仅精选了33篇，而绝大部分摄制的胶卷沉睡于档案库中。至九十年代初，中国艺术研究院红学所在《红楼梦大辞典》完稿后曾有编辑《红楼梦汇要》（包括史汇、文汇、论汇）的设想，因人力物力不逮而搁置，其中"论汇"曾局部启动，到全国各大图书馆查阅、复印了数百篇资料，但一置多年亦未能利用。鉴于上述的渊源，我们感到将这一批资料加以汇集、整理、编辑、出版已不能再延宕了，否则，资料的流失和湮灭势所不免，而要重新再把散见于几十上百种报刊中的长文短论报头刊尾一一查找收集起来，其工作量和难度，将远远超过往昔。因此，为了使这项旷日持久的工作结出一个果实，更为了省却广大《红楼梦》爱好者和研究者的检阅之劳和搜求之苦，我们编就这部《红楼梦稀见资料汇要》面世，相信这是一件有意义的事情。因为，在那个时代红学虽则远不如当代之"显"，但同样为人们关注和爱重。当时的人们对《红楼梦》的观感和见解自有其独特之处，作为一段历史是不可复现不能代替的；因而，不仅治红学学术史者应当了解，即便是普通的读者和研究者，也可从中得到启示和借鉴。

本书所涵括的时段已如上述，为本世纪上半叶，大体上自1911年至1949年。此前清代的《红楼梦》研究资料已由一粟所编《红楼梦卷》汇集，该书广搜精选，功力深湛，早已成为研红必备之书。我们这套资料上限力求与之衔接，下限则止于1949年。其次，本书所收作者不包括胡适、俞平伯等大家，原因是他们的论著已多次出版，广泛流行，不仅有《文存》《全集》行世，而且作为新红学的开创者，其红学论述已有专书出版，读者容易看到。周汝昌、吴恩裕（笔名负生）等名家有关曹雪芹生卒年及某些背景材料的考辨文字虽已见诸四十年代的报刊，由于他们在五十年代及其后有远为详备完整的专著和文集，已为读者所熟悉，故本书亦不再收录。再次，本书只收单篇文章，不拘长短，如果同一作者或不同作者的文章汇集成册，单行出版，则选收其当初发表在报刊上的文章。比方李辰冬的《红楼梦研究》和王昆仑（署名太愚）的《红楼梦人物论》，是当时十分重要的红学专著，成书之前都曾在报刊上陆续刊出过。本书所收的《红楼梦在艺术上的价值》《红楼梦的世界》《红楼梦里重要人物的分析》《红楼梦辨证的再认识》等文即为李著中的重要篇章。而王昆仑的《红楼梦人物论》影响更大，不仅在四十年代已结集成书，至八十年代更修订重版，考虑到此书当代读者较易得见，因仅收少量以为代表，另有太愚《红楼梦的语言》一篇不在《人物论》中，本书理所当然将其收入。此外，如张天翼《贾宝玉的出家》这一长篇论文，曾先发表在刊物上而后又收入同名的一本文集中，则当然应在本书的收列范围之内。

作为一种资料书，保存其历史的本来面目，是编辑者所应遵循的最基本也是最重要的准则。从总体上说，我们采取兼容并包、不拘一格的态度，不以学术观点、文化背景、政治倾向为取舍；在形式上也是数万字的长篇宏论和几百字的杂感补白兼收。就每一篇文章而言，以保持其原貌为整理的要求，仅做必要的文字标点处理，订正明显的舛讹，不加任何改动，并于文后注明其原载何处。现在本书所收录的一百余位作者的约三百篇文章，占到我们所及见的五百多篇的大部，未收入的除去上文说明的几位大家而外，数量已不多，况且其中有些是因旧时尤其是抗战时期报刊纸张印制皆差，实在无法看清楚而不得不舍弃。正因如此，我们这部资料书与其叫"选辑"不如名"汇要"也许更能反映实际情况，反映我们尽可能加大容量保存原貌的初衷。本世纪上半叶单本的红学著作很少，我们希望借助这里提供的散见于报刊上的几百篇文章，加上人们熟知的名家论著，得以大致复现这一时期《红楼梦》研究的真实面貌。本书各篇以时间为序顺次编排，有的因报刊连载今加以集中，个别因性质相近小有调整，均不影响总的时间序列。其出发点也是为了存真。

二

收入本书的三百篇文章如果试做一粗略的分类统计，大致是：短评杂感30篇，占10%；论文112篇，占37%，其中综论约50篇，余者为人物论和艺术论；小考、评点及本事索隐90篇，占30%；作者家世及版本含后四十回的探讨共24篇，占8%；序跋、书评及书话27篇，占9%；其他16篇，占5%。当然，这样的分类不尽恰当，因为有的文章难以归类；统计也不可能精确，因为有的文章分割连载而成为很多篇。不过，我们可以由此得出一个大致的印象，心中有"数"总比混沌一片来得清晰些，这组数字至少显示出人们的注意和兴趣的重点和趋向。

在当年，红学既无政治的干预也无商业的炒作，凭借自身的魅力和价值风行于世、备受爱重。正如有的论者所描述概括的那样："旧说部里面几部流传极广的书，当以《红楼梦》为首位了。此书受新旧学者一致推崇，读者群中包括了各色各样的人物，有大学教授，有左翼文人，……上至达官贵人，下至贩夫走卒，无不沉迷其中。近来研究红学之风，更盛极一时，西南联大既设红学讲座于前（主持者为刘典文教授），文学家王昆仑复出版专著于后（太愚著红楼梦人物论），皆极有成就。此外各报的副刊文字更时有登载，谈红学者不一其人，此因《红楼梦》这一部足以列入世界文学名著之林的佳作，太伟大了。书内有各种各样可供研究的资料，有各种各样发掘不尽的宝藏。好比名山大川，气象雄奇，风景瑰丽，随便从任何角度去考察俱有蕴蓄不尽的异彩奇光。"的确，《红楼梦》犹如一块磁铁，在它周围形成了一个磁场，吸引了各色各样的人，而在读者群中，最迷恋、最投入，或者说是用心灵去感受、用生命去体验的，首先是青年。

无论是从二十年代初张闻天的《读红楼梦后的一点感想》，还是三十年代姜亮夫的《红楼梦送我出青年时代》，以及四十年代重庆中央大学文学院师生的对话研讨，都可以看出《红楼梦》在当时青年人心目中的位置。张闻天的这篇评论劈头就问道："人生是什么？人生的意义到底是什么？人生的繁忙究竟为的是什么？"这是文艺思想家一刻不能忘记的，《红楼梦》这部书可说是著者"对于人生的经验，对于人生的观察和他所味到的人生的意义"，"其中精彩的地方，真是'美不胜收'，但是最引起我们的注意、怀疑和悲哀底所在，就是林黛玉之天真和薛宝钗之虚伪"！他激赏林黛玉从心坎中流露出来的"全人格"的爱，"这种爱就是伊底生命，失了这种爱就失了伊底生命"；同时论及薛宝钗因为要适应机械无情的社会，"就不能不丧失了伊底天真"，"伊底虚伪是拿了伊底赤子之心去换来的。诸君，这代价大不大呢？"有感于年岁愈大入世愈深烦恼愈增，"赤子的眼光 Childish view 不能不改为灰色的眼光 grey view"的苦痛，张闻天喊出"为了人生"奋力保持"人的中心"的呼声，"人的中心就是我底真生命、就是我底标准、也就是我底宗教、我底爱！"，"我们情愿为了赤子之心受人家底欺骗"，"终算对得住自己的良心，对得住全人类"。在文后的短跋中作者说写这篇读《红楼梦》的感想是受到宗白华法国来信的触动，他们都努力在这个苦闷罪恶的世界人生中保持自己的天真和赤子之心，并且提到"雁冰兄也有意见"要发表，《红楼梦》成了他们的共同话题。1935年，姜亮夫在一篇回顾自己从小的读书经历的短文中写道："英雄派的小说，历史派小说，差不多都看过，然而还不曾真的'入魔'。后来不知怎的，偶然间在书架上发现一部《红楼梦》，偶然的翻了几页，不料竟成了整个中学生时代的好伴侣。""我曾为贾府绘了顶顶详细的世系图，为大观园里的公子小姐们画过像，又费了若干力去想像一个大观园的图模。这时我最赏识的是宝钗、探春、史湘云三人，其次才是黛玉、宝玉，为钗探湘黛四人画了四张特别大的像，题了些歪诗，作了些详论四人的文章。葬花词不必说是读得滥熟，就是零零散散的诗词，也记得不少，也陪过黛玉落泪，也陪过宝玉相思……"后来读到王静安的《红楼梦评论》才觉得自己作过的评论文字太幼稚，这里还有如许大的哲理！

　　再来看看本书所收1944年重庆中央大学文学院的一次学术座谈会纪实，论题是"《水浒传》与《红楼梦》"，教室内外拥挤着两三百人，在抗战时期一个停电的晚上凭借着烛光聚会，讨论十分热烈。主讲人李长之教授先就本题作半小时的讲演，声明是以客观的对人物并无爱憎的态度做一个分析，指出两者的背景不同、意识不同、创作的过程和美的观念不同。《水浒》是不满现状的反抗，写落魄江湖的亡命之徒；《红楼梦》则在现状中求享受，写温暖的家庭。"所以我常说夏天最好读《水浒传》，因为它写得痛快；冬天最好读《红楼梦》，因为它写得温暖"。《水浒》是史诗、是壮美，《红楼梦》是抒情诗、是优美；《水浒》中男女间金钱高于一切，《红楼梦》则以感情为重心，宝黛是柏拉图式的恋爱；《水浒》是短篇小说的集合，《红楼梦》是长篇小说；等等。又举出了二者的相同点在于都有形而上的思想，都假定有两个世界；都是描写寂寞，热闹之中的寂寞；都是细腻的、伟大的作品。其时系主任汪辟疆先生赶来参加，为大家做了十多分钟的精彩讲话。之后与会者谈锋屡起，同学们有问难、有反驳，也有补充李先生见解的，往来论辩，至十点钟散会还有人不舍离去。同学们的讨论由整理者归纳为"十大问题"：一、《红楼梦》所写的，是个温暖的家庭吗？《红楼梦》作者的思想，是享受的吗？二、林黛玉和史湘云哪个可爱？三、妙玉到哪儿去了？四、薛宝钗是否可爱？五、《红楼梦》是一部民族伤心史吗？六、眼泪是感情的表现吗？七、《红楼梦》的结局，在艺术上的评价怎样？八、梁山泊和大观园在哪里？九、太虚幻境的意义何在？十、宝玉为什么一定要出家，难道当了和尚，就圆满地完了吗？其中有些问题如作者的思想、宝钗的评价、妙玉的去向、英雄泪和儿女泪等等的对答论辩，十分精彩，引来了大家的掌声和笑声，足以见出探讨的执着和气氛的活跃。

当我们翻看这些半个世纪以前的读者尤其是青年读者对《红楼梦》的感受见解之时，真有一种热乎乎的感觉，既新鲜又亲切。觉得亲切倒不单是因为许多熟悉的名字就是我们的师长或师长的师长，而是他们竟然和我们有相类的感受和相同的问题；觉得新鲜是因为他们的所想所言，充溢着时代和个性的色彩，鲜活如生，而为今人所不曾经历不可重复。谁说《红楼梦》不是一棵常青树呢，围绕着她永远有古老而新鲜的话题，温故可以知新，追踪前人的轨迹我们又一次进入了《红楼梦》，领略了她那内在生命的脉动。

三

作为一部文学作品，《红楼梦》的与众不同之处在于她以一部小说成就了一门学问即红学。红学在清代本是文人学士的戏谑之称，其学术地位的确立不能不归功于本世纪二十年代初新红学的创建。今天，人们对新红学奠基人胡适的《红楼梦考证》和俞平伯的《红楼梦辨》以及其后的许多著作都相当熟悉，也深知他们对当时和以后红学发展的巨大影响；然而，对于与他们同时代的许多学者的研究与建树则知之不多，对各界人士的热心探讨和一得之见亦相对忽略。实际上，这一时期的红学是多元的、多彩的，也是相当开放的。

首先，对新红学的开山之作不仅有充分的肯定和高度的评价，而且也有尖锐的批评和深入的探讨。我们看到，这一时期所发表的文章不论是短评还是研究性的长文，论及胡俞著作表示钦佩的自不在少数，如谓其是《红楼梦》有史以来的"前途转机"，"有伟大贡献"，甚至说"这一件大功，值得凌烟阁上标名，足见新红学的成就和影响。同时，也很有一些论者不赞成自传说，对新红学考证方法的有效范围提出质疑，如黄乃秋《评胡适〈红楼梦考证〉》就是一篇很有深度的文章。黄文写道："余尝细阅其文，觉其所以斥人者甚是，惟其积极之论端，则犹不免武断，且似适蹈王梦阮、蔡子民附会之覆辙"。"胡君谓考证《红楼梦》，范围限于著者与本子，不容以史事附会书中之情节"。"然胡君虽知以此律人，其自身之考证，顾仍未能出此种谜学范围，如谓甄贾两宝玉即曹雪芹，甄贾两府即曹家……与上三派如出一辙。所不同者，三派以清世祖董鄂妃等，胤礽朱竹垞等，暨纳兰成德等相附会，而胡君以曹雪芹曹家李家等相附会耳。明于责人，昧于责己。"他认为胡适的结论和方法"大背于小说之原理"，而这才是黄文着意阐发的重点，也是胡适种种附会的"根本之蔽"所在，"概以一语，曰，以实际之人生绳《红楼》耳。夫《红楼》者，小说也"。作者从小说的特性出发，论证《红楼》所表现之人生与实际人生迥然不同，指出：一、《红楼》为已经剪裁之人生；二、《红楼》为超时空性之人生；三、《红楼》为契合名理之人生；四、《红楼》为已经渲染之人生。"是则《红楼》一书之所叙述，殆断不能以实际人生相绳。""居今日而读《红楼》，首当体会其所表现之人生真理，如欢爱繁华之为梦幻，出世解脱之为究竟，如黛为人之卒失败，如钗为人之终成功等。次当欣赏其所创造之幻境，如布局之完密，人物之夐绝，设境之奇妙，谈话之精美等。不此之务，而尚考证，舍本逐末……然即欲考证，亦只能限于著者本子二问题。问著者为谁何？生何年？卒何时？家世何若？成此书何日？出版何年？本子有几？优劣何若？审慎其结论，缺其所不知，以备文学史家之采择，而便读此书者得选善本而申感谢此大著者之意。此外，即非考证范围，即不容有所附会。"另一位署名怡墅的作者也发表过类似的见解，他在比较研究了各家关于《红楼梦》的解释之后，得出了以下几条：一、小说非历史；二、历史小说亦非历史；三、小说除"闻见悉所亲历"以外，须加以艺术上的锻炼；四、小说在"闻见悉所亲历"以外，更须有想象力；五、《红楼梦》经不起考证。它既非信史，那就只能"考"而不能"证"了。这位论者赞赏俞平伯的话："总之，再炼，再调和，一切创造皆是新生，而非重现。曹雪芹以其生平之经验为材料尚可，以为即其生活之纪实则不可。"（按：原文未注出处，似来自俞平伯《〈红楼梦辨〉的修正》，取其意）他认为胡适的批评蔡元培"不免是五十步笑百步"。他的结论是，"要了解《红楼梦》只有一条路：就是去读《红楼梦》"！

以小说的观点来看待《红楼梦》，重视其文学价值的论述还可以举出很多，大体上都是觉得学究气太重的研究无益于领略《红楼梦》的旨趣，人们之所以喜读《红楼梦》是因为作家打破了旧说部的惯例合于现代的文学原理，而"文学上之价值虽放诸四海通诸六合而不变者也，纵考据家论断精确亦足大贬本书之价值耳"。更有的为了强调文学价值而趋向极端，谓"其历史的价值，可说是等于零"。所有这些，都说明即使在新红学风行的时代，仍有各种持相异以至对立的观点，相互论辩，彼此补充，呈现一种率意而谈，颇为生动的局面。

正因如此，这一时期红学的学术视野相对宽阔，不拘囿于新红学的家数或与之论辩的套路，人们各自从自身所处的地位和所具的学养出发来认识《红楼梦》、研究《红楼梦》。由于时代所赐、风气所及，有的学者往往是在世界的范围内，把《红楼梦》置于同外国小说的比较中，来认识其价值、评说其短长的。吴宓就是很突出的一位，四十年代当他任教于西南联大外文系回顾自己的《红楼梦》研究时写道："宓关于此书，曾作文二篇。一曰《红楼梦新谈》，系民国八年（1919年）春，在美国哈佛大学中国学生会之演说。其稿后登上海《民心周报》第一卷十七、十八期。当宓作此演说时，初识陈寅恪先生（时在哈佛同学）才旬日。宓演说后，承寅恪即晚作'红楼梦新谈题辞'一诗见赠，云：'等是阎浮梦里身，梦中谈梦倍酸辛。青天碧海能留命，赤县黄车（原注：虞初号黄车使者）更有人。世外文章归自媚，灯前啼笑已成尘。春宵絮语知何意，付与劳生一怆神。'此诗第四句，盖勖宓成为小说家，宓亦早有撰作小说之志，今恐无成，有负知友期望多矣！"吴宓作为早期的中国留美学生，在异国他乡以《红楼梦》为题作演说本身就是红学史上值得记取的一件事；而陈寅恪作为同学知友，题诗相赠，更为红坛学林留下一段佳话。这篇演辞亦即嗣后刊登在《民心周报》上的《红楼梦新谈》。该文开头第一段便写道："《石头记》(俗称《红楼梦》)为中国小说一杰作。其入人之深，构思之精，行文之妙，即求之西国小说中，亦罕见其匹。西国小说，佳者固千百，各有所长，然如《石头记》之广博精到，诸美兼备者，实属寥寥。英文小说中，惟W.M.ThacKeray之 *The New comes* 最为近之。自吾读西国小说而益重《石头记》。若以西国文学之格律衡《石头记》，处处合拍，且尚觉佳胜。盖文章美术之优劣短长，本只一理，中西无异。细征详考，当知其然也。"以下即以其在哈佛修习之小说理论，对《红楼梦》加以论析。吴宓的另一篇文章为《石头记评赞》，1939年作于昆明，原稿系英文 (*A PRAISE OF THE DREAM OF RED CHAMBER*)，后撮译其要点，发表在1942年桂林的《旅行杂志》上。该刊在篇前的编者按中说："此篇由中西比较文学之观点，评定《红楼梦》一书之文学价值并阐发该书之优点，读者自必感觉兴趣。书中的事迹与理想，经作者详为分析，且多用图表，帮助读者不少；篇中小说与艺术理论的指示，抵得一部文艺论，其功更不限于文艺批评而已。"《评赞》之作上距《新谈》已二十年，在"以西洋小说法程规律，按之石头记，莫不暗合"这一点上一脉相承，其贯通中西、融会而出己见，则更进一步。他认为"石头记为中国文明最真最美而最完备之表现，其书乃真正中国之文化、生活、社会、各部各类之整全的缩影，既美且富，既真且详"。其叙述主人公灵魂的历程，"可与柏拉图筵话篇，圣奥古斯丁忏悔录，但丁新生及神曲，歌德威廉麦斯特传比较。又可与卢梭忏悔录及富兰克林自传反比"。文中更以《石头记》与西万提斯之《吉诃德先生传》比较，指出《吉诃德先生传》乃最佳之骑士游侠小说，此书一出，"西班牙盛行已久之千百种骑士游侠小说，竟无人读，一扫而空"；而《石头记》乃最佳之才子佳人小说，《石头记》出，"旧日之才子佳人小说弹词，降为第二三流，有识者亦不爱读之矣"。由此看出《石头记》的影响和地位。此外，本文专有一节叙及《石头记》早年的诸种译本(英文、德文、法文)和以《石头记》作成学位论文的法国巴黎大学、里昂大学诸君的情况，特别推重李辰冬的著作。这些史实和见解，都值得重视。

以中西比较的视点来观察和研究《红楼梦》自然不止吴宓一人，当时学兼中西又熟悉《红楼梦》的人几乎都有这方面的心得。他们往往是在读了大量西方小说之后，返观红楼，愈觉其佳妙；或是在学得了西方文学理论后，按之于红楼，无往而不合榫。如汝衡在《红楼梦新评》中也说过，"《红楼梦》为最佳之写实派小说，其体大思精，虽西洋小说，亦罕有其匹"；上举黄乃秋文所据之小说原理亦来自西方文论。这在西学东渐、新知纷呈的文化背景下原是很自然的事。而且不单是西洋，东洋的理论来得更切近，日本厨川白村《苦闷的象征》便是某些论者乐于据引的文艺论，有一位作者大段征引了该书第三篇"文艺上根本问题的考察"来批驳道学家对《红楼梦》的曲解，说明"艺术的道德不道德，卑下不卑下，不在情节，乃在精神"。《红楼梦》作为言情小说，情、爱、性，本是题中应有之义，从现代心理学、性学的观点来阐释正是一种新的尝试。二十年代末在上海出版的《情化》杂志创刊号上登载了张竞生的论文，提出胡适的科学方法只是第一步的成功，"名著如《红楼梦》，不是用科学方法所能得到其精湛之所在的。因为科学方法重在返本探原，而将万绪变化的神情归纳为简单无味的逻辑"。因此他倡言"创造的方法"，"这不是玄学的渺茫，而是有规则与条理的，它与科学方法不同处，它不仅重视客观，而且兼及主观。这个'创造的方法'，每为'心理分析家'所取用，因为研究人类的心灵，非用创造的方法不可"。他认为林黛玉忧郁哭泣近于变态的性格，有其病理上的根据，也与性的不满足有关。由此可以明显看到弗洛伊德学说的影响。不论张竞生的此种分析是否合于《红楼梦》创作的实际，仍不失为一种严肃的学理上的探讨。与张文差不多同时，刘大杰发表了《红楼梦里性欲的描写》，文章从人们对郁达夫小说的否定性批评谈起，指出"这些没有艺术的眼光，就来批评人家作品的话，不仅可以不答辩，简直可以把它当做耳边的风声，因为他们不懂一件有价值的文艺作品，是超乎善恶道德的，读一件作品，应该欣赏这件作品的艺术，并不是分析这件作品中的道德成分。他们因为错认了批评的根本问题，所以得了这些偏见的结论"。"《红楼梦》里面描写性欲的文字，真是多极了，比郁先生的描写还要深刻的地方，实在是不少呢！不过我们读《红楼梦》，是拿艺术的眼光来欣赏的，所以那些地方，我们只觉得他的描写的深刻，总不至于说他是淫秽的写实"。正如沈雁冰所说"中国文学在'载道'的信条下，和禁欲主义的礼教下，连描写男女间恋爱的作品都被视作不道德，更无论描写性欲的作品"。（沈雁冰《中国文学内的性欲描写》，载1927年6月《小说月报》第十七卷号外郑振铎编《中国文学研究》）卫道的先生们一方面指斥《红楼梦》为"诲淫"之作，另一方面又以畸形的心理津津于性的描写。刘大杰此文从正面揭破卫道士虚伪的假面，以纯正的艺术家的眼光来鉴赏和肯定红楼梦中有关性欲描写的文学价值。在长期封闭的、性教育和美育都十分欠缺的中国社会文化氛围中，刘文显示出一种难得的开放心态和艺术眼光。

引进新的观念和方法，为《红楼梦》研究带来了生机和活力，这是有目共睹的事实；然而也不免存在生搬硬套食洋不化的现象，此种倾向也被有识之士注意到了，并有所警示。比如熊润桐在《红楼梦是什么主义的作品》一文中有这样的话："近来文学批评界里面，许多人很喜欢拿西洋文学中的什么主义，去贴在《红楼梦》的面上，他们有的以为《红楼梦》是浪漫主义的作品，有的以为《红楼梦》是自然主义的作品。这两个判断，彼此是很相反的，究竟谁是谁非？在我看来，他们大家都是武断，都有同样的谬误。他们只见得《红楼梦》的一部分，并不曾把《红楼梦》的全体观察清楚，便拿了他们自己平日所嗜好的某一种主义的招牌，随便加在《红楼梦》上！"这位论者认为《红楼梦》的精神是彻头彻尾东方的，和西欧的浪漫主义、自然主义风马牛不相及，"《红楼梦》自身有独立的价值"，何必"不远千里的从西洋借那些动人耳目的主义，替《红楼梦》加上一层极不自然的标榜"。历史不会重复，却可能有惊人的相似。这种提示不仅在当年足以清醒人的头脑，即使在今天又何尝不是有益的箴言。

四

  如前所述，这一时期的红学既然呈现出多元的、开放的局面，那么，对于晚清王国维《红楼梦评论》这样重要的著作，也不致冷落。在这点上，今人似乎有个错觉，认为像《红楼梦评论》这样首次系统阐发《红楼梦》的哲学和美学价值的专论，在以后很长的时期里，反应寂寞，几成绝响。实际的情况，并不完全如此。我们看到，在本世纪上半叶的红学论评中，不乏提到《红楼梦评论》并给以崇高评价和积极响应的文章。

  二十年代发表在《清华文艺》上署名涛每的《读王国维先生〈红楼梦评论〉之后》，就是一篇对王著进行全面介绍和充分评价的文章。该文写道："《红楼梦》一书为中国小说界空前未有之著作，历来研究批评者非常之多，或从文艺方面，或从影事方面，或从考据方面；然皆流于穿凿，蔽于一端，见其偏而不能见其全，务于小而失其大；因为研究者立足点不高，故不能赏识原书真正伟大之价值。近读王国维先生以前所著之《红楼梦评论》一文，其见地之高，为自来评《红楼梦》者所未曾有。""王先生这一篇评论过人的地方，就是他观察立足点很高，所以能够看见常人所看不见的地方。他对于宇宙人生美术有精到的见解，所以能阐明别人所不能阐明的哲理。"又如三十年代《红楼梦杂话》一文亦屡屡引述王国维的议论，据以发挥，"王氏的《红楼梦评论》中又说，此书中壮美的部分，较优美的部分多。本来艺术作品的目的，不在给予我们以道德的教训，而在赋予我们以最淳澈的美感。我们读一种作品，不应该理智地计较其思想的是非得失，而应该直觉地享受其审美的愉快。歌德的作品是这样，易卜生的作品也是这样，曹雪芹的作品又何尝不是这样。王氏之读《红楼梦》自始至终不曾以功利的眼光去计较其思想之是非得失，而只是彻头彻尾的欣赏其悲哀的壮美"。又有《红楼梦之思想》一文，谓人生痛苦无常，亦以王国维之言为善。这些论者都能体察王著的精神，道出其超越之处和精华所在，《清华文艺》上的一篇更能见出王著的缺陷，足见其非同庸常的学术水准。这位作者认为，"王先生评《红楼梦》之根本观察点，盖发源于叔本华之哲学思想。然而《红楼梦》作者与叔本华二人之所见是否能相合至如此程度，吾人不能无疑？予终觉根据一家言以看他家，终不免有戴起颜色的眼镜看物之危险，因所引证无论如何精密，总脱不过作者之成见，而其他不合其成见者，容易忽视过去……此实东西学术接触时作学者所应万分留意者也"。"故以叔本华之学说看《红楼梦》，不如就《红楼梦》看《红楼梦》"。应当说这是很中肯的见解，有助于人们全面地理解《红楼梦评论》，也有益于"东西学术接触时"学者保持客观的态度。

四十年代之初有两篇出于同一作者的文章，即《叔本华与红楼梦》《尼采与红楼梦》，显然是直接受到王国维论著的影响而写的。这位作者回忆二十年前还在清华做中学生时得读《红楼梦评论》，因了里面"许多精透的见解，当时我爱不释手，叔本华和曹雪芹的悲观思想，充满了我的心灵"；今虽时过境迁，此文"始终是第一篇影响我思想的文章"，"像静庵先生那样有见识的文艺批评家，还寥若晨星"。他认为叔本华和曹雪芹的思想，同一源泉，就是解脱，就是对生存意志永远的清除；而男女之欲是生存意志生命延续的伟大表现，故必须压制寂灭之，因而"林黛玉在艺术上不能不死"，以完成贾宝玉解脱的程序。至于尼采，后期反对叔本华哲学最激烈，其人生态度和曹雪芹也极端相反。因而"研究叔本华，我们只能解释《红楼梦》；研究尼采，我们就可以进一步批评《红楼梦》。根据叔本华来看《红楼梦》，我们只觉得曹雪芹的'是'；根据尼采来看《红楼梦》，我们就可以觉得曹雪芹的'非'"。作者认为尼采痛恨悲观主义，主张生存意志和权力意志，虽偏激，但进取，是现代中华民族的对症良药。在这里作者多少有些借题发挥，其论及《红楼梦》的地方并无超出王国维之处。

这里，我们要特别提出这样一篇文章，在标题和行文中并没有提到王国维的《红楼梦评论》，而在精神气脉上却与之贯通，那就是牟宗三所撰题为《红楼梦悲剧之演成》的长文，约有两万字。牟宗三认为红学的考证虽较合理，究竟与文学批评不可同日而语；作家们对描写技术与结构穿插的赞叹也只是一种赏鉴，很少涉及作品表现的人生见地，"中国历来没有文学批评，只有文学的鉴赏或品题"。"在《红楼梦》，那可说而未经人说的就是那悲剧之演成。这个问题就是人生见地问题，也就是支持那部名作的思想主干问题"。那么，悲剧为什么演成呢？不是善恶之攻伐，是由于"性格之不同，思想之不同，人生见地之不同。在为人上说，都是好人，都是可爱，都有可原谅可同情之处；惟所爱各有不同，而各人性格与思想又各互不了解，各人站在个人的立场上说话，不能反躬，不能设身处地，遂至情有未通，而欲亦未遂。悲剧就在这未通未遂上各人饮泣以终，这是最悲惨的结局。在当事人，固然不能无所恨，然在旁观者看来，他们又何所恨？希腊悲剧正与此同"。"发于情，尽于义，求仁得仁将何所怨？是谓真正之悲剧"。可见其悲剧观念同王国维十分近似，而且他们都是把一百二十回作为一个整体来看待的，充分评价黛玉之死和宝玉出家的悲剧性质，"后者正同释迦牟尼一样，都是以悲止悲，去痛引痛"。故"宝玉出家一幕，其惨远胜于黛玉之死"，他要解脱此无常，其狠与冷并非是恶，吾人何所饶恕？"惟如此无可恕无所恕之狠与冷，始为天下之至悲"。

此外，从哲学意义和时代思潮来解析《红楼梦》的文章还可举出一些，如熊润桐《八十回红楼梦里一个重要的思想》、王树槐《谈谈〈红楼梦〉中的人生理想》、陈觉玄《红楼梦试论》等。熊文以"因空见色"四句偈语为《红楼梦》的纲领，用"灵与肉"的冲突加以解析，谓"空"与"灵"相当，"色"与"肉"相当。偈语的前两句是《红楼梦》的正面，后两句是背面，风月宝鉴的正反之诫一段话"简直就是一篇读《红楼梦》的方法论；就是教人研究《红楼梦》应该钻入他正面所写着的肉的生活里，去领会他背面所藏着的灵的神秘"！他悟出曹雪芹解决灵肉冲突的方法是与朱熹、周敦颐大异其趣的，从而劝告青年不要做一个"以灵制肉"的道学家。王文谓"《红楼梦》中的人生理想，据我看来，统言之，便是求人性的充分发挥"。其要点一是"忘己为人"的精神；二是"超越现实"的精神；三是"解脱罪恶"的精神，求取心灵的解放。陈觉玄所撰为万余字的长篇论文，其核心在于提出贾宝玉这个人物是"体情遂欲"的新人性论在文艺中的反映，并结合作品列举了"新人"八个方面的特征。"新人"形象的哲学依据是清初启蒙思潮中的新型人性理论,"其特征就是人们自我之醒觉与发现,强调人类性去反抗封建的传统,对抗中世纪礼教的人生观,把人性从礼教中解放出来"。"新人"形象的社会经济基础是"因为都市商业经济成长的结果,便有新兴的市民阶层的抬头,对于旧社会制度由不满而生怀疑,甚至予以否定,这是新兴市民意识表现的自然姿态,他们便需要能够表现自我理想的新文艺之产生了"。这一篇文章似乎是最早提出"市民说"而过去却被忽略了。

上述诸文前一篇发表于二十年代初,后两篇发表于四十年代末,合同本文前面述及的一系列相关篇章,尽管见解各异、深浅不同,但可以得出这样的总体印象,这一时期对于《红楼梦》意蕴旨趣较深层次的探求,始终没有停歇过。

五

在探讨《红楼梦》哲学和美学价值的同时,人们并未怠慢了它作为一部文学作品"分内"的多方面成就,诸如文学观念、艺术结构、人物塑造、文学语言等。作品的总体价值和艺术机体的每一个方面本来就是紧密相连的。前文所说的"多元"也体现在文学范畴内研究角度和层次的多样性。

其实,在本文第三节所叙的那些不以史传观点而以小说的观点看待《红楼梦》的评说中,和以西洋文学原理来衡估《红楼梦》的论述中,就已经包含着对曹雪芹小说观和文学观的肯定,认为这是一种不同于中国旧说部的具有现代意义的新观念。这里,可以再举出较晚的高语罕《红楼梦底文学观》和关懿娟《红楼梦与才子佳人派小说》二文来对这一问题做些补充和归纳。高语罕举出四点来把握作者的文学观:一、它是写实主义的;二、它反对无病呻吟;三、它注重创造;四、它重视卓越的描写技术。文章对各点均依据小说做了申述,结语谓:"由此看来,《红楼梦》(指前八十回)的作者的文学观点是如何的伟大,是如何的革命;知此,始可与读《红楼梦》!"关懿娟的文章有一个醒目的副标题"曹雪芹先生替我们完成了一个和平的文学革命",文中以西班牙的骑士文学作比,借用拜伦的话,"西万提斯一笔杀死了骑士行事",意即西万提斯的吉诃德出来后,那班靠骑士文学讨饭吃的作家,自觉没趣,不敢再作。至于《红楼梦》的作者,"比'吉诃德爷'的作者厚道得多,他不用讥讽,也无需嘲笑;开宗明义,便堂堂正正的假借石头答空空道人的话说出来"。"即使作者不说这段话,自其全书观之,我们也能明白:这本《红楼梦》,不但与前代千百本平庸的小说有别,且是一本有意挥去那业经发霉的才子佳人思想的书"。《红楼梦》的章回仅具形式,"它的本质和内容,已非章回体所能规范得住了"。"作者之成功,就在他有眼光,有勇气,摆脱俗套,把这书做成一本无可挽救的大悲剧"。总之,《红楼梦》为小说开辟了一条新的路径,"为中国文学史立下一方界石"。这类论述大体上揭示了曹雪芹的文艺观,给《红楼梦》在文学史上定了位。与此相关还有一篇《红楼梦林黛玉论诗》的文章,实际上也折射出了曹雪芹的诗词修养和理论观念。

下面来看艺术结构,这方面专文不多,有一篇《红楼梦之结构》,谓小说之结构指情节及布置情节之方法。该文大段征引日本盐谷温氏的《中国小说概论》复述情节而后论曰,"至于《红楼梦》之布置情节也,则祸福倚伏,吉凶互兆,错综变化,不紊不乱,如线穿珠,如珠走盘,可谓我国小说中仅有之作"。在其他综论《红楼梦》的文章中也常常涉及这一方面,如说"其全体之结构,甚似欧洲中世之峨特式教堂,宏丽、整严、细密、精巧,无一小处非匠心布置,而全体则能引读者之精神上至于崇高之域,窥见人生之真相与其中无穷之奇美"。而最为人称道、被人引用最多的当数李辰冬的论《红楼梦》结构。他在《〈红楼梦〉在艺术上的价值》这篇论文的第一节就是专门讨论结构的,他写道:"读《红楼梦》的人,因其结构的周密,与其错综的繁杂,好像跳入大海一般,前后左右,波涛澎湃;而且前起后拥,大浪伏小浪,小浪变大浪,也不知起于何地,止于何时,使我们兴茫茫沧海无边无际之叹。"他以张道士提亲引起的宝黛风波和宝玉挨打这两段故事作例,让人们注意海水怎样地涨潮,许多小浪怎样地摧动,潮退以后又怎样化为无数小浪，起伏相继，余波未尽。他以中外名著如《西游》《水浒》《战争与和平》《人间喜剧》等作比，认为无一可及。在这些作品中"选文的人，很容易选一篇自有起讫的文章；至于《红楼梦》则不然，如果选了一段精彩的文字，往往令人莫名其妙，因为他的起，已在前数回中伏下，他的落，到后数回中还有余波"。只有莎士比亚的作品，和曹雪芹一样，"没一点结构的痕迹"。曹雪芹"不像巴尔扎克用尽精力，去驾御这五十匹马，让人家喝彩。他对他的人物，一点显不出故意驾御的神色，好像海洋对于波涛一样，任其澎湃泛滥，一点也不约束，一点也不领导，然而个个波浪，没不是连结的，个个波浪，没不是相关的"。"总之，《红楼梦》固以贾宝玉为主人翁，但叙事不一定全以他为中枢……然均以宝玉为证。以结构而论，没有与《红楼梦》可比的"。

李辰冬的《红楼梦研究》本为他1934年在巴黎大学的博士论文，至1942年在国内正中书局出版。该书"以文学的立场，把小说当做专书来研究"，"是破天荒的创举"，成为这一时期最重要的红学著作之一，一年内出至六版，可见其受欢迎的程度。书中的各个篇章，在出版之前曾先后在报刊上发表，上文所引《〈红楼梦〉在艺术上的价值》即为其中很重要的一篇，应能代表此期《红楼梦》艺术研究所能达到的高水准。

《红楼梦》人物在任何时代都是个热门话题，不仅学者作家关注，更为广大读者乐于谈论。作为研究者，上举李辰冬文章中即有一节专谈人物描写，他还另有一篇《〈红楼梦〉里重要人物的分析》在北平《晨报》连载，分别论析宝、黛、钗、凤、雨村及薛蟠诸人。作家端木蕻良在《向〈红楼梦〉学习描写人物》中称"古今中外的一切小说里，我最爱红楼梦"，喜欢书中传写人物未见其人先闻其声的生动手法，从对照反衬中显出各人面目的高明技巧，以及深入人物心灵的本领。至于见诸报端的各方人士的人物评论，时有一得之见和独到之处，如说红楼姐妹中最重要之三人，分得真（湘云）、善（宝钗）、美（黛玉）三字；如说贾政并非一味责骂宝玉，也有亲子之爱的流露；如说全书人物独贾母能幽默，以其阅世深、有胸襟，加上聪明、闲暇，于是幽默出矣；等等。当然，谈得最多的是宝、黛、钗三者及相互关系。暨南大学校刊的"学生之页"上有篇读红文章说黛玉值得怜爱，宝钗值得敬爱，《红楼梦》的主题决不是薛林争逐宝玉，"不能说宝钗是最标准的妻子，就一定要嫁给贾宝玉，宝玉又何尝是最标准的丈夫呢？宝玉、黛玉才是天生的一对"。另有一位作者在《幸福世界》杂志上发表的《重读红楼梦》说，"宝玉和黛玉的结合，照理是可能的，虽然这结合不一定会美满，但它可以创造一种生之奇迹，一种超越生命的幸福，这幸福也许短暂，它的形成已经预示了它的毁灭"。"黛玉像一朵美丽的花儿，谢了！宝玉却像一朵云，没入那虚渺的太空……"虽然人们的同情常在林黛玉这一边，但赞美薛宝钗性格并给以高度评价的并不少见，《曾国藩与薛宝钗》一文可堪代表。该文作者从个性气质的类型出发，将胡适与鲁迅对举、曾国藩与左宗棠对举，进而引述了《红楼梦》中一系列薛林对照的故事，归结道："总之林若无薛，其可爱处不显；薛若无林，其可贵处不见。我意黛玉若是男子，必是左宗棠，都是眼高心大一流人物。……宝钗若是男子，必又是一个曾国藩。世人或爱逞能使气，或愿藏拙装愚，这二种人，无以名之，乃名前者的林左型，名后者为曾薛型。前谓友人拟为曾薛做媒，此似嬉言，实则不是；如果世间人人之妻规夫以曾，人人之夫期妻以薛，人我之间确可免去不少无谓争执。须知曾薛型所代表者乃是人与人间关系之最高理想"。不过更多的读者在佩服宝钗出将入相的才华和道学修养的渊深之余，还是把票投给了以生命殉情爱的林黛玉，"毫不犹豫地加入了拥黛派"。薛林的话题，确是永恒的。

这一时期所有关于人物的评论中，见解最深刻、分析最透彻、文笔最优美、影响也最深远的要数太愚的《红楼梦》人物论。自1943年下半年至1945年上半年大约两年的时间里，他在《现代妇女》杂志上连续刊出了一系列《红楼梦》人物主要是女性人物的评论，依次为袭人、晴雯、探春、鸳鸯、司棋、尤三姐、妙玉、惜春、紫鹃、芳官、凤姐、可卿、湘云、宝钗、黛玉、贾宝玉等，于1948年结集成《红楼梦人物论》，共收文章十九篇，由国际文化服务社印行。正如当时的一些书评所说，"太愚先生的近著，是近年来少有的一部完整的文艺批评""作者是一位有深刻的社会科学研究和文学造诣的人,他运用了历史的唯物论的方法和他那修养有素的如花妙笔,把这部若干年来被模糊、被歪曲、被割裂、被一知半解的《红楼梦》,正本清源完完全全地提示给读者了"。他"不但告诉我们怎样去剖析作品中的人物,并且告诉我们怎样去探索作者的灵魂。不但告诉我们怎样去了解过去的人物,而且教我们怎样去认识自己身边周围的人物"。《红楼梦人物论》在八十年代重又修订再版,当代读者易于看到,故本书仅收一篇作为代表。

关于语言,研究的专文不多,王潢《论〈红楼梦〉里的文学用语》有比较全面的论述,认为"中国语言的成熟,有赖于曹雪芹",作家"不仅是语言的挖掘者,还是语言的创造者",《红楼梦》是"中国语言的宝库"。计开在《红楼梦的对话》中则谓小说的叙述描写死板,人物由对话而"起死回生"。太愚复有一篇《红楼梦的语言》,当然不在"人物论"之列,现收入本书。此外,在不少长篇综论中多有论及语言的,如说《石头记》为中国文之最美者,"纯粹、灵活、和雅、圆润,切近实事而不粗俗,传达精神而不高古"。又能恰合每一人物之身份性格,纤悉至当;更具备中国各体各家文章之美于一人一书。有的短文专对《红楼梦》中的"早晚""驳回"等用语加以辨析探讨,是很切实具体的语言研究。

《红楼梦》与其他作品的比较研究,除去前文述及的在中西文学的坐标中观照外,也偶见《红楼梦》与《子夜》、《红楼梦》与《茶花女》一类题目。较多的还是《红楼梦》与中国其他古典小说的比较,如《水浒传》,本文第二节曾涉及,还有一位论者比较阅读二书之感受:一个是"快读",一个是"细绎"。一个是橄榄,一个是雪梨。正如春兰秋菊,各极一时,同样动人。若说耐读,则红楼到处可以流连;而水浒利落,大刀阔斧,一览无余。"我情愿吃那橄榄的亦苦亦甘,暂不吃这雪梨的又脆又甜!"可谓形象真切,道出个中滋味。

六

考证作者家世和研究版本是新红学的主要贡献，本书既原则上不收胡、俞等诸红学大家的论著，因而这方面的文章自然相对较少。尽管如此，仍有一些重要篇什值得今人参考。

李玄伯《曹雪芹家世新考》和严微青《关于〈红楼梦〉作者家世的新材料》发表于三十年代，是曹家朱批奏折发现后较早的研究成果；四十年代初，又有周黎庵《谈清代织造世家曹氏》一文，也是根据这些新资料提出对雪芹上几代家世看法的，徐文滢《〈红楼梦考证〉的商榷》肯定新资料提供的事实，对"自传说"则大持异议。故宫博物院所藏的这批文献资料，今天普通读者都能看到，家世研究业已极大地拓展和深化，但我们仍可从上述文章中了解当年获知这些新材料的兴奋和由此推导得出的论断。由对家世的探讨自然联系到雪芹的祖籍，李玄伯的文章提出了"曹寅实系丰润人而占籍汉军"，正是曹雪芹祖籍丰润说的来源。至1947年12月，北京《新民报副刊》有一署名守常的短文《曹雪芹籍贯》，主丰润说；同月在青岛《民言报》晚刊上刊有署名萍踪的《曹雪芹籍贯》，文更短，所见雷同于上文。青岛之文被时在山东大学的杨向奎所注意，致信胡适请问祖籍问题并转引该文，胡适因作复申述"曹雪芹的家世，倒数上去六代，都不能算是丰润人"。胡适的答复载1948年2月14日《申报》"文史"第十期，今作为萍踪文之附录收存。关于祖籍问题，这一时期并未引起更多的讨论。

版本方面，容庚在二十年代有《红楼梦的本子问题质胡适之俞平伯先生》一文连载于北京大学的刊物，他以自己购得的一部旧钞本和排印的程本进行对校，中心意思在论证："钞本当在程本之前，钞本已经是百二十回，则后四十回断不是高鹗所补作。"对高鹗续作说持异议的还有宋孔显，他的题目即标举《红楼梦一百二十回均曹雪芹作》，不过论证的角度不同于容文，是从程高的序、引言以及前八十回也存在矛盾疏失等方面来加以说明的。关于正文的文字，有一则短文很引人注目，这就是见于1924年《小说世界》上吴轩丞的《红楼梦之误字》，谓第十二回"是年冬底，林如海病重"，据作者在金陵四象桥下购得的一册《红楼梦》残钞本，其中"冬底之冬字，作八月二字，并写一格中"，于是原先"颇费猜疑"的时序上的矛盾得到解决，"不觉恍然大悟"。吴轩丞即吴克岐，为《犬窝谭红》撰者，此处所举系残钞本重要异文之一。另有署名素痴的《跋今本〈红楼梦〉第一回》，指出今本《红楼梦》以"此开卷第一回也"起，而这起首一段本是评语的总序，"传钞者误以与正文相混，相沿至今"。

关于所谓旧时真本的一则记载，见于境遍佛声《读红楼梦劄记》："相传旧本红楼，末卷作袭人嫁琪官后，家道隆隆日起，袭人既享温饱，不复更忆故主，一日大雪，扶小婢出庭中赏雪，忽闻门外诵经化斋之声，声音甚熟习而一时不能记忆为谁，遂偕小婢启户审视，化斋者恰至门前，则门内为袭人，门外为宝玉，彼此相视，皆不能出一语，默对许时，二人因仆地而殁。以上所云，说甚奇特，与今本大异"。另有三六桥本，情节与此不同，北大张琦翔文中提及，"在日本三六桥又有四十回本（按：似应作三十回本），传闻如此，未见本书"，今将张文收入备考。

后四十回问题自新红学家提出之后歧见极大，可谓南辕北辙、天上地下。持肯定意见的不乏名家，如吴宓认为"愚意后四十回并不劣于前八十回，但盛衰悲欢之变迁甚巨，书中情事自能使读者所感不同，即世中人实际之经验亦如此，岂必定属于另一人所撰作乎？"佩之谓"依全书结构而看，这书万万不是出于两人"。许多论者都是把全书作为一个整体来评价并激赏其续作和结局的，牟宗三的见解可作代表："人们喜欢看《红楼梦》的前八十回，我则喜欢看后四十回。人们若有成见，以为曹雪芹的技术高，我则以为高鹗的见解高，技术也不低。前八十回固然一条活龙，铺排的面面俱到，天衣无缝；然而后四十回的点睛，却一点成功，顿时首尾活跃起来。我因为喜欢后四十回的点睛，所以随着也把前八十回高抬起来。不然，则前八十回却只是一个大龙身子，呆呆的在那里铺设着，虽然是活，却活得不灵。""全书之有意义，全在高鹗之一点。"持贬抑和否定见解的，也很有力量。且看李辰冬的评论，他以为前八十回"所描写的是人类的灵魂，所以事实少而意象与情感多"；"自从八十一回以后，描写的完全是些事实，所以我们读的时候，味如嚼蜡，枯燥生涩，好像是从前八十回里取些事实，而把些事实写个结束罢了，引不起一点意象与情感。他所描写的是中国大家庭的琐事，而非人类的灵魂。前八十回的《红楼梦》是世界的作品，而后四十回是清初中国家庭的情形。前八十回能百读不厌，且每读一次都有些新的发现，而读后四十回的目的仅在知道故事的结束，结果知道了，没有再读的勇气"。后四十回的中心思想，以四个字了之，就是"福善祸淫"，李辰冬从思想、风格与环境来分析前后的异质，较之胡俞就版本、回目与故事情节等判别二者的不同更进一步。王瑾从语言的角度断定全书决不是一个人所写，"最足以证明后四十回是高鹗续写的，却是书里的文字用语。高鹗只续完《红楼梦》的故事，却没法续用曹雪芹所采用的日常用语。后四十回的语言，单调而枯燥；续者虽深深感到语言的贫困，却没法一谋解救"。"后四十回的作者，虽能体会前八十回作者的用意，凑补这未完成的故事，但因不善采用这些贵族层的日常用语（也可以说，根本不注意语言的运用），而遭受悲惨的失败"。有的论者贬斥更甚，谓"高鹗的国语程度，只不过四十分左右，而妄想弄巧，其成拙也当然，实在太看不过高鹗的横行无忌"。更有人代贾宝玉拟"致高鹗的抗议书"说，"您把我硬拉下水去做和尚……也把我宝钗姐姐写得太不堪了"。这虽近游戏文字，却也反映了对后四十回的看法。正反两面的论评尚多，不胜枚举。我们看双方的理由和语气，真是旗鼓相当，莫能相下，这种歧见和争论，一直延续到当代。

索隐派在这一时期虽不像清末那么风行，却连绵不断。本书收录了蔡元培1926年为寿鹏飞《红楼梦本事辨证》所作的序以及景梅九《红楼梦真谛》自序。蔡序谓寿著"为专演清世宗与诸兄弟争立之事，虽与余所见不尽同，然言之成理，持之有故。此类考据，本不易即有定论；各尊所闻以待读者之继续研求，方以多歧为贵，不取苟同也"。景序作于1935年正当民族危亡之际，"迩来强寇侵凌，祸迫亡国，种族隐痛，突激心潮，回诵满纸荒唐言一把辛酸泪……颇觉原著者亡国悲恨难堪，而一腔红泪倾出双眸矣。盖荒者亡也，唐者中国也,荒唐者即亡国之谓,人世之酸辛莫甚于亡国"。"侬今葬花人笑痴,他年葬侬知是谁。亡国之人真不知身死何所,瓜分耶,共管耶……昔者唯我独尊,今则寄人篱下矣"。文后有编者附言,谓读景著"始知《红楼梦》为民族革命文书,序文尤足唤醒我民众之精神"。由此可见,虽时移世迁,而索隐家心系时政,"持民族主义甚挚"的情怀,始终不改。清代索隐诸家的影响也一直存在,学者文士持此类观点者代不乏人,本文第二节曾述及中央大学文学院讨论会,系主任汪辟疆就发言称《红楼梦》"是一部民族史","作者有亡国之痛","应该要用读历史的眼光去读它"。更为有趣的是当学生提出"妙玉到哪儿去了"的问题时,汪先生答:"她回慈溪老家去了!"大家愕然。汪解释说,"因为相传《红楼梦》是说明珠家事的,宝玉是纳兰成德,妙玉便是姜西溟",是成德的老师。据《郎潜纪闻》,一次成德提起"家大人"请"老师出山"当礼遇权贵之事,惹得西溟大怒,"卷起行李一气归隐慈溪,所以我说妙玉回到慈溪去了"。引起听众大笑。至四十年代后期,有一位署名湛庐的作者,在1947年的《北平时报》上一连二十二次揭载其索隐之心得,总题曰《红楼梦发微》,之前有一篇"我亦为红楼索隐",说自己之爱好《红楼梦》"因为它是民族意识特高的一部小说",这方面的兴趣,完全受了蔡元培的影响。然其具体意见却不同于蔡,甚至相反。蔡以女子多指汉人,男子多指满人,"我认为作者的春秋笔意,绝对以男子代表汉人,为阳;以女子代表满人,为阴"。水来土掩,满人虽侵略华夏,汉人亦能抵抗、同化,"泥实为水和土而成"。次年即1948年10月至11月间,湛庐又在《华北日报》上连载"发微",继续发挥红楼梦为民族小说,所隐为清初四朝之事的观点。他不同意索隐阻碍欣赏的说法,认为索隐工作与文学欣赏是一体的,"文学上出色的作品,所以才值得后人探索"。对于清代索隐盛行的原因,有一种解释颇为独特,认为是小说地位低下的反映,清代的读书人"一方面觉得《红楼梦》好,一方面又觉得《红楼梦》出身低贱",就如老爷爱上了丫头,怎么办呢?只有"把《红楼梦》扶正,于是所谓索隐,所谓影射,便是这扶正的一种手段了"。"在我个人看来,《红楼梦》的索隐批评,实际便是这种轻蔑小说的潜在意识在作祟"。这篇文章受到精神分析学说的影响，作为一则文学漫谈，不论是否谈到点子上，其探究索隐的批评心理的意向是显而易见的。

《红楼梦》的考证除了作者和版本两大方面外，小说本身还有许多问题足以引发人们考索的兴趣，诸如人物的原型问题、年龄问题、脚的问题、地点问题，等等。有一位作者，从十来种清人笔记中，提供了七位"与曹雪芹有关的女子"或有中表之亲，或为美姬情婢，"让有兴致的读者，自己去和《红楼梦》印证"，意在提供书中黛钗等人的原型。其他亦有论者指出人物故事确有其人其事者。年龄问题则早就有人发现书中矛盾，如巧姐忽大忽小、宝玉元春究差几岁、黛玉年岁多处不合等。有专文考订的，也有综论述及的，历来是细心读者的一大疑惑。说到《红楼梦》写女子是"天足"还是"缠足"，更是一个费解的闷葫芦，因其关系到满汉习俗，满人天足、汉人缠足，更成了人们颇感兴趣的一个小小热点，二十年代北京《益世报》上就刊出过"脚的研究"之讨论文章，大抵以主张天足占上风，均以《红楼梦》中相关描写证之。以后余绪不绝。当代仍有论者做这方面文章，宜乎一观前人所论。地点问题更是一个新红学家业已提出，不断为人探讨的问题，主张南京说、北京说、西安说各有所据，还是李玄伯在两篇讨论地点问题的短文中所说合于情理，他以为小说并非传记，不必实指，"长安""不过文章内泛用的京师而已"。大观园坐落何处同样是从清代起就众说纷纭的老话题，有随园说、什刹海说等，园中建筑和风光景物南北兼备，令人惝恍迷离。《大观园源流辨》堪称论析这一课题的很有说服力的文章。它从园林发展史的角度，指出"中国园林的发达有两个系统：一是苑囿式，一是庭园式"。前者起于秦汉，豁达雄大，北部各园多属之；后者自赵宋而后，形成幽深闲寂的风格，为南方庭园特色，重借景、工叠石。明清之际，燕京西部名园林立，造园艺术益臻成熟。由此"可知北京园林的发达，至康熙乾隆间而极盛。这个时期，北方苑囿系统的园林，大部分被庭园系统的因素浸润了。《红楼梦》大观园的规模就是在这个历史的根据下而产生的，它是融合苑囿和庭园两种系统而成的一个私家园林"。它受当时皇家园林设计的影响极大，特别是稻香村观稼和栊翠庵建寺更非私家园林所能有。大观园的规模格局、景点布设、意境营造、材质图案等，无不可以从当时的园林艺术中借鉴、汲取，进而脱胎、创造。作者申明这种研究不能助长索隐诸说，"我的本意只在辨明大观园之所以为大观园的客观根据，如果有奢望的话，亦只在使人不敢再任意瞎猜它就是谁的园林罢了"。无论对红学研究还是园林研究，这都是一篇很有学术价值的文章。

《红楼梦》的名物考索亦颇受关注。小说中写到的"洋货"，为中西文化交通史的研究者所重视，撰成专文，大有助于考订《红楼梦》所处的特定时代和社会生活。这方面早在二十年代就有人以《红楼梦里的西洋物质文明》为题，摘出小说中八处写到西洋物品的地方与《清一统志》和《文献通考》中所载的外国贡品加以对照。到了四十年代，方豪撰写了《〈红楼梦〉新考》等多篇文章，全面系统地梳理了《红楼梦》中的外国物品，分类考索其来源，所据资料不仅有清朝的官方档案和士人笔记，更有外国教会的文献和外籍教士的记录。这些资料不仅翔实丰富，而且有些为一般人难以见到，方豪以其与教会的缘分和精通拉丁语、法语、英语等多种外语，悉心收集、严密考订，作成此项研究，功不可没。《新考》是一篇近三万字的长文，包罗的外国物品的类别有呢布、钟表、工艺、食品、药品、动物、美术品等，而后分别考索其何时传入，由何种途径传入，皇帝和王公大臣对此类西洋事物有何种反应，以此与小说中的相关描写对照印证。该文还有一节专述"《红楼梦》撰人与外国人的关系"，连同方豪的另一篇文章《康熙时曾经进入江宁织造局的西洋人》，提供了当时外国传教士在康熙南巡时"见驾"的情形，由此推论雪芹先人"俱有晤见西人之机会"，书中西洋物品之"来源虽非一途，但来自洋教士者必占多数，盖贡使寥寥可数，而又稍留即返，不若教士之常居中国，并有在'内廷行走'者，且教士络绎而来，故西洋物品之传入宫中及显宦之手，亦源源不绝也"。这样的结论自有其合理性，所据资料对了解《红楼梦》的时代背景弥足珍贵。

论及《红楼梦》里医药的文章很少，有一篇以此为题且篇幅颇长之文，谓《红楼梦》作者虽渊博,"但他的对于医、药方面的知识,我觉得还是很平庸的",所见与人不同,应备一说。

七

本书收入的文章中,有几种长篇论著应当给以专门的介绍,它们都是作者下了很大功夫、包含了各自研究心得的,分述如下。

张笑侠的《读红楼梦笔记》是一部评点式作品,全长约十余万字,在1928年、1929年的天津《泰晤士报》"快哉亭"专栏中长期连载。其内容包括:第一章,红之谱,包括各家之家谱、全书之年谱、各人之年谱;第二章,红之表,包括各人生辰表、全书人名表、各人之下人表;第三章,红之评,包括全书之舛漏及总论;第四章,各人之小传。这一次序在发表过程中有所调整。第三、四章调换,第四章为总评(红之舛附入),篇幅最长,为全书主体。总评依小说回次,顺序而下,固然是对小说本身的评批,亦常对前人评批发表评论,如对太平闲人、护花主人、大某山民常持异议。这部《笔记》具有历来评点派作品之特色,即读书很细,间有独到之见而总体观之不免支离零碎,有时还颇拘迂,如说最难明白"宝玉黛玉宝钗及其他姐妹之才学,均不知其系由何处得来"。由于《笔记》篇幅太长且引述情节过多,本书仅节选若干。

本节要着重介绍的是以下三篇论文,即二十年代刘大杰的《红楼梦里重要问题的讨论及其艺术上的批评》,三十年代李长之的《红楼梦批判》,四十年代张天翼的《贾宝玉的出家》。

刘大杰这篇论文是为《晨报》七周年纪念而作的,发表在1925年12月1日《晨报》增刊上。全文约三万五千字,分为十节:一、《红楼梦》的作者及其生平;二、曹雪芹与贾宝玉;三、《红楼梦》索隐之派别;四、高鹗续书之讨论;五、《红楼梦》的地点问题;六、《红楼梦》里性欲的描写;七、《红楼梦》之描写与结构;八、《红楼梦》的版本问题;九、《红楼梦》在中国文坛上的位置；十、余论。从上述小标题可以看出刘文的规模，涉及的问题相当全面。刘文汲取和肯定了前人的成果，多持平之论，比方他充分评价胡适的《红楼梦考证》，取用其在作者和家世方面的研究成果，同时校正了自传说，代之以"自叙传的小说"，将二者加以区别，"写贾宝玉的个性及身世，说取材于曹雪芹自己，当然是可以；说里面的贾宝玉，就是曹雪芹，那也就不对了"。又比方对索隐派，虽则认为它是附会，无助于发现《红楼梦》的价值，但是"索隐的先生们的原来的用意，确是想提高《红楼梦》的价值，他们这一点苦心，我们无论如何是应该了解的"，因而对索隐各派给以介绍。再比如他认同后四十回比不上前八十回，高鹗的才情比不上曹雪芹，但这是因为"续书比原著难"，肯定高鹗打破了中国小说的团圆迷信，大胆地写黛玉病死、宝玉出家，眼光高出一般。同时，刘文也包含了他个人的独特见解，比方说他认为《红楼梦》的地点在陕西的长安。又比方他认为《红楼梦》"强于描写个性，拙于描写风景"，描写大观园那些文字就很抽象，难说精彩，而描写个性则特别有力量，最深刻的是林黛玉、刘姥姥、王熙凤三个。作者亦长于叙事，"描写失意的事情比描写得意的事情，都要深刻而活动"。再比如论到《红楼梦》在中国文坛上的位置，可以与屈骚、史记、唐诗、宋词、元曲并列，"谁也应该承认它是第一等的作品。但是拿起世界文学批评的眼光来说话的时候，那就有点不同了"，它不能摆脱中国旧有的消极思想，故不能同世界第一等作品相提并论。总的来说，在二十年代中期就有这样一篇相当全面而中肯的综论，殊为难得。

李长之的《红楼梦批判》发表于1933年，在3月4日出版的《清华周刊》三十九卷第一期和第七期上分两次刊出。全文约三万三千字，从第一节"引子"可知，该文是为"纪念伟大的天才曹雪芹逝世百七十年"而写的，以下的标目依次为：二是《红楼梦》作者对于文学的态度之考察，三是论《红楼梦》的文学技巧，其中分列：1.艺术家的看见，2.现实生活中的活材料，3.活的语言之运用和国民文学，4.自然主义作风的成和败，5.深刻的心理分析，6.清晰的个性人物。全文未完，作者在"暂跋"中写道："就现在发表的说，只有全文的一少半。在论文学的技巧下,还有两个小题目,阐说《红楼梦》之悲剧的意义;和论文学的技巧相并列的还有三个大题目,一论《红楼梦》之内容,也就是论作者的思想和情绪,一论《红楼梦》的社会史的分析,一是总结论。在北平文化机关的'装箱'空气中,我的文章材料也寄到远处了,因而暂结。"由此可以了解这篇文稿本应是一部十万字左右的著作,未能刊完是由于时局的原因。在已刊出的第一部分里,李长之以悲愤的心情痛感天才曹雪芹被国人冷遇和误解,呼吁要冲开一切,"和我们的天才握手"。他认为一百七十年来只有三件事可记:一是1797年高鹗后四十回的完成,高鹗"非常了解曹雪芹,他本人的艺术的手腕也并不让于曹雪芹","他是曹雪芹死后的第一个知己"。

后文甚至还比拟说"曹雪芹像托尔斯泰,高鹗像朵斯退益夫斯基",高更能写精神的方面。一是1904年王国维作《红楼梦评论》,"这是第一个会赏鉴《红楼梦》的人。他完全拿了西洋美学的眼光,用着近代文艺批评的态度,来加以估量的。他敢说《红楼梦》是中国第一部艺术作品……他最了解《红楼梦》了。不但在过去,就在现在,也无人及他"。二是1928年"胡适作考证红楼梦的新材料,把他六年前的《红楼梦》考证更加确定了。他把红学打得一扫而空,他把作者的生活、背景,给人作出一个确然的轮廓","于是一切没有证据的,或者证据不可靠的,便都敛迹了"。李文第二部分考察《红楼梦》作者看重的是不计功利的纯文艺,反对陈套,要求艺术提高人的精神和表现理想。第三部分由于结合小说做了大量具体分析,因而所占篇幅亦最多。值得注意的是李长之对文学形式技巧的理解,认为形式可以消解内容,"我们对着一种大艺术品时,我们只就那形式,便获得了它的内容……我们的精神活动浸入埋伏于当前即是的艺术品的形式之中,我们与作者立在同一的情绪里,材料的痕迹化为乌有了","那内容在形式里已好好地传给你了",这虽来自大诗人席勒的启示,以其合于艺术的规律,李长之融会而施之于《红楼梦》,"岂是单单道着他的文学技巧","道着他的全部人生"。因而这大篇《红楼梦》文学技巧的具体分析便超越了评批式的就事论事的局限,达到了一个新的水准。

张天翼《贾宝玉的出家》发表于1942年11月15日在桂林出版的《文学创作》第一卷第三期，后收入一本包括多篇论《红楼梦》人物的集子，就以"贾宝玉的出家"为书名，于1946年由东南出版社出版。张文约三万三千字，它并非是一篇单纯的人物论，而是由主人公的结局切入，以果求因，提示出人物和作品本身存在的深刻矛盾。文章先是嘲笑了那些"圆梦派"的续书作品，虽说是"圆"了，结果弄得贾宝玉不成其为贾宝玉，林黛玉不成其为林黛玉。继之进入正题，提出贾宝玉出家这个结局的意义比那样的团圆高明得多，解决的是"整个人生大道的大问题"。然而"宝玉出家以后怎样"？书中并无下文，参照作者笔下已经出家的两类人，已经暗示"这条路走不通"。虽则楔子中点明，一切都是前世因缘，梦幻而已，作家却把尘世生活表现得那么生动、亲切、温暖，"他倒是着眼在现世因缘，把因因果果抓得紧紧的，一步一步合理地发展下来的"，这是"本书极可贵的优点"。宝玉的出家正是诸般因果发展之必然，"他有他自己的世界，跟别人不同，可他实际上又生活在别人的世界里面"，他不就范就要超脱出去。文章揭示了人物自身以及作家对人物的态度存在的矛盾，认为那两首评批宝玉的《西江月》词"既不能视为反话，也不能把它当作正面的教训"，"作者对贾政，对贾宝玉，似乎各都给以同情、首肯……可贾政所代表的这个世界偏容不得贾宝玉型。这就不容易处理了。于是我们就只好跟着作者的笔——在这两者之间摆来摆去"。张天翼忠实地道出自己阅读的感受，"不肖种种大承答挞"是全书中自己所喜欢段落的首选，"我总觉得这段描写，是全书中最悲剧性的东西"，"不瞒你说，我看到别的那些惨伤的场面——甚至晴雯之死、黛玉之死，也不及这里使我感动"。"这悲剧的成因，我想就是在于——他们有爱，而缺少彼此的了解"。作家的感情与理智不能一致，而创作又不能虚伪，导致了矛盾现象，即使叫"出家万岁"也还是并未找到出路。文章的结论，"这部作品是两重性的：非悲剧，亦非非悲剧。"对于后四十回则有十分风趣的批评，谓出家大不易，还得履行种种麻烦的手续，圆房、赶考，"自己看破了红尘，却一定要留个后代下来，以便在红尘里爬来爬去出风头"，难道成佛也讲求正途出身，还要惊动皇帝老子敕封文妙真人……兰桂齐芳，世界恢复老样子，出家就更冤更无谓了。看来续作者更热衷于世间，心地极好，也是团圆派里的一位；他"总算是救出了红楼梦的故事坯子"，可原作的两重性矛盾不见了，"不再徘徊于世间和出世间"，干脆回到了富贵场中。总之，张天翼以创作家的敏感和批评家的逻辑，处处从阅读的感受出发，无大幅引例和大段说理，娓娓道来，如剥茧抽丝，层层递进，在亲切幽默中使人憬然有悟。

以上三篇论文，尽管撰者学术个性不同，发表时间不同；然而都是力作，无论从广度或深度上，均堪称这一时期红学论文中重要的、有代表性的论著。

这里还应提及一篇专论即《红楼梦与中国经济》，以经济的视角来论评，不说绝无仅有也十分稀见。该文从《红楼梦》这样一部文学巨著看中国社会，认为是不可多得的中国某一时期社会经济的实录，同时也提供了清代乾隆年间生产、流通、分配与消费方面的背景材料，可资参考。

此外，本书还收录了这一时期出版的几种《红楼梦》的序言，序言往往也是一种评论。如1923年许啸天的"新序"猛烈抨击索隐家和考据家，认为不必迷信最初的版本，尽可按照文学上尽善尽美的理想大胆删改，因将《红楼梦》校成一个百回本。此举受到刘大杰的严厉谴责，指为版本史的耻事、"文艺界的公敌"。三十年代茅盾的《节本红楼梦导言》概要表述了对《红楼梦》的见解及删节原则，是对"独秀先生提议"即他曾期望"有名手将《石头记》琐屑的故事尽量删削"的一种回应。此节本在当代曾经再版。

八

行文至此，读者对这部"汇要"大致有了一个轮廓，编者力求保存历史本来面貌的初衷也许能够得到读者的体察。

我们期望：首先，本书至少可以作为一种资料长编，供研究本世纪上半叶红学发展的学者参考。前文曾经提到，这一时期的《红楼梦》研究少有政治的干扰和商业的炒作，因而保有其本分和本色。评论文章比较个性化，少八股气；既有学理探讨，亦不乏随笔感想；虽多歧见，而少意气。从总体上说，尽管数量质量远不能同近五十年相比，但仍有其值得珍视和发扬的风气和传统，应当受到治《红楼梦》学术史者的重视。

其次，对于广大《红楼梦》爱好者和研究者来说，具体切实地了解这段历史可以避免炒冷饭、走弯路，可以把起点置于前人的成果之上，收事半功倍之效。上文已经论及这一时期红学研究的多元和多层，不论是研究的范围还是研究的方法，都已相当广泛和多样，许多问题都已提出或涉及。大而言之，"《红楼梦》确实包含了'文学''哲学''历史'的三项，不能够单单靠定了一途立论，不然怎么算得起'横看成岭侧成峰'的书啊"这是一位论者1920年所撰文章的结束语，足见以文、史、哲多个层面去研读《红楼梦》，早在二十年代之初就被郑重提出了。小而言之，《红楼梦》中"脚"的问题、即女子是天足还是缠足，自二十年代至四十年代屡有讨论，前文已及。今天如果再把这些当成新鲜见解、独家发明，岂不有点可笑！

再次，对于一般读者，即使并不熟悉甚至未曾接触过《红楼梦》，本书也不失为一种有趣有益的读物。本书收录的一位作者，以他个人读过三十余遍《红楼梦》、接触过上百爱红者的经验，在心领神会之余，总结出如何读《红楼梦》的十四条建议，谓"应趁风和日暖时去读，来印证书中的明媚新鲜"；"应趁秋高气爽时去读，来印证书中的金声玉振"；"应趁风晨雨夕时去读，来印证书中的怨旷萧骚"；"应趁冬闱消寒时去读，来印证书中的温暖融和"；其第十四条曰，"红楼梦宜于升官发财时受罪入狱时读之，以便有缩手回头的机会"。还举出《红楼梦》可"移人性情"的十一项功能，如可医俗病、可医吝病、可医贪病，等等。看了这位论者的心得，真教人不由得不去翻开这部奇书，加入爱红者的行列。《红楼梦》的读者由此更加众多，阅读水平更加提高，不亦宜乎。

总之，本书果若能使人温故知新，各有所获，则编者于愿足矣。

最后，应当说明这样一项大型资料得以集结出版，没有人民文学出版社和中国艺术研究院的支持是不可能的事，而编委会全体成员的同心协力更是促其完竣的直接保证。尤其是林东海先生自七十年代初受命编辑《红楼梦研究资料》，经年累月孜孜于北图柏林寺报刊馆，为此书奠下基础，今主持编审，总揽其成，贡献良多。周绚隆同志担任本书责任编辑，整理校阅，细加厘订，做了大量工作。还应特别提到长期从事资料工作、埋头苦干甘愿奉献的刘伯渊君，本书的大量资料从收集、整理、复印、放大以及若干初步加工，无不渗透着他的辛劳和汗水，许多琐屑而具体的事务都由刘君承担，令人感佩。因此，本书的出版应归功于大家尤其是上述诸位，笔者所做十分有限。至于这篇前言挂一漏万、轻重失当、述评失误之处在所难免，文责所在，笔者当不能辞其咎。

限于闻见及各方面条件，本书从收录到编辑，难以尽善，恳请读者和方家批评赐正。

一九九八年八月

本文撰写时"汇编"工作刚告完竣尚未出版，故全文有90个注，标明引文来源。如今《红楼梦研究稀见资料汇编》（上下册）早已由人民文学出版社于2001年8月出版并多次印刷，本文所引均可由该书索得。为避免繁琐节约篇幅，将注释省去。

关于《红楼梦》新校本注释的若干问题

《红楼梦》新校本的注释如同正文的校订一样，经历了一个曲折、反复的过程。如果说，现在的注释较之过去多少有所充实和提高的话，那是因为前人的注释，包括近年来出版的各种公开的和内部发行的评注本子，提供了一个良好的基础；特别是在此次注释过程中，得到了各方面研究者和爱好者的热忱具体的指导和帮助，我们只不过将这些成果集中起来，努力加以反映而已。如果说这个注释现在看来还有许多缺陷以至错误，包括在选目、体例以及注文内容各方面还存在许多问题的话，那是因为我们的工作还很粗糙，经验还很缺乏，尤其是我们的知识、见闻、水平都十分有限的缘故。这里拟将我们在注释过程中的一些想法和做法略加申述，目的是和大家共同讨论，以便今后再版时修订。我们恳切地希望读者和专家继续关心和帮助这项工作，不吝赐正，使之逐渐完善起来。

一

注释《红楼梦》这样一部古典白话小说，虽然不会像注释古代诗词散文一样遇到大量语言文字的障碍，然而《红楼梦》自有它难于读懂的地方，它不仅不同于古诗古文，而且和文学史上我国其他古典白话小说也不相同。由于作者所处时代的特点和他独特的生活经历以及艺术修养，使得这部作品在反映生活表达思想时具有自身的独特之点。所谓"满纸荒唐言，一把辛酸泪！都云作者痴，谁解其中味"。当然，对作品进行科学的分析和深入的探索是研究论著的任务；注释不是论文，也不是什么"读法"，远远不能也不必承担"解味"的任务。这里只是说，作为注释也应当顾及小说的特点，在选择条目和拟定注文的时候，应当充分注意到这部作品的独特之处，力求对"解味"有所助益。

譬如，《红楼梦》的作者立意打破历来才子佳人小说的窠臼，实践自己的创作主张，某些有关词语如"野史""理治之书""风月笔墨"等，若能稍加注释，就会有助于理解小说的创作。如"风月笔墨"，通常是指那些描写风花雪月儿女私情的文字，而在这里则专指渲染色情的作品，同《红楼梦》这样写儿女真情的文字迥然异趣。另外，像"金陵十二钗""脂砚斋""风月宝鉴""禄蠹"等也是《红楼梦》特有的词语，相应地注出它们的涵义，对于一般读者来说，也是必要的。

又如，《红楼梦》中地名人名等多用谐音寓意。大荒山、无稽崖、青埂峰寓有"荒唐""无稽""情根"之意，甄英莲谐"真应怜"，元、迎、探、惜谐"原应叹息"，以及"席"与袭、"雪"与薛、"带"与黛等。这在中国古典小说中，虽说是个传统的表现手法，但像《红楼梦》用得如此普遍、巧妙、自然，则可称独步。对于没有见到过脂评的《红楼梦》初读者，给以提示是必要的。当然，如果一一指实，则过于烦琐，有时还不免失之穿凿。因此只将经脂评点明的，大家公认的做举例性注释，读者当能举一反三。

再次，《红楼梦》虽是白话小说，但其中包含着数量可观的诗、词、曲、赋、对联、匾额、简帖等。如第五回的判词和曲子，廿二回的灯谜，卅七、卅八两回的海棠诗、菊花诗和螃蟹咏，五十四、七十六回的联句以及七十八回的《芙蓉女儿诔》等。这些古典韵文在过去各版的《石头记》或《红楼梦》中是不加注释的。对于一般读者说来，韵文部分本来文字障碍较多，难于读懂，何况《红楼梦》里的诗词和其他古典小说不同。其他小说中的"有诗为证"往往只同情节发生某种局部的表面的关联，如形容自然景色描绘人物状貌之类，有时甚至同内容游离，即使跳过去不看也无妨阅读；而

《红楼梦》中的诗词曲赋等则是作品的有机部分，对于揭示人物的性格命运有不容忽视的意义，是作者在构思时就缜密地安排了的。因此，如果对这些韵文完全不加注解则会在很大程度上影响初读者对小说的理解和欣赏。尤其像第五回的判词和曲子，如果一掠而过，像宝玉在太虚幻境中一样"看了不解"索然无味，则不仅对这些词曲本身不能理解和欣赏，而且对各个人物的性格命运以及全书的构思立意亦难深入体会。考虑到这种情况，我们觉得对于《红楼梦》中的韵文，原则上还是应当一律加注，至于注的详略应视具体情况而定。第五回的判词原来曾经注得很简，如"霁月难逢"一首，只注"写晴雯"。征求意见时读者认为太简，应略加阐释，因改得较详，后又做了些删削成为现在这样子："晴雯判词。画面喻晴雯处境的污蚀与险恶。霁月难逢：雨过天晴时的明月叫'霁月'，点'晴'字，喻晴雯人品高尚然而遭遇艰难。彩云易散：隐指晴雯横遭摧残而寿夭。'彩云'，寓'雯'字。"对于廿二回中谶语式的灯谜注法亦类此。如"元春灯谜"条："此谜是元春侥幸得宠和短寿早死的写照。'能使'句：迷信传说爆竹能驱鬼魅，故云'妖魔胆摧'。前二句喻元春为妃身价百倍、声势煊赫。后二句暗示元春显贵如昙花一现，贾府好景不长。"其余各回中的诗词则一般只将词语及典故注出，其与作诗人性格命运关合的内容，留待读者自己去体会。至于像五十一回薛小妹的十首怀古诗，其谜底及作者的用意更是研究者的课题，不可能也不必要在注释中涉及了。

复次，由于《红楼梦》反映生活的宏富深微，有中国封建社会的"百科全书"之誉。作者博闻广识，无所不通，其中关涉到天文历象、典章故实、官职制度、国体家风、建筑陈设、山林泉石、服饰玩器、琴棋书画、饮馔游宴、诊脉开方、释道迷信及至方言民俗等，社会生活的各个方面几乎无所不包。这就给注释带来了很大的困难。对于这些知识性的东西，原则上我们还是要求尽可能地做出相应的注释，努力搜求，多方请教，以期能够给读者一些方便，追踪作者的广见博识于万一。注释过程中这方面的收获和存在的问题都是较多的，将在下面单另说明、举例分述，此处从略。

最后，由于这个新校本是以脂评系统的庚辰本为底本的，其文字与现在通行的以程乙本为底本的本子有较多的歧异，其中某些字、词比较生僻或为读者所未曾习见。考虑到这种情况，我们也适当加了一些注释以利阅读，并可多少增加对于脂本文字某些优点的认识。比如第五回写宝玉与黛玉小时共处，通行本作"真是言和意顺，似漆如胶"，脂本为"言和意顺，略无参商"，注出"略无参商"的含义就可知道这对于形容两个孩子的天真无邪和睦相处才是恰当的。又如第六回凤姐接待刘姥姥时"家常戴着秋板貂昭君套"，通行本此处作"紫貂昭君套"。貂皮本是贵重的短毛细皮，以紫貂最贵，多为大官所用，妇女家常倒是穿戴"秋板貂"合适。"秋板貂"是指秋季绒毛尚未长全的貂鼠皮，又称"秋皮"，比"夏皮"为佳而不如"正冬皮"。因在此加了注释。再如卅七回探春短简中"若蒙棹雪而来"，通行本作"造雪而来"。此处早经专家指出，"造雪而来"甚为费解，"棹雪而来"则有典可据，出于《世说新语·任诞》。记王子猷冒雪"夜乘小船"访戴安道，刚到门口就回转了。人家问他为什么，他说："吾本乘兴而来，兴尽而返，何必见戴。"棹（zhào照）是船桨，这里用作动词，相当于"划"。可见"棹雪而来"正是"乘兴而来"的意思。这些地方加以注释对于脂本文字的特点和优点当可增加了解。

二

上文已经提到，《红楼梦》涉及的知识范围很广，虽是文学作品而有百科全书之誉。以我们的浅陋要对这部作品进行注释困难很多，只有老老实实地学习。所谓学习，包括翻阅资料，向书本学习；虚心求教，向专家学习；征求意见，向社会学习。目的是力求通过注释给读者增加一点知识，减少一点阅读的障碍。注释的过程的确就是学习的过程，这里有几种情况值得提出来说一说。

1.从完全无知到有所知识。《红楼梦》里的许多事物是我们从未见过或不曾听说的，在一般的辞典类书里也难以查到，简直无从注起。上面提到的

"秋板貂"，起初我们就不知其何指。这种例子是很多的，比方系在裙边的"双衡比目玫瑰佩"(第三回)是一件怎样的饰物？"大貂鼠卧兔儿"(第六十三回)究竟是不是指一种帽子？"一斗珠的羊皮褂子"(第四十二回)的"一斗珠"又是什么意思？"佛青"(第九十回)这种颜料为什么这样命名？等等。多承熟悉此类服饰名物的前辈和专家——给以指点说明，我们才比较地弄清了。所谓"双衡比目玫瑰佩"是一件双鱼形的玉佩，"玫瑰"是玉的颜色，"比目"是鱼名，成双而行，取意与"比翼""鸳鸯"相类。《尔雅·释地》中"东方有比目鱼焉，不比不行，其名谓之鲽"是也。"衡"，亦作"珩"，佩玉上部的小横杠，用以系饰物，因"比目佩"成双，故曰"双衡"。现在在故宫博物院还可以看到与此相仿的玉器佩饰。"大貂鼠卧兔儿"正是指貂皮做的一种帽子，样式如同卧兔。"一斗珠的羊皮褂子"即用未出生的胎羊皮做成的皮褂子。这种羊皮卷毛如粒粒珍珠，故又名"珍珠毛""一斛珠"或"一斗珠"。"佛青"这种绘画颜料为石青中之最深者，又名"头青"。因为如来佛像头部的螺髻着色用这种深青，故称"佛头青"或"佛青"。在这方面，我们深深体会到切忌望文生义、主观臆测。凡是不懂的东西，只有在查考了典籍或请教了内行之后，方可作注，否则是容易弄错的。就如一零五回那张抄家单子中有"倭刀帽沿十二副"，这"倭刀"望文生义似乎是日本军刀之类，其实不然，它是"青狐"的别称。《清一统志·奉天府五》载："青狐亦名倭刀，毛色兼黑黄，贵重次元(玄)狐。"

在古建筑方面，《红楼梦》中从贾府的厅堂院落、厢庑游廊到大观园的亭台楼阁、山林泉石，涉及不少专门知识。这方面我们只有请教搞古建筑的同志，对照现存王府的屋宇以及参观大观园的模型等，才对书中出现的有关建筑术语有了一个基本的了解和某些感性的知识。比方第三回写黛玉初到荣国府，看见仪门内大院落，上面五间正房，"两边厢房鹿顶耳房钻山"，四通八达……这"两边厢房鹿顶耳房钻山"是怎么回事呢？经请教内行才懂得了，这是指两边的厢房用"钻山"的方式与"鹿顶"的耳房相连接。"鹿顶"也叫"盝顶"，是建筑术语，指平屋顶；"耳房"是连接正房两侧的小房子，"钻山"指山墙上开门或开洞，与相邻的房子或游廊相接。作者在这里特别写明"鹿顶耳房钻山"，显示出荣国府的建筑规模不同于一般民宅，是大型王公贵族府第的气派。可见了解这类建筑词语也有助于理解小说的内容。再如第十七回众人初次游赏大观园，到了蘅芜院，只见"上面五间清厦连着卷棚"。"卷棚"是什么？缺少古建知识就难以说清楚。这也是一个建筑术语，指一种没有正脊的屋面做法，即屋面两坡的连接处不用正脊压盖，而是一个弧形的转折。对此研究有素的同志还告诉我们，这里"连着卷棚"很可能是"连搭卷棚"，"连搭"正名为"勾连塔"，建筑术语，指两个或两个以上的"卷棚"屋面连接在一起，多见于皇家苑囿的建筑。因此，"五间清厦连着卷棚"可解释为五开间的两卷勾连搭屋面的建筑形式。我们在参观有关圆明园的展览时看到过类似的实物模型，觉得这样的解释是合理的。《红楼梦》中还有的建筑词语不见于营造典籍，似乎出于作者的杜撰。第五十三回写宁府准备过年，气象一新，中路正门大开，小说于此写了一系列的门，其中有个"内塞门"就难以查考，据内行结合作品描写的情况来推测，此门似应位于内仪门与正堂之间，是一座独立的屏门。作者在这里特地写出一系列的门，意在渲染宁国府的广宇重门，庭院深邃，是有其用意的。

　　《红楼梦》里写到不少医案药名也是注释中的一大难题，也只有请教内行之后才敢拟注。当然，注释不是开方子，不必处处详尽，事事坐实，但有时医理药性同小说情节密切相关，不予注解会影响对情节内容的了解。比如第五十三回晴雯病补雀金裘后，王太医来诊脉，疑惑道："昨日已好了些，今日如何反虚微浮缩起来，……这汗后失于调养，非同小可。""虚微浮缩"正是中医诊断脉象所用的术语。虚、微，指脉搏细软无力的脉象，常见于正气不足、气血虚亏的各种疾病。浮、缩，指轻按便得、应指即回的脉象。病初起邪在表时，出现浮脉是正常的；病久后，正气损伤，致使气血运行不畅，正常情况应出现沉脉；如果相反地出现浮脉，说明阳气已不能潜藏，病情已到了十分危重的地步。晴雯病已多日，忽呈虚浮脉象，故王太医认为"非同小可"。这里固然看出王太医不是庸流，颇为高明，更说明晴雯为解宝玉之难，殚心竭力，毫不顾惜自己的病体。对于刻画晴雯的性格，这是相当重要的一笔。因此注释"虚微浮缩"是有助于读懂这一段情节内容的。余者如关于秦可卿、尤二姐等都写到医案，根据不同的情况，有的加注，有的就从略了。至于药名，也酌情做了一些注释，对于一般读者来说，或可增加些知识和阅读的兴味。

总之，在注释过程中，碰到我们不懂不熟、比较专门的东西是很多的，尽管现在还远不能穷尽那些我们所未知的部分，但就已经注出的部分而言，确是一个从无知到有所知识的过程。

2.从知之不确到比较确切。在注释中常常遇到这样的情形，就是有些我们本以为懂了的或者一般也都这样解释的，而其实却经不起推敲，是并不那么准确的。经过多次反复，包括自己查考或别人指出，才发现原来弄错了，或有片面性，这样我们的认识就得到深化，注文中的某些错误也得以纠正。

比如对于"百足之虫，死而不僵"（第二回）的解释，一般都把"僵"解作"僵硬不活动"，《辞海》新版"僵"字的第二义就是这样解释的，并恰好引了"百足之虫，死而不僵"作为举例。这条引例当据李时珍《本草纲目·马陆释名》，说它一名"百足"，"此虫足甚多，寸断之，亦便寸行，故鲁连子云：'百足之虫，死而不僵'"。推究起来，并不甚切。实际上这一成语还有更早的出处和更确切的解说。三国魏曹冏《六代论》："故语曰：'百足之虫，至死不僵'，以扶之者众也。"这个"扶之者众"，就是足多而能扶之使不倒的意思，在这里"僵"字用的正是本义和古代常用义，亦即《辞海》第一义"仆倒"，而不宜解为"僵硬"。联系小说正文来看，冷子兴引用这句古话为的是比喻贾府"外面的架子虽未甚倒，内囊却也尽上来了"，"死"喻其内囊已尽，"不僵"喻其架子未倒，正是十分贴切的。我们在做此条注释时，起先也曾随一般说法将"僵"解作"僵硬"，后改为"仆倒"，经历了一个从不甚切到比较确切的过程。

又如第三回林黛玉刚到荣府，贾母为之安排住处，盼咐"把林姑娘暂且安置在碧纱橱里"。"碧纱橱"是什么？一般都理解为纱帐式的东西，过去的注释也曾说是"帏幛一类的东西。用木头做成架子，顶上和四周蒙上碧纱，可以折叠。夏天张开摆在室内或园中，坐卧在里面，可避蚊蝇"。实际上并不是这样。它应是清代建筑的室内装修中"隔断"的一种，亦称隔扇门、格门。清代《装修作则例》中写作"隔扇碧纱橱"。其用途是以它隔断开间，中间两扇可以开关。格心多灯笼框式样，灯笼心上常糊以纸，纸上画花或题字，宫殿或富家常在隔心处安装玻璃或糊各色纱，故称"碧纱橱"，俗称"格扇"。结合第十七、第廿六回的有关描写来看，它的单位是"层""道"，橱内还设有床帐。因此，"碧纱橱"一词的确应当从建筑的角度来注释才是准确的。就从第三回的正文来理解，黛玉进荣府，其时正值残冬，没有必要坐卧在纱帐帏幛一类东西之中乘凉避蝇，她和宝玉住的实际是隔开的里外间。了解了建筑方面室内装修中隔扇碧纱橱的性能，黛玉被安置其中也就合情合理了。

　　再如第三十一回袭人挨了宝玉的窝心脚，口吐鲜血，宝玉慌了，即刻要"山羊血黎洞丸"来。我们原以为"山羊血"和"黎洞丸"是两种药，山羊血不注自明，只消注出"黎洞丸"就可以了。后来才弄明白两者的关系，"黎洞丸"这种专治跌打损伤的成药因其配方用"山羊血"，故称"山羊血黎洞丸"，应当完整地注出。第五回"唾绒"一词有的注本释为古代贵族男女调情之物，似乎不好理解，也缺少根据。南唐李后主《一斛珠》"烂嚼红茸（绒）笑向檀郎唾"以及明代杨孟载《春绣绝句》中"含情正在停针处，笑嚼红绒唾碧窗"之句，并不能说明"红绒"本身是什么调情之物，倒是由此可知古代女子做刺绣女红，每逢停针处常咬断线头，将粘留口中的绒线轻轻唾于窗前，此即所谓"唾绒"，这样解释恐怕比较切实一点。贾宝玉素有爱红的癖好，见到女儿口中唾出粘带口红的线绒而心喜，是符合这个人物特点的。还有像第七十八回《芙蓉女儿诔》中有些地方仔细想来我们原来的理解似不甚确。如"素女约于桂岩"的"素女"是谁？注家多据《史记·封禅书》："太帝使素女鼓五十弦瑟，悲，帝禁不止，故破其瑟为二十五弦。"因把素女释为古代善鼓瑟的女神。这一解释虽然有据，但似乎不很贴切，因与"桂岩"无涉，而且也没有像下文写"弄玉吹笙，寒簧击敔"那样写素女鼓瑟，因此觉得应当从"桂"字着想。仙境何处有桂？人们最为熟知的当是月中桂树了，月宫亦称桂宫，这里作"桂岩"是为了与下句的"兰渚"对偶。这样看来，与芙蓉神相约于桂岩的恐怕应该是月中素娥。柳宗元《龙城录》中有唐明皇游月宫，见素娥十余人舞于桂树之下的记载；而李商隐《霜月》诗也有"青女素娥俱耐冷，月中霜里斗婵娟"的句子。此处写作素女是出于平仄声要求的缘故。基于上述考虑，我们没有将素女解释成古代善鼓瑟的女神，而注为月中素娥了。

上面所举的一些例子，只是说明就我们有限的见闻范围而言，认识似乎是进了一步；但这种认识是否准确和完善则不一定。学海无涯，认识的过程是没有穷尽的，而且很可能出现反复。我们随时准备以新的更加准确和深刻的认识来代替现在的认识。

3.典故出处，力求贴切。上举"素女"的例子其实也是一个想求得较为贴切的出典的例子。此类例子是比较多的。《红楼梦》固然是白话小说，但毕竟是部古代作品。对于其中数量可观的古典韵文，既要作注就不可避免地要碰到典故出处问题。由于作者学识渊博，因而不少地方至今注不出来或没有把握，只有老老实实暂时不注或沿用成说。当然，由于参加工作的同志花费了不少工夫，翻书查典、切磋研讨，某些过去不知道的知道了，不准确的弄得较准确了。我们感到这方面还是有所进展或谓之小有突破也可以。往往看来是很细小的，对全书来说是微不足道的东西，得来也是颇花工夫煞费推敲的。兹举数例。

其一，第四十回行牙牌令时，行至宝钗，这一副三张牌的点色是：左右两张均为"长三"（两个三点平行斜排），中间一张是九点（上六下三），鸳鸯便道："凑成铁锁练孤舟。"据明代栖筠子《牌统孚玉》，知道这是一副牌的名称，即用以代指上述"长三、三六、长三"这副牌。其中两个"长三"和"三六"中的三点连起来像"铁锁"，六点即为"孤舟"。而牌经中所取这类文雅而形象的名称，多有现成的诗词歌赋或者成语俗谚为据。"铁锁练孤舟"一语何据？

最初一无所知。只见《通俗编》所附《直语补正》中有如下记述：《粤西志》有"铁锁练孤舟，千年永不休"之谣，商盘《质园集·铁城怀古》引之。寻《粤西志》，未得书，遂查商盘的《质园诗集》，在卷三十二《铁城怀古》之二"铁锁孤舟有旧谣"的注解中，也只有"郡志载有'铁锁练孤舟，千年永不休'之谣"等语。又翻阅几种地方志，终于在清道光八年英秀等续修的《庆远府志·地理志上》中查得所引旧《志》云："郡城如舟形，东西南三关外平衍十余里，小石联绵散布，旧有谣云'铁锁练孤舟，千年永不休。天下大乱，此处无忧；天下大旱，此处半收。'""铁锁练孤舟"一语，才算找到了出处。第六十二回中此句重出，其中"锁"作"索"，"练"作"缆"，意思是一样的。

其二，第三十七回史湘云所作咏白海棠诗中有句云："神仙昨日降都门，种得蓝田玉一盆。"过去注家对此句多只注出"蓝田玉"一词，说明蓝田即陕西蓝田县，山中自古产美玉，称"蓝田玉"。这当然是不错的。但若从全句、整联着眼，则似应对"种玉"加以注解。"种玉"原是有现成故实的，出于晋干宝《搜神记》。据载雒阳地方有个杨伯雍，居无终山，山高八十里，上无水，他便担水设义浆于其上，供路人渴饮。三年之后，有一人来就饮，送杨一斗石子，叫他种在山上，说"玉当生其中"，又说"汝后当得好妇"。杨伯雍依言种石。后北平有徐姓富家，有女姿德皆备，时人求婚，皆不许。杨前去求婚，徐氏笑以为狂，因戏云："得白璧一双来，当听为婚。"杨到种玉之处，挖出白璧五双，以之聘得徐氏女。这个故事并非什么僻典，容易查得；只是在注这两句诗时往往不易想到而忽略了。其实，"神仙种玉"的故实于此正好切合，若撮要注出，对理解诗句是有帮助的。联系全首来看，此典同史湘云的遭际命运都可能有某种关合。这当然不是注释的范围，也就不必涉及了。

其三，第三十八回宝玉咏螃蟹诗中有"饕餮王孙应有酒，横行公子却无肠"之句。过去所注对下句能指明来历："横行公子"指蟹，如《蟹谱》中称蟹为"横行介士"，晋葛洪《抱朴子》中称蟹为"无肠公子"；更有金元好问诗《送蟹与兄》简直就有"横行公子本无肠，惯耐江湖十月霜"的句子。至于上句的"饕餮王孙"按理也应有典,但不知何出。经翻查资料、斟酌推究,觉得这里用的是明代徐渭《钱王孙饷蟹》诗事。其诗云:"鲰生(徐渭自称)用字换霜螯,待诏将书易雪糕。并是老饕营口腹,管教半李(半个李子)夺蛴螬(金龟子)。"

"老饕"典出苏轼的《老饕赋》,刻画了一个贪馋好吃放达不羁的"老饕"形象。宝玉诗中的"饕餮"取义与此相类。"王孙"在这里既关合徐渭诗题上的"钱王孙",又是作为贵族公子的宝玉的自指,不是颇为恰当的吗?这样,"饕餮王孙"一句便也有了比较妥帖的着落了。

其四,第五十回李纨所作灯谜谜面为"观音未有世家传",打《四书》一句。湘云猜"在止于至善",不对;黛玉猜"虽善无征",众人都道"是了"。过去注释"虽善无征"都指明此语出于《四书》中的《中庸》,全句为"上焉者虽善无征","征"意为征验、证实。这当然不错,然而仅止于此是不够的,因为谜面与谜底究竟有什么关联仍未说清楚。原来这个"征"字意含双关,除上述意义外,在此又应作古时"纳征"(纳彩)以成婚礼之"征"解。据《仪礼·士婚礼》郑玄注:"征,成也,使使者纳币以成婚礼。"贾公彦疏:"纳此则婚礼成,故云征也。""纳征"也叫"纳币",是古代婚礼中"六礼"之一,即男女双方缔结婚约,男家通过媒人把聘礼送给女家,俗谓"过定"。因此,在这里,"虽善无征"即可理解为观音虽善,却无人向她纳彩定亲,故不能传宗接代,与谜面"未有世家传"暗相关合。如果把这层意思也注了出来,那就比较完善,对这段情节也就能够弄懂了。

其五,同是这一回(五十回)咏雪的即景联句中有"煮芋成新赏(黛玉),撒盐是旧谣(湘云)"一联。此联在程高本中被改成"苦茗成新赏,孤松订久要",同雪没有关联,使人莫名其妙;如果知道上下联各有同雪关联的相应的出典,就更可看出程高本的妄改了。"撒盐"一句用的是晋代谢朗以"撒盐"喻雪飘的典故,十分明白,在第五回注"咏絮才"时已经提到了。唯上句"煮芋成新赏"又有什么讲究呢?经查,原来苏东坡贬谪儋耳(今广东海南岛儋县)时有一首诗写到煮芋(芋艿)事。其诗为:《过子忽出新意,以山芋作玉糁羹,色香味皆奇绝。天上酥陀，则不可知，人间决无此味也》："香似龙涎仍酽白，味如牛乳更全清。莫将北海金虀鲙，轻比东坡玉糁羹。"海南岛地处热带，自然不会有雪，但苏东坡盛赞玉糁羹的"酽白"，正可以用来比喻雪色的纯白。黛玉正是在这个意义上取用了"煮芋"的典故来吟咏眼前的雪景。这"新赏"既是苏东坡对山芋做成的"玉糁羹"这一佳品的赞赏，也是黛玉等人对"玉糁羹"那样酽白美好的雪景的赞赏。

上面所举的若干例子，只是说明我们在此次注释过程中对于典故出处是用心查找并力求贴切的。但我们的理解和注释是否符合作品的实际和作者的用意则有待检验。至于书中出典至今注不出来或没有把握的地方还是很多的：如第十七回明说"古人诗云'蘼芜满院泣斜晖'"，又说"这是套的'书成蕉叶文犹绿'"，究竟系指何人何诗，不得而知。又如第五十回联句有"没帚山僧扫，埋琴稚子挑"，出于何典，也不清楚；第七十六回"争饼嘲黄发，分瓜笑绿媛"，虽则注了，也显得勉强，并不很切。再如第七十八回《芙蓉女儿诔》中"梳化龙飞"之类更是难题，未能解决。如此等等，还有不少。可见，在《红楼梦》注释中还有许多未被认识的领域，有待于进一步的探索和研究。

三

《红楼梦》这部杰作拥有十分广泛的读者对象：不仅治文史的阅读、研究它，各行各业也都有大批的爱好者；不仅多所阅历的成年人欣赏它，涉世不深的青年也愈来愈多地要求读懂它、正确理解它；不仅在国内影响巨大，而且在世界各国，读者和研究者也与日俱增。既然有不同年龄、不同地域、不同生活阅历、不同文化水平以至不同国籍的读者，那么在注释工作中也就应当注意到这种读者对象十分广泛的事实，着重地为青年读者着想，为文化水平较低的读者着想，为不大熟悉中国的历史文化和风俗习惯的读者着想。这就是为什么我们选择条目比较宽、注文比较详的缘故。有些对于具备一定历史知识、文化修养和生活经验的读者是完全用不着注释的东西(对专家当然更是多余)，但这既是一个普及本，就应当为广大读者考虑，适当增加一些注释。当然，这个界限不易掌握，详略繁简很难得体；这里只不过是把我们之所以这样考虑的原委加以说明，做到多少，只有在实践中逐步摸索。下面举出几种情况略加陈述。

1.由于时代生活的隔阂，有些词语如不加注释，今天的读者主要是青年读者会感到隔膜甚至不懂或误解。这里又有不同的情况。

一种是该事物或习俗已不复存在或不再流行。如"当票"(第五十七回)、"驮轿"(第五十九回)、"旋子"(第六十回)、"一丈青"(即"耳挖子"，第五十二回)、"沤子"(第五十四回)、"明瓦"(第四十五回)、"美人拳"(第五十三回)等即属此例；还有如"炸一炸"(旧的金银器经淬火加工使之重现光泽谓之"炸"，见第三十五回)、"倾"(将金银熔化倒入模子里铸造的一种工艺，见第五十三回)、"一个力气"(古代拉弓用力的单位，"一个力气"相当于九斤十二两，见第七十五回)、"'敏'读'密'"(即避尊长者讳，见第二回)、"布让"(席间向客人敬菜，见第三回)、"绝好的孩子"(指男妓，见第四十七回)、"道恼"(向遭丧或遇祸的人家慰问，见第四十三回)、"捐馆"(死亡的讳称，第十四回)等，亦属此例。

还有一种情况是同一词汇，其含义与今天通行的解释差别很大甚至完全不同。这种情形很多。如"口号"并非"标语口号"而是"口占、随口吟成(诗句)"的意思(第一回)，"便宜"并非"价钱便宜"而是"方便"之意(第三回)，"详"并非"详细"而是旧时下属向上司呈报的一种公文(第四回)，"解释"是领悟、不受困惑的意思(第五回)，"经济"是经邦济世的意思(第五回)，"游击"是一种武官的名称(第十四回)，"制度"用作动词是"规划调度"的意思(第十六回)，"答应"作"伺候"或"仆人"解(第十八回)，"汗巾"不是擦汗的手巾而是系腰用的长巾(第二十一回)，"语录"不是今天习惯说的领袖语录而是一种称为"语录体"的古代语体文(第二十二回)，"法官"不是现代审理案子的法官而是对有职位的道士的尊称(第二十九回)诸如此类，不胜枚举。这些地方若不加以注释，有些读者就会用今天的眼光看待这些词语的意义，很容易发生误会，从而影响对作品的理解。

2.由于地域的不同，对于这部分读者是很容易懂得的方言俗语，对于另外一部分读者则往往是陌生难懂的，因而也宜注出。

人们都公认《红楼梦》是一部以北方口语为基础的白话小说，其中也吸收和驯化了某些方言词汇、村俗俚语成为整个文学语言的有机部分。脂批有云："此书若干人说话语言及动用饮食之类皆东西南北互相兼用。"这不仅同作家的个人生活经历有关，也同语言的相互交流和吸收的历史现象有关。在注释中顾及方言俗语这一方面会有助于读者认识《红楼梦》语言的丰富性。

这方面的例子很多。比如，"堪堪"(将要的意思，见第二回)，"能着"(将就的意思，见第四回)，"狼犺"(笨重的意思，见第八回)，"渥"(覆盖裹藏某物，借以保暖或使之变暖，见第八回)，"打旋(xué学)磨子"(围着人打转、向人献殷勤的意思，见第九回)，"晌午大错"(正午已过去很久，见第十五回)，"不待见"(不喜欢、讨厌，俗有"人嫌狗不待见"的话，见第二十一回)，"挺折腰"(到顶的意思，见第二十四回)，"不当家花花的"("不当家"亦作"不当价"，意即不应该、当不起、罪过，"花花"是词尾，无义，见第二十五回)，淘气(这里是怄气之意，见第二十六回)，"搅过"(义同"嚼用"，即日常的吃穿用度，见第五十九回)，"筛酒"(斟酒，见第二十八回)，"垫踹窝"(代人受过，见第二十回)，诸如此类，不再赘举。往往某个词语对于南方读者说来是不言而喻的，北方读者却不甚了了；反之亦然。因此遇到这种情形还是兼顾各地读者，适当加以注释为宜。当然，这类词语有的要将其色彩意味传达得准确恰当是不容易的，只能做出大体接近的解释，让读者联系上下文来体会这些词汇怎样增强了语言的表现力。

3.言浅意深。《红楼梦》的行文中时有这样的地方：文字看去浅近，并无难读之处，粗心的读者一掠也就过去了；实际上却含意颇深。如果有选择地加点注释，会有助于对作品的理解。这种情形在前五回较多，诸如"翻过筋斗来的""有命无运""乘除加减""反认他乡是故乡"以及"护官符"的那几句谣谚都是。

这些词语往往是某种人生经验或抽象哲理的比喻或隐括。"翻过筋斗来的"正是比喻那饱经沧桑、阅尽炎凉从而看破世情的人。"有命无运"是同"命运两济"相对而言的，是评说英莲和娇杏主仆二人完全不同的遭遇。

"命"和"运"现在通常是连用的，旧时将其区别，"算命"的将一个人出生的年月日时按干支排列，再以五行生克来推断一生境遇的吉凶祸福谓之"命"；在"命"之下，再推断一段时期内运气的好坏谓之"运"，故有"时来运转"的话。因此"有命无运"从字面上说得通，并不矛盾；当然它的实际含义侧重在"无运"，说英莲生不逢时，遇又非偶，遭际堪悲。"反认他乡是故乡"则把现实人生比作暂时寄居的他乡，而把超离尘世的虚幻世界当作人生本源的故乡。因而慨叹那些为了功名利禄、娇妻美妾、儿女后事奔忙而忘掉人生本源的人是错将他乡当作故乡了。其实整个"好了歌"及注都有这种言浅意深的特点，分析它的复杂的思想内容自然是评论研究的事，但帮助读者领会它表达思想的特点则是注释可以部分地做到的。当然不必一一注释，而只消举一反三，读者便可以自己去领会了。至于第五回的判词和曲，其中大量的双关、隐喻都做了较详的注。这些词曲同样具有言浅意深、既形象又概括的特点。上举"乘除加减"只是巧姐《留余庆》曲中一词，它当然不是字面意义上算术的加减乘除，而是说人生的荣枯消长、沉浮赏罚皆有定数丝毫不爽的意思。对于这类词语如果不加注释，那么《红楼梦》的初读者是会感到很有障碍的。

四

《红楼梦》注释水平的提高有赖于整个《红楼梦》研究的学术水平的提高。注释本身虽然是帮助阅读的一种工具和桥梁，带有普及性、知识性，但也要求将某些有关的研究成果及时地反映在其中。从这个意义上说，注释本身也体现着学术性。红学是不断发展的，注释也不能一成不变、一劳永逸。这里有两个问题值得一谈。

一是及时地吸取和反映新的研究成果问题。本文开始曾提过，注释不是论文，不可能也不必要承担对作品的分析研究的任务；但在研究中凡涉及同注释有关的方面，包括名物考据、典故出处、词语诠释、情节理解等，如果有了新的收获，就应据以充实和改进注释的内容。上文述及的有不少就不单是知识问题，也是学术问题，比如从知之不确到比较准确实际上也包含着研究的心得。此处再举两例作为补充。

第五回写到秦可卿房中陈设，其中一项为"寿昌公主于含章殿下卧的榻"。寿昌公主何人？一直是个疑问。因为无论在史书上或小说戏曲中，都查无其人。经过研究者的查考研究，则知道原来是"寿阳公主"之讹误。《太平御览》卷三十"时序部"引《杂五行书》载南朝"宋武帝女寿阳公主，人日（旧历正月初七）卧于含章殿檐下，梅花落于公主额上，成五出花，拂之不去，皇后留之，……宫女奇其异，竞效之，今梅花妆是也。"宋代程大昌《演繁露》有"含章梅妆"条，记载与此略同。从故事的内容看，同小说此处所写一系列物事浓丽香艳的情趣是协调的。作者借用这个故实合乎情理。很可能是由于传抄的失误，"寿阳公主"便成了"寿昌公主"。这样解释看来比较合理，因此在注释中采用了。

第五十六回探春理家一节，宝钗在同探春议论中曾提到"朱夫子有一篇《不自弃文》"。读到这里，人们搞不清朱夫子是否真有一篇《不自弃文》，文章内容又是什么？历来注释也从未注出这一条。前些年经研究家指出，此文见于清代刊印的《朱子文集大全类编》"庭训"类。文章开头说天下之物"有一节之可取，且不为世所弃，可谓人而不如物乎？盖顽如石而有攻玉之用，毒如蝮而有和药之需，……类而推之，则天下无弃物矣。今人而见弃焉，特其自弃尔"。结论说："为人孙者当思祖德之勤劳，为人子者当念父功之刻苦；孜孜汲汲以成其事，兢兢业业以立其志。……若是则于身不弃，于人无愧，祖父不失其贻谋，子孙不沦于困辱，永保其身，不亦宜乎。"探春说这"不过是勉人自励"。她同宝钗对此文的看法又大有分歧：探春认为不过是"虚比浮词，那里都是真有的"；宝钗反驳说，"朱子都有虚比浮词？那句句都是有的"，并且批评探春"利欲熏心，把朱子都看虚浮了"。可见，了解《不自弃文》的内容，对读懂小说这一细节，理解钗、探的思想性格有所助益。曾经有人怀疑此文是否朱熹所作，认为很可能是清初的另外一位"朱夫子"朱柏庐的文章。这篇入于"庭训"的《不自弃文》同朱柏庐的《朱子家训》不是颇为相类吗？何况清以前朱熹的文集并未将此文收入。经研究家进一步推考，特别是发现了物证——赵孟頫所书的《不自弃文》一帖。赵是宋末元初人，所书自然不可能是清人文章，因而可以排除此文是朱柏庐所作的疑点，其为朱熹文章是大致可信的。因此我们在注释中据北京图书馆所藏《朱子文集大全类编》第八册卷二十一《庭训》所载《不自弃文》，撮要拟成注文，反映了这一研究成果。

另外一个是如何对待学术界尚无定论、存在争议的问题。对此，我们认为应取慎重态度，不可强加于人。这里大致有几种处理方法：一是暂且不注；二是注释宜简，留待读者推考；三是介绍较有影响的一种或几种成说，供读者参考。第一种情况不言自明，下面对后两种情况举例略加说明。

比如第三十一回回目"因麒麟伏白首双星"，本是一桩疑案，历来众说纷纭。近年来有的同志对此做过研究，写了专文，提出了较有说服力的看法。我们在注释此条时原来所拟注文比较详尽："因：凭；借。伏：隐伏，伏笔。白首：指老年人。双星：牛郎、织女二星。这个回目可能是八十回以后原稿中有关史湘云命运的伏笔。据庚辰本第三十一回脂批：'后数十回若兰在射圃所佩之麒麟，正此麒麟也。提纲伏于此回中。'可知此回宝玉手中的雄麒麟，以后辗转到了卫若兰手中，似预示后来史湘云与卫若兰成婚。再结合第五回史湘云的判词和'乐中悲'曲子的内容，作者在这个回目里或暗伏史湘云的悲剧结局，即她与卫若兰成婚后又不幸离异，直到白首迟暮之年，有如神话中隔在天河两岸的牛郎织女双星，不得重聚好合。因八十回以后的原稿不存，具体情节已无从确知。"后来考虑到此说虽然言之成理，但毕竟仍是一种推断，不如留待读者在比较诸说中自己选择，不宜注得过于翔实，因将上引注文删简，只注释词语及将有关脂评引出，余均删去。这样做似乎更加客观些、慎重些。

又如第五回王熙凤判词的解释也存在着不同意见，尤其是第三句"一从二令三人木"，说法更多。有的认为是写出琏凤关系的三个阶段，有的认为是概括凤姐本人一生的遭遇，有的则认为包含着凤姐害死尤二姐的整个故事。限于篇幅，注释中不能一一介绍，但经脂批点明的"拆字法"是大家公认的，应当注出。至于对所拆的字"从""令""休"怎样解释，则都不甚圆满，但考虑到第一种说法流行较广，因在注文中做了这样的介绍："一从二令三人木：难确知其含义。或谓指贾琏对王熙凤态度变化的三个阶段：始则听从，继则使令，最后休弃（人木合成'休'字）。"并不认为应当定于一尊，而只是一种说法。

在名物解释方面也有类似的情形。如第四十一回妙玉请黛玉品茶的那一只"点犀䀉"，专家们对此各持不同解释，并曾撰文争鸣。对此我们缺乏研究，无从判断，因将二说并存。"点犀䀉"一条的注文为："犀牛角做成的饮器。䀉（qiáo桥）：碗类器皿。《岭表录异》：堕罗犀，犀中最大，其角有重七斤者，云是牸犀。额上有细花，多是撒豆斑，斑散而浅者即治为杯盘器皿之类。䀉以'点犀'取名，似借李商隐《无题》'心有灵犀一点通'诗意。一说'点犀䀉'，作'杏犀䀉'。一般犀角制成的器皿，不论在白天或灯光下，都呈不透明的褐色，只有上好的犀角制成的器皿，对着光看呈半透明的杏黄色，但极罕见。䀉以'杏犀'命名，言其珍贵。"

还有一种情形是在不同意见中有的已查到了第一手材料，即以此为据。如第二十二回《刘二当衣》为一出弋阳腔滑稽戏，存《蒙古车王府曲本》中。有的同志说这是和《张三借靴》堪称姐妹篇的一出滑稽戏，剧本原名"叩当"，写穷汉刘二清早上当铺叩门，但当铺大门尚未开启，他就站在门外，一边等待，一边唱几段弋阳腔来消磨时光，演出时俗称《刘二当衣》。另一种意见认为这出闹剧原出明代沈采的传奇《裴度还带记》第十三出《刘二勒债》，刘二并非穷汉，家开当铺，剧名《叩当》，"叩"与"扣"通，是说刘二为富不仁，扣下了裴旺所当衣物以顶利钱，并非叩当铺之门。持后一种意见的同志的确在该曲本中找到了该剧本并将它抄出。因此我们的注文便据后者拟定。当然，剧本在演出流传的过程中可能有演变，如果见到了新的材料有了新的依据是可以进一步修改的。

上举数端只是想说明我们在注释过程中力求反映现有的学术水平，力求客观一些、郑重一些以体现"双百"方针的精神。但实际上能够做到多少还很难说，这不仅因为我们的水平有限，而且还因为"红学"正在不断发展的缘故。

最后有一点要加以说明的是，由于注释工作延续的时间很长，参加的人员前后变动很多，当我们想对几年来的工作进行回顾之时，许多同志都早已返回原单位，没有可能重新聚在一起讨论研究。因此应当声明：凡属上文提到的整个工作中的收获和成绩，都是大家共同做出的；至于本文的概括以及例证有不当和错误处，其文责应由执笔人自负，而不能归咎于大家的。

写于1981年春

关于《红楼梦》再版注释的修订

1982年春,人民文学出版社出版了以《脂砚斋重评石头记(庚辰秋月定本)》为底本,经过重新校订注释的《红楼梦》。向广大读者普及脂本,在《红楼梦》版本史上还是第一次。这个本子在正文的校订上努力接近曹雪芹原著的面貌,注释方面也力求在前人工作的基础上充实丰富,并注意繁简适度。从那时到现在,已逾十度春秋。随着时间的推移和研究的深入,对于这个本子的修订再版便自然地提上了日程。

此次修订历时一年有余,将平素发现的问题和缺欠做了一次比较全面的检查、清理、修改和订正。以注释而言,初版计有2314条,现在对其中的164条进行了或大或小的修改或补充,另外新增87条,共计修订增补251条,再版的本子共有注释2401条。这样,就在保持注释原有特色的基础上,使之前进了一步。此项工作大致包括这些方面:订正了明显的舛讹;增补了重要缺失;提高了确切程度;并且删除了某些简单化的断语和不必要的评说。以下,分别做些说明。

一

首先,订正了明显的讹误。

由于当年工作上的某些疏忽,加之学养不足、见闻不广,个别注解存在讹误。比如第三回"桌上磊着书籍"的"磊",意为叠放,其读音初版注为lěi

（垒），误；应为luò（洛），再版中纠正过来。第一〇五回"攒钉"条，初版注为"钻孔装钉"是弄岔了的，再版改为"攒聚堆叠。钉，通飣（飣），堆叠之意。"又如第二十九回"赤金点翠的麒麟"初版作注时忽略了"点翠"是一种中国传统的羽毛工艺，释为"赤金的点缀了翠色或翠玉的麒麟"，含混不切。这里，"翠"是指翠鸟的羽毛，《说文解字》："翡，赤羽雀也。""翠，青羽雀也。"或说翡为雄鸟，色赤；翠为雌鸟，色绿。以翠鸟羽毛剪裁粘贴在金银饰物上的工艺叫"点翠"，其色泽鲜艳，永不消褪。今据此做了修改。再如五十二回水仙盆中的"宣石"当初释为一种质地疏松多孔的吸水石，这就完全搞错了。恰恰相反，宣石质地坚硬，因产地得名，再版中便废弃谬误，加以更正。宣石产于安徽宁国县（旧属宣城），石质坚硬，色泽洁白，多用于叠假山。明代计成《园冶》卷三载："宣石产于宁国县所属，其色洁白，多于赤土积渍，须用刷洗，才见其质。或梅雨天瓦沟下水，冲尽土色。惟斯应旧，愈旧愈白，俨如雪山也。一种名'马牙宣'，可置几案。"如果具备较多的盆景知识，当可避免这方面的讹误。

名物之中还可以举出"披风"（第六回）的例子。初版注"披风即斗篷"，是把现代人的服饰称谓套了上去。小说中所写的"披风"应是有袖的，大袖宽身，两腋下开长衩，古称"褙子"，是一种由秦汉时代发展演变而来的古代服饰，清代妇女常用作礼服的外套，与后代无袖披肩式的斗篷不是一回事。再如"台盏"（第四十四回）释为"大酒杯"亦恐非是，应是一种"有台式托盏的酒盅"。

另有一种情形，是由于对小说正文研读不细、体察不够造成的出条不妥或解释不当。初版中，第二回有"额外主事、入部习学"一条，翻检正文，贾政蒙皇上引见，"遂额外赐了这政老爹一个主事之衔，令其入部习学"，文意为另外赐了贾政一个主事的职衔。此处并未将"额外"和"主事"连用，出条先就不妥；加之注文中将"额外"等同于"候补"，更属不当。原注谓"清代科举制度，属于二三甲的进士，经过朝考录取，称庶吉士，到翰林院学习；没有考中庶吉士的进士，可以做额外主事，但不是实缺官"。本来，政府机构中各部都有候补的和实缺的,"候补"和"额外"是两回事,在这里,只消解释"主事"就清楚了,额外就是另外,并无其他意思。因将条目改为"主事",注文也将误说删除,简化为"清代六部之下设司,司的主管官是郎中,其副手是员外郎,再下就是主事。下文的'入部',指的是工部,主管建筑、水利等事"。这样的出条和解释才符合正文的文意。这条注释存在的问题早在本书发行之初就有专家指出了,我们一直记在心上,直到现在才得以改版纠正。

第三十四回中的"负荆请罪",当初作注时看作是很普通的一个典故,便据《史记》故事注出,可是核对正文,却有了误差,原来说的是《负荆请罪》那出戏。宝钗明明说:"我看的是李逵骂了宋江,后来又赔不是。"宝玉便笑道:"姐姐通今博古,色色都知道,怎么连一出戏的名字也不知道,就说了这么一串子。这叫《负荆请罪》。"这里首先应将这出戏给以介绍,说明是元代康进之的《李逵负荆》杂剧,演二歹徒假冒宋江鲁智深之名,抢去良家妇女,李逵信以为真,大闹忠义堂,后辨明真相,李逵向宋江等负荆请罪。然后说明"负荆请罪"的成语本于《史记·廉颇蔺相如列传》,演为戏曲则另名《完璧记》。这样就与正文吻合,也较为完善。当初很可能是将条目摘出,孤立起来,造成误差,是应当引以为训的。有的注释看去似亦可通,但体察上下文意,则未能合榫。第廿六回中的"打降",原注"即打架",并引据清代郝懿行《证俗文》:"俗谓手搏械斗为打降。降,下也,打之使降服也。方语不同,字音遂变,或读为打架,盖降声之转也。"小说《风月梦》中即有"打降"意为打架的用法。但此处结合上下文来看,谓倪二"在赌博场吃闲钱,专管打降吃酒",此"打降",似非指一般打架斗殴,而指一种在赌场中"吃闲钱"的行为。据对赌场实况素有考察了解的同志见告,赌场开局,下注后,某一局外之人将局中某一方押的注提走,意为不论吃赔,都归他负责,谓之"打降",又叫"打杠"。"降"读如gàng(杠)。能在赌场打杠者,一般都有一定的势力。这种解释,与醉金刚倪二的身份、个性,颇相吻合,因据以补充之。

由于习焉不察、先入为主造成的注文与正文不相适应的情况，还有七十六回中"《画记》"一例。历来并无《画记》此书，只韩愈有文名《画记》，记人物及马。初版作注时，如当时流行的其他注本一样，把《画记》注为唐代张彦远作的《历代名画记》。这是不妥的，因为第一，如系简称，应为《名画记》；第二，《历代名画记》中"张僧繇"条并未提及凹凸花，与正文文情不合；第三，所谓"一乘寺凹凸花"仅见于《建康实录》，此书乃记六朝金陵事迹，并非记画之作。从以上数端可知，林黛玉所说的"《画记》"上云张僧繇画一乘寺的故事，实属误记。当然小说之作，不必果有是书，然而在作注的时候，不加辨析便坐实，就是失察了。

可见作注释的时候，固然应当着眼词条本身的正确含义，尤其应当认真研读正文、细察文意，这样，上述那样的差错就是可以减少以至避免的了。

二

使原先比较笼统、模糊的解释趋于清晰、确切，提高注释的科学水平，这也是我们在修订中着意加工的方面。

先看某些词语，初版时都作了注，也并不错，但往往语焉不详或不得要领，再版中对其含义及语源做了进一步推究，则较为恰切有据。如第二回"堪堪"，初版解为"将要的意思"；再版改为"即'看看'，'看'本多音字，这里读如kān，估量时间之辞，义近转眼"。同回"胡羼"，初版注"胡闹、捣乱"；再版改为："犹言鬼混。《说文》：'羼，羊相厕也。'引申为掺杂。"又如二十四"坎儿"条，初版注曰"路不平，凹凸处谓之'坎儿'。遇着坎儿，喻碰在当口上"。再版改为"地面的坡埂，走路时易绊。遇着坎儿，喻碰在当口上"。再如第三十三回"笞挞"条，初版注为"用板子、棍子打罚"。再版改为"用棍杖篾板打罚"。因"笞"从竹，责打工具不限于木制。其余如"能着"（第四回），"作法"（第九回）等都做了类似的改动。

名物方面修订的幅度可能稍大一些，包括服饰器用之属。如"鹤氅"（第四十九回)、"折袖"(第六十三回)、"填漆"(第六回)、"捏丝戗金大盒"(四十回)、"屈戌了吊"(第七十三回)等类。兹举数例："折袖"初版注说"又叫'挽袖',袖口部分挽上一块的服式"。不能算错,但多少有点望文生义,含混不切。实际上折袖俗称"马蹄袖",指袍褂袖口上接出一个半圆形袖头的服式,本为骑射时覆手御寒,后用作礼服,平时挽起,行礼时放下。依此修改便确切明白多了。第四十回写到一件器物"捏丝戗金五彩大盒子",原先只出"捏丝戗金"条,谓"把捏成各种图案花纹的金丝嵌在器物上,戗金是指在器物上镶嵌金饰"。但这对于该器物的形制功用仍不明确,因把条目改为全称,注出"一种有窗孔的透气的漆棒盒,窗孔捏铜丝成纱状;'戗金'为漆器工艺之一,在深色漆地上,镂刻出纤细的花纹沟槽,槽内涂膠,上粘金箔,呈现金色花纹"。这就对此种盛放食品的捧盒的形制、质地、装饰以及功用有了具体确切的了解,真是既考究又实用。此外,还可举出第七十三回中"塌了屈戌了吊下来",初版时只以"屈戌"出条,释为"门窗上的搭扣",未将此句中"屈戌了吊"一同注出,读者容易误会"了吊"为动词。现改以"屈戌了吊"出条,"屈戌"为铰链的古称,俗称合页,陶宗仪《辍耕录》卷七:"今人家窗户设铰具,或铁或铜,名曰环纽,即古金铺之遗意,北方谓之屈戌,其称甚古。""了吊"或作钌铞,金属的扣吊,多用于门窗的启闭,沈榜《宛署杂记》卷十五:"修理贡院经房……各处房门了吊一百六十二副。"据此,这一器用的注释就确切有据了。

有的条目,当年作注时也曾翻阅过材料、请教过专家,认为是言之有据的,后来发现并不完善,且有误解。再版中便进一步搞清楚,做了修订。第二十二回的一出戏剧《刘二当衣》便花费过不少工夫。初版注谓《刘二当衣》即《刘二叩当》或《叩当》,属弋阳腔。《蒙古车王府曲本》中有《叩当》一剧,写开当铺的刘二见利忘义,爱财如命,用计扣下穷亲戚的当物以抵押前账。"叩"即"扣"之意(王先谦《荀子集解》注:"扣与叩通")。当时因未究源流,情节与剧名不合,亦无谑笑科诨的滑稽内容。原来《刘二当衣》这一剧目,自明传奇《裴度还带》第十三出《刘二勒债》改编,演财主刘二官人悭吝成性，用计扣下其姐夫裴度的当物以抵抑前账。该出演为弋阳腔有两种不同的戏路：其一基本内容未变，称《扣当》；其二则演破落后的刘二官人去当铺当衣，叫《叩当》，亦名《刘二当衣》，有车王府本，注明"丑刘二官人当旧衣，诨戏"。小说所写，当为后一种，因其谑笑科诨，合乎贾母爱热闹的脾性。可知原先的注将该剧在演出过程中两种不同的剧情相混误植，刘二勒债扣当的内容与《刘二当衣》的剧名不相吻合，同小说描写也难接榫。这些问题在修改后的注释中得到了解决。

还有一个关于诗词用典的注释，经过了几次反复，终于"否定之否定"，又恢复了原状，需要在这里特别加以申说。这就是第五十回芦雪广（yǎn）即景联句中的"诚忘三尺冷"。

"三尺"何指？1982年初版第一次印刷该处注为"三尺：宝剑。《汉书·高帝纪》：'吾以布衣提三尺取天下。'唐代颜师古注：'三尺，剑也。'这里代指守边将士"。书出版后，关于"三尺"的解说颇多歧见，形成过小小的热点，《红楼梦学刊》上不止一次地刊发过不同的见解。有鉴于此，在同一版以后的多次印刷中，责任编辑曾对此做过局部的改动："三尺：指雪。《宋史·杨时传》记载，杨时与游酢去见程颐，遇颐瞑坐，二人侍立不去。颐既觉，门外已雪深一尺了。"看来"程门立雪"这一典故，虽与"雪"切，但"一尺"和"三尺"怎么搭上？颇觉勉强。至于其余说法，如"三尺微命"（王勃《滕王阁序》）借以自指等，更难圆满。

当年参加此项工作为诗词作注的同志对此十分关切，一直认为把"三尺"解作剑并没有错，对这个问题一直萦记在心，广征博收，提供了许多依据。下面把这些材料列出，以见长期积累、广泛取证的良苦用心和科学态度。

关于"三尺"的材料录此备查：一、除汉高祖"吾以布衣提三尺取天下"之外，尚有《战国策》云："鲁连谓孟尝君曰：曹沫奋三尺之剑，一军不能当。……"二、"诚忘三尺冷"之取意：（1）《左传·宣公十二年》："申公巫臣曰：'师人多寒。'王巡三军，拊而勉之。三军之士皆如挟纩。"故《增补事类统编》云:"恩如挟纩而群士忘寒。"(2)"诚"字:李世民《赐萧瑀》诗:"疾风知劲草,板荡识诚臣。"诚臣即忠臣。(3)剑佩冷:岑参《天山雪歌送萧治归京》诗"将军狐裘卧不暖,都护宝刀冻欲断"。陆游《九月十六日夜梦驻军河外……》诗:"朔风卷地吹急雪,转盼玉花深一丈。谁言铁衣冷彻骨,感义怀恩如挟纩。"又其《梦仙》诗:"天逼星辰大,霜清剑佩寒。"又其《秋兴》诗:"百金战袍雕鹘盘,三尺剑锋霜雪寒。"莫宣卿《早朝》诗:"候晓车舆合,凌霜剑佩寒。"谭用之《塞上》诗:"貂披寒色和衣冷,剑佩胡霜隔匣寒。"三、前人关于"三尺"用法的争论:(1)杨大年、刘子仪皆喜唐彦谦诗,以其用事精巧,对偶亲切。黄鲁直诗体虽不类,然亦不以杨、刘为过。如彦谦《题汉高庙》云:"耳闻明主提三尺,眼见愚民盗一抔。"虽是著题,然语皆歇后。"一抔"事无两出,或可略"土"字,如"三尺",则三尺律、三尺喙皆可,何独剑乎?"耳闻明主""眼见愚民",尤不成语。余数见交游,道鲁直语意殊不可解。苏子瞻诗有"买牛但自捐三尺,射鼠何劳挽六钧",亦与此同病。"六钧"可去"弓"字,"三尺"不可去"剑"字,此理甚易知也。(见叶梦得《石林诗话》卷中、按此论不免拘板迂阔,故有人驳之)(2)叶少蕴《石林诗话》以杨大年、刘子仪喜唐彦谦《题汉高帝庙》云:"耳闻明主提三尺,眼见愚民盗一抔。"语皆歇后,如三尺律,三尺喙皆可,何独剑乎?又苏子瞻云"买牛但自捐三尺,射鼠何劳挽六钧",亦与此同病。然余按《汉书·高帝纪》曰:"吾以布衣提三尺取天下。"又韩安国传:"高帝曰:'提三尺取天下者朕也。'"皆无"剑"字,唯注曰:"三尺,谓剑也。"出处既如此,则诗家用其本语,何为不可?(陈岩肖《庚溪诗话》,按"三尺"用法有此一段公案,反使其成为后人单以"三尺"代剑之依据)四、诗中用"三尺"之举例:(1)指明为剑的:杜甫《重经昭陵》诗:"风尘三尺剑,社稷一戎衣。"辛德源《白马篇》:"宝剑提三尺,雕弓韬六钧。"李贺《奉和二兄罢使遣马归延州》诗:"空留三尺剑,不用一丸泥。"刘禹锡《酞月》诗:"剑沉三尺影,灯罢九枝燃。"戴嵩《从军行》:"剑悬三尺鞘,铠累七重犀。"(2)以比喻指代的:白居易《鸦九剑》诗:"谁知闭匣长思用,三尺青蛇不肯蟠。"李贺《春坊正字剑子歌》诗:"先辈匣中三尺水,曾入吴潭斩龙子。"欧阳修《咏剑》诗:"煌煌七星文,照耀三尺冰。"沈贞吉《咏剑》诗:"三尺精灵夜吐辉,曾闻天上化龙飞。"孙伯融《宝剑歌》诗:"明珠为宝锦为带,三尺枯蛟出冰海。"(3)不指明剑的:裴夷直《观淬龙泉剑》诗:"炼质才三尺,吹毛过百重。"苏轼《次韵王定国得颍倅》诗:"买牛但自捐三尺,射鼠何劳挽六钧。"欧阳詹《题第五司户侍御》诗:"骢马不骑人不识,冷热三尺别生风。"张元凯《匣剑》诗:"宁输百万留三尺,悬在腰间酬寸心。"

以上这一系列材料足以说明"三尺"解成剑没有错。回到小说中"诚忘三尺冷,瑞释九重焦"的对句上来,上句说将士因忠诚而忘却戍守的寒苦,下句说皇帝因瑞雪能兆丰年而解除了焦虑。"三尺"指剑,借以说将士与戍守之事,雪里刀剑随身,尤觉寒冷。在这里,一句写忠诚忘冷,是下对上,一句写瑞征释焦,是上对下。不但所咏之雪已在其中,且"三尺""九重"都是出于两汉前的熟典常语,可谓用事铢两悉称,属对妥帖工稳,应当是没有问题的。再版中此处的注解又回复到原来,经过一番周折和探求,找到了更为充分的根据,加深了对用此典的理解。

有关诗句注释欠妥、做了修改的地方,还有第五回秦可卿房中《海棠春睡图》旁联语"嫩寒锁梦因春冷"中的"锁梦",原先释为"春睡沉沉、锁于梦乡",现改为"不成梦,不能入睡"。其理由除去同可卿其人其境相联系、"因春冷"应理解为青春冷寂、无可寄托、难以入眠之外;更因为"锁梦"一词早见之于唐诗,前人用法的惯例已形成了这一词语的特定含义,理应作为我们判断的准则。行家曾列举现成的例证:诗僧齐己《城中示友人》有句云:"重城不锁梦,每夜自归山。"谓即使重城相隔,亦不能阻我入梦,每夜梦魂自能回归山寺。"不锁梦"即不能阻我入梦,"锁梦"就是阻我入梦、不能入睡之意了。

注释中欠妥欠切的地方自然还有,只要是我们发现了并认识到它何以不妥,都尽量做了修订。

三

适当地增补条目,扩大注释的覆盖面,以期为读者带来更多的方便,也是此番修订的用意之一。

有些方言俗语,初版时觉得可注可不注、弃而不注的,现在看来还是多加点注为好。因为这个普及本是发行全国以至海外的。比如"没眼色"(第四回)、"拉硬屎"(第六回)、"挺腰子"(第七回)、"拿下马"(第二十回)、"造次"(第廿六回)、"梯己"(第九回)等,均属增补之列。像第六十五回中"清水下杂面,你吃我看见"这样的基于旧时北方生活的语言,不加解释更会使相当一部分读者茫然。启功先生在一次座谈会上曾就这句话做过专门的解说,他说"杂面"原是从前穷苦人的食粮,乃是绿豆渣子一类豆面做成的粗粮,很涩,没有油水是难以下咽的,因有"清水下杂面——我看你怎么吃"的歇后语,也就是小说中此语的意思。今天有人由于不明语源而生误解,如有此种生活经验就很容易明白了。修订中便增出了这一条目。此外由于今昔差别词义易生误会之处初版时已经注意到了,现在又做了些补充,如"口号"(第一回)不是标语口号而是"口占,不借笔墨、随口吟成"之意;"男女"(第二回)非男男女女而指仆人;"游艺"(第四十八回)不是今之娱乐活动而本于《论语》的"游于艺"等。

这个本子既是脂本的普及本,正文文字尊重底本,所以有些脂本特有的文字虽生僻也保留了。初版中"㰡㰡""渥""赿走"均属此列,都做了相应的注。此次又有些增益,如第五十回写"宝玉笑㰡㰡勷了一枝红梅进来",这"勷"字已不通行,在康熙字典中才能查到,音qiān(虔),意为用肩扛物,引《集韵》:"勷,渠焉切,音虔,负物也。"此字既保留,宜加注。再有第三十回龄官画蔷,小说描写"宝玉用眼随着簪子的起落,一直一画一点一勾的看了去,数一数,十八笔"。不必说今之简体"蔷"字不是十八笔,繁体字的"薔"也不是十八笔,只有将"回"写作"囬"的繁体的"薔",方合十八笔之数。因在此处出注,以解读者疑惑。

名物方面也增补了数量较多的条目。如竹剪刀（第四十四回）、竹信子（第四十五回）、茶面子（第七十五回）、攒心盒子（四十回）、嵌蚌（第三十八回）、毅纱、料丝（第五十三回）、勒子（第六回）、羽缎（第八回）、花领子（第廿四回）、地炕（第四十九回）等。同初版时的想法一样，增设此类条目往往考虑到该事物在现代生活中已不多见或者望文生义易生误解。比如剪刀本系金属制品，何以用竹制？原来兰蕙等花草怕金属器，故需用竹剪，竹子既可削薄出刃，又有弹性，宜乎此用。"茶面子"不是粉末状的碎茶叶，而是指面茶，将面粉炒熟，吃时用开水冲沏，如同一种干粮，考究的可加入各种佐料，成为一种方便小吃。"嵌蚌"即"螺钿"，是一种装饰工艺，在今之屏挂或贵重家具中可见；"毅纱""料丝"都是用作灯罩的材料，"羽缎"是可御雨雪的一种毛织品，这些在现代生活中就很难见到了。至于"花领子"更是一种易生误解的特殊服饰。第二十四回写鸳鸯"脖子上戴着花领子"，"花领子"何物？乃是一种颈服，明、清时期，衣、领分用，领子亦称"领衣""眉子"，俗谓"假领"。较《红楼梦》晚出的清人文康《儿女英雄传》所写的"领子"，用法亦相同，其第三十一回叙："公子听了，摸了摸，才知道装扮了半日，不曾戴得领子，还光着脖儿呢，又忙着去戴领子。"可见是衣领分别穿戴的。花领子又称竖领妆花眉子，鸳鸯脖子上戴的就是这样一种颈服。但程高系统的本子此处却改成脖子上"围着紫绸绢子"，有点像现代的围巾了。可见这种改动已迥非原物，失却穿戴的时代风尚了。本书既以脂本为底本，保存着原来的文字，"花领子"这样的服饰，就是应当给以注释的了。此外，如"地炕"，初版亦未予注释，而这是中国古建筑中最考究的采暖方式，早在《水经注》中便有记载，距今已有千余年的历史。地炕的构造是在房屋的檐廊上设烧火炕，炕内砌灶。据清宫档案记载，地炕以煤为燃料，用柴或炭引火，燃烧后，灼热的烟气在地面下的排烟道内往复盘旋，将砖砌地面烘热，从而使热气流自地面上升，为室内供暖。北京的故宫、颐和园、恭王府等处，现仍保有地炕的实物。《红楼梦》中写到"李纨打发人去芦雪庵笼地炕"，可见大观园中冬日是用地炕取暖的，由此种讲究的采暖设施可以见出荣宁府第的建筑规格属宫廷王府一流。增出这样的条目可广见闻，亦利阅读。

初版中，还有一些失注之处是由于对该词语未曾深加推究或当时查找不到。如第八回中贾母初见秦钟"与了一个荷包并一个金魁星，取'文星和合'之意"。"荷包"与"金魁星"都已注出，对"文星和合"则泛泛看过，未加解释。其实，这里不单有"和合"与"荷包"谐音、"文星"即文曲星与"金魁星"呼应的取意，而且"和合"又是中国民间所奉的喜庆吉祥之神，二神并祀，俗称"和合二仙"。本祀万回，清初封天台僧人寒山、拾得为"和合二仙"。此处因增出"文星和合"一条，就更加完善明了。第十七回中清客谓"古人诗云'蘼芜满手泣斜晖'"应有所据，经研究者查得相告，其句出自唐代鱼玄机《闺怨》诗："蘼芜盈手泣斜晖，闻道邻家夫婿归。"因据以补上。更有第七十五回"兔子"一词值得一说。正文写邢大舅趁醉对那些奉酒的娈童骂道："你们这起兔子，就是这样专沨上水。""兔子"一语本以为是一般的骂人的话，并不经意；而其语义语源经有心人细心研读给以分疏，便知为专加于娈童男妓的粗俗用语。传说月中有兔，月为阴之精，或谓兔子雌雄同体，望月而孕。因由"兔子"联想而及雌化男性，即不男不女、亦男亦女的变态性格和体态特征。这句骂语，宜乎出自醉后的邢大舅之口。

在增补方面还有一点情况要加以说明的是全书开头"此开卷第一回也"一段，初版时没有加注。而这一段文字中有些词语按注释体例是应当注的，如"须眉""裙钗""锦衣纨袴""饫甘餍肥""茅椽蓬牖""瓦灶绳床""敷演"之类。回想起来，此段失注的原因大概是出于当时在校订过程中曾考虑到此段原是甲戌本"凡例"的第五条，各脂本和程高本均把它置于第一回回首，虽非小说正文，但涉及作家身世和创作思想，故校本仍保留，但低两格排，以示与正文的区别。大约因其并非正文，便没有注。以后在正式出版时，此段并未低两格排，与正文无异，而仍无注释。这次趁修订之便，把上举那些词语的注给补上了。

在增补中，我们注意保持本书注释原有的特色，力求繁简适度，无论在增出条目和增补注文方面，都有一定的节制，使之不失为一个雅俗皆宜的普及本。

四

  本书的校注工作主要是在七十年代后期完成的，今天看来，在思维模式和遣词用语上不免带有那个年代的痕迹。为了使注释更加客观平实，此次修订中删除了某些简单化的断语和不必要的评说。虽则只更动了很少的文字，却有助于提高注释的科学性。

  首先，是对某些冠以"封建统治阶级"或"统治者"的定语做了必要的甄别。比方"殉葬""递解""月钱"之类并不一定专属封建社会或统治阶级；说"皇商"是"寄生的特权阶层"，其实整个皇室及其机构都是寄生的，这样界说亦不确切。因将此种"定性"用语删除。

  其次，就是对某些宗教用语和民间习俗不可轻率地视之为迷信和欺骗。如"打醮"是一种宗教仪式，不宜简单地释之为"迷信活动"；"扶鸾"当然是迷信，但说它是"骗术"不如说是一种"占卜术"。"先天神教"是根据易传的八卦演化而来的一种学说，明其来历后不必附加"迷信谬说"的断语；至于在《庄子》和《易经》的有关注文中缀以"虚无主义""唯心主义"一类判断则更是多余的。哲学和宗教的问题本来就很复杂，应当审慎处之，删去为数很少的此类用语，只会使注解趋于平实客观。

  由于这个本子是首次向广大读者普及的脂本，其前八十回与据程甲本的后四十回存在矛盾和不接榫处。基于校注者对版本的认识，在人物判词和红楼梦曲的注释中，往往提及后四十回续书描写与词曲预示不符、似与作家原意不合以至相反等。这次修订中，将此类引申推测之处删去，其理由为，第一，后四十回的优劣真伪是一个学术问题，读者可以根据自己的认识来鉴别，研究者也可以持不同的见解；第二，注释只能帮助读者排除一般的阅读障碍，不可能也不必要担负评说分析的任务。总之，当时那样做法同当时的学术环境和读者要求有关，是可以理解的；现在的修改，较前干净利落、平易朴实，是适宜的。

注释工作虽则是一件普及工作，也带有一定的学术性，因而像任何学术工作一样，是没有止境的。修订以后虽然较初版提高了一步，但远不能说是完善的，失注之处，不切之处，在所难免。有的注我们自己也不满意或拿不准。此处仅举一例，如第三十七回"联珠瓶"一条，初版谓"两瓶联成一体，取珠联璧合之意"，经行家指出，这是不对的，因改成"饰有联珠纹样的瓶子，'联珠'是以圆珠联串，作为一种二方连续纹样的带形条饰"。但"联珠"究竟是指瓶形还是指花纹仍有不同说法，有的专家曾忆见过联珠形的瓷瓶，可惜翻找有关图册未见实物。于是只好暂存二说，以待高明，将注文再修改为："联珠瓶，疑即为'双联瓶'，指瓶形为两个等大的圆形并联（或叠联）的瓷瓶。一说指饰有联珠纹样的瓶子。'联珠'是以圆珠联串，作为一种连续纹样的带形条饰。"一个联珠瓶欲求确解还须费若许周折，其余也便可以想见。

这里，值得特别提出的是，注释应尽量与相关领域当前的学术水平相衔接，修订中曾为此对有的条目做过一点补救。小说第四十二回有"南宗山水"一条，是在宝钗论画一段话中提到的。按传统说法此条不难注释，初版注文为："指一种注重笔墨意趣的文人山水画。明代董其昌等效禅学分南、北宗之意，将唐以来山水画分为两大派系，名之为南北宗。认为南宗的画注重水墨气韵，风格飘逸，重皴染，画得比较简洁，以王维为代表；北宗的画注重色彩工力，风格刚劲，重勾勒，画得比较工细，以李思训为代表。"这样注法一般也通得过。然而，当今的著名学者兼书画家启功先生早在1954年就撰有《山水画南北宗说辨》的论文，郑重提出山水画的南北宗说是谬误的，"这个谬说的捏造者是晚明的董其昌，他硬把自唐以来的山水画很简单的分成'南''北'两个大支派。他不管那些画家创作上的思想、风格、技法和形式是否有那样的关系，便硬把他们说成是在这'南''北'两大支派中各有一脉相承的系统，并且抬出唐代的王维和李思训当这'两派'的'祖师'，最后还下了一个'南宗'好'北宗'不好的结论"。启先生以绘画史的历史事实为依据，逐层驳正了此说的谬误，指出"在明末以前，直溯到唐代的各项史料中，绝对没有见过唐代山水分南北两宗的说法。……更没见有拿禅家的南北宗比附两派的痕迹"。说到绘画的作风，张彦远谓王维"重深"，和"渲淡"的概念矛盾，《山居图》旧题李思训作，董其昌把它改题为王维，可见"王和李的作风是曾经被人认为有共同点而且是容易混淆的，以致董其昌可以从李思训的名下给王维拨过几件成品。如果两派作风截然不同，前人何以能那样随便牵混"？至于所谓两派传统系统的"一脉相承"也不合实际，并不是从作家作品的具体分析出发的。总之，南北宗说缺乏科学根据，但三百年来影响巨大、流播至今，助长了不重功力的倾向。启功先生的这一驳正，体现了他的深厚学养，此文是他论著中的一篇重头文章，八十年代初编集时重订收入。对此，我们岂能视而不见？当然，《红楼梦》中宝钗所言自然是流行说法的那种意义，初版的注释于宝钗用意并无不合。但注释毕竟又是现代人做的，如果只将"南宗山水"照旧说注出，无视当代学术的发展，便有向读者传播谬说之嫌。考虑到这是小说《红楼梦》的注，不可能用过多的文字来廓清此说，因在这次修订时于初版注文之后，特地加上一笔："关于绘画南北宗的此种界说相沿至今，当代书画家启功曾予驳正，参见《启功丛稿·山水画南北宗说辨》。"这样，既疏解了正文文意，又对读者有所提示，使注释与当前学术水平不致悖谬和脱节。

由于《红楼梦》注涉及的面很广，各个相关门类的学问都在发展，注者闻见不广、学养有限，未曾了解和未能接轨之处肯定还有，只得待诸来日、再图改进了。

最后，需要郑重说明的是，本书初版的校注是一项集体工作，之后，我们又组织了《红楼梦大辞典》的编写，这也是集各方面力量共同完成的。这一切，都为修订工作提供了良好的基础和创造了有利的条件。有的同志还一直关注着注释中的问题，提供了不少的材料。在此，一并向关心注释的朋友和辞典撰稿的同人致意，不再一一列出名字。笔者有幸参加了本书注释和辞典编写的全过程，获益匪浅，深感自身的孤陋寡闻，体会到渊博的"杂家"才堪任真正的注家，设若像贾宝玉那样"杂学旁收"，庶几做起注来可以得心应手。为今之计，只有靠众人拾柴、集思广益；作为再版的修订者，只不过做了一些整理搜集、拾遗补阙的具体工作而已。

写于1993年10月

《红楼梦》新校本校读记

一

1982年春，人民文学出版社出版了以《脂砚斋重评石头记（庚辰秋月定本）》为底本，经过重新校订注释的《红楼梦》。向广大读者普及这样一种类型的本子，在《红楼梦》版本史上还是第一次。在此之前，国家出版社虽然排印出版过脂评系统的本子，如俞平伯先生据戚序本所校的八十回校本，但主要是供研究者用的，印数不多。长期以来，流行最广、最为读者熟悉的是人民文学出版社五十年代出版的以程乙本为底本的《红楼梦》。它的累计印数约达二百五十余万部，地方出版社加印的还不在其内。这次新校本的印数也有六十余万册。因此，可以这样说，在当今社会上，普及流行的正是人民文学出版社五十年代和八十年代出版的这两种本子。

新校本出版一年来，读者欢迎爱护、赐教匡正者很多。许多读者是第一次接触到这样的本子，抑制不住兴奋喜悦的心情，认为这是目前所能看到的同曹雪芹原著比较接近的本子，校勘较为审慎，注释较为详细，感到耳目一新。与此同时也提出了各式各样的问题。其中最重要的一个问题是：已经有了一个流行数百万册的《红楼梦》，为什么还要另搞一种本子？有的读者尤其是青年读者往往感到原通行本顺畅通达，新校本读去反而艰涩难懂。这并不奇怪。虽说两者都是《红楼梦》，从总体上看大同小异，但毕竟是两种不同的本子，其差异之处，无论就数量和质量而言，都是不可忽视的。读者对新校本感到不适应、不习惯、不理解，是很自然的；何况一个新事物还总是有它不成熟不完善的地方。那么，新校本究竟有些什么独特之点和优长之处呢？我们应当从认真阅读和仔细比较中来认识它的真实面貌。

如果说，过去不少研究者曾经写过有关脂评本和程高本的文章，对上面的问题实际上做出过回答；那么，在今天，广大的读者已经有条件亲自比较、独立判断、直接回答这一问题了。因为这两种普及本，都已在不同程度上广泛发行，人人都可以看得到。不过，把新校注本和原通行本直接加以对照校读这件事，似乎还没有多少人来做。因为对专门的版本研究者来说，也许觉得它们并非原本而不值得比较；而对于一般的读者，则恐怕虽有此心而无暇顾及。事实上，这两种本子虽经校订整理，并非完全是原抄本和原刻本的面貌。但当他们一旦问世，广泛流传，其本身即是客观的存在，具有某种独立的价值了。况且既经整理，明显的错讹业已汰除，可以免除许多干扰，易于看出其间异同。因此，将这两种普及本直接进行对校，是一件有意义的、值得做的事情。

为省读者翻检之劳，笔者因将前八十回逐一校读，抉出其间比较重要的差异数百例，在这基础上撰成此文。需要说明的是本文并非严格意义的版本研究，不涉及本子的源流演变；而只是从现状出发，从文学的角度着眼，诸如语言文字、叙述描写、人物形象、思想意义等方面，略略考察一下它们的异同长短，作为读者赏鉴和批评的一种参考，也提供评论和研究的一种方便。

二

把新校本和原通行本从头开始逐回逐段校读下去，就会发现它们的差异不小。从数量上说很是可观，几乎每页都有，其不同的文字的绝对数字恐怕难以统计；从性质上说，这些差异虽然情况各不相同，大多可以略而不计，但有相当部分出入很大、优劣分明。属于语言现象上的差别，比比皆是，无从引例，先在这里做些概括的说明。

通体看去，两个本子在语言上的差别是文白之分和南北之差。这两点最容易为初读者感受到，这里先来讨论一下。

较之原通行本，新校本的语言主要是叙述语言较为文言化，比方"的"作"之"、"很"作"甚"、"听见"作"闻得"、"年纪"作"春秋"、"评论"作"平章"、"人口日多"作"生齿日繁"、"举目一看"做"举目一验"、"盘着一条腿儿"作"屈一膝"，等等。举不胜举。其优点是比较典雅凝重，同小说反映的生活也颇协调；但有的地方不免使今天的读者发生障碍，如"撷花"(掐花)、"嵯政"(盐政)、"吷吷"（嘻嘻）之类，就得加上注释。有时因词序的颠倒，如"解注""才刚""习学"，使得读者不习惯，甚至认为错了，该倒过来。其实当时习用的语言原本如此，并非弄错。至于新校本的人物语言则是生动流利的口语，如果在哪个地方咬文嚼字起来，必定是人物身份所关或情节发展所需，自有其特殊的韵味。这里可以举出王熙凤初会尤二姐那一番说辞作为例子。见于第六十八回"苦尤娘赚入大观园"。凤姐定下计策，亲临小花枝巷，仪态不凡，言语动听。在原通行本，凤姐的语言仍同平日一样，是大白话；在新校本则文绉绉，不同于凤姐一贯的语言作风。这一篇说辞太长，兹摘引片段以资比较。

原通行本：

皆因我也年轻，向来总是妇人的见识，一味的只劝二爷保重，别在外边眠花宿柳，恐怕叫老爷太太耽心：这都是你我的痴心，谁知二爷倒错会了我的意。若是外头包占人家姐妹，瞒着家里人也罢了；如今娶了妹妹作二房，这样正经大事，也是人家大礼，却不曾合我说。……要是妹妹在外头，我在里头，妹妹自想想，我心里怎么过的去呢？再者叫外人听着，不但我的名声不好听，就是妹妹的名儿也不雅。况且二爷的名声，更是要紧的，倒是谈论咱们姐儿们还是小事……。这都是天地神佛不忍的叫这些小人们遭塌我，所以才叫我知道了。我如今来求妹妹，进

105

去和我一块儿，住的、使的、穿的、带的，总是一样儿的。妹妹这样伶透人，要肯真心帮我，我也得个膀臂。……

新校本：

皆因奴家妇人之见，一味劝夫慎重，不可在外眠花宿柳，恐惹父母担忧。此皆是你我之痴心，怎奈二爷错会奴意。眠花宿柳之事瞒奴或可；今娶姐姐二房大事亦人家大礼，亦不曾对奴说。……若姐姐在外，奴在内，虽愚贱不堪相伴，奴心又何安。再者，使外人闻之，也甚不雅观。二爷之名也要紧，倒是谈论奴家，奴也不怨。所以今生今世奴之名节全在姐姐身上……正是天地神佛不忍我被小人们诽谤，故生此事。我今来求姐姐进去和我一样同居同处，同分同例、同侍公婆、同谏丈夫。喜则同喜，悲则同悲；情似亲妹，和比骨肉……

此时的凤姐原是要把自己打扮成天下第一个温良恭俭、三从四德、宽宏大度、委曲求全的贤德妇人。因此在措辞用语上愈是典重文雅、接近书面语言，就愈显得有教养守妇道，因而也愈能使尤二姐倾慕信服、自投罗网。这种语言上的一反常态同凤姐为人的一反常态是相适应的。我们读新校本至此处，不但不会感到生硬别扭，反倒觉得这篇"文话"很富于表现力，更能见出凤姐的心计手腕。

类似的差别还可举出第四十三回宝玉到郊外私祭金钏之时，茗烟代为祝告那一段言辞，原通行本全是白话口语，新校本则半文半白，喜剧意味显得更浓一些。试看原通行本写茗烟祝道："……二爷的心事难出口，我替二爷祝赞你：你若有灵有圣，我们二爷这样想着你，你也时常来望候望候二爷，未尝不可；你在阴间，保佑二爷来生变个女孩儿，和你们在一处玩耍，岂不两下里都有趣了。"新校本此处作："二爷的心事不能出口，让我代祝：若芳魂有感，香魄多情，虽然阴阳间隔，既是知己之间，时常来望候二爷，未尝不可。你在阴间保佑二爷来生也变个女孩儿,和你们一处相伴,再不可又托生这须眉浊物了。"

茗烟是小厮,肚子里未必有多少墨水,闹学房时还满嘴里粗口脏话。可他毕竟是跟着宝玉的,天长日久,熏染陶冶,随口说出一句半句"字儿话",不仅可能,简直是必有的,使人感到合情合理、可信可笑。连黛玉的鹦鹉都会念几句葬花吟,何况茗烟这么个机灵人儿。因此,在这里,人物语言的半文半俚实在要比一律大白话更有趣、更够味。

新校本的语言在一定程度和一定范围内的文言化,是和原通行本相对而言的。从总体看,它始终保持着作为一部古典白话小说统一的语言风貌。何况,我们还应该看到另一面,即新校本在某些地方比原通行本保留了更多生动活泼的口语。比方原通行本说"未正上下",新校本作"晌午大错","尝个新儿"作"上个俊儿","溅上"作"擩上","还是落空"作"还是燥屎","调三窝四"作"架桥拨火儿",等等。相比之下,新校本倒更生动,更口语化了。

以上是说文白之分,现在再看看南北之差。文学反映生活,文学语言中的某些成分常常反映出不同地域的生活风习,方言就更是如此了。从这一角度看,新校本南风盛,原通行本北俗多。比如新校本中的"床",原通行本几乎都作"炕";新校本的"吃酒""吃茶",原通行本则为"喝酒""喝茶"。再如"背心"作"坎肩儿","点心"作"饽饽儿","你家田上"作"你们地里","胡子挦了"作"胡子揪了",等等。这些地方,读者能够看出是由于生活习俗的不同或对某一事物的称谓不同。有时两者并不对应,比照之下,新校本的用语是准确的。就像"渥着"一词,书中出现不止一次,以新校本第八回宝玉对晴雯的话为例:"你的手冷,我替你渥着。"原通行本此处作"我替你握着。""渥"是覆盖裹藏某物,使之保暖或变暖的意思;"握"则指用手抓拿,用在这里同小说描写的具体情状不合。上举的"挦""揪"其实也有差别,"挦"是南方话,意为拔(毛发),比"揪"更加贴切。

新校本和原通行本所呈现的这样一种语言现象上的差别,自然同它们各自的底本直接相关,早已被研究者注意。这对于考察版本的演化变迁和作品的生活依据都有意义,即便是普通的读者,了解这一点也有必要,可以避免误解有利阅读。这里还可以举出第二十六回林黛玉内心回思"如今认真淘气,也觉没趣"作为例子。有人认为这"淘气"不通。其实这并非一般所谓的顽皮,而是惹气、怄气、生闲气的意思,是方言。弄明白了"淘气"在这里的确切含义,就不致误解林黛玉这句话的意思了。再如"面汤",并非喝的,而是洗脸水。可见,新校本里的某些词语,往往保存着某种特定的语言和生活风貌,应当审慎对待、细加辨别。

三

一部文学作品,在描述客观事物、反映社会生活、刻画人物性格的时候,应当尽可能做到准确、合理、富于表现力。往往一字之差,就会走了样,错了榫,弄得读者摸不着头脑;或者虽然也读得通,但有高下之分。这里就来归纳分析那些比较细微但却不可忽视的差别。为叙述方便,分几种情况举例明之。

一、考察小说所描写的客观事物或情状本身,便可见出新校本文字是准确的,原通行本是弄错了。

第六回写刘姥姥听见自鸣钟响,认作是乡村里"打箩柜筛面"(新校本100页),而不是原通行本的"打罗筛面"。箩柜是装有面箩的木柜,筛面时面箩与柜壁互相撞击,发出咯当咯当的响声,单有箩没有柜是不会响的。第九回茗烟说金荣是"东胡同子里"璜大奶奶的侄儿(143页),而原通行本作"东府里"璜大奶奶就错了。东府即宁府,何来璜大奶奶?当以"东胡同子里"为是。第十七回大观园的陈设"妆蟒绣堆"(230页)不应作"妆蟒洒堆"。"绣堆"指绣花和堆花两种不同工艺制成的织品,"洒堆"则不知何指。第二十三回宝黛读曲,"树头上桃花吹下一大半来"(324页)而不是"一大斗"来;同回二人引西厢词句互相嘲戏,"是个银样镴枪头"(329页)而非"蜡枪头"。"镴"是锡和铅的合金，也叫锡镴，光亮而易熔；同蜡烛的"蜡"是两回事。第二十七回晴雯说红玉"茶炉子也不炝"(377页)，"炝"是升火，原通行本作"弄"炉子就不确切了。第六十回"找出这个碴儿"(841页)，不能是找"渣儿"。"碴儿"指刚说完的话头或引起争端的事由；"渣儿"则是渣滓，无论音、义都与"碴儿"不同，放在这里文意就不通了。第七十一回贾母让凤姐帮着"拣佛豆儿"结寿缘 (1012页)，不能是"拣佛头儿"。拣一粒豆念一句佛谓之"拣佛豆儿"，不能讹成"拣佛头儿"。诸如此类，往往只一字之差，两本便有正误之分，不可等闲视之。

　　有时从字面上看，原通行本似乎不能算错，但考究起来，还是以新校本文字为是。如第一回介绍贾雨村原系"胡州"人氏 (11页)，原通行本作"湖州"。湖州地名，确系实有，用之何妨？然而脂评在"胡州"处明明提示谐音"胡诌也"。文学作品容许虚构，作者也早已声明用假语村言，《红楼梦》里"胡诌"的地名又何止一个？所以还是"胡州"符合作者的本意。又如第六回刘姥姥向凤姐告贷，难以开口，"只得忍耻说道"，原通行本作"只得勉强说道"，也可以通。但此处甲戌本有眉批："老妪有忍耻之心，故后有招大姐之事，作者并非泛写。"由此看来，"忍耻说道"正是原来文字。至于建筑、器用、陈设等名物，新校本文字准确的例子颇多。我们发现凡新校本写作"台矶"之处，原通行本一律作"台阶"，二者含义是否完全一样呢？其实是有差别的。"台阶"通常指一级级的阶梯，"台矶"则指阶上的地面，包括房屋周围廊柱下的阶沿，只有大型有气派的建筑才做这样的区分。细察文意，常说丫环们坐在台矶上或某人立在台矶上，或说上了台矶便打起门帘子，都应指阶上和廊沿周围，而不是作为通道的阶梯。故"台矶"是准确的。余者如"翠幄清油车"应为"翠幄清䤩车"(43页)，"錾金彝""玻璃盆"应为"金蜼彝""玻璃盉"(44页)，脂评明明说，"蜼音垒，周器也""盉音海，盛酒之大器也。"可见新校本依脂本文字是对的。"茶桶"应为"茶格"(714页)，茶格是搁茶碗的架子，茶碗自应搁在架上而不是桶上。如此等等。只要我们留心查考名物，注意时代和作者的用意，是不难分辨出正误来的。

二、单从两者差异的某个局部看不出问题，若联系上下文便可以见出何者符合事理的逻辑，能够正确地反映生活。

通灵宝玉乃全书第一件要紧的道具，第八回初次详写谓"今若按其体画，恐字迹过于微细"(124页)，原通行本作"今若按式画出，恐字迹过了微细"。"体"与"式"是两回事，体是体积，式是式样。正因为通灵玉体积太小，若按体画才会发生字迹过于微细的问题，因须放大。至于式样，大小均可，与体积无干。故新校本文字合乎逻辑。跛足道人带来的那面镜子，新校本写"镜把上面錾着'风月宝鉴'四字"(171页)，原通行本作镜子"背上錾着'风月宝鉴'四字"。究竟是錾在镜把还是镜背上？因上文已经交代过此镜正反两面皆可照人，看来字迹还是錾在"镜把上"合理。

再如第十三回写贾珍为秦氏之丧求好板，薛蟠说他木店里有一副"没有人出价敢买"(178页)。此处原通行本作"没有人买得起"，单看这句，似乎并无不可，联系上下文便不合情理。因为这副板不仅物奇价昂，而且系义忠亲王老千岁要的，因为他坏了事才不曾拿去。之所以至今还封着无人买去，主要不在价贵，而是怕有干碍。因此新校本无人"敢买"的文字是合乎情理的。第四十九回写湘云等雪天要吃鹿肉，李纨忙说道："你们两个要吃生的，我送你们到老太太那里去。哪怕吃一只生鹿，撑病了不与我相干。这么大雪，怪冷的，替我作祸呢。"(983页)这最末一句原通行本作"快替我作诗去罢"。仔细体会，李纨是受贾母委托照顾管理园中姐妹的，湘云等别出心裁，大冷的雪天要吃鹿肉，闹出病来李纨自然有责任，所以说"替我作祸呢"。这句合乎情理、合乎李纨的身份。至于叫快作诗去虽同底下情节也连得上，但在这整段话中就不那么妥帖。应该说新校本文字是可取的。余者叙事描写准确，合理的例子还多。诸如林黛玉在怡红院外叫门，里边丫头是"没听真"而不是压根儿"没听见"；王夫人溺爱抚弄宝玉的动作应是"摸挲"而不是"摸索"，等等。都是新校本的文字准确、贴切，不再赘举。

原通行本不合事理逻辑之处有时竟到了令人发笑的程度。第四十回史太君两宴大观园，问李纨道："谁又预备下船了？"李纨回说："才开楼拿的。我恐怕老太太高兴,就预备下了。"读者不禁奇怪,船怎么贮在楼内,要开楼拿船呢?看了新校本才明白了,李纨是说:"才开楼拿几。我恐怕老太太高兴,就预备下了。"(547页)联系上文可知李纨才带着人开楼拿高几,顺便"把船上划子、篙桨、遮阳幔子都搬了下来预备着",而船只是从船坞里撑出来的。

三、原通行本由于脱漏,造成文句残缺意思不清,甚至移花接木张冠李戴,读读新校本便会恍然大悟。

第二十六回写薛蟠生日,收到四样稀罕礼物,试看两本文字:

这么粗,这么长,粉脆的鲜藕;这么大的西瓜;这么长,这么大的暹罗国进贡的灵柏香熏的暹罗猪、鱼。

这么粗这么长粉脆的鲜藕,这么大的西瓜;这么长一尾新鲜的鲟鱼,这么大的一个暹罗国进贡的灵柏香熏的暹猪。(368页)

原通行本由于脱漏了"一尾新鲜的鲟鱼"几个字,又单把个"鱼"字附加在"猪"后,这怎能见出鱼的稀罕难得呢?猪因是暹罗国进贡的、灵柏香熏的,才显出其为珍品;鱼要看是何品种是否新鲜,鲟正是一种味道鲜美的北方名鱼,大者丈许,重数百斤,冬日可食。因其珍贵,常作贡品。原通行本少了几个字,因使"稀罕难得"在鱼身上没有着落,这句子也不完整。

再看一个移花接木的例子。第四十四回平儿挨打受气,宝钗劝解的一番话新校本为:"你是个明白人,素日凤丫头何等待你,今儿不过他多吃一口酒。他可不拿你出气,难道倒拿别人出气不成?别人又笑话他吃醉了。你只管这会子委曲,素日你的好处,岂不都是假的了?"(606页)原通行本少却"吃醉了"以下二十个字,把上下句直接连缀在一起,最后一句话变成"别人又笑话他是假的了"!这么一来,虽然接上,意思却大有出入了。

更有一种情形,简直是张冠李戴了。第八十回宝玉去天齐庙还愿,在王道士那里解困。新校本是这样的:"宝玉命李贵等:'你们且出去散散。这屋里人多,越发蒸臭了。'李贵等听说,且都出去自便,只留下茗烟一人。这

111

茗烟手内点着一枝梦甜香，宝玉命他坐在身旁，却倚在他身上。"(1156—1160页) 原通行本缺"命李贵"以下五十余字，径跳过去，虽然也连接上了，但宝玉却不是倚在茗烟身上，而是承上文命王道士坐在身旁了。这样张冠李戴的结果，于情于理不合，以宝玉的身份和平素的教养，是不会这样对待庙里老道士的。

四、两本均可通，比较之下，原通行本较平淡、一般化，新校本文字精彩，富于表现力。

人们熟知的鸳鸯驳回她嫂子那一番斩钉截铁的话，原通行本一上来比较平淡："什么'好话'？又是什么'喜事'？怪道成日家羡慕人家的丫头做了小老婆……"此处新校本作"什么'好话'！宋徽宗的鹰，赵子昂的马，都是好画儿。什么'喜事'？状元痘儿灌的浆儿又满是喜事。怪道成日家羡慕人家的女儿作了小老婆……"(638页) 用谐音的歇后语来加强鸳鸯对她嫂子所谓"横竖有好话""天大的喜事"的反感，锋利泼辣，一下子就把她嫂子给顶了回去。这样的语言的确是精彩的。又如刘姥姥被凤姐等人捉弄，单拿一双老年四楞象牙镶金的筷子给他。原通行本写刘姥姥说"这叉巴子比我们那里的铁锨还沉，那里拿的动他"；新校本作"这叉爬子比俺那里的铁锨还沉，那里犟的过他"(550页)。小说此处描写筷子的不伏手，不听使唤，因而"犟的过"比"拿的动"更为切贴，更能表现刘姥姥的感受。

此类例子还可以举出不少。比方门子劝贾雨村顺水行舟，"作个人情"，新校本为"作个整人情"(62页)；荣国府大门前"满门口的轿马"，新校本作"簇簇轿马"(96页)；探春求宝玉带些玩物来，要拣那"有意思儿又不俗气的"，新校本作拣那"朴而不俗、直而不拙者"(381页)；李纨批评宝玉忘了诗社社日，"想必他不知，又贪住什么玩意儿，把这事又忘了"，新校本为"想必他只图热闹，把清雅就丢开了"(597页)。虽则都只一字或数字之差，却可以分出高下来的。

还有一种情形，新校本文字由于较有层次而增强了表现力，更加符合生活现象和人物性格的复杂性。这里不妨举"变生不测凤姐泼醋"一回中的一个细节。凤姐回房，遇见丫头，威逼之下，丫头吐了实情，说是"二爷也是才来，来了就开箱子，拿了两块银子，还有两支簪子，两匹缎子，叫我悄悄的送与鲍二的老婆去……"在这里，新校本的文字还要多一点小的层次："二爷也是才来房里的，睡了一会醒了，打发人来瞧瞧奶奶，说才坐席，还得好一会才来呢。二爷就开了箱子，拿了两块银子，还有两根簪子，两匹缎子，叫我悄悄地送与鲍二的老婆去……"(660页)按小说反映的生活情理看，贾琏虽行此丑事，并非预先筹划；再则做的虽不机密，也不是鲁莽从事。由这两点来看，原通行本文情显得突兀，贾琏一回房便开箱取物召鲍二老婆。而新校本则写出了一个过程，交代他睡醒之后哨探过凤姐行踪，认为有机可乘才动作。因而读来层次清楚，事出必然，符合贾琏既恨凤姐又怕凤姐的心理状态。下文写到凤姐刚至院门，"只见又有一个丫头在门前探头儿"，新校本多一"又"字，见出凤姐一遇再遇，贾琏原是留意防范步步设哨的。足见"又"字在这里颇得神理，有胜于无。

总之，如果细心阅读、认真比较，种种细微之处，都往往能够使人对新校本文字的优点有所发现和领悟。

四

现在，我们再进一步从描摹生活场景、刻画人物个性的角度来考察两者的差异。这是关系到作品文学价值的更为重要的问题。对较之下，可以看到新校本在不少地方是更为丰富细腻和传神的。

故事情节是小说这种文学体裁不可缺少的因素，然而同是一个基本情节，描写可以有详略、精粗、高下之分，给予读者的感染力也自不同。在《红楼梦》里，可以举出一系列的场面和情节，说明原通行本的描写是较新校本逊色的。诸如第四回雨村和门子对话一段，第十四回凤姐协理宁府责打仆人一段，第二十四回贾芸与倪二交结一段，同回贾芸奉承凤姐一段，二十五回赵姨娘与马道婆的昧心交易一段，第二十九回贾府上下去清虚观打醮车轿出发一段，第三十四回王夫人与袭人私谈一段，以及第七十回放风筝一段等。限于篇幅，不能一一比较分析。今举三例，以概其余。

例之一，凤姐协理宁国府，威重令行，责打迟到的仆人是其中重要情节，试看两本文字

原通行本：

凤姐便说道："明儿他也来迟了，后儿我也来迟了，将来都没有人了。本来要饶你，只是我头一次宽了，下次就难管别人了，不如开发了好。"登时放下脸来，叫："带出去打他二十板子！"众人见凤姐动怒，不敢怠慢，拉出去照数打了，进来回复；凤姐又掷下宁府对牌："说与赖升革他一个月的钱粮。"吩咐："散了罢。"众人各自办事去了。

新校本：

凤姐便说道："明儿他也睡迷了，后儿我也睡迷了，将来都没有人了。本来要饶你，只是我头一次宽了，下次人就难管，不如现开发的好。"登时放下脸来，喝命："带出去，打二十板子！"一面又掷下宁府对牌："出去说与来升，革他一个月的钱米！"众人听说，又见凤姐眉立，知是恼了，不敢怠慢，拖人的出去拖人，执牌传谕的忙去传谕，那人身不由己，已拖出去挨了二十大板，还要进来叩谢。凤姐道："明日再有误的，打四十，后日的六十，有要挨打的，只管误！"说着，吩咐："散了罢。"窗外众人听说，方各自执事去了。(191—192页)

这里不仅是详略之分，新校本写得有声有色。一方面将凤姐之威烘托得更充分，一言既出，四下里呼应。而且预告有要挨打的只管误，足见是作法开端、惩一儆百，另一方面将被打之人委屈忍辱的情状也表现得更为深曲。本系初犯，又属偶然，更非存心，却不能恕。被打已身不由己，何况挨打之

后还要进来叩谢。这一笔写得入木三分,刻画主奴关系颇具典型性,对于凤姐的擅权结怨自食其果也是一个伏笔。

例之二,倪二这个人物在《红楼梦》里别具一格,着墨不多而给人印象颇深,试看贾芸同他相遇结交一段。

原通行本:

倪二听了大怒道:"要不是二爷的亲戚,我就骂出来。真真把人气死!——也罢,你也不必愁,我这里现有几两银子,你要用只管拿去。我们好街坊,这银子是不要利钱的。"一头说,一头从搭包内掏出一包银子来。……(贾芸)笑道:"老二,你果然是个好汉!既蒙高情,怎敢不领?回家就照例写了文约送过来。"倪二大笑道:"这不过是十五两三钱银子,你若要写文约,我就不借了。"

新校本:

倪二听了大怒道:"要不是令舅,我就便骂不出好话来。真真气死我倪二。也罢,你也不用愁烦,我这里现有几两银子,你若用什么,只管拿去买办。但只一件,你我作了这些年的街坊,我在外头有名放帐,你却从没有和我张过口。也不知你厌恶我是个泼皮,怕低了你的身分;也不知是你怕我难缠,利钱重?若说怕利钱重,这银子我是不要利钱的,也不用写文约;若说怕低了你的身分,我就不敢借给你了,各自走开。"一面说,果然从搭包里掏出一卷银子来。……(贾芸)笑道:"老二,你果然是个好汉!我何曾不想着你,和你张口。但只是我见你所相与交结的,都是些有胆量的有作为的人,似我们这等无能无为的你倒不理。我若和你张口,你岂肯借给我。今日既蒙高情,我怎敢不领,回家按例写了文约过来便是了。"倪二大笑道:"好会说话的人。我却听不上这话。既说'相与交结'四个字,如何放帐给他,使他的利钱!既把银子借与他，图他的利钱，便不是相与交结了。闲话也不必讲。既肯青目，这是十五两三钱有零的银子，便拿去治买东西。你要写什么文契，趁早把银子还我，让我放给那些有指望的人使去。"(334—335页)

倪二和贾芸二人的性格特色在新校本的有关描写里显得更加鲜明。一个侠义，一个乖觉。彼此的关系不是放债收利，却是"相与交结"。倪二自称泼皮，贾芸却誉之为有胆量有作为一流人；倪二看贾芸是个有身份的少爷，贾芸却自谦是无能无为之辈。一个说"既肯青目"，一个说"既蒙高情"。事关钱财，不用借约，不要利钱，在倪二确是解人之急的一种重情尚义之举。对于"醉金刚轻财尚义侠"的题目，新校本的有关描写确较原通行本细腻深刻，同上文贾芸亲舅舅卜世仁夫妇寡情薄义的对照，也更加鲜明突出了。

顺带提到下文贾芸用倪二处借得的钱买了香料，孝敬凤姐意在谋差。这段描写也以新校本为优。贾芸编谎，谎话如真，不由得凤姐不信。此处新校本多出的几句话很能表现贾芸的乖巧机心："谁家拿这些银子买这个作什么，便是很有钱的大家子，也不过使个几分钱就挺折腰了。"(337页)足见贾府手面阔排场大，非一般有钱人家可比。"因此想来想去，只孝顺婶子一个人才合式，方不算遭塌这东西。"足见只有凤姐这个当家人才配消受这分礼品。贾芸的口齿在《红楼梦》里是数得上的，正如倪二所说的是个"好会说话的人"。倪二直肠直肚，未必是被贾芸的话打动，多半倒是卜世仁的浅薄激怒了他；可凤姐却是吃这一套的。新校本此处写凤姐"忽见贾芸如此一来，听这一番话，心下又是得意又是喜欢"，意欲告诉许他事情，忙又止住，"倒叫他看看我见不得东西似的"(同上页)。凤姐的心理活动，在这里也写得比较细致。

例之三，第二十九回清虚观打醮，荣国府门前车辆纷纷、人马簇簇。两本描写，出入甚大。

原通行本：

黑压压的站了一街的车，那街上的人见是贾府去烧香，都站在两边观看。那些小门小户的妇女，也都开了门在门口站着，七言八语，指手画脚，就像看那过会的一般。只见前头的全副执事摆开，一位青年公子，骑着银鞍白马，彩辔朱缨，在那八人轿前领着那些车轿人马，浩浩荡荡，一片锦绣香烟，遮天压地而来。却是鸦雀无闻，只见车轮马蹄之声。不多时，已到了清虚观门口，只听钟鸣鼓响。

新校本：

乌压压的占了一街的车，贾母等已经坐轿去了多远，这门前尚未坐完。这个说"我不同你在一处"，那个说"你压了我们奶奶的包袱"，那边车上又说"蹭了我的花儿"，这边又说"碰折了我的扇子"，咭咭呱呱，说笑不绝、周瑞家的走来过去说道："姑娘们，这是街上，看人笑话。"说了两遍，方觉好了。前头的全副执事摆开，早已到了清虚观了。宝玉骑着马，在贾母轿前。街上人都站在两边，将至观前，只听钟鸣鼓响。(404—405页)

无论就描写的合理性或生动性而言，都是新校本的文字可取。因为上文已经交代过，那些丫头天天不得出门槛子，听得有这么个逛去的机会，谁不要去？便是各人的主子懒怠去，他们也百般撺掇了去。因此这里描写的是一群难得出门的丫鬟女子又兴奋又琐碎的那个劲儿，真是活灵活现，如闻其声。她们单调狭窄的生活中难逢这样的盛事，一方面心花怒放，一方面又啰嗦难缠，惹得管家娘子屡屡禁约方才好了。这样的写法符合生活的情理，给贾府丫鬟勾勒了一幅群像，很是得神。相比之下，原通行本的文字比较一般化。一则与上文缺少呼应，看不到丫鬟们的那股心劲；二则着重渲染贾府人马仪仗的气派，那浩浩荡荡遮天压地之势与前面秦氏出丧场面相仿，多少给人以雷同之感。

上面着重从场面情节的详略异同见出其长短高低，也直接间接关系到人物性格的刻画。更有一种情况是两本此有彼无，而新校本由于多出一整段文字，使得某个人物的性格得到了不同程度的丰富和深化。

比方关于贾宝玉，在第七十八回贾母言谈中有一段文字为原通行本所无："……我深知宝玉将来也是个不听妻妾劝的，我也解不过来，也从未见过这样的孩子。别的淘气都是应该的，只他这种和丫头们好却是难懂，我为此也耽心，每每的冷眼查看他只和丫头们闹，必是人大心大，知道男女的事了，所以爱亲近他们，既细细查试，究竟不是为此，岂不奇怪？想必原是个丫头错投了胎不成。"(1116页) 以一个老祖母的关切和细心，这一观察和调查的结论式的言谈自然是可信的。足见宝玉对众多女孩子的用情，决不是单用世俗的男女之情可以解释的。至于幼年宝玉同黛玉的关系，新校本的"言和意顺，略无参商"自较原通行本的"言和意顺，似漆如胶"为优，此点早为人们熟知。此外关于宝玉同村姑"二丫头"的邂逅，新校本的描写正与贾母的观察相一致，而原通行本则不免庸俗，反于形象有损。总之，小说借贾母之口补出这一段话，不是无关紧要的，可以视为宝玉性格准确有力的一个注脚，同书中有关的描写相互印证。

宝玉作为公子少爷的脾性，当酒醉之后气急之时往往发作。第八回欲撵他乳母李嬷嬷时有这样的话："如今我又吃不着奶了，白白的养着祖宗作什么！"这也是新校本多出的，口吻明显带着孩子的稚气，又是醉话，对宝玉性格的侧面却是真实生动的一笔。

关于薛宝钗，人们早就注意到"藏愚守拙"比"装愚守拙"准确这样的细微之处。其实有关这个人物，新校本增出的文字不算少，虽则并不影响其性格的基本方面，却也值得重视。今举出两处。一为第五十七回宝钗对邢岫烟安慰劝诫的话，新校本要详尽细致得多，道是："有人欺负你，你只管耐些烦儿，千万别自己熬煎出病来。不如把那一两银子明儿也越性给了他们，倒都歇心。你以后也不用白给那些人东西吃，他尖刺让他们去尖刺，很听不过了，各人走开。倘或短了什么，你别存那小家儿女气，只管找我去。并不是作亲后方如此，你一来时咱们就好的。便怕人闲话，你打发小丫头悄悄地和我说去就是了。"(810页)"但还有一句话你也要知道，这些妆饰（指探春送岫烟的碧玉珮——引者）原出大官富贵之家的小姐，你看我从头至脚可有这些富丽闲妆？然七八年之先，我也是这样来的，如今一时比不得一时了。所以我自己该省的就省了。将来你这一到了我们家，这些没有用的东西，只怕还有一箱子，咱们如今比不得他们了，总要一色从实守分为主，不比他们才是。"(811页)薛宝钗这一典型性格的复杂性在小说里得到了充分的表现，这里不可能也不必要多做分析。但她确乎不是那嫌贫爱富的势利浅薄之辈，从上引那一段话中，不仅看到她设身处地为岫烟排忧解难的诚意，也可窥见其守得富贵耐得贫寒、从实守分随遇而安的性格素质。这大约也可以看作是对判词中"停机德"一语的某种呼应吧。

另外，宝钗给人的一般印象是稳重深沉、不苟言笑，但她并非不能幽默。第四十九回她嘲笑香菱学诗固然很有说教的味道，底下一段话却饶有风趣："一个香菱没闹清，偏又添了你（指湘云——引者）这么个话口袋子，满嘴里说的是什么：怎么是杜工部之沉郁，韦苏州之淡雅，又怎么是温八叉之绮靡，李义山之隐僻。放着两个现成的诗家不知道，提那些死人做什么！"湘云听了，忙笑问道："是那两个？好姐姐，你告诉我。"宝钗笑道："呆香菱之心苦，疯湘云之话多。"湘云香菱听了，都笑起来。至第五十二回宝琴要念外国女子的五言律，两本均有宝钗请"诗疯子"来瞧、把"诗呆子"也带来的话，因原通行本缺少上述宝钗那段戏谑之言，不仅当时不能引人发笑，而且后文的"诗疯子""诗呆子"，不知指谁，既失去风趣，也没了照应。

第五十三回关于"慧绣"的一大段叙写是原通行本所没有的。这看去是一件装饰赏玩之物，似乎无关紧要，其实也非闲笔。对于慧绣本身的精工雅致固然加意描述，绣品花卉草书仿古从雅，非市卖可比，何况绣此精品的慧娘出身名门，精通书画，惜已早夭，慧绣真迹，已成绝品，贾府之荣，也只剩一件了。因此贾母爱如珍宝，不入在请客各色陈设之内，只留在身边高兴时赏玩。可见写的虽是一件陈设，却映照出贾府非寻常富贵之家，贾母的艺术趣味欣赏能力亦非一般安富尊荣的老太太可比。更重要的，这里同样透露出作者对于那心灵手巧、聪明颖慧、资质美好而不幸夭亡的女儿的一种赞美、叹赏和惋惜之情。

对于贾府老太君的内心世界，新校本刻画颇有细腻深入之处。第七十六回"品笛感凄清"一节写到"大家都寂然而坐。夜静月明，且笛声悲怨，贾母年老带酒之人。听此声音。不免有触于心，禁不住堕下泪来"。在此之前，已闻甄家获罪被抄，贾母心中已不自在，回视贾府自身，"如今比不得在先辐辏的时光了"，见出她对于贾府末路早有不祥预感，虽照旧游乐，不过是强作欢颜。这方面新校本字里行间透出的消息更多一些。

总的看来，新校本在不少地方比原通行本多出了若干文字，有时竟达整段整页之多。一般地说，这些部分并非闲言赘语、节外生枝，而总是这样那样地丰富了人物和情节。这应当是新校本优于原通行本的一个重要方面。

五

艺术形象的改动和变异是两种本子差别中最引人注目和常引起讨论的问题。上文论及的种种差异虽有详略之分高下之别，但其基本的情节和倾向还是一致的。现在讨论的是艺术形象发生了较大的变异，甚至连思想倾向都有所不同了的那些差异。

尤三姐形象在脂本和高本中判若两人这一点，早已为研究者所重视，并已有许多专文讨论。反映在新校本和原通行本中这种重大差别自然依旧存在。问题的中心在于尤三姐是个改过自重的"淫奔女"还是白璧无瑕的贞节女。小说六十五回中两本异文很多，不能一一举出，新校本中凡有尤三姐同贾珍关系暧昧和举动出格之处，原通行本一概删除或以别的文字代替。相应的后文有关文字也做了改动。如第六十六回尤二姐说"他（指三妹）已说了改悔，必是改悔的"，柳湘莲所说宁府"只怕连猫儿狗儿都不干净，我不做这剩忘八"，也都删除。至第六十九回三姐托梦给二姐谓"你我生前淫奔不才"改成"只因你生前淫奔不才"。总之,原通行本已将尤三姐洗刷干净,刚烈纯洁,未曾污染。在《红楼梦》所有人物中,这是差别最大的一个。而两个不同的形象又各有肯定的意见,各执相当的理由。或谓删改得好,将三姐的形象提高了,是个典型化的过程,很可能出自原作者的手笔。或谓不改为好,更符合生活的真实,令人信服,这个尤三姐虽不合道学家的口胃,却具有真正现实主义艺术的光辉。作为一个学术问题,可以继续讨论,这里仅将这一差异的基本事实提出,不再展开。实际上,新校本和原通行本中的尤三姐,已经是两个不同的艺术形象了。它们具有不同的社会意义,各有自己存在的价值。为尊重底本,新校本中的尤三姐保存了底本的面貌,是适宜的。

秦可卿形象在《红楼梦》成书过程中进行了大幅度删改,去掉了所谓"淫丧天香楼"的情节。这是人所共知的。但在现存的本子中,其删改的程度还有差别,在新校本中还可以看出比较明显的痕迹。第十三回中可注意者约有四处:合家闻秦氏死讯"无不纳罕,都有些疑心"(175页),原通行本作"无不纳闷,都有些伤心";请僧道超度,"以免亡者之罪"(177页)六字原通行本删去;贾珍"恨不能代秦氏之死"(178页)八字亦删去;灵牌疏上所写"秦氏恭人"(180页)原通行本改为"秦氏宜人"。关于秦可卿形象的删改历来是人们感兴趣的问题,既可以作为一个重要的版本现象来研究,也可以作为一个特殊的文学形象来探讨。这是个比较复杂的问题,此处不再枝蔓。而新校本依底本保留了这些明显的未曾删净的痕迹,对于研究《红楼梦》的创作过程,无疑是提供了一项可靠资料和重要证据的。

有关人物形象变异还有一个晴雯的嫂子灯姑娘——原通行本作多姑娘,后来变作吴贵的媳妇——值得重视。第七十七回写宝玉去探望晴雯,她是一个重要的见证人。其中关键的一段话两本差别很大。原通行本作:"'……我刚才进来好一会子,在窗下细听,屋里只你两个人,我只道有些个体已话儿。这么看起来,你们两个人竟还是各不相扰儿呢。我可不能像他那么傻'说着,就要动手。宝玉急得死往外拽。"新校本此处作:"'……我进来一会在窗下细听,屋里只你两个人,若有偷鸡盗狗的事,岂有不谈及于此,谁知你两个竟还是各不相扰。可知天下委屈事也不少。如今我反后悔错怪了你们。既然如此，你但放心。以后你只管来，我也不罗唣你'，宝玉听说，才放下心来。"(1110页)原通行本中晴雯的那个嫂子缠住宝玉不放，出言举动十分不堪，只因柳家的母女闯来才解了宝玉的围，宝玉在晴雯昏晕之际仓促离去。新校本中灯姑娘不仅尽知晴雯委屈，洗去了她的不白之冤，而且不再纠缠，以诚相待。临了"晴雯知宝玉难行，遂用被蒙头，总不理他，宝玉方出来"。这一情节也很不相同。总之，有关宝玉探望晴雯与之诀别的描写，包括在这一情节中占有重要位置的灯姑娘，新校本都比原通行本格调为高，这才与纯洁无辜心比天高的晴雯形象相协调。

有的人物，原通行本倒比新校本多出些文字，也关乎人物性格，却并不高明。第三十七回回首关于贾政的几句考语便是一个显例，谓"贾政自元妃归省之后，居官更加勤慎，以期仰答皇恩。皇上见他人品端方，风声清肃，虽非科第出身，却是书香世代，因特将他点了学差，也无非是选拔真才之意"。第二回演说荣国府介绍贾府人物之时，也特地在贾政酷喜读书之后加上"为人正直端方"，贾赦名下则添进"为人却也中平"。其实，对于人物的爱恶褒贬已经包蕴在形象的整体之中，几句外加的评语是未必能够改变读者的印象的。

还应当看到，艺术形象的改动和变异不限于世俗的人，也包括神仙世界的形象，诸如石头、神瑛侍者、跛足道人、风月宝鉴之类。其间的差别同作品的思想艺术也是不无关系的，值得提出来加以比较。

先说石头和神瑛侍者。在新校本中，石头是石头，神瑛侍者是神瑛侍者。前者正是那块无材补天、自怨自叹、被那僧袖了去的顽石；后者则是贾宝玉的前身，即对三生石畔的绛珠仙草有灌溉之恩动了凡心的神瑛侍者。二者当然是有关系的。因为石头由神瑛"夹带"下凡，所以贾宝玉口内衔着它来到人间。但它们是两码事，在小说中各有自己的职能，不可混同。而在原通行本中，则将石头与神瑛二者合而为一，增添了这么一段："只因当年这个石头，娲皇未用，自己却也落得逍遥自在，各处去游玩，一日来到警幻仙子处,那仙子知他有些来历,因留他在赤霞宫中,名他为赤霞宫神瑛侍者。"于是石头变成了神瑛侍者,这就同上文由僧道袖了去和下文由僧道亲自带了到警幻宫中交割清楚的描写发生矛盾,对不上榫。关于这个问题,已经有研究者写了专文详论,论述石头的职能在于将第一人称和第三人称两种叙述方式巧妙地结合起来,体现了作者的独创性。因此,原通行本改动石头和神瑛的关系,失却了"石头"既能代表第一人称的亲历者,又能代表第三人称的叙述者这种一身二任的作用,未必符合作者的原意。

再看关于跛足道人和镜子的描写,也有差别。

原通行本:

> 代儒夫妇哭的死去活来,大骂道士:"是何妖道!"遂命人架起火来烧那镜子。只听空中叫道:"谁叫他自己照了正面呢!你们自己以假为真,为何烧我此镜!"忽见那镜从房中飞出。

新校本:

> 代儒夫妇哭的死去活来,大骂道士:"是何妖镜!若不早毁此物,遗害于世不小。"遂命架火来烧。只听镜内哭道:"谁叫你们照正面了!你们自己以假为真,何苦来烧我?"正哭着,只见那跛足道人从外面跑来,喊道:"谁毁'风月鉴',吾来救也!"(172页)

一是道士发言,一是镜子说话。小说里贾瑞的丧命当然不是什么道士的法术,实在是生活本身对他的惩罚。风月宝鉴正反真假的变幻,是生活本身的辩证法通过作者构思的一种曲折反映。由此看来,镜子本身会哭会说,仿佛一个有生命的东西,更给人奇警之感,比它单纯作为道士的一件法宝更有意味。

有关形象的改动和差异。某些问题上虽则存在着不同的意见。但在多数情况下人们的认识还是一致的,即新校本的有关形象,不论其艺术水平还是思想意义,都是优于原通行本的。

六

小说开卷曾一再申明此书大旨谈情,毫不干涉时世,实际上究竟怎样呢?小说的全部艺术描写已经做出了回答。这里只就书中那些直接关涉现实、讥评时事的词句和段落而言,新校本比原通行本要更鲜明一些、锋利一些。当然,文学作品的思想倾向和批评锋芒主要寓于形象,但行文中不论是直接叙述还是借人物之口发挥,也都是作者思想不同程度的表露,不可忽略。

人们早就注意到并不断引用过这一方面的例子:第一回写到"今之人,贫者为衣食所累,富者又怀不足之心",农庄中"无非抢田夺地,鼠窃狗偷,民不安生";第二回谓娇杏"偶因一着错,便为人上人",说女儿二字"比那阿弥陀佛、元始天尊的这两个宝号还更尊荣无对";第四回回目"葫芦僧乱判葫芦案",门子说四家皆联络有亲,"一损皆损,一荣皆荣,扶持遮饰,俱有照应",等等。这些词句字眼都有干涉时世之嫌,在原通行本中或改或删,一加对照,便很清楚的。

翻检全书,还有一些涉及世道人心的比较大段的文章也为原通行本弃去。比如秦钟临终时都判训斥小鬼的那几句话:"放屁!俗话说的好,'天下官管天下事',自古人鬼之道却是一般,阴阳并无二理。"原来阴间也同阳间一般,瞻顾徇情,并没有什么铁面无私的官儿。其讽喻意味就更加显豁了。第七十五回借着邢大舅醉后真言抨击世道:"怨不得他们视钱如命。多少世宦大家出身的,若提起'钱势'二字,连骨肉都不认了。"这样的牢骚话,何尝不包含作书人的愤慨。

至第七十六回,氛围凄清,湘云黛玉到凹晶馆近水赏月,未曾联诗,先有一番对人生的感喟。湘云道:"可知那些老人家说的不错。说贫穷之家自为富贵之家事事趁心,告诉他说竟不能遂心,他们不肯相信的;必得亲历其境,他方知觉了。就如咱们两个,虽父母不在,然却也忝在富贵之乡,只你我竟有许多不遂心的事。"黛玉笑道:"不但你我不能趁心,就连老太太、太太以至宝玉探丫头等人,无论事大事小,有理无理,其不能各遂其心者,同一理也,何况你我旅居客寄之人哉!"(1087页)以上这一大段对话是原通行本没有的。在这里,聪敏颖悟的湘黛二人不仅感叹自身,且亦推及他人,体察到生活中不遂意事多。人不论贫富,事不拘大小,其不能遂心则一。这不失为一种颇为深切的包含一定哲理的人生感受。月夜池沿这一番谈话,为下文二人联句定下了基调,更切中"凹晶馆联诗悲寂寞"的题目。否则,"悲寂寞"三字虽也有着落,但不像此刻将悲凉寂寞之感落到了二人内心的深处。把这番谈话删弃掉了是可惜的。

新校本中还有一些表述作者创作思想的文字,也比原通行本来得丰富和精彩。许多论者常常引用,作为研究曹雪芹美学思想的一种依据。这里就其差别略述一二。

第一回楔子中有关文字虽有差别,出入不大。新校本更强调石头所记乃"历尽离合悲欢炎凉世态的一段故事",其"亲历"这点给人印象更深。值得提出的是十八回省亲盛典中借石头口吻插入的一段话:"此时自己回想当初在大荒山中、青埂峰下,那等凄凉寂寞;若不亏癞僧、跛道二人携来到此,又安能见得这般世面。本欲作一篇《灯月赋》《省亲颂》,以志今日之事,但又恐入了别书的俗套。按此时之景,即作一赋一赞,也不能形容得尽其妙;即不作赋赞,其豪华富丽,观者诸公亦可想而知矣。所以倒是省了这工夫纸墨,且说正经的为是。"(245页)在中国古典小说中,凡盛大的场面、雄奇的景色、出众的人物,往往要来上一段诗词赋赞之类,几乎成为通例。《红楼梦》里如"警幻仙姑赋""会芳园赞"也便有这种痕迹。但曹雪芹毕竟是伟大的现实主义作家,能够自觉地摆脱俗套,在纷繁复杂气象万千的现实生活面前,他所用的基本方法是如实描写不加讳饰的现实主义方法,而不去硬作文章、生搬俗套。此景此情,的确远远不是一赋一赞所能"形容得尽其妙"的,唯有按照生活本身的丰富性，追踪蹑迹、入情入理、绘声绘色，方能引人入胜、蔚为大观。石头所言，正道出作家创新的用意。下文还有一处也是表现作者对于陈词滥调之深恶痛绝的，原通行本也没有这些文字。作者还是借石头口气设问道，匾联"竟用小儿一戏之辞苟且搪塞？真似暴发新荣之家，滥使银钱，一味抹油涂朱，毕则大书'前门绿柳垂金锁，后户青山列锦屏'之类，则以为大雅可观，岂《石头记》中通部所表之宁荣贾府所为哉"！(246页) 大观园采用宝玉的"创作"绝非搪塞，小说补明元春对宝玉的教养之恩和属望之殷，乃"本家风味"，不同流俗。这一段话明显表达了作者鄙夷嘲弄那些庸俗浅薄的东西。浓妆艳抹加上陈词滥调还自诩大雅，乃是冒充风雅。真正的高雅是文化修养的一种综合表现，对于诗礼簪缨之族的贾府，不仅园中匾额，其器用陈设、游宴娱乐、言谈举止……都应作如是观。这也是作者一个重要的艺术见解。

有关创作思想比较完整而精彩的表述，是七十八回中。这里有大段的文字此有彼无，应予重视。贾政召宝玉撰写"姽婳词"之先，曾将他同环兰二人做一比较，因思环兰"才思滞钝，不及宝玉空灵娟逸，每作诗亦如八股之法，未免拘板庸涩。那宝玉虽不算是个读书人，然亏他天性聪敏，且素喜好些杂书，他自为古人中也有杜撰的，也有误失之处，拘较不得许多；若只管怕前怕后起来，纵堆砌成一篇，也觉得甚无趣味。因心里怀着这个念头，每见一题，不拘难易，他便毫无费力之处，就如世上的流嘴滑舌之人，无风作有，信着伶口俐舌，长篇大论，胡扳乱扯，敷演出一篇话来。虽无稽考，却都说得四座春风。虽有正言厉语之人，亦不得压倒这一种风流去"(1124—1125页)。这可以看作一篇小小的创作论，其要领是忌板滞、少拘束、任性情、贵创造。搞创作不能像做八股文章，只有放开手脚去"杜撰"，才会得到风流自然的好作品。在小说中，这段话其实是对"姽婳词"创作的绝好说明。接着，详写了宝玉杜撰《芙蓉女儿诔》之前心中所存的一番"歪意"。这是人们比较熟悉和经常援引的。其要点为：头一桩，祭奠须"别开生面，另立排场，风流奇异，于世无涉"；二则诔文挽词"须另出己见，自放手眼"，不可蹈袭前人,"宁使文不足悲有余,万不可尚文藻而反失悲感";再则自己不稀罕功名,不怕不合时宜,因远师楚人,信笔而去,务求辞达意尽(1130页)。这番意思固然足以解释情文并茂的《芙蓉诔》之所以产生,也涉及创作领域中的许多重要问题。原通行本中不见这大段文字,不能不是一个缺憾。

七

以上各节所述,均为新校本的优长之处,但决不是说这个本子一切都好,完美无缺,止于至善,不用改进。事物总是相对而言的。就新校本说来,它的缺陷、不足、错讹、失误,可以挑出许多许多来。其原因恐怕来自两个方面:一是"先天"的,即它的底本本来就存在着某种缺陷;二是"后天"的,即人们对各种本子的认识有局限,使校勘的眼力、去留的选择受到影响,至于种种技术性的问题例如错字,则更是工作的疏漏造成的了。本文不讨论这些问题,仍围绕着开头宗旨——从现实出发,就目前这两种普及的本子进行比较分析。

客观地说,原通行本也有它的若干长处,其底本毕竟流传了二百来年,具有存在和继续流行的价值。前面提到过,整个说来,它较为通俗顺畅,有的地方文字较为简洁干净。人名有意识地加以统一,生僻字和异体字也改掉了。这些都利于阅读。即从叙述描写的准确、合理、生动而言,个别的也有优于新校本的地方。

比如第一回楔子中对才子佳人小说弊端的概括:"开口'文君',满篇'子建',千部一腔,千人一面。"在新校本中,同样的意思却表述得没有这样干净利索、整齐上口。第三十七回大观园诸芳结社,改俗从雅,互起别号,宝钗替宝玉起了个"富贵闲人",宝玉道当不起,"倒是随你们混叫去罢"。紧接着原通行本有黛玉的话:"混叫如何使得!你既住怡红院,索性叫'怡红公子'不好?"众人道:"也好。"这几句话为新校本所缺,而后文评卷时李纨又有"怡红公子是压尾"的话,故"怡红公子"名号之出,新校本缺乏交代。

如前所述新校本的叙述描写比较细腻生动,但也有个别例外。第四十一

回刘姥姥醉后误入怡红院一节,原通行本倒更生动真切。试举其中一小段:

新校本:

> 他亲家也不答。便心下忽然想起:"常听大富贵人家有一种穿衣镜,这别是我在镜子里头呢罢。"……一面只管用手摸,这镜子原是西洋机括,可以开合。(573页)

原通行本:

> 那老婆子只是笑,也不答言。刘姥姥便伸手去羞他的脸,他也拿手来挡,两个对闹着。刘姥姥一下子却摸着了,但觉那老婆子的脸冰凉挺硬的,倒把刘姥姥唬了一跳,猛想起:"常听见富贵人家有种穿衣镜,这别是我在镜子里头吗?"……一面用手摸时,只听"硌蹬"一声,又吓的不住的展眼儿。原来是西洋机括,可以开合。

都是写错觉,原通行本文字细致生动。不仅有视觉,还有触觉;不仅有问话,还有动作。正因为触到了那镜子里冰凉挺硬的脸才使她猛省,因而刘姥姥从恍惚中清醒过来的心理过程显得更为自然,符合这个村妪的生活经验和内心感受。还有第七十四回抄检大观园,晴雯反讥王善宝家的等处描写,也是原通行本文字为优。

此外原通行本还做了一番"净化"的功夫。全书中凡粗鄙猥亵的字眼几乎都给以删削或更动。作为一个向广大读者尤其是青少年发行的普及本,是完全有理由这样做的。

以上,对于当今在广大读者中普及通行的这两个本子做了一番粗略的巡礼。有比较才有鉴别,我们可以有根据地而不是凭空地得出这样的认识:新校本无论在思想上还是艺术上,都是优于原通行本的。

前面曾经提到,新校本和原通行本由于它们所据底本的不同,因而它们的差异长短很大程度上正是它们底本的差异长短的反映。新校本的优点基本上也是脂评本的优点。脂评石头记的乾隆抄本，由于较少受到后人的删削篡改，较多地保存了曹雪芹原著的面貌。据以整理的新校本也因此比较接近于曹雪芹原著的面貌，这可以说是新校本种种优点之中最重要和最根本的一条。

所谓接近曹雪芹原著的面貌，只能是相对而言的，或者说是一个认识的过程。由于《红楼梦》版本的复杂情况，这种认识还不能说已经很深刻很完全了。比如通常认为《红楼梦》的版本分为脂评本和程高本两个系统，但已经有研究者提出，在早期传抄时即有题名"石头记"和题名《红楼梦》的两种本子，各自向传世小说的方向演变，因而对于题名"红楼梦"这一系统的本子亦应给予相当的注重。当然新的学术意见是否符合《红楼梦》版本发展变化的实际状况，还有待讨论和检验。但至少可以促进人们去思考，推动版本研究的进一步深入，而只有在深入研究的基础上，才会产生新的认识和新的成果，而新的更加接近于曹雪芹原著的本子也才可能产生。

对于《红楼梦》这样一部文学作品，普通的读者也许不一定关心它的版本，从事文学批评和教学的同志也不见得都要去做专门的版本研究。但无论是阅读、欣赏、评论、研究，都离不开一个好的本子，校订和整理《红楼梦》新校本的意义也就在这里。我们欢迎这个新校本，同时也期望着版本研究的深入，期待着新校本的日趋改进和完善。

一九八三年春

作者用一年的时间凝聚了在《红楼梦》新校本校注组几年工作的辛劳，辑出了近七万字的《"红楼梦"新校本和原通行本正文重要差异四百例》资料，其中对206例写了按语，并在此基础上写成这篇两万余字的"校读记"。

又：文中所标为1982年第一版的页码，今该书已经出版到第三版，页码有更动，差别应不大，故仍保留。

感恩·忆旧·图新
——写在《红楼梦》新校本出版二十五周年之际

1982年3月，人民文学出版社出版了以《脂砚斋重评石头记》（庚辰秋月定本）为底本，经过重新整理的《红楼梦》普及本；2007年2月，人民文学出版社和中国艺术研究院共同召开了纪念该本出版二十五周年的座谈会。作为当年校注组的一员，我也参加了这个座谈会。

翻开书的前言，记载了曾经参与过此项工作的前后有二十人。如今，其中六位已经故去，存者或因健康原因，或因工作及其他原因未能与会的有八位，也就是说，只有不及三分之一的人能够应约到会。所幸冯其庸、李希凡两位长者，也是校注的学术带头人能够出席，从外地远道专程前来的有应必诚、张锦池二位，着实令人欣喜。会仅半日，话短情长。会后，学刊本期责任编辑李虹向我约稿，自忖难以推卸。因我虽则不过校注组普通一员，却也亲历了这漫长而曲折的全过程，记忆虽则已成断片，却挥之不去，聊记一二，作为会上发言的补充。

努力接近曹雪芹原著的面貌

当年校注组得以组建并具有凝聚力，从根本上说是因为有一种共识，甚至可以说是一种信念，那就是：努力接近曹雪芹原著的面貌，为广大读者提供一个比较接近曹雪芹原著面貌的经过整理的普及本。

"努力接近曹雪芹原著的面貌"，这不是一句空话，它不仅经常挂在我们口边，而且植根于对《红楼梦》版本历史和现状的认识，甚至已经深入到每个人的心里。不管各人认识有深浅、水平有高低，这样的愿望则是共同的、真诚的，本着这一愿望的校注工作，是严肃认真、扎实不苟、贯彻到底的。

稍微熟悉《红楼梦》版本史的人都知道，这是一部未及最后完稿的作品，在曹雪芹生前仅以抄本流传，到了乾隆五十六年（1791年）程伟元、高鹗开创了刊印时代。首次刊印的，是为程甲本，次年（1792年）又改订刊印，即为程乙本。在很长一个历史时期里，广为流传的正是这样面貌的本子。正如胡适在《亚东重排本序》中所言，程甲本"最先出世，一出来就风行一时，故成为一切后来刻本的祖本"，事实正是这样，如东观阁本、抱青阁本、藤花榭本、三让堂本、王希廉、张新之、姚燮评本等，就都是从这个母本派生出来的有代表性的本子，就连亚东初排本所据底本也属此列。到了1927年，汪原放用胡适所藏的程乙本校改亚东本，重印出版，胡适十分赞赏，在序中认定程乙本就是那"聚集各原本详加校阅、改定无讹的本子，可说是高鹗、程伟元合刻的定本"。因此，1927年的亚东重排本，以及1939年的世界书局本和次年的开明洁本，以至新中国成立以后1953年印的作家出版社本和发行量最大的1957年的人民文学出版社本，都是由程乙本这个母本出来的。正如《红楼梦版本小考》的著者魏绍昌先生概括的那样："在一九二七年以前，一百二十回的各种印本几乎全是程甲本子孙的天下，建国以后却由程乙本的子孙独占鳌头了。"

正是在这样的历史背景下，不以程高刻本而以脂评抄本作底本校订整理一个比较接近曹雪芹原著的本子，就是一件有意义、值得做的事情，在《红楼梦》版本史上，还不曾出过这样类型的普及本，这是第一次。之所以时至今日仍称之曰"新校本"，正是在这个意义上，是人们对它历史地位的一种认定。其实，就参加校注组的成员而言，多数人也是第一次接触到这么多的脂评本，至少我个人是如此。在我们心目中，这些流传幸存至今的乾隆抄本不仅具有文学价值，同时具有文物价值。对于脂本固不能迷信，却应当珍视，任何校改，都宜乎慎之又慎。记得当时在校勘过程中，常常为了一字之去取、一词的更易争得面红耳赤不可开交，甚至坚执己见，寸步不让。究其原委，不外是为了坚执各人心目中的"原著面貌"。当然，在校勘的具体问题上的不同见解并不影响对脂本的总体认识上的一致。当我们认真校读细心品鉴之时，无论从艺术直觉出发还是理性分析着眼，都显出脂本文字的优长。这一点，不仅是校注组的共识，而且已经被广大读者所接受，被二十五年来的事实所证明。

当人民文学出版社管士光总编辑在会上宣布这个新校本累计已印行350万册之时，我的第一反应是感恩，首先是对伟大作家曹雪芹的感恩，他为我们创造了举世罕有的艺术精品；同时也是对广大读者的感恩，读者接受了这个本子，使它在历史上有了自己的位置。

自然，对于校注组这个学术共同体，我也充满了感念感激之情。

既像学校 又如母机

对于在校注组度过的岁月，我与锦池兄有同感，他说犹如上了一回研究生，改变了以后的学问人生之路。的确，校注组并没有给我们什么学位、发什么证书；然而在这里所受到的学术训练与熏陶，打开的学术眼界和思路，特别是学术实践即围绕校注的读书写作，恐怕丝毫不逊于今之研究生所得到的培养。在我尤其如此，此前可以说只是一个普通《红楼梦》读者，不知红学何为、脂本何物，完全从头学起。组内的每一位成员，都可以为我师，在红学问题上都比我先知先觉。六十年代之初，我曾参加过一年全国高校文科教材的编写，其时更幼稚，如同补课，收益良多；而此番校注工作时间要长得多，对自身为学的影响也要深远得多，感念之情自然也更为深厚。

以上说校注组如同学校，是就个人而言；如果放大来看，即就学术事业主要是红学发展而言，则校注组犹如一台母机，从这里孕育并拓展出了学刊、学会、一系列的学术活动。从校注组出来的每个成员，犹如一颗种子，发芽、结实、辐射，不仅造就了个人，而且带动了一方。

只消排一个简单的时间表，就可以看出其间的关系。校注组成立于1975年，校本在1982年出版，在此期间《红楼梦学刊》创刊于1979年，紧接着1980年7月举行了首届全国红楼梦学术讨论会，在会上成立了中国红楼梦学会，以后，于1981年、1982年接连在济南、在上海召开了全国性的红学讨论会。这里，特别要提出的是校注组里最有活力、最早著文编书的几位即文雷（胡文彬、周雷）、梦溪等，早在校注组成立之初或之前，文雷就写过评论程高本及有关版本的文章，与红学前辈多有交往，胡文彬、周雷合编的几部令人打开眼界的书均在八十年代之初，即出版于1981年10月的《台湾红学论文选》、1982年4月的《海外红学论集》、1982年6月的《香港红学论文选》，而刘梦溪的三巨册《红学三十年论文选编》，其第一册也在1983年春出版。他们几位和校注组的其他热心人为筹备学刊、推动学会的成立忙碌奔波，协助其庸、希凡先生做了大量的工作。学刊刊名为茅盾题写，记得就是梦溪求得，发刊词亦出自他的手笔。学刊最初的常务编委全都是校注组成员。学刊最初的一批作者大体上就是校注组的成员以及他们所联系的学人。

之所以提及这些相关往事，是为了说明校注组所做的不单只一件事。冯先生所言七年是一个"漫长而曲折的过程"，我的理解，从一个方面说，七年太长了，其间约有一年的时间搁浅，完全停顿，这就是最大的曲折。也因此工作实际上分成了前后两段，前段为1975年至1976年10月，共调集了12人，至1976年秋冬几乎都回到原单位，仅有几人留守，后期重又启动，人数较少，继续工作至完成，约在1980年交稿。冠夫兄和我各有一篇校和注的回顾性文章写于1981年（发表在1982年学刊第3期，即林冠夫执笔《扫叶撷零——回顾〈红楼梦〉新本的校勘》，吕启祥执笔《关于〈红楼梦〉新校本注释的若干问题》）可以佐证，不完稿是写不成这样文章的。扣除停顿和后尾，校注实际上是用不到七年之久的。

如此看来，校注的"漫长"还可以从另一方面理解，即工作的范围已经溢出了校注本身，或者说，作为一个学术组合，它的功能远远超出了校注一个版本。它的成员，不论是留下，还是离开，都会关注红学，为之效力。这种凝聚力是无形的，有时仿佛松散，却很长久。不仅包含上述学刊、学会的孕育和校注组顺理成章地成为红学所的前身，而且开启了新时期以来一页又一页丰富多彩的红学进程。

可以这样说，校注组的岁月不仅对我们个人而言是值得感念的，即在红学的发展历程上，也留下了历史的足迹。

身边师友 幕后推手

二十五年过去，身边有多位熟稔的师友已经先后离世。

其中与我相处最长、印象最深的当数陶建基老先生，我们都呼之为陶老。陶老是后期来组的，校注完后直至辞典告成一直在一起工作。陶老为人当得起"端方正直"四字，最令我钦服的有两点，一曰勤勉严谨，一曰平实随和。他年纪大，身体也不甚好，可愈是琐碎吃力的事，他愈是认真落力去做，一次查找《不自弃文》的出处，为了赶时间，他不避暑热路远，大礼拜天乘公共汽车跑到北图，找出《朱子文集大全类编》，从卷二十一《庭训》里把《不自弃文》全文抄录下来，字字清晰，一笔不苟，星期一就带了来。他做事件件牢靠，写字从来工整，使我不敢躲懒。尤为难得的是他从不倚老，极好合作。他自己写东西不多，但常常与人方便，可能是因为当过编辑，养成了默默付出的习惯。陶老病重时我去看他，已不能说话，送别之日，所里的车在长安街上堵得太久，赶到八宝山已经火化，竟不得一见！

朱彤兄可谓英年早逝，他和蔡先生、锦池兄当年住在藤萝苑，论学谈诗，很有情趣，其时清贫，无物佐酒，就用大白菜花生米将就。在我记忆中，朱兄博闻强记，有一年中秋，在天香庭院锡晋斋前平台上赏月，朱兄兴发，大段背诵《西厢记》《牡丹亭》曲词，其娴熟流利，令人惊叹。朱兄看去粗豪，其实细腻。因我颇喜上世纪三四十年代老歌，尤赏李叔同、丰子恺等之曲词，一次偶然问起老朱《魂断蓝桥》插曲（即今《友谊天长地久》）的老词，他竟一字不爽地背给我听：恨今朝相逢已太迟，今朝又别离。水流幽迴，花落如雨，无限惜别意……

逝者已已，不能一一。

2月3日会后两天，沈天佑兄从美国佛州给我打来电话，当我告他刚刚开过这样一个座谈会时，他大呼错失良机，遗憾之至，再过一个多月，他就返京了，可惜未能赶上。老沈和我同在校注组不仅时间长，而且最低潮的时期共同度过。他本是早期成员之一，1976年秋星散之时留了下来，记得那时已撤离恭王府右前方的琴楼，暂时栖身九十九间半后楼上的一间。日常只剩我和他两人，从后面小窗户望着其时荒凉的萃锦园，未卜前景如何，这就是所谓"搁浅"的时期。正因如此，和老沈的交谊也就深了一层。他有一种厚道包容，从不计较个人得失的胸怀。回到北大后，由于红学会的首任会长是吴组缃先生，许多事情常常要通过老沈代达。在北大中文系，不论教学还是管研究生，老沈曾协助吴先生做了许多具体琐碎的事务性工作，不惜把自身的事放在一边。老沈的看淡名利，我所深知。可以这样说，校注组里颇多才华出众、成果丰硕的同道令我可佩，那么老沈的任劳任怨、豁达大度则令我可亲。

今天回想起来，不论已故的还是健在的，只要是共同在校注组工作、生活过，都有值得怀念的往事前尘，都可为我的良师益友，对于他们，我都存有一份缅怀之情、想念之心。

这里，我还要特为记述虽非校注组成员，却关系到小组命运、校本成败的两位文艺界前辈：袁水拍和苏一平。

他们两位在"文革"前是我的领导，"文革"中到"五七"干校则成了"同学"，至"文革"后期乃至新时期又先后复为领导。袁水拍倡导了新校本，苏一平支持了新校本，称之为"幕后推手"当之无愧。

我初次见到袁水拍大约是1964年的秋天，其时他任中宣部文艺处（相当于今天的文艺局）处长，我是从学校借调来的青年教师之一，读过他的政治讽刺诗，心里还怀有一点读者对作家的好奇心。一见之下，脑子里立刻跳出《马凡陀山歌》封面的漫画——真像，大约是丁聪画的，可谓得神，心里直想笑，委实有点不敬。水拍诗虽幽默，人却严肃，由于长期负责人民日报文艺部，极擅改稿。他批评过我粗心大意，从我校看过的稿件中发现不止一处的"漏网之鱼"，很令我感愧。"文革"风暴来临，被称为"阎王殿"的中宣部成为台风中心，水拍禁受不住冲击，吞服了大量药，经抢救活过来，却落下了病根。1969年单位军管，全员下放到宁夏塞上贺兰县的干校，风沙、烈日、盐碱对我们尚且十分严峻，何况长期生活在上海、重庆、北京这样大城市的文化人袁水拍。他在那又滑又窄的田埂上手足并用，几同爬行。连队派他去放驴，驴跑了，他高喊"站住！"，毛驴自然不懂诗人的语言，这成了一桩带着苦涩的笑话。

1973年以后，干校的人陆续回城，原来的领导干部有的被结合起用，有的黜降，有的升迁。因了我所不了解的某种机缘，水拍不仅重新"登场"，而且升迁，出任文化部副部长，就是在这一期间，他提出了重新校注整理《红楼梦》的建议。

其时我已回到北师大，正值招收工农兵学员，大搞评法批儒。今日工厂，明日农村；今日道古，明日说今。一本鲁迅语录，我巡回讲过十数场大课，对于不安定无秩序的生活难以适应，想找个稳定的学术工作静下来。水拍同志大约知道我在干校读"红"，时下演"鲁"，便告知可以去参加一项脂本《红楼梦》的校注工作，我觉得难以胜任，他说可以学习，他自己也想学。这样，我便进入了校注组，而水拍本人如他愿想，只要有点空隙，果真会来校注组对本子，然而这样的机会实在太少，他当时的地位和职务并不容许。

1976年10月"四人帮"垮台，袁水拍理所当然地又从他的高位上跌落下来，又一次受到审查。他蛰居家中，悔恨苦闷，心情极度压抑，偶尔向我借书，记得是吴世昌《红楼梦探源外编》，不久归还，附条说"奉赵并非原书"，另换了一本新书，因看时"竟忘乎所以地将有些书页划了线写了字了"，谨慎细心，一如往日。有时也托我找些资料和文章来看，还在信中提过有关脂批和小说情节的一些问题。1982年10月水拍同志逝世，此前《红楼梦》新校本已经出版，大约由于他审查尚未结论，不能参加新校本出版的盛会。

在水拍同志生命的最后岁月里,他那悔恨、急迫、诚挚的心绪给我留下了深刻的印象。由于不属于同一代人,更由于我是个普通人,对我不需顾忌和掩饰,因而我眼里的水拍比较近真。作为一个文化人,尤其是一个文化界领导人,他自有欠缺和过错,然而他确有诚挚执着的一面。我知道最后的岁月里,他最焦虑党是否还能接纳他,并且始终惦记着两件事,一件是评弹,他是苏州人,与陈云同志有同好;一件是《红楼梦》校注,他倡议过,并且很想亲身参与。

如果没有苏一平同志的支持和关心,水拍提议的校注组很可能就解散,新校本也就半途而废了。老苏对这项学术工作肯定支持的态度是十分明确、坚决的,而且一以贯之,毫不含糊,包括后来校注组演化为红学所,有人主张取消,老苏尊重历史、爱惜人才、保护如红学所这样能够出成果的研究机构。

我初次见到苏一平同志也在1964年,第一印象是和蔼可亲。他是文艺处的副处长,是与水拍经历作风迥然不同的另一类型的文艺界领导人。由于经历过延安整风和大生产,所以对政治风暴的承受力,对劳动改造的适应力,远较水拍要强。老苏自有一种从容淡定,在干校和我们一起,还教我怎样干农活。

回城后由于老苏在文艺界的人缘威望,筹组文艺研究机构。"四人帮"倒台后,他筹备文代会,更加忙碌。当校注组成员大多回原单位之际,我去找他,问是否也该回学校,他很郑重、正色地说,校注《红楼梦》是学术工作,为什么不继续做,要记取过去政治运动的经验教训。他还嘱咐我,安心留下,并说当时水拍要你来,我也主张调你来的。就这样,我留了下来。尽管当时老苏极忙,有点顾不上,文化界上层也在调整,大家沉浸在"四人帮"倒台的兴奋之中,静不下心来,工作停顿一段也属常理。待文化复苏,重上轨道之后,校注组重新调集人员,工作又重新启动了。

上面提到七十年代末八十年代初一系列红学盛事如学刊创刊、学会成立、新校注本出版等,老苏都是支持和参加了的,包括以后红学方面的一些重要科研项目，他都全力支持、乐观其成。老苏任中国艺术研究院党委书记、常务副院长期间，因其太忙太累，我不愿有所干扰，倒是在他退下来后，较多地去看望他，谈话也无拘无束，他谈得最多的是文艺界的往事，他历来"右倾"受批判，盖因他爱才，同情那些挨整的艺术家。

水拍是诗人，老苏是剧作家，虽则身居领导，根底却是文人。他们都热爱文化艺术，尊重知识分子，对于《红楼梦》这样的传统文化精品尤其抱有敬畏珍爱之心。在纪念《红楼梦》新校本二十五周年的时候，不应该忘记他们。

补阙更新 有待来者

新校本出版之初，为了帮助广大读者认识这个本子的独特之点和优长之处，笔者花了近一年的时间，把新校本和原人文通行本逐字逐句加以对照校读，抉出两本正文的重要差异四百例，在此基础上写成《〈红楼梦〉新校本校读记》一文约二万余字（载《红楼梦学刊》1983年第3期，该文连同《〈红楼梦〉新校本和原通行本正文重要差异四百例》，一并收入1987年出版的《红楼梦开卷录》中）。顺便说一句，此文近年被大段抄袭，化妆照搬，堂皇登场，令人无奈，更为学风倾颓悲哀。在该文最后一节，笔者写道："这决不是说这个本子一切都好，完美无缺，止于至善，不用改进。""所谓接近曹雪芹原著的面貌，只能是相对而言的，或者说是一个认识的过程。由于《红楼梦》版本的复杂情况，这种认识不能说已经很深刻、很完全了。"人们期待在版本研究进一步深入的基础上，新的更完善的本子的产生。

二十五年来的事实正是如此，版本研究取得新的成果，新的校本也不断出现。而且不同于当年的集体校勘，如今研究者个人独力校勘完成的本子愈来愈多，如蔡义江校本、刘世德校本、郑庆山校本、李广柏校本等，冯其庸先生个人的重校评批本也于近年问世，这都是以脂评本为底本的。此外更有许多程甲本程乙本系统的本子，亚东本也已重印。总之，版本呈现了多元化、多样化的态势。回头来看，在脂评校本的范畴内，应当易于发现当年的缺失和不当。

新校本的失校和失注之处，有的是历史条件造成的，有的是工作疏忽造成的，不管何种原因，我们都深感遗憾、心怀歉疚、愧对作者，贻误读者。

以校文而论，姑举一例，有一处十分抢眼的，就是林黛玉眉眼的描写，"一双似喜非喜含情目"，底本如此，是可通的。列藏本此处为"一双似泣非泣含露目"，大家公认此本文字最切最优，而一直没有校改。也许可以说列藏本1984年与俄方达成协议，1986年才出版，不及参校，然而新校本在九十年代再版也未改动，直到最近一次重印才改上去，还未及出相应的校记。

至于注释的失误缺漏之处更不在少数。虽则1996年再版时对初版2314条中的164条进行了修改补充，又新增87条，共计修订增补251条，把当时发现的明显错讹和疏漏做了修订补充。但今天看来，仍有待改进，比如说，对于古典白话小说，从语言的角度，应当充分注意其与现代汉语的差别，在今天读者容易误解的地方出注。陈曦钟教授曾在学刊一再著文对《红楼梦》中的"仍"字进行诠释，第四十一回妙玉"仍将前番自己常日吃茶的那只绿玉斗来斟与宝玉"，这里的"仍"不能作"仍旧"解，而与"乃"字相通，"前番"亦非上次，意即原先。文中就"仍"字从内证到外证，不仅考察版本、文意，更着重举出了一系列古籍特别是古代白话小说的例证加以解析，极具说服力。像这样的词语，影响到文本的阅读、人物的理解，以至牵涉到某些重大的学术争论，不可不察。当然《红楼梦》中"仍"字也有作仍旧解的，但不少地方为乃的通借，我的意思并不是要处处出注，那太烦琐，只消在适当地方出注提醒读者就可以了。这对提高阅读质量是十分有益的。仅此一例足以说明注释大有改进的余地。

以上仅是个人的一些想法，只供参考，不足为据。我尝有这样的顾虑，即新校本是一个集体成果，不是个人可以随意改动的，要修订它得有一种机制、一种程序。

二十五年后的今天，主持此项工作的冯、李两先生已届高龄，我辈也感心有余而力不足。唯有表达这样的愿望，希望有用心的学人、有良好的机制，使新校本不断吸收新的研究成果，使之更加完善、更加接近曹雪芹原著的面貌。

最后，我想说，在纪念场合，肯定的话、赞扬的话，说多了无益；忆旧的话、怀念的话，说多了伤感；倒是遗憾的话、歉疚的话，才有益于未来。

写于2007年2月15日

《红楼梦大辞典》编纂旨趣述要

由冯其庸、李希凡主编，红楼梦研究所组织编纂的《红楼梦大辞典》，已由文化艺术出版社出版。在有关《红楼梦》的辞书中，这一本是迟出的；在一浪高于一浪的"辞典热"中，这本辞典也似乎有点赶不上趟儿。虽则如此，编写者们依旧不改初衷，没有见异思迁，没有半途而废，终于把这项工作坚持到底。这是因为长久以来我们就有一个心愿，渴望编写一本比较大型的、详备的、在文化含量和学术信息方面能与《红楼梦》这部作品和"红学"这门学科相称的辞书。应当说，过去出版的各种注释和辞典都各有特色，做出了各自的贡献，我们这部辞典究竟在多大程度上实现了上述的愿望，还有待检验。因为愿望同现实总是有距离的。不过，作为一种意愿和设想，又总是指导和影响着实践的。在辞典出版之际，对编纂旨意略做申述，于读者和编者，恐怕都不能算是一件多余的事。

一

当初为这部辞典命名的时候，冠以"大"字，曾想到是否会招来好"大"喜功或妄自尊"大"之讥。因为单从字数看，《红楼梦大辞典》全书160万字、正文约1300页，虽不算少，但比起那些数百万言的大型综合辞书，或百万字左右的专书辞典，并不算大。也就是说，称之为"大辞典"，主要不着眼于数量，犹如"中国大文学史"并非就一定是多卷本的鸿篇巨制。我们更多的是从规模、格局、收词范围和编写体例来考虑的，力求内外并收、上下汇通、普及与提高兼顾。所谓内外并收是指《红楼梦》正文本身以及红学研究各个方面的词条均予收列；上下汇通是自《红楼梦》问世以至当代的种种红学现象、研究成果都有所反映；普及与提高兼顾是希望对《红楼梦》的一般爱好者和专门研究者都有一定的适用性。

基于以上考虑，辞典分上下两编、附录五种。上编包括廿一类：词语典故、服饰、器用、建筑、园林、饮食、医药、称谓、职官、典制、礼俗、岁时、哲理宗教、诗词韵文、戏曲、音乐、美术、游艺、红楼梦人物、文史人物、地理。下编包括八类：作者家世交游、红楼梦版本、红楼梦译本、红楼梦续书、脂砚斋评、红学词语、红学书目、红学人物。附录五种为：曹雪芹与《红楼梦》研究史事系年，红学机构、刊物及会议便览，《红楼梦》人物表（一）（二），曹氏世系简表，大观园图。这样，就正文本身而言，小说所涉及的社会生活如衣食住行、人际关系、精神生活等各个方面都可包容进去，从收词的范围和规模上同小说丰富的文化内涵相适应。下编着重在提供学术信息，所列八类以及附录基本上涵盖了红学研究的各个方面。学术信息和其他领域的信息一样，是了解本门学科的基本知识和最新发展以开展研究活动的前提。希望这部辞典能够勾勒出一个红学的历史和现状的轮廓。

这里想先就下编内容略加陈述，因为这是本书区别于已出各种红楼梦辞典的重要特点之一。下编各类词条是依据红学研究的已有成果做出的。其中有关作者曹雪芹家世交游的181个词条中，"曹俊""曹锡远"以下人名76个，包括曹雪芹及其上世、近亲和有交往关系的友人；"军功起家""内务府人"以下条目包括家世研究中有重要意义的历史事件、职官称谓、文物遗迹等；此外列条的还有档案、诗文等文献材料，无论是历来熟知的还是近年发现的也都收录在此。在作者类中，依学术界一般看法，将程伟元、高鹗亦一并收入。关于程、高，历来研究不够，编写者据闻见所及，研究所得，将已有成果列成词条加以收录，相信会给读者带来方便。又如"红学书目"类，收录了自《红楼梦》问世以来的研究著作321种，标出书名、作者、版本及做出简单的内容提要,依出书年月顺序排列,由此可以大致看出红学演进的轨迹。本类并附移植改编作品86种,可约略窥见《红楼梦》对其他艺术门类的影响。再如"红学人物"收录274人,其中新中国成立以前126人,当代148人,包括港台海外39人。对于老一辈红学家介绍稍详,中青年研究者只列简况。囿于体例,只收入研究者,著名书画家及艺术家未能收入,是个遗憾。虽则如此,也可提供一个红学研究队伍的概貌,作为查阅和沟通的凭借。"脂砚斋评"独立成类,不仅对评者和评点内容做出解析,佚稿线索亦列条备查。"版本"类亦将抄本、刻本、评本、译本依次列入。总之,为了省却读者搜寻之苦和检阅之劳,力求在有限的篇幅内提供较多的红学信息,这是本书编纂的要旨之一。

上编内容亦经过几番扩充、调整、增补,有关问题将在以下各节分述。但本书不列有关故事情节的条目,人物形象亦基本上以"引得提要"为度,力避论断分析,以区别于鉴赏型的辞典。

对于释文的要求,自以平实切要为上。但由于辞目品类复杂,在体例上难以强求一律,只能从实际出发,以方便读者为原则。某些释文中较多地征引材料,意在提供文化背景、增加阅读兴趣。从全书看,释文的做法可分为两个类型,一种属于"提要引得型",一种属于"诠释参证型"。上编词条多属后一种类型,大量关于名物、义理、艺文等各色词条都需要相关的各该门类的知识来给以诠释、说明和佐证;下编词条多属前一种类型,需要依据红学研究的已有成果加以选取、概括和提要。当然,这也并非是绝对的,上编中的红楼梦人物需作引得提要,下编中的脂评术语需作诠释说明。何况,往往在一个词条的释文中两种类型兼而有之。总之,释文的规范应当在实践中形成,具有一定的包容性和适应性。

二

任何辞典都应当给读者以准确切实的知识,《红楼梦大辞典》自不例外。

这方面在已有成果的基础上力求有所前进。要真正达到"准确切实"的基本要求，诚非易事。当我们翻检过去所作的注释甚至在辞典修改的过程中，常有"今是而昨非"的感觉。因而，对曾经作过的条目，不能草率从事而应从新作起，力避望文生义、人云亦云，使某些谬误或不切之处得到了订正。比如服饰之中的"披风"一词看似易懂，其实常被误解。凤姐穿的"石青刻丝灰鼠披风"、宝玉穿的"青肷披风"，人们往往把注意力放在披风的质料花纹上而忽略了披风的形制本身。现行注释曰"披风即斗篷"，有的辞典亦云"披风即斗篷，秦汉时称褙子"。指出"褙子"这一名称是进了一步，但褙子何谓？似乎仍即为斗篷，对"褙子"形制的解释仍付阙如。实际上褙子是披风的古称，但并非斗篷。据明代王圻《三才图会》："褙子，即今之披风。《实录》曰：'秦二世诏，朝服上加褙子，其制袖短于衫，身与衫齐而大袖。'宋又与裙齐而袖才宽于衫。"宋代用作妇女常服，两腋下开长衩，多为直领。明代用作妇女礼服，演变为大袖宽身式样。又称四䙆袄子。《明史·舆服志》："四䙆袄子即褙子。" 褙子去半袖则成半臂，去全袖则成背心。与后世所谓无袖披肩外衣之披风迥非一物。清代妇女礼服外套多用披风，作用与男褂相似。其制，对襟大袖，长可及膝，上有短领。辞典编写者对"披风"即褙子的源流变迁、形制用途做了这样的解释并附一图，读者就不致误解了。又如林黛玉在雪天外罩一件"大红羽纱面白狐狸里的鹤氅"，"白狐狸里"是否就指"白狐狸皮作里子"呢？一般人恐怕都会这么理解，有的辞典也正是这样解释的。可是倘若懂得一些皮裘知识的话就会知道这并非确解。狐狸身上各个部位的皮毛由于其皮质、毛色的不同，保暖功效和贵重程度亦不一。其腋窝部位的皮毛称"狐白"，亦即"白狐狸"；狐身两侧皮毛称"狐肷"，青狐肷又称"倭刀"；沙狐腹下之皮称"天马皮"，额下者名"乌云豹"。足见皮毛名色极多。黛玉这件氅衣的里子正是"狐白"做的，皮质轻软，毛色纯白。史载"孟尝君有一狐白裘，值千金"。足见黛玉此氅贵重。

易于望文生义的原因常常是因为缺少各方面的专门知识。上文所举即属此例。再如，有的注释和辞典把"赤金点翠的麒麟"注成"赤色的点缀了翠色或翠玉的麟麒",把元春仪仗中的"销金提炉"释为"嵌有金色图案的有拎把的香炉"等,恐怕均非确解。"点翠"是一种中国传统工艺的专门名词,特指在金或银的首饰或器物上粘贴翠鸟的羽毛,色泽鲜艳,永不消褪。这是一种羽毛工艺,不是随便点缀什么翠色或翠玉就可称之为"点翠"。"销金提炉"应是朱漆描金柄、柄端錾铜镀金龙头,口中衔炉链、悬于链端的焚香炉。提炉人手持朱漆柄,成对使用。这才同皇妃仪仗的排场相合,而不大可能是一种"手拎"的香炉。有时甚至还会发生意思正巧相反的情况,如"宣石"一条过去在新校本注释中曾误释为一种"质地疏松多孔隙易吸水的石头",嗣后出版的几种辞典也都大体沿袭了这一说法。而其实"宣石"是一种"石质坚硬、石色洁白"的石头,以产地安徽宣城而得名。明代计成《园冶》卷三:"宣石,产于宁国县所属,其色洁白,多于赤土积渍,须用刷洗,才见其质。或梅雨天瓦沟下水,冲尽土色。惟斯石应旧,愈旧愈白,俨如雪山。一种名马牙宣,可置几案。"宁国曾属芜湖,明属宣城。计成是明代造园叠石专家,谙熟石性。清代李斗《扬州画舫录》也有宣石叠山的记载。宣石既用于叠山,质地就不是疏松的。清代盆景档案中常出现这一名称,在兰草、梅花盆里都可点缀,也是制造嵌珠宝盆景所用原料之一。可见宣石不是质地疏松吸水的,结合小说所写点缀在水仙盆中,也应以质坚色纯为宜。编写者经过认真审辨查考,将该词条做了新的解释并引用了所据材料,订正了这一讹误。

还有一种情况是由于粗疏大意、习焉不察而出的差错,在辞典编写中也注意纠正。比如第七十六回中曾提到《画记》一书,历来并无此书,只韩愈有文名《画记》,记人物及马。一般解释都把《画记》说成是唐代张彦远《历代名画记》的简称,其实是不对的。因为:(1)如系简称,应为《名画记》;(2)《历代名画记》中"张僧繇"条并未提及凹凸花,与正文文情不合;(3)所谓"一乘寺凹凸花",仅见于《建康实录》,此书乃记六朝金陵事迹,并非记画之作。从以上三点可知,林黛玉所说"《画记》上云张僧繇一乘寺的故事"实属误记。当然,小说之作,不必果有是书;然在做注释和辞典的时候,则应当细察文意、分清虚实,只须解释"《画记》是泛指记画之作"便可以了,而不应将黛玉所说的《画记》同《历代名画记》混为一谈。

对《红楼梦》原著仔细、反复的研读和各方面知识的探寻、积累,是使释文做到"准确切实"的前提。这部辞典在前人成果的基础上又有了一些长进;但绝非尽善,只不过说明在编纂中力求贯彻这一基本要求而避免或减少了某些讹误而已。

三

在编写过程中,除充分吸收已有成果、注意订正舛误外,主要的气力放在了新增出的条目上。就上编而言,读者可从分类词目同《红楼梦》正文的对照,看到力求详备的总体面貌。这里毋庸分门别类一一介绍,只拟举出若干例子,来说明条目设置的根据和用意。

即如"建筑"一类,其中许多条目是人们熟悉的和重要的,如"兽头大门""垂花门""抄手游廊""碧纱厨""桶瓦泥鳅脊"等。弄懂这些词语的确切含义,对认识贾府宅第的规格、了解小说人物居住的环境十分必要。而有的词语,则不被注意、未加收录,如"地炕"一词,便是这方面的典型例子。地炕为古建筑中最考究的采暖方式。最早见于《水经注》,至今已有一千五六百年的历史。地炕的构造是在房屋的檐廊上设烧火炕,炕内砌灶。据清宫档案记载,地炕以煤为燃料,用柴或炭引火。燃烧后,灼热的烟气在地面下的排烟道内往复盘旋,将砖砌地面烘热,从而使热气流自地面上升,为室内供暖。北京故宫、颐和园、恭王府等处,现仍保有地炕的实物。《红楼梦》第四十九回中写到"李纨打发人去芦雪广笼地炕",可见大观园中冬日是用地炕取暖的,由这种考究的采暖方式可窥荣宁府第的建筑规格属宫廷王府一流。"地炕"与"垂花门"之类一样,明了它的含义,既可增长古建筑方面的知识,又可了解小说人物的生活环境,在词目中增入十分必要。又如"外书房",从字面上看似乎没有什么难懂之处,其实也是有个讲究的。只有官宦豪富之家分设内外书房，内书房设于主人居住的内院，外书房则设于邻近大门的最外一进院落中。第十四回写为宝玉收拾外书房，意在约秦钟一同读夜书，因秦钟系男性外亲，出入荣府内院诸多不便。后文写贾芸来见宝玉，亦在外书房等候。外书房坐落在"贾母那边仪门外"，命名为"绮霞斋"。由此看来，"外书房"被列为词条，便不是平白无故的了。像这样的情况自然不限于"建筑"，各类皆然。例如，"器用"一类条目数量远远多过"建筑"，凡陈设、家具、器皿、用具均入此类，那些高档的、精致的诸如"紫檀架""拔步床""雕漆几""螺甸柜""联珠瓶""料丝灯"等，固然一一收列，即使某些并不起眼的东西编写者也没有轻轻放过。兹举一例：第四十四回写宝玉："将盆内一枝并蒂秋蕙用竹剪刀撷了下来"。"竹剪刀"何物？是否就像寻常剪刀的形制？因何用竹？有何功用？这个问题回答不了，这一细节也就只能囫囵过去。原来竹剪刀用一竹片制成，两头削成剪刃，中间削成薄条，对头搣弯，利用竹子的弹性，手指轻轻用力，剪刃相错，可把脆嫩的花枝或叶子剪断。兰蕙等怕金属器，故必须用竹剪。在这里"竹剪刀"看似一件无足轻重的小道具，列入词条却也有一定的理由和分量。还有这样的情形，即过去往往只注其一、不注其二，未将邻近相关的词语一并解透，现增补条目，使意思完足。较为典型的例子如第八回叙贾母给秦钟的礼物是"一个荷包并一个金魁星，取'文星和合'之意"，其中"荷包"与"金魁星"历来注释或辞典都有解析，而对"文星和合"则付阙如。"文星和合"中的"文星"为人熟知，指文昌星或文曲星，为中国古代对魁星之上六星的总称。古代星相家以其为吉星，主大贵。后被道家奉为主宰功名禄位之神，因传其为主文运之星宿，多为读书人所崇祀。"和合"则为古代民间所奉的喜庆吉祥之神，本祀万回，后雍正年间因和合为二神，而万回仅一人，不可以当，遂封天台僧人寒山、拾得为"和合二仙"。贾母将一个金魁星与一个荷包送与秦钟，前者喻文运亨通、功名顺利；"荷包"与"和合"不仅谐音，意思也相合。总之是祝愿秦钟仕途顺利、功成名就。将"文星和合"的含义析出，这两件礼物相配的取意也才能解释得较为完满。因此增出"文星和合"的条目（属"哲理宗教"类），不仅不会与"荷包""金魁星"重复，且可相互参照、补充完足。

条目的择定除了如上文所述同词语本身的意义和局部文意的疏通有关而外，往往还从人物性格和情节发展的角度考虑。词语之中如"藏愚守拙""杂学旁收""槁木死灰""花解语""玉生香"等自是显例，早为大家着意解释，在此不必赘说。其他各类中如果着眼于人物和情节，也可以体现出《红楼梦》辞典的特色来。即如"饮食"条目，从总体上自然力求反映出红楼梦饮食文化的水准，以具体条目而论，亦多有不单从饮食角度考虑而关乎人物和情节的。如"烧鹿肉"一条即关系到大观园中"脂粉香娃割腥啖膻"的重要节目，关系到史湘云豪迈脱俗的性格风采。这一美味古称"鹿炙"，把生肉直接放在火上烧烤，用具是铁炉、铁叉、铁丝缘。《宋氏养生部·兽属制·鹿炙》："用肉批二三寸长微薄轩（大肉片），以地椒、花椒、莳萝、盐少腌，置铁床上傅炼火（无烟焰的火）中炙，再浥汁，再炙之，俟香透彻为度。"因为要用刀批大片，所以李纨关照说："仔细割了手，不许哭！"此肉特香，所以探春说："你闻闻，香气这里都闻见了，我也吃去。"鹿是草食动物，《吕氏春秋·本味》云"草食者膻"，所以湘云自诩"是真名士自风流"，"我们这回子腥膻大吃大嚼，回来却是锦心绣口"。当然，经调味烧熟后，膻味可基本除去。小说中烧鹿肉之举在大观园的诗酒雅集中别开生面，引发了大家雪天联句的兴致，构成了极富野趣的一幕，故这一美味不可不列条明之。再如医药类中对一般医理药方的列条释义也尽量照应其与小说内容的联系。如"蜜青果"，又名谏果，可作药用，生津止渴，能解诸毒，其味苦涩，久之方回甘味，似寓绛珠草甘苦缠绵之情丝愁绪的孕育。又如"虎狼药"，泛指药力峻猛、有副作用的中药，对胡庸医方子中麻黄、枳实、石膏之类的药性一一明之，以见出其误诊给尤二姐带来的严重后果。再如"女儿痨"这种疾症是王夫人为搪塞贾母加给晴雯的病名，这种劳瘵消乏、咳嗽吐血的病症与素性爽朗、因伤风而起的晴雯病因症状实不相符，可见是撵逐晴雯的一个借口。总之，不论是哪一类别，在择条列目时都应考虑到与小说内容的有机联系。

现有上编各类是在编写过程中不断调整、确定的，有的类别属于新增，如"称谓"类便是。人物之间的各种关系，包括亲属关系和其他社会关系往往借助于各种称谓表现出来，关系的亲疏、远近、尊卑的复杂情况决定了称谓的复杂性，各种敬称、谦称、官称、俗称、讳称往往是今天的读者不易搞清的。即使是一个最普通不过的称谓"姑娘"，也因有多种涵义而需要细加审辨。在《红楼梦》中，"姑娘"一词至少有下列几种含义：(1)指未曾出嫁的女孩子，如说"林姑娘来了"，这里是指主子姑娘；(2) 指父亲的姐妹，义同"姑母""姑姑"，如说璜大奶奶是他（金荣）的姑娘；(3) 指通房丫头，如说袭人"连个姑娘还没挣上去呢"，以及称平儿为"平姑娘"；(4) 指一般丫头，如称晴雯姑娘、紫鹃姑娘等；(5) 虽已嫁，但长者仍呼之为姑娘，如刘姥姥称自己的女儿"我们姑娘年轻媳妇子"、周瑞家的说"凤姑娘"皆是。相类的如"姨娘"一词在小说中出现的频率也颇高，也是多义的。姨娘本为对母或妻之姐妹的称呼，但旧时亦称姬妾为姨娘。前者如薛姨妈以宝钗辈份对王夫人说："姨娘不知道，宝丫头古怪着呢！"这是称呼母之姐妹。又二尤为贾珍之姨妹，即其妻尤氏之姐妹，亦在姨娘之属。后者如邢夫人对鸳鸯说"你进门就开了脸，封你为姨娘"；周姨娘、赵姨娘等皆为对侍妾的称呼。再如在对男性的称呼中，"相公"一词适用范围尤其广泛，差别也很大。比如可以称丞相为相公；可以称读书人为相公，义近"先生"；可以称清客为相公；可以称曲子艺人为相公；甚至有称优童为相公者。考虑到辨识各种称谓对理解人物关系的意义，因将称谓加以集中，单独成类。这当然是就《红楼梦》所涉及的范围和含义而设的，而非一般意义的称谓录。

辞典的规模能否同小说的文化含量相适应，很大程度取决于收词的范围和条目的择取。我们体会，愈是具备各相关门类的丰富知识，愈是对原著研读深入细致，选目就愈能做到详备、恰当。相反，限于知识见闻和对原著的理解，选目的遗漏和不当又是难以避免的。上举各例尽管词语性质和类别迥异，设条的具体依据和用意也不尽相同，但都可以说明编写者在扩大收词和择取条目方面是用了心思、下了功夫的。

四

　　为了给读者提供有关的文化背景、增加阅读兴趣，在某些释文中较多地征引了各种材料。也就是说，在要求准确、详备的同时，还希望丰富一些，使得辞典不致成为只剩几条筋骨的干巴巴的东西，这也是编写过程中的一种自觉的追求。

　　许多词语若按准确切实的要求，只用三言两语便可打住。然而为了明了有关的历史背景和生活依据，便须引入经过搜寻、选择的材料加以充实和丰富。这方面的例子很多，各类均有。比如第十六回的"会票"一词，可简释为"即'汇票'，唐时号'飞钱'，明清始有会票之称"。现在释文中进一步引述了清代陆世仪《论钱币》："今人家多有移赀至京师者，以道路不便，委钱于京师富商之家，取票至京师取值，谓之会票，此即飞钱之遗意。"并举出清代张集馨在其自订年谱中述及其叔父进京捐官，借款以"会票来家兑还"。可见会票不仅用于汇款，且用作清债偿务的凭证。小说中贾府的人说"江南甄家还收着我们五万银子，明日写一封书信会票我们带去，先支三万"。这里就兼有汇兑和结算之意，正反映了清初会票流通于京师和江南之间的历史情况。以上围绕"会票"一词所引的材料和所做的说明，不仅对这一经济术语解释较为透彻，而且可以窥见小说中这一经济细节所包含的社会历史内容。清初西洋文化的传入在《红楼梦》的涉"洋"物品中透露出某些消息，编写者在有关条目中也提供了必要的历史文化背景。如"西洋珐琅"是宝玉鼻烟盒上的装饰，这是一种经过两次烧制的、色彩鲜艳的不透明玻璃体，又称"画珐琅"，当时就称之为"洋瓷"。作为"内廷秘玩"，清皇室造办处且设"珐琅作"，产品多为小件，以盛"洋烟"的鼻烟壶最多。"珐琅画"又多为精细艳丽的西洋风景画或西洋宗教人物画。这个鼻烟壶和治头痛的"依弗那"，正可见出上层社会接受西洋文化艺术之一斑。还有刘姥姥在怡红院所见的屏风上的"女孩儿"正是一幅生动写实的西洋画。清初有西洋画家郎世宁等进入宫廷，乾隆帝誉为"写真无过其右者"，这对清廷王公大臣的宅第布置有一定影响。"活凸出来的画"、西洋机括穿衣镜、自鸣钟等都反映了西洋科学文化的传入。再如"山子野"本是作者为大观园设计者虚拟的名号,释文若仅做这样的交代也并无不可。但这一命名并非凭空臆想无所寓意。当年在北京先后兴建扩建了圆明园、静宜园、清漪园、畅春园等大型皇家苑囿,这规模空前的园林建筑都由内务府经办,负责总体规划和建筑设计的则是号称"样式雷"的雷姓世家;负责园内假山设计施工的又是号称"山子张"的张姓世家。出身于内务府包衣世家的曹雪芹对此不可能无所了解,其祖曹寅并曾监修畅春园的西花园。可见"山子野"之名并非凭空而来,是有生活依据的。上举例子都可说明结合历史背景包括作者家世背景来撰写释文,是充实和丰富辞典内容的重要一环,许多释文都有这样的特点。

各种笔记、杂著、诗文、小说以至人们口碑中包含着的社会知识、生活知识、语言知识、民俗知识等,只要同《红楼梦》相关,能起到诠释、佐证、参照作用的,编写者都锐意搜求,就闻见所及、引入释文之中。小至一个字、一个口语,亦因借助某种参证材料而变得恰切易懂。如"趾"字,意为蹬踏,引申为仰仗。清福格《听雨丛谈》卷十一列有"趾"条,谓"京师人以足蹬物而升曰趾"。这对理解第三十六回凤姐"趾着那角门的门槛子"骂人的神态很有帮助,不单是"蹬"还有"升"的意味在里面。由此也易于理解何以能引申为仰仗、借光了,黛玉不是说"这会子犯不上趾人借光问我"。又如"战敠",为估量、思忖之意。清代梁绍壬《两般秋雨庵随笔》中亦收有此条,谓"以手量物轻重曰战敠,见《庄子》注。今各处口谈,尚有此语。又以一心权事之是否亦用此二字"。可见语源虽古,却是当时的一个口语,在《红楼梦》中出现的次数很多。至于关涉婚丧寿庆、礼俗民风的大量词条,更需广泛征引材料,此处不能缕述,仅举一例。就说秦可卿出丧时的"铭旌",释文首先对其形制来历做出解释,说明这是一种长条形的旌幡,用于葬礼,上面书写死者的职衔、姓名,用竿挑起,竖于灵前右方。在典籍如《礼记》《周礼》《家礼》等都有明载。大丧才供铭旌,足见秦氏丧事规格之高。结合小说描写丧事之铺排靡费,更引《燕京杂记》中的记述:"京师出殡,最为虚费，……铭旌高至四五丈，舁者亦数十人，以帛缠之，至用百余匹。"以此相参照，小说所写也算不得十分夸张了。此外词语本身的含义往往是静止的，可以抽取出来单独加以解释，然而放在小说中则是生活化的、动态的。若能在做出基本解释后辅以恰切的参证材料，也就带有生活气息了。如"琵琶襟"为清代独有服式，释文引清代李斗《扬州画舫录》："清明前后，肩担卖食之辈，类皆俊秀少年，竞尚妆饰，每著藕蓝布衫，反纫钩边，缺其衽，谓之琵琶衿。"又清代秦福亭《闻见瓣香录》"琵琶襟"条："近时男女小衫减大襟而小之，名曰琵琶襟，名颇雅。"这种大襟不到腋下，下襟缺一截，纽扣排列较密的服式在当时颇为时髦。《红楼梦》中宝蟾一早来叩薛蝌的门，拢着发，掩着怀，穿一件片锦琵琶襟小紧身，同上引材料相参看，可以意会这是一种风流俊俏的打扮了。

个别条目释文中甚至据引实例或数据，只要材料翔实、说服力强，便也作为特例保留。比如"卖倒的死契"一条，释为卖身文契载明不再取赎永不更改之意，并且照录乾隆十年江楚环卖亲女文契，以此实例加深对这种社会现象的认识。再如刘姥姥曾在贾母正房见到"大柜"，大柜易明，似乎根本用不到解释。其实此种大柜形制特殊，在刘姥姥眼中"比我们那一间房子还大还高，怪道后院子里有个梯子。……定是为开顶柜收放东西，非离了那梯子，怎么得上去呢"。这一点也不夸张，清代官宦和大户人家使用的一种大型组合柜又称"顶箱立柜"，其形制特大，编者引据《中国花梨家具图考》一书中收录的一对大柜，面宽1420毫米、进深710毫米、体高2770毫米，即有一人半高。这一数据正可印证贾母正房摆设"威武"、刘姥姥感受"阔大"，若将数字舍弃了，岂不可惜。

还有一种情况也得在本节交代，那就是引入释文的某些材料与词条本旨虽距离稍远，但因该项材料形象可感，或富有情趣，或可资参证联想触类旁通，总之既有助于释义又可增加阅读兴味，便予以保留。兹举几例：如元春赐物中的诗筒茶筅，脂批原均有注，对其性能已有简要说明，为使释文丰富，各以前人诗句作为参证。这里只录《茶筅》诗："此君一节莹无瑕，夜听松声漱玉华。万缕引风归蟹眼，半瓶飞雪起龙牙。香凝翠发云生脚，湿满苍髯浪卷花。到手纤毫皆尽力，多因不负玉川家。"将竹制的本壮末劲的茶筅拟人化，生动形象、恰切有味。又如"乌云"喻女子黑发，李渔《闲情偶寄》云："古人呼发为乌云，呼髻为蟠龙者，以二物生于天上，宜乎在顶。发之缭绕似云，髻之蟠曲似龙，而云之色有乌云，龙之色有乌龙，是色也相也情也理也，事事相合，是以得名。"经此一析，黑发之以乌云名之，理由真是十分充足圆满了。再如贾宝玉曾说素日恨俗人不知缘故，混供神混盖庙，在清代梁绍壬《两般秋雨庵随笔》中"世俗诞妄"条所记，简直是对"混供神混盖庙"的绝妙注脚，略谓："吾杭清泰门外，有时迁庙，凡行窃者多祭之。济宁有宋江庙，为盗者尝私祈焉。汲县有纣王庙，凡龙阳胥祷于是。……又有谬误者，陈州城外厄台有庙，颜曰一字王佛，即孔子也。北方牛王庙，画百牛于壁，牛王居其中，则冉伯牛也。温州有土地，杜十姨无夫，五髭须相公无妇，于是合而为一，则杜拾遗伍子胥也。雍丘范郎庙，塑孟姜女，偶坐者乃蒙将军恬也。……世俗诞妄，真是匪夷所思。"这条记述真把世人混供神混盖庙的荒唐可笑抉发得淋漓尽致，既可作为宝玉此语的注脚，也提供一种社会世相，可资参照，亦增兴味。

如本节开头所说，释文中征引各种类型的材料，意在充实和丰富辞典内容，开拓读者的文化视野。由于《红楼梦》含量丰富，因而词条品类复杂，涉及面广，释文体例难以强求一律，只能因词制宜、量体裁衣。释文内容只须在阐明条目本旨、结合作品内容这一前提下求得大同，至于文字长短、引例多寡、材料类型等等则是较为宽容和灵活的。在辞书专家看来，也许不够规范；但对扩大含量、求得同百科全书式的作品相应这一初衷而言，或者倒是适宜的。

五

《红楼梦》中有不少特殊词语是作家的独创，应当着意发掘、恰当解释。这是为《红楼梦》编写辞典所必定遇到的难题和必须交出的答卷。粗略说来，大致有以下几种情形。

一是由于作家独特的人生感受和文化修养，赋某些词语以多重含义，除去字面义或曰表层义外，尚有象征义、双关义、特指义等深层含义。譬如"石头"一词，按小说开篇的描写，它是女娲补天子遗的一块顽石，以愚拙之质幻化为通灵宝玉，戴在主人公贾宝玉身上，成为小说故事的目击者和叙述者。因而它是书中的一个重要角色。其次，石头又是作者个性气质的一种象征，从作者友人敦敏《题芹圃画石》可以得到佐证，其诗写雪芹借画石抒发胸中块垒，作者心志不舒才能抑塞的感慨与无材补天自怨自叹的石头相一致。再次，石头还可能隐喻故事发生的地点在石头城南京。因此，石头有角色义、隐喻义、双关义等多重含义。除去在"词语"类收列外，在"红楼梦人物"类亦列有条目，因为"石头"也是作家所创造的一个艺术形象、一个角色。相类的还有"风月宝鉴""金陵十二钗"等。"风月宝鉴"既是小说故事中"专治邪思妄动之症"的一面镜子，又是小说的一个异名；"金陵十二钗"既指书中的十二个青年女子，也是小说的异名之一。其实，就连"红楼梦"一词，也何尝不是作家的独创，它既是第五回中一套曲子的名称，又以此作为全书的总名。第五回在曲演红楼梦旁有脂批曰："点题，盖作者自云所历不过红楼一梦耳。"红楼为富家闺阁之意，梦则包含了作者深刻的人生感受。今天已为人们熟知的"红楼梦"一词，正是凭借作家的创造，才赋予了它以如此新颖丰富的含义。

另一种词语则是从字面到意义都是新创的，最典型的莫过于"意淫"一词。这是书中警幻仙姑对贾宝玉的一个评语，下有脂批："二字新雅"。"意淫"一词不能望文生义。先从词义本身分析，"淫"的本义为浸淫、过多，指洪水、久雨危害人的正常生活，平地出水为淫水，秦汉典籍中引申出邪、恶、过、乱等多种意义。可知"意淫"指情意泛滥、情痴，也含有越礼、乖张的意思。因而贾宝玉在闺阁中可为良友，于世道中则未免迂阔。脂评谓"宝玉一生心性，只不过体贴二字，故曰意淫"。鲁迅说他对少女们"昵而敬之,恐拂其意,爱博而心劳"也包含这一意思。因而对这一词语的解释,应以其本义为基点,结合小说的实际描写,参照脂批和鲁迅等权威评说,才能做出较为准确的界定,体会到这是一个有助于把握贾宝玉性格特质的新创词语。类此尚有"禄蠹",脂评亦云"二字从古未见,新奇之至,难怨世人谓之可杀,余却最喜"。"护官符"亦系作家独创,脂评云"三字从来未见,奇之至"。对世人热衷的功名富贵,贾宝玉以"禄蠹"讥之;对封建社会官绅勾连的普遍现象,以"护官符"概括。这种从古未见的新词,只有曹雪芹想得出来。

此外,在地名、官制、医药、食品、用物各个方面,往往半今半古、亦虚亦实,既符合人情物理,又出自随心漫拟。在辞典中,既应指出它的虚构成分,又应提供它的生活依据。有的则以谐音、寓意、变形、假借种种方式出现。地名之中,"大荒山""无稽崖""十里街""仁清巷""葫芦庙""智通寺""平安州"等均有谐音寓意,"清虚观""兴隆街""小花枝巷"等则为实有地名的借用。职官中"兰台寺大夫""金陵体仁院总裁""防护内廷紫禁道御前侍卫龙禁卫"等皆属虚拟,然亦有所依凭。这里特别要举出人人都以为新奇罕见的"冷香丸"这种药名,虽未见载诸医书,纯系作者自拟,但其配方却颇合医学药理。方中的白牡丹花蕊、白荷花蕊、白芙蓉蕊、白梅花蕊分别有清热凉血、散热解毒、平喘止嗽之效,加入蜂蜜白糖调制,有润肺补中之功。诸药合用,有清有补,配方严谨。同时,按中医五行学说,白色恰与肺相合,针对宝钗由胎里热毒而致的"喘嗽",采用白色的四季花蕊,加上甘平或甘寒的雨露霜雪,以泻火解毒的黄柏熬汤煎服,不仅对症,而且对因,切合医理。所用之水,分别要求取自雨水、白露、霜降、小雪节,这与李时珍所说"一年二十四节气,一节主半月,水之气味随之变迁,此乃天地之气候相感"同理。所以《本草纲目》中亦有春雨、秋露、冬霜、腊雪的要求,否则,违时之水,作用与气味便不尽相同了。如梅雨之沾物作霉,不可用于造酒醋,春雪易败,无解毒作用等。曹雪芹虽出诸小说家之笔,也是有一定依据的。再如《红楼梦》所代表的饮食文化已誉满中外,愈来愈引起人们的兴趣。但红楼中的饮馔毕竟是艺术化了的,最典型的例子是那极富特色的"茄鲞",历来食单菜谱中不载,专家亦未经见过,由于王熙凤对其原料及炮制已做详细介绍,似乎没有必要再做注解。但为了帮助读者了解这一艺术描写的生活依据,辞典中仍列为条目,释文中指出这属于素菜荤做,并举出"鹌鹑茄"(明代高濂《遵生八笺》)做法:"拣嫩茄切作细缕,沸汤焯过,控干,用盐、酱、花椒、莳萝、茴香、甘草、陈皮、杏仁、红豆研末拌匀,晒干蒸过,收之,用时以滚汤泡软,蘸香油炸之。"这似为早期茄鲞。元代食谱还有"造菜鲞法",用料虽不同,但其主要烹制工艺程序很相近。可见凤姐所说的那一大套炮制程序并非全是信口编造的夸饰之辞,即便是出于小说家的游戏笔墨也无不合于烹调原理。"茄鲞"同"冷香丸"一样,亦应视为作家的独创。在辞典中,对于这类条目的参证和解释,不是为了坐实,而是为了说明任何创造都不能向壁虚构,不是无源之水,而必须有博大厚实的生活基础。

《红楼梦辞典》的特色自然并不都体现在《红楼梦》作者创造的特殊词语上。但这些词语在全书中的确至关重要,往往就是一些"文眼",同全书的立意构思直接相关,是作家天才创造的"亮点"所在。捕捉这些闪光的词语,并开掘和阐释它的意义,是辞典编写者的自觉追求。不管做的水平如何,相信会得到读者的理解。

六

尊重读者,方便读者,这是在编写中始终应当记住的一条原则。大而言之,整部辞典都是为读者编写的,从内容取舍到形式编排都要为读者着想,上述各节其实都与此相关。就全书看,即使是一些技术性的问题也考虑到这一点。譬如索引,本书除笔画索引外,还加作了一个依小说正文顺序的回次索引。这样,有的词语如不明其分类又不详其笔画,可从回次索引查得。一般小说读者惯于从各回的注中求解,循此再翻辞典。另外还可从这一索引中看出每回共做了多少词条,便于在各回之间和同他种注释之间做横向的参照比较。因此，不惜时间和篇幅，较一般辞典多做了"索引二"。虽则是一项索引，却也是关系全局的。

就局部而言，有时为了某一类别的体例、行文、版式，几经周折，诗词韵文类便是如此。当初曾考虑，若以"首"为单位则许多条目文字太长，以"句"为单位则又太碎，各有弊病。后来条目虽仍以"首"分，但释文中凡有子目，即提行另起，使眉目稍清、排版稍疏，不致令读者透不过气。同时，还做了一项重大改变，即补入全部诗词原文放在释文之前，低两格排，以资区别。这对读者是一种极大的方便，使得辞典在更大程度上可以独立阅读而不必时时处处翻检原书。在解析过程中凡遇到化用前人诗意的地方，尽可能引出全句以至全诗，供读者参考。特别是酒令或花签中的一些成句，更应当不仅指明出处，还须照录全诗，作者的寓意往往不在该句，而隐在全诗之中。比如人们熟悉的探春花名签"日边红杏倚云栽"，看似吉谶，而原诗为下第之诗，后两句为"芙蓉生在秋江上，不向东风怨未开"。同探春灯谜诗中"莫向东风怨别离"意思相类。香菱掣出的诗句为"连理枝头花正开"，似兆喜事；此句出自朱淑贞《落花》，紧接着下句是"妒花风雨便相摧"，寓含被摧残的命运。对于《葬花吟》《桃花行》等主要诗篇，在着重介绍其内容的同时，指出其艺术上的承传创新，并录遣词用意上十分近似的唐寅《花下酌酒歌》《一年歌》《桃花庵歌》等，给读者以参照比较的便利。

同样，为读者查阅的方便，在"红楼梦人物"类中，考虑到同一人物在不同版本中有不同的名字，诸如珍珠、蕊珠，文龙、文起，药官、药官，夏守忠、夏秉忠；或不同的名字其实就指同一个人，如大姐、巧姐，茗烟、焙茗，彩霞、彩云，多姑娘、灯姑娘，或同一名字指不同的人，如贾化既指雨村又指太师镇国公；诸如此类都分别列成条目，以免混淆。还有"玛瑙""珊瑚"这两个人物，前者只见于戚本、列本，后者各本均无，载寿芝《红楼梦人物谱》，在辞典中也都收录，以备查考。具体到每一个词条，编写者都尽可能做一番爬梳整理的工作，使读者能清其眉目、得其要领，尽管不去代替读者分析，但都提供了一个分析的基础。除人物类外，其他类别中亦有这种

"引得"型的条目，如建筑类的"荣国府"，指出小说对荣国府的描写，集中在三、六、七等回，其建筑分左、中、右三路。中路依次为大门、外仪门、向南大厅、内仪门、荣禧堂；西路依次为垂花门、穿堂、花厅、贾母上房、倒厅、凤姐院；东路为贾赦院等。这就把分散在小说中的各处描写加以整理、集中，给读者以一个较完整的印象。

尊重读者、方便读者的一个重要方面，是把学术上的不同意见客观地介绍出来，留待读者自己思考和判断。在红学领域内，有争论的问题是很多的，从曹雪芹的生卒年、籍贯、旗籍、家族败落的原因，到成书的过程、评批的情况，后四十回是续是补？脂砚斋是谁？……到处充满了矛盾和问题。正文中单是"一从二令三人木"这句判词，就有三十余种解释之多。在辞典编写过程中，尽可能地将各种见解包括所据的材料和事实叙述出来，必要时还须进行一定的整理和归纳，为读者提供判断的根据或进一步研究的线索。

客观叙述并不等于抹煞编者的识见和眼光，材料的取舍概括寓含着一定的倾向，学术界多数人的意见也理应得到反映。特别是在具体词条的解释上，编写者的学术见解应当给予尊重和容纳。一般说来，各编写者对自己承担的该类词条总是比较熟悉并且经过钻研的，主编和编委从全局出发，可以增删调整，某些部分也做了很大的加工和修改。但对学术上的独特见解只要言之有据均予保留。兹举两例：其一为服饰类中"双衡比目玫瑰佩"中"比目玫瑰"的解释。该条释文在介绍了通常公认的解释之后提出，历来佩玉无"比目玫瑰"之名制，疑为"瓊瑰"二字之误。《诗·秦风·渭阳》："何以赠之，瓊瑰玉佩。"《左传》成十七年："声伯梦涉洹，或与己瓊瑰，食之，泣而为瓊瑰，盈其杯。"注："瓊，玉；瑰，珠也。"繁体"瓊"字右上部"曾"过录时极易讹写为"皆"（庚辰本即为"双衡皆玫瑰佩"）或为"比目"（如甲戌、己卯诸本）；余下"王""文"合而为"玫"。若是，则当校为"双衡瓊瑰佩"。此说可供参考。这本是一个在校订中碰到的老问题，底本（庚辰本）为"皆"，不通，不可从，遂改从别本曰"比目"。这样做是否就正确无误了呢？现在辞典的编写者提出了质疑，而且是有根据的，由词语的释义而涉及正文的校勘，值得引起进一步的研究。再举一例为美术类"八分书",何谓"八分书"? 自古以来,聚讼纷纭。汉代蔡邕谓"去隶八分取二分,去篆二分取八分"。唐代张怀瓘《书断》,以为"若八字分散",故曰八分。元代吾丘衍《字源七辨》云:"八分者,汉隶之未有挑法者也。"清代包世臣《艺舟双楫》则说:"八,背也,言其势左右分布,相背然也。"刘熙载《艺概》、康有为《广艺舟双楫》,又另有说法。编写者在列举历来诸说之后,更引用当代著名书法家王蘧常先生见解:"八分不过隶书之一种,隶书可以包之。故前人论隶只言隶释、隶续、隶韵等,不别言八分也。"实则汉隶结构、用笔,各有姿态,魏晋人以楷为隶,以隶为八分。编写者确认王蘧常先生以为八分即隶,此说最为允当。类似这样众说纷纭的问题,编写者在介绍前代和当代诸说之后、表示了自己的见解,这不仅应当容许,也从一个侧面反映了辞典的学术水平。这方面还有疏漏,如附录"曹家世系表"中第一世曹良臣,据考订为假托,应加注明,才能反映当前研究水平。

由于读者对象的不同,因而普及与提高的"兼顾"是有限度的。尤其因为辞典的基本品格是工具书,可以带有学术性而并非学术著作,只要能够提供咨询和参考,也就是对读者的最大方便了。

中国历来有编纂类书的传统,到了近现代则有更为科学化的辞典,近年来辞书出版蔚为大国,《红楼梦大辞典》正是这辞书之林中的一树一木,作为百科性质的红学知识和信息的汇集,也可说是一种现代化的类书。中国历来又有"读书不求甚解"的名言,向往"得鱼忘筌,得意忘言"的境界。正如本书主编在序言中所说,《红楼梦》乃天地间至大至深之文,其间有可以诠而释之者,亦有无可以诠而释之者。"《红楼梦大辞典》者,言筌者也。吾愿当世之治'红学'者,初以此为言筌,既得雪芹之意,则忘此言筌可也。"我们深知《红楼梦》辞微旨远,那言外的意蕴、深层的哲理,不是单靠学力、尤其不是凭着一本辞典所能领悟的。

本书从设想到出版,历经几度春秋;得以完竣,是主编带领下全体编写人员共同努力的结果。书中缺失之处，笔者作为具体工作者，实不能辞其咎。因受命襄助主编，而筹措协调多有不力，拾遗补阙多所不及。至于本文所述，挂一漏万，概括不当，在所难免，文责应当自负。这是需要加以说明的。

屈指算来，中国红学会成立已届十年，《红楼梦大辞典》于此际出版，虽属巧合，却也是红学发展的一种必然。倘能在《红楼梦》的学术史上留下一道痕迹，则编纂者和出版者都将引为幸事。

一九九〇年二月

附记：《红楼梦大辞典》于1990年1月出版，本文即写于此时。

红学基础工程的坚守、充实、更新与提高
——以《红楼梦大辞典》为例

什么是红学研究中的基础工程？大体上应包括《红楼梦》的校本、书录、辞典、资料等。延伸而言，红学概论、红学的学术史、红学学案等也是基础工程；然而这是更高层级的，此处不论。本次会议的主旨在于百年红学的回顾与展望，时贤已有很多精到的论述。本人愚钝，视界不宽，只能就上世纪六七十年代到八九十年代以来亲身参与的红学基础工作略陈浅见。我的涉红在中年以后，参与的主要是人文普及本、大辞典及稀见资料汇编这样的基础工作，这里只就《红楼梦大辞典》的当年初创和期望修订谈两点意见。

一 草创不易

1．课题论证和质量要求

回顾三十年前的1984年，那是《红楼梦大辞典》的准备阶段，包括调查研究、草拟词目、摸索体例，拟出了一份相当详细的词目征求意见稿，打印后装订成册，分发讨论。1985年至1986年进入第二阶段即试写条目、分工落实，分批交稿的阶段。到了1987年进入修改定稿阶段，就在这一年，我受命填写了中国艺术研究院重点项目《红楼梦大辞典》的科研项目议定书。

这一项目即《红楼梦大辞典》的主编人是冯其庸、李希凡二位，议定书上有他们的亲笔签名，时间为1987年6月23日。

项目论证的第一条写道："《红楼梦》这部作品本身，反映生活规模宏大，

描写深微，素有中国封建社会生活的'百科全书'之誉。它以一部作品构成一门独立的学科，称为'红学'，二百年多年来研究成果不断积累,蔚为大观，将这些成果加以集中概括，筛选整理、通过辞典的形式扼要地、客观地给以介绍，则不仅为红学入门所需要，也是为红学研究进一步发展所不可忽视的一项基础工程。"论证第三条则列举了已经和将要出版的各类红楼梦辞典五种及各自特点，并说："鉴于以上情况，我们这部辞典应吸收各家之长,具备自己的特色，力求做到详备、丰富,客观、准确,具有较高的学术性和较大的普及性"。以上可以见出当年对这一项目意义的认识和质量的要求。

2．组织队伍和凝聚力量

上表也申报了辞典包括的内容"各项总计约一万个词条"，涉及面广，清醒地意识到仅靠本所"人力单薄、资料欠缺"诸多局限，因而"编写人员需采取红学界内外和所内外结合的办法"，"尽可能将编写人员的专业特长及平素积累体现在词条之中"，参加编写初稿的还有不少中青年同志，"他们精力充沛，完稿较快，请老专家把关，使之各得其所，发挥优势"。在叙述完成本项目的有利条件时，还特别提到了"主编人在红学界内外的学术声望和社会联系，得以组织起同辞典的规模和质量相适应的编写队伍和最终担负起这部大书的学术责任。"

其时，李希凡是常务副院长并主管科研，冯其庸是副院长兼所长，作为主编，绝非挂名，亲自出马请撰稿人和审定人，如建筑请杨乃济，器用请陈增弼，哲学宗教的编写者是中年同志马书田而请周绍良先生审定，服饰器用则请朱家溍先生审定，医药请巫君玉大夫审定等。我自己协助主编组织协调、奔走联络，虽难以周全，亦竭尽全力。编写人员二十余位所内仅占半数左右，除上述辞典涉及面广的原因外，还因所内另有项目，不可能悉数投入。总之，凝聚力量，共同坚持，洵非易事。

3．编写词条需锐意穷搜、多方斟酌，并不比写学术文章省心省力

笔者在《红楼梦大辞典》的学术总结《<红楼梦大辞典>编纂旨趣述要》（载《红楼梦学刊》1990年第3辑）中坦承，自己的主要精力用在了筹措协调、看稿修改上，具体承担的条目不多。尽管如此，仍深知其中甘苦。仅举小例，以见一斑。

如词语，看似平常，却费力气。当年词典的编写在后，而新校本、北师大校本、启功先生主持的注释单行本均已出版，这些成果自然成为辞典可靠的基础，但绝非参照拼凑可以了事。心中始终记着辞典有较灵活的体例和较宽松的篇幅，应尽可能给读者提供相关文化知识背景。其时我家住北师大，图书馆各类工具书齐全方便，还有教员阅览室可随时查阅，我楼下住着一位从事中国近代文化研究的历史系教授，家中有大量明末清初笔记杂书（如《听雨丛谈》《燕京杂记》《两般秋雨庵随笔》《巾箱说》《不下带编》《香祖笔记》《广阳杂记》，等等），都一一借来，逐本翻阅，有可资参照者即摘成卡片，最终取用不多，却得之艰辛。

不少有争议或歧见的词条，颇费斟酌。有把握者，从一说；难确定者，则兼收。

总之，每类词条,都有各自的难点。

4．初版告成

辞典于1990年出版后，海内外反响不错，以其较为详备，尤其是"红学人物"，收录比较客观公允。稍后，此书获得国家辞书奖，材料由我整理，责编获破格提升为编审。

回顾往昔，多位参与初创者已经故去，我心中唯存怀念和感恩。

二 接棒更难

二十五年特别是近年来，初创者原本以为能顺利接棒、正常传承，然而这样的期望历经廿年等待终于落了空。红学的当权者把大辞典看成摇钱树、开金矿，以为不费力气改头换面便可坐收酬报。当事者不仅架空主编、封锁编委；而且对提出质量要求的老学者视若仇寇，反噬其善意为"破坏"。因此，由当权者以辞典为由发难的一封诽谤信，不仅关乎学术质量，而且涉及学术风气、学术品格、学术道德以及学术生态这一系列原则问题，构成了一个具有典型意义的当代学案。

对此，我个人有一个认识的过程，从等待、容忍到惊愕、清醒。《红楼梦大辞典》延宕至二十年后的2010年方有一个所谓"增订版"，2014年为高版税又欲快速奏功。长期以来既无传承，更乏规范，令初创者十分痛心和寒心。

作为大辞典的草创者之一,我深知接棒不易,具体而言有以下几点:

1. 初版本身有缺欠、有遗憾,在当时条件下未能尽善

说实在话,各部分的撰稿人,由于种种原因,未见都能"得人",各类词条,亦不能都令人满意。笔者可以就自己所撰,举一二小例,如"秦可卿"这个人物,说她"又名兼美"是不妥的;又如"红豆曲"应为曹雪芹原创,而辞典释文含糊,似本于清无名氏之《荡气廻肠曲》。对此南京大学吴新雷教授有专文辨正,应及时采信。此两例我于辞典付梓后就发现不当,改在书上,迄无机会纠正。曾经不止一次口头及书面提出,未被理睬。初版的各种讹误,所谓增订,依旧沿袭。

2. 指误商榷很多,应予重视

首先,新校本已是第三版第二次修订了,较初版有了相当大的改进。作为注释,已尽可能地增补,但作为大辞典,并未涵括。

再者,九十年代以来,各种报刊陆续刊登过对于红注、辞典、释文的意见,应当加以汇集、研究、辨析,合理的应当吸纳。遗憾的是有些读者来信寄到研究所或学刊,作为初创者并没有看到,亦未见当权者重视和研究采纳。

所看到的某些意见则往往是难以取舍、歧见颇多的学术争议问题。举例而言,如"三百六十两不足龟大何首乌",既是校勘问题,也是释义问题,各有各的理由和依据,作为一个疑难问题来探讨也是很有意思的事。然而长久以来,并无机会和场合来探讨此类问题,更谈不到提高辞典的质量。

3. 新的研究成果亟待吸纳

比如作者的家世、生平、交游、脂评、版本、译本、续书、改编等学术视野有了很大的开拓,曹学有了大发展,这一切理应在辞典中有相应的体现。却令人失望。

说到红学人物,二十年过去,自应极大地丰富,特别要注重有规范地充实。初版显然已经不能适应红学发展需求。红学史上许多人物,今已明朗,史料确凿,自应补充或调整。至于当代红学人物部分是所谓"增订版"最触目的"亮点",也最敏感、最为人诟病。增入大批少壮红学新秀完全正当,但如何增入则不能"任性"和头衔崇拜。增订版整体失范失衡,顾此失彼,厚此薄彼。增订版中学界老人基本原封不动,仿佛二十余年一无成果;而新增学人头衔、职称职务、著作论文，洋洋大观。笔者亲闻哈师大教授关世平发现他的词条字数内容成倍于其导师张锦池，深感不安。（张8行，关20行）其实责任不在关四平及其他新入典的学者，而在执掌编审大权的人缺少起码的学术规范和职业操守。由此造成了"增订"的畸形和芜杂。总体而言，封冻师辈，自身功成名就，载入典册。这或许是辞典延宕至二十年后方出增订本的奥秘。

请看，一批八九十年代直到新世纪贡献于红坛的学人，几乎原封不动，诸如张锦池、刘敬圻、庄克华、孙逊、应必诚、丁维忠、曾扬华、蔡义江、朱淡文、邸瑞平、薛瑞生、沈天佑等。北京大学沈天佑教授、厦门大学庄克华教授居然仍是二十年前的"副教授"，更不用说他们的成果。老沈已经逝世，地下有知，宁不悲夫！

再如老一辈的周汝昌先生，从1990年以后的十余年间，各种红学著作约有三十余本，辞典自不必悉数照录，但决不能视而不见。当年，周先生在初版时为此于1988年7月曾有一专柬致我，保存至今。可见周先生是何等看重辞典和关注对他本人的著录。对吴世昌、杨宪益等老先生亦都以通信或登门请他们过目。倘若周先生得知廿余年后的"增订"竟如此对待，伤害之深可以想见。尤其是大辞典主编仍顶着冯其庸之名，分明会挑起老人之间新的矛盾，而冯其实已被架空，不仅不知晓这一切，本人亦受到与周同样的冷遇，对他1990年以后的成果一概置之不理。对此真可发一浩叹！

还可以举出如香港老学者梅节先生的词条，增订版不仅删除了"香港知名红学家"的用词，也删去了他与另一香港学者马力合著的《红学耦耕集》这样有分量的著作,怪不得他叹道："我只老五行。"

又如王蒙，词条四百余字仅一句十余字及于红学，全由他的小说创作成就和历任职务堆满，无怪有读者将类此词条讥为作家辞典、官员辞典、新贵辞典。

简言之，面对这样的"增订"，典在何处？范在哪里？藐视前辈，愧对逝者。我真是欲哭无泪，效力无门。

尽管被剥夺了作为老编委的知情权，为了顾全大局和当权者颜面，我还是强忍了。一面尽可能向师友致歉解释，一面仍诚恳地婉言相劝，直言相谏，或当面，或电话，希望能够修改和弥补。结果是依旧不予理睬。我仍一厢情愿地期待听劝。

在此，笔者郑重声明《红楼梦大辞典》2010年的所谓"增订版"与我无干。有所增益，不敢掠美；产生问题，亦不负责。盖因增订版的实际主事者漠视前人，不让我有任何与闻机会，没有给我看过任何稿子，以至"躲起来"统稿，直至出书后，我才于2010年同一般与会者一样，仅得该会议分发的一本。增订版后记中谓"上编由吕启祥同志负责"，是强加于我，未经我本人同意。见到此本，我才逐渐看清了主事者的居心。

又是四年过去，到了2014年末，我忽然从侧面闻知，辞典将改由人民文学出版社出版，主事者即命他的下属只改错别字，于春节后的三月交稿。并明确拒绝与胡文彬和我沟通。这个消息令我喜忧交加，喜的是有了修订之机，忧的是质量。在被封锁的无奈之中，我向人文社的副总编周绚龙（因新校本工作而熟悉）打了电话，以期守住这一道质量的最后防线。应周请求，于1月中，我给他写了一封信。信的主要内容是"把好质量关，功德无量"；提醒主编健在并关注此事有委托书，老编委中有胡文彬这样的行家。

岂料这样一封充满善意的补台之信，却招致飞来横祸，由主事者深思熟虑写就一封充满攻击诽谤的信，不听劝阻，一意孤行，2月9日亲自送到两位老主编家中（时冯先生正在家病中），当着二老只是"哭穷"，只字未提辞典之事，临走时搁下此信，各送5000元意欲封口（被退回）。次日下午，我从他人手中索得这封"兼致吕启祥"的信。其时信已流布散发，广为人知。

信的基调是明捧暗贬主编，矛头指向应出版社要求写信给出版社强调辞典质量的老编委吕启祥。其中对于我屡次的善意劝谏完全是以一副贵族老爷态度，"甚至把电话打到家里"，不屑不耐至极。加诸我的罪名包括在职期间莫须有的"破坏科研"，蛮横地责问我辞典的稿酬"为什么不给学刊一分钱"，诬陷我把辞典当成个人"私产"。事实是增订版主事人并未参与初版编撰的任何工作，辞典的立项本与学刊无关，伸手要钱无理无据。而我所经手的唯一一次初版稿酬，二十余位撰稿人的收据保留至今；主编手谕任我为副主编亦为我在发稿时去掉。究竟是谁在要名要利？事实与公论俱在。仰面唾天，陷害别人反暴露了自己。退休之后，我并无知情权更无看稿权，反被责为"撂挑子"、提出意见是"横挑鼻子竖挑眼",最近的要求质量之信更成了"损阴招"的"破坏活动",声称损害了"全体在职人员的利益",将导致学刊"垮台",广大爱好者"会失去这个最好的阵地""你吕启祥会成为红学公敌",还要我"负起法律责任和赔偿经济损失"。真是骇人听闻的恫吓和打压。是典型的文革语言和逻辑。

其信冗长,颠倒黑白,挑拨离间,人身攻击,难以尽述。

万万想不到,这就是我几十年来坚守基础,要求质量所得到的回报。

冯其庸先生收到此信后,详读深思,看破了其明捧实贬的用心,不顾九十高龄重病在身,给我连续打了三十余次电话,要我为他辩诬,说明当年科研的真实情况,在并无多少资助的情况下作出了重大成果,个别未能完成有其原因,并不构成此信描述的贻害至今的原罪。李希凡先生亦先于我看到此信,第一时间电话告我,当时完全蒙在鼓里的我请他转述,他说信长语恶无法转,直感这是一种攻击,应当据理申诉。

当时,此信确使我身心伤透。我百思不解一个长期以来我所熟悉爱护对之充满善意的在任"所长",怎么会变得如此面目狰狞、心机深险、下手狠毒?我几乎不相信自己的眼睛,怎么会陷入这个精心罗织的陷阱?这个世道怎么会让这种一边啃老一边咒老的人任意施为?

逐渐地我有所开悟:这封信如同一面人生的镜子,照彻了写信人的心肝肺腑和面目手段。它告诉我:人是会变的,在一定条件下,聪明人可以利令智昏,为了钱,可以不求质量、不顾道义、不择手段、不守法纪;什么叫得志猖狂,有了权,可以随意惩罚下属,蒙骗高龄名家,蓄意打击坚持诤谏的老学人。

我看到了这样一幅人生图景,当权者把主编捧上九天,把我打入地狱,自己扛着"红楼梦研究所、《红楼梦学刊》、中国红楼梦学会这三块金字招牌"(信中语),以集三权于一身的红学"掌门人"的招牌在学界招摇。他捧抬主编是因为还需要打名家的旗子,他打压我是因为不识时务地要求质量,挡了他快速"挣钱"的财路。

需要指出的此信写明"兼致吕启祥先生",却并未光明正大地交我,而是试图托第三者转交,被拒。

人性的邪恶一面和人生的崎岖不平,在我将近八旬的阅历中,再一次开了眼界,"文革"岁月仿佛重现。为此我倒要感谢此信的烛照。

归根结底,学术为公,踏实为学,才能葆有它的生命和活力。如同《红楼梦大辞典》这样的学术基础工程。固然有它的相对稳定性、典范性,仍须随着时代的变迁和学术的发展不断充实、丰富、更新提高。莎士比亚辞典之出到几十版,反映了莎学的发展;大英百科全书这样权威性的辞书几年也有一个新版。这是常识,也是学术文化接力棒传承发展的生动体现。学术不能唯钱,也不能唯名。

《红楼梦大辞典》初版于1990年,至今已经二十五年,也就是四分之一世纪了。社会在急剧转型,学术生态有了巨大变化,红学的面貌在纷繁复杂的外部环境中也与当年迥异。而在泥沙俱下的大潮中经过冲刷、沉淀、筛选也的确有宝贵的收获和巨大的进步。辞典的接棒者若能沉下心来定睛静观,将其吸取、销熔,使之得以充实、更新,这是学术的正道、大道,正是笔者这样的草创者翘首以盼的事。

长久以来,我一直呼吁建设红学的基础工程,最近的一次是在去年,"如果以莎学为镜,深感红学缺少学术定力和操作规范,缺少对于学术基础工程一代又一代的投入"。今年初,我又提醒,"把好质量关,功德无量"。这是我一以贯之的再一次呼吁。

遵照著作权法,大辞典的著作权在主编,而非现任所长。两位主编多次表示,《大辞典》不作认真修改,决不当这个主编,瞒着主编出版《大辞典》,侵犯了主编的著作权;人民文学出版社也明确表态没有主编授权同意,决不出《红楼梦大辞典》。三月上旬,人民文学出版社社长和副总编、中国红楼梦学会现任会长,应约来到冯其庸先生家,达成一致,以1990年版《大辞典》为基础,进行认真修订。在主编之一李希凡先生的直接指导和参与下,修订工作已经启动。

岁月催人老。而今,作为老编委,唯愿协助修订版的张庆善、胡文彬两位执行副主编,恪尽自己的一份绵薄余力。

写于二〇一五年三月上旬,修订于三月二十九日,
改定于二〇一六年三月十日

《犬窝谭红》所记《红楼梦》残钞本蠡测

一

《犬窝谭红》系近人吴克岐所撰。吴克岐，字轩丞，盱眙（原属安徽今属江苏）人，其从事红学著述的时间约当本世纪一二十年代，大致在壬子（1912年）到丙寅（1926年）前后。《犬窝谭红》在一粟编著的《红楼梦书录》中早有著录，吴克岐在该书卷首自叙云："红楼梦版本极多，亦极大同小异，至徐氏本出（广东广百宋斋排印，署名增评补图石头记），坊贾争先翻印，视为定本。实则徐本仅就浅显者，稍加修饰，其重要误点，仍然存在也。""壬子（引者按，即1912年）春，余在南京四象桥南旧货摊中，购得残钞本，尤有重要之纠正（亦系八十回）。兹以徐本为主，而以戚本及残钞本正其误，缕述如左。"吴氏所抉出之异文，分别包含在该书的《红楼梦正误》《红楼梦正误补》及《红楼梦正误拾遗》之中。

1986年，江苏广陵古籍刻印社将《犬窝谭红》影印出版，由扬州古籍书店发行，然以其印数不多，红学研究者虽有人注意及此，却少有将研究所得形诸笔端者。海外周策纵先生购得此书后曾积极探寻残钞本下落，并撰写了《〈犬窝谭红〉所记〈红楼梦〉残钞本辨疑》一文，发表在《红楼梦学刊》1995年第一辑。到了1996年，红楼梦农工民主党研究小组的杜春耕先生对《犬窝谭红》产生了极大的兴趣和投注了很多的精力，在他的鼓动下，北京爱好红学的朋友们先后加盟讨论，农工报的副刊"红学苑"开辟了专版，大家撰写短文各抒己见，共有十来篇之多，见仁见智，互相启迪。以后这一讨论虽则告一段落，而杜先生热忱不减，坚持不懈，做了许多比勘对较的基础工作。笔者应命襄助其将《犬窝谭红》中分别包含在《红楼梦正误》《红楼梦正误补》及《红楼梦正误拾遗》中之残钞本异文全数辑录出来，共计482条，依回次及行文先后顺序排列标号，以清眉目。每条先列徐本文字，再列残钞本文字，以资比较。这是一项笨功夫，其目的在于省却读者的检阅之劳，比较方便地获得对残钞本的印象。

《红楼梦》是一部上百万字的大书，我们所能看到的残钞本异文虽则有四百多处，然其总字数不过万字上下，约当全书的百分之一二，犹如大海之一瓢，因而对残钞本的认识也只能是名副其实的"以蠡测海"了。

这里，首先将辑出的482条异文的分布情况列表说明（表见下页）。

一、有十个回次无异文可供辑录，它们是第廿二、廿四、廿六、廿七、廿八、廿九、三六、三八、四十、五十诸回；

二、自廿一回至四十回这二十个回次中异文特少或无异文，原因是《红楼梦正误补》第二卷缺失，少的正是这二十回；

三、表中标号下加横线者标示回目改动，计四十个回目有异文；

四、经与戚本查对，约有七十余条异文与戚本全同或基本相同，占全数的六分之一左右。

需要特别说明的是，《犬窝谭红》中吴克岐用以对校四象桥残钞本和戚序本的底本是广百宋斋排印本，此本实际上即为光绪十年（1884年）上海同文书局石印的署名"增评补图石头记"的本子，同文书局的老板为徐润，此本因又称徐氏本或徐本。"增评补图石头记"是属程甲本一系的影响很大的本子，吴氏谓"坊贾争先翻印，视为定本"，正是它风行于世的反映。

以下，对残钞本异文择其要者做一大致的分梳和考察。如上所述，这482条异文中有相当一部分是同于戚本的，戚本已为人们熟知，故我们着眼的是那些独家特出的文字，以窥这个残钞本的独特之处。

第一编 红学基础

回次	辑录标号起迄	条数	回次	辑录标号起迄	条数
一	1—8	8	四一	152—153	2
二	9—19	11	四二	154—159	6
三	20—26	7	四三	160—162	3
四	27—33	7	四四	163—167	5
五	34—37	4	四五	168—173	6
六	38—40	3	四六	174—177	4
七	41—51	11	四七	178—182	5
八	52—56	5	四八	183—192	10
九	57—58	2	四九	193—200	8
十	59—61	3	五十	/	/
十一	62—66	5	五一	201—205	5
十二	67—75	9	五二	206—207	2
十三	76—92	17	五三	208—213	6
十四	93—105	13	五四	214—219	6
十五	106—108	3	五五	220—227	8
十六	109—111	3	五六	228—230	3
十七	112—118	7	五七	231—244	14
十八	119—129	11	五八	245—255	11
十九	130—135	6	五九	256—264	9
二十	136—138	3	六十	265—272	8
廿一	139—140	2	六一	273—279	7
廿二	/	/	六二	280—291	12
廿三	141	1	六三	292—298	7
廿四	/	/	六四	299—309	11
回次	辑录标号起迄	条数	回次	辑录标号起迄	条数

(续表)

廿五	142—143	2	六五	310—322	13
廿六	/	/	六六	323—330	8
廿七	/	/	六七	331—348	18
廿八	/	/	六八	349—356	8
廿九	/	/	六九	357—368	12
三十	144	1	七十	369—376	8
三一	145	1	七一	377—383	7
三二	146	1	七二	384—390	7
三三	147	1	七三	391—393	3
三四	148	1	七四	394—402	9
三五	149	1	七五	403—416	14
三六	/	/	七六	417—426	10
三七	150	1	七七	427—451	25
三八	/	/	七八	452—459	8
三九	151	1	七九	460—462	3
四十	/	/	八十	463—482	20

二

人们都知道《红楼梦》是一部未曾最后完成的作品，里面存在着不少矛盾甚至是明显的破绽，虽然并不影响它的总体价值，但总是一种欠缺和遗憾。残钞本的异文便显然具有解决矛盾弥合缺失的意图和功能，兹举几个最显豁的例子。

其一，第二回冷子兴演说荣国府，徐本作"赦公也有二子，次名贾琏"，残钞本作"赦公也有二子，长子名瑚，早夭，次子名琏"。在各早期钞本中均说赦公也有二子，"长名贾琏"，都没有提到另一子的名字。《红楼梦》中，"琏二爷"这个称谓一直是读者心中的一个疑团，得不到合理的解释，现在说他有兄名瑚，则贾琏称"二爷"，顺理成章。且古籍中有"瑚琏"次序的用法，见《论语·公冶长》："何器也？曰：瑚琏也。"瑚琏是祭祀用的一种贵重器物，比喻人才。故这样命名也合乎旧时的习惯。应当说，添加这个早夭的贾琏之兄贾瑚，使贾赦的另一子和琏二爷的称呼都有了着落，是一种合乎情理的补改。

其二，第十二回，"这年冬底，林如海因身染重疾"，残钞本"冬底"作"八月底"，"八月"二字并写在一格内，字迹微觉模糊，却似一"冬"字。第十四回昭儿说"大约赶年底就回来"，残钞本作"年底赶不回来"。又以徐本第十四回昭儿回来一段，作第十三回后半，第十三回蓉儿捐龙禁尉一段，作第十四回前半。对此吴克岐评述道："就残钞本叙述，时事井然，有条不紊。在当时交通不便，京扬行程，姑以二十天计，是如海八月底病重，遣人来京接黛玉，至九月中到京，正是贾敬生日开筵赏菊之后。贾琏当即送黛玉回去，至十月中到扬，而如海已于九月初三日去世。因开丧安葬及处置姬妾财产等事，均需时日，年内赶不及回来，特命昭儿回家，告知一切，顺便取大毛衣服。及昭儿到京，正值十二月初可卿死后，凤姐已在宁府协理丧务，至捐龙禁尉，则已是首七矣。若依徐本所述，如海冬月底病重来接黛玉，贾琏送去，竟不带大毛衣服，而如海却早于九月初三日死矣，昭儿到京，已在可卿五七之后，约正月上中旬之间，而昭儿犹云取大毛衣服，且云赶年底就回来，真是呓语。"在这里，吴氏对原书中的矛盾一一指出，阐明若依改笔，则时序全部理顺，情节亦处处合榫，至为妥洽。对于残钞本的这一改笔，吴克岐是十分看重和赞赏的，不仅在《犬窝谭红》中做了以上的大段评析，还专门写了一篇短文发表在上海《小说世界》第五卷第一期上（1924年1月出版）。《犬窝谭红》是个手钞本，直至八十年代才得以影印，而这篇文章却早在二十年代就已公之于世了。该文题为《红楼梦之误字》，署名吴轩丞，文不长，移录于此以供参考："《红楼梦》第十二回有云，是年冬底，林如海病重，第十四回又有贾琏遭昭儿回来投信，如海于九月初三病故，贾琏与黛玉送灵到苏，年底赶回，并要大毛衣服等语。读者以时事矛盾，颇费猜疑。宁赣乱后，余有事金陵，于四象桥下破货摊中，购得抄本红楼梦一册，每页行数字数，与有正书局石印本同，冬底之冬字，作八月二字，并写一格中（有正本亦有似此者）。余不觉恍然大悟，盖当时展转传钞，字渐漫灭，既误八为冬，又脱去月字之刀，认两小横作两点，遂并两字为一字，而成冬字之讹矣。甚矣毫厘千里，不知费读者几许冥想也。"可见此文不仅郑重描述了本处异文的状貌，而且印证了吴氏购得这一残钞本的时间地点，同时提供了其行款字数同于有正本的版本状况，值得注意。

其三，在第十九、二十两回中，有四处关于李嬷嬷的改动，都是为了删除她的老态。这四处改文是：①"偏奶母李嬷嬷拄拐进来请安"，残钞本删去"拄拐"二字。②谁知李老太太来了，混输了；残钞本"老太太"作"嬷嬷"。③"只见李嬷嬷拄着拐杖，在当地骂袭人"；残钞本删去"拄着拐杖"。④"又叫丰儿替代李奶奶拿着拐棍子，擦眼泪的手帕子"；残钞本无此两句。本来，嫌李奶奶太老，于事理不合，这几乎是《红楼梦》读者的共识，清代的评者早就指出了这一点。例如，晶三芦月草舍居士在《红楼梦偶说·李嬷嬷绛芸咆哮》一节中认为"事有大可疑者。夫以杖乡之年，例之李嬷，尊齿似当在花甲以上，且龙钟之态，亦甚相符。惟斯时，宝玉不过十二三龄耳，则回计生小乳哺，李嬷业已年逾半百，恐其血气将衰，变乳有限也"。并且举出贾琏的乳母赵嬷嬷作为旁证，以为赵嬷嬷虽则年高积古，然笑谈之间，尚不至如李嬷嬷昏聩，况贾琏还比宝玉年长若干，故"益可疑矣"。又如涂瀛在《红楼梦论赞》中也说，"李嬷嬷龙钟潦倒，度其年纪，在贾母之上，不足为宝玉乳也"。有意思的是在《犬窝谭红》中吴氏用以与徐本对校的还有一种"午厂本"，"午厂本"异文虽不多，对李嬷嬷却有一处重要补改足可与四象桥残钞本对看，录此以备参照。改文在第八回，原为"彼时李奶奶等已进来了，听见醉了，也就不敢上前"。午厂本作"却说那李奶奶，不过四十来岁，因他贪杯，成了酒痨，咳嗽痰喘，曲背驼腰，那样儿竟像龙钟老妪。他又唠三叨四，咻咻不已，因此上下人等，都不喜欢他。彼时他已进来了，听见宝玉醉了生气，茜雪为他得了不是，也就不敢上前，再讨触犯"。吴氏评曰："宜从，李奶太老，得此解释，似尚说得过去。"可见，不论是残钞本的删除李嬷嬷的龙钟之态还是午厂本的补出未老先衰的原因，其目的都在解决书中李姬太老，作为宝玉乳母不合情理的矛盾。

其四，澄清了彩霞彩云这两个丫鬟的名字误植造成的混乱，理顺了与此相关的一系列情节，这牵涉到第三十、三十九、四十三、五十九、六十、六十一、六十二、七十、七十二等十来个回次之多。主要改文有：①第三十回，金钏儿对宝玉说，"我告诉你个巧方儿，你往东小院子里，拿环哥儿同彩云去"；残钞本"彩云"作"彩霞"。此处吴克岐评曰："极是。考二十五回，贾环钞经，'彩云'与金钏玉钏，皆厌恶贾环，不答理他，彩云且不肯为之倒茶，何至今日又与之狎昵。纵或一朝失足，金钏亦必眷念旧情，如鸳鸯之于司棋，矢口不告人知，何能唆使宝玉往拿，视为巧方耶！此必无之事也。若'彩霞'在钞经时，与贾环鬼鬼祟祟，丑态百出，且表明与'彩云'金玉钏等不合，是金钏视为巧方，使宝玉往拿，亦容或有之之事也。是此处之'彩云'，确为'彩霞'之误，可以一言断之。"②第三十九回，李纨等评论平儿鸳鸯彩霞袭人四人，宝玉说："彩霞是个老实人。探春道，可不是外头老实，心里有数儿，太太是那么佛爷似的，事情上不留心，他都知道，凡一应事，都是他提着太太行，连老爷在家出外去的，一应大小事，他都知道，太太忘了，他背后告诉太太。"残钞本"彩霞"均作"彩云"。吴氏评道："极是。'彩云'沉默寡言，不自矜伐，其行动每不为人注意，人亦鲜有道及者，即如探春所说，书中屡有表现，始终为王夫人不贰之臣，探春默识之久矣，故能详言之。若'彩霞'则党于赵姨娘者，卑鄙龌龊，狎暱环三，仍不免为环三所疑忌，探春岂不知之，安能阿其所生，甘作违心之论耶！且四十三回，贾母为凤姐攒金庆寿，尤氏将'彩云'分子，与鸳鸯平儿同样退还，亦即此回李纨等相提并论之意也。更足证'彩云'之误为'彩霞'，实通行本之失检矣。"在这里，吴氏对彩云彩霞二者的不同性格及相关情节做了正确的分梳辨析，很有见地；然而对彩霞的评论却充满道学气，不免贬之过甚。③第四十三回"鸳鸯答应着，去不多时，带了平儿袭人彩霞等"；残钞本"带了"句作"带了彩云平儿袭人等",不仅改彩霞为彩云,且将其位置提前。④第五十九回"鸳鸯琥珀翡翠玻璃四人,都忙着打点贾母之物,玉钏彩云彩霞,皆打点王夫人之物……跟随的一共大小六个丫鬟……鸳鸯与玉钏儿皆不随去,只看屋子"。残钞本"鸳鸯"句作"鸳鸯琥珀翡翠玻璃等","玉钏"句作"玉钏彩云彩凤等"。吴氏评曰"此次跟随王夫人出门之婢,除玉钏留守屋子外,据徐本是彩云彩霞,则后文偷霜露之事,无论何人,其案不能成立。据残钞本是彩云,则偷霜露者必是彩霞。综全书前后观之,自宜以残钞本为是"。⑤第六十回,贾环"得了硝,兴兴头头来找彩云",残钞本"彩云"作"彩霞"。吴评"彩云已随王夫人去送灵,何以此时又在家,岂有分身术耶?""六十回叙芳官以粉替硝及六十一回彩云为贾环偷霜露诬栽玉钏事,残钞本'彩云'均作'彩霞',极是极是。考二十五回彩云与玉钏厌恶环三,叙述极详,何至竟以厌恶者为爱人,且为之作贼,又诬栽玉钏,此必无之事也。至彩霞恋爱贾环,鬼鬼祟祟,在二十五回中亦叙述极详。贾环且疑彩霞与宝玉好,不大理他,斥彩霞之哄他,此次更疑其与宝玉好,始为之瞒赃,骂彩霞为两面三刀,且欲将其事告知凤姐,前后若合符节。赵姨娘既与彩霞情投意合,使之作贼,见彩霞受贾环屈辱,极力安慰彩霞,骂贾环为没造化。与七十二回彩霞放出,思嫁贾环,求救于赵姨娘,亦复相合。则此二处之彩云,的系彩霞之误,可无疑也。"⑥第七十回"彩云因近日和贾环分崩,也染了无医之证",残钞本作"只有彩霞,因和贾环亵狎不慎,染了血崩之证,放他回家,医治好了,自家配人"。吴氏谓这一改笔"正与七十二回凤姐说'前儿太太见彩霞大了,一则多病多灾的,因此开恩打发他出去了,给他老子,随便自己择女婿'等语相合"。统观上面所列诸项改笔,可以见出残钞本对于彩云彩霞的改动下了不少功夫,研究了相关的情节,一一分梳,细加辨析,使之前后贯通,趋于合理。《红楼梦》版本的研究者也很重视原书的此类矛盾,看作成书过程遗留的"化石",以考察修改的痕迹和版本的流变。残钞本的改笔则从文情事理出发,消除矛盾,理清脉络,有利于读者的阅读。

以上举出的四方面的例子相对而言是比较重要、牵动面较大的;残钞本异文中由局部的细小的改动使行文更合理叙事更绵密的例子更多。比如第十七回，林之孝来回，"采访聘买得十二个小尼姑小道姑都到了，连所做的二十分道袍也有了"；残钞本作"采访聘买的十二个小尼姑、十二个小道姑都到了，连新做的袈裟道袍各十二分也有了"。弥合了原来数目和服色上的误差。又如第三十一回"王夫人治了酒席，请薛家母女赏午"；残钞本作"早间，贾母吃了些云腿粽子，胸口有些作闷，懒怠赏午，至午间，便令王夫人治了酒席，请薛家母女等来过节"。吴评"每逢佳节，贾母必兴高采烈，何以今日独否，且无一语提及，心甚疑之"，若依改笔则"不独疑窦尽释，且与三十三回王夫人之'老太太身上不大好'语相应"。再如第七十六回中秋夜联诗，翠缕等找湘云，到"那小亭子里找时"，残钞本作"才到了那小亭子，就看见一只茶杯，放在竹几上，不见姑娘"。吴评："宜从，正与上文媳妇们找茶杯，及翠缕倒茶给姑娘语相应。"茶杯是一条线索，使众人赏月和二人联诗的场景自然转换、连续无痕，改笔是体会到原作构思之巧的，故突出了这只茶杯，由物及人。

像这样的例子还可以举出很多，它们不仅弥合了某些明显的矛盾疏漏，还能依循原作的思路使叙述更为缜密，文心之细，令人感佩。

三

残钞本异文中更为引人注目的是大段的补写，虽则也全无版本依傍，独家特出，却合乎情理，文笔亦与原著颇为协调，有时甚至达到了几可乱真的地步。

第五十八回中残钞本补写了贾蔷龄官和茗烟万儿故事的一大段文字便是最好的例子。该回叙到诸女伶被遣发之后，有的"便学起针黹纺绩女工诸务"，残钞本在这句下面接写："却说梨香院的事，本是贾蔷管的，龄官又无父母亲戚，听了此事，两人都心中欢喜。贾蔷想到此事，不能瞒着凤姐，便借着探病，来见凤姐，很宛转的将龄官事说了。凤姐大怒，啐道，下流种子，天下好女人都死绝了,要讨个唱戏的骚臭烂婊子,你讨只管讨,从今后可别想我再理你了。急得贾蔷只管发誓赌咒,恳求了好一会,凤姐才笑了。贾蔷出来,一步三挪的到了宁府,贾珍见他垂头丧气,问是甚事,贾蔷说了,贾珍道,理他呢,你只管叫人领出来,另赁些房子住着,他那里会知道,纵然知道了,只说是龄官自己赁的,等他老子娘的,难道不许人家等老子娘吗!贾蔷听了有理,便同茗烟赁了几间房子,将龄官领出来,住在正屋里,茗烟母妻住在厢房,一切烧煮浆洗服伺等事,皆由茗烟母妻管理,只雇用一个粗使老婆子。原来宁府遣放大丫头出来择配,茗烟便求了宝玉,向贾珍将万儿讨出来。那叶妈本想讨娶莺儿作媳妇,黄妈也愿意,只是茗烟不肯,莺儿又一时不能放出来,那黄妈还着实心中不自在呢,到底把茗烟给他做干儿子,才罢了。且说贾蔷讨了龄官,自是两心如意,只是龄官多病多灾的,又另住着,那浇裹越发重了,贾蔷竟有些支撑不住,此是后话,暂且不提。"

看这段文字,读者想必都能意会首肯。首先,原书中有"龄官画蔷"和梨香院贾蔷拆笼放雀等使宝玉"情悟"的重笔特写,茗烟万儿亦有小书房幽会一段在案,因而这两桩姻缘可以算得是顺理成章、水到渠成。其次,凤姐贾珍的口吻脾气也描摹得惟妙惟肖,凤姐出口俚俗、先怒后笑,贾珍满不在乎、教唆有方。那叶妈黄妈两个婆子的心思行事,也不脱"鱼眼珠"的格式。再次,行文用语亦与原著十分接近,没有生硬不谐之感。无怪我们在读到这段文字后,觉得它仿佛出自原作,可以乱真。当然,如果仔细推敲起来,又不免产生一些疑惑,比方本书的"有情人"依原构思是否都要终成眷属?都要交代下落?万儿是个小丫头,怎会作为大丫头放出择配?等等。不过,这也许是求之过深过苛,改笔能达到这样的水平已经很不容易了。吴克岐对此自然赞赏有加:"龄官之事,前曾特笔描写,此次放出,竟不提及,实属疏漏,此段叙述,不独弥补此缺,且与毒设相思局,有匣剑帷灯之妙。而恶子承家回,亦能立竿见影。至结束万儿,更觉轻便,自是灵敏手笔。"吴氏所评未必全同于今人之见地,但很有参考价值。

类此的大段补写还可以举出有关卫若兰的情节,有两处,一处只是在袭人口中带出数句，即第三十二回袭人对湘云说"大姑娘，我听前日你大喜呀"，残钞本接下去还有这样的话："去年小蓉大奶奶开吊，我们在孝幕里，看见姑爷和冯大爷一些人来上祭，好相貌呀。"另一处则是对卫若兰的直接描写，事在第七十五回当贾珍等设鹄习射之时，"这世交亲戚中，有个卫若兰，文才既好，武艺亦强，又射得一手好箭，素与宝玉要好，今听宁府设立射鹄，宝玉也来学射，这日便也来入会，宝玉见他身上，佩着个金麒麟，好生眼熟，本想问他，因他是湘云未过门的快婿，尚系新亲，未便造次，须慢慢的探问他。不料若兰因贾珍等射法，如同儿戏，不独无益，且恐坏了旧有的姿势，又因人品太杂，第二天就不来了。宝玉因此悒悒不乐，此是闲话不提"。这样写法显然是依据"厮配得才貌仙郎"（湘云〔乐中悲〕曲）"因麒麟伏白首双星"（第三十一回回目）以及"若兰射圃"（脂评）等线索而来，当然不是什么"闲话"，正可见出改笔的苦心匠意。

还有关于尤老娘的改写亦令人信服。徐本作"话说尤三姐自尽之后，尤老娘合二姐儿贾珍贾琏等，俱不胜悲恸，自不必说，忙令人盛殓，送往城外埋葬"。残钞本改写为"话说尤三姐自尽之后，尤老娘哭哭啼啼，似疯似癫，不知怎么栽倒在地，竟一蹶不振了。二姐儿更非常悲痛，贾琏忙与贾珍商议，令人买棺盛殓，便同三姐儿灵柩，送往城外铁槛寺后山荒地上埋葬"。此处吴克岐评曰，"二姐已嫁，三姐已死，老娘自当予以归宿。某本在六十八回中，谓'尤老娘听见凤姐来了，连忙开了后门逃走'，尤老娘竟如此健步，且能以一走了事，真是梦话"。应当说改笔适时地归结尤老娘是合乎情理的，文字也干净利落。

以上所举的几段补改，已经不只是对原书中矛盾疏失的简单弥合和理顺，而是带有某种创作的性质，或者说是以局部的创作来补充和修改原作，使之趋于完足和合理。自《红楼梦》问世以后，人们在阅读和欣赏的过程中，抉出其矛盾疵漏者并不少见，而细心体察放笔补改者却不多见。也可以说，评批是一回事，创作又是一回事，评批阙失相对容易，代拟创作则难度很大，不是随便哪个评批者都能做的。即此而论，残钞本的异文也是很有价值、弥足珍贵的了。

　　改笔中还有一种令人瞩目的情况必须提到，这就是对于时序、日期、年岁、生辰非常看重，瞻前顾后、左右推算，不仅改动很多，而且常常坐实。比方宝玉生日原无明文，改笔指实为四月十五日（见第六十二回），贾政生辰为三月初一（第十六回），贾兰五岁作八岁（第四回），贾蓉十六岁作十五岁（第二回），其捐官履历上祖丙辰科进士贾敬改为戊辰科进士（第十三回），贾母自述进这门子连头带尾五十四年作五十九年。甚至连林黛玉进府的时间也提前了几年，补写了"黛玉自入荣府以后，每日除承欢贾母外，只和宝玉及诸姊妹玩耍，或读书写字，或描花刺绣，真是光阴似箭，日月如梭，不觉历过几个寒暑"，目的在与宝钗来府拉开距离，与宝玉所说的"我们是从小在一起的，同吃同睡，他（按指宝钗）是才来的"，不致发生矛盾。如此等等，不再赘举。

　　《红楼梦》在时间、年龄上的倒错不周之处是客观存在的；但这样的改动是否合理，推算是否准确，坐实是否必要？读者和研究者是有不同看法的。尽管如此，残钞本不失为一家之见，可以作为一种参照系，供人们讨论和思考。

四

　　对于残钞本异文中的精彩可取新异可参之处，从上两节的介绍评述中读者可以有一个大致的了解；本节将着重谈谈另一方面，即有的改笔并不高明，甚至弄巧成拙，有的简直就是败笔。它表现在正文中，而回目尤甚。

　　先举两个显而易见的例子。第四十九回描写湘云打扮成男装"越显得蜂腰猿背，鹤势螂形"，残钞本改为"越显得婀娜中有刚健之态，与众不同"。吴克岐在此对原文大加嘲讽，说："蜂腰猿背鹤势螂形，读者试闭目冥想，是美人，抑是怪物？"他否定这一很有特色的用语而赞赏"婀娜中有刚健"的一般化写法。他更不知道脂评曾谓"近之拳谱中有坐马势，便似螂之蹲立。昔人爱轻捷便俏，闲取一螂，观其仰颈叠胸之势。今四字无出处，却写尽矣"。

可见改笔把原本精彩有来历的文字轻轻抹去了。第五十八回在红楼十二官中无端加出一个"武官",令人大惑不解。原文写到遣发女伶"所愿去的只有三人",改文作"所愿去的只有龄官武官宝官玉官四人"。吴氏照例批曰"宜从",并为之申述理由谓"女伶十二人,除药官已死外,仅有文官、芳官、藕官、蕊官、葵官、茄官、艾官、芳官十一人,加一武官,恰好与文官作对"。实际上,按小说的描写,十二女伶应包括已死的药官（脂本作荳官）,其余十一人为龄官、文官、宝官、玉官、芳官、葵官、蕊官、藕官、豆官、艾官、茄官,现在平白添出一个"武官",数目既不对,又不像个艺名,不伦不类,实系蛇足。

　　有时经补改之后,对情节的合理故事的完整的确大有裨益,但对人物的把握却有失分寸。前文提到的对彩霞贬损过甚就同原书中对这个人物的态度颇有出入。这里再来看看妙玉这个人物。残钞本对妙玉有两处重要的补写,文字都不算少,均在第十八回。前一段补出妙玉入居栊翠庵的缘由,比较得体;后一段叙元妃省亲时妙玉接驾情景,似无必要。原书此处用略写,一笔带过,谓元妃"将未到之处,复又游玩,忽见山环佛寺,忙盥手进去,焚香礼佛,又题了一匾曰苦海慈航",残钞本扩展为"将未到之处,一一游玩,忽见红梅拥护中修竹一丛,隐约露出庵寺,微闻钟磬讽经之声。元妃传谕进香,缓缓向前而行,早有妙玉在庵门外俯伏接驾,元妃入庵,盥手拈香礼佛,又赐题苦海慈航匾额,妙玉献茶。元妃见妙玉潇洒不凡,心内赞喜,特赏藏香十支,雕缕寿字千年伽南香念珠一挂"。吴氏以为妙玉名列十二钗正册,自宜特写一笔。这种见解不免失之表浅。妙玉乃"过洁""太高"的槛外之人,书中与之相关的"品茶""乞梅""飞帖""续诗"这有限的几处才是真正的特笔,无不与妙玉的性格密切相关,这里使其俯伏接驾、献茶领赏的补笔并不高明,有损人物形象。且寿字伽南香念珠乃赏赐贾母之物,移至妙玉头上殊为不伦。总之,这样的补笔并未把握住原书创造妙玉这一人物的命意所在,也忽略了写作上虚实详略的灵动之致,似有弄巧反拙之嫌。

　　由于对人物及其相互关系理解上的误差而导致遽下改笔,有一个十分典型的例子应当提出来一说。第七十五回赏中秋时节，宝玉、贾环、贾兰都应命作诗，先是宝玉作了一首受到奖励，继之贾环技痒也立就一绝，贾政用"二难"之典反其意训诫兄弟二人，贾赦则对贾环的诗连声赞好道："这诗据我看，甚是有气骨。想来咱们这样人家，原不必寒窗萤火，只要读些书，比人略明白些，可以做得官时，就跑不了一个官儿的。何必多费了工夫，反弄出书呆子来。所以我爱他这诗，竟不失咱们侯门的气概。"因命人赏赐，又拍着贾环的脑袋笑道："以后就这样做去，这世袭的前程，就跑不了你袭了。"这里明明是贾赦称赞贾环，以"世袭的前程"期许，残钞本却将贾环改换成贾兰，变成贾赦"拍着贾兰的脑袋笑道"，把跑不了世袭前程的话移到了贾兰头上。为此把上文贾环作诗的情节抽换成贾兰作诗，把贾赦那一席极其个性化的偏爱环诗的高论去掉，代之以贾母贾政等称赞贾兰有出息的话，贾赦不过是也来凑趣，附和着奖许贾兰而已。对于这样的改动，吴克岐是很满意的，评道："荣公世爵，自宜嫡长承袭，贾兰为荣公嫡长玄孙，自属分内宜然，若云贾环，则百思不得其解矣。"这恐怕正是残抄本在此大动手术的原因，评者可谓乃改笔之知音。由此可以见出：首先，改者和评者满脑子"嫡长承袭"的封建正统观念，看重世袭爵禄，寄望家族复兴，严格嫡庶之分，认定世袭前程只有归属既为嫡长玄孙又能勤学苦读的贾兰才是正理。其次，他们不喜欢贾赦和贾环，也不理会原书刻画这两个人物的用意和笔墨。本来，贾赦这个人物在书中着笔不多，但他和贾政完全异趣是很明显的，第七十五回这里应该是刻画贾赦其人的重要一笔，不必苦读不必发愤照样跑不了做官儿，庇托祖荫坐享现成正是侯门的气概。他同贾环投合才是物以类聚呢。再次，贾赦对贾环的夸奖原承上文贾政"二难"的话头而来，"二难"是说兄弟的典，现在换成贾兰，成了叔侄，贾赦的奖语显得勉强，文气不贯，破坏了这一段文章内在的逻辑和趣味。

如果说《犬窝谭红》中残钞本对正文的改动败笔并不算多的话，那么对回目的改动就很不高明，可以说基本上是失败的。

首先，令人诧异的是对回目的改动之多，计有四十个回目做过改动，占了八十回的一半，而且《红楼梦正误补》缺了第二卷，如果该卷不缺，异文俱在，那么改动的数目还将超过此数，达到八十个回目的一半以上，这个比例是正文改动无法比拟的，仿佛此公癖好属对，专爱对回目挑长剔短、改头换面。从这四十个改动的回目来看，没有一处可与现存的各种版本回目互相印证，也就是说独此一家，别无渊源。我们只能就事论事地对其略加评说。四十个回目中，整个重拟的有十个，一联重拟的有五个，其余均为少量的词语替换或一字之改。遗憾的是不论整个重拟抑或一字改动都乏善可陈，改笔十分拘泥于对仗工稳、平仄协调，既乏意趣，又少含蓄，正犯了黛玉所说的"不以词害意"的大忌。

先举两个全部重拟的例子。第四十九回原作"琉璃世界白雪红梅，脂粉香娃割腥啖膻"，残钞本改为"李宫裁接风宴姐妹，史湘云啖肉慕清高"；第五十四回"史太君破陈腐旧套，王熙凤效戏彩斑衣"，改成"辨诳言贾母斥弹词，数贫嘴凤姐说笑话"。不必费辞，高下立见。前者使回目联语中的诗情画意鲜明反差丧失殆尽；后者连"数贫嘴""说笑话"这样的大白话都上去了。类似的还可举出五十八回"烧纸钱假凤泣虚凰，设香供真情撰痴理"，虽只局部改动，但原来的"杏子阴""茜纱窗"何等雅致蕴籍，"烧纸钱""设香供"又是多么平庸直露。有的回目改动还伤及内容或人物，如第五十一回"胡庸医乱用虎狼药"改作"胡君庸乱用伤寒药"，既没有突出其所下之药的"虎狼"之性，又未标示其为庸医，只不过将君荣改名君庸而已。又如第五十六回"贤宝钗小惠全大体"改作"贤宝钗施惠却私情"，实与宝钗体上恤下、举措得宜的作风不符。再如第六十一回"判冤决狱平儿行权"改作"指桑说槐平儿决狱"，原本对平儿的嘉许变了味，含有贬义了。

其实，几乎所有的回目变动都可以看出改笔的那一番苦心——力图对得工。上述"指桑骂槐"是为了对上联的"投鼠忌器"，成语对成语；"施惠却私情"与"兴利除宿弊"对举，比"小惠全大体"更加工稳。再看"贾二爷偷娶淫荡女，尤三姐思嫁游侠儿"（第六十五回），"俏丫鬟抱屈返情天，美女伶绝缘归佛地"（第七十七回），无不从对仗上考虑。甚至一字之差，也是为此，将"雀金裘"改"雀毛裘"是为了与"虾须镯"对(第五十二回),将"慧紫鹃"改"慧丫鬟"是为了与"慈姨妈"对(第五十七回)。"鸳鸯女誓绝鸳鸯侣"(第四十六回),以"侣"替"偶",更是为了平仄的原因。对于回目的每一处改动,吴克岐无一例外地批曰"宜从",并常常发出"工巧极矣""正好作对"等赞叹,可见其着眼正与改笔相同。回目是小说的有机部分,具有叙事的功能,又因为它是联语,在遵守对偶音律的同时,更要求意趣和情致,要有文学性。改笔则往往使回目成为纪事实录式,虽则工稳,却索然无味,甚至因词害意、弄巧成拙。较之正文,残钞本对回目的改动是大为逊色的。

五

从以上粗略的巡礼中,我们对于四象桥残钞本,大致可做如下几方面的推测。

第一,它不大可能是一种早期钞本,而与早期钞本有某种联系。前已统计482条异文中绝大部分为独家特出,前所未见,无任何版本依傍。早期脂本的一些重要特征和脂评提示亦似未进入改笔的视野。据此只能是晚近者的笔墨。另一方面异文中有一小部分与戚本基本相同或相近,如第十四回凤姐打人立威一大段,第四十一回刘姥姥照镜一大段,第七十八回宝钗搬出园子宝玉发感慨一大段,等等。第六十三回芳官改妆一段则是戚本文字的简化,类此情形颇有一些。这一部分改文,不可能凭空而出,必有所本,应当是与戚本同系相近的某种抄本。渊源何自?有待探究。

第二,它在排印本的程甲本一系中当是很有特色的一个本子,大量改笔都朝着弥补疏漏抹平矛盾的趋向发展,较与之对校的底本即"增评补图石头记"对程甲本的改动要大得多。"增评补图石头记"是一个具有重要影响的流布久远的本子,刻印者徐润是同文书局老板,广百宋斋为其私人书斋名。徐润与曾任江苏巡抚查禁过"淫词小说"的丁日昌有深交,对当局禁令善能应变,坊间流行的"增评补图石头记"版权页全为无标识的空白页可能就是一种避免风险的措施。近年，杜春耕先生在拍卖会上购得一套徐本，居然是一个保有版权页的印装精美的本子，很可能是书局存档或个人收藏的本子，殊为难得。据此保全下来版权页可确知其出版时间为光绪十年，早于金玉缘体系的本子。晚清以降，徐本一再翻印，以后的商务万有文库本、中华国学基本丛书本等均为徐本的再版，可见其影响之大。"增评补图石头记"在程甲本的基础上有所改动，大同小异，值得一提的是在第三回把贾母将鹦哥一个丫头给了黛玉改为将"两个丫头名唤紫鹃鹦哥的与了黛玉"，其用意也在解决书中矛盾。而四象桥残本如前文所述在这方面所做的改动之多、步子之大，在刻本系统中是少见的。作为面向广大读者的一种本子，这样做是可以理解的，也因此在版本史上应有一席之地。至于是否可以作为今后校改普及本的参考，则要看校勘者的眼光和喜好了。

第三，由《犬窝谭红》可以看出吴克岐对《红楼梦》研读之细、用功之深。有论者以为残钞本改笔可能即出自他手，是一种假托和拟作。这种可能性不大，一则同于和近于戚本的文字不可能出自吴氏，再则吴评对改笔虽全盘肯定，语气上未必就是自卖自夸，行文中还有将戚本和残钞本字样错写点改之处，都像是一个钞摘点评的第三者。当然也不能完全排除有他本人见解和笔墨的掺入，即或有也不占改笔的主体。在吴克岐从事红学活动的时期尚未见到甲戌本和其他脂本，他所得见的只是一个戚本，在《犬窝谭红·红楼梦八十回后》这一篇中，吴氏对高兰墅很不满意，他据戚本及所附评语对后文多所批评，说"'二宝之成为夫妇'决不至如高氏之鬼祟也"，"'悬崖撒手'一回亦决不似高氏之'却尘缘也'"；放风筝戚本有大段文字"此段极佳，且有深意，高氏大删特删，所存不知云何，真可谓无识矣"；"五儿为黛玉影外影，自宜置之死地为妙，乃兰墅不解，竟有一百九回承错爱一段鬼鬼祟祟文字，且因望幸不至而去，无识极矣"。由此也多少可以知道他对八十回后的态度和见解。

今天看来，吴克岐对版本的认识也许粗浅，他的大量评语中也不免有道学气息和迂执之见。但无论如何，吴克岐称得上是本世纪初一位有贡献的红学家，他对《红楼梦》版本的收集比勘以及对正文的理解和评论都有独到之处，他的著作值得我们重视和研究。

附记：

本文是在《〈犬窝谭红〉所记〈红楼梦〉残钞本异文辑录》的基础上写成的，该项资料辑出异文482条，本文列表中的标号即据此。由于资料计约六万字，文长无法容纳，仅见于拙著《红楼梦寻味录》一书中。

又，此项研究包含着老友杜春耕先生的辛劳，包括提供本子和切磋讨论。

写于一九九七——一九九八年

不可企及的曹雪芹

——简论后四十回

一

曹雪芹的不可企及，可以放在文学历史发展的长河中看，也可以放在同时期中外杰出作家的比较中看，然而最切近、最明显的，还是就《红楼梦》这部作品本身来看，亦即就后四十回和前八十回的对照来看。

《红楼梦》的后四十回，不是出于曹雪芹之手，这是为大多数人承认的事实。而现存的和前八十回一起流行的后四十回，又是所有《红楼梦》续书中最好的一种，这是为大多数人承认的又一事实。上述两个事实，应当是我们讨论问题的前提。正因为它不是出自曹雪芹之手，才发生了同前八十回相比的优劣问题，又因为它是续作中最好的，才使这种比较得以在一个相对的高水平上进行。把黄金和黄土相比，太悬殊了，把真金和硫化铜分辨出来，才是不简单的，值得做的事。

我们承认，现存的后四十回，经过了历史的筛汰和读者的选择，有其存在和流行的价值。人们往往把一百二十回作为一个整体来看待，而和那些令"生旦当场团圆"的续书分出泾渭。正如鲁迅所言："赫克尔(E. Haeckel)说过：人和人之差，有时比类人猿和原人之差还远。我们将《红楼梦》的续作者和原作者一比较，就会承认这话大概是确实的。"(《坟·论睁了眼看》)类人猿是兽，原人是人，人和人之差，有时比人和兽之差还远。这个比喻意在说明，《红楼梦》的原作和续作的差别，简直比人和兽的差别还要大。足见那名目繁多，花样翻新的续书同原作不堪一比。而这里的所谓"原作"是指一百二十回而言，包括后四十回在内，足见确有其存在和流行的价值。

正是同这样一种后四十回相比，前八十回才显示出独特的异彩，曹雪芹才是一个不可企及的大家。如果仅仅是把那些不堪一读的续书比下去，实在是无从显出雪芹之为雪芹的。今天，我们对于后四十回的批评、贬抑都是在这一前提下进行的。鲁迅也不满于后四十回，同上引的话并不矛盾，因为立论的角度不同。何其芳同志在将近三十年前还说过这样中肯的意见，认为后四十回"它的作用一方面是帮助了前八十回的流传，另一方面又反过来鲜明地衬托出曹雪芹的原著的不可企及"。(《论〈红楼梦〉》)

"鲜明地衬托出曹雪芹原著的不可企及"，这确实是后四十回的一种独特作用。多年来，不少研究者在做这种工作，从立意旨趣、人物性格、结构线索等方面进行了比较和探讨，特别是"小悲剧"压不过"大团圆"，即"兰桂齐芳，家道复初""善者修缘，恶者悔祸"这样的收束悖谬了原著的意图，已经为读者熟知。本文只想从艺术感受出发，谈谈后四十回的艺术描写包括某些被认为是写得不错的地方，是怎样地较之前面大为逊色，从而反衬出前八十回的生趣和光彩。也是何其芳同志在同一文章中说过，"像生活那样丰富、复杂，而且浑然天成，这是曹雪芹的《红楼梦》的一个总的艺术特色"，而后四十回刚好相反，缺少洋溢在字里行间的生活的兴味和揭露生活底蕴的诱人魅力，这是它艺术上非常突出的根本弱点。

艺术上这样的根本弱点当然不单是技巧问题，那是续作者生活根基不厚和审美修养不足所形成的综合征，即使有局部写得较好的地方也不能补救这一根本弱点。我们读后四十回，总觉得不复再有前面那样优美的诗意了，不复再有流贯的生活气脉了，有的地方蹈袭雷同，东施效颦，令人生厌。总之，它们的审美价值是相距甚远的。

二

人们常说曹雪芹的《红楼梦》是一部小说，也可以看作是一首诗。这不仅是指小说包容了许多诗词韵文，在构思描写上渗透了诗的意境，而且意味着作者十分注重对于生活素材的熔铸、提炼，使之美化、诗化。即以处于全书最醒目地位的宝黛爱情描写而言，就是充分美化、诗化了的。不论是写他们爱情中的欢乐还是痛苦，都给人以美感。且不说"读曲""葬花"这样富于诗情画意的场景早已深入人心，即如"玉生香"之隽永，"诉肺腑"之真挚，同样十分耐读。这朵经过曹雪芹精心培育的艺术之花，到了后四十回遽然失去了它的色与香，失去了优美灵秀的气质。第八十二回"病潇湘痴魂惊恶梦"，算得是后四十回中的重要篇章。这里出现了这样的画面，黛玉死乞白赖地缠住贾母苦苦哀告，宝玉剖心挖肝地向黛玉表白自己。不待说，续作者也想表现宝黛爱情的生死不渝，看得出来是用力写的，但如果同"诉肺腑"一幕相比较，艺术上的高下是显而易见的。从"诉肺腑"到"剖心肝"，所要表现的东西大致相近，其美学价值则可谓一落千丈。我们不妨以此为例，来看看其间的高下得失。

第三十二回"诉肺腑心迷活宝玉"，宝黛二人的感情已经发展到铭心刻骨、倾诉肺腑的程度，作者下笔时并没有因此放洪开闸，化作一场倾盆大雨，同样写得含蓄蕴藉，产生一种隔院听音、雾中观花的艺术效果。在这里，宝玉在人前称道林妹妹从来不说仕途经济的混账话，黛玉是无意中听得的，及至见了面，宝玉虽只寥寥数语，黛玉觉得"竟比自己肺腑中掏出来的还觉恳切，竟有万句言语，满心要说，只是半个字也不能吐"。而宝玉那些质直的话出口时，黛玉已不在面前，早换成袭人了。小说写宝玉心迷神痴，不觉眼前的黛玉已经离去，错把袭人当成黛玉，一把拉住，"好妹妹，我的这心事，从来也不敢说，今儿我大胆说出来，死也甘心！……睡里梦里也忘不了你"！袭人当场的反应是吓得魂消魄散，"坑死我了"，"敢是中了邪？"这样的处理出于艺术家的深心，袭人在此起了"隔"的作用，不但逼真地再现了宝玉痴迷走神的心理状态，而且使这枚感情的重磅炸弹不致直接覆压到黛玉头上。从艺术上看，这种"缓冲"很有必要，是对黛玉形象的一种维护，也是留有余地的写法，能够给人以美感。

后四十回的作者缺少这样细腻准确的生活感受和审美修养，第八十二回"病潇湘痴魂惊恶梦"不善利用梦境造成的抒写的自由，反而更加明显地暴露了艺术上的弱点。黛玉梦见她有个"继母"并且强迫她去充"继室"，已经是很不堪了。作家还要让这个心高气傲的女儿跪下抱着贾母的腿求告："老太太救我！""我在这里情愿做个奴婢过活，自做自吃，也是愿意。只求老太太作主。"贾母不理，还要抱着老太太的腰，乞怜哀告"看在我娘分上，也该护庇些"。这样的语言行止，哪里还有林黛玉的气质。尤其可怕的是当她向宝玉求救之时，宝玉要表白自己的心，竟然"拿着一把小刀子往胸口上一划，只见鲜血直流。黛玉吓得魂飞魄散，忙用手握着宝玉的心窝，哭道：'你怎么做出这个事来，你先来杀了我罢！'宝玉道：'不怕，我拿我的心给瞧。'还把手在划开的地方儿乱抓。黛玉又颤又哭，又怕人撞破，抱住宝玉痛哭……"

像这样鲜血淋漓、剖心挖肝的画面，实在不能给人以美感，用来表现贾宝玉、林黛玉的爱情实在太不协调。在这里，我们并非仅凭个人的好恶就对此种描写发生反感，而是因为，第一，如果类似写法出现在水浒好汉卖人肉馒头的客店里，那自然不足为怪，如果放在同时代的《歧路灯》一流作品里，也会不觉刺眼，同那些俗陋不堪的续书相比，甚至还要高出一筹。也就是说，我们不能孤立地谈论艺术的高低，问题在于，这一情景出现在《红楼梦》中，加诸宝黛身上，不悦之感便油然而生了。第二，既是梦境，当可随意生发，梦本来是现实人生的延伸或变形。前八十回写梦多矣，各有妙用(参见拙文《艺术的开拓和酒及梦之关系》)。黛玉此梦，并非不可以写，只是写得并不高明。因为无论是延伸或变形，都失去了对本来面目的把握，同人物的个性气质难以衔接。第三，因此，从艺术上看，后四十回中这类描写，不啻是对前八十回已经塑成的优美艺术形象的亵渎。这决不是说作品不可以写凶险、写流血、写死亡。《红楼梦》本身就是一部大悲剧，前八十回写到的就有可卿之死、晴雯之死、二尤之死等。曹雪芹并没有生活实录式地写她们的苦痛、流血、死亡，而是把她们的悲剧不同程度地升华，诗化了。最为突出的是晴雯之死，从道德情感上讲，可以激起人们的同情和愤懑，从审美情感上讲，可以供人赏鉴，令人赞叹。关于芙蓉花神的想象和芙蓉女儿诔的抒情，难道不是将这一悲剧极大地诗化、艺术化了吗？这才是曹雪芹。同样，曹雪芹以更大的心血和才智将宝黛的爱情诗化、艺术化，以至小心翼翼地珍视自己所创造的形象的完整和美好，保护黛玉那纯洁的少女的心和孤高的诗人气质，不仅用"读曲""葬花"这样优美的篇章来充盈形象内在的美，而且在关键的时刻调动袭人来作艺术的屏障。遗憾的是，续作者粗暴地在宝玉的心口上剜了一刀，正如同在这优美的艺术画卷上戳了一个洞，实在是大煞风景的。更骇人的是还要让素有洁癖的黛玉去捂这鲜血直流的心窝，让宝玉在划开的地方乱抓。这只能给人以生理上和心理上的刺激，达到的是美感的反面。

看来，续作者缺少曹雪芹那样艺术家的气质，更缺少诗人气质，因而注定写不好诗人气质的林黛玉。岂止林黛玉，写到其他的人物和故事也避免不了这种审美价值的低落。即如妙玉，前八十回虽然着墨不多，但"品茶""折梅"是何等富于生活趣味的诗情画意的场景，到了后四十回中，不是听琴变色，便是扶乩卜算，"人"味少而"神"味多。本来听琴也是高雅的玩意儿，现在充作妙玉未卜先知的道具，谈不到将生活内容诗化，倒是故弄玄虚地神秘化了。

相对说来，写到宝钗、袭人、金桂等，艺术上的差距似乎要小一些。某些片段，诸如金桂宝蟾挑逗薛蝌一节，宝钗任人诽谤，痛下针砭，将黛玉死讯直告宝玉一节，以及袭人委曲宛转真无死所等描写，应当说是比较可读的。但这也是就情节而言。像前八十回中"扑彩蝶""花解语""河东吼"一类富于生活情趣的绘声绘色的描写，是不复看到了。

对于生活的艺术概括臻于化境，虽是小说而如诗如画，令读者不忍释手而如醉如痴，《红楼梦》的前八十回正是这样的一种艺术精品。这是后四十回无论如何所不能企及的。

三

也许会有人提出，缺少诗人气质，不过是艺术个性问题，不见得都能归之于艺术水平的高低，像上文那样比较，未免要求过高。那么，不妨退一步，确切地说是换一个角度。我们看到，后四十回不仅缺少优美的意境，也缺少生活的气脉，亦即它往往注重写事件而不注重写人物，不能像生活本身那样浑然天成、生气流贯。

我们不必总用后四十回的"败笔"来同前八十回相比，尽量少用大家都滥熟的例证，以期增加一点说服力。倒是可以从那些人们通常认为是写得好的地方着眼，看看在艺术上是否经得住分析。就如上文所举黛玉梦境，很有认为精彩的，孤立地看也难于批评它的高低，只是在前八十回原作的映照下才黯然失色了。

这里我们再以一个并非败笔的例子，来同前八十回中具备"可比性"的相应情节相比较，看看人工凿就和浑然天成有怎样的区别。

第九十六回中傻大姐泄露了掉包计的机关，历来多为人称道，这个人物作为结构上的纽带，此处的作用如同第七十三回拾了绣春囊一样，同样体现了作者艺术的匠心。这样说自然有一定的道理，因为怎样结构故事原是作家的自由，作为一种偶然性，让傻大姐来泄露金玉联姻的机密也并无不可。然而，倘若认真比较起来，两者在艺术上依旧有明显的优劣。主要在于，第七十三回中的傻大姐，其言语行止同她的个性特征是水乳交融浑然天成的。小说除去简括地勾勒她生得体肥面阔做活简捷爽利而外，突出的正是"心性愚顽，一无知识，行事出言，常在规矩之外"这个中心点。正因如此，她才可能像个小厮一般在园中掏促织，无意中拾得山石后面的绣春囊，也正因一无知识，她才不认得春意，以为是两个妖精打架，坦然地把这件"狗不识"递给了邢夫人。这一切虽属巧合，却无不出于这个傻丫头性格的必然，顺畅得如同行云流水，毫不勉强。而第九十六回中的傻大姐，虽则还顶着这个名字，其谈吐心性，却大大走了样。一上来，便听得她呜呜咽咽地哭，此本丫头女子常情，先就少了那股子傻气和野劲，毫无"出格"之处。接着就叫"林姑娘你评评这个理"，懂得论理，实在和"心性愚顽"不相干。再下来，陈述自己的委屈，头头是道，学舌传话的本领也不在一般丫头之下。且听，她说得多明白，"我们老太太和太太二奶奶商量了，因为我们老爷要起身，说就赶着往姨太太商量把宝姑娘娶过来罢。头一宗，给宝二爷冲什么喜，第二宗——""赶着办了，还要给林姑娘说婆家呢""我白和宝二爷屋里的袭人姐姐说了一句……说我混说，不遵上头的话，要撵出我去……"这哪里像个"一无知识"的傻丫头说的话呢！关涉到七八个人，几门子事，男婚女嫁，起程冲喜，前因后果，说得再明白不过，何愚之有？一个单做粗活、任性玩耍、无知无识的傻丫头是不关心、缠不清、也不可能知道这么多"上情"和"内情"的。因而读到此处不由得令人疑惑，这不是傻大姐在说话，倒像是作者急于想说这些话了。随同人物的言行和性格"两张皮"而来的，情节上也有明显破绽。试想，这么重大的掉包密谋，怎么能让一个粗做的下等丫头知晓，而且知道得这么清楚周全，还巴巴地跑到怡红院去告给袭人，真有点不可思议。总之，泄机关的这一节描写给人以生拽硬凑之感，傻大姐被驱扮演这一角色十分勉强，与她原先所具有的特定性格游离开来了。一句话，就是"傻丫头不傻"。

"抄检"把晴雯推向死亡，"泄机"使黛玉走上绝路，都是《红楼梦》中带有关键性的情节。作为诱因，傻大姐在其中充任了纽带性的人物，都是不可缺少的。解剖前后两个傻大姐，可以看出，曹雪芹在勾画人物发展故事时，随手拈来，举重若轻，给人从容自如之感，觉得生活本来就应该是这个样子的。续作者则煞费苦心，极力凑成，仍不免疙疙瘩瘩，顾此失彼，使人感到分明是作家的缀合。

人物是事件的主脑。后四十回常常为了发展故事，了结故事而损伤人物，这样，故事本身也便干巴巴，缺少活气了。司棋和潘又安的故事是在后四十回中了结的，它很容易使人想起尤三姐和柳湘莲的故事。两者似乎也真相像。三姐饮剑，司棋撞墙，连同殉主的鸳鸯，是被并称为红楼"三烈女"

的。鸳鸯人们谈论很多了，不去涉及。只说前二者，仔细捉摸起来，是很不相同的。尤三姐的自刎不可避免，她生活在连猫儿狗儿也不干净的宁府里，是个改过自守的"淫奔女"，尤三姐不以生命作代价，是难以得到柳湘莲的谅解和敬重的。而司棋的一头撞在墙上，并无充分的内在根据，不论就性格逻辑和生活逻辑而言，均无"水到渠成"之势，委实是有些"糊涂"的。她本是个敢做敢当的丫头，抄检大观园翻出了情书信物，却毫无畏惧惭愧之意，这是何等的气魄！司棋虽恨潘又安胆小逃走，却不改初衷，只要潘又安不变心，仍旧一辈子跟定他去。如今潘又安来了，尚未见面说话，只因母亲拦住作梗，便一气碰死，令人难以置信。试想，来自偌大贾府的压力都扛住了，来自母亲的压力反倒受不住？别忘了金钏正是被王夫人撵出后，含羞忍辱投井自尽的，司棋同样被逐了出去，受尽侮辱嘲笑，却活下来了，足见是个性格更为坚韧的丫头。如今反而在潘又安来到，母亲一时气急的当口撞死，大不近乎情理。像这样人物和故事不相吻合的情形在后四十回里是很多的。作家急于推进情节，往往以主观随意性割断了生活的内在脉络，损害了艺术应有的有机性和完整性。

"有自然之理，得自然之气"，这是贾宝玉初游大观园时，批评稻香村分明系"人力穿凿扭捏而成"所表述的主张。这也是《红楼梦》前八十回艺术上一个最大的特色。后四十回作为一种反衬，可以使人更加深刻地感受到"浑然天成"是艺术上多么可贵的一种上乘境地。

四

艺术贵在独创，没有独创便缺少光彩。假如说，后四十回由于是一种续作，因而使作者的独创性受到某种限制的话，那么，从另一面说，范本在前，倒是一个学习和借鉴的现成榜样。遗憾的是，我们在后四十回看到了数量可观的蹈袭、模仿、重复，令人乏味。这本来是很容易感受到也已为许多人指出过的，只是因为数量太多缺陷太大了，不能不提到这个方面。

本来，模仿并非完全不能容许，如果始于模仿，有所脱胎，也便可取；重复也不能绝对排斥，乐曲的主题旋律或副歌便是一种能够加深人们印象的重复，脂评所谓"特犯不犯"也指的是曹雪芹写作技巧上一种有变化的重复。我们知道，曹雪芹的《红楼梦》便不是无所依傍凭空产生的，它化用和摄取了前代艺术的多种养分，包括脱胎于"金瓶梅"这样的作品。不少研究者做过《红楼梦》与《金瓶梅》的比较研究，指出在题材、人物、情节、语言等方面的渊源关系，但又的确是"青出于蓝""蝉蜕于秽"，完全出新了。说到重复，就在《红楼梦》前八十回中，不止一次地写生日、写游宴、写诗会、写小儿女的角口、写大家族的争斗……似乎重复，然而"特犯不犯"，同中有异，富于变化。

可是，在后四十回里，我们经常看到的是，模仿到完全袭用前文的套子，重复到连语句都一样，不仅没有新意，而且还会走样。诸如薛蟠再一次打死人命，贾芸再一次走凤姐的门子，凤姐再一次给岫烟送衣裳，贾环再一次结怨，焦大再一次骂，贾宝玉再一次神游太虚境，等等。排列起来，真可以开列一个长长的单子。不用一一对较，只消稍稍举例，便可看出这是怎样地乏味和拙劣了。

一种情形，可以称之为"原地踏步"，即续书所写，于人物性格无所补充增益，于生活场景少有开拓扩展，重复描写，浪费笔墨，缩小容量。比如第四回中对于薛蟠弄性尚气、倚财仗势的"呆霸王"习性，已经有了鲜明生动的刻画。这一故事包蕴深，容量大，正如一幅好画，线条明晰，色彩浓烈，不必再描了；可是从第八十五回起又一次写薛蟠犯了人命官司，也是酒后生事，只不过英莲换成蒋玉菡，冯渊换成张三，依旧是行贿讨情，写得十分烦琐。这些情节和场景，对于薛蟠性格，并没有增添什么新的东西，对于封建官场的揭露，也没有达到"乱判葫芦案"那样的深度，仍旧是在原地兜圈子。第八十四回写贾环弄倒了药铫子，泼翻了巧姐的药，明显模仿廿五回贾环故意推倒热灯油，烫了宝玉一脸泡，这对于刻画贾环母子的妒恨之心，也没有什么新意。有时这类重复描写到了不给人留下什么印象的地步。第一〇五回抄家之际焦大号天蹈地:"我天天劝,这些不长进的爷们,倒拿我当作冤家!连爷还不知道焦大跟着太爷受的苦!今朝弄到这个田地!……"续作似乎不忘在重大时刻给焦大来一笔,只是光炒冷饭,早已失去了第七回中那个焦大太爷的神气,怪不得过目即忘了。

还有一种情形,近乎东施效颦,弄巧反拙。第一〇九回"候芳魂五儿承错爱"是对前面晴雯起夜一节的蹈袭,然而趣味低下,流于恶俗。当年晴雯和宝玉相处,完全是一片天真烂漫,起居栉沐,玩笑嘲戏,不分尊卑,无所顾忌。起夜一节,把晴雯的风风火火,宝玉的蝎蝎螫螫,写得十分传神。如今这宝玉满心里儿女私情,看五儿"居然晴雯复生",用晴雯临终"担了虚名"的话撩拨五儿,那五儿脸热心跳,扭扭捏捏,非议晴雯"那是他自己没脸,这也是我们女孩儿家说得的吗"。这种轻薄味加上道学气的描写,怎么能和泄儿女之真情的文章相比?

可见这类模仿,形似而已。再如前八十回中有一处写薛老大假传圣旨,着茗烟以贾政名义把宝玉骗出来。这个小骗局有些谐趣,合于薛蟠的身份和个性。第九十一回中依样画葫芦,袭人使秋纹也冒贾政之名哄宝玉,命他赶快回去。这就莫名其妙。袭人一个丫头,又最"贤良",怎么会冒用老爷名义去开宝二爷的玩笑?这个玩笑本身和写这样一种玩笑,不都是弄巧反拙吗!

雷同已经是创作之大忌,不伦不类的模仿和自作聪明的翻版,更使人啼笑皆非。这样的地方多了,艺术上怎么会不大大逊色呢?

五

贾宝玉在第一〇四回说他"一点灵机都没有了"。何其芳同志曾借用这句话来作为后四十回的绝大部分的评语,这是很合适的。作家的灵机,正是他的艺术创造力。就这一意义而言,说整个后四十回缺少艺术创造的灵机,是一点也不过分的。读后四十回,颇类面对那个失落了通灵玉的宝二爷。

缺少灵机,在描绘现实生活时已经捉襟见肘,当摹写神话世界时更加昧同嚼蜡。第一一六回，续作者让贾宝玉再一次重游太虚幻境，把一个空灵美丽的神话世界变成一个劝惩说教的宗教庙堂。后四十回的缺少艺术想象和审美素质，在这里表现得恐怕是最为突出了。毋庸讳言，第五回关于太虚幻境的描写，在内容上并非没有消极的成分，但不占主要地位，从艺术上看，除去对全书具有特殊意义外，本身也富于欣赏价值，有一种空灵之美、关合之妙。试想：境曰太虚，仙号警幻，联启真假，橱贮册籍，香含群芳，茶名千红一窟，酒名万艳同杯，曲演红楼梦，宝玉独得"意淫"二字，匹配兼美之女，耳听箴言，身临迷津……这一切，意趣新颖，构想奇特，设喻机警，引人入胜。没有"灵机"的作家，断写不出来。这样一个缥缈深邃的仙境，再度出现于续作者手下，变成什么样子了呢：空灵的坐实了，关合的重叠了，一览无余，一通到底，仿佛学生在做一张答卷，对号入座，草草了结。第五回导引宝玉入幻境的是秦氏，出警幻仙子之时有一歌一赋，铺垫从容，这里是一个和尚拉着宝玉走，"只见恍恍惚惚来了一个女人""那女人和和尚打了一个照面就不见了"，干枯之至。所有牌匾，自然都换了，唱的对台戏，不言自明。所见到的，一律都是鬼魂：三姐、鸳鸯、晴雯、黛玉、凤姐等，有形无影，仿佛同宝玉捉迷藏，还不伦不类地出现"黄巾力士"，使人疑心窜入了"封神传"还是"西游记"。宝玉在这"真如福地"一是重翻册子，"也有一看便知的，也有一想便得的，也有不大明白的"，一心想"做一个未卜先知的人"。再是亲见那株"绛珠仙草"，亲闻一遍"木石前盟"的因由，不用说是第一回的照抄。以后就被尤三姐"一剑斩断"尘缘，那和尚用风月鉴照退了鬼怪，狠命一推，送他还阳。这里没有什么幽微灵秀之气，倒不乏阴曹地府之风。第五回的扑朔迷离之处在此一一坐实，统统揭晓。作者牵着宝玉的鼻子，强令他戳穿谜底，幡然悔悟，方肯罢休。总之，这一回文字是执意要将"假"还原成"真"，即所谓"假去真来"，实质上是抽空了灵机，败坏了读者的艺术趣味。脂评中曾有"真事欲显，假事将尽"的提示，我们虽则不能悬想曹雪芹将以怎样的文字写后面的故事，但决不会是现在续作的这个样子。

"真正的文学教育，不在读过多少书和知道一些文学上的理论和史实，而在培养出纯正的趣味。"(见《朱光潜美学文学论文选集》)这是深谙文学的审美教育作用的老一代美学家的金玉良言。曹雪芹的《红楼梦》正是能够培育人们纯正的审美趣味的艺术作品，尽管人们早已知道它的故事情节，熟悉它的人物性格，但是仍旧愿意一读再读，并且感到常读常新。后四十回则是达不到这样的审美价值的，它经不住反复阅读，愈读会愈加明显地感受到它的弱点和破绽，从本文很不完全和很不深入的比较分析中，也可以说明这一点。事情正是这样，后四十回的存在，除去帮助了前八十回的流传而外，其作用就在于能够成为一种鲜明的反衬。今天的读者尤其是作家，都可以从中得到启示和教益。

曹雪芹作为他那个时代的奇才和大师，诚然是不可企及的。

写于一九八四年十月

不可替代的后四十回及诸多困惑

——写在程高本刊行220周年之际

上世纪八十年代中期，笔者写过一篇题为《不可企及的曹雪芹——从美学素质看后四十回》的文章，主旨是谈后四十回与前八十回之落差的。二十多年过去，对于该文持论，至今未变。读者也许早已注意到，当年此文立论有一个前提，即现存和前八十回一起流传的后四十回是"所有红楼梦续书中最好的一种"，因而这种比较得以在一个相对的高水平上进行。由于该文立论所指，这一前提不必也并未展开。如今，拟从另一角度对这一前提稍作补充和延伸，旨在强调现存的后四十回是不可替代的，即小说问世初期嘉道以降层出不穷的续书不可替代，包括宝湘偕老的所谓"旧时真本"不可替代，现当代种种新创的续书包括名家力作同样不能替代，今后大约亦无替代之可能。因而本文与二十年前之文并不矛盾，《不可替代》与《不可企及》两文或可看作是遥相呼应的姐妹篇吧。

一

时至今日，对于现行后四十回之不可替代这一判断，早已成为广大读者包括绝大多数研究者的共识。这本是一个不可移易的客观事实，二百多年来尤其是近几十年来由于各相关领域研究的拓展和推进，这一判断有了更为坚实的基础和可靠的依托，因而更具科学性和说服力。

首先，对众多《红楼梦》续书的研究取得了可喜的、可观的成果。即过往不屑一顾名目繁多的续书和仿作也进入了学人的视野，对其进行爬梳整理、全面考察，从社会的、历史的、民俗的、文化的诸多层面，探讨其出现的原因，回过身来，反观现存的后四十回，就更能见出其难能可贵。如果说，笔者过去也曾粗略浏览过诸如后梦、续梦、重梦、复梦、圆梦、补梦等若干续书，领略过生旦团圆、黛玉还魂、宝玉升官、得二妻八妾五子一女等，或者林妹妹发财、得了林如海遗产十坛金银，还善能当家理政临阵破敌……诸如此类的故事，从而凭感性直觉立判高下，肯定后四十回。那么，如今读到不止一种对续书群体进行系统研究多方考察的专著和专文，看到了它们的学术史意义的同时，更凸显了今之后四十回在同一历史条件和文化背景之下疏离主流价值观念、冲破传统审美定势，确乎出类拔萃，一枝独秀。也就是说，今天对于后四十回之不可替代的认同，已经放在较过去更加开阔的学术视野和更加坚实的学理基础之上了。

其次，对程伟元、高鹗的研究同样取得了可喜可观的成果。经过前辈学者和当代学人的辛勤发掘和不懈追踪，程、高二位的生平、交游、学养、贡献已经相当清晰，许多相沿成习的偏见和臆测得以纠正，某些不实之词亦被推倒。比如，程伟元已经摘掉了所谓牟利"书商"的帽子，从有关的文献和文物资料中，我们确知他是一位诗文书画俱佳的风雅之士，并且淡泊功名，人称"隐士""冷士"。正因无意仕进、志趣不俗才长期专注于收集、整理、编辑、出版《红楼梦》。说到高鹗，加在他头上的"庸俗轻薄"一类考语与事实不符。史料表明高鹗居官勤慎，守职敬业，娴于制艺之文本在情理之中。至于对其私生活的鄙薄贬谤纯系捕风捉影，事实是高鹗从未娶张筠（张问陶之妹）为续弦，何来"虐待至死"的罪名。既属以讹传讹，理应予以平反。他受邀分任共襄补成《红楼梦》之举乃平生得意之事，曾自号"红楼外史"。要之，程、高二位都喜爱、赏识《红楼梦》，他们在"序"和"引言"所叙的是实情，所说的是实话。为了这部脍炙人口"不胫而走"的奇书能以"全璧"公诸同好，多年以来，苦心留意，竭力搜罗，铢积寸累，重价收购，集腋成裘，而后共同校阅，细加厘剔，截长补短，修辑订讹，抄成全部，终至镌版印刷，竣工告成。天地之间，由于有了程高二人这一番劳绩，《红楼梦》这样一部尚未完稿、在流传过程中处于不稳定状态的奇书，得以用活字摆印的物化形态存留下来，既保全了前八十回的基本面貌，使之相对稳定，又有了后四十回，"颠末毕具"，大体完整。这一功绩，怎样估计都不过分。

总之，几十年来对程高的研究使我们对其人品学品有了更切实的了解，他们没有骗人，他们的话包括对后四十回的叙述，今人没有理由不予采信。

再次，对后四十回文本本身也有了远较过去认真细致的研究。许多学人在认真研读的基础上，从情节结构到语言风格都进行了分析探讨，提出了各自的见解。这是十分有益的。在此只想强调一点，即不论对后四十回评价如何，即便在那些对后四十回批评甚苛、基本否定的学者那里，依然不能不大体认可它的悲剧结局，从新红学的开创者到当代学人(不包括持政治阴谋论者)均无例外。比如胡适说后四十回"虽然比不上前八十回，也确然有不可埋没的好处"，黛玉病死，宝玉出家，"作一个大悲剧的结束，打破中国小说的团圆迷信。这一点悲剧的眼光，不能不令人佩服"。(胡适《红楼梦考证》，见宋广波《胡适红楼梦研究资料全编》，第175页，北京图书馆出版社2005年10月第1版) 又比如把"红楼梦未完"视为人生大憾的张爱玲，对后四十回十分反感，比作"附骨之疽"，谓之"乌烟瘴气"，也仍有肯定之语，说"悲剧收场的框子较明显……至少比一切其他的《续红楼梦》高明"。(张爱玲《红楼梦魇》第2、3、4、27页，上海古籍出版社1995年12月第1版，1996年3月第3次印刷)更不用说多数持更为客观的理性态度的学人了。

究竟什么是悲剧结局？大体而言，应为黛玉夭亡、宝玉出家、贾府败落这几大关节。不管人们对如何处理有多少批评异议，只要这几点在作品中明白无误、不可逆转，就是悲剧收场。这是一个最低限度的共识，是一个底线，也正是现存后四十回得以和前面接续共存长期流传的根本原因。

二

上文仅对"不可替代的后四十回"这一客观事实做了十分粗略的勾勒，

而"不可替代的后四十回"本身又是一个可供探讨、引人思考的命题。这一命题远远没有终结，它不是静止的、僵化的，而是开放的、动态的，提供了巨大的讨论空间，容纳了各种不同的学术意见。笔者尽管关注这一问题，但并无专门研究，长期以来也试图求索，往往无果而返，倒留下了诸多困惑。这些困惑大体可以归结为：其一，关于后四十回作者问题的困惑；其二，关于程高本本身即甲乙之改的困惑；其三，关于后四十回评价悬殊的困惑。这第三种困惑对笔者而言，百思不解，因而最具诱惑力和挑战性。

先说其一即后四十回的著作权问题。目前看来，暂付阙如是较为谨慎稳妥、实事求是的做法。这里只就笔者个人有限的闻见感触略说一二。作为一个上世纪五十年代的青年学生，最初阅读《红楼梦》所接触的本子自然是人民文学出版社的普及本，那封面上赫然标明"曹雪芹、高鹗著"，这无疑是新红学巨大影响力的明证。事实上作为新红学主要代表人物的俞平伯从五十年代起就对高续说产生怀疑，到了六十年代，众多内外证使俞先生彻底动摇了高续说，而倾向于出自无名氏之手，在他"文革"前发表的最后一篇文章中认为，从稿本即杨藏本看，甲乙两本皆非程高悬空创作，只是对各本整理加工的成织而已，这"本和他们的序文引言相符合的，无奈以前大家都不相信它，据了张船山的诗，一定要把这后四十回的著作权塞给高兰墅，而把程伟元撇开。现在看来，都不太合理"。(俞平伯《谈新刊〈乾隆抄本百廿回红楼梦稿〉》，载《中华文史论丛》1964年第5辑)对此，其时远在"红"外的笔者当然毫无所知。到了八十年代之初，尽管笔者已经参与了新校本的一些具体工作，较之组内同人，自身对于这个作者问题仍然处在一种懵懂的、不清醒的状态。校订组出于谨慎，人文新校本的著者署名一仍其旧。新版问世之初，海外周策纵先生就指出署名不妥，"高鹗实在没有著作权。他在乾隆五十六年辛亥(1791年)的春天才得由程伟元出示书稿，到同年冬至后五日，工竣作序，这中间只有十来个月的时间"。"程甲本单说排印就需要六个月，高鹗修补百二十回全稿的时间只有四个月"，除去校订整理前八十回，所剩时间"试问哪儿还来得及补作后四十回二十三万七千字的大书"？因此，"我们决不能把《红楼梦》三分之一的著作权就这样轻易地送给他"！"各种百二十回本《红楼梦》，还只能题作曹雪芹著，至多只能加上'程伟元、高鹗修订'字样。这里还应该特别指出，这种搜集工作，功劳固然全在程伟元，就是修订或修补工作，程伟元也应该是主，高鹗是副，或同等重要"。撇开程伟元是不公平的。(周策纵《红楼三问》，1986年哈尔滨国际红学研讨会论文选序，见《红楼梦案》第30、31、34页，文化艺术出版社，2005年2月第1版)

类似周先生这样提出质疑的学者不少，也包括校注组同人的自省。直到本世纪的三版修订之时，我们才把署名改为"曹雪芹著，无名氏续，程伟元、高鹗整理"，终于摆脱了新红学这一负面影响（其正面影响是辨析出前后的差异），吸纳了学界几十年来的研究成果。在人文新校本之前，多位学者的校本早已采取了类此的署名，我们实在是十分滞后的。

当然，这并不等于"定于一尊"，而是留有很大的讨论空间，"无名氏"就是个未知数，就是有待探讨、包容不同见解的。事实上坚持主张高续说的仍大有人在，这一方面可理解为强大的惯性，人们早就习以为常，特别是在着眼作品、不欲深究作者的广大读者包括文艺评论家那里，笔者最近读到上海三联书店2011年10月出版的《蒋勋说红楼梦》就是如此。书里照样说"程伟元是个出版商，他跟另外一个人叫高鹗的写小说的人合作，在手抄本的《红楼梦》八十回后面又补了四十回，便成了一百二十回的《红楼梦》，并将其印刷出版，才有了普及的《红楼梦》"。(《蒋勋说红楼梦》第1辑第2页，上海三联书店，2010年9月第1版，2011年10月第4次印刷)足见高续说依然广为流传。另一方面，在学术界有的学者虽则感到胡适证据薄弱，但高续说不应就此推倒，便从各方面举证加以补充，依然坚守此说。这当然可以成为一家之言，继续讨论。

在后四十回作者问题上，更有一种见解认定是曹雪芹。比如说上世纪三十年代便有这样的专文《红楼梦一百二十回均曹雪芹作》。(宋孔显《红楼梦一百二十回均曹雪芹作》，载《青年界》第7卷第5号，1935年5月版，见《红楼梦研究稀见资料汇编》第568页，人民文学出版社2001年8月第1版)林语堂1957年所著《平心论高鹗》的结论为"我相信高本四十回系据雪芹原作的遗稿而补订的，而非高鹗所能作"。(林语堂《平心论高鹗》，传记文学社印行，中华民国五十八年12月初版)这种相信全系雪芹所作或据雪芹遗稿的人恐怕不多，但认为后四十回中包含雪芹残稿的就不少了。比如周绍良先生曾著文逐回加以辨析，哪些是雪芹原稿，哪些断非雪芹笔墨，所举例子、所下褒贬对后学启发良多。此文初稿于1956年，刊发于1974年，又于1981年重发，是一篇很有影响的力作。(周绍良《略谈〈红楼梦〉后四十回那些是曹雪芹原稿》，见周绍良《红楼梦论集》第93页，山西人民出版社1983年6月第1版)此后有的学者亦以此范式辨析后四十回，将自己认为精彩的部分归给曹雪芹，将文笔呆滞、语言无味、敷衍成篇的归给高鹗。这样做固然反映了学者个人的识鉴眼力，尤其是告诉人们后四十回本身就存在不小差别。如舒芜先生也指出"后四十回里面写得坏的太坏，写得好的又太好，文笔悬殊太远了"。(舒芜《说梦录》第34页，上海古籍出版社1982年9月第1版)由存在差别推论不是出于一人所续是有道理的，但以优劣来判别其中何者属曹，何者属高，界定著作权，则不免见仁见智、全凭主观，缺少客观的实证性的依据。可见，后四十回为曹作或由曹之残稿补成，也只能是一种主张，并不能为作者问题真正解惑。

接着来说第二种困惑。正当程甲本竣工刷印、风行于世之际，不到三个月，又急急忙忙改订推出程乙本，从辛亥冬至后五日到壬子花朝后一日，相隔只有七十天。其中原委，令人迷惑不解。虽则序引之作，与实际出版时间或有迁延，当年无版权页，无法确认，但相隔不长大致不差。对此，乙本卷首"引言"做过说明，"因急欲公诸同好，故初印时不及细校，间有纰缪。今复集各原本详加校阅，改订无讹"。显然不是为了牟利，而是为了更加完善。胡适1927年11月在《重印乾隆壬子本〈红楼梦〉序》中，高度评价了程乙本，引例论证了"这个本子有许多改订修正之处，胜于程甲本"，(胡适《重印乾隆壬子本〈红楼梦〉序》，见宋广波《胡适红楼梦研究资料全编》，第208页)并将自己所藏程乙本推荐给亚东书局汪原放，重新标点排印，赞赏汪为学术牺牲商业利益的精神，愿为之序。汪原放认为程乙本力避文言字眼，都用白话，用俗语，用北京话，于读者是有益的。

然而，事情似乎不那么简单，从甲本到乙本，是否确乎改好了呢？后来的学者对此并不认同。王佩璋在1954年曾用甲乙两本逐字对校，断言"越改越坏"，重要例子有120处，撰有《红楼梦程甲乙本优劣》之文(未刊)，她从第九十回、一〇一回中相关例子发现程乙本将原先甲本的人称弄反，变得文理不通，由此推断后四十回非高续，应另有其人。否则怎么会连自己所作都弄不懂呢！(王佩璋《后四十回的作者问题》，载1957年2月3日《光明日报》，此据刘梦溪《红学三十年论文选编》下卷，第464、372页)

嗣后，学者也循此思路从甲乙差异中探索作者问题。王佩璋在对校中，还发现了特异的版本现象，在上举王文的注中，她列出对校所得，谓甲乙本每页之行款、字数、版口全同。文字不同，甲本全书1571页，到乙本未改者仅56页，乙本因增字数，多4页，到叶终又总是取齐成一字。1571页中两本起讫之字不同者仅69页。故两本分辨极难。又据魏绍昌《红楼梦版本小考》引汪原放的统计，甲乙两本改动字数全书有21506字之多，后四十回较少，也有5900余字。这样的改动，究竟是为什么呢？在中国出版史上，相隔不到三个月而相继刊印两部内容基本相同仅有文字风格差异的近百万字的长篇小说，恐怕是绝无仅有的事。怎样解释这种现象？实在是一道不易解开的难题。

关于从程甲到程乙改好改坏即优劣问题，如上所述是存在歧见的。学界多以程甲接近脂本较少改动而看重此本，也有学者以程乙顺畅通俗便于阅读而推荐乙本。好在如今以两者为底本的普及本都在流通，读者可以各取所需。然而从甲到乙变动之速改版之异则始终是萦绕在研究者心头挥之不去的一重迷雾。如今研究这一课题想要得到典型的程甲、程乙本已非易事，而肯于下大力气苦功夫者(非电脑所能代劳)更是凤毛麟角。杜春耕先生正是一个足能辨识本子持有本子而又肯下功夫的学人。

大约十来年前，杜春耕先生对杨本产生了浓厚兴趣，下了很大功夫，他得出了杨本浑身是宝的结论。在报告他研究心得的文章中论及后四十回的作者问题并提出了关于程甲本、程乙本成书过程的一种假设："出现这一情形的原因是程伟元与高鹗二人，在校刊改动文本时意见出现了不一致，而且二人在萃文书屋的地位或许非常接近。程伟元倾向于《程甲》，而高鹗则倾向于《程乙》。最终的结果是《程甲》《程乙》两书同时排版。"他认为，1791年春程伟元已为程本出版做了许多工作，他邀请高鹗主要是做后四十回的事，当高鹗接手时前面的七十八回已抄录好了，故该回末"兰墅阅过"四字意为以上工作不是他做的，此或即为二人"分任"的初步界线。"二人联合工作以来，就存在着文风的不同"，"两个意见的不一致，又能最后达成共识，造成了程甲、程乙两书的基本同时出版"。(杜春耕《杨继振旧藏〈红楼梦稿〉告诉了人们什么？》，《红楼梦学刊》2003年第1期)杜先生的假设是在他切实校勘若干程高原本的基础之上提出的，他发现全书一百二十回除最后几回之外，程甲程乙所用的活字是完全不一样的，最后几回的通用是因为木活字不够用了，只能拆东墙补西墙。故造成了既是两个不同的本子，却相距很近、先后推出的特异情形。杜先生的思路十分新颖，以前没有人这样想过，这一假设并非凭空而来，是以对版本的感性直观和理性推导为依托的，是否令人感到柳暗花明，提供了解开这一困惑的可能性呢？

三

最令人困惑的是对后四十回评价的悬殊，无论是褒扬的还是批评的，两边都有我所敬重的前辈学者、作家或诗人。因此我不赞成所谓雅俗之分或者气质之别，前八十回本来就是大雅大俗、雅俗共赏的东西，后面何以要以此画线呢？笔者个人向来持"两个巨大"之见，即后四十回贡献巨大、落差巨大。这不是什么新见，正与大多数学人之见相同，而且自问并不是受新红学的影响，当初读小说尚不知新红学为何物，"落差"来自阅读的直感。八十年代中期的《不可企及》一文是因为服膺鲁迅、何其芳等前辈的论析，在他们的启发下，结合自身的阅读感受写下的。二十多年前读书很少(现在也不多)，顾虑也少，困惑也小；嗣后渐渐地眼界较宽，特别是九十年代后期至世纪之交，在编选二十世纪上半叶红学资料之时，接触到牟宗三、吴宓、李长之、林语堂、许啸天、容庚、宋孔显等一系列对后四十回续书的高度评价，不禁大为惊诧，困惑也随之增大。老实说像林语堂《平心论高鹗》，此前是读过的，但未及多想，此时是这么多位都在肯定后四十回，其中不乏重量级人物，这就不由得你不去思考了。

　　上举诸前贤的评价之语常出乎我的意想，如牟宗三先生之见可作代表，他说："人们喜欢看《红楼梦》前八十回，我则喜欢看后四十回。……前八十回固然一条活龙，铺排的面面俱到，天衣无缝；然而后四十回的点睛，却一点成功，顿时首尾活跃起来。我因为喜欢后四十回的点睛，所以随着也把前八十回抬高起来。不然，则前八十回只是一个大龙身子，呆呆的在那里铺设着，虽然是活，却活得不灵。""全书之有意义，全在高鹗之一点。"(牟宗三《红楼梦悲剧之演成》，载《文哲学刊》1935年第4期。见《红楼梦研究稀见资料汇编》第603页)李长之以为"高鹗文学上的修养，或者比曹雪芹还大"，"高鹗更能写人精神的方面。……曹雪芹像托尔斯泰，高鹗像朵斯退益夫斯基(引者按：即陀思妥也夫斯基)"。(李长之《红楼梦批判》，原载北平《清华周刊》第39卷第1、7期，1933年3月版，见《红楼梦研究稀见资料汇编》第406、407页)以上二位的话在三十年代就说了，至五十年代便有林语堂的专书《平心论高鹗》，他相信后四十回据雪芹原作遗稿补订而成，"《红楼梦》之有今日的地位，普遍的魔力，主要是在后四十回，不在八十回"，后四十回是"亘古未有的大成功"，小说能为百代后世男女老幼共赏是因为有高本。(林语堂《平心论高鹗》，传记文学社印行，中华民国五十八年12月初版，第111、135页)当代学人中，亦有"《红楼梦》之深刻在后部"的主张。如果说，这种后四十回比前八十回还要高明的见解未必有多少人赞同的话，那么对一百二十回的整体接受则是普遍不过的事，本文第一部分曾述及现存后四十回得以与前面共存流传的原因，这里要说的是在总体接受的前提下特别称道援引后面的情节，这又当如何理解呢！有一位真正重量级绕不过去的人物，那就是王国维，他的《红楼梦评论》正是以一百二十回为对象，称之为"彻头彻尾之悲剧""悲剧中之悲剧"，乃一"宇宙之大著述"。(王国维《红楼梦评论》，见一粟《红楼梦卷》第253、254、255页)文中不乏对后部情节段落的征引和赞赏。

《红楼梦评论》是中国红学史乃中国学术史现代转型的标志，它第一次摆脱了传统的"考证之眼"，以宏阔的视野和缜密的逻辑，从哲学和美学的高度来衡定《红楼梦》的价值。这一著作的开创意义和历史地位已为大家公认。然而，作为后学和今人，笔者以为有几点值得注意：其一，由于该文立意高远、逻辑严谨，其方法论的意义远过对作品的具体评析。其二，由于该文本身的局限，试图以解脱之说来阐释作品，理论框架与作品实际之间存在错位。即认定人生之痛苦忧患"以解脱为理想"，这样的理念难以涵盖小说丰富复杂的内涵，而且为了印证"解脱之行程"，势必偏重后部，看取"自九十八回至百二十回之事实"，据引宝黛最后相见一节为"壮美"之例。王文写于1904年，尚在新红学创建之前，人们心目中并不着意于前后的差异，此点也是不宜忽略的背景。因此其三，作为后来者的现代学人，我们应当在王国维开创的全新诠释维度下对《红楼梦》进行整体把握，对作品的意义和价值进行更为深入细致全面准确的开掘，而不是抓住王文的缺陷疏失之处引以为据甚至任意发挥。一句话，就是要扬长避短或扬长补短。我们不应苛求前贤，任何大家都不是完人，著作也会有白璧之瑕。王国维的《红楼梦评论》已足够惊世骇俗，自此才给予《红楼梦》以崇高的精神定位，我们才得以在王文滋养启示下，发出自己的声音。今天，发扬这一论著的精髓，扬弃那些未必允当的枝节才是对待前辈名著应有的学术态度。

　　牟宗三是哲学家，其文《红楼梦悲剧之演成》看重结局与王国维有类似之处。他强调悲剧的根源在人生见地的不同，宝玉最终失玉——"无欲"，其对人间情感的决绝狠冷乃"天下之至悲"。故该文虽从大处着眼，见解独到，而对主人公及作品内涵的理解失之偏狭。李长之长达五万余字的长文大量征引小说原文，分析品鉴具体翔实；而其中某些判断似较多参照域外名著，未必切当，这同三十年代开放的学术文化背景不无关系。

　　除王国维之外，对后四十回持肯定意见或赞赏其局部描写的学者还有很多，如周绍良、张毕来、聂绀弩、舒芜、王昌定等前辈，还有周围许多熟识的学友。他们的论著不仅从总体上称道后四十回钗嫁黛亡、大故迭起的悲剧收束，还着重举出了诸如焚稿断痴情、泪洒相思地、别父却尘缘等场面情节打动了千千万万读者的心，令人为之唏嘘不已、荡气回肠、甚至欲哭无泪。的确，作为一个婚恋悲剧、家族悲剧、社会悲剧，它是成功的，许多改编之作也有相应的艺术效果，越剧《红楼梦》（加上唱腔和表演）甚至已被视为经典。因此，所有从这个意义上对百二十回包括后四十回的肯定和赞扬都是顺理成章的，也是笔者能够理解的。窃以为，在某些问题上，并不一定是非此即彼、冰炭不容，有时候可以亦此亦彼，即是说，由于立论角度的不同而有了不同意义上的肯定或否定，有了不同层面上的要求和期许。面对《红楼梦》这样一部包蕴丰厚、旨意深隐、复杂多元的文学作品，本身的多义多歧不容忽视。

笔者的上述想法是从鲁迅那里得到的启示。鲁迅涉红之作很少，多为史略之章节或杂文中带到，专门论"红"的只有一篇短文，即《〈绛洞花主〉小引》，只有不到四百字，开首便是大家熟知的著名段落，谓《红楼梦》问世以来，"单是命意，就因读者的眼光而有种种：经学家看见《易》，道学家看见淫，才子看见缠绵，革命家看见排满，流言家看见宫闱秘事……"真是言简意赅，寓庄于谐。过往，我们较多地从读者接受的角度来引述这段话，其实小说的命意不仅因读者眼光的不同而有种种，而小说自身其命意就包含着种种，难以一言道尽。

这里，不妨重提老祖宗的论述，《文心雕龙·知音》谓："夫篇章杂沓，质文交加，知多偏好，人莫圆赅。慷慨者逆声而击节，酝藉者见密而高蹈，浮慧者观绮而跃心，爱奇者闻诡而惊听。会己则嗟讽，异我则沮弃，各执一隅之解，欲拟万端之变，所谓东向而望，不见西墙也。"二十多年前，倡导《红楼梦》主题多义性的学者早已让我们温习此论了。（刘敬圻《红楼梦主题多义性论纲》，载《红楼梦学刊》1986年第4期）看来古今中外的优秀作品都因蕴含丰富而多义多歧。如有论者就认为"吾国之小说，莫奇于《红楼梦》，可谓之政治小说，可谓之伦理小说，可谓之社会小说，可谓之哲学小说，道德小说"。（《红楼梦卷》第570页）秉持多义的原则，鲁迅对《绛洞花主》这一剧本给出了肯定的意见，说

"以此书作为社会家庭问题剧,自然也无所不可的"。《绛洞花主》为厦门大学学生陈梦韶据《红楼梦》改编的剧本,全貌已不得见,唯知全本共十四幕约十二万字,以宝黛爱情作为线索,首尾相贯,结构完整。鲁迅嘉许作者的"熟于情节,妙于剪裁",能够"统观全局",将一切熔铸于十四幕中,"百余回的一部大书,一览可尽"。同是在这一短文之中,鲁迅也坦陈自己眼下的小说人物并及于对续书的肯定和批评。要之,鲁迅并不以自己的所见排拒或贬抑他人,倒是多所理解和肯定。《红楼梦》之作为"社会家庭问题"小说自然得到认可。从这里我们可以得到启示,一是《红楼梦》本身的多义性,二是对各种阐释的包容性,即各人尽可以有自己的眼光,对他者不一定要采全盘抹倒的态度,有时或可亦此亦彼,共存互容。

事实上,在前辈学者中对《红楼梦》版本采取通达态度的不乏其人,他们通常以百二十回本作为评说对象,对后四十回给以相当的肯定。除前文提到的之外,更有吴组缃、魏绍昌、启功、郭预衡等我所熟悉师长。启先生在1986年曾为哈尔滨国际红学研讨会题诗曰:"三曹之后数芹侯,妙笔程高绩并优。神智益从开卷处,石狮两个一红楼。"郭先生曾就宝黛恋爱悲剧两度撰文,其一题为《神圣的家族 爱情的悲剧》,均以百二十回为据。吴组缃先生在论及后四十回时打过这样一个比喻,"一个没有下肢的人,装上了橡皮腿;这腿没有神经血肉,捏捏不痛,搔搔不痒;但站得起来了,可以行动了,像个完人了。想到续书比装腿难,岂不教我们叹为不幸中之幸!若没有这个百二十回的本子,单凭那八十回,二百年来,这部书能如此为广大读者所传诵,那是无法设想的"!(吴组缃《〈红楼梦〉版本小考》代序,见魏绍昌《红楼梦版本小考》第10页,中国社会科学出版社1982年9月第一版)吴先生是中国红楼梦学会首任会长,这一比喻形象而且恰当,他认为续书如同义肢,差距不小,却万不可少。正是在这一方向和格局之下,得以开展正常的健康的学术探讨。

四

探讨之路，漫长而曲折，上述对后四十回肯定的包容和理解是在一定范围内和就一定角度而言的。既然落差不小，评价的歧异就很难消除，而且愈是发生在我所敬佩的学者那里就愈令人困惑。这里仅举一个例子略申己意。

第九十八回，小说写黛玉临终直声叫道："宝玉、宝玉！你好……"这是她生命最后吐露出来的六个字，没有来得及说完，底下是什么？结合上回焚稿等情节看，读者心目中补足为"你好狠心"。有的评论者因之有了这样的分析："这六个字真不知蕴藏着多少难言之隐、难言之痛，是爱之深又恨之极的痴情人语，是深闺女儿临终的抢天呼地。""它倾注了黛玉对爱情的忠贞，从而进一步揭示了人物心灵之美。"认为这是极有个性的文字，简直想不出谁能写得比它更好。(王昌定《关于后四十回的著作权问题》，载《天津社会科学》1982年第1期)对此，舒芜先生结合中国古代婚恋悲剧的类型做了进一步的分析，他概括过往的悲剧一般有两种，或由父母之命或由男子负心，此则兼备双重，黛玉临终之言"是对负心人沉痛的谴责与质问，然而她永远得不到回答了。后来宝玉去潇湘馆哭灵'你别怨我，只是父母作主，并不是我负心'。恰好是对黛玉临终质问的回答，然而他永远解释不了这个大误会了。两个人同受迫害，然而一个是至死不知道还有一个同心共命的之人，一个是一辈子永远得不到同心共命之人的谅解，都是一身而受两种悲剧的痛苦"。(舒芜《说梦录》第43页，上海古籍出版社1982年9月第1版)就事论事，这一分析是很有深度的。舒芜先生有深湛的古典文学修养，《说梦录》也是我素来爱读的著作，其中甲乙问答式的对谈本身就有兼容不同观点的雅量，常常代表作者观点的"甲"说里就有许多令我深受启发和赞同之点，如说后四十回里"写得坏的地方，远比写得好的地方多得多"。黛玉的噩梦"太实、太直、太露"，"把黛玉的心灵写得太粗、太低、太浅"，怎么像少女空灵、曲折、幽深的爱情之梦呢！(舒芜《说梦录》第34、40页)诸如此类令我悦服的见解很多。然而上举对黛玉临终之言的分析则是我难以认同的。黛玉是抱着对宝玉的满腔怨恨、谴责质问离开人世的吗？

宝黛之间的木石前盟是一种心灵的感应，精神的契合，几乎具有某种先验的性质，无怪有人称之为"天情"。它是生死不渝、万古不移、不可阻隔、不会误解的，更不可能产生怨恨。小说描写二人刚一照面便似曾相识，以后虽有不虞之隙、求全之毁，滋生种种烦恼折磨，而终至彻底放心、完全放松、心照不宣。即便再有风雨摧折、外邪干扰亦会波澜不惊、磐石不移，此其一。其二，宝黛悲剧的性质恐怕不仅是婚恋悲剧、伦理悲剧、社会悲剧；也是性格悲剧、命运悲剧、存在悲剧。世人企望有情人终成眷属，为他们终不能结合而扼腕叹息。然而如果设想他们"终成眷属"又怎样呢？记得蒋和森先生曾说过，"即使是林黛玉和贾宝玉如愿以偿地结为终身伴侣，这仍然还是一个悲剧"。(蒋和森《红楼梦论稿》第128页，人民文学出版社1959年2月第1版。1990年9月第3版，2006年6月印刷本) 孤标傲世的林黛玉根本不能适应荣国府中宝二奶奶的角色，她将在新的冲突新的痛苦中走向悲剧。二十年前，笔者在思索薛林艺术形象的对举、木石前盟和金玉姻缘之对峙时曾设想，"倘若薛宝钗从来不说混账话，不曾劝谏留意仕途经济之类，是否能赢得贾宝玉那一颗赤子之心呢？回答仍然是否定的，对于贾宝玉来说，虽则两者都是美，但却是全然不同的美质。一种是能够与之感应、沟通、契合的，另一种则不能。形而上的精神生活、心灵契合，才是木石盟约不可移易的本原。可以认为即使不存在思想倾向、人生道路方面的分歧，薛宝钗这样个性气质的女性，依然不可能成为贾宝玉的意中人。而林黛玉即便真的成了宝二奶奶，她的个性气质也不可能使她称职遂心，依然不能摆脱悲剧的结尾。看来，她们的悲剧不单是爱情悲剧、婚姻悲剧、伦理悲剧、社会悲剧，也是性格悲剧、命运悲剧、存在悲剧。《红楼梦》曲中'叹人间，美中不足今方信''到底意难平'一类感喟，不仅是对小说中具体的生活故事而发的，也是对普遍存在、永远存在的人生局限和人性局限而发的，因而悠长深远，不仅属于过去，也属于现在和未来"。(吕启祥《老庄哲学和红楼梦的思辨魅力》载《红楼梦学刊》1993年第1期)

话似乎扯得有点远，然而牵一发动全身。这是林黛玉的临终之言，是小说塑造第一女主人公的最后一笔，关系到黛玉对宝玉的全部痴情如何归结，关系到木石前盟的前世今生。笔者难以认同的原因已如上述。说实在的，对于后四十回的许多精彩之处，之所以未能心悦诚服，甚至感到若有所失，情形往往类乎此例。也就是说，作品原本具有的蕴含于人物关系和艺术构思之中的，或曰超乎故事层面的东西不复存在了。许多学者和同道在论及后四十回落差时常有憾于其缺少灵气、缺少诗意和哲理、缺少生活的气脉、缺少优美的意境等，笔者深有同感。王蒙说得干脆，"它不再是艺术精品而沦为平常之作"。（王蒙《话说红楼梦后四十回》载《红楼梦学刊》1991年第2期）平常之作当然不是平庸之作，但也不再是经典之作。艺术经典才会百读不厌，激发读者探寻它内在的诗意与美感，领悟那言外之意和象外之旨。

对于后四十回的许多场面和情节，历来歧见多多，褒贬悬殊。几乎很少有一种作品会引发如此不同的感受和争议，就事论事，或可见仁见智，就作品的整体而言，恐怕不那么简单。如果人们把《红楼梦》看作是一个恋爱婚姻悲剧、家族伦理悲剧、甚至社会历史悲剧，那么许多分析都是有道理的。然而《红楼梦》是一个"悲剧中之悲剧"，乃"一宇宙之大著述"，拜王国维所赐，我们在他开创的阐释空间里发现了《红楼梦》超越于一般的悲剧，它是命运悲剧、存在悲剧。在人类历史上，宇宙意志和社会意志常常是不可抗拒的，个体的人往往不能掌握自己的命运，这就产生了所谓宿命感或曰命运感；而作为人、真正的人不能没有主体性，在与自然（包括疾病）和社会抗争（哪怕是微弱的抗争）中实现自身存在的意义，这就是人的尊严和价值。《红楼梦》的作者对人生和人性有极为精微独到的体察，他不一定很自觉，但在这样一个高度上思考了人与社会、人与他人的关系，人的存在的悲剧才得以被深刻地感受和表现出来。如果说笼罩《红楼梦》全书有一种无可摆脱的宿命感或曰命运感；那么，其对"人"的发现和礼赞则是一束穿透迷茫动人心弦的亮光，对于人性的开掘更是一帖沁人肺腑的良药。小说中黛玉、晴雯、鸳鸯以及一干女儿们像花朵一样美好却是弱小无助的，但当她们有所不为、有所不甘、有所不愿时，我们看到了人的尊严。在荒漠一样的人世间贾宝玉偏要多所爱，这就必然带来大苦恼，成就了他的大悲悯，显示了作家的大手笔。其中有的女儿并无多少自我意识或曰比较麻木包括平儿、香菱、袭人这样一些出色的丫头、侍妾，则通过宝玉的眼睛和感觉来彰显她们作为人的价值。书中那些并不可爱甚至可恶的人物如弄性尚气的薛蟠、徇私枉法的雨村以至欲望难遏的贾瑞，作品不仅写了他们做什么，还揭示了他们为什么这样做或不得不这样做，因而怀有一种超乎人物之上的悲悯。至于贾政、凤姐等人更不是道貌岸然、机关算尽一类评论可以穷尽，即便到了后数十回，王夫人、贾母等也不是凶残、冷酷能一语定格的。小说在互为表里、互为因果、相互依存、彼此消长的种种关系中展现世情、刻画人物。人物本身存在着矛盾、作家的心灵也充满着矛盾，在大观的此岸与大荒的彼岸、昨日之我与今日之我、依恋与超脱、入世与出尘之间徘徊，有矛盾就意味着一种张力、就使人感到厚重、深邃，捉摸不透，把握不定。作品那种说不清道不尽的意蕴往往根源于此。到了后四十回似乎明朗、强烈了，但变得单薄、平面、一览无余，失却了原有那种醇厚、立体、多棱多维的意味。像生活本身一样五味杂陈五色俱全的原生态的《红楼梦》，沦为虽有形迹而缺少血脉神韵的次生品了。

五

既然不满意、不满足于现在的后四十回，究竟怎样才是所期待的呢？答曰：不知道。原著杳然。所谓"据雪芹原意"创撰或"据残稿补成"都靠不住，那些据前八十回伏脉及脂评提示线索所作的推测只能是一种研究而非创作，而且推考出来的构想很可能是成书过程中某个阶段之设想而非定稿。总之，欲睹原著乃属奢望。

于是还有一种可能性也并非是全无道理的，那就是，《红楼梦》本来就没有写完，书至八十回难以收结，难以完成。《红楼梦》的前八十回远非完美，历来指谬摘误者很多，就章法结构而言、铺展得太开，俞平伯先生早就指出，全书上半部与下半部的分界"应在五十四、五十五回之间"，（《俞平伯论红楼梦》第694页，上海古籍出版社1988年3月第1版）戚本此处有"恰似黄钟大吕转出羽调商声"之评，此后本当急转直下，而实际上还在继续铺展，照此做法，将不止百二十回，难以收拢。当代作家王蒙也说过："这样一部包罗万象，像生活本身一样无始无终、无涯无际的长篇小说结束它是太困难了"。何况，"读小说读的是这个过程而不是结论"。（王蒙《话说红楼梦后四十回》载《红楼梦学刊》1991年第2期）诚然，文学作品不是数理解题，列出了方程式不一定要给出答案，让读者自己去寻找答案，去思考求索不是更好吗！"五四"以后，有所谓"问题小说"，风行一时的《娜拉》，全剧结束时"砰"的一声关门出走了。鲁迅问道"娜拉走后怎么样？"答案不止一种。可见，没有结尾，或开放式的留白也是一种可能。还有人说，断臂维纳斯就很美，《红楼梦》前八十回已蓄足了势、埋下了足够的伏线和预兆，不补不续亦无不可。当然，这些大抵是现代人的揣想，在《红楼梦》的时代，怕是难以收束、未及完成，或是写完而真的迷失了。于今，只留下了永远的遗憾，成为一个绵延不绝的话题。

这一话题虽则诱人却很难解。由于我们对作者所知甚少，成书过程又十分复杂，特别是作品本身意蕴丰厚；因而后四十回既包含实证问题，也是理论问题，既是一个创作问题，更是一个美学问题。长期以来，笔者曾冥思苦想而一直未敢落笔。本文始于困惑，也只能终于困惑。

写于二〇一二年由春至夏

也谈《红楼梦》程乙本对程甲本的改动

——以第六十八回至第七十七回这十回为例

一 缘起

两年前的2012年,笔者为纪念程高本刊行220周年曾为本刊写过一篇《不可替代的后四十回及诸多困惑》的文章,其中谈到的困惑之一就是从程甲本到程乙本的改动。在中国出版史上,相隔不到三个月而相继刊印两本内容基本相同仅有少量文字差异的近百万字的长篇小说,恐怕是绝无仅有的事。从程甲本到程乙本,究竟为什么改、改动了多少、是改好了还是改坏了,这是一个颇所歧见、不易解释的难题。

前贤和时彦早已关注并研究这个问题了。除程高整理者本身和首倡程乙本的胡适、汪原放外,早在1954年王佩璋就曾用甲乙两本逐字对校,撰成文章。近年刘世德作为资深的版本研究家在《文学遗产》2009年第4期上刊发了《从〈红楼梦〉前十回看程乙本对程甲本的修改》,全文分十个小节,对两本做了比勘分析,推出了相应的结论。前十回尤其是前五回在全书中有特殊重要的意义,故选取头十回确有解剖麻雀的典型意义。最近陈庆浩、蔡芷渝以杨藏本为中心,对《红楼梦》后四十回的版本做了专门研究,以逐行剪贴逐字比对之法,发现甲、乙两本的异同增补状况,此种"大面积"的实证研究,自有其说服力。(陈庆浩、蔡芷渝:《〈红楼梦〉后四十回版本研究——以杨藏本为中心》,《中国文化研究》,2013年第4期)

正如刘先生所言，程本《红楼梦》长达一百二十回，若要全面地、完整地探讨程乙本对程甲本的修改，势必要费很大的事，思来想去，采取了选取前十回的解剖麻雀法。笔者当然更没有能力和精力来做全面性的工作。面对学界的难题和自己心中的困惑，只想在时贤的启示下，做些力所能及的事情。因而这里只在前八十回的范围内，选取另一个十回即第六十八回至第七十七回，这十回也许缺乏典型性，不一定收到解剖麻雀的效果。但它毕竟是另一个局部、另一个角度，是八十回中靠后的部分。之所以避开第六十七回，是因为在程乙本引言中说，程高所见各本"繁简歧出，前后错见。即如六十七回，此有彼无，题同文异，燕石莫辨"。既然整理者已明言此回可靠性差，那么就索性从下一回即第六十八回起始，选取自第六十八回至第七十七回这十回，做一对校，其所得出的数据和所见的异同，或可对此前诸家的成果做些补充和呼应。

这里还要特别说明的是笔者所据的本子均由老友版本专家杜春耕提供。程乙本系桐花凤阁评点萃文书屋梓板《程乙本红楼梦》；程甲本系中国书店出版社《红楼梦·乾隆间程甲本》，杜先生得到此本后曾逐回核对，发现此书极有价值，实际上是一部程甲与程乙的混装本。经他甄别，笔者本文所讨论的自第六十八回至第七十七回这十回确系程甲本，同时，经杜先生详考，程甲原本在出售前就有相当多处的手改、贴改或挖改的文字，属于对正文文字讹误的自我改正。(杜春耕《萃文书屋程甲程乙再考》，《红楼梦学刊》2014年第1辑) 故本文举例一概不涉此类改笔。

二 各回遵守每页起讫文字相同的原则，但也有少数相异

现将起讫字的同异状况开列如下，并做一统计。按每一页均有A面和B面，各回最后一页则有的有A、B两面，有的仅有A面(B面空白或为评语)，故对校之时按面检看，亦按面计算。

第六十八回：计15页29面，29面全同。相同率为29/29

第六十九回：计12页23面，21面全同。相同率为21/23

第七十回： 计11页22面，20面全同。相同率为20/22

第七十一回：计15页30面，30面全同。相同率为30/30

第七十二回：计13页26面，24面全同。相同率为24/26

第七十三回：计甲本12页24面，乙本13页25面，21面全同。相同率为21/25

第七十四回：计20页39面，35面全同。相同率为35/39

第七十五回：计15页30面，30面全同。相同率为30/30

第七十六回：计14页27面，25面全同。相同率为25/27

第七十七回：计19页37面，36面全同。相同率为36/37

可以看出，在这十回中，起讫字完全相同的有三回，其余七回有14面不同。

将这十回做一汇总，程甲本计146页287面，程乙本计147页288面（较程甲本多出一面），两本起讫字相同者271面。总计相同率为271/288，换算成百分比为94.1%。

三 各回正文改动的统计

在这里，改动计处不计字，因大多属一字之改，也有二字或多字之改，有时是上下颠倒或前后移动，难以用字数表述。加之笔者没有条件用每行剪贴之法一一比勘，只能以有限之目力对校两本，疏漏重复在所难免。以下所列为程乙本对程甲本改动处的大致统计：第六十八回95处，第六十九回76处，第七十回60处，第七十一回88处，第七十二回76处，第七十三回111处，第七十四回84处，第七十五回73处，第七十六回62处，第七十七回63处，共计768处。

若以每处平均改动2字计，则768处改动约1500字，这十回中有四回回末乙本增字颇多，共计150余字，两者相加，不会超过2000字。而这十回的总字数为69120字，盖因每面10行，每行24字，计每面240字；十回共288面，版面总字数为69120字，亦即不足7万字。在7万字中有不到2000字的改动，其改动率仅为不到3%。

由以上两节可以认定，程甲、程乙两本确实属于大同小异，而其相异即改动处，正是我们关注的重点。分别讨论这些改动，包括回目的异同、回末的增添、两本的对错优劣等。

四 回目的异同

在这十回中，有四个回次的回目文字有出入，可分为两种情况。

一种情况是文字颠倒了。如第六十八回甲本作"苦尤娘赚入大观园"；乙本为"尤苦娘赚入大观园"，又将"尤苦"二字勾过来改正。又如第七十四回甲本作"红楼梦第七四十回"，乙本作"七十四回"不误。

另一种情况为改字。如第七十回，上句"林黛玉重建桃花社"，乙本划掉"建"字，旁改为"启"，系毛笔手写，似为批者所致。又如第六十九回，甲本回目为"弄小巧用借剑杀人　觉大限吞生金自逝"，系八字联语；乙本将上句"用"字圈去，将下句"觉大限生"四字圈去旁改为"受暗气"，第四字看不清，"逝"字圈去改为"尽"。改后回目联语为七字句"弄小巧借剑杀人　受暗气吞金自尽"。改字亦为毛笔手写，系批者所为，上有眉批认为原回目"欠妥"可证。

五 回末结尾处的增添

在这十回中，有四个回次的结尾乙本大加增添，各有数十字之多，且看：

（1）第六十九回结尾，在该回第12页A面：

甲本：(贾琏)伴宿　要知端的且听下回分解

乙本：(贾琏)伴宿　放了七日　想着二姐旧情　虽不大敢作声势　却也不免请些僧道超度亡灵　一时贾母忽然来（叫）未知何事　下回分解

此处乙本多出36字，与下回起首处呼应。末句仍同甲本。

（2）第七十三回结尾，在该回12页B面：

甲本：迎春笑道正是多少男人　尚且如此　何况我呢一语未了只听又有一人来了不知是谁下回分解

乙本：迎春笑道正是多少男人　<u>衣租食税　及其事到临头</u>　尚且如此　<u>况且太上说得好　救人急难　最是阴骘事　我虽不能救人　何苦来　白白去和人结怨结仇　作那样无益有损的事</u>　呢，一语未了只听又有一人来了不知是谁下回分解

此处乙本多出50字。迎春似不太可能说这么一大篇话来发挥太上之意，与她沉默少言的个性未必相符。末句仍与甲本同。

（3）第七十四回结尾，在该回19页B面：

甲本：大家倒还干净　尤氏也不答应一径往前边去了不知后事如何下回分解

乙本：大家倒还干净　尤氏<u>听了越发生气　但终久他是姑娘　任凭怎么样也不好和他认真的拌起嘴来　只得索性忍了这口气　便</u>也不答言　一迳往前边去了未知后事如何且听下回分解

此处乙本多出40个字，写尤氏何以忍下惜春这口气。末句仍与甲本同。

（4）第六十八回最后一页即15页A面，有两处异文：

甲本：贾蓉亲身送过来　才回去了

乙本：贾蓉亲身送过来　<u>进门时　又悄悄的央告了几句私心话　凤姐也不理他　只得快快的</u>回去了

此处乙本多出25字，着笔贾蓉与凤姐的暧昧关系，与全书同类性质的描写相一致。

又一处：

甲本：不知凤姐又变出什么法儿来且听下回分解

乙本：不知凤姐又<u>想</u>出什么<u>计策</u>　且听下回分解

此为回末结句，乙本改动三字，讫字仍与甲本同。

从以上对校可以看出：

第一，程乙本对程甲本的改动到了回末往往"放开手脚"，大幅度地增

添，因为此时可以不受版面的约束，不必拘谨地增减字数与程甲本取齐。因而末页讫字尽管与程甲本相同，却会多出若干语句。这种情况，在笔者选取的十回中占了四回，达到40%，几率不可谓不高。

第二，这些增添对人物关系的描写也许有所助益，如尤氏和惜春、凤姐和贾蓉、贾琏和尤二姐等，但有时也会适得其反，如迎春那一篇话。

此种现象即数十字的增改，只能在回末看到；正文中改动的基本形态则多是一字之改或二字、几字之改，处所虽多改字却少。下面来看正文的改动。

六 程甲本对，乙本改错；甲本较优，乙本改差

甲对乙错之例：

（1）甲：拆开

　　　乙：折开（见第七十回第7页A面）

（2）甲：便更衣復入园来

　　　乙：便更衣服入园来（见第七十一回第3页A面）

（3）甲：深恶此道　原非圣贤之制撰

　　　乙：深恶说这　原非圣贤之制撰（见第七十三回第2页A面）

（4）甲：你反不及他一半

　　　乙：你反不及他一点（见第七十三回第7页B面，"你"指迎春，"他"指探春）

（5）甲：姑表姊弟

　　　乙：姑表兄妹（见七十四回第17页A面，指司棋潘又安）

（6）甲：常常失眠的

　　　乙：常常不眠的（见第七十六回第14页A面）

（7）甲：这凸凹二字

　　　乙：这凸凹一字（见第七十六回第5页B面）

（8）甲：往日形景

221

乙：往日行景（见第七十七回第16页B面）

甲优乙差之例：

（1）甲：没良心的种子

乙：没良心的东西（见第六十八回第9页A面）

（2）甲：银子上千钱上万

乙：银子钱上千上万（见第六十八回第5页B面）

（3）甲：常日倒还不觉人少

乙：往常倒还不觉人少（见第七十五回第12页A面，此语重点在说节日和常日的比较，而非现时和往常的比较，故甲本合理）

（4）甲：直是宝玉有疑他之意

乙：只是宝玉有疑他之意（见第七十七回第9页A面）

七 程甲本错，乙本改对；乙本文字优于甲本

甲错乙对之例：

（1）甲：并天下死绝了男人了

乙：普天下死绝了男人了（见第六十八回第8页B面）

（2）甲：荣国府中单请官客 宁国府中单请堂客

乙：宁国府中单请官客 荣国府中单请堂客（见第七十一回第1页B面）

（3）甲：人牙儿也没有

乙：人芽儿也没有（见第七十一回第7页A面）

（4）甲：我有古董账

乙：我看古董账（见第七十二回第4页B面）

（5）甲：老人家

乙：老家人（见第七十二回第11页B面）

（6）甲：忘想

乙：妄想（见第七十三回第8页B面）

(7) 甲：探春道何用问

　　乙：迎春道何用问（见第七十三回第8页A面）

(8) 甲：只怕睡不着

　　乙：只是睡不着（见第七十六回第14页A面）

(9) 甲：虽这样犯舌

　　乙：谁这样犯舌（见第七十七回第7页B面）

(10) 甲：藏地庵

　　乙：地藏庵（见第七十七回第19页A面）

乙本较优之例：

(1) 甲：少不得饶恕我这一次

　　乙：少不得担待我这一次（见第六十八回第14页B面）

(2) 甲：二姐忙行了大礼展拜起来又指着

　　乙：二姐忙行了大礼凤姐又指着（见第六十九回第1页A面，乙本使人称合理，是凤姐指着而非二姐指着）

(3) 甲：并无娶之说

　　乙：并无强娶之说（见第六十九回第2页A面）

(4) 甲：自己已气病了

　　乙：自己先气病了（见第六十九回第5页A面）

(5) 甲：小人家

　　乙：小户人家（见第七十一回第13页B面）

(6) 甲：自然还有

　　乙：自然还有好的（见第七十二回第13页A面）

八　程乙本对程甲本的改动，更多的情况是使之口语化、儿化，有时则是规范化

比如改"之"为"的"、改"几日"为"几天"、改"若"为"要"、改

"与"为"给"、改"不曾"为"没有"、改"如何"为"那里"、改"如今"为"这会子",等等。儿化则处处皆是,如"今儿""媳妇儿""孙女儿""解闷儿""圆房儿""属兔儿""可怜见儿",等等。儿化属以北京话为基础的北方方言里才有的语言现象。还有一种改动也与去南风从北俗相关,明显的例子是改"吃"为"喝"。程甲本里所有"吃酒""吃茶""吃了"在程乙本里均改为"喝酒""喝茶""喝了"。再如改"手帕"为"绢子"、改"点心"为"饽饽"、改"主人"为"主子",均属此例。

口语化的又一种情况是改动某些较深奥的文言词语。如将"迩来"改为"如今"(第七十三回第4页A面),将"何必又生杀戮之冤"改为"何必又去杀人作孽"(第六十九回第7页A面);有时则将近古白话改为现代白话,如"我劝你能着些儿罢"改作"我劝你耐着些儿罢"(第六十八回第5页B面)。

由于"的""了""么""呢"这些助动词、语气词的添加,使程乙本字数上填平补齐,达到了与程甲本相等,在使每面起讫相同方面,起到了重要的作用。

还有一点应当提及的是,程甲本中往往出现少量异体字或简化字,程乙本则改动使之规范。前者如"丫嬛"改为"丫鬟"、"寔在"改为"实在"、"心下筭定"改为"心下算定",后者如"绝了后"改为"绝了後"、"干净"改为"乾净""落泪"改为"落淚"等。对于一部面向广大读者的文学作品来说,文字规范化是十分必要的。

九 几点认识

从以上的对校分梳中,难以得出结论,只能归纳几点认识:

(1)从程甲本到程乙本,无论文字或版面,均为大同小异。

(2)程乙本订正了程甲本的若干讹误,趋向完善。可证程高在引言中说,"初印时不及细校,间有纰缪。今复集各原本详加校阅,改订无讹",洵非虚言。也说明胡适肯定程乙本,认为它"有许多改订修正之处,胜于程甲本",

并非无据；汪原放认为乙本力避文言字眼，用白话，用俗语，用北京话，有益读者，亦可于此得到印证。

（3）程乙本又确有改错改坏的地方。王佩璋在两本逐字对校后断言，"越该越坏"，惜乎我们未能看到她未刊的原文，只看到她举出的属于后四十回的例子。而从本文对校的范围即前八十回内，同样可以看到乙本改错改坏的例子，足证王佩璋的论断也是有根据的。

（4）最后仍须重申，笔者选取的仅为第六十八回至第七十七回这十回，仅为全书的十二分之一的局部，且未必具有典型性。故所见必定有局限性以至片面性，不宜遽作结论，只云"几点认识"，仅供同好参考。

二〇一四年农历甲午新年完稿

第二编　红楼文心

这一部分是对《红楼梦》作品文本研究的一个缩影。几十年来，所写这方面文章的数量最多，包括人物分析、艺术开掘、深层意蕴的探究等，不下百篇之数。从八十年代之初有关薛宝钗《形象的丰满和批评的贫困》、林黛玉《花的精魂 诗的化身》，到《文史知识》上的一系列短文；从《红楼梦形象体系的辩证机趣》，到《作为精神家园的红楼梦》；凡有所作，都是从文本出发的会心之言，都是把《红楼梦》作为一部文学作品、一个审美对象来看待，从而发现并探求其艺术奥秘和人生真谛。限于篇幅，上述诸文均不在本书内。人物方面仅收王熙凤一篇以作代表，余者带综论性的亦仅存数篇以概。近年纪念曹雪芹之文亦一并放在了这一部分。

《红楼梦》与东方女性之谜

《红楼梦》所揭示的东方女性之谜，是民族文化之谜，也是女性自身之谜，更是宇宙人生之谜。我们可以从各个层面上来解读这部作品，从而更多地认识自身，更好地走向世界。

人们对于未知的或知之甚少的东西总是怀有一种好奇心和神秘感，感到像谜一样充满了魅力。封闭的中国对于世界曾经是一个东方之谜，封闭的中国里更加封闭的女性自然更是谜中之谜。中国女性的生活和命运，对于不同文化背景的异国人来说，简直如同天方夜谭里的故事一样陌生和奇异。

如今，国门已经打开，然而比之那漫长的、封闭的历史时期，开放的日子为时尚短。况且，所谓"开放"，或曰"走向世界"，应当是双向的，即中国要了解世界，也要让世界了解中国。随着经济的开放和人员的交往，中国对外部世界的了解已日益增多，相对来说，外国人对中国的了解远不如中国对外部的了解。在大多数异国人眼里，古老的中国依然是个谜，东方的中国女性仍是谜中之谜。

隔阂和距离必然会产生误会和错觉，在一般的观念中，贤妻良母、逆来顺受型，或者多愁善感、柔弱抑郁型，便认作是典型的东方女性。是耶非耶？抑或有几分是又有几分不是？不必说局外人，即便是我们自己——现代的中国女性也未必说得清道得明。因为这里不仅有空间的(本土与异域)阻隔，还有时间的(历史与现代)的距离；不仅有民族文化的隔阂，还有女性自身的迷惘。

《红楼梦》这样一部以中国女性为描写对象的杰作，有助于我们解读这一谜团，更好地认识自身，从而更好地走向世界。

中国传统女性气质或即所谓"东方女性气质"常为人们称道，东方女性为了这一美誉曾经经历了无尽的苦难，付出了沉重的代价。《红楼梦》展现的"千红一哭，万艳同悲"的画卷，已经对此做了深刻的写照和发出了深沉的叹息。一般地说，温顺贤淑或者娇弱纤细都寓含着容忍、克制、含蓄、内向一类品性，其前提往往是她们的依附性。妇女的依附性是男权社会的产物，这是一个社会文化问题而不是女性自身的问题。在古老的中国，由于封建社会特别漫长，这种依附关系显得格外突出和强固，繁缛森严的宗法礼教对女性的价值观念、思维趋向、行为规范、表达方式都有种种限定和制约，它像一层厚重的面纱，把女性层层包裹、密密封闭，"谜团"之生，不能不与此相关。

红楼女性中，最富于个性意识、最重心灵自由的，自然要数林黛玉。即便是黛玉，同样不能免除这种包裹和压抑。她同贾宝玉之间那种虚虚实实的试探、真真假假的印证、曲曲折折的沟通，真是一波三折，肠回九转。有时也发生唇枪舌剑的对答和旁敲侧击的暗示，更像打哑谜一样，禅宗的机锋和顿悟，竟成了东方少男少女谈情说爱的绝妙外壳和最佳契机。这样的境界，只有"个中人"和解味者方能领略。记得北京大学老教授吴组缃先生曾经讲起，有位从学于他的外国留学生，研修完毕离去之时还迷惑不解地提出问题："林黛玉和贾宝玉既相爱又富有，为什么不挟财私奔呢？"这是多年前留下的一个话柄，足见外国人要读懂《红楼梦》不是一件容易的事。林黛玉在他们那里是个谜，即便是一些细节也难以让人理解，比如她明明对《西厢记》爱不释手，默诵心领，可偏要嗔怪贾宝玉"该死"，"好好的把这淫词艳曲弄了来，学了这些混话来欺负我"还声言要去告状。这岂不是口是心非！殊不知此时此刻、此情此景中的千金小姐林黛玉，只能是这样来反应和表达的。就算是性格开朗、豪爽旷达的史湘云，她可以天上地下纵谈"阴阳"，可是当翠缕一问"人的阴阳"时,她便立即岔开,王顾左右而言他了。小姐们固多矜持,丫头们也马虎不得,小红对贾芸的情意只能靠一条手绢来辗转传递,司棋和情人幽会更成了一桩不可饶恕的罪愆,即使并未败露,也使她从此背上了沉重的心灵十字架。一切异端、邪念、新芽,在这层面纱下萌发和躁动时,更增添了这个谜团的惝恍迷离和捉摸不定。

对于那些安分随时、恪守规范的女性,与其说这种包裹和拘约是来自外部,不如说是来自她们内心,亦即她们自身。这是一种更为彻底的自我封闭。她们总是自觉自愿地奉行社会为她们规定的角色,无怨无悔,甘之如饴。李纨青春丧偶而能心如枯井,唯知侍亲养子,她是长辈眼里最为称职的"珠儿媳妇",也是同辈之中普受尊敬的"珠大嫂子",唯独忽略了她自己。还是个姑娘家的薛宝钗,她的洞明世事练达人情早已遐迩闻名。她能干,但从不逞能揽事;她有才,也从不扬才露己;她心中未必没有感情的波澜,而能控驭自如。可以预料,在"金玉良姻"缔结之后,贾宝玉无论是富贵还是贫贱,是在家还是出走,是活着还是死去,薛宝钗都将恪守名分、忠于厥职,把宝二奶奶的角色扮演到底。应当说,这样的女子是最有教养的,而她们的文化行为却导致了她们自身的悲剧。这是典型的文化悖论。她们的心灵之谜只能这样来解读。

另有种种由东方女性意识变种而生发的人文景观,比如有一朵开得很盛的"恶之花",其名曰"妒"。"妒"这顶帽子,常常是封建道德对女性人格扭曲后加上的恶谥,在妒的名义下,使女子自相虐杀,保护的是男性中心的多妻制。在《红楼梦》里,以凤姐的争胜好强,也不得不承认丈夫的纳妾是正当的,她有限度地容纳了平儿,有条件地接受了贾母关于鲍二家的事件的裁决。在对尤二姐的处置上,完全应了兴儿的话:"嘴甜心苦,两面三刀;上头一脸笑,脚下使绊子;明是一盆火,暗是一把刀。""人家是醋罐子,他是醋缸醋瓮。"由醋妒酿成的奇冤惨祸,如果不是放在宗法礼教和社会舆论的背景下,单单用个人品质的恶劣是难以解释的。凤姐之辣为妒所强化,矛头不可能指向贾琏,只能指向比她弱小的女子,让她们充当诗礼之家神圣祭坛上的牺牲品。

由于《红楼梦》里中国女性的生活和命运是同孕育她们的历史传统和文化背景一同展现的。大至生杀予夺婚丧嫁娶，小至举手投足一颦一笑，无不烙有民族文化的深刻印记，结识这里的人物，如同开启一扇窗口，可以帮助你进入这个悠远独特的社会文化氛围之中，揭开蒙在她们头上的面纱。

至此，你也许会发现，生活在东方文明古国里的女性固然受到太多的桎梏，而这种桎梏并非东方的"专利"，她们的基本处境与其他文明社会中的女性并无根本的差别，即都得从属和依附于男子。其实，女性在历史中的失落，中外都一样。在西方，人们也认为"爱"之于男子只是人生插曲，对于女子则是生命全书。或说丈夫从来是"女人的职业"，失落了理想的丈夫就如失业一般，惶惶不可终日。可见，女子的依附性以及对她们的歧视和偏见，其源头是一个，即男性中心的社会结构。

在男性中心的社会结构中，女性想要走出传统家庭的狭小圈子，介入社会生活，有所作为，就不得不按照社会通行的价值观念和行为规范去做人行事。在这一过程中，常常不得不丧失自己女性特点，以至为男性社会同化，或者干脆隐蔽自己的性别身份。历史上那些女扮男装建功立业的故事，正是这样一种典型的文化现象。现实中，渴望自强的事业型女子也有意识地向男性认同。这都反映了女性在摆脱依附性、摆脱歧视的同时，往往也失落了性别本身。这是一种误区。

须知女性问题的全部奥秘在于：首先，必须摆脱依附性，成为具有独立人格的人；而后，在更高的层次上回复为女人——不是传统女性或新式贤妻良母，而是具有丰富文化内涵和良好心理素质的、正视自己性别身份的女性。回头来看看《红楼梦》，就会发现，作家把女子看作"人"，同时，并没有失落她们的"性"。也就是说，作品在呼唤女性人格尊严的同时，展示了女性的丰富心灵和独特魅力。《红楼梦》并没有采取女扮男装的模式，也不去一味夸张女子的奇才懿行，不过"小才微善"，而是着眼于中国女性丰富的文化性格，深入开掘，多方观照，展现了其复杂性和微妙处。这应当看作是《红楼梦》对"女性之谜"的一种解读。

红楼女性的才干和智慧并不在于她们做出了多少惊天动地的辉煌业绩，而往往表现为一种素质和潜能。她们活动的舞台超不出家庭的范围，从昔日的贾母算起，到今日的凤姐，还有代理的探春，都只能在当家理事这个圈子里施展。威名远播的"王熙凤协理宁国府"不过短短一个月，众口交赞的"敏探春兴利除宿弊"更只是临时代管，正是在这样有限的时空中，她们却导演了有声有色、有条有理、有板有眼的一幕。前者足见杀伐决断之威，后者可知识见谋虑之深。所谓"金紫万千谁治国，裙钗一二可齐家"，在"家国同构"的传统宗法社会结构中，齐家和治国一脉相通，作家是意识到这一点的。当然，她们都是凡人，探春改革并未成功，凤姐也终于心劳力诎，这与其说是她们个人的失败，还不如说是客观条件所限。"凡鸟偏从末世来""生于末世运偏消"，时代已到"末世"，家族已经衰落，又怎能苛求她们逆转大势呢！设若有更好的时代条件，更大的活动空间，她们将有怎样的施展发挥，是不言而喻的。更何况，红楼女性中，有机会"露一手"的是少数，比方就宝钗而言，非不能也，乃不为也；李纨也非生来就是菩萨奶奶；秦可卿更是上下瞩望的一把好手、惜乎早夭。由此推想开去，潜在的、未发挥、待开掘的，正不知有多少。

受到更多限制和掣肘的是丫头，然而表现更为出色的也是丫头。平、袭、鸳、紫等辈哪一个不是好样的！她们的地位十分卑微，有的甚至未出娘胎就注定了是奴才的命。即所谓"家生子儿"；可她们的为人行事识见才能则丝毫不逊于任何主子姑娘。只消举出"判冤决狱平儿行权"一例便够教人折服了。查明了案情，解脱了无辜，稳定了大局，戒饬了初犯，点到为止，留有余地。事情虽不大，牵涉的方面却很多，平儿处理人际关系的高超艺术和解析复杂矛盾的决策能力，于此可见一斑。凤姐亲自出马也未必有此周全妥帖。鸳鸯是贾母身边须臾不可离开的无可替代的一个丫鬟，位卑而任重，二者形成了强烈的反差。鸳鸯将何以自处，又何以处人！她自重而不僭越，自爱而处处体恤他人，博得了上下左右的倚重。不要忘了，她们是在人身不得自由、主人随时都可以将其当作"物"来任意处置的前提下做出这一切的。设若换了一个自由的天地，她们的智慧和潜能得到释放将是怎样地不可估量！即使是那些并不起眼尚未被赏识的二三等小丫头，也不可等闲视之。小红在怡红院中是被埋没的角色，一旦被发现和起用就有了光彩，她受命传王熙凤那一串话，不啻是一篇单口相声，这不仅是语言能力问题，也是对人际关系的理解和把握的问题，用今天的话来说，便是有出色的公关能力。

红楼女性的内心世界比她们的外在表现远为丰富和复杂。无论她们扮演何种社会角色，具备何种秉性气质，作家都努力探索她们心灵的奥秘。上文提到，女性的封闭是社会历史造成的，反映在心理上，她们往往要承受更多的负荷，需要有更强的自控能力和调节机制，才能抵御生活带来的压力，适应各种难以预料的变故。举一个最为显豁又最为人们熟悉的"元春省亲"的例子便可说明。元春以贤孝才德选入宫中，以社会角色论，她属君臣关系中的君、主奴关系中的主，位居尊上；以家庭位置言，她是祖孙关系中的孙、父女关系中的女，辈属幼下。理性使她自愿啃啮那深宫寂寞的苦果，强迫自己履行贵妃的义务和仪节；感情又使她难以割舍亲子之爱、天伦之乐的血缘纽带。两种角色间的矛盾与悖谬使她处在一个张力场中，"省亲"之举实在是对她心理素质的严峻考验，角色变换之速、感情起伏之大，需要非同一般的自控能力和调节机制。在元春，竟有血有泪、有情有理、有分有寸地渡过了这一难关！具有出家人身份的妙玉，其实与闺中女儿有同样的情怀。单调的禅门日课远不能解除她精神生活的孤寂，品茶、赠梅、弈棋、飞帖诸端、传递出她心灵不宁的信息，人们由此窥见她"云空未必空"的内心矛盾和人生困境。

现代心理学认为，每个人的人格结构中都存在着社会人格和自我人格两个方面，前者是人格结构的表层，后者反映人的天性要求和自由心灵，体现人格的本质部分。从这个意义上说，谁都具有双重人格，元春作为贵妃和妙玉作为尼姑，是社会规定她们必须扮演的角色，这是她们的社会人格，她们的自我人格必然受到压抑和扭曲。至于其他女性，比如宝钗的以理制情，即以社会要求的道德规范来抑制内心的感情，探春的依宗法观念来弱化亲子之情，以至于像黛玉这样率真地表露自己天性和自由心灵的人，也不免要受闺范的约束。可见，自我控制有其调节和适应群体生活的合理方面，也有压抑和摧残人的自由天性的负面。个性觉醒的程度愈高，两种角色间反差愈大，内心的矛盾和痛苦也就愈多愈深。《红楼梦》以其深微婉曲的笔触，揭示了在那个社会条件下，女性社会人格和自我人格的分离和悖谬，从而显示出她们在心理张力场中非凡的承受能力和出色的调剂机制。

《红楼梦》探寻女性世界的奥秘，还深入到了审美——这女性之谜的王国。

解读女性之谜不能忽略了审美，在这一领域里女性占有天然的优势。女性既然不能向外部世界发展，就只有诉之内心、诉之情感，而情感，正是审美活动中不可缺少的、起决定作用的因素。

红楼女儿正是敏于感受美、善于赏鉴美、精于创造美的一群。女性感情的丰富细腻使她们对自然、对人生常常有十分敏锐的感受和极其丰富的想象。林黛玉以"多愁善感"著称，正因"善感"，才使她的审美创造最有光彩。唯有她，才会在花谢花飞之时，由花及人，悼花伤己，成就了一篇发自肺腑的《葬花吟》。她的阅读《西厢记》、倾听《牡丹亭》，是在用心去感应，以情来沟通，才会达到心动神摇、如醉如痴的境地。以"痴情"为生活第一要义的林黛玉，把生活也诗化、审美化了，她本人就是诗的化身。黛玉之外，"痴"者多有，程度不同，秉性各异，大观园中，"葬花"的同时便有"饯花""扑蝶"，此外更有"画蔷""斗草""醉眠""啖腥""立雪"……无一不是"园中韵事"，可画可诗。其中最富审美个性的要数"醉眠"和"啖腥"的主人公史湘云，快人快语，洒脱不羁。谁说女子只有阴柔之美，豪放就是男性的专利？请看史湘云的风采！至于大观园诗会，自然是红楼女儿审美活动的集中表现，但那精粹，不在诗作本身的艺术水平，而在一种兴会、一种情趣，或说就是一种审美的要求、审美的愉悦吧。凭借此点，才能把大家聚结在一起，自我娱乐，陶情冶性。

赋诗饮酒似乎是主子小姐的事，不识字的丫鬟是否就被排除在审美殿堂之外呢？请看那些心灵手巧的丫鬟，谁能说她们不懂美、不懂艺术呢！在审美领域内，丫鬟和小姐同样秉有天赋、甚至怀有绝艺。她们不仅能赏鉴，还能创造美、创造艺术。晴雯能把一件华美贵重的"雀金裘"织补得天衣无缝，莺儿能把各色丝线配搭打成鲜亮的络子。龄官、芳官等一班女伶，年纪虽小，出身贫寒，却也有自己的艺术追求。香菱尽管命途多舛、沦为婢妾，却渴望精神的丰富，以她的禀赋和勤苦，执着追求，终于叩开了文学艺术中诗之王国的大门。

审美，对于揭示女性世界的奥秘是不可或缺的。女性蕴之于内的优美气质和动人魅力，常常由此产生。

当人们惊叹《红楼梦》女性的文化性格是如此丰富多彩，她们的个性特色是如此鲜明突出之时，就可以领悟到，作家对于女性的认识和把握达到了这样的程度：她们是人，而且是丰富的人。作家没有为了提高她们的地位和尊严而把她们男性化，而是着力于"人"化。开发本来属于女性自身的良好素质和丰富内涵，包括显形的和潜在的。这个"女性之谜"不仅属于东方，也存在于其他民族和地区，存在于一切有女性的地方。因此，《红楼梦》所揭示的东方女性之谜，有助于女性更好地认识自身、完善自身。

末了，还应该提到《红楼梦》的东方女性之谜已经升华为宇宙人生之谜，它不但属于女性，而且属于人类。在生命本源、人生价值等问题的哲理思考和终极关怀上，《红楼梦》具有超越某一畛域的空灵悠远的精神品格。《红楼梦》中形形色色的谜语和对全书的谜一样的生生不已的解读，都说明了这一点。有许多研究者已经并且正在从这一角度进行探索，不是这篇小文所能包罗的。

优秀的文学作品是精神的桥梁、文化的使者，对于不同民族和人民的相互沟通和理解具有不可忽视的作用。平湖——乍浦是《红楼梦》最早走向世界的地方，理应为这部杰作的解读并通过她增进各国人民的了解和友谊做出更多的贡献。

作者附记：本文为1993年10月于浙江平湖召开的纪念《红楼梦》出海200周年学术讨论会而作，其要点亦为同年11月在香港中华文化促进会中心举办的讲座上的发言。平湖乍浦港是清乾隆五十八年(1793年)载有《红楼梦》船只的起航之地，留下了《红楼梦》走向世界的最早记录。200年后在此研讨并建亭纪念。亭上有名家题咏：

冯其庸先生题联
梦从此处飞去　渡碧海青天散落大千世界
石自那边袖来　幻痴儿骏女真情万劫不磨

端木蕻良先生题联
绛雪融融　青埂流芳别乍浦
炉烟袅袅　红楼寻梦到长崎

亭的中央，更立有上镌启功先生题写的"红楼梦出海纪念碑"。
敬录于此，以志不忘。
写于一九九三年八月，未在国内刊发

老庄哲学与《红楼梦》的思辨魅力

人类的智慧是相通的,没有时空的界限。人们经常能从最古老的智慧和最现代的思想之间发现某种深刻的联系。现代人往往可以从古人的精神遗产里获得创造的灵感,异域人又往往惊喜地从中华文化宝藏中得到新鲜的启迪。此种现象并不神秘,古往今来,那些充满生机和活力的创造主体之间,感应和贯通是有迹可寻的。现代的读者之倾倒、执着于《红楼梦》的人生之谜是这样;《红楼梦》的作者之倾心、沉潜于充满古代智慧的老庄哲学也是这样。

中国思辨哲学的建立,肇始于老子,而博大精深于庄子。老庄哲学下启魏晋玄学,涵容消化及于佛教禅宗。在中国哲学史上,以老庄思想为代表的道家哲学,是一个视野开阔、境界高远、观念众多的思想体系,它多方探求和表述了作为主体的人渴求从自然、社会及自我造成的精神束缚中解脱出来的人生哲学,是一种立足于经验事实的理性思辨。因而,它在很大程度上填补了儒家思想留下的精神空间。老庄哲学的思辨特质,在中国文化形成和发展的过程中是一个十分活跃的因素,吸引和滋养了后代的无数作家,激发了他们的创作灵感,培育了他们的悟性智慧,使得他们所创造的艺术精品具有一种引人入胜的思辨魅力。

一

作为一部小说作品,人们在赞叹《红楼梦》自然本真的同时,又惊奇地发现了它背后的井然有序，隐然有据。历来的读者和评家几乎都注意到了书中石与玉、真与假、冷与热等一系列相对迭出的范畴，艺术形象的对举映照更无处不在，艺术手法上张与弛、动与静、繁与简也相反相成。这表明作家在观察生活，构思作品时，非常注意事物的对应或对立方面，看到了他们的转化，所谓"假作真时真亦假，无为有处有还无"，"不可看正面，只可看反面"，静极思动，乐极生悲等，都是关于转化的深入浅出的表述。值得注意的是，作家不仅体察到事物的对立和转化，而且常常从事物的反面，即否定的方面来反观其正面即肯定的方面，这种逆向思维对于深化人们的认识、提高思维水平很有意义。逆向思维贯串着以反求正的方法和语言，是老庄哲学构筑体系的重要特征。正是在思维模式上，《红楼梦》烙有老庄哲学的深刻印记。

就思维方式来看，儒道两家是迥然异趣的。儒家用肯定的方法，确认现实社会和人生价值，追求自己的理想；道家则用否定的方法，通过对现实社会种种丑恶的揭露和对人生诸多烦恼的排遣来保全自身，抒发对理想境界的向往。"正言若反"（见《老子》第七十八章），"这是老子对自己思维模式和建立哲学体系的方法的总结式语言。他的思维模式就是从相反的方面、否定的方面、负的方面来表达他所要肯定和建立的。"（见汤一介《论〈道德经〉建立哲学体系的方法》，《哲学研究》1986年第1期）历来注家很重视"正言若反"这句话，认为此语"发明上下篇玄言之旨"，凡篇中所谓"曲则全，枉则直，洼则盈，敝则新""柔弱胜强坚"等，都是说相反而相成，即正言反说。纵观《老子》全篇，像这样从否定的方面来表述自己所要肯定的，俯仰皆是，诸如"绝圣弃智，民利百倍；绝仁弃义，民复孝慈；绝巧弃利，盗贼无有"（第十九章）"失道而后德，失德而后仁，失仁而后义，失义而后礼。夫礼者，忠信之薄而乱之首"（第三十八章）。这些都是要通过对仁、义、礼的否定，来肯定自己所向往的社会和人生境界。小说中贾宝玉对封建社会大丈夫"死名死节"的蔑弃，简直套用了老子式的否定法，以为"文死谏，武死战"是沽名钓誉，"必定有昏君，他方谏""必定有刀兵，他方战"。这很容易使人联想到"大道废，有仁义；智慧出，有大伪。六亲不和，有孝慈；国家昏乱，有忠臣"。（《老子》第十八章）庄子也用否定式的方法和语言来表达自己的世界观，人们熟知的贾宝玉翻阅《南华经》感到意趣洋洋的段落，正是这方面的典型例子："绝圣弃知，大盗乃止；擿玉毁珠，小盗不起；焚符破玺，而民朴鄙；掊斗折衡，而民不争；殚残天下之圣法，而民始可与论议。"（《胠箧》第十）"直木先伐，甘井先竭"，"自伐者无功，功成者堕，名成者亏"（《山木》第二十）。此类激愤之言都出以否定式的方法和语言，具有"正言若反"的性质。

《老子》和《庄子》的作者，都是阅世很深又极富文化教养的人，面对苦难恶浊的社会，现存一切事物的矛盾性、相对性、有限性都充分暴露了出来，他们立足于经验事实的理性思辨贯穿着正言若反，以反求正的特征，有其深刻的穿透力和尖锐性。

《红楼梦》的作者在看够了"乱烘烘你方唱罢我登场"的人生把戏，尝遍了升沉冷暖、酸甜苦辣的人生况味之后，回过头来，从果推因，由末反本，很自然地会接受和运用老庄的这一思维方式。作家借此不仅认识到否定和肯定是一对矛盾，而且看到否定比肯定更重要，即从否定的方面来了解肯定的方面，比从肯定的方面了解其自身更为深刻。诸如"假"对于"真"是一种否定，从而却更深刻地认识了"真"；"了"对于"好"是一种否定，却由那万事都不可避免的"了"的结局，翻转来更为透彻地看清了世人艳羡不置的"好"的光景。从风月繁华到穷困潦倒，"翻了个筋头"的生活阅历经过理性的思辨和反观，就会得到提升和深化。小说中笼罩全局的"以盛写衰"，"以乐写哀"，难道不是"正言若反"的一种艺术显现吗？

《红楼梦》所描写的盛况乐事，旖旎繁华，在中国历来的文学作品中称得上是登峰造极了，而从中透出的惆怅之感、萧瑟之气、衰亡之兆却又透心彻骨，无可排遣。全书故事尚未展开之先，写贾雨村在一破庙智通寺遇见一龙钟老僧，此处有脂批曰："未出宁荣繁华盛处，却先写一荒凉小境；未写通部入世迷人，却先写一出世醒人。回风舞雪，倒映逆波，别小说中所无之法"。醒人和迷人是一对矛盾，由醒人这一方去观察迷人，当然比迷人对自身的观察更深刻。在小说展现的金迷纸醉、风月繁华的现世生活中，几乎始终贯注着这样一束"醒人"的目光。全书设置了现实世界和超现实世界两个层面，属于后者的神话铺垫、幻境指迷、僧道点化、诗句藏谶等，时时起着一种点醒、反观的作用，其回风舞雪、倒映逆波之妙，决不是简单的技法问题。超现实层面本属虚幻，但由现实层面升华而来，其隐喻和象征，能从总体上诱导读者对现实世界产生一种幻灭之感和超越之想，从背面、负面、否定的方面去观察现实中的一切。

在其他古典小说中，人物是应天上星宿下凡或神仙谪贬人间的情形很多，其间性格命运也存在某种对应关系，但往往落入轮回果报和劝惩说教的套子。仙佛现身点化指迷多半为了济情节发展之穷。像《红楼梦》这样自创神话，自造幻境，在似涉神秘似归宿命的外壳中，纳入了如此丰富的思辨内容，则是前所未见的。各个人物的命运好像在册子里一一注定或在双关处屡屡暗示，可是读者却不会因为知道"谜底"而索然乏味，反而引发了由末反本，从果推因的浓厚兴趣，关注他们生命行程的本身，探究各种遭逢际遇背后的原因，玩索寓含其中的某种人生真谛。即如贾府四春之冠首的元春灯谜云"一声震得人方恐，回首相看已化灰"，这是怎样一种令人震慑的煊赫又令人战栗的惨烈的景象！元春的故事果然像爆竹、如闪电、似昙花、耀眼眩目，转瞬即逝，生命之火燃烧得过分夺目，生命本身也被销尽了。这"回首相看"未必是元春自己，尽管元春有预感、想退步，但作为"入世迷人"总是身不由己，受到命运之神的撮弄。只有"出世醒人"或曰过来人的俯视、反观，才能达到一种超越，使原本平淡无奇的生活事迹所固有的思辨意义显豁起来。

可见《红楼梦》对现世生活的描绘已令人叹为大观，它所开拓的思维空间更非寻常作品所能企及。其中的哀乐之情、盛衰之理、聚散之迹、穷通之运虽则都追踪摄迹，不失其真；然又扑朔迷离，莫测其幻。这一切，固然得力于作家的阅历和修养，同样得力于思辨能力和悟性智慧。在这里，否定比肯定更深刻，反观比顺推更透彻的逆向思维法则，对小说的艺术创造产生了深刻的影响。

贯穿在书中的"正言若反"以反求正的特点，脂评感受很深，一再提醒，唯恐读者被瞒过而陷于迷误。这种提醒，有时是针对局部的细微末节，有时是关乎全局的当头棒喝，无论巨细，都值得玩味。

比如第十二回中凤姐笑对贾瑞道："像你这样的人能有几个呢，十个里也挑不出一个来。"此处有眉批"勿作正面看为幸"，显然这是反话，贾瑞却当作正面好话听了，焉得不误。下文出"风月宝鉴"时，道士叮咛："千万不可照正面，只照他的背面，要紧要紧！"脂评语重心长地嘱咐："观者记之，不要看这书正面，方是会看。"贾瑞送命时，镜子发话："你们自己以假为真，何苦来烧我！"类此正反真假的提示，则是关系解读全书的一把钥匙了。

循此看来，以局部而言，《红楼梦》中的许多贬语、疯话、梦呓，以至醉汉的混呲，糊涂人的唠叨，或姐妹间的顽笑之谈，看上去似乎皆非"正言"，却往往不可闲闲看过，在某种否定的外壳下寓有深意。书中对贾宝玉的贬抑和他那些"疯话"自不必说，常常是以贬为褒，"疯"中见性。他在梦中喊骂："和尚道士的话如何信得，什么是金玉姻缘，我偏说是木石姻缘！"至情心声以梦呓出之，令一旁坐绣鸳鸯的宝钗不觉发怔。焦大醉后的混呲惊天动地，诗礼传家的帷幕下偷鸡戏狗养汉爬灰，宁府上下从主子到奴才怎不吓得魂飞魄散！还有某些人不甚经意的玩笑话，看似随口而来，出于无心，也是谐中寓庄，戏言藏锋。试看以凤姐之骄宠跋扈，有谁敢当面教训她？偏李纨这个心善面和的菩萨奶奶，却在一次姐妹说笑中，反唇相谑，当着众人把凤姐狠狠地数落了一顿："你们听听，我刚说了一句，他就疯了，说了两车的无赖泥腿市俗专门会打细算盘分斤拨两的话来……天下人都被你算计了去。昨儿还打平儿呢，亏你伸得出手来……给平儿拾鞋也不要，你们两个狠该换一个过子才是。"平儿接口道："奶奶们取笑，我禁不起。"可见这分明是在开玩笑，然而又有谁不为李纨此番痛快淋漓抱打不平的"顽话"叫好。"天下人都被你算计了去"，简直就是《聪明累》曲中"机关算尽太聪明"的声口。场面上那些从礼合节的正言套话倒往往是"假话"了。类此的情形还可举出凤姐取笑黛玉"吃了我们家的茶，还不给我们作媳妇"，宝钗撒娇要薛姨妈"明儿和老太太求了他（指黛玉）作媳妇"。这些地方都以玩笑出之，可对黛玉心灵的刺激是显而易见的。以上说话的人也许可视为无意，使人物说话的作家却不能不被看作是有心。

更有一种糊涂人倒三不着两的话而能歪打正着、发人隐私者。被众人目为老背晦的李嬷嬷曾骂袭人"一心只想妆狐媚子哄宝玉"；对妹妹向来不敢造次的薛蟠竟脱口说出宝钗护着宝玉是因为有"金玉"之说。旧时评家读此有感，道是"李嬷嬷妖狐之骂，直诛花姑娘之心；蟠哥哥金玉之言，能揭宝妹妹之隐。读此两节，当浮三大白"。（姚燮《读红楼梦纲领》）不管这些评点家对人物的好恶是否存有偏见，其能体察这些话背面的"倒影逆波"，至少可以提示我们从另一角度去品味和联想，开拓那言外的意蕴。

当然，所谓"正言若反"并非一味只要人们从小处着眼，用正话反说的套子去寻找微言大义，它原本是对源于老庄的否定式逆向思维的简明概括。从哲学上说，逆推法较顺演法更具方法论意义，更能提高人的思维水平，更富创造性。若能从果求因，由末反本，认定时空中事物的存在必有一超时空者作为其存在的依据，就能极大地扩展思维的空间，增大作品的空灵度。如前所述，笼盖全书的真幻格局，好了因果，以乐写哀，以盛写衰等，都可看作"正言若反"的思维方式在《红楼梦》艺术创造中留下的深刻印记。作为一个长篇小说的作家，当他面对如何构筑形象体系这样重大的美学问题时，尤其需要较高的思维水平，寓含在《红楼梦》人物关系中的思辨特质更是十分耐人寻味的。

二

人物关系的设置固然受生活本身的拘约，同时也是作家心智的结晶。只要一进入《红楼梦》的形象世界，就会感受到对应或对立的普遍存在，没有哪一个人物是"峭然孤出"的，几乎都是对举迭出，如影随形，互补互济，相反相成。开篇出来一个秉性恬淡的甄士隐，便有一个热衷功名的贾雨村紧随，一冷一热，一沉一升，荣枯易位，真隐假显。英莲根底不凡却有命无运，娇杏出身低微却命运两济。一个由主沦为奴，真应怜惜；一个由奴升为主，全凭侥幸。荣国府中，既有朝乾夕惕、谨慎为官的贾政，便有姬妾成群、放着官不好生做的贾赦。既有清心寡欲的李纨，便有欲壑难填的凤姐。先来了林姑娘，又来薛姑娘，一个孤高自许，一个安分随时。丫头中，随之见出"晴有林风""袭为钗副"。同胞手足，探春何其雅，贾环一味俗。同为侍妾，周姨娘安静省事，赵姨娘无事生非。同为老仆，焦大犯上而见弃，赖大赖主而发达。卜世仁乃贾芸亲舅，却薄情寡义；醉金刚不过是邻居路遇，倒能仗义解难。诸如此类的对照、对比、对应、对立关系，无处不在，而且不同时空、不同条件、不同性质、不同范围内呈现不同的形态，毫不板滞，毫不勉强。

其他古典小说也有众多的人物，也有鲜明的个性和出色的描写，然而像《红楼梦》这样自觉的、普遍的、圆熟的以对举迭出的方法来处理人物关系，结撰故事情节，可以说是前所未有的，特别是寓含在人物关系中超越物象本身的思辨意义，更为一般小说所罕见。

在老子言简旨深的《道德经》中，全文五千言，其中相对待的范畴竟达将近五十对之多。曰：有无，难易，长短，高下，音声(即音响，响是回声)，前后，虚实，强弱，外内，开合，去取，宠辱，得失，清浊，敝新，唯阿，昭昏，察闷，全曲(委曲)，直枉(弯)，多少，大小，轻重，静燥，雄雌，行随，白黑，吉凶，张敛，兴废，与夺，刚柔，厚薄，贵贱，进退，阴阳，损益，寒热，生死，亲疏，利害，祸福，正奇，寿夭，智愚，牝牡。正是凭借如此众多的相互对待的概念，老子得以表述自己对于宇宙、人生、政事的看法，用"正言若反"的独特方式建立自己的体系。从思维科学的角度看，自觉地在概念之间寻找对应关系是一件了不起的事，简直是一种飞跃。它意味着人们可以从否定的方面达到肯定，可以通过感觉经验去寻找超感觉经验的东西。

人们往往喜欢谈论《红楼梦》中通过人物表述的正邪(贾雨村论秉赋)，阴阳(湘云翠缕对话)，祸福(秦可卿托梦)等概念，据此来研究作家的思想。这当然是重要

第二编　红楼文心

的。但《红楼梦》不是哲学著作，而是文学作品，作家的哲学思辨主要体现在艺术形象之中。我们不必要也不可能在小说中去寻绎如同《老子》那样众多的概念中的"对子"，然而，我们确实从作品的艺术形象中(无论是整体或局部)感受到作家对这一思路是如此熟习、合拍，融通流贯，脉理井然，机杼独出。

不妨重提《红楼梦》人物"对子"系列中最著名，历来最受关注的林薛二位姑娘，就艺术形象的互补互济相反相成而言，确如"双峰对峙，两水分流"。其对峙的格局和性质，早经红学前辈王昆仑先生做了精当的分疏和概括："宝钗在作人，黛玉在作诗；宝钗在解决婚姻，黛玉在进行恋爱；宝钗把握着现实，黛玉沉酣于意境；宝钗有计划地适应社会法则，黛玉任自然地表现自己的性灵；宝钗代表当时一般家庭妇女的理智，黛玉代表当时闺阁中知识分子的感情。"(《红楼梦人物论：林黛玉的恋爱悲剧》)从艺术思维的角度看，作家下笔写林，心目中存着薛；下笔写薛，心目中存着林。能够自觉地进行如此卓绝的艺术创造，除去其他条件外，哲理思辨是十分重要的因素。这里不由得使人想到当代的一位德国作家赫尔曼·黑塞所创造的一对人物，名叫纳尔齐斯和哥尔德蒙，两个少年都气质高贵，才华出众，品性超群，而且是知心深契的好友。可是两人的天性却截然不同，甚至适得其反，一个崇尚性灵，一个纵情欲望。纳尔齐斯是思想家，遇事善于条分缕析；歌尔德蒙是梦想家，有着一颗童心。用纳尔齐斯的话说："你们的故乡是大地，我们的故乡是思维。你们的危险是沉溺在感官世界中，我们的危险是窒息在没有空气的太空里。你是艺术家，我是思想家。你酣眠在母亲的怀抱中，我清醒在沙漠里。照耀着我的是太阳，照耀着你的是月亮和星斗……"(黑塞《纳尔齐斯和歌尔德蒙》，杨武能译)。黑塞得过诺贝尔文学奖，他的小说出过四十多种外文译本，那思辨的色彩的确很能启迪心智，不过这部小说的心理分析和议论似乎嫌多而且直露。回过头来看二百多年前生长在中国文化土壤上的《红楼梦》，其思辨内容的深邃精巧，自然本真，较之当代的诺贝尔奖得主实在是有过之无不及的。

由薛林形象的对举映照所能给人的启迪，几乎是说不完道不尽的。人们早已不满意是非善恶的道德判断，也不满足于社会历史的条分缕析，而更多的着眼于审美评判和文化价值了。由于薛宝钗这个人物在一段时期里招致普遍的非议，被目为"小人"，因而这些年来对薛宝钗的研究评说较多。时下，她已经由小人还原为君子，公认这是一个有教养的少女，尤其是她在人际关系中宽和豁达从容大雅的魅力受到有识之士的击节赞赏。指出：林黛玉的任情、率性、清标，是一种美，美在能够较多地保存自我；薛宝钗的律己、安详、宽和，也是一种美，美在能更多地体谅他人。宝钗的这种美质，无论放到传统道德或是现代道德的天平上都不致失衡。（见刘敬圻：《薛宝钗一面观及五种困惑》）这说明评者属意于对人物进行文化价值的评判，自觉地用古代作品中进步的人文精神陶冶当代人的情操，丰富当代人的生活，无疑是很有意义的。

　　然而，即便是宝钗赋有的美质得到了如此的认可和肯定，也只能更加深刻地说明"对峙"是在一个很高的层次上展开的，"对立"是现实中普遍存在的，"兼美"只有在梦境中才能得到。至此，我们可否做进一步的设想，倘若薛宝钗从来不说"混账话"，不曾劝谏留意"仕途经济"之类，是否能够赢得贾宝玉那一颗赤子之心呢？回答仍然是否定的。对于贾宝玉来说，虽则两者都是美，但却是全然不同的美质。一种是能够与之感应、沟通、契合的，另一种则不能。形而上的精神生活，心灵契合，才是木石盟约不可移易的本原。可以认为，即使不存在思想倾向、人生道路方面的分歧，薛宝钗这样个性气质的女性，依然不可能成为贾宝玉的意中人。而林黛玉即便真的成了宝二奶奶，她的个性气质也不可能使她称职遂心，依然不能摆脱悲剧的结穴。看来，他们的悲剧不单是爱情悲剧、婚姻悲剧、伦理悲剧、社会悲剧，也是性格悲剧、命运悲剧。《红楼梦曲》中"叹人间，美中不足今方信""到底意难平"一类感喟，不仅是对小说中具体的生活故事而发的，也是对普遍存在、永远存在的人生局限和人性局限而发的，因而悠长深远，不仅属于过去，也属于现在以至未来。

　　这里不妨一提歌德晚年写成于1809年的小说《亲和力》，其两对男女主人公都是富有教养的品格高尚的人，故事的发展却在四个人之间出现了未曾料到的"新的组合"，歌德认为极其可贵的是因为"无条件地爱"。小说揭示了近代和现代文明社会中，婚姻即使并非买卖的、包办的、门第的、政治的，表面是自由的，仍不免受到偶然性的支配，人不能顺从命运，便生出了无数的悲剧。这部小说曾被看作是"诲淫之作"，实乃极大的误解，同歌德早期的《少年维特之烦恼》一样，依旧是对个性的深沉呼唤。小说的故事不过是一个框架，带有强烈的思辨性质。正是在这一点上，《红楼梦》所提供的金玉姻缘和木石前盟的故事框架，其意义要远远超出故事本身。而且，其思辨内容的丰富和深邃，恐怕亦非歌德此作可比，它伸向中国历史、文化、哲思、美感的深处，结晶了几乎全部的精华和缺憾，囊括了几乎全部的欲望和冲突。

　　近年来有的研究者力图透过小说故事情节的表层进入到精神象征的深层，注目于设置在人物之间的抽象而隐秘的关系。如说薛宝钗的"金"是草"木"之人林黛玉的克星而贾宝玉的"石"有两重性，既可化为土而生木，又可采炼而成金，所以有"木石前盟"和"金玉姻缘"两种潜在可能性。在林代表的"木"字和薛代表的"金"字上，可以检索出中国文化一连串相关的意象及概念：木近水，金近火，阴柔与阳刚，寂寥与活溢，虚无与实有，悲观精神与乐观精神等，正是中国人自古以来对宇宙人生两种不同的本质认识的体现。薛林二人是作为两种对立的审美规范、人格理想和宇宙精神的化身而呈现的，贾宝玉这个人物的意义便是尝试某种取舍的可能性。作为巨大的精神矛盾的负担者，贾宝玉的秉赋虽倾向于林，实际上是无从选择的。原来这个爱情故事承载了一个形而上的精神主题(见李洁非：《红楼梦：作为一个隐喻》，《红楼梦学刊》1991年第4期)。

　　不管我们是否赞同这位作者的全部分析和具体结论，这样的思路是富有启发性的。他着眼于爱情故事所隐喻的精神文化内容，看到《红楼梦》的作者将中国人文传统的理想境界如此完满地体现在他的人物身上，随之却又陷入了无从选择的困惑和无可解脱的失落。作家用中国文化结构表达的本身去怀疑这一结构，用它的魅力渲染了它的悲剧。这种失落是如此巨大和深刻，以至个人和家庭命运的沉沦，社会历史的动荡都难以完全解释，只有信仰体系和文化价值的崩溃才可能产生。这应当是对小说思辨内容深有会心的一种研究。当然，有所会心的研究不限于一种，因人而异，因时而异，可以见仁见智，多方探求。

宝黛的爱情故事只是小说的一个中心情节，全书中还有许多不同形态的爱情婚姻故事以及其他人生世态的叙述和描写，大至整个家庭的运终数尽，由盛而衰，小至某个细节的设置安排，穿插映带，常常都有一种言外之意、象外之旨，都是作家思辨之树上结出的智慧之果。当然，这种思辨是中国式的，可以从中国古代智者的思辨哲学那里把捉它的特征。

三

如果说，隐藏在人物关系和故事框架背后的思辨因素需要深察细索的话，那么，体现在人物性格尤其是主人公人生态度上的庄禅心境，则是显而易见的。

在《红楼梦》里，不论"槛外人"还是"槛内人"都喜爱庄子之文，这是很有意思的现象，说明他们都从庄子那里吸取精神养料，形式上是否皈依宗教倒并不那么重要。本来，中国文人嗜佛，往往以老庄观念来理解和接受，佛教禅宗实际上已经吸收和销熔了老庄思想和魏晋玄学的部分精华。因此，《红楼梦》里佛、道、禅混沌难分的情形并不奇怪，其解脱方式，思辨特质都可以在老庄哲学那里找到渊源。

甄士隐和柳湘莲的出家都是由跛足道人度脱的。士隐听了《好了歌》后所作的那一番透彻的"解注"，不啻一通振聋发聩的醒世恒言；湘莲被那道人打破迷关的几句冷言，十足禅宗的机锋。他们不论为僧为道，都离不了对以往人生经验的思辨和彻悟，因而是明达之士的抉择，而非愚妄之辈的迷信。妙玉身蹈槛外，单是诵经念佛并不能满足她精神上的需要，她极口称赞庄子之文，以与"世人"相对的"畸人"自称，足见对庄子的心仪。贾宝玉日后如何悬崖撒手，我们不得而知，也难揣测，然而他平素对人生的思索和感悟，却历历可见。

人们都熟悉小说中贾宝玉在纷扰困惑之时曾经续庄和参禅,此类情节说明庄子的思想和著作在《红楼梦》作者那里化运自如,禅宗语录的幽默机智也手到拈来,涉笔成趣。贾宝玉虽则遭到了姐妹们的讥嘲否定,自认愚钝,但并未因此停止了思索和探求,他的人生态度受庄禅的影响也远远不止这一次偶然的举动,他那些如痴如呆的奇想怪念,是颇有些形而上的本体追寻之意味的。在庄子那里,要实现上与造物者游,下与外死生无始终者友的精神自由,就要从生死之态、世俗之理、哀乐之情的束缚中解脱出来。贾宝玉是个涉世不深的少年,他的言论行动却总是在幼稚中透出一种思辨的色彩。

关于死生问题,贾宝玉并未发过什么庄言宏论,只是每一提及,并不给人以沉重之感,倒有一种"任自然"的解脱之概。他尝对女儿们说:"只求你们同看着我,守着我,等我有一日化成了飞灰——飞灰还不好,灰还有形有迹,还有知识——等我化成一股轻烟,风一吹便散了时候。""那时凭我去,我也凭你们爱那里去就去了。"(第十九回)"趁你们在,我就死了,再能够你们哭我的眼泪流成大河,把我的尸首漂起来,送到那鸦雀不到的幽僻之处,随风化了,自此再不脱生为人,就是死的得时了。"这些话的着重点虽在剖白自己对于女儿的至情,以厮守到死作为一种极限;但说死后随风随水,化灰化烟,无形无迹,任凭自去,这样的想头同庄子所谓"其死也物化"颇有几分契合。

说到对世俗之理的超越则是显而易见的。作家让主人公挣脱形而下的"世务"和功名利禄的束缚,在行为模式上超越世俗是非利害的观念。不论人们以之为是为非为利为害,都照样实行不误,既不矜尚夸耀于人,也不纵欲谋利为私。只有从个体的自然本性出发,才会有这样一种任情适性的洒脱的文化心态。值得注意的是贾宝玉式的"不喜读书",实际上是对仕进利禄的厌恶,而不是对文化知识的蔑弃。本来,如果读书仅是一种做官食禄、光宗耀祖的手段,那么即使皓首穷经、案牍劳形,始终是件苦差事。贾政的酷喜读书就是为了把自己造成这种社会角色。如果读书是为了心灵的充实、个性的丰富、精神的拓展,那么即便是杂学旁收,兴之所至,也能意趣洋洋,过目成诵，成为陶情冶性的重要方面。从后一种意义上讲，贾宝玉是喜欢读书的。很难想象一个知识贫乏的懵懵顽童能够遨游在形而上的精神世界里。老庄的"绝圣弃知"反对智巧并不是要人都变成白痴，而是反对妄用智巧，教人顺应自然。老庄本人就绝非不学无术之辈，而是极富文化修养的智者。精巧的哲理思辨，不能离开丰厚的文化土壤。

对哀乐之情的超越则要做一点辨析。《红楼梦》里所写的哀乐之情有两种，写来都很真切动人，但层次不同，一种是世俗的，一种是超乎世俗的。后者正如魏晋之人，虽然超脱，却未能忘情，所谓"情之所钟，正在我辈"(王戎语)，是以哀乐过人，不同流俗。《世说新语》记载阮籍葬母，蒸一肥豚，饮酒二斗，行为任诞，蔑视礼法；然临诀之时，举声一号，吐血数升，废顿良久。可见是从世俗的哀乐之情中超脱出来，而比凡俗之辈更深于情。"深于情者，不仅对宇宙人生体会到至深的无名的哀感，扩而充之，可以成为耶稣、释迦的悲天悯人；就是快乐的体验也是深入肺腑，惊心动魄；浅俗薄情的人，不仅不能深哀，且不知所谓真乐。"(宗白华：《美学散步》) 贾宝玉自然不能与耶稣释迦比肩，但当之无愧地是一个"深于情者"。他对于世俗的喜怒哀乐常常无动于衷，元春晋封，贾政升官，世人以为天大喜事，贾宝玉却视有若无，毫不介意；大承笞挞，皮开肉绽，惊动了上上下下多少亲人，为之痛惜流泪，贾宝玉却不悔不悲，反因受人慰藉而觉得舒畅。足见是超越哀乐之情的了。然而贾宝玉却能体会那不同流俗的深哀与真乐，闻得林黛玉的一曲葬花哀吟，竟然恸倒山坡之上，由花及人，由黛玉及于他人，终归无可寻觅，则自己又安在？"自身尚不知何在何往，则斯处、斯园、斯花、斯柳，又不知当属谁姓矣！——因此一而二，二而三，反复推求了去，真不知此时此际欲为何等蠢物，杳无所知，逃大造，出尘网，使可解释这段悲伤。"(第二十八回)这难道不是一种对于人生宇宙的无名至深的哀感，带有探求万物归宿和本原的意味么！即使对于许多常人以为可哀可乐之事，贾宝玉亦自更有他的深哀和真乐。荣国府中悲剧迭出，即如金钏之死，垂泪怜惜者不乏其人，唯宝玉闻讯五内俱摧，恨不得此时身亡命殒，跟了金钏同去，此乃超乎一般同情之深哀。大观园中，赏心乐事多有，怡红夜宴可谓所有大小宴游最为快心适意之举，无拘无束，醉酒尽欢，黑酣一觉，不知所之，此乃真乐。又如为平儿理妆，替香菱换裙，些些细事，宝玉都引以为幸，私心深喜。无怪乎前人赞曰：贾宝玉"圣之情者也"（涂瀛《读红楼梦纲领》）。由是观之，对于世间不能深哀亦不知真乐的浅薄庸俗之辈，贾宝玉式的人生体验是未尝有的。这种体验之所以深，之所以真，在于立足直感经验的理性思辨，通过思辨方能有所感悟，有所提升，无异于架起一道精神的桥梁，从形而下的外在物象中超越出来。

　　实现个人精神超脱的"至人"是道家的理想人格，实现博施济众的"圣人"是儒家的理想人格。《红楼梦》的作者对"圣人"的理想早已幻灭，却被超越世俗精神桎梏的"至人"境界所吸引，至少从中吸取了某些精神的养料，其人生哲学表层有消极特征，常常从否定的角度提出问题；究其根本精神，并不都是消极的。"全书有一种人生的悲剧意识，有一种社会的没落意识，还有一种宿命意识，最后又有一种超越意识。"（王蒙《红楼梦启示录·作为小说的红楼梦》）怎样才能获得这种超越意识呢？不是靠成佛作祖，修道升仙，而是精神的自由解脱，是在对现实和历史进行审视和思辨而后达到的。

　　首先，作家是将人的存在和活动当作一个动态的过程来考察的。在这里不能不重提儒道两家的思维趋向的不同，儒家看到的是稳态的东西，是"经"是"常"，对现实人生充分肯定；道家看到的是另一面，是"变"是"动"，眼前事物都处于变动不居的状态，感叹人生倏忽。作家的思维趋向显然属于后者。个人生活始于繁华终于潦倒的巨大落差，家族及世事升沉荣辱的无常变化，使之对事物的有限性、相对性自有一种刻骨铭心的感受。《红楼梦》从不将繁华盛况赏心乐事写满写尽，连不更世事的小丫头都知感喟："千里搭长棚，没有不散的宴席，谁还守谁一辈子呢？"因而小说不给人以福祉绵延的幻想和极乐世界的许诺，倒时时警人以祸福相倚乐极悲生的预示。也因此，尽管旧秩序看上去还是那么庄严强大，笼罩着大观园的社会空气还是那么沉闷窒息，但不会永世长存。所谓运终数尽，大厦将倾，就意味着天崩地解，曙光在前。

其次，作家对生活进程中的形形色色都经过了严肃的思考，肯定了那些具有积极的崇高的价值取向的东西，不因"看破""参透"而不辨美丑，不分好恶。庄子的"彼亦一是非，此亦一是非"固然来自合异同的学说，更来自对现实的不满，因为看到了人世间许多颠倒是非的现象，各以一己私利作为是非的标准，才发出了不谴是非一类言论，其中包含了极度的愤慨。《红楼梦》的作者同样对现实的恶浊颠倒极度愤慨，他的"看破"并没有归结为"不谴是非"，而是以极其热烈的爱憎和鲜明的态度去发掘和肯定生活进程中美好的东西，伐挞揶揄丑恶和虚伪。他的精神自由，不以出离当世为前提，而是以对经验事实的思辨为基础。这大约就是为什么《红楼梦》中的悲欢离合爱恨浮沉远看的时候都看得开，近看的时候都看不开的缘故了。贾宝玉的悬崖撒手，该是大彻大悟，彻底看开了吧，如前文述及这不是愚妄的迷信，而是智者的抉择，虽则无可奈何，本身却是对那条世俗设计好了的人生道路的否定，是以对自身经历的反思为基础的。那解脱不能凭空而来，就过程而言，看不开；就结果而言，看得开。

最后，《红楼梦》对存在的意义和生命的意义的探究没有终结，可以说永无止境。寄寓在书中的人生之谜具有永恒的魅力。几乎每一个人物、每一段故事，都能触发弦外之音、言外之意、象外之旨。本来，"得鱼忘筌""得意忘言"是庄子哲学的重要命题，"得意"与"忘言"是对立的统一，这种思辨方法对中国古代美学影响至深，《红楼梦》作者深得此中三昧，许多情节和形象都有超乎感性具象的理性内容。许多读者对《红楼梦》的人物和故事早已烂熟于心，却还徜徉沉潜于那充满哲理的思辨之乡。这是一般小说作品很难达到的一种境界。红学的历史告诉我们，当人们从作品中获得某种诠释，解得某个答案时，新的质疑、新的问题又随之提出。或者说，当人们解得人生之谜的一种谜底时，又会十倍百倍地扩大和发展这个谜，生生不已，无有止息。

"此中有真意，欲辨已忘言"。《红楼梦》的确有那么一种说不清道不尽的意蕴，引发人们对鸿蒙宇宙和变幻人生的理性思辨，把人引向高远，引向未知。

  此文断续写了几年，至1992年提交扬州《红楼梦》国际研讨会

王熙凤的魔力与魅力

红学前辈王昆仑在四十年代写就的《红楼梦人物论》里，有一句关于凤姐的名言，道是"恨凤姐，骂凤姐，不见凤姐想凤姐"。这实在是《红楼梦》的任何普通读者都会产生的真实感受，也是启示着《红楼梦》的爱好者和研究者深长思之的有趣课题。

凤姐其人，不论在《红楼梦》书里还是书外，都是受到议论评骘最多的人物之一。在书里，上至老祖宗贾母，下至小厮兴儿，对她都有评论。贾母昵称之为"凤辣子"，兴儿以"明是一盆火，暗是一把刀"相喻。在书外，历来评家在凤姐身上做出了无数文章，有贬有褒，亦赞亦咒，比方旧时代的评家称她是"治世之能臣，乱世之奸雄"，呼之为"女曹操""胭脂虎"；在现代，一种最常见且为一般读者所接受的说法是，凤姐具有美丽的外貌和蛇蝎的心肠。看哪，这么一个彩绣辉煌、恍若神妃仙子的少妇，却包藏着那么一付机谋权变、老辣歹毒的心计。如此概括凤姐性格，似乎也并无不可。只是比之作家展现给我们的这样一个丰满生动的性格世界而言，未免过于草率和简单。如果仅仅是披着一件美丽外衣的蛇蝎，凤姐就不成其为凤姐了。她是一个充满活力的，不仅使人觉得可憎可惧，有时却也可亲可近的痛快淋漓的人物。

比较起来，还是上述王昆仑那一句话言浅意深、耐人寻味。事实上，读者在诅咒伐挞、为这个人物的魔力震慑的同时，又不可抗拒地被这一性格的魅力所深深吸引、由衷赞叹。

《红楼梦》里的王熙凤，确乎魔力与魅力俱存，而且不可分割。

人们恨凤姐，骂凤姐，为什么不见凤姐还要想凤姐呢？原因可以说出多种多样。如果仅仅对人物进行是非善恶的道德评价，恐怕难以完满回答这样的问题；只有对人物进行审美评价，才能进一步探索其中奥秘。红学史上有位评点者曾经发过颇有见地的议论："吾读《红楼梦》，第一爱看凤姐儿。人畏其险，我赏其辣；人畏其荡，我赏其骚。读之开拓无限心胸，增长无数阅历。"(野鹤《读红楼札记》)。这是多少带有美学意味的批评，不但把凤姐看成一个社会的人，还看成是一件艺术的杰作。

《红楼梦》的读者之所以"第一爱看凤姐儿"，之所以"不见凤姐想凤姐"，时刻忘不了这个人物，从审美的眼光看，是因为这个艺术典型具有丰厚的社会容量和美学价值，给人们鲜明突出的整体感受。谁都知道，凤姐这个人物，心机深细，劣迹多端，而又才智出众，谐趣横生。读者爱看这个人物，恐怕不仅仅欣赏她的才智和谐趣。作为艺术形象，她的恶迹和心计同样具有美学价值。何况她的恶迹和才干，心机和谐谑往往是连在一起，很难分开的呢！

一

艺术典型美学价值的高低，不在于数量上有多大的代表性，而在于它的概括力，在于它对一定社会生活的透视力。仿佛一面聚焦镜，各个光束经过聚合而落在焦点上。《红楼梦》中的众多典型都具有这种"聚焦"作用，凤姐形象应是其中"聚焦"功能最强的典型之一。且不说作家用了多少笔墨写这个人物，前八十回中有半数以上的回次都有关于凤姐的重要描写，回目见名的就达十余次之多，她的篇幅不在主人公之下。重要的是，这个性格联结着家族内外的各种力量，交叉会合着多种矛盾，能够伸向生活的各个角落。

如果把贾府中长幼、尊卑、亲疏、嫡庶、主奴等关系的错综交织比作一张网，那么，凤姐便居于这张关系网的相对中心的位置。她要同各个层次的各色人物打交道，所谓上有三层公婆，中有无数叔嫂妯娌兄弟姐妹以至姨娘侍妾，下有大群管家陪房奴仆丫鬟小厮。凤姐同其中任何一个人物或联结、或矛盾、或又联结又矛盾的状况，都是某一种社会关系的反映。就整个家族而言，贾母虽则年高威重，然而已经颐养超脱。贾珍虽则身为族长，系宁府长房长孙，但只顾自己享乐，百事不管。甭说荣府，就宁府自身的红白大事，作为族长的贾珍，还要亲自委请凤姐料理，整治宁府这个烂摊子。至于荣府本身，凤姐之能够成为当家奶奶这一事实，正是各种矛盾发展的结果。有娘家"金陵王"的背景，有贾母宠幸的靠山，有邢王二夫人矛盾的牵制，当然还有她本人才干欲望的主观条件。这诸种因素形成一股合力，把凤姐推上了掌管偌大贾府家政的显要地位。同时，也把凤姐置于火山喷发口上，成了众矢之的。众多旧矛盾的结果又成了无数新矛盾的导因。

正是这样一种特殊的地位，使得凤姐身上所概括的矛盾，特别带有鲜明性和尖锐性。我们看到，凤姐其人势焰最足，结怨也最多。她一出场，众人皆"敛声屏气"。她一动怒，众人便不敢怠慢。她过生日，贾母作主命众人"攒金庆寿"，谁敢不来凑趣，连周赵二姨娘这样的"苦瓠子"有限的几个钱也不放过，"拘来咱们乐"。谁想谋差管事，第一就得巴结奉承凤姐，求了贾琏不中用，孝敬凤姐才会摊到油水大藏掖多的差事。有人若敢稍微到王夫人那里抱怨几句，凤姐挽着袖子，跐着门槛子骂给你听，声言从今以后倒要干几样刻毒事了。无怪邢夫人说她是"遮天盖日"，大权独揽。赵姨娘咬牙切齿，敢怒不敢言。鲍二媳妇诅咒她是"阎王老婆"。小厮兴儿更评议得淋漓尽致，说她只哄着老太太、太太喜欢，抓尖抢上，嘴甜心苦，两面三刀，是醋缸醋瓮，劝尤二姐一辈子别见她才好。就连亲信陪房都说她待下人未免太严。足见凤姐树敌之多，结怨之深。赵姨娘暗中施术，欲将凤姐治死。凤姐借剑杀人，将尤二姐置于死地。矛盾激化达到你死我活的程度。在小说中除去宝玉大承笞挞一幕之外，凤姐的此类情节，也够使人惊心动魄的了。如果说宝玉因为是未来的继承人，才成为争夺的对象，那么凤姐则因为是现在的当权派，更加切近地卷入旋涡的中心。一只雌凤，高踞于一片冰山之上，第五回中的这幅画面，恰是这个人物的写照。

上述概括在凤姐身上的种种矛盾，不能视作琐屑无聊的妇姑勃谿、叔嫂斗法之流，其意义远远不限于家庭的范畴。在中国封建的宗法社会里，家与国，历来一脉相通。所谓"金紫万千谁治国，裙钗一二可齐家"，除去褒扬"裙钗"、贬抑"金紫"的意思之外，将"齐家""治国"并举，正合于"修齐治平"的大道理，也开拓了凤姐形象的典型意义。齐家与治国，大小不一，其理可通。封建皇帝"家天下"之内的权势消长、朋党倾轧、矛盾纷争，其胚胎和雏形，可以在宗法的家庭里看到。再从纵的方面看，所谓"水满则溢""乐极生悲"一类人生阅历，在凤姐身上也最容易看到它的典型形态。如前所述，凤姐势焰最高，风头最足。尤氏就半带嘲笑地警告过，太满了，就要溢出来了。贾母都担心太逞了凤丫头的脸，众人不服，太伶俐了不是好事。第四十四回"变生不测"一节正是乐极悲生的显例。凤姐生日，贾母存心安排她痛乐一番，歌管盈耳，宴席大开，众人把盏，轮番敬酒。凤姐正如鸟中凤凰，被抬举宠幸得无以复加。当此之际，贾琏和鲍二媳妇私通密语，怨詈诅咒，盼她早死，还替平儿抱不平。凤姐偶然察知，怎不气昏！顿时由寿星婆婆变成"阎王老婆"，由众人供奉的凤凰落到众叛亲离的"夜叉星"。大喜大庆之后，弄到大哭大闹，持刀动杖。这一构思本身便有极大的凝聚力，对于透视人生、阅历盛衰、昭示变迁，有一种艺术概括的功效。

在小说中，凤姐形象所能包容的社会生活的广阔程度，也是其他人物难以比肩的。这个性格的社会"触角"最长，往往越出贾府的门墙，伸向宫廷，伸向官场，伸向佛门，等等。唯其是当家奶奶，就得承应宫里太监无休止的索取。夏太监买房子，短了银子命小太监来"暂借"，凤姐变了法儿也得打发。这是一幅"太监勒索图"。唯其要巩固得宠当权的地位，摆布尤二姐，这边调唆张华去告状，那边派了王信去打点。这是一幅都察院衙门俯首听命于豪贵世家的社会画面。"便告我们家谋反也没事的"，这样有恃无恐的话，正是从凤姐嘴里说出的。又唯其要显弄自家的体面和手段，凤姐才会被老尼的"激将"法所动，发兴干预，拆人婚姻。这里让人看到，佛门本是清净之地，却作营私贿赂的肮脏勾当。净虚一声阿弥陀佛，遮掩着攀权附势的利欲之心。庵堂的前门，原来通向达官贵人家的后门。这又是一种光怪陆离的社会相。特别值得注意的是，像放债生息、重利盘剥这样的经济细节，也只有通过王熙凤这个形象才能进入作品之中。虽则是侧写，然而相当精细具体，旺儿媳妇不止一次送利银，平儿亲口说出是挪用的月银放债，单这一项，一年就能翻出一千银子来，连数目都很具体。在贾府，体面尊贵的老爷太太不敢干也不屑干这种事，吟诗读书的姑娘小姐不知世事，更不会干这种事。湘云黛玉之辈，连当票也不识，戥子也不认。探春虽能理事，也是循礼守法，不会越规矩一步。唯有凤姐这一典型，才能担负起概括此类经济细节的使命。

成功的艺术典型，就是这样地开拓人的视野，增长人的阅历。这不是靠堆砌故事、卖弄知识能够奏效的。作家的功力在写人。对于《红楼梦》的艺术整体而言，凤姐的重要性不仅在于她是举足轻重、贯穿全局的人物，抽掉了她，小说的整个艺术格局便会坍塌；而更在于这个人物的鲜活生动在全书中堪称第一。如果说宝黛等人更多地寄寓了作者的理想，比较空灵；那么凤姐其人主要来自真实的生活，仿佛要从纸上活跳出来。活现在我们眼前的凤姐，就如冷子兴介绍的那样：模样极标致，言谈又爽利，心机又极深细，竟是个男人万不及一的。今天看来，最能体现凤姐式魔力与魅力的，除了标致的模样而外，当数她的辣手、机心、刚口这三者。三者虽密不可分，却各见风采。

二

先看辣手。

这是一种杀伐决断的威严，既包含着不讲情面、不避锋芒的凌厉之风，又挟持着不择手段、不留后路的肃杀之气。

"协理宁国府"是小说用浓墨重彩推出的一段"阿凤正传"。凤姐受命于危乱之际，面对宁府积重难返的局面，一上来就理清头绪、抓住要害，抉出宁府五大弊端：第一件，人口混杂，遗失东西；第二件，事无专执，临期推诿；第三件，需用过费，滥支冒领；第四件，任无大小，苦乐不均；第五件，家人豪纵，有脸者不服钤束，无脸者不能上进。这几条，其实就是今之所谓人事财务两大经脉，都踩到了点子上。凤姐对症施治，责任到人，立下规则，赏罚分明，自己不辞劳苦，亲临督察，过失不饶，惩一儆百。经此整肃，果然改观，人人兢兢业业，事事井井有条，诸弊一时都蠲除了，合族上下无不称叹。这一过程，充分展示了凤姐的治理手段，亦即"辣手"。除了人们常常赞赏的才干而外，特别值得注意的是，有一股不避锋芒的锐气，"既托了我，我就说不得要讨你们嫌了。……如今可要依着我行，错我半点儿，管不得谁是有脸的，谁是没脸的，一例现清白处治"。凤姐不怕得罪人，用今天的话说，就是没有绕着矛盾走，而是迎着矛盾上，结怨树敌也在所不计。这种作风倒是取得了宁府中多数人的认可，"论理，我们里面也须得他来整治整治，都忒不像了"。凤姐以快刀斩乱麻的辣手整治了宁府，验证了贾珍对她的评价，说她从小就有杀伐决断，于今越发历练老成。正因威重，方能令行。

这种凌厉之风，即在处理日常事务和人际关系中也随处可见，有什么难缠的人、纷乱的事，只消凤姐一出场，没有不顷刻了断的。那么饶舌难缠的李嬷嬷，凤姐来了，三言两语，连哄带捧，一阵风摄了去；那么不识好歹的赵姨娘，凤姐来了，连刺带训，指桑骂槐，即时堵上了她的嘴。宝玉挨打之后，众人又疼又急，贾母王夫人只顾抱着哭，众丫鬟媳妇要上来搀，凤姐骂下人糊涂，打成这样还要搀着走，还不快拿藤屉子春凳来抬！可见凤姐务实明断，处乱不惊。

然而，凤姐的辣手在更多的场合下表现为逞威弄权、滥施刑罚。她素常惩治丫头的办法是"垫着磁瓦子跪在太阳地下"，茶饭不给，"便是铁打的，一日也管招了"。当她发现为贾琏望风的小丫头，喝命"拿绳子鞭子，把那眼睛里没有主子的小蹄子打烂了"，威吓要用烧红的烙铁烙嘴，拿刀子来割肉，扬起巴掌打得小丫头登时两腮紫胀起来，顺手向头上拔下簪子往丫头嘴上乱戳。连清虚观不经意冲撞了她的小道士都被凤姐扬手照脸一掌，打了个筋斗。这种地方，凤姐出手之重，堪称名副其实的"辣手"，在贾府主子之林中，像这样亲自出手、且出手狠辣的，并不多见。当然更多的时候是假手他人，而且往往是肉体刑罚和精神威压并施，怎不唬得丫鬟小厮魂飞魄散，在奴仆眼中，凤姐确像一个恶魔，怪不得叫她阎王婆、夜叉星，咒她早死。此时，这股杀伐决断的森然冷气确实令人不寒而栗。

弄权铁槛寺一幕为人们所熟知，王熙凤的辣手伸到了贾府门墙之外，此刻单是三千两银子还不能打动凤姐，只有当老尼用激将之法，说出如若不管，"倒像府里连这点子手段也没有的一般"。这才击到了点子上。凤姐何等样人，何等手段，听了这话，顿时发了兴头，"你是素日知道我的，从来不信什么阴司地狱报应的，凭是什么事，我说要行就行"。此言颇有凡夫让道鬼神难挡的气魄，只惜这样的魄力用在了邪恶的方面，完全丧失了协理宁府时的积极意义，十足地显现出凤姐肆无忌惮、唯我独尊的实用主义态度。这话并不表明凤姐不迷信，她照样遵行世俗的供痘神、查历书、给女儿起名求福祉这一套；而是强调凤姐的不虔诚、无顾忌，为了达到既定的目的哪管巧取豪夺、伤天害理，在所不计。在这里"辣手"的利己和实用性质，表露得淋漓尽致。特别值得注意的是回目点明"弄权"亦即玩弄权术，在府外勾结官府倚仗权势，在府内欺瞒长上，假借贾琏名义，神不知鬼不觉做成这桩肮脏交易。如果说，"协理"时是"用权"，权在威随，威重令行；那么，这里的"弄权"就是玩弄权术于股掌之上，假权营私。老尼心怀叵测地说，这点小事，"不够奶奶一发挥的"；小说中也点明自此凤姐胆识愈壮，更加恣意作为起来。足见"弄权"一节正是让人们领教凤姐手段的典型"案例"。

俗话说，"恨小非君子，无毒不丈夫"。凤姐的心狠手毒，倒有丈夫气概，未见什么"妇人之仁"。她对于自己的怨敌，从不讲宽恕容忍。如果说，贾雨村对于知道自己底细的门子，最终不过寻出不是来，远远的充发就罢了；那么，凤姐对落有把柄的张华父子，定要赶尽杀绝、斩草除根才放心。《红楼梦》中同凤姐相关的几条人命包括金哥夫妇、鲍二媳妇、贾瑞、尤二姐，不管凤姐自觉的程度如何，也不管从法律上难以追究凤姐的直接责任，单看她竟能心安理得这一点，就令人吃惊。不要忘了，王夫人在金钏投井之后是落了眼泪，于心不安的。而凤姐则连这样的"恻隐之心"都没有。这股辣劲，在别的人物身上是感受不到的。

三

再说机心。

辣手常常是形之于外的，机心则深藏于内，但同样有迹可循。人谓凤姐少说"有一万个心眼子"，是形容她心计之多，机变之速，不仅辣手的背后潜藏着机心、谋略，便是日常的言谈行止，也常带利害的权衡、得失的算计。

一次，为了大观园诗社的费用，凤姐、李纨和姐妹们相互说笑嘲弄，凤姐儿笑道："亏你还是大嫂子呢！""你一月十两银子的月钱，比我们多两倍。……又有个小子，足足又添了十两，和老太太、太太平等。……年中分年例，你又是上上分儿。你娘儿们，主子奴才共总没十几个人，吃的穿的仍旧是官中的。一年通共算起来，也有四五百银子。""这会子你怕花钱，调唆她们来闹我……"李纨笑道："你们听听，我说了一句，他就疯了，说了两车无赖泥腿世俗专会打算盘分斤拨两的话出来。""天下人都被你算计了去！"

李纨的话，虽属笑嘲，却是确评，"天下人都被你算计了去"！质之凤姐，最恰切不过。她的克扣月钱放债生息，不仅对下人，连老太太和太太的都敢扣住迟放，即便是"十两八两零碎"也要"攒了放出去"。李纨说她"专会打算盘分斤拨两"，并没有冤枉她。王夫人屋里金钏死后大丫鬟名额出缺，凤姐迁延着迟迟不补，故意等那些想谋这个"巧宗儿"的人送足了贿礼才办。大闹宁府之时，不失时机地向尤氏索要五百两，而她打点官府实际用了三百两，真是既出了气，又赚了钱。连自己的丈夫贾琏也在"算计"之列，贾琏向鸳鸯借当，凤姐也要雁过拔毛，从中抽取。总之，凤姐的算计之精、聚敛之酷，是出了名的，连她自己也清楚："我的名声不好，再放一年，都要生吃了我呢。"

凤姐的机心固然用于敛钱聚财，更体现在处理人际关系上。在这方面凤姐的心机深细、谋略周密，有更为精彩的表演。

在处世应对中，凤姐几乎像一个高明的心理学家一样，善于察言观色，辨风测向，以至到了钻入对方心窝的程度。常常有这样的情形，你刚想到，她已经说出了；你才开口，她已经行在先了。请看，黛玉新来，王夫人刚说要拿料子做衣裳，凤姐接口说早已预备下了。尽管脂评提示此处阿凤并未拿出，不过机变欺人，其实这正见出她善于揣摸对方心理。王夫人点头赞许，表明凤姐欺人成功了。再看，刘姥姥二进荣国府，凤姐看出这个村妪投了老祖宗的缘，便作主留下刘姥姥住两天，和鸳鸯等计议如何调摆这个女"篾片"，取笑逗乐，别有风趣，果然大合贾母之意。大观园诗社初起，探春这里刚出口，说想请凤姐作个"监社御史"，那边凤姐即刻猜到是缺个"进钱的铜商"，宣告明儿一早就到任，下马拜了印，先放下五十两银子慢慢作会社东道。凤姐虽则打趣，却说到了点子上，众人不由得笑起来，李纨当即称叹："真真你是水晶心肝玻璃人。"通体透亮，照人心曲，发人隐私，委实是凤姐的一种"特异功能"。

碰到对方也是个乖巧伶俐人，那就更加热闹好看了。贾芸来走凤姐门子那一段描写是书中精彩的篇章之一。其对话曾有人赞曰，"两个黄鹂鸣翠柳"不足喻其婉转，"数声清磬出云间"不足譬其清脆（《觚庵漫笔》）。其实，言为心声，语言的流利圆转，正是心态的游龙变幻的反映。贾芸深知凤姐吃捧，不惜借债办了香料，编了谎话来奉承。说是这些香料，"便是有钱的大家子，也不过使个几分钱就挺折腰了，若说送人，没个人配使，因此想起婶子来。往年间还大包银子买呢，别说今年贵妃宫中，就这端阳节下，自然加上十倍去了。因此想来想去，只孝顺婶子一个人才合式，方不算遭塌这东西"。一席话，把凤姐作为显贵之家当家奶奶的手面气派烘托凸现出来。凤姐心下自然十分得意，如坐春风，因夸贾芸说话明白有见识。但以凤姐心眼之多，情报之灵，岂能看不透贾芸装神弄鬼，不会平白无故来送礼。既喜他知趣，待

第二编　红楼文心

要委他差使，转念觉得倒叫他小看自己见不得东西，忙又止住，一字不提。贾芸再次来求，只得明说。凤姐又卖关子，道是等明年正月烟火大宗下来再派。馋得贾芸忙说先派这个，若办得好再派那个。凤姐笑说你倒会放长线儿。经过几个回合，这才把种树的差事派给了他。贾芸的情切编谎，绕着弯儿也要达到目的；凤姐的喜欢奉承，又时时顾到自己的身份。我们仿佛看到了各自心理变化的轨迹。这不单是应对的流利，简直是心智的较量。

　　凤姐善于探测对方的心理，调整自己的言行。这不仅表现在一条心理轨道上同方向的制动自如，而且在必要时还能刹车掉头，来个一百八十度的大转弯而毫不费力。我们看她在鸳鸯问题上怎样向邢夫人回话，便可领略这种随机应变的高超本领。邢夫人因贾赦欲讨鸳鸯作妾，不得主意，先来找凤姐商议。凤姐一听忙说，别去碰这钉子，老太太离了鸳鸯，饭也吃不成，何况常说老爷放着身子不保养，官儿也不好生做，成日家和小老婆喝酒。凤姐劝告邢夫人，"明放着不中用，反招出没意思来。太太别恼，我是不敢去的"。不料邢夫人丝毫听不进去，反冷笑道："大家子三房四妾的也多，偏咱们就使不得？这么胡子白了的又为官的大儿子要个房里人，老太太未必好驳回。"还埋怨凤姐，还未去说，"你倒先派上一篇不是"。凤姐听得此言，知邢夫人左性大发，方才那番实话全不对路，立即掉头转向，改换话锋，连忙赔笑："太太这话说得极是。我能活了多大，知道什么轻重？想来父母跟前，别说一个丫头，就是那么大的活宝贝，不给老爷给谁？背地里的话那里信得？我竟是个呆子……"好一个聪明的呆子，凤姐改变口气陈说贾母能给鸳鸯的理由，其"充足率"简直胜过邢夫人所能想到的多多。她随口举出贾赦邢夫人自身的例，说琏二爷有了不是，老爷太太恨得那样，及至见了面，依旧拿心爱的东西赏他。如今老太太待老爷，自然也是那样了。请看，出言何等现成，何等有说服力。不由得邢夫人立时又喜欢起来。这里一正一反的两番说辞，说的是同一件事，同出于凤姐之口，居然都通情达理，动听人耳。这种顺应对方心理，急转直下又不落痕迹的本领，大概只有在凤姐身上才看得到。

　　凤姐之所以为凤姐，她的优势不止于金钱权势。在心理状态上，常常保持一种强者优胜者的地位，也是一种重要的优势。这当然不是说她"得人心"，而是指她能够体察对方心理的动向，捕捉弱点，一击而中。因而她能玩人于股掌之上；能幕后指挥，陷人于罗网；能借剑杀人，不露形迹。即使是夫妻之间，亦无例外。读者都会为"俏平儿软语救贾琏"那一幕的惊险程度叫绝。对贾琏其人，凤姐是摸透了，防够了，"这半个月难保干净，或者有相厚的丢下的东西，戒指，汗巾，香袋儿，再至于头发，指甲，都是东西"。说得贾琏脸都黄了。仿佛已被凤姐看透了他心怀鬼胎，已经抓住了那绺头发的把柄似的。给读者的心理感受，就像一个擦边球。本来贾琏也并非窝囊之辈，也有伺机"反攻"之时，向鸳鸯借当，贾琏怨凤姐太狠，说句话还要利钱。哪知凤姐竟说，后日是尤二姐周年，想着给她上坟烧纸才用钱。只一句话便说得贾琏低头无语，明知是在借题撒谎，却不敢说破，反过来还要感念凤姐想得周全。这是怎样高明的攻心打围的战术，一刀戳在贾琏的伤口上，心中流血，却口不能言。

如果说，凤姐的"杀伐决断"让人看到她的阳而威的一面，那么凤姐的机心谋略则让人领教她阴而狠的另一面。后者在小说中最著名的事件要数毒设相思局和赚取尤二姐，这是在回目上见名，而且赫然标明是"毒设"、是"赚人大观园"和"弄小巧用借剑杀人"，亦即是说，作为行动主体的凤姐自觉地有意识地控制事件的进程，淋漓尽致地展现了她的机心和谋略。

贾瑞和尤二姐自然是完全不同的两个人，这是两个完全不同的故事，不同性质的死。但有一点却是类似的，即就他们对凤姐的关系而言，开初都有某种优势，继而都在凤姐的导演下转为劣势，终至走上绝路。我们看到，贾瑞是男性，怀有调戏凤姐的非分之想，尽管是幻想，但他处于主动地位，是可以看作一种优势的。当然，癞蛤蟆想吃天鹅肉，这种优势带有很大的虚妄性。凤姐只消略施小计，稍遣兵将，便教贾瑞落入又冻又饿，又脏又臭，欲进不能，欲罢不甘的尴尬境地。贾瑞之死确属自投罗网，而罗网恰恰是凤姐张设的。凤姐一次次地假意挑逗、虚情承诺，完全合于诱敌深入、围而歼之的用兵之法。贾瑞以假作真，执迷不悟，屡中圈套还声言"死也要来"。濒死之际，代儒向王夫人求人参，凤姐以渣沫搪塞，见死不救，眼睁睁看着贾瑞送命。果真应验了"叫他死在我手里"的预言。应该说，置贾瑞于死地，凤姐是带有很大的自觉性的，是她充分掌握了贾瑞性格弱点的必然结果。在这一回合里，凤姐易如反掌地运用了自己模样极标致，心机又极深细的优势，陷贾瑞于歹毒的"相思局"中。

至于尤二姐，她当初所具的优势就不是虚幻的，而是实在的。因为贾琏将她娶作二房，已成事实。况且枕边衾里，贾府内幕，凤姐劣迹，尽行告知。两口儿小日子过得十分富足和美。当此之际，不能不说尤二姐之于凤姐，是具有相对优势的，这不仅指容貌脾气，深得人心这些方面，尤其是贾琏钟爱且有生子育嗣的可能，最是凤姐无法比肩的。这一点凤姐深知而且深忌。她充分估量要"反败为胜"，不是一件轻而易举的事。她可以捉弄贾瑞于股掌之上，对尤二姐则不得不煞费苦心，以退为进，造成种种假象。且听凤姐亲临小花枝巷延请二姐入府的那一番言辞："皆因奴家妇人之见，一味劝夫慎重，……今日二爷私娶姐姐在外，若别人则怒，我则以为幸。正是天地神佛不忍我被小人们诽谤，故生此事。我今来求姐姐进去和我一样同居同处，同分同例，同侍公婆，同谏丈夫。喜则同喜，悲则同悲，情似亲妹，和比骨肉。……只求姐姐在二爷跟前替我好言方便方便，容我一席之地安身……"口内全是自怨自责，不要说二姐认她作极好的人，便是读者也疑心凤姐改弦更张、立地成佛了。这种把黄鼠狼扮成雏鸡、把假话说得比真话还要真的演技，真令人叹服。

同是这一个凤姐，有胆量在背地发动一场官司，唆使张华状告贾琏"国孝家孝之中，背旨瞒亲，仗财依势，强逼退亲，停妻再娶"，并扯出贾蓉。借此声势，凤姐大闹宁府，"威烈将军"贾珍吓得溜走，尤氏贾蓉母子被搓揉得面团一般，赔罪不迭。在凤姐，衙门不过是手中傀儡，收放线头都在她手中，而察院收受凤姐贾珍两头贿银，吃了原告吃被告，又何乐不为？此际，凤姐紧紧抓住了尤二姐的弱点，即所谓"淫奔无行"，捏牢了张华这张王牌，擒纵收放，行云布雨，凭借衙门的法、家族的礼，造足了舆论，布满了流言，使二姐坠入软绵绵、黑沉沉的陷阱之中，不能自拔，不得挣脱。

正如用兵一样，凤姐是知己知彼的，她在明处，对方在暗处，即使暂时处于被动，她也能充分利用对方的弱点，把自身的优势发挥到最大限度，使事态沿着她设计的轨道行进。在达到目的的过程中，凤姐不仅要越过外部的种种障碍，而且要克服自身的种种矛盾。诸如她同贾琏是合法夫妻却并无真情，她要巩固自己在家族中的地位却并无子嗣，她要博取贤良的美名却不容得丈夫娶纳二房，她唆使张华告状又不使真的把贾府告倒，她要除掉尤二姐却从不露丝毫坏形。这需要怎样深细的机心和周密的谋略，它所展示给世人的，已远远超出了事件本身。

"机关算尽太聪明"，这是凤姐的过人之处，也是凤姐致祸的内因。

四

在贾府说书的女艺人曾说："奶奶好刚口。奶奶要一说书，真连我们吃饭的地方也没了。""刚口"是指口才。连说书艺人都甘拜下风，足见王熙凤口才不凡，这并非是吹捧，凤姐确实当之无愧。我们借用"刚口"一语来标举凤姐的语言才能，也就是冷子兴所介绍的"言谈极爽利"的风采。

凤姐赞赏小丫头红玉不负差遣，把"奶奶""爷爷"一大堆的四五门子的话"说得齐全""口声简断"，讨厌那些扭扭捏捏、哼哼唧唧、咬文咬字的蚊子腔儿。这也正是凤姐话风的自白。凤姐出言的简断爽利、醒人耳目，从她出场的第一句话"我来迟了，不曾迎接远客"就带出来了。以后不论在什么场合凤姐都有属于自己的语言，去给宝黛劝和，就说"黄莺抓住了鹞子的脚"，都扣了环了；同姐妹们打趣就说，我不入社花几个钱，"不成了大观园的反叛了"；数落尤氏说她"嘴里难道有茄子塞着""给你嚼子衔上了"？是"锯了嘴子的葫芦"。诸如此类，不胜枚举。凤姐不会作诗，那起句"一夜北风紧"却浅而不俗，且留了多少地步与后人，其干净爽利仍是凤姐声口。

会说话决不等于光会耍嘴皮子，"言谈极爽利"和"心机极深细"是密不可分的，同一件事，由凤姐来说和别人来说会产生完全不同的效果。比如第五十四回元宵夜宴贾母问及袭人怎么没有跟来伺候宝玉，言下有责怪之意，王夫人忙回道："他妈前日没了，因有热孝，不便前头来。"贾母不以为然："跟主子却讲不起这孝与不孝。若是他还跟我，难道这回子也不在这里不成？"凤姐忙接过来解释，说出一番"三处有益"的理由来，一则"灯烛花炮最是耽险的"，那园子须得细心的袭人来照看；再则屋子里的铺盖茶水，袭人都会精心准备，"宝兄弟回去睡觉，各色都是齐全的"；三则又可全袭人的礼。这番话既合于主仆上下的名分次序，更投合老太太怕节下失火和疼爱孙子的心理。贾母听了称赞"这话很是，比我想的周到"，不但不怪袭人，反而还关爱有加。可见，说话动听的前提在于"想的周到"。前文述及当邢夫人出马为贾赦讨鸳鸯，凤姐前后截然相反的说辞，盖因开初凤姐不假思索直陈不可，一旦发觉全不对路，立刻变换角度顺着邢夫人"左性"的竿子爬上去。若不是头脑灵敏反应迅捷，哪能说得邢夫人转怒为喜呢。

由于是当家人，凤姐的善于辞令也体现在同各色人等的接交应对上。她能不卑不亢分寸得宜地处理各种人际关系，那说话的艺术很值得仔细体味。比方刘姥姥是个身份低微但年高积古的乡村老妪，与贾府并不沾亲带故不过同姓连宗，虽偶来走动却也不可简慢。凤姐裁度着对方的身份和彼此的关系，神态之间，虽显矜贵，言语还是很得体的。说出来的话既有谦词，"我年轻，不大认得，也可不知是什么辈数，不敢称呼""不过借赖着祖父虚名，作个穷官儿"；又告艰难，"外头看着轰轰烈烈的，殊不知大有大的艰难去处"，"不过是个空架子"；更不乏人情味，"亲戚之间，原该不等上门来就有照应才是""既老远的来了，又是头一次见我张口，怎好叫你空回……若不嫌少，就暂且先拿了去罢"。这次接待，凤姐是请示了王夫人的，她的语言应该说符合既不热络又不简慢、既不丢份又不炫耀的原则，可以算一个上对下即凤姐接见打抽丰的穷亲戚的例子。再举一个下对上即对付宫中太监的例子，第七十二回写到夏太府打发小内监来借银子，凤姐让贾琏先躲起来，自己出面应付。小太监说夏爷爷买房子短二百两，上回借的一千二百两等年底再还，凤姐接口道："你夏爷爷好小气，这也值得提在心上。我说一句话，不怕他多心，若都这样记清了还我们，不知还了多少了。只怕没有；若有，只管拿去。"一面命人把自己的首饰拿去押了银子开发小太监。凤姐这几句话，看上去并未得罪夏太监，却软中有硬，绵里藏针。警示这样名为借贷实为敲诈已不知凡几，预告府中已被掏空，须靠典当度日。无怪有的论者评道，弱国的使者如能这样对付贪得无厌的强国，也算得上不辱君命了。凤姐确实有当外交使节和公关经理的潜能。

最为人们熟悉和称道的还有凤姐语言的幽默和谐趣，贾府的丫头仆妇们只要听得二奶奶要说笑话了，都奔走相告。其实凤姐说笑的精彩处不在于她所讲的"聋子放炮仗"一类笑话，而在于能即景生情、就地取材，亦即"对景儿"的说笑。比如，用"外人""内人"的对偶互换讥嘲贾琏，逗乐了赵嬷嬷；或以谐音打岔，声称自己不会作什么"湿的""干的"，同作诗的姐妹们取笑。有时则用拟人之法，玩牌时指着贾母素常放钱的木匣子道："那个里头不知顽了我多少去了。这一吊钱顽不了半个时辰，那里的钱就招手儿叫他了"，要平儿把刚送来的一吊也放在老太太一处，"一齐叫进去倒省事，不用做两次，叫箱子里的钱费事"。笑得贾母把牌撒了一桌子。

谁都知道，凤姐是贾母的开心果、顺气丸。回目上曾点明"王熙凤效戏采斑衣"，斑衣戏采这个二十四孝中老莱娱亲的故事其实很矫揉造作，此处不过取承欢之意。在《红楼梦》里，贾政的娱亲倒有几分老莱子遗风，他讲的那个怕老婆的笑话令人作呕；出了谜语怕老太太猜不出，悄悄将谜底告诉宝玉转知贾母。总之是既俗气又笨拙，相比之下，王熙凤的承欢娱亲不知要高明多少。在贾母身边，凤姐的笑谈随机而出，自然天成。比方由做莲叶羹说到贾府的饮食"都想绝了"，凤姐接口道，"老祖宗只是嫌人肉酸，若不嫌人肉酸，早已把我还吃了呢"。引得众人大笑，正是用说笑的形式极言贾母花样翻新的高档饮食。又如逛大观园，贾母提到小时跌破头落下个窝，凤姐即刻说："可知老祖宗从小儿的福寿就不小，神差鬼使碰出那个窝来，好盛福寿的。寿星老儿头上原是个窝儿，因为万福万寿盛满了，所以倒凸高出些来了。"

未及说完，贾母和众人都笑了。请看，一个疤痕也能讨出吉利口彩，还扯上老寿星作证，人们明知是凤姐在随口编派，可编得这样喜庆圆满，不能不佩服她出色的即兴发挥。如果说，像这样化庄为谐，随机而生的笑谈，在凤姐不过家常便饭，毫不费力；那么，要使贾母转怒为喜、扭转气氛，难度就要大一些，而凤姐照样能举重若轻，别出心裁。如贾赦讨鸳鸯之事，贾母正在气头上，众人噤声，气氛紧张，连本无干系的王夫人也被怪罪，还埋怨上凤姐。当此之际，凤姐不慌不忙地回道："我倒不派老太太的不是，老太太倒寻上我了。"众人称奇，倒要听听老太太有什么不是。凤姐说出理由来："谁教老太太会调理人。调理得水葱儿似的，怎么怨得人要？我幸亏是孙子媳妇，若是孙子，我早要了，还等到这会子呢。"这真有点奇兵突出，立即奏效。吃凤辣子这一刺激，先贬后奖。贾母气也消了，心也开了，空气也缓解了，又有说有笑的了。对于尊亲长辈，只有凤姐会用这种方式取笑，常常对大人物说小家子话。清虚观的张道士是有职法官，达官贵人都尊为老神仙，独有凤姐见了，竟说张道士托了盘子，像是化布施来了，唬了自己一跳。众人听说，哄然大笑。再如说贾母到园中赏雪是"躲债"，要赖薛姨妈的银子等，都属此类。凤姐嘲笑戏谑，看似失调少教，粗俗冒失，实际效果却总能使对方开心大笑。这种笑谑总伴随着某种新鲜的刺激，提人精神。如果老是平平淡淡，早就令人昏昏欲睡了。

可见凤姐的承欢取乐，也常带辣味。一上来似乎叫人受不了，回过味来不由得气顺心开，比那一味奉承的更加高明。凤姐在贾母跟前说笑，表面看去，出言放诞，似乎越礼犯上，骨子里总能讨得贾母喜欢。王夫人曾对凤姐拿长辈取笑提出异议，认为"惯得他这样""明儿越发无礼了"，贾母却说"我喜欢他这样，况且他又不是那不知高低的孩子。家常没人，娘儿们原该这样。横竖礼体不错就罢，没的倒叫他从神儿似的作什么"。凤姐的确是贾母晚年生活中须臾不可或缺的带来乐趣的人，贾母曾戏说："明儿叫你日夜跟着我，我倒常笑笑觉得开心，不许回家去。"凤姐病了，贾母倍感冷清，叨念"有他一人来说说笑笑，还抵得十个人的空儿"。

正因为贾母是个较为开明情趣不俗的长辈，能够容纳和赞赏凤姐的"放诞"，所以凤姐的承欢娱亲少有媚态诿相，不那么肉麻，不那么俗气。当然固宠行权首先得巴结奉承老祖宗，其中的功利之心是连兴儿这样的小厮都看得清清楚楚的；然而凤姐的巴结奉承不同庸流、自有特色却是谁也不能否认的。这里可再举一例，第五十四回写贾母悄到园中赏雪，凤姐随后找来，贾母道："你真是个鬼灵精儿，到底找了我来，以理，孝敬也不在这上头。"凤姐笑道，"我哪里是孝敬的心找了来？我因为到了老祖宗那里，鸦没雀静的"，正疑惑间，来了两三个姑子，"我连忙把年例给了他们去了。如今来回老祖宗，债主已去，不用躲着了。已预备下希嫩的野鸡，请用饭去……"一行说，众人一行笑。请看，凤姐当着贾母的面声言自己不是出自孝敬之心，足见凤姐至少不着意把孝敬之名挂在口边上，这里当然也是取笑，骨子里仍然是孝敬，但能像凤姐这样放得开则殊为难得。

处在凤姐的地位，"哄着老太太"喜欢固属于首要，也不能不顾及其他。比如上举为鸳鸯使贾母转怒为喜，就还须顾及贾赦、邢夫人的脸面，赦邢夫妇正是凤姐的正经公婆。贾母听凤姐数落自己会调理人，便说"你带了去罢"，凤姐道，等"来生托生男人，我再要罢"，贾母说："给琏儿放在屋里，看你那没脸的公公还要不要了！"凤姐道："琏儿不配，就是配我和平儿这一对烧糊了的卷子和他混罢。"说得众人都笑起来。在这里，凤姐既要使贾母开心，又不能得罪自己的公婆，出言既诙谐又得体。能使紧张的矛盾消弥在轻松的谈笑中，这是凤姐的谐谑所奏的奇效，也是她处理人际关系的艺术。仔细看去凤姐的说笑常常是滴水不漏，不会产生副作用；当然，如果她本意就想指桑骂槐旁敲侧击，那么一定会命中和扫到。凤姐的风趣和心机结合得可谓天衣无缝。

较之红楼诸钗中其他读书作诗的姑娘小姐，凤姐胸中文墨欠缺，她的语言没有什么书卷气，然而却有一派扑面而来新鲜热辣的生活真气。仔细品味，凤姐的语言独多俗语俚语歇后语等口语中的精华，状物拟人叙事言情亦无不生动逼肖；尤其谈笑风生妙语连珠，肚里似有无数新鲜趣闻。看上去凤姐的能言善辩幽默谐趣仿佛无师自通，寻其源头不在书本而在生活，在于生活本身所包含的信息和智慧。通过凤姐的语言，人们不仅眼界大开，可以看到种种生活态和社会相；而且心智大开，可以窥见聪明绝顶变幻莫测的机心。

五

近二十年来，在改革开放的浪潮中，人们在呼唤"女强人"时常常提到凤姐，深为"凤辣子"的魔力和魅力所倾倒；同时，随着人们视野的拓展和心态的从容，也对这一性格进行了较为深入的文化反思，其中凤姐之欲和凤姐之妒值得再加申说。

以往的评论几乎一致肯定凤姐的才干，而常常不加分析地否定她的欲望。其实，作为一个"女强人"，无论在当年或现代，这二者都是不能截然分开的。

前文提到"金紫万千谁治国，裙钗一二可齐家"，这是王熙凤协理宁国府"一回的回后诗对，在"家国同构"的封建宗法社会里，可算得对裙钗女子的高度评价。凤姐的才干是作品用浓墨重彩着意渲染，并且以贾府那一班"须眉浊物"作为参照系来凸现的。秦可卿临终预感家族危亡，如此重托，不嘱别个，独期凤姐，因为"你是个脂粉队里的英雄，连那些束带顶冠的男子也不能过你"。这决不单是出于可卿同凤姐的私交，而是贾府爷们自身也承认并且甘拜下风的。"协理宁府"那有声有色的一幕得以演出，推荐人是贾宝玉，当事人是贾珍，凤姐就是在此种"舍我其谁"的情势下出山协理，果然不负所托，威重令行。

在这里，人们往往看重凤姐的"治绩"，由此赏识她的才干与魄力，而比较忽视她表现自己才能的欲望。小说曾写她素喜揽事，"好卖弄才干，虽然当家妥当，也因未办过婚丧大事，恐众人不伏，巴不得遇见这事。今见贾珍如此一来，他心中早已欢喜"。这种想"露一手"、渴望有更大的舞台来施展自身才能的心态，在那个社会条件下的女性当中，是比较独特、并不怎么合于"妇道"的。至少在擅于自我修养的薛宝钗那里，不可能有类此心态，一般都认为"不干己事不张口，一问摇头三不知"，方合乎温和贞静的女范。倒是林黛玉，颇有"扬才露己"之嫌，大观园试才题咏之日，她本安心"大展奇才，将众人压倒"，不想元妃只命一匾一咏，不好违谕多作，未展抱负，颇感不快。尽管一个是诗书翰墨之才，一个是当家理事之才，有所不同，但表现和发展自己才能的愿望是共通的。而这种愿望，不能不认为是合理的个性要求之一种。

所谓"存天理、灭人欲"的理学信条，所扼杀的正是活泼泼的自由个性。"人欲"包举一切人间欲望，饮食男女、物质财富、精神需求，也包括展露才能的表现欲等，都在杀灭之列。当我们触及到过去时代的人物尤其是女性的欲望问题时，是否应当多做一点分析、采取较为客观的态度呢！

凤姐这个人物是以"欲壑难填"著称的，为了达到自己的欲望，可以不避芒锋、不计利害、不顾后果、不择手段。人物的"辣"，与其内在的"欲"的骚动密切相关。小说展现的是一个活人，她的展才逞能、自我实现的愿望不是孤零零的表现，而是和她种种的现世欲求纠结在一起的。特别是对于金钱和权势无休止的贪欲，在小说中恐怕没有谁表现得像凤姐那样淋漓尽致了。她挪用下人的月钱放高利贷，捞取家族的资财化为个人的私房，为保持和巩固自身当家奶奶的地位，弄权使招、费尽心机。凤姐欲望的膨胀造成了种种劣迹和恶果。由此看来，人欲又不啻洪水猛兽，是该当灭绝的。

可见，这欲的骚动在凤姐身上是一种又相矛盾又相谐和的存在。当着这种欲望作为一种合理而正当的个性要求生动地甚至是火辣辣地表现出来时，是不应当粗暴地、笼统地加以抹煞的。即便是对于物质和精神财富的追求，如果是在一定的范围内，也并非就等于邪恶；尤其是表现和发展才能的愿望，更应该受到珍重。在那个社会条件下，具备凤姐式才干的女性恐怕不少，然而能够得以实践的恐怕不多，原因之一是她们本人不见得都具有这种

"表现欲",或者虽有而自我抑制,使才能成为一种未被释放的潜能。在小说中,凤姐的"自我表现"诸如逞能、要强、抓尖、放诞等,当其并不损伤或危及他人时,这个人物往往令人钦佩、讨人喜欢。如果深藏不露,又有谁能欣赏呢?很可注意的是凤姐的逞强,竟到了硬撑、"羞说病"的地步,足见其欲望的执着和彻底,"辣"不单对别人,有时也对准自己。

当然,从小说的全部描写看,凤姐的欲望更多地表现为一种无节制无穷尽的贪欲,常常以压抑他人的欲求、牺牲他人的幸福、危及他人的生存作为代价。这种贪欲和权欲发展到了极致,便会成为独夫和暴君。凤姐的惩罚丫头、拷问小厮、盘剥奴仆、追剿无辜等,便带有分明的暴君气息。而她的工于心计、擅于权术又使这暴君带有"文明"的色彩。

可否认为,凤姐外在的"辣"同她内在的"欲"存在着有机的联系。人们嗜辣又怕辣的美学效应,是否同凤姐身上"人欲"的复杂情况,存在着某种对应关系呢?

由于是女性,凤姐的辣还带有一种特殊的味道,这就是"辣中带酸"。单从小说回目上看,赫然标明的便有"酸凤姐大闹宁国府"(第六十八回)、"变生不测凤姐泼醋"(第四十四回)之类。酸也罢,醋也罢,都是一回事,用一个更显豁的词,便是"妒"。凤姐之辣,常常同妒纠结在一起,矛头既对着她的合法丈夫贾琏,更对着与她争宠的一切女性。

为了辨析这带酸的辣味,就得弄清"妒"的含义,尤其先要考察一下凤姐同男性特别是贾琏的关系。

"妒"这顶帽子,常常是封建道德对女性人格扭曲后加上的恶谥,也是女性维护自身权益的一种变相的手段。在"妒"的名义下,使女性自相虐杀,保护的是男性中心的多妻制。在《红楼梦》里,以凤姐为轴心,生动地反映了这样一种典型形态。

除去惯作"河东吼"的夏金桂而外,王熙凤是《红楼梦》中"妒"性登峰造极的人物,素有"醋缸子醋瓮"之称,一旦碰翻了便不可收拾。我们可以从作家描绘的一系列精彩绝伦的艺术画面中，对中国传统文化孕育出来的这样一种畸形心态，做些分析和思考。

近年来，有的研究者在对中国古代的女性意识进行文化反思的时候，认为宗法社会大背景下中国人所形成的强烈的从属意识，在士大夫身上表现为对君臣关系、名分本位的谨守；而在女子身上，从属意识的发达则主要表现为对个别的、具体的男子的忠贞、驯服，"三从"的道德规范融进女性的意识，成为她们处理人际关系的指南。封建夫妻关系中妻对夫的爱，往往是与思恋爱慕结合在一起的强烈的从属意识。这种以从属意识为核心的"夫纲"和"妇道"，实际上是一种奴性。这对于我们考察古代女性很有启示。

凤姐和贾琏之间存在着合法的婚姻关系和夫妻生活，但却少有真情，彼此同床异梦、尔虞我诈，这是读者容易看清的。这里，应当特别提出的是，琏凤夫妻关系的特殊性，还在于从凤姐一方看不出多少忠贞驯服的从属意识，倒是相反，显得不那么忠贞和不那么驯服。从冷子兴演说伊始，便给人留下了"琏爷倒退了一射之地"的最初印象。琏凤虽共同管家，但凤姐是实权派，人事、钱财几乎都要凤姐拍板、内定。这固然同凤姐娘家的豪富权势有关，也同凤姐本人的才干素质有关。即就夫妻关系而言，贾琏也不是凤姐的对手。一次，平儿替贾琏掩饰了多姑娘那一绺青丝，贾琏趁凤姐不在，发狠道："你不用怕他，等我性子上来，把这醋罐打个稀烂，他才认得我呢！他防我像防贼的，只许他同男人说话，不许我和女人说话；我和女人略近些，他就疑惑，他不论小叔子侄儿，大的小的，说说笑笑，就不怕我吃醋了。以后我也不许他见人！"平儿道："他醋你使得，你醋他使不得。他原行的正走得正；你行动便有坏心。"联系小说的大量具体描写，可以看到：第一，凤姐在同贾府内外其他男性的交往上，比较自由开放、挥洒任意，这从她同贾蓉、贾蔷、贾芸、宝玉、秦钟以至贾瑞等"不论小叔子侄儿"的各种交道中，可以印证。但正如平儿所说，"他原行的正"，并无什么把柄可抓，"你醋他使不得"。第二，贾琏惟知淫乐悦己，离了凤姐便要生事，其心性行径为凤姐深悉，所以像"防贼"似的提防查察，也就是平儿说的"他醋你使得"。第三，从贾琏这方面看，凤姐这样的妻子"惹不起"，她的"辣"带着一股强劲的酸味，以至于有时吓得"脸都黄了"，要靠平儿来救援。因此，"辣中带酸"在一定意义上表明凤姐在夫妇关系中没有多少驯服的从属意识和奴性表现。这一点，不论是上一辈的邢夫人、王夫人，还是同一辈的李纨、尤氏，都不可企及。像邢夫人那样为贾赦娶鸳鸯亲自出马、尤氏听任贾珍同姬妾取乐，在王熙凤那里是断然通不过的。

然而，生活在封建宗法关系中的王熙凤，最终仍旧不能摆脱"夫纲"和"妇道"的拘约，她不能不承认丈夫纳妾是正当的。所谓"不孝有三，无后为大"，为了子嗣，即使三妻四妾也是冠冕堂皇，无往而不合于礼。在强大的宗法礼教和社会舆论面前，争强好胜如王熙凤者，也要竭力洗刷自己"妒"的名声，构筑"贤良"的形象。这实质上是一种屈服。凤姐的屈服，首先表现为有条件的忍让，比方说容下了平儿，成为"通房"丫头，这在很大程度上是由于平儿的善良和忠心，何况目的还是为了"拴爷的心"。其次，表现为对贾琏的施威泼醋作适当节制，火候已够即收篷转舵。诸如在鲍二家的事件被揭发后，虽则掀动了一场轩然大波，而最终不能不接受贾母的裁决，凤姐尽管争得了面子，而贾琏明显地得到了老太太的袒护。回到房里，贾琏问："你仔细想想，昨儿谁的不是多？"明摆着是贾琏偷情惹出事端，然而凤姐不能理直气壮地回答"谁的不是多"这个问题，不能指斥和警告贾琏，受夫权和族权的钳制，她只能在宗法家庭内以"二爷要杀我"为题目哭闹，不得已转移矛头。因而最后也是最重要的一点，凤姐的屈服事实上是变了形、被扭曲了的，也就是说她那被醋妒强化了的辣的锋芒，更加自觉地转移到了与之争宠的女性身上，使她们成为牺牲品。夫妻矛盾转换成为妻妾矛盾，不能治本就转而治标，把一切仇恨、怨毒、谋略、手腕都用在治标上头。这正是上文所说的"妒"成了封建宗法礼教下女性自相摧残的毒箭，其矛头主要指向没有人身自由的妾和其他地位更加卑弱的女子。小说所展现的王熙凤同尤二姐关系的全过程，淋漓尽致地表明了这一点。

比之《金瓶梅》中妻妾间的争风吃醋，《红楼梦》中有关"妒"的描写具有更为高级的形态，也就是说，包含着十分丰富的社会文化内容。在凤与尤的较量中，特别含意深长的是：第一，凤姐竭力塑造自己贤良的假象，得悉偷娶秘事后，她主动登门将尤二姐延入大观园中，又主动引见给贾母，以致二姐悦服、长辈欣慰、众人称奇，其目的在摘掉"妒"的帽子，在宗法礼教上占得一个"制高点"。第二，凤姐又调动一切手段揭发尤二姐"淫奔"的老底，咬定其悔婚再嫁，一女竟事二夫，把尤二姐置于名教罪人的地位。第三，因此，所谓"借剑杀人"，固然假手秋桐之流，但更是凭借着全部封建宗法的权力和舆论机制，其操纵运筹的精明熟练，真可叹为观止。这不是小辣，而是大辣，足以置人于死地而不承担任何法律和道义的责任。

可见，为妒所强化的辣，在其与贾琏的关系上表现为较少从属性；当其将矛头指向其他女性时，尖锐程度虽达到你死我活，但表现形态则由于被官方的道学伦理装裹着，因而是"文明"的。这才是凤姐之妒的重要特征。

如上所述，放在中国传统宗法社会的文化背景下来考察，以辣名世的凤姐，其女性意识的独特性便较为清晰可辨。历来融化在中国女性人格中深入骨髓的从属意识，在她身上居然相对弱化，不仅可与男性争驰，甚至还能居高临下。凤姐不仅才识不凡，并且具有强烈的自我实现的欲望。这一切，当其出格出众、向男性中心的社会示威时，的确扬眉吐气、令人神旺；当其为所欲为，算尽机关，为无限膨胀的私欲践踏他人特别是同为女性者的人格、尊严以至生存权利时，又不能不使人寒心、深恶痛绝。这二者交织、纠结、叠合而形成了一个以辣为特色的中国女性性格的奇观。

俱往矣，又似乎俱在矣。"凤辣子"人格的某些素质在今之"女强人"身上复现，不是偶然的；同样，其末流演化为某些毫无教养的泼妇无赖，亦不足怪。如果我们对这一性格能够进行较为冷静的文化反思，而不仅是从表象出发，比附式地呼唤所谓"女强人"，就能保持较为清醒和客观的态度，有所分析，知所弃取。

六

最后不能不说及人们关注的王熙凤的结局。

王熙凤的结局是怎样的呢？这是一个确定无疑又众说纷纭的问题。

说确定无疑，当然是从小说对凤姐全部艺术描写所展示的性格逻辑和生活逻辑来看，其结局必定是惨痛的，是悲剧。第五回的曲子和判词早已明示："机关算尽太聪明，反算了卿卿性命。""一从二令三人木，哭向金陵事更哀。"可见凤姐悲剧带有很大的自食其果自取其祸的成分。加之还有脂评的多处提示，如第十五回弄权铁槛寺一节，"后文不必细写其事，则知其平生之作为，回首时无怪乎其惨痛之态"。又如第四十三回尤氏对凤姐说"明儿带了棺材里使去"。脂批："此言不假，伏下文后短命。"然而原稿中凤姐结局的具体状况究竟如何，由于对"一从二令三人木"这句判词的不同理解，存在着各种猜测，从清代以来，笔墨官司不断，总有人提出"新解"，成了一个难以确解的红学之谜。

"一从二令三人木"应当寓含王熙凤的一生遭际和变故，句下有脂批："拆字法"，如何拆法，并没有说。历来都据此进行解析，具体说法有数十种之多，大多数解法都有一个共同点，即以"一、二、三"为序数，以"人木"合成"休"，契合"拆字法"的提示。其间又有许多差别，大体说来，可分两类，一类着眼于夫妻关系、个人悲剧，另一类则以权势消歇家族颓败的全局观之。前者认为这句判词概括了凤琏夫妻关系的三个阶段："一从"指出嫁从夫，或言听计从。"二令"指"阃令森严"或发号施令。"三人木"指终被休弃。后者认为应做较宽泛的理解，"令"是指利令智昏、威重令行、挟天子令诸侯，或皇帝下令抄家，"休"亦不必拘于一事，可作万事皆休解。总之是贾府靠山冰消、彻底败落，凤姐身败名裂、万事皆休。看来，两者兼容或较妥当，因为凤姐是个关系全局的人物，《聪明累》一曲里本有这样的句子，"家富人宁，终有个，家亡人散各奔腾。""忽喇喇似大厦倾，昏惨惨似灯将尽"。完全是大厦将倾、家族败亡的末世景象。今天作为《红楼梦》的读者，对于

"一从二令三人木"，只要有合乎情理的了解就可以了，不必花费过多心思去猜这样找不出确切谜底的谜。

此外人们不应忘记王熙凤是"金陵十二钗"正册中的人物，也是归入于"薄名司"的。因此，对凤姐其人，作者固然有深刻犀利的批判和洞幽烛隐的揭露，却也不可遏制地赞赏她的才能和叹息她的命运。前文论析的辣手、机心、刚口诸端固不能以简单的褒贬概之；即以判词和曲子而言，何尝不充溢着精警的箴言和反复的咏叹。足见无论是作者的态度还是读者的感受，都是复杂的。何况杰出的作品更有作者意识不到意想不到的远期效应和永久魅力在。《红楼梦》里的人物多属女性，然而这些女性艺术形象的悲剧意义和人性内涵远远超出了性别的界限，即以王熙凤而论，她的才干、她的欲望、她的命运都如同一面镜子，岂止是"风月宝鉴"而已，其光彩照人的正面和身败名裂的反面难道不是一柄"人生宝鉴"吗！它对当今那些才华横溢又贪欲难遏的风云人物具有一种特殊的警示作用。这大概是曹雪芹意想不到的吧。

至于艺术领域内，王熙凤永远是创作家难以企及的高峰和评论家阐述不完的课题，对于普通读者来说这个艺术形象直如"花影不离身左右，鸟声只在耳东西"，既亲切可感，又有点把捉不定。

艺术作品类似生命现象，应着重于总体把握。凤姐的魔力与魅力产生一种使人怕辣又嗜辣的整体美感效应，即本文开头所引"恨凤姐，怕凤姐，不见凤姐想凤姐"这样的复杂的审美现象。我们难以用固定的逻辑概念来规范和解释，比方说是好还是坏、是高还是下、是此还是彼，只能在总体直感的基础上做出一定的理性分析，而这种感受和分析也同它的对象一样，是鲜活流动的，生生不已，难以穷尽。

本文自八十年代中期起至二〇〇二年夏秋之交完稿

散馥沁芳　青春常驻
——漫话红楼女儿的美容

历来对红楼女儿的描绘评说，都着意于探究她们蕴含的内在美，虽然也一致公认她们的外在之美。即以外貌美而论，则多强调她们的天生丽质而很少涉及修饰美容。本来，内在美和外在美是统一的，天工和人巧也不应互相排斥。因而在开掘内在美的时候，也不妨属意她们的外在美，在看到那"一段自然的风流态度"的同时，也不要忽略了书中有关美容修饰的描写。本文便试图填补一下这个小小的空白。

时下，不仅青年女子讲究化妆，上了年纪的女性往往也愿意通过修饰来使自己变得年轻。这当然是很正常的。长期以来，美化同革命化几乎是不相容的，近十年来，美容随着改革开放之风也已蔚然成风。其实，美容之道并非"进口货"，化妆品也并不一概是舶来的好。美容之道实在是"古已有之"的，从《红楼梦》里看，还颇有一点自己的特色。

从"平儿理妆"谈起

《红楼梦》中，可诗可画的"特写镜头"不少，"平儿理妆"便是著名的诗画题材之一。对这节内容所表现的人物性格及创作意图已经分析很多了，但对"理妆"本身却很少注意，大约是细事末节不值一谈吧。然而仔细看去，此处并非泛泛带过或向壁虚构，它十分具体地涉及化妆品的制作、使用、质地、效应等一系列问题，贾宝玉还真不愧为一位美容师哩！

在这段特笔描写中，我们看到：首先，"理妆"是在宝玉建议下进行的。平儿受了委曲，被让进怡红院，换了衣裳、洗了脸之后，宝玉劝道，"姐姐还该擦上些脂粉，不然倒像是和凤姐姐赌气了似的，况且又是他的好日子"。可见化妆关乎人的精神气色，尤其遇到喜庆节日应加修饰。因而平儿认为言之有理。其次，化妆品是宝玉特制的。平儿找粉不见粉，只见宝玉将一个宣窑瓷盒揭开，里面一排十根玉簪花棒，拈了一根递与平儿道，"这不是铅粉，这是紫茉莉花种，研碎兑上香料制的"。胭脂也不是成张的，却是一个小小的白玉盒子，里面盛着一盒，如玫瑰膏子一样。宝玉解说道："那市卖的胭脂都不干净，颜色也薄。这是上好的胭脂拧出汁子来，淘澄净了渣滓，配了花露蒸叠成的。"再次，化妆是在宝玉的指点下施行的。如取用胭脂，只须细簪子挑一点儿抹在手心里，用一点水化开抹在唇上，手心里的就够打颊腮了。最后，化妆效果令人满意：那茉莉花粉轻白红香，四样俱美，扑在面上容易匀净，且能润泽肌肤，不似别的粉青重涩滞；胭脂膏子打在脸上，果然鲜艳异常，甜香满颊。末了，宝玉锦上添花，亲手为平儿在鬓上簪了一枝并蒂秋蕙，方告圆满。

这样一个"理妆"的全过程给予人的知识和启示应当不止一端。我们看到了贾宝玉的所谓"作养脂粉"，其含义固然在于他"爱博心劳"，即对众女儿关切、爱护、同情、体贴，也包括行动上为女孩儿们精心制作品质优良的脂粉膏霜，为之妆饰美化，使之容光焕发。不可忽视的是他对脂粉一类化妆品的制作使用都有个讲究，可谓选料精良、炮制精心、用法精细。选料的最大特点或曰优点是多用天然原料，如粉以茉莉花种研制、胭脂要用自然界的花露蒸叠。炮制则特重纯净，使用则以少取胜，只要"一点儿"便足矣。就连盛化妆品的容器也十分精美考究，非玉即瓷，既利保存，又见高雅。凡此种种，如果不是深得美容三昧，恐怕难臻此境。

当今的行家如果研读此节，恐怕也会发出赞叹，即以选用天然原料、严格工艺过程、讲究包装外观这几点而言，何尝不是发展具有中国特色的日用化妆品工业所应记取的！

"以粉代硝"引起的风波

"理妆"之外，全书中赫然见于回目的与美容相关的还有一个重要故事，这便是第六十回的"茉莉粉替去蔷薇硝"。要读懂这一回书，就得搞清楚蔷薇硝与茉莉粉性能有何不同？何以不能代替？闺中女儿为何应时急需、且可作为一件赠品来传递？

在这一回的描述中，茉莉粉只一带而过，那是因为前文已有交代，恐怕就是平儿理妆时宝玉提供的那一种以茉莉花种研碎兑上香料制成的粉。芳官在怡红院中，随手取出，当为此物。至于"蔷薇硝"，则是着重写到的一件贯穿情节的"道具"，不可不究。"蔷薇硝"用今天的话说，应为一种药物性护肤用品，小说中明写史湘云因"两腮作痒"，恐又犯了"杏癍癣"，因向宝钗去要。杏癍癣又名桃花癣，亦称春癣，实际上是面部癣疮的总称。据现代医学，这是一种接触性皮炎，由于皮肤接触外界的某种物质，如化学物质、外用药物、动物皮毛、植物花粉等引起的过敏性反应。轻者觉得皮肤瘙痒灼热，严重的可并发皮损和发热等症状。因面部外露，故触发机会多；又因春季百花开放，故发病多在春暖花开之时。史湘云的症状正是"两腮作痒"，尚属轻者。而"蔷薇硝"就是一种对症的药用化妆品，其成分可能由蔷薇露和银硝合成。据《本草纲目》，蔷薇根可治"痈疽疥癣"；银硝是一种中药，主治"疮疥癣虫，及鼻上酒齇，风疮瘙痒"。可知蔷薇硝是女孩子们春天用以擦癣止痒的上品，其药用性能有别于一般化妆品，茉莉粉便无此功效，是不可替代的。

同脂粉等类其他化妆品一样，蔷薇硝亦属大观园"内造"。湘云去向宝钗要时，宝钗因前儿制的都给了妹子，便说"颦儿配了许多，我正要和他要些，因今年没痒就忘了"。可见，不论宝钗还是黛玉，都自己配制，放着备用。春日犯癣，不单湘云，也是钗黛辈女孩子以及丫鬟们的常见症状，蕊官、芳官等才以此相赠。至于宝玉是否指导和亲自制作蔷薇硝，虽未实写，但可以想见热心于淘漉胭脂膏子的怡红公子，多半也会参与炮制的。相比之下,贾环是个大外行,他把茉莉粉当作蔷薇硝兴兴头头地拿回去给彩云,彩云一看便说"他们哄你这老乡呢",贾环还说"硝粉一样,留着擦罢,自是比外头买的高便好"。可见贾环于作养脂粉远不及宝二哥用心,不过他也懂得比外头的好,因为听得彩云常说起"蔷薇硝擦癣,比外头的银硝强"。想来也与平儿理妆时宝玉所介绍的特制脂粉同样道理,自制的不但加入了天然原料蔷薇露,而且比市买的干净纯粹。

由芳官的掉包、贾环的无知,遂有以粉代硝之赠,因此而触发了赵姨娘的怨愤之心,抓住这个由头兴师问罪,大打出手,芳官等小姐妹同仇敌忾,于是酿成了全书中少有的全武行。这风波骤起、矛盾激化、推演情节自是作家的拿手,而"蔷薇硝"作为故事情节一个因子的酵母作用不可忽视,没有作家对生活百科的博识细察,便不可能有如此顺手拈来、娴熟自如的艺术描写。

闺风民俗　相沿成习

上述两处比较集中的描写并非峭然孤出,小说中有关美容之道的笔墨于不经意处时有所见,虽属闺阁琐事,却往往是民俗所系,渊源有自。

探春理家时曾提到姑娘们每月用度中的重要一项便是"头油脂粉"。因为公中买办在市面上"弄些使不得的东西来搪塞","不是正经货",只得弃而不用。实际上各房姑娘姐妹都是自己拿钱另买,重复开支,故应蠲除。这本是探春除弊措施之一,也可以从侧面见出化妆品是姑娘们的一项经常性消费,而且深悉品级优劣。她们不信任买办进的次品、处理品,总要打发心腹内行人去选购,何况更有怡红"内造"不同凡俗的上品精品呢!

除去脂粉以外,有关画眉、梳头、染甲、搽手、带香等小说中都有涉及,不妨概举一二。即以梳头而言,时常提到用抿子抿头发,抿子是梳头时往头上刷刨花水的一种专门用具,可使头发不致蓬乱,且有光泽。可见那时虽无今之发胶、摩丝之类,却有性能良好的刨花水足以使女子秀发光洁。刨花水几乎是旧时梳头必备之物,并非大观园的专利,在民间普遍使用。书中还写到金凤花染指甲，金凤花即凤仙花，俗称指甲花。清代顾张思《土风录》载："万历昆山志云，七夕妇女以凤仙花染指甲。"案此法自宋有之。周草窗《癸辛杂识》云："凤仙花红者捣碎，入明矾少许染指甲，用片帛缠定过夜，如此三四次则其色深红，洗涤不去，日久渐退，人多喜之云云。今吴俗皆然，但不必在七夕。"又清代富察敦崇《燕京岁时记》云："凤仙花即透骨草，又名指甲草。五月花开之候，闺阁儿女取而捣之，以染指甲，鲜红透骨，经年乃消。"这种传统的以天然植物为染色原料的染指甲法，由来已久，且闺风正与民俗相联。红楼女儿亦相沿成习，以此法染甲。无怪晴雯病中伸出手来切脉时，"两根指甲足有三寸长，尚有金凤花染的通红的痕迹"，可见其色泽鲜艳、经久不褪。

品香妙篇　沁人心脾

　　香料的使用，原不限于化妆品，其范围很广。如室内焚香、衣物熏香、随身带香，具有敬礼、辟邪、去秽、提神诸多作用。小说中写到的檀、芸、降、沉、速、藏香、槟榔、佛手等都是香的来源，其形制有香饼子、香毯子、香袋子等，花样繁多，精巧别致。说到用于化妆品的香料则要求更高，因为脂粉之类直接施之于颜面皮肤，渗入肌体，不仅要求品质精细，而且对于香味香型、浓淡雅俗，都大有讲究。可以说，对于香味的辨识之细，赏鉴的品位之高，《红楼梦》确有神来之笔、独到之处。

　　《红楼梦》所引人叹赏和识别的香，不是俗香浓香，而常常是奇香异香、幽香清香。比如发自薛宝钗所制冷香丸的便是一种异香异气，发自林黛玉袖中的更是一股令人神醉的幽香。警幻宫中所焚之香名为"群芳髓"，乃"名山胜境内初生异卉之精，合各种珠林宝树之油所制"，仙家天香，尘世所无。但小说诸如此类有关香的描写并非故弄玄虚、凭空臆想，作家对于生活中尤其是自然界的香的赐予，确有充分的领略和高度的敏感。冷香丸的配方便言明得自四季名花之蕊和四时应节之水，虽属杜撰却合医理，既集诸芳之蕊，其香自有来历。特别是小说第八十回有一段围绕香菱改名而引出的香菱与金桂的争论，可以称之为一篇"品香"特笔，令人欣赏。

香菱之名是宝钗所起。香菱谓宝姑娘博识，起名便有学问；金桂则不以为然，斥为"不通"，"菱角花谁闻见香来着？若说菱角香了，正经那些香花放在哪里？可是不通之极"！香菱道："不独菱角花，就连荷叶莲蓬，都是有一股清香的。但他那原不是花香可比，若静日静夜或清早半夜细领略了去，那一股香比是花儿都好闻呢。就连菱角、鸡头、苇叶、芦根得了风露，那一股清香，就令人心神爽快的。"金桂坚持要换成"秋菱"。香菱之改名秋菱，寓含着她命运之秋已经来临；然而在品香的趣味和识见上，却压倒了金桂，赢得了千万读者的心。人们由此可以得到种种启示：首先应当想到，"香"是大自然的赐予，风露所赋，日月所钟，泽被万象，无处不在。其次亦可悟得，品香关乎人的主观感觉，不单依赖于生理感官，更加连通于内心世界。设若不是心与境契，是难以领略那静夜清香的。再次，这里还涉及香味其实是艺术趣味和人生趣味的多样化问题。香菱并没有因欣赏荷香菱香而排斥其他，不仅尊重兰桂之香，同时指出其非别花之香可比。可见芬芳馥郁、各具特色、宜乎百花齐放、兼容并包。总之，这段描写同小说中许多令人流连忘返的地方一样，其言虽浅其意则深。金桂、香菱虽为主子奴才，在关于香的品鉴的层次上却倒了个个儿。我们只感觉到发自金桂身上的那一股逼人的俗气和霸气，却为香菱所散发的淡淡雅气与和气所熏染，沁人心脾、爽人精神。

行家都知道，当今世界上品种繁多的香水香粉香精，都是经过了调香师的配方调制成功的。其品位的高下、风格的形成，千差万别。研制和鉴定某种香型，固然技术要求十分严格，科学设备也日新月异。但是，最高档的名贵的香水香精，仍须依仗万物之灵的人的嗅觉，即所谓"香鼻子"。据说，在世界范围内，发达国家仅有为数不多的几十个"香鼻子"。而在我国，够水平、被公认的"香鼻子"，只有上海等地的寥寥几个而已，这同我国的日用化妆品工业正处发展中的状况相关。设若贾宝玉生在今天，也许有希望挤进这"香鼻子"的行列罢！不管怎么说，成书于两个世纪以前的《红楼梦》这部作品，其中有关香的描绘真切细腻，确有独到之笔，它有助于提高人们对清幽奇异的高雅之香的感受力和识鉴力，对于当今选用和制作化妆品，恐怕也不无启示吧。

天工人巧　相得益彰

《红楼梦》的主人公贾宝玉为"诸艳之冠"，他生下来抓周时便直取脂粉钗环，这恐怕不单是象征意义的，事实上对脂粉钗环也的确兴趣浓厚、研究有素。小说写他日常调脂弄粉，喜吃人嘴上的胭脂；上学读书还念念不忘调制胭脂膏子，巴巴的嘱咐林黛玉等他回来再制，虽则孩子气，却很认真，当成一件正经事儿来做，比读书还上心。正因常干此类营生，不免蹭在脸上，挂出幌子，招人讪笑，受人箴规，却始终不听劝诫，不改此习，依然故我。这一切在当时以至今天的人们看来，也许都可视为"没出息"；然而贾宝玉毕竟是那个时代感觉敏锐、禀赋卓异的人，他对美的向往和呼唤激动人心。对于周围的清净女儿，他曾一再赞叹"老天老天，你有多少精华灵秀，生出这些人上之人来"。如前文所述及，他的"作养脂粉"，本来就包括从神到形、从精神人格到物质形貌的全般，基于此，他的兼明美容之道、热衷于理妆修饰就是十分自然的了。

美容之道，重在实践，亦须有理论指导，是一种专门的学问。不同的时代，不同的文化背景，对美容就有不同的要求。同一时代，由于审美理想的各别和修养气质的差异，对美亦有不同的好尚。中国古来崇尚自然之美，"清水出芙蓉，天然去雕饰"，是上乘的。但并不排斥人巧，天生丽质再加修饰妆点，乃是常情常理，如《淮南子·修务训》谓天下之美人若衔腐蒙兽不修边幅则使人掩鼻厌恶，若使"施芳泽，正蛾眉，设笄珥，衣阿锡，曳齐纨，粉白黛黑……则虽王公大人有严志颉颃之行者，无不惮悇痒心而悦其色矣"。说明美丑之辨，不仅在天然，亦不可忽略了美容修饰的一面。就贾宝玉而言，其美容之道也是有相应的审美理想作为依托的，正如他在游赏大观园时所表述的那样,"有自然之气,得自然之理","虽种竹引泉,亦不伤于穿凿"。可见他并不排斥人巧,在欣赏人工筑成的园林景点时,只要合于自然,不矫揉造作,就合于他的审美理想。同样,对于女儿,他赞叹老天的杰作,也倡导合于自然的修饰化妆。"欲把西湖比西子,淡妆浓抹总相宜。"以西子之美,仍宜浓妆淡抹,可见妆抹对美人不是多余,要在得体。

  在贾宝玉这里,所谓合乎自然还有一层重要的意思,就是他和大观园女儿常常采用天然原料来制作化妆用品。因此,可否这样认为,以自然界的花露色香来养护天地间灵气所钟的女儿,使之相洽无间、相得益彰,这才是以贾宝玉为代表的红楼女儿美容之道的精华和特色。天工人巧的和谐统一达到这种境界,真令人赞叹。红楼女儿青春常在的奥秘,也于此可见一斑了。

本文写于1991年3月

人生之谜和超验之美

——体悟《红楼梦》

在精神领域中，一个十分有趣的现象是，现代科技的高度发展并未消除人类对自然和自身的神秘感，反而引起了愈益强烈的探索欲。今人破解了古人视之为谜的东西，又十倍百倍地扩大了未知的领域，产生了新的谜团。何况，一个从科学角度已经完全可以被认知的对象，从生命或审美的眼光看却仍然可以是神秘的。艺术创作是对人生之谜的不懈探索，杰出的作品往往有一种神秘感，因其对人生的探索指向终极的存在，包含着超越日常经验的不可言说的神秘之美，亦即超验之美。超验是以经验为基础，又超越具体感性的经验世界，凭借心灵的契合而达到的一种体验和领悟。超验之美存在于艺术作品的深层结构中，可意会而难以言说。《红楼梦》中精妙鲜活的经验世界已令人叹为观止，那惝恍迷离的超验之美更具无穷的魅力。小说中的经验世界本是作者以过来人的超越态度进行重构再造了的，经验和超验的对应沟通生成一种说不清道不尽的意蕴，面对作品，心灵的体悟往往比科学的解读更接近它的原味。只是体悟之道因人而异、因时而异、生生不已。此时此地，如果要勉强加以言说和分梳的话，姑且就"此岸和彼岸的对话""今日对昨日的审视"以及"虽不能至心向往之"诸端略加申说，固难逃浅薄偏狭之弊，亦聊申会心一得之快。

"大观"的此岸和"大荒"的彼岸之对话

  人们都熟知《红楼梦》的故事依托于一个广远无垠的时空背景之上,那块补天予遗的顽石被弃置在大荒山无稽崖青埂峰下。彼大荒世界,洪荒杳冥,无际无涯、无始无终、无悲无喜。顽石通灵之后,幻形入世,落到了大观世界之中,大观园正是人间花柳繁华地、温柔富贵乡的精华所在,连通着经验世界的诸般情态,万千气象。石头在经验世界很少露面,偶发感慨则醒人眼目。我们看到第十八回元春归省时的一段道是:"只见园中香烟缭绕,花彩缤纷,处处灯光相映,时时细乐声喧,说不尽太平景象、富贵风流。此时自己回想当初在大荒山中,青埂峰下,那等凄凉寂寞,若不亏癞僧、跛道二人携来到此,又安得能见这般世面。"这破折号之后顺笔插入的石头自语,忽然"接通"了两个世界,从大观园一下子跳到了大荒山,依石头此时心思,当初何等凄凉寂寞,今日何等繁华热闹,十分庆幸得见这般世面,显然是肯定此岸的大观园,否定彼岸的大荒山了。

  然而这不过是石头此刻的所见所感。大观园里花团锦簇的日子还没过得几时,灾厄就临头了,宝玉、凤姐中了魇魔法,气息奄奄、命在旦夕。当此之际,隐隐木鱼声中,和尚来了,持着那顽石幻化的通灵宝玉叹道:"青埂峰一别,展眼已过十三载矣!今被声色货利所迷,故而失灵。"不觉称羡石头当时在大荒山的那段好处:"天不拘兮地不羁,心头无喜亦无悲。却因锻炼通灵后,便向人间觅是非。"原来人间乃是势利之场、是非之地,何若原先那等自由自在呢!与上面相反,在这里又否定充满声色货利的大观世界,肯定无拘无束的大荒世界了。

  当然,石头也好,和尚也好,都并不等同于作者,都只是载负着作者的某种人生体验。这诸般人生体验,皆因时因事而有差异甚至相互矛盾,在作者是这样,在他的人物贾宝玉身上也同样。比方说在纷纷扰扰爱爱怨怨的经验世界中,人们常有挣脱现实的超然之想,而终于超越不了,只得重又返回现实之中。贾宝玉的读庄参禅便是佳例。为了一点鸡毛蒜皮的生活琐事,他先是疏冷了袭人等丫头，接着又得罪了黛玉，惹恼了湘云，自己原好心调和，反落了两处不是，独处自审，竟有焚花散麝、戕钗灰黛、丧情灭意之想，所谓"茫茫着甚悲愁喜，纷纷说甚亲疏密。从前碌碌却因何，到如今回头试想真无趣"。这不是与大荒山那块"心头无喜亦无悲"的石头认同了吗？只不过这认同和解脱十分短暂，宝玉经不住比他更智慧更有悟性的姐妹的诘问，一经黛钗点拨，立即自认愚钝，打消此念，一个筋斗翻回到了红尘现实之中。

有趣的是，小说这一回"听曲文宝玉悟禅机，制灯谜贾政悲谶语"，紧接着下一回便是"《西厢记》妙词通戏语，《牡丹亭》艳曲警芳心"，贾宝玉方才俨然是个"赤条条来去无牵挂"的庄禅信徒，此刻却沉浸在《西厢记》《牡丹亭》的妙词艳曲中，感受着人生花季最美好幸福的时光了。看来，此岸世界虽则纷扰烦忧，却有至情真爱在；彼岸世界尽管自在无羁，却不免落寞寂寥。

就是这样，大观的此岸世界和大荒的彼岸世界互相否定，又在互相否定中互相肯定，在肯定与否定中不断对话。看起来似乎矛盾，其实正是作者不断探索、寻求精神归宿的生动体现。这种对话的性质和内涵十分丰富而多样，却没有尽头，不曾给出答案。我们不能否认老庄哲学和佛教禅宗等对《红楼梦》的深刻影响，但《红楼梦》的彼岸世界不能等同于佛教的极乐世界或道家的羽化飞升，它不是宗教，而是作者对精神归宿精神家园的求索，大荒的彼岸正是一种求索的标识和印记，石头的隐喻包含着"从哪里来到哪里去"的叩问，体现出一种博大深邃的终极关怀。也是在这个意义上，我们与其把曹雪芹说成是哲学家、思想家，毋宁说他是一个极其敏感、悟性很高的艺术家，他对人生的观察和体验，已穿越经验界而伸入超验界，这种超越和提升自然具有形而上的意味。

《红楼梦》中，除去贾宝玉之外，各色人物在现实生活中都有自己的烦恼和困惑，都有各种各样的信仰和追求，但未见得都有超越的意向，更遑论终极关怀。就说信仰吧，在中国，求神拜佛再普遍不过了，可它的实用目的也再明显不过了。人们看到不论是贾母的慷慨布施还是王夫人的持斋敬佛，不论是天香楼设坛还是清虚观打醮，都有很实用的目的，都是为了家口平安、消灾祈福、宗祚绵延。第二十五回末写到林黛玉听得贾宝玉病好，脱口念了一声"阿弥陀佛"，薛宝钗便笑道："我笑如来佛比人还忙，又要讲经说法，又要普度众生；这如今宝玉凤姐姐病，又是烧香还愿，赐福消灾；今儿才好些，又要管林姑娘的姻缘了。你说忙得可笑不可笑？"这固然是打趣的话，却道出了中国文化实用性的一面，它通常不去超越日常现世生活和感官世界，不去提升人的精神，却把神佛菩萨人间化、世俗化。虔诚的信奉者尚且如此，那等而下之的更不必说了。馒头庵老尼净虚和水月寺圆心之流不过是披着佛门外衣的利欲熏心的拐子，天齐庙的王一贴倒直言不讳，迹近江湖骗子。种种愚妄欺人的鬼话和极乐世界的许诺在这里早被彻底戳穿、一钱不值。我们还是回头来看看多数人的虔心信奉到底有什么价值。应当说，作为一种信仰、一种教义，它在帮助普通人摆脱烦恼、慰藉灵魂方面还是有作用的，不只是贾母王夫人等女流之辈可以从中得到心理的平衡和精神的奇托，即如从来不语怪力乱神的贾政，在至急至气之时也会说出"剃去烦恼鬓毛""寻个干净去处"这样四大皆空的话来。当然，像贾政这样为儒家文化浸润的人是不可能去出家的，如同他行至稻香村"勾起归农之意"一样，不过是一时慨叹激愤之辞。

真正斩断尘缘、出家离世之人是有的，在《红楼梦》中当数甄士隐、柳湘莲，也包括日后的贾宝玉。他们决绝地否定了烦恼纷扰的此岸世界。然而彼岸世界何若？不甚清晰，不知所终。因而，与其看重贾宝玉"悬崖撒手"的结果，莫如更看重他达到这一结果的过程，看重他充满矛盾的精神历程。比之《红楼梦》中各色人物的信仰和追求的实用性质，贾宝玉的关怀和信奉最少功利色彩，无论是对事对人，一草一木，他关切的往往不是现下的直接利害，而是念及绝对和永恒，由此生出无穷的烦恼，宜乎世人所谓"无故寻愁觅恨"。就连他生命中的第一大事、与林黛玉生死不渝的爱情，也充满着"为艺术而艺术"的味道，只有过程，没有结果。而且这个过程还充满着矛盾纠葛，好了又恼，恼了又好，最为知心相契的人竟然还常有误解、猜疑和不能沟通的时候，到了至急为难的当口，每每用"我做和尚去"解围。做和尚自然可以看成是谶语，也是贾宝玉在此岸世界的困扰中冀求超越的一种意向。类似"做和尚"或者"化烟化灰"的赌誓不止一次，连林黛玉都说"我数着你做和尚的遭数儿"，可见贾宝玉在不断地否定自己、在徘徊回旋中摸索。他究竟追求什么？已有的人生规范和宗教模式都不合辙：他读书是虚应故事，到庙里还愿是长辈之命，续庄参禅是一时兴会，祭奠洛神是心怀金钏，打醮祈福如同旅游，痛悼芙蓉是企盼晴雯成神……不错，宝玉最终是"悬崖撒手弃而为僧"了，那佛门清静之地果真是他的精神归宿吗？不得而知。贾宝玉心目中的彼岸世界恐怕是连他自己也捉摸不住的杳冥洪荒无欲无求的大荒境界吧。

前面提到过，不论是僧道、石头、以至贾宝玉本人都不能等同于作者；不能认为贾宝玉悬崖撒手就意味着作家找到了精神归宿，只能认为在执着探求的过程中留下了永远的问号和印记。过程比结果更给人以启示，在寻求精神家园的过程中，此岸世界和彼岸世界的沟通和对话，特别是两者相互否定所带来的两难处境和矛盾心态则是一种普遍的人生体验。不只是贾宝玉，不只是作者，我们每个人都可以有、曾经有、而且永远会有这样的体验。这远比宗教教义和哲学讲义亲切得多、生动得多，同时又有几分神秘、几许诱惑。因为这是超乎经验的，需要精神的提升和心灵的契合才能体悟的人生真谛，它不是终极真理，却是一种人的主体可以把握的真实的生命体验。

"今日之我"对"昨日之我"的审视

超越经验世界最常见的途径是回忆，在回忆中重温过去的经历。任何文学作品都不能不开启和调用作家记忆的宝库，《红楼梦》是以个人生活经历为基础的忆旧之作，这是作家本人并不讳言、后世读者也都公认的事实。

怀旧是人人都会产生的一种心理体验，人们对于昨天、对于过去、对于历史，所怀的感情是十分复杂的，并非总是觉得"今是而昨非"，也不一味感叹"今不如昔"。觉得今天比昨天高明,是一种超越;感到今天不如昨天,是一种依恋、一种回归的渴望。这两者常常相依而存相伴而生。就像我们在《红楼梦》里感受到的半是忏悔半是怀恋、既已超脱又复依归的心态。可见,过去曾用"留恋失去的天堂"一棍子打倒或以"消极没落意识"一个标签封死是愚蠢的;反之,沉湎于繁华旖旎缠绵悱恻的经验世界中不能自拔,也永远不能解得其真味。

超越与回归两者,前者是主要的。所谓超越,是说"今日之我"与"昨日之我"由于时间的流逝而拉开了距离,得以在更高一层的人生阶梯上俯视过去。《红楼梦》的时间跨度不能仅视为写了主人公的一生经历或作家的往昔岁月,盖因"历过一番梦幻"或曰翻过一个筋斗之后,其距离效应不以年月计,而是几世几劫、亿万斯年,有一种悠远的历史感、纵深感。对于曹雪芹这样渴求精神超越的作家来说,他会强烈地感受到在无尽的时间里,生命是何其短暂,在无限的空间中,生命是何其渺小,觉悟到一切都原来如此、不过如此。这种"过来人"的感情和智慧使他在回顾过去的时候成为一个智者、一个超人、一个上帝。《红楼梦》给人如此浓厚的彻悟感、宿命感,与此相关。当我们和幻形人世的石头一起受享人生之时,也便受享到了人生的无常。在《红楼梦》的艺术世界里,处处皆是的征兆、预感、谶言、隐喻、象征等,无不溯源于对昨日的经验世界的反观和超越。明明是在写富贵旖旎的生活,而处处显示出衰兆;明明是谱写青春生命的旋律,却在在透露出哀音。正如乐章的复调,有一种和声、一种回音、一种呼应。这里,只有具备了"今日之我"的智慧与悟性的作家,才堪胜任这乐章的指挥,使今日与昨日不仅遥相对应,而且给以提升,产生出超乎经验世界的深邃感、神秘美、或曰超验之美。

在此,我们毋庸对小说中涉于幻诞的构想和情节多加赘说,诸如顽石下凡、绛珠还泪、警幻示训、可卿托梦、僧道点化、风月宝鉴等,因为它们的超验性质是显而易见的,其与经验世界的接合虽则巧妙却也痕迹分明、易于领会。令我们初读时泛泛看过而实则蕴含很深的倒是某些十分生活化的场景和对话，往往就在日常生活的流程中、人物之间的言谈笑谑里，不时有超验之光在闪烁，令人怦然心动。比方前面提到过的贾宝玉动不动就说，你死了我做和尚去，又如薛玉菡鬼使神差地在酒令中说出了袭人的名字，王熙凤取笑黛玉既吃了我们家的茶怎么还不给我们家做媳妇，薛宝钗漫不经心地出主意让莺儿打个络子把玉络上，林黛玉冷不丁儿从芙蓉花影里走了出来，等等。读到这种地方常常心头不禁为之一震，仿佛有一种不可知的力量在主宰、驱动，给人一种神秘感、宿命感，这不是迷信，而是作家超越人生反观往昔所显示的超验的力量。

有时，人们可以凭借脂评的提示来领会这种言外之意、象外之旨。比方省亲一幕，当元春回銮离别之时，为了冲淡悲戚难舍之情，说了"倘明岁天恩仍许归省"的话，此处有脂批"如此现成一语，便是不再之谶。只看他用一'倘'字，便隐讳自然之至"。这期许竟成了永诀，生离也就是死别。又如凤姐生日那天，贾母做主让她痛乐一日，众人纷纷敬酒，尤氏笑道："我告诉你说，好容易今儿这一遭，过了后儿，知道还得像今儿这样不得了？趁着尽力灌上两钟吧。"这是玩笑话，表层意思仿佛今朝有酒今朝醉，其实此刻已经有人在背后诅咒凤姐了，日后之事更难逆料。此处也有脂评"闲闲一戏语，伏下后文可伤，所谓盛筵难再"。类似这样戏语成谶，弄假成真，看似闲笔实则有深意存焉的地方，即使不加提示，读者也能体会，仿佛上帝之手无处不在。

这决非读者的过敏或附会，而是作家以超验的态度重构经验世界产生的艺术效果，何等自然，何等现成，又何等奇巧深邃。在全书中，自然以前五回和灯谜、酒令、诗会等这种效果最为突出。试看"寿怡红群芳开夜宴"是众女儿最畅快最尽兴的一次聚会，也是最富暗示性和命运感的一次检阅。各人抽得的花名签是花、是诗、是谶、是命，各人都在欢乐中默默领受命运之神的颁赐。抽签是偶然的，是游戏，又是必然的，是人生。

应当分清的是，作为小说中的人物，并不能够预知和揣算自己的命运，她们只是在抽签、在作诗、在猜谜、在行令，以至于在做梦，就像生活中曾经发生过的一样，其中悟性高的至多有一点朦胧的感觉，陷于沉思冥想而已。真正全知全能的是作家。因此，从审美的角度看，超验的神秘之美还因为作家只把谜底泄露给读者而永远瞒着人物，在心中有数的读者和一无所知的人物之间形成了一种心理的张力。成功的小说作品都可以引发这样的阅读心理，即所谓"替古人担忧"，《红楼梦》的作者则极大地开拓和强化了这一张力场，它所带来的读者审美心理上的期待感、紧张感、神秘感远非一般作品可比。当我们掌握了作者在前面五回通过词曲梦幻等泄露给读者的种种"谜底"后，在进入阅读过程时对人物命运的关切就不是那么被动、表浅，而是有一根超验之线在提动着，变得格外敏感，仿佛有了一种"第六感觉"。小说中专写惜春的第一个情节是同水月庵的智能儿玩耍，她说的第一句话是"明儿也剃了头作姑子去"。人物对自己的未来茫无所知，读者则已先知先觉，这种反差形成了一种震撼力，使惜春此时此刻的言行获得非同一般的意义。上举琪官的酒令、凤姐的取笑、宝玉的赌咒、黛玉的出现等等都具有这样的审美心理效应。就是说在经验世界里发生的一切都是那么自然而然、合情合理，人物丝毫不曾意识到自己言行的分量，作为上帝的作家使它载负起某种超验的信息而又不着痕迹，读者既因体察到超验之旨而感悟，又因人物的不悟而悬念。当然，作为读者也可以不去理会什么言外之意，仅仅按照经验世界的描绘来解读作品已经很丰富了，但稍有悟性的读者总爱寻幽探胜，或者说《红楼梦》能引动人的好奇心和探索欲，培养人的悟性智慧，把人从形而下的世界一下子提升到形而上的世界，去体察那超验之美。

本节开头提到，今日之我对于昨日之我的审视，除去超越的一面，还有回归的一面。

所谓回归，并非要历史退回到过去的岁月，沉浸在褪色的记忆里，而是希冀在更高的人生阶梯上找回过往人生中那些有意义有价值的东西。失去的常常是美好的，因其不可复得而具有永恒的价值。人们都可能有这样的体验，旧地重游每每感到怅惘和失落，那是因为没有找到那曾经有过的美好的感觉。比方记忆中当年一座高大的楼，如今只见其矮小，一条宽阔的河，而今只见其浅窄。倒不如保存在记忆中，那高大宽阔的感觉永远不会消褪，如果形诸笔墨，一定比原先所见更其明晰、更其精彩。可以想见，曹雪芹笔下的风月繁华、闺友闺情，一定远胜于他当年亲历过的"秦淮旧梦"。我们看到，《红楼梦》中即便是一饮一馔一颦一笑都是令人向往和依恋的，不必说那些人们早已耳熟能详的著名场面和情节，这里只举一个极小的生活细节，单看那芦雪广联诗时端出的几样果品：蒸熟的雪白的大芋头、朱红的橘、金黄的橙、翠绿的橄榄，这雪白、朱红、金黄、翠绿，色泽多么鲜明、丰富、诱人，这是果品的色彩，也是生活的色彩、人生的色彩。在小说中，一切自然的色彩、声音、味道、形态尚且如此真切动人，何况是人间的真诚、纯情、友谊、关爱、体谅，一切亲子之情、手足之情、朋友之情、知己之情、恋人之情更是刻骨铭心了。有谁不为《红楼梦》中谱写的闺友闺情发出这样的感叹：人生能有几许天真呢？人生能得几次欢聚呢！贾宝玉在长日静静、情意绵绵之中随口杜撰林子洞小耗子偷香芋的故事，果真使林黛玉听住了。少男少女纯真无邪的居处言谈，涓涓细细、沁人心脾。即便是为人诟病的贾政也并非浑身都是虚伪，当他向元妃启奏时提及"勿以政夫妇残年为念"，而元春殷殷嘱以"暇时保养"等语，不也透露出一种相互慰藉牵念的亲子之情么！固然许多人间真情此刻已被权力金钱所异化、扭曲和压抑了，但唯其如此，此情才更加值得珍惜。

　　反顾往昔而渴望回归、渴望找回失去的可贵的东西，还由于这些东西在过去的岁月中往往并不显得珍贵或并不知其可贵。从这个意义上说，"朝花"是宜于"夕拾"也应当"夕拾"的。朝花"朝"拾，带露折枝，自是新鲜，然而往往不辨色香不知珍爱甚至随意丢弃；朝花夕拾则意味着经过时光的淘洗、历史的沉积，删夷了芜杂的枝节，出离了当局的迷误，朝花更见其明艳和精彩。因此，这种归依也是一种升华，是另一种形式的超越。《红楼梦》何尝不是在夕晖中拾起的一片朝花，作者半是愧悔半是依恋的心态，正反映了"今日之我"对"昨日之我"的省察和反思。

　　回归不是简单的复现，作品中的经验世界比实际经历过的远为真切鲜活丰盈得多。虽则是"昨夜星辰昨夜风",却能和今日的读者"心有灵犀一点通",在这里,作者已经超越了过去,超越了自我,在广远无垠的时空里和读者沟通了。

虽不能至 心向往之

大美无言。在阅读过程中体悟到超验之美是一种十分愉悦的难以言说的境界,或许可以借用前人的审美经验描述一二:"始读之,则万萼春深,百色妖露,积雪缟地,余霞绮天,一境也;再读之,则烟涛顶洞,霜飙飞摇,骏马下坡,泳麟出水,又一境也;卒读之,而皎皎明月,仙仙白云,鸿雁高翔,堕叶如雨,不知其何以冲然而淡,悠然而远也。"这是清代蔡宗茂为顾翰的《拜石山房词》（上海商务印书馆,1937年）所写的序中的话,描述其审美感受由形象直观到情绪感染以至于心灵体悟,是层层递进的。美学大师宗白华在《艺境》（上海人民出版社,1981年）一书中以"直观感相的模写""活跃生命的传达""最高灵境的体悟"来表述这由浅入深的不同层次。当然不是任何一部作品都具备最后一个层次,也不是任何一个读者在任何时候都能抵达那样的灵境。面对《红楼梦》这样的作品,在我们有限的阅读经验中,确乎出现过心有所悟怡然自得的时候。但即在此时,也千万不要以为自己独得了作家的真传,穷尽了作品的底蕴。正相反,对于超验之美的体验,其不确定性和开放性,远胜于经验世界的一切,这就注定了我们只能处于不断体验、不断追寻、不断探求的过程中,凭借作品留下的印迹,去参悟那不可穷尽的大大小小的人生之谜和人性之谜。

《红楼梦》中设谜之多是早已出了名的,判词和曲子像谜,灯谜和诗谜是地地道道的谜,咏物和抒怀的诗作也类乎谜。有的十分显豁,如某词某曲即关合某人;有的则猜了二百多年也莫衷一是,如怀古诗谜、真真国女儿诗之类。其实这些不猜也罢,说不定原本就是没有谜底的,岂不白费精神!在这里,更加值得关注的是小说的人物和故事本身就留有某些疑窦、空白、隐意，即用经验世界的逻辑和情理难以解释和参透的地方，这才是费心猜度耐人寻味的谜团。这样的谜团，（文本的疑窦和矛盾关乎《红楼梦》的成书之谜，这是另一范畴的重大研究课题，本文无力亦无意涉及。）可以举出一大串，甚至可以说无处不在。

我们不妨从人们最为熟知的秦可卿之死这一大谜团说起。论者或以为这一谜团早已解决，脂评中那位"老朽"不是已经把谜底泄露了吗？其实，就算补出了"秦可卿淫丧天香楼"的情节，也不足以解开这个人物之谜。有的创作家甚至已经构想"秦可卿出身未必低微"，写成作品，拍成电影。作为一种独立的创作，自然完全可以，但对解读秦可卿这一人物并无多少助益。因为我们面对的只能是原作给出的那样一个秦可卿。毋庸讳言，这个形象破绽颇多，模糊不清，相当概念化，从经验层面讲不能算是一个成功的人物。然而就是这样一个人物，作者偏偏委以重任，让她临终托梦筹划贾府后事，更可惊骇者令她与幻境中警幻之妹同名兼美。这究竟是怎么回事？作为滔滔贾府的唯一清醒者，她像是神的使者；作为贾宝玉进入幻境的导引者，她又是情的化身。总之这是一个不可缺少不可替代的角色，给人以朦胧神秘的美感，令人把握不定、捉摸不透，永远葆有引人探索的潜质。薛宝琴这个人物也是个谜，出场很晚，起点很高，广见博识，怀古感今，其壮阔苍凉的情怀与她那小小年纪实难相称，从不糊涂的贾母贸然以她为宝玉提亲更让人摸不着头脑。总之在"能品"宝钗之外忽然降临了"神品"宝琴，令人在惊喜之际不免有缥缈之感。再如甄宝玉，就如同贾宝玉的一个影子，很难说是一个独立的人物。然而，今之悟性高的评家从中看到了镜子原理和长廊效应，看到了"主体之我"和"对象之我"的分离。这种感悟富于哲理，当然是超乎经验层面属于形上世界的了。

如果说上面提到的这些人物不过是些次要的、非全局性的人物，那么，在全书的主干人物身上，同样存在着类似的情形。即在贾宝玉、林黛玉、薛宝钗等人物的个性及相互关系中，同样存在着某种先验的东西。就说林黛玉吧，她的多愁善感、自泪不干很难用经验世界的身世遭际等环境的和主体的因素给以完足的解释。人们只觉得她事事伤感、处处伤感，仿佛从来如此、天生如此。原来，林黛玉正是为了"还泪"才来到这个世界的，这种伤感就是命中注定、带有先验性质的了。再看薛宝钗，她身上那一股热毒本是从胎里带来亦即先天赋有的，用以制衡的冷香丸从配方、命名到取得又都出于方外和巧合，可见她性格结构中以冷制热的势态固然出于修养，亦如有神助。不然，何以小小女孩竟从容大雅明达谙练如此。至于说到这两个人物的关系，历来在经验层面上的社会历史评析早已确立了林黛玉第一女主人公的地位，如今人们进而超越"钗黛优劣"的话题，以一种更为广阔的视野和深邃的目光来加以考察和评说，认同两者都是美，一者追求性灵的自主的人格，一者追求理智的社会的人格，体现了作家对于人的存在方式的选择和思考。正因如此，即使时过境迁，人物生活的时代条件和社会环境已经逝去和变更，而这种选择和思考却永远困扰着人们，钗黛的话题也因而永恒。

在这里，应当避免一种误会，即《红楼梦》中的经验世界是否因其超验性质而致失真，担心作家这个上帝的形上思考损伤了人物的血肉生命。回答是不仅不会，相反提高了作品的真实性，使得人物有了灵性、有了更高的精神文化含量。我们知道，作品中的经验世界已是经过作家重构了的，现实生活经过作家的心灵体验而后外化，心灵体验有深浅之分，有单薄和丰厚之分。平庸的作家只能就事论事地摹写生活，深刻的作家能够通过人物和故事让你悟出些什么，杰出的作家更有一份博大广远的终极关怀，探究的是人生和人性的奥秘。在现实生活中，我们的确很难遇到林黛玉薛宝钗一样的人，但当我们在作品中遇到了的时候，不仅信其为真，而且更觉其深，因为作家的感悟竟然透过人物和自己相通了，自己心底的两难选择和渴望"兼美"的秘密竟然被作家猜中了，有一种说不出的知己感、认同感。作品固然昭示着兼美的不可得，但这并不妨碍对兼美的追求。须知薛林各自代表着美的一极，而且是美的极致，都是顶尖的拔萃的人物，要想兼得美之极致，或曰完全地兼得是不可能的，但一定程度地兼得、有所侧重地兼得则是可能的，这正是人们坚持追求兼美理想的结果。而且应当不限于男性要求女性的兼美，也包含着女性要求男性的兼美，在现代，选择本来就是双向的。笔者的一位友人曾将其新婚纪念册页见示，其中有一副联语曰，"天上神仙伴侣，人间柴米夫妻"，这难道不是兼美理想的生动体现么！而友人伉俪正是在一定程度上达到了兼美之境的。本来，人不能不是理智的、务实的，又不能不是性灵的、感情的，这种对于人生和人性的思考，渗透在艺术形象之中，其所达到的真实就不仅是像，而且是令人心仪了。

人间百态人生百味，很少有一部作品能像《红楼梦》这样供人流连品味、思索冥想，它不仅能唤醒经验世界的种种，还能使之得到超越和升华。那么，《红楼梦》究竟何以能达到这样的艺术至境呢？过去，我们习惯于用艺术典型或加上艺术意境来给以阐释，而面对作品的超验性质和思辨内容，典型论和意境论总显得捉襟见肘、难以胜任。这里，应当引入与典型和意境二者并列的"意象"这一范畴，也许有助于探寻这部杰作的艺术奥秘。

意象并不是什么舶来的时髦玩意，可谓古已有之，《周易》便有"圣人立象以尽意"的说法。现代艺术往往不创造典型，只创造意象，也可以成为有世界声誉的优秀之作，体现了向古代艺术的回归。当今的文艺理论家在考察了文艺现象和总结理论遗产的基础上发现，人类从古至今创造的艺术至境的基本形态，除了典型和意境而外，还有长期被人冷落的"意象"。三者鼎足而立，相辅相成，共同构成了艺术创造的理想境界。再现型艺术追求的是典型，表现型艺术可区分为客观表现型和主观表现型，前者追求的是意境，后者追求的是意象。意象区别于典型和意境则在其思维路线不是从具象到具象，而是从抽象到具象，也就是说，在抽象思维的指引下，捕捉与之对应的客观物象，创造表意之象。作家的艺术思维，不应完全归结为形象思维，也应包括抽象思维。(顾祖钊《艺术至境论》，百花文艺出版社，1992年7月第1版)

返观《红楼梦》，我们看到有的人物是称不上典型或很难用典型论来衡量的，上举甄宝玉、薛宝琴、秦可卿等都属此例，与其说作家在按典型化原则塑造人物，不如说是在某种哲理意念驱动下创造的意象。这些人物虽或多或少地具有个性，更多的则是某种意念的载体。至于小说中个性鲜明血肉丰满当之无愧地可以称之为艺术典型的众多人物，同样注入了作家的某种哲理思考，载负着某种理念信息，有一种超象之旨，前文述及的宝黛钗是如此，未曾述及的诸多重要人物亦常常如此。包括书中最为鲜活生动的王熙凤，她从势焰灼人到哭向金陵，她的机关算尽反祸及自身，无疑熔铸了作家对人生和人性的观察和思考；即便是具体的情节如凤姐寿日变生不测正含乐极生悲水满则溢之旨，何尝不是一种意象。在这些人物身上，艺术意象已融入艺术典型之中。

再看《红楼梦》中的诗词韵语，人们公认其为小说的有机部分，这是没有问题的。但这些诗词倘用典型论析之固觉不伦，若以意境说论之亦似未洽，尤其是前五回中的好了歌及注、判词及曲，与其说它创造了意境，不如说创造了意象来得恰切，因为它具有很高的思辨性。至于人物的托物咏怀之作，则可以看作意境和意象的结合，既可独立观赏，又因其承载作家的某种意向而充满隐喻。

意象在《红楼梦》中最重要的功能是它的象征性，或者说《红楼梦》中的意象多属象征意象这一类别。象征意象有别于广义的象征，也不必冠以象征"主义"之名，只要定位于"意象"这一与典型和意境并列的美学范畴之内便不致泛化。象征必须包含意义与意义的表现两个要素，必须具有言在此而意在彼的暗示性，前人早已很有见地地抉出《红楼梦》"注此写彼、目送手挥"的妙谛。象征意象可以有符号的象征和寓言的象征，二者在《红楼梦》里都有出色的运用。符号的象征在小说中不像建筑绘画等采取抽象型，多是与生活融为一体的具象型，常用自然物及其变形，如人们熟悉的顽石、仙草、宝玉、金锁、佛手、冷香丸、潇湘馆的翠竹、蘅芜苑的香草，以至整座大观园等。而小说开卷的两则神话其实是作者自创的寓言，其象征意义直指作品旨意，具有全局性。实际上，象征意象在《红楼梦》中的运用，情况要复杂得多，远远不止于人们易于把握的类型，而往往同人物、情节、环境、氛围融合在一起，如上文所论及那样，使经验世界和超验之界接通，使读者的审美情感得到升华。

较之典型和意境，意象要含蓄得多，内涵丰富得多，其不确定性和开放性也大得多，象征意象到了极致就成了谜。总之，意象和意境与艺术典型相融合，共同造就了《红楼梦》的艺术至境。

体察蕴含于《红楼梦》艺术至境的神秘之美、超验之美是一个永远令人向往的境地，又是一个永远不会完结的过程。这里需要人生的阅历，更需要悟性智慧，我们常常会有所发现，而终于难以尽言。正所谓"此中有真意，欲辨已忘言"。既付言说，焉得真意？本文终于落入了不可言说而又要言说的困境。

本文写于1997年，2004年10月增补。

《红楼梦》与中国现代女性文化形象的塑立

当社会生活的行程进入到现代，时髦的妇女读物比比皆是，在知趣的男士们"女士优先"的礼让之中，像《红楼梦》这样一部以中国传统女性为描写对象的作品，还能引起当代女性多大兴趣呢！

如果我们并不健忘，昨天，女性还只是作为男子的附属物失落在历史的长河中，根本没有做"人"的权利；如果我们还想上进，今天，在社会和家庭双重角色的困扰下，解放了的现代女性仍在寻找出路。历史和现实都昭示我们，女性的解放是一个复杂的多层次的问题。首先，必须摆脱依附性和奴隶性，成为具有独立人格的人；而后，在更高的层次上回复为女人——不是传统意义上的女人或新式贤妻良母，而是具有丰富文化内涵和良好心理素质的、正视自己性别身份的现代女性。

在这两个层次上，即呼唤女性的人格尊严和展示中国女性丰富的文化性格方面，《红楼梦》都具有典型的意义和恒久的魅力。这里，有必要消除两种误会，即认为"男女都一样"就是男女平等，认为洋化、西化就是现代化。须知，女性要求的解放并非就是要同化于男性，女性要走向世界并非要失落中国。《红楼梦》诚然属于过去，却仍然可以伴随中国现代女性通向未来。

一

人类的文明和进步是付出了巨大的代价的，一定意义上，是以人类的一部分即女性的非人格化为前提的。女性在漫长的历史时期中滞留家庭，被迫封闭。在男性中心的社会结构中，女性想要走出传统家庭的狭小圈子，介入社会生活，有所作为，就不得不按照男性社会通行的价值观念和行为规范去做人行事，在这过程中，常常不得不丧失自己的女性特点，以致被男性社会同化，或者干脆隐蔽自己的女性身份。历史上那些女扮男装的故事正是这样一种典型的文化现象，流传久远的木兰从军的故事，家喻户晓的梁祝哀史，以及戏曲小说中诸多女状元、女驸马、女侠客的形象，都属此列。特别值得注意的是，直到晚清，还出现了一大批此类作品，如《天雨花》《再生缘》《笔生花》等，均为鸿篇巨制，而且作者都是女性。其中，《笔生花》洋洋一百二十万字，作者邱心如，一生坎坷，作为知识妇女，内心深处怀有走出闺阁建功立业的强烈渴望，却始终未能迈出一步。于是便把这种渴望寄托在女主人公身上，使她女扮男装，中举做官，带兵十万，解救国难，甚至夜半入宫救驾，做出了当时男子也未必能做到的事。这种文化现象，不能不令人深长思之。设想花木兰如果不是在伙伴"同行十二年，不知木兰是女郎"的前提下，根本不可能跻身行伍，替爷出征；祝英台假定不是女扮男装，也不能离家远行，与梁山伯同窗共读。他们赢得了赞赏称道，固然为女子扬眉吐气，然而，其隐匿性别身份这一事实本身，恰恰反证了女子不见容于广阔的社会，不可以涉足家庭以外的世界。闺阁之外正是男性的一统天下。

还有一种情形是，尽管女性身份并未隐匿，她们的才能智慧也得到褒扬，然而一则此类卓异女子如凤毛麟角，数量极少，根本不足以同"创造历史"的男子相提并论，再则这些女子本身总有一种恨不能身为男子的遗憾和渴望，因为建功立业本是男子的专利。清代有一批专写"才女"的小说，其中一位著名的女主人公山黛（《平山冷燕》）就慨叹"只可惜，我山黛是个女子，沉埋闺阁中。若是一个男儿，异日遭逢好文之主，或者以三寸柔翰再吐才人之气，亦未可知"。这可以说是古往今来杰出女子的共同心态。《红楼梦》中干练如凤姐，也点明她"自幼充男儿教养"；明敏如探春，也发出这样的慨叹："我但凡是个男人，可以出得去，我必早走了，立一番事业。"可见，即便是自强的女子，她们的心理同样渗透着男性中心社会的价值观，除此之外，别无参照。

当然，凤姐、探春等不过是作家笔下的人物，事实上作家要比她的人物高明得多。我们看到，《红楼梦》对女性的描写既不采取女扮男装的模式，也不一味夸张女子的文才武艺，而是在尊重女性人格地位的前提下，着眼于中国女性的文化性格，深入开掘，多方观照，展现了其全部丰富性和微妙处。作家并不标榜她们有什么奇才大德，不过"小才微善"，是自己身边熟稔常见的女子，从而对其生活命运、感情心态，深悉洞察，笔触所至，毫纤毕现。可以说，就女子作为独立的和并未失落其性别的丰富的人而言，《红楼梦》都是难以企及的。不必说那些充满了偏见的正史中的列女传，即使是历来记述和描写女子的奇才卓行的文学作品，在《红楼梦》这部杰作面前，也不免显得干枯、单薄，以至失真了。

现代法国著名女作家、妇女理论经典之作《第二性》的作者西蒙娜·德·波伏娃 (Simone de Beauvoir, 1908—1986) 曾经写道："在人类的经验中，男性有意对一个领域视而不见，从而失去了对这一领域的思考能力。这个领域就是女性的生活经验。"西蒙娜是生活在二十世纪的女权主义者，她不知道二百年前在遥远的中国有位杰出的男性曾郑重地面对这一领域——女性的生活经验包括她们的心灵生活经验，对此进行了深沉的理性思考并给予了出色的艺术描绘。面对曹雪芹的杰作，西蒙娜的经典言论也减少了几分权威。我们应当郑重地恢复和确立《红楼梦》在世界女性学学术史上的地位。须知国际妇女解放运动通常以1789年法国大革命中的妇女人权要求作为起点，而在此以前，曹雪芹已经通过自己的艺术创作呼吁女子应当是人并且是丰富的人，这是不可等闲视之的。揭明此点，才能与《红楼梦》在文化史而不仅是文学史上的地位相称。

二

　　十分有意思的是，上面提到不凡的女性内心深处总渴望自己是个男子，翻过来却从来没有哪个男子希望变成女性的，如有例外的话，那就是《红楼梦》的主人公贾宝玉。这真可谓古今罕见，世上无双。他对着女儿发出由衷的赞叹："老天，老天，你有多少精华灵秀，生出这些人上之人来！"他是那样倾慕女性，自惭形秽，认定"女儿是水作的骨肉，男人是泥作的骨肉"。水仙庵祭奠丫鬟金钏之时，小厮茗烟代为祝告说："保佑二爷来生也变个女孩儿，和你们一处相伴，再不可托生这须眉浊物了。"恐怕正是宝玉的内心独白。《红楼梦》中除主人公外，男性的总体形象黯淡无光，他们似乎没有多少精神生活、文化品性，相对于女性而言，显得单调、平庸、呆滞、僵化，缺少生气和活力，生命之树似乎植在女性世界的文化土壤上。就正常的男女两性相辅相成组合的社会生活而言，这种描写似乎失之片面，然而对于长期的男性中心的社会结构而言，则是一种深刻的片面。多么新颖大胆，把历来被忽略的、失落了的女性，还给了她们自己。

　　贾宝玉的向女儿世界认同，使得这个形象很大程度地女性化了。他并未男扮女装，只因长得秀气，自幼在闺阁中厮混，常被误认为女孩，比如贾母便曾眼错把他和湘云混同，龄官在雨中唤他作姐姐。贾宝玉生来喜欢调脂弄粉，爱红成癖，与女儿同止同息、同忧同乐，以至愿与她们同命同运、同生同死。如果由此而认为贾宝玉缺少男子汉气度，而鄙夷嫌弃他，则未免是皮相之见。因为这种女性化实质上是一种理想化，使人物去浊趋清、脱俗入雅、弃旧图新。这里有一点值得注意，贾宝玉对女儿虽则关爱备至，但他从不充当保护神和救世主的角色，即他主观上并不高看自己，不过是闺阁良友，平等相待而已。一次在冯紫英家饮酒唱曲，妓女云儿说酒令："女儿悲，将来终身指靠谁？""女儿愁，妈妈打骂何时休？"薛蟠接口道："我的儿，有你薛大爷在，你怕什么！""前儿我见了你妈，还盼咐她不叫她打你呐。"薛蟠硬充大好佬保护者的角色，是以女性主宰者的身份为前提的，或曰正是一种男性中心意识的典型表现。这种心态在贾宝玉那里是看不到的。有的读者或以金钏受辱宝玉未能挺身救护为恨，责以窝囊无用；或以黛玉心病宝玉未能直陈胸臆求准亲长为憾，终成镜花水月。其实就宝玉个人而言，在现实社会中并无权柄实力，连他自己也做不了自己的主，又何能奢谈按自己的意愿安排别人的命运。何况在他的主观意识中也从无居高临下、支配他人的意向。脂评曾有"为诸钗护法"之说，这"护法"并非依仗强权实力的抱打不平，而是出自衷心至诚的呵护关爱。为平儿理妆、替香菱换裙之类，都应作如是观。仅仅就这一点，在相沿成习的男性中心社会氛围中，就是十分难能可贵的了。

由这一相对平等的视点出发来观察女性的生活和命运，就较少偏见，闺阁生活的本来面目，才能显露出来。《红楼梦》的价值原不在于记载了中国历史上多少巾帼英雄的煌煌业绩，也不在于保存了古往今来那些才女名媛的佳作名篇，而在于展现了中国女性丰富而独特的文化性格。所谓"闺阁中历历有人"是指她们各各经历了可资记取的生命轨迹，各各具备了可供叹赏的资质秉赋，又各各成为某种文化性格的标本范式。自黛、钗、湘、妙，元、迎、探、惜，晴、袭、鸳、紫，凤、平、纨、秦，以至着墨不多的女伶小鬟，她们的风采神韵无不鲜活如生，简直就像伴随在我们左右，甚至可以在她们身上看见自己的影子，渴望在自身肌体中复现她们的某种气韵。曹雪芹笔下的女性总是保持其完整鲜明的性别特色和性格特色，不论其扮演何种社会角色，是主子还是奴才，是贵族还是平民，是小姐还是丫鬟，是女儿还是母亲，是妻子还是侍妾……也不论其具有怎样的个性特色，是痴还是狂，是懦还是强，是贞还是淫，是内向还是外向，是豪爽还是娴静，是在做人还是作诗……所有这一切，都让人领略到中国女性在人生舞台和审美舞台上可以有怎样出色的表现！

三

　　中国传统女性气质或即所谓"东方女性气质"常为人们称道，东方女性为了这一美誉曾经历了深重的苦难，付出了沉重的代价。《红楼梦》展现的"千红一哭""万艳同悲"的画卷，已经对此做出了最深刻的写照和发出了最深沉的叹息。在这历史的叹息声中，我们对东方女性气质的丰富内涵和复杂情况应当持一种分析的态度。流行的看法认为东方女性气质就是温顺、贤淑，就是指容忍、克制、含蓄、凝重一类品性，其前提当然是她们的依附性。本来，妇女的依附性或奴隶性是男权社会的产物，这种依附关系是一个社会文化问题，而不是生命本身的问题，女性身上的美好品性不能因其社会地位低下而一笔抹煞。从汉代刘向的《古列女传》起，就有关于女子隽才卓识、奇节异行的记载（这是后代尤其是宋、明以来正史中那些以节烈为中心的列女传所远远不及的），其中不乏至今还有价值的东西。在《红楼梦》中那些扮演贤妻良母角色的东方女性，所提供的个性内涵则要丰富得多。倘若按照刘向的标准，贾母大约入得"母仪传"，宝钗入得"贤明传"，李纨入得"节义传"，迎春入得"贞顺传"，如此等等，作为小说的《红楼梦》并非记载那么一点事迹或讲述一个故事，它展示了人际关系的全部复杂性和各人文化性格的多面性，我们由此看到了女性在传统文化建构中具有的那种基础的、原型的、模本的意义。

　　中国封建宗法社会是以家庭为本位的，家庭的存在、维持以及正常运转，很大程度上是依靠女性来实现和完成的。假若没有女性的存在，家就不成其为家，家庭的功能也就无法实现。今天我们很难揣想曹雪芹为什么要构筑贾母这样一个人物，来作为这个贵族大家庭的宝塔尖，如果略知作者的家世，便可以推断这样一位老祖母一定给他留下了深刻的印象。在一定意义上，这比写一个男性家长更能透视中国封建宗法家庭的奥秘。旧时的评家无不认为贾母是位福寿双全、才德具备的老太君、老祖宗。贾母颇有居安思危、处变不惊的气度。我们从她的人生态度和处世准则中可以清晰地看到妇女在维系家族的稳定和延续方面，有其不同于男性的不可替代的作用。贾母之尊固然同她的辈分、出身相关，但老祖宗权威的树立并不单靠说教和强制，往往是以她的生活经验和人间阅历来判断是非、解决问题、赢得信服。她对后代的影响力多半不是用斥责和板子，而是用爱护和宠信。本来潜移默化更胜于强行灌输。曾有人把"不肖种种大承笞挞"一节析为"严父之爱与慈母之爱的火拚"，指出两者都未能使逆子就范。从后果来看当然是如此，但慈母之爱与严父之爱毕竟是有区别的，前者更多的诉诸感情，这对后代，特别是在童少年时代对性格形成和心理结构有着更为深远的影响。贾宝玉个性的独特性也说明了这点，没有贾母的溺爱作为后盾和庇护，贾宝玉这棵忤逆的幼芽也许早就折断了。即使在贫寒之家，像刘姥姥这样一个乡村老妪，其人生经验和对家庭的义务感，对改变这个家庭的生活和命运也起着举足轻重的作用。刘姥姥决不是一个只会阿谀奉迎的浅薄之辈。她对儿孙的关爱、庇护，使她甘于忍耻到大户人家去碰运气找机遇，也是以一种内在的坚韧、机变、自我奉献为基础的。

李纨式的清心寡欲自然是旧式女教的结果，而这种模式是极富代表性的。贾珠早夭，她把人生的希望都转托到贾兰身上。不论是丈夫还是儿子，作为男性，如果没有女性的认同、支持和自我牺牲，男性便没有了依托和动力。女性的文化品性之所以对文化的承传、衍续和发展起到一种原动力的作用，使之生生不息，同她们在家庭、在人际关系中的位置和义务感密切相关。尽管在社会上、史传中总是把妇女排除在外，世世代代，她们扮演女儿、妻子、母亲、祖母的角色；但她们毕竟存在着并以自己的方式潜移默化地作用于社会。

这里不能不涉及早已成为热门话题的"钗黛优劣"的公案。前述所谓"东方女性气质"，往往看重"停机德"而忽略"咏絮才"，这是不全面也是不公道的，有关涉及审美范畴的"咏絮才"后文还要论及，这里只说对于"停机德"这一悲剧性格的性质，人们已经谈论很多，剖析得很透彻了。重温红学前辈王昆仑半个世纪以前所写的《薛宝钗论》的一段结语，依然感到十分警策。他说："薛宝钗是一个以身卫道的实践者呢？还是一个为了自己而残害别人的自私者呢？我们的作者不作善与恶的宣判。如果人们说她是个善良的人，她比李纨善良得深刻吧！如果她是一个罪恶的人，她比王熙凤罪恶得高明吧！至少她是一个坚决而完整的强者。黛玉是恋爱，宝钗是'做人'。秉着自己时代的教养，她学习一切，她应付一切，她努力要完成女性生活的最正常最标准的任务，她有权利为了做成一个人的妻子而战斗。她不知道——是不主张多知道超越这个以外的东西。想不到那镌着'不离不弃，芳龄永继'字迹的金锁，却正是引导着她趋于惨败的魔鬼。黛玉没有金锁锁住，被抛到时代外面去了，宝钗死抱着自己的项琏，却被活埋在时代的里面！"（《红楼梦人物论》第207页）这里至少包含着两层十分深刻的意思，耐人体味和发挥：第一，这个女性在竭尽全力实践着那个社会的文化规范、文化期望的同时，本身却越来越成为那个文化规范的牺牲者。或者可以说，女性由于自身的文化行为导致了自身的悲剧，这是一种典型的文化悖论。第二，充分评价了薛宝钗的深刻处、高明处、她的完善、她的坚定、她的教养、她的权利。她所努力求取的正是当时女性生活最正常、最标准的一切。笔者曾经循着这一思路探讨过薛宝钗的自我修养，认为她堪称高度成熟的封建文明孕育出来的典范，几乎无懈可击。那一规范已属于过去，不足效法；但自我修养本身则不必加以摒弃。与这种修养功夫伴生的许多性格素质在新的规范下将是十分可贵的东西，比方说，清醒理智的生活态度、入世向上的务实精神，她对环境的适应力、对自我的控制力、对变故的承受力均属一流，以及博学多识通情达理，这种种色色方方面面难道不是中国现代生活中具有健全品格和良好素质的女性所应当具备的吗？也许就是因为这样的原因，宝钗性格得到了相当广泛的认同和赞赏。

四

既然"东方女性气质"不是一种单一的、表浅的东西，上文仅仅对于所谓贤妻良母型稍加讨论就已经能够窥见其丰厚内涵的一角了。何况作家的视界远比那些正统文人开阔得多、深邃得多。他迥异于流俗的女性观使他真正开发了女性世界的精神矿藏。女性绝不仅仅是默默的忍受、消极的适应；在既定的社会角色和强大的历史惯性面前，她们的内心波澜和外在表现都足资证明，东方女性气质更为本质的东西，是她们具有处理人际关系的高超艺术和特别良好的自我调节机制。她们不仅敏感细致、善解人意，而且睿智果断、堪当大任。贤妻良母们尚且有其深层的内涵和另外的侧面，在其他类型各具特色的女性身上则更见光彩。莎翁名言"女人，你的名字叫软弱"，实在只有相对的真理性。在曹雪芹看来，女子的潜能理应得到充分的开掘和发挥。

于是我们的目光很容易便落到了凤姐、探春这样一些人物身上，今天，在呼唤所谓"女强人"时也常常提到她们。但愿这种呼唤不只停留在简单的比附，而能较为深入地对她们的性格做些文化的反思。如果放在中国传统宗法社会的文化背景下来考察，以"杀伐决断"著称的凤姐，其个性的独特之处在于，历来融化在中国女性人格中深入骨髓的从属意识，在她身上相对弱化，不仅可与男性争驰，甚至还能居高临下。凤姐不但才识不凡，并且具有自我实现的强烈欲望。这一切当其出格出众，向男性中心的社会示威时，确乎扬眉吐气、令人神旺；当其为所欲为、机关算尽，危及他人包括同为女性者的生存权利时，则又令人寒心。二者交织，形成了一个以"辣"为特色的中国女性的性格奇观。对于凤辣子这个人物，不论是褒是贬，人们都不能不叹服她的才干、谋略、机心、魄力。旧时代的评家赞为"治世之能臣，乱世之奸雄"，可见作家"金紫万千谁治国，裙钗一二可齐家"不是一句徒托大言的空话，乃是一种令人信服的真实。凤姐式的人物也许就在你的周围。

如果说凤姐的才干主要表现在掌权执政、造就威重令行的实绩，那么探春的才干则侧重于识见远虑、因有兴利除弊的善政。探春识文断字，更有头脑，但不幸的是她旁支庶出、诸多掣肘。单是批复舅舅赵国基丧葬费一宗，便有"刁奴蓄险心"和姨娘闹上门的干扰。难为三小姐沉着果断，不中圈套，不徇私情，秉公处置。在探春的理智和明断背后并非没有感情的波澜，那委曲的泪水就包含着内心的隐痛。她竭力淡化自己庶出的身份，力求以才干识见弥补这种先天的缺憾。我们似乎不应过多责备她缺少亲情，透过这一性格包蕴的丰富文化内容，对探春应当有更多的理解。

双重角色或曰双重人格的困扰，是女性由来已久的难题，《红楼梦》中以贤孝才德选入宫中的元春就面临这样的难题。以社会角色论，她属君臣关系中的君，主奴关系中的主，位居尊上；以家庭言，她是祖孙关系中的孙，父女关系中的女，辈属幼下。理性使她自愿啃啮那深宫寂寞的苦果，强迫自己履行贵妃的义务和仪节；感情又使她势难割舍亲子之爱、天伦之情的血缘纽带。两种角色间的矛盾和悖谬使她处在一个张力场中，"省亲"之举实在是对她心理素质的严峻考验，角色变化之速、感情起伏之大，需要非同一般的自我控制力和调节能力，以现代眼光观之，弄不好就可能精神分裂或者发生心理障碍，然而在元春，竟有血有泪、有情有感、有分有寸、有理有礼地度过了这一关。她雍容尊贵、情理兼至的大家风度由此得到体认，尽管着墨不多，这一极富特色的文化性格便深印在了人们的脑海中。

具有出家人身份的妙玉，其实与闺中少女有同样的情怀。品茶、赠梅、飞帖诸端无不牵动着怡红公子的心。单调的禅门日课远不能解除她精神生活的孤寂，于是自称"槛外人"的妙玉赞赏"文是庄子的好"，凭借着文艺、茶艺、棋艺、园艺这些雅趣，同庵墙之外才得有某种沟通的渠道。人们由此窥见她"云空未必空"的内心矛盾，揣想她如何在尼姑与小姐双重人格的煎熬下生存。

从心理学的角度看，每个人的人格结构中都存在着社会人格和自我人格两个方面。社会人格浮在人格结构的表层，是表现于外的自我。它是由于人类必须在社会生活中扮演某种角色而发展起来的，使人在各种社会关系中得以适应和生存，有的心理学家称之为人格面具。自我人格呈现的则是内在的自我，反映人的天性要求和自由心灵，体现人格的本质部分，从这个意义上说，谁都具有双重人格，元春作为贵妃和妙玉作为尼姑，是社会规定她们必须扮演的角色，这是她们的社会人格，她们的自我人格必然受到压抑和扭曲。至于其他女性，人格面具也是普遍存在的，比如宝钗的以理制情，即以社会要求的道德规范来抑制内心的感情，探春的依宗法观念来弱化亲子之情，以至于像黛玉这样率真地表露自己天性和自由心灵的人，也不免要受闺范的约束。可见"面具"是自我控制的结果，有它调节和适应群体生活的合理方面，当然也有压抑和摧残人的自由天性的负面。《红楼梦》以极其深微婉曲的笔触，揭示了在那个社会条件下，女性社会人格和自我人格的分离和悖谬，从而显示出她们在心理张力场中非凡的承受能力和出色的调节机制。

相对而言，缺少人身自由的丫鬟更少有可能表现她们的自由天性。作家选取了一种十分独特的角度来展示她们的人格、发掘她们的才能。位卑而任重，或说兼有丫鬟身份和主子权威，几乎成为《红楼梦》中著名丫鬟的一大特色。

贾母的首席丫鬟鸳鸯是被人们公认为"尊贵"的一个女儿。当然与元春的隶属于皇家的尊贵不同。她一出娘胎便注定了为奴的命运，因为是"家生女儿"，从父辈开始便是贾府的一种财产。这样卑微的出身和她在贾母身边须臾不可缺少的地位，其间形成了极大的反差。鸳鸯将何以自处，又何以处人？这真是一道艰难的人生课题。自尊自重和体恤他人，是鸳鸯给出的完满答卷。这里不必赘说抗婚拒嫁这样一些人们熟知的卫护自身人格尊严的高风卓行，只消看看"金鸳鸯三宣牙牌令"中，鸳鸯以贾母代表的身份，当众谢了坐，吃了一钟酒道："酒令大如军令，不论尊卑，惟我是主，违了我的话，是要受罚的。"令出如山，何等气概！王夫人以下，谁敢不遵。虽则是游艺，鸳鸯的位尊言重未尝不可以看作是现实生活的一种写照。她自重而从不僭越，位尊而处处体恤他人。对贾母的侍奉照料自不待言，即使对刘姥姥，虽为使贾母开心而有意留客，而心怀歉意和临行馈赠都出自至诚。凤姐贾琏的私下借当得到鸳鸯的默契，司棋与表兄的幽会托庇于鸳鸯方不致败露。她的有胆识、有担当不亚于任何主子姑娘，更为那些须眉浊物望尘莫及。鸳鸯不卑不亢地生活着，无愧于自己，还能泽溉及他人。以一个微不足道的家生女儿，赢得阖府上下由衷的推重爱戴，这不能不是一个奇迹。"体面尊贵"的考语，鸳鸯当之无愧。这化卑为尊、以小驭大的奥妙也许就是鸳鸯性格令人倾倒的独特之处。

其实，以本属低微的出身而能受宠信得人心之"体面"的大丫头，原不止鸳鸯，平儿何尝不是？相比而言，平儿做人的难度更大。鸳鸯虽是家生女儿，在婚嫁问题上，尚有些许自由意志可言，平儿则身不由己地由凤姐作主成了贾琏的通房丫头，具有更大的依附性和从属性。何况，鸳鸯侍候的是老祖宗一人，平儿要侍奉琏凤二人；老祖宗已颐养超脱，退居二线，琏凤现正当家，正处在各种现实矛盾的焦点之中。加之二人同床异梦，各怀鬼胎，以凤姐之威、贾琏之淫要周全体贴，诚非易事。在平儿，经常处于矛盾的夹缝中，既不能得罪贾琏又不能失信于凤姐。当然，凤姐既要收伏平儿，又要倚仗平儿，贾琏既为平儿夫主，也有求助于平儿的时候。这就使得平儿能揆情测理，审时度势，掌握某种主动，起到调节器和安全阀的作用。她的替凤姐收利银保密，帮贾琏掩饰与多姑娘的私会，都有这种消弭事端化解矛盾的作用。尤其作为凤姐治家的臂膀，平儿经常要面对各种错综复杂的矛盾，体察入微，处理得当。"判冤决狱平儿行权"便是佳例，查明了案情，解脱了无辜，稳定了大局，戒饬了初犯，点到为止，留有余地。平儿真可谓身居权要，心存淳厚，是炙手可热的凤姐身旁的一袭绿荫。她处理人际关系的高超艺术和排解复杂问题的决策能力，令人信服地证明了女性智慧和才干的巨大潜能。

须知《红楼梦》中的丫鬟几乎都不识字，但决非没有文化。文化包括人们的行为规范和处世准则，固然可以从书本获得，更多的是从社会氛围、历史积淀中潜移默化形成。一个人的教养、气质、谈吐、举止无不与文化息息相关。贾母是以擅长调理女儿著称的，调理得"水葱儿似的"，这恐怕不单是形貌出落的惹人喜爱，同样包括她们的慧心巧手、待人接物的合乎大家风范。按规矩每位姑娘都有几个"教引嬷嬷"，挑选和培训丫鬟，自然也有一定的水准和规格。在处理人际关系这门学问上，善自处、知进退、分寸合宜，言语得体，《红楼梦》的丫鬟，尤其大丫鬟都表现得很出色。上举鸳鸯和平儿固然是此中佼佼者，其实，夹在宝黛当中的紫鹃也不逊色。每常宝黛二人怄气，闹得不可开交，一个在潇湘馆临风洒泪，一个在怡红院对月长吁，总是紫鹃调停其间打破僵局。"如论前日之事，竟是姑娘太浮躁了些。别人不知宝玉那脾气，难道咱们也不知道的。""岂不知宝玉只有三分不是，姑娘倒有七分不是。""我看他素日在姑娘身上就好，皆应姑娘小性儿，常要歪派他，才这么样。"贾府上下，能够这样直陈黛玉阙失、仲裁宝黛纠葛的，也只有紫鹃一人而已。这个人物决不是红娘模式的简单蹈袭，与宝黛的新型关系相应，紫鹃性格也有更高层次的文化内涵。

五

《红楼梦》向女性世界的深度进军，还表现在作家的笔触伸入到一个更高的境界——审美，这女性的王国。

在审美领域里，女性是得天独厚者，因为在审美活动中，起决定作用的是情感。由于社会历史条件的限定，女性既然不能向外部世界发展，就只有诉之内心、诉之情感，真正把女性作为独立的人和丰富的人来观察和表现的作家，不能不特别关注这一点。我国其他著名的古典小说更多地讲"义"，庙堂的"忠义"、山林的"侠义"等；只有《红楼梦》才"大旨谈情"，而且是"儿女真情"。"义"在外部社会生活中倡行，支撑起血性男儿；"情"在心灵的世界里激荡，独钟于女儿之境。

太虚幻境有联曰"厚地高天，堪叹古今情不尽"，说明情在时空中的永恒；据脂评透露，全书末回有一"情榜"，专家并推定列名其上的红楼女儿各有：情情、情不情、情烈、情贞、情绝、情屈、情淫……的考语，又说明了情是怎样地变幻和具有个性。虽则我们今天看不到这末回，但从小说的全部艺术描写中，足可见出《红楼梦》中的女性是怎样地在深不可测、风波迭起的情海中沉浮遨游。作家既然对女性情感世界进行了前无古人的探索，必定会对由情生成的审美世界有充分的展示。

红楼女儿正是敏于感受美、善于赏鉴美、精于创造美的一群。女性感情的丰富细腻使得她们对自然、对人生常常有十分敏锐的感受和极其丰富的想象，这是进行审美活动尤其是审美创造的优越条件。君不见"花谢花飞花满天，红消香断有谁怜？"这是苏州姑娘林黛玉对自然也是对人生的感受，"愿奴胁下生双翼，随花飞到天尽头。天尽头，何处有香丘？"这又是她的想象和憧憬。作为《红楼梦》的第一女主人公，林黛玉的精神世界最为丰富，感情最细腻敏锐，她的审美创造也最有光彩。这不单是说她的诗作最多，更因为她以审美的态度来对待生活，都把整个生活诗化、审美化了。她同贾宝玉之间那种纯情的、神交默契的、以全部泪水——生命之水作为酬报的挚爱本身就是一首动人心弦的诗。平素，她的生活常常与艺术结下不解之缘，居处于"凤尾森森，龙吟细细"的清幽绝尘的潇湘馆，日夕与诗书文学相伴。人们熟知的"西厢记妙词通戏语，牡丹亭艳曲警芳心"一节，从审美的角度看，是审美主体与审美对象之间感应、沟通、融合的完美范式。黛玉读《西厢》的"一目十行""过目成诵"，不在于记性过人，而在于悟性不凡，她是用心灵在读，顷刻之间将人物的对话化为自己的心声。当她驻足倾听《牡丹亭》的演唱，仔细品味那唱词时，不禁心动神摇，浮想联翩，如醉如痴。这是在用全部身心去感应，艺术和生命已经融为一体了。黛玉本人每有创作，往往是在她思绪起伏、感情激越、不能自已的时刻，除上述《葬花吟》外，诸如《题帕诗》《风雨词》《桃花行》等都是如此。感情的自然流泻发为歌诗，以"痴情"为生活第一要义的林黛玉，可谓诗的化身。

红楼女儿作为一个群体，最能表现她们审美情趣的莫过于大观园的聚会了。园林泉石、花鸟游鱼、海棠金菊、白雪红梅，这一切既是审美的对象，有时又因托物寄慨，注入情感，而成为审美的主体。红楼女儿不仅充分领略了大观园中春花、秋月、夏雨、冬雪蔚成的、如诗如画的自然景观，有时她们自己就身在画中，浑然一体，如"芒种饯花""龄官画蔷""香菱斗草""宝琴立雪"等无不是发生在园中的"韵事"。至于从海棠结社开始的历届诗会，则更是大观园中审美活动的高级形式。在这里，作诗本身固然是一种艺术创作，可以各展才华各抒怀抱；而真正吸引人、能把人聚拢来的不如说是一种兴会、一种情致，或者说是一种审美的要求、审美的愉悦吧。从探春的发起简帖中便说因"一时之偶兴"，说明她们并非想出诗集、当作家，只是为了陶情冶性，自我娱乐。十分显豁的是，此类活动中除宝玉而外，没有一个男性。大约爷们不论老少，都"峨冠博带、吊贺往还"谈论仕途经济去了，或者斗鸡走马、赌博打围自找乐子去了，他们没有空闲或缺少情致，于是女性理所当然地占领了这方审美的天地。

大观园聚会虽是群体的审美活动，却充分显示了各人的审美个性，这不单是指那些诗作打上了每人性格命运的印记，更令人击节的是迥然异趣的风采神韵。对此，我们无须一一加以描述，人们早已熟稔。只消举出大观园聚会中最活跃的人物史湘云，作家对这位女性的审美情趣是做了怎样不同凡响的展示呵！"醉眠芍药裀"和"烧鹿啖腥膻"历来被看作是对湘云最有代表性的两组特写：千金小姐醺然离席，跑到园子里假山后，青石为床，落花为枕，酣然入睡，梦中犹说酒令；闺阁弱女雪天寻觅野趣，弄来生鹿肉当场烧烤，啖腥佐酒，以助诗兴。怪不得人们常以"晋人风味""名士派头"称赏史湘云。由此可以给人一种启示，即女性审美的疆域和层次不应该受到什么限制，尤其不能做出所谓柔美必定归于女性，而阳刚则一概属于男性这样的武断。须知当代女权主义的文学批评家正在努力摆脱男女二性对立的思维框架，摒弃俗套，寻找更高的着眼点，这有助于纠正过去的某些偏见，其中也包括关于风格的错觉，即认为女性阴柔之美和男性阳刚之美是天生的性别差异之类。曹雪芹对女性审美经验的体察可谓独具只眼，他的女性观使他较少偏见也体现在这一方面。湘云审美情趣洒脱不羁，这是一种何等令人钦慕的文化风度！

饮酒赋诗似乎是主子小姐的事，那么不识字的丫头是否被排除在审美殿堂之外呢？上文已经提及，不识字并不意味着没有文化，在审美的领域内，丫鬟和小姐同样秉有天赋，甚至怀有绝招。谁能说那些心灵手巧的丫鬟不懂美、不懂艺术呢！她们不仅能赏鉴，还能创造美、创造艺术。晴雯能把一件贵重华美的雀金裘织补得天衣无缝，连俄罗斯国的裁缝也未必有此绝艺；莺儿能把各色丝线打成络子，花样繁多，色彩调和，松花配桃红，葱绿配柳黄，好不鲜亮！龄官、芳官那一班女伶，年龄虽小，出身卑微，却也有自己的艺术追求。在"诗礼簪缨之家"的文化艺术氛围中，女奴们主要是接近主子的一层，也在某种程度上受到熏染陶冶，她们的赏鉴能力得到提高，审美潜能得到开发。这里，值得特别提出香菱这个人物，她命运多舛，沦为侍妾，而秉赋和勤苦使她对美的追求极为执着。我们不能不叹服作家在开掘女性审美潜能方面的神来之笔。

香菱曾为"香"的品评问题与主子奶奶金桂发生过一场争执。香菱之名为宝钗所起，金桂不以为然："菱角花谁闻见香来着？若说菱角香了，正经那些香花放在那里？可是不通之极！"香菱道："不独菱角花，就连荷叶莲蓬，都是有一股清香的，但他那原不是花香可比，若静日静夜或清早半夜细领略了去，那一股香比是花儿都好闻呢。就连菱角、鸡头、苇叶、芦根得了风露，那一股清香，就令人心神爽快的。"金桂唯我独尊，自为桂花之香谁敢不尊，凭借她主子的权力，强将香菱之名改为"秋菱"；而在品香的趣味识见上，则远逊于香菱。"香"本是大自然的赐予，风露所赋，日月所钟，泽被万象，无处不在；而品香不单依赖于生理感官，更连通于内心世界，若不是凝神静虑，心与境契，是难以领略那静夜清香的。香菱之见可谓言浅意深，她与金桂虽为奴才主子，在关于香的品鉴的层次上都倒了个个儿。我们只感到发自金桂身上的那股逼人的俗气和霸气，却为香菱所散发的沁人心脾的淡淡雅气所熏染。可见，审美趣味的高下，原不能以身份的贵贱来区分的。当然，文化修养对提高审美水平也至关重要，"香菱学诗"就生动地反映了这一点。在黛玉的点拨下，香菱读了大量作品，由浅入深，逐步领悟，终于敲开了诗的王国之门。可见，审美创造包括像作诗这样高级的文学艺术创作，对悟性好又肯用功的人，即为丫鬟侍妾，亦非高不可攀。

对于《红楼梦》所展示的女性审美王国，我们还可以说上千言万语，因为从来没有一个作家像曹雪芹那样发现女性审美的优势，呼唤她们内心的灵性。红楼女儿的女性特点和个性特点之所以鲜明多彩，很大程度上与作品这方面的开拓有关，可否这样说，中国传统女性的文化风采，由此得到了最充足丰满的体现。

这里还有一点值得注意，即审美可以唤醒和强化女性的主体意识和自我意识。因为在审美活动中，人总是作为主体去发现和认识身外的美，人在与现实的审美关系中，永远处于主导地位。在审美创造中，主体的能动作用更为明显。然而在历史上，女性常常作为审美客体成了男性赏玩的对象，这种事例比比皆是，且为人津津乐道。《红楼梦》里贾赦的纳妾买婢喜新厌旧何尝不是把青年女子当作玩物，这是对男权社会的真实写照。令人惊喜的是作家远没有停留在这类客观描写上，如上所述，他用更为深刻细腻的笔触写出了女性丰富多彩的审美活动，充分地展示了她们是审美的主体，是独立的人。

由此可以看到审美和女性主体意识的内在联系，此点作家本人未必能清楚地意识到，今天的读者则可以从作品提供的审美信息做出相应的阐释。笔者曾经论析过林黛玉性格的独立性和独特性，指出她是红楼女性中的个性意识最强的一个，联系到林黛玉的审美修养来考察，她恰又是红楼女儿中最敏于审美感受、最富于审美想象、最经常地从事审美赏鉴和审美创作的一个，这对于唤醒和强化她的主体意识和个性意识是很有关系的。

质言之，审美对于女性独立人格的形成和丰富大有裨益，这应是我们从红楼女儿世界中获得的又一重要启迪。

六

以往，对于《红楼梦》的女性曾经有过千种评说、万般品鉴，或扬或抑，或褒或贬，激赏赞美，感讽叹惜，各各不一。凡此种种，都有一定的依据，也都给人以启发。今天，如果从塑造现代女性文化形象这一视点出发，以一种更为宽容的精神去体察，往往会有某种惊喜的发现。即以上文十分粗略和片段的考察而言，就可以见出，《红楼梦》有助于破译东方女性之迷、解读双重角色之困、拯救性灵沉沦之危。

对于现代女性或曰解放了的女性来说,面临的生存环境和人生途程仍然是十分严峻而且复杂的。一方面,比之旧式妇女,她们具有远为优越的条件,主要是人格的独立、经济的自主、社会更为她们提供了广泛参与政治活动和公众事务的机会。另一方面,她们同时又陷入了新的矛盾和困境之中,现代社会的快节奏、高强度造成的激烈竞争,职业妇女尚需兼顾家庭带来的角色紧张,现代文明所造就的各种新事物、新局面、新矛盾纷至沓来,一旦适应不良便将穷于应付以至落伍退化。所有这一切,都在更高的层次上提出了妇女解放的新课题。二十世纪中叶,发达国家曾经呼唤过女强人甚至女超人的先觉者,此刻又转而怀念贤内助和好母亲,发现女权主义试图抹掉的不仅仅是性别歧视,甚至包括性别本身。于是,在西方又有了"角色更换"的倡导,宣称"更换角色的女性们不仅为自己,也为自己的女儿闯出了一条全新的生活之路。这些先驱者一方面吸取了传统思想的精华,始终没有忘记母亲这一无可代替的角色,另一方面又吸取了女权主义思想的长处,在事业的天地里最大限度地实现自我。因而,我们说,她们为未来的女性开辟了崭新的生活方式,谱写了人生铁三角中'事业—家庭—把事业重新纳入生活'的全新的三部曲"。([美]阿琳·卡多佐《铁三角中的现代女性》)

在中国条件下,上述"事业—家庭—事业"三部曲式的角色"更替"很少有现实的可能性,但吸取传统女性模式和近代女权理论精华的思路却能给人以启发。在我们这里,现代女性的角色紧张问题同样存在,应当寻求一种适合国情的解决途径。这一代人曾经历过"文革"年间那种"男女都一样"的彻底"无性"时代,深知人为地泯灭性别界限并不意味着女性真正的解放;随着改革开放时代的到来,事业上的女强人应运而生,有憾于她们与传统女性气质反差之大,人们又钟爱薛宝钗式的贤内助。看来,一味地向男性趋同或简单地向传统回归都不是办法,不论是"贤内助"还是"女强人",这些提法都失之片面和表浅,停留在就事论事、头痛医头的地步,与当前女性在多元化的义务中实现自我的要求不相适应。在现代社会中,作为女性要想谋求自己身心更进一步的解放和发展,最为切实有效的途径是提高自身的素质,提高作为主体人的自主意识,自强自重。女性只有依靠自身素质的提高,才能增强适应能力。不仅能够承受和抗御来自外部的生活压力,而且能够跟上日新月异的社会步伐,调整心理结构、扩大精神空间。那么,无论扮演何种社会角色,从事何种职业,也无论处在人生的哪一阶段,都能处于主动的地位,不为生活所困扰,而做生活的主人,在改造客观世界的同时,充实和丰富自己,使个性获得全面的发展。

提高女性自身素质的途径很多,获取新知和借鉴传统都是不可缺少的。当我们回过头来反观我们源远流长的传统文化时,不能不既感到自豪又感到沉重。沉重的是女性在中国历史上曾经是这样深重地被埋没和摧残;自豪的是女性在历史的巨石下焕发出来的顽强生命力。《红楼梦》就是最好的证明之一。她证明了女性不仅是独立的人,而且是具有独特个性的丰富的人。

这里有必要对传统和现代的关系稍加申说,这是人们十分关注的话题,二者既有不相容的一面,又有割不断的一面。它们在何处承接,怎样承接?这里,应当区分传统文化和文化传统这两个并非同一的概念,传统文化是历史上曾经存在过的文化形态,早已在历史的发展中终结;文化传统是在历史发展中积淀下来的具有稳定传承的文化机制和因素,是生生不已的,贯穿于过去、现在和未来。传统文化正是通过文化传统与现代相承接的。因此,传统文化有其质的规定性,随意改变古人,把他现代化就不成其为传统文化;但是,我们对传统文化的诠释可以而且应当是现代的,即用现代的眼光、用现代文明的价值准则来审视传统文化的价值,进行选择,这种能动作用可以与时俱进、长流不息。《红楼梦》无疑是我国传统文化中的精品,它属于过去的时代,我们不能随意改变它的性质、"拔高"作家和他的人物;但是我们完全应当而且可以对其进行现代的诠解,用现代文明的眼光来审视、选择其中对构建文化传统、塑造现代文化性格的一切有价值的东西。

这种选择早已开始而且在不断发展,如果说,过去我们谈论《红楼梦》对女性的意义更多地着眼于女性解放的第一层次,即摆脱依附性而成为具有独立人格的人；那么今天则可以进入更高的层次，即解放了的现代女性如何正视自己的性别身份，力求个性的全面发展。前者对于今日的偏远乡村和封闭地区及观念陈旧的任何群落，以至开放地区的旧俗复现、沉渣泛起等，依旧十分切要，并未过时；后者正是本文的出发点和归宿点。红楼女性丰富的、独特的文化性格启示于人的正是一个说不尽的话题：她们对社会、对家庭的义务感，对自身、对生命的命运感；她们对外善于处理复杂的人际关系，向内则要平衡自身矛盾的心理状态；她们对自然、对人生、对艺术具有敏锐的感受和丰富的想象……凡此种种，无不显示出女性的良好素质和巨大潜能，这一切对于现代女性同样十分可贵，是一份取之不竭的精神矿藏。我们可以由红楼女性更好地去发现自己、丰富自己、完善自己、提高自身的素质，以适应现代社会对女性更高的要求，更加从容自如地来处理和解决角色紧张以及各种新的矛盾。我们不必人人都一样，就像红楼女性千差万别一样，但都有潜能把自己提高一个层次。这是今天谈论《红楼梦》对女性的意义或曰对《红楼梦》进行现代阐释的要点之一。

其次，从女性学学理的角度，《红楼梦》还有助于人们提高对女性自身的理性认识。过去肯定曹雪芹进步的女性观，往往只着眼于"女尊男卑"、看重"女清男浊"这一类人物的宣言，其实作家女性观的深刻之处不止于此。小说对于女性文化性格生动而丰富的展示，表明作家丝毫没有忽视她们的性别身份，因而也不可能用一种简单化的模式来处理两性矛盾，诸如由"女尊男卑"而打倒男性或泯灭性别界限之类。我们知道，性别矛盾的解决不同于阶级矛盾和民族矛盾（当然其间有某种联系），妇女不可能采取暴力的方式即通过驱逐男性和打倒男性来获得自由解放。女性和男性作为人类相互依存的双体，如果一方处于禁锢的不自由状态，另一方也必然失去平衡，同样处于不自由状态。女性的解放并非简单的取代男性或"男性化"，而是一种"人化"。《红楼梦》中的"裙钗"压倒"须眉"，与那些写女才子、女状元的作品有某些形似，但作家的目光要深邃得多，他把握的是女子作为"人"的全部丰富性和复杂性。女性问题实质是社会历史问题、是人自身的问题，困扰着她们的问题必定同时困扰着与女性朝夕相处、休戚与共的男性。曹雪芹对此未必达到清晰的理性认识，只是他对于女性的理解、把握和展示，有助于我们对于女性问题的理性思考。

最后，也是最常识的一点，即《红楼梦》是艺术品，解读《红楼梦》是一种审美活动。审美是一种非实用的、超功利的精神活动，能够使人得到精神的超越和心灵的自由。对于紧张疲惫的现代女性来说，审美是一种调节机制，可以使人获得重返生活的动力。即使是那些掌握了现代科学技术、具有渊博文化知识的女性，仍然需要提防文明对自身的异化，需要正视性灵沉沦的危机，在这里，审美不啻是一服良药，有助于女性在参加社会变革的同时，实现对自己精神和心理的超越。

任何一个民族都十分注重在世界上树立自己的文化形象，巩固自己的文化地位，这是一个生存问题，也是一种潜在的竞争。中华民族素以文明古国见称于世，当前，建树文化与发展经济应当是同步的。中国女性从历史的深处走来，应当有自己的独特个性和卓异风采，悠远绵长的文化血脉和精神根基，正是孕育大家风范和优美气质的沃土。

但愿走向世界的中国女性不要太过冷落了《红楼梦》这样的传统文化的精英，但愿《红楼梦》给现代女性带来几许甘露、增添几分灵气！

写于1991—1993年

梦在红楼之外

——《再生缘》与《红楼梦》

比曹雪芹的《红楼梦》稍晚，也是在清代乾隆年间，杭州籍女作家陈端生创作了十七卷长篇弹词《再生缘》。这是出现在清初的一大批弹词作品中最杰出的一部。弹词作为一种讲唱文学流传民间，与小说同属通俗作品，当时有"南花北梦"之称。"南花谓《天雨花》，北梦为《红楼梦》"，"《天雨花》亦南词也，相传亦女子所作，与《再生缘》并称，闺阁中咸喜观之"(清代陈文述《西泠闺咏》)。实际上《再生缘》的价值要远远高出《天雨花》，应当说"南缘北梦"是更为恰切的。

一

陈端生生于乾隆十六年，即公元1751年，如果曹雪芹的卒年定为1763年，那么当曹雪芹逝世时，陈端生只有十二岁。她是否看到过《红楼梦》，不得而知，从她的生活和创作情况来看，似乎并未得见，可谓"同时不相识"。《再生缘》和《红楼梦》这两部作品，乍一看去，体裁不同、题材不同、创作方法不同、艺术的成熟度亦自不同；然而两者又有许多契合和相通之点，除了产生于同一时代而外，两者都关注青年女性的生活和命运、摹写她们的爱情和婚姻，特别是展现她们的期望和梦幻。只不过《再生缘》通过主人公孟丽君所展现的女性梦幻主要是在闺阁红楼之外，别有一番天地。作为红楼女儿之梦的一种延伸、开拓、映照、补充，令人感到意味深长、难能可贵。

更其巧合的是，《再生缘》和《红楼梦》一样神龙无尾，写到十七卷就停笔了，是一部未完成的作品，给读者留下了永远的遗憾。陈端生的个人遭际，堪称才高命舛，因丈夫获罪而致生平事迹几乎湮没无闻，可以说和曹雪芹颇有相似之处。这恐怕不仅仅是偶合，而是有某种必然性寓含其中了。

作为一种通俗文学，《再生缘》虽然在民间受到欢迎而且续者蜂起；但是在正统文人眼里，不过"盲子弹词，乞儿说谎"，可使村姑野媪惑溺，不能登大雅之堂，因而不可能给以重视，更谈不到文学史上的地位。随着时代的变迁，渐次消歇，甚至被人们遗忘。

在现代，最早给《再生缘》以重新认识和高度评价的是陈寅恪先生。寅恪先生以一位学贯中西、兼擅诗史的大学者的身份对通俗作品《再生缘》推崇备至，对其作者称叹不已。他在1954年写了长达五万余字的《论再生缘》，详细考订了陈端生的身世并充分肯定了《再生缘》的价值，深为其"彤管声名终寂寂"而"怅望千秋泪湿巾"。他写道："年来读史，于知人论事之旨稍有所得，遂取《再生缘》之书与陈端生个人身世之可考见者相参会，钩索乾隆朝史事之沈隐，玩味《再生缘》文词之优美，然后恍然知《再生缘》实弹词体中空前之作，而陈端生亦当日无数女性中思想最超越之人也。""端生心中于吾国当日奉为金科玉律之君父夫三纲，皆欲借此等描写以摧破之也。端生此等自由及自尊即独立之思想，在当日及其后百余年间，俱足惊世骇俗。"他对弹词这种艺术形式给予极高的评价，认为就是长篇叙事诗，指出前人称赞杜甫五言排律、白居易乐府诗以及吴梅村诸人七言长篇的评论，都适用于弹词。"世人往往震矜于天竺希腊及西洋史诗之名，而不知吾国亦有此体。"如《再生缘》之文，则在吾国自是长篇七言排律之佳诗，在外国亦与诸长篇史诗，至少同一文体，可与印度、希腊及西洋之长篇史诗比美。

须知陈寅恪先生是在他的暮年，溯往悟今，有所会心发表这样的见解的。这是一位资深学者阅历了中外史诗、深研学术艺文而后得出的真知灼见，犹如空谷足音，不同凡响。

果然，这一卓见在当代文史大家郭沫若那里得到了回应。1960年郭沫若读到了《论再生缘》一文,他说:"我是看到陈教授这样高度的评价才开始阅读《再生缘》的。""陈寅恪的高度评价使我感受到高度的惊讶。我没有想出:那样渊博的,在我们看来是雅人深致的老诗人却那样欣赏弹词,更那样欣赏《再生缘》。而我们这些素来宣扬人民文学的人,却把《再生缘》这样一部书,完全忽略了。于是我以补课的心情,来开始了《再生缘》的阅读。"当时所能找到的只能是错字连篇脱叶满卷的本子,"尽管这样,原书的吸引力真强,它竟使我这年近古稀的人感受到在十几岁时阅读《水浒传》和《红楼梦》那样的着迷。"郭沫若把《再生缘》反复读了四遍,完全赞同陈寅恪的意见,并认为:"如果从叙事的生动严密、波浪层出,从人物的性格塑造、心理描写上来说,我觉得陈端生的本领比之18世纪、19世纪英法的大作家们,如英国的司考特(Scott, 1771—1832)、法国的司汤达(Stendhal, 1783—1842)和巴尔扎克(Balzac, 1799—1850),实际上也未遑多让。他们三位都比她要稍晚一些,都是在成熟的年龄以散文的形式来从事创作的;而陈端生则不然,她用的是诗歌形式,而开始创作时只有十八九岁。这应该说是更加难能可贵的。"(以上引文均见郭沫若:《序〈再生缘〉前十七卷校订本》《光明日报》1961年8月7日)。有憾于《再生缘》长久地被人遗忘,郭沫若发愿"对于原书加以整理,使它复活转来"。

令人惋惜的是这个由郭沫若和当时许多热心人费了很大心力的校订本始终未能刊行。一直到了八十年代初,《再生缘》才作为"中国古典讲唱文学丛书"的一种得以排印出版(赵景深主编、刘崇义编校,中州书画社1982年11月第1版),今天的读者才有了一个经过整理的,可供阅读和研究的本子。

去年,北京大学乐黛云教授发表了题为《无名、失语中的女性梦幻——18世纪中国女作家陈端生和她对女性的看法》的文章(1994年8月《中国文化》第10期),指出:"《再生缘》的不朽价值正在于它全面揭露了在男权社会强大压力下,女子无名、无称谓、无话语的暗哑世界。""它第一次在重重男性话语的淤积中曲折地表明了女性对男尊女卑定势的逆反心理,以及女性与男性并驾齐驱、公平竞争的强烈意愿。""幻想着女性所向往的独立自主、建功立业的全然不同于传统的别样的生活。"乐文还特别提出所有续写《再生缘》的作者都未能突出原著这一特殊价值，无一例外地写成一个大团圆的结局，说明在男权思想的绝对统治下，连女性的一个梦幻也无法表述。

最近，我们在电视屏幕上看到了据《再生缘》改编的黄梅戏《孟丽君》，是献给北京世界妇女大会的。遗憾的是该剧仍未能摆脱过去诸多改编和续作的窠臼，未能突出原著的精华。可以说，《再生缘》当代改编者的女性观，似乎还赶不上二百年前它的原作者陈端生。如果我们翻开《再生缘》前十七卷，就可以看到陈端生笔下的孟丽君是怎样地光彩照人，陈端生的女性梦幻是怎样地惊世骇俗了。

二

《红楼梦》里的探春不是曾经说过："我但凡是个男人，可以出得去，我必早走了，立一番事业。"这既是无可奈何的慨叹，也是不可抑止的梦想。在《再生缘》里，陈端生把这一梦想诉之笔端，她的理想人物孟丽君果真走出去了。不仅立了一番轰轰烈烈的事业，体验了别样的人生；而且，在这阴阳转换乾坤易位的倒错中，重新认识了自身，以至在能否和愿否回归原来性别角色的关节点上，发生了空前的危机。

孟丽君女扮男装的故事虽然不像花木兰、祝英台那样家喻户晓，但人们并不陌生，各个剧中女状元、女驸马的形象几乎都有孟丽君的影子。《再生缘》前半部的情节可以说并未超出此类模式。故事发生在云南昆明，曾为龙图阁大学士的孟士元，面对两家求亲，即云南总督皇甫敬为其子皇甫少华，元戎侯爵刘捷为其次子刘奎璧，都欲求聘于才貌无双的孟家小姐孟丽君。孟士元只得以比箭裁决，各射三箭，一箭射垂杨，一箭射钱心，一箭射悬挂御赐宫袍的红绳。结果刘奎璧以一箭之差输给了皇甫少华，孟丽君遂受聘于皇甫少华，承诺了这桩婚姻。然而刘奎璧不甘服输，阴谋陷害皇甫少华及其一家，使之横遭灭门之祸。皇甫敬身陷敌国，少华潜逃蛰伏入山学艺，长华母女在押解途中被劫上山寨得救。而孟丽君则被刘家倚仗朝中权势以赐婚相挟迫使改适刘奎璧。面对圣旨与亲命,孟丽君留下自画真容与书信一封,请父母以乳娘之女苏映雪为义女顶替代嫁,自己则于婚期前夕改男装、更姓名、离家出走。此后,她凭借自身的才华学识,应举赴考,连中三元,官至兵部尚书,以至丞相,位极人臣。她不仅使皇甫一家的沉冤得以昭雪,而且比过去更加显贵。皇甫少华封王,长华为后,父为国丈。写到这里,按照一般同类故事,则已大功告成,只消奏明天子、重现女身,便可于归皇甫、皆大欢喜了。

正是在孟丽君是否恢复自己的女性性别身份这一点上,《再生缘》大大超越了程式旧套。作家以更大的篇幅、更为浓重的笔触展现了孟丽君所扮演的男性角色在社会这个大舞台上所崭露的聪明才智和事功业绩,达到了连真正的男子也未必能够达到的辉煌巅峰。社会承认了她(改变了性别身份的她),她自己也发现了自身的潜能和价值。与此同时,在是否回归女性角色的抉择上,陷入了一种极为矛盾尴尬的两难境地。

与其他女扮男装的人物相比,《再生缘》中的孟丽君对男权社会的参与要广泛深入得多。她不仅为个人和家族的利害历尽风险,而且为朝廷和社稷的安危多所建树。改装后的孟丽君易名郦君玉、字明堂,赶考途中得到一位诚笃商家康信仁的帮助,认其为义父;高中状元后又入赘相府梁鉴门中,与其义女梁素华(实为孟家奶娘之女苏映雪,因抗婚投昆明池遇救)结为伉俪,故人相遇,作成假凤虚凰。郦明堂之所以受到皇帝的信用,与其才华、胆略、政绩的日益彰著直接相关,二者同步。

其取信于皇家的第一步是为太后治病。正当太医院下药无功、病情危重之际,郦状元一反众多御医的庸方,改补剂为发散之药,众皆大惊失色,皇帝也心存疑虑,言明"危必加刑愈必升"。郦君玉敢冒风险,一力承当,以其曾习脉理、广识岐黄、对症施治,故能药到病除、转危为安,使上下悦服。凭此一功,郦状元升为兵部尚书,康、梁两家俱得封赏,梁素华成为"一品夫人"。继而外邦来犯,边庭告急,身负兵部军机重任的郦尚书立即建议招贤御敌,面奏天子:"臣思天国繁华地,必有遗苗未遇雄。或是弹冠虚望举,颇多负志不能荣。当今若挂招贤榜，各省英才仰九重。有罪之人俱赦宥，倒多应，烟尘埋没有英雄。九流三教都休论，只要取，才智兼全拜总戎。天下奇才俱毕集，岂无良将去征东！"（《再生缘》，以下引原文均据此本）在兵部郦大司马的亲自主持下，擢拔英才，重用良将，果然克敌制胜，奏凯回朝。这其中，就有应募而来、被点为武状元、立有战功的皇甫少华，他与郦大人即孟丽君，也就成了门生与恩师的关系。

郦明堂此番荐贤靖国之功，非同小可，天子更加倚重，进一步拜为丞相。郦丞相以严明刚正博学多才名满朝野，不仅擢拔武将，更擅识取文士，奉钦命任主考官，"是一位开诚心布公道的识治良才"。门生弟子请益求教者不绝于门，新进士固然如沐春风，难得的是郦相对那些下第士子倍加关切："为他们，讲解诗书与五经，穷苦之间贻路费，分散了，宰官俸禄数千银。在当时，言言指点开茅塞，句句调和慰众心。""一班举子皆罗拜，泣谢明堂郦大人。""少年元宰行仁义，外面的，贤相之名天下闻。"

可见，中状元并不是女扮男装的郦君玉社会参与的终点，而是一个新的起点。她的才智品格获得了空前的展现和发挥，位居极品，不仅称职胜任而且游刃有余，成为举足轻重的人物。一旦称病告假，竟弄到大小朝臣王侯宰相手足无措、调排不开。作品借天子之口描述其明决练达："各省文书奏本临，都是他，预先决断预先评。准拟了，该轻该重该何等。调停了，宜紧宜迟宜怎生。""桩桩委藉才情广，件件安排智量深。朕只消，朱笔略提批个准。伊就去，标封转部立施行。真练达，实精明，料理何尝要寡人。近日保和告了假，阁中竟，诸凡无主乱纷纷。"总之，离了这位少年元宰，一切就都乱了套。以今日的眼光观之，郦明堂竟是一个十分出色的内阁总理人才。

然而，就在郦明堂步入政坛、功业日著的同时，她的女性本来面目也渐渐显露，受到来自各方面的猜疑、试探、查诘以至逼迫，几乎是一步一陷阱、一动一圈套。先是在招贤比武的试场上与未婚夫相遇，再是与父兄翁婿同朝为官，更难处置的是亲生母亲求医告急，最后连皇帝也识破机关。这一重重险滩难关横在郦明堂面前，惊心动魄，高潮迭起，常常是系千钧于一发。当皇甫少华出示孟丽君自画真容、意欲触动前情之时，她强忍酸痛、不露声色，观动静，看行藏，"君亦诈来我亦诈，管教你，今朝难认郦明堂"。她不仅正言戒饬，还要为媒作伐，弄得少华内心懊闷，反疑自家错认。当父兄与之同衙、公公登门造访之际，她公然和他们平起平坐，"拱手含欢叫失迎"，"言淡情疏不甚亲"，使得孟士元皇甫敬不敢说破。尤其当孟夫人思女成疾，以诊病为由把郦相延至内室，"一言未出泪先倾，扑上前来不暂停。就把紫袍扯住了，一声悲唤叫亲生"。此时此际，出于人伦天性，只有"认了母亲再作区处"。郦君玉一面抚慰双亲，一面陈述不便相认的原委，分疏利害，说服全家"今日之情，概不可传出于外"，只可暗认而明不认。然而丽君离去后，孟家还是走漏了风声，皇甫少华急忙上本，揭明真相，冀求赐婚。在这突变的情势之下，丽君并不就范，反而针锋相对，以攻为守，做了一篇彻底的翻案文章。她剖白前番相认乃是对垂危病人动了恻隐之心。"陛下呀，常言道，医家有割股之心，既承龙图父子诚心相恳，少不得要医他病好。臣想，孟夫人之病原因思女而成，既是见臣误认，想是像他女儿的了。如若将错就错，倒也救了一人之命。"正是"臣本戏中随口道，谁知弄假反成真"，"东平王子（指少华）疏狂甚，竟将夫子当何人"！郦明堂当场将本撕开，当着满朝文武，要问少华一个戏师欺君之罪。这一来，果然变被动为主动，又一次隐藏了女子的真实面目，保全了恩师和丞相的地位和尊严。

就在这反复较量之中，皇帝也看出破绽，而且动了私心，深深地爱恋上了这才高貌美的郦丞相，这就使事情更加复杂化了。"一点春心藏密意，九重喜气上天颜。"风流天子为了把郦相留在自己身边，自然不愿其于归皇甫，因而在否认郦明堂就是孟丽君这一点上，竭力回护、暗中相助，成为郦的同盟和靠山。但天子的最终目的是要把郦收为后妃、据为己有，这又完全违背了她的意愿。亦即少年皇帝既是她的一面盾牌，又是她的一个威胁。这样，郦明堂在闯过了皇甫上本这一险关之后，又不可避免地落入了天子布下的"风流阵"之中。这一回的对手是帝王本人，奉诏陪同游园，引入千花万柳之中，动之以柔情、挟之以君威，竟要"君臣同榻"。若是别个，此刻非死即从，

"至于我郦明堂是还有个脱身之计，不至到这等无能"。当即一挺乌纱，谢宴辞銮，说出一篇激切决绝的言辞来："陛下呀！臣虽不才，已蒙圣恩拜相。中外朝端尽主持，惟凭公道去偏私。若然疑作乔妆女，满朝的，文武官员怎服之？""若在天香花馆歇，这一来，造言起事更多端。……当不得，传播扬语媚圣颜。""如若人心一惑，臣就不能为皇家出力了。只好辞朝挂了冠，纳将蟒玉返林泉。"郦相以谣诼为祸相谏，更以辞朝挂冠相挟。这一招果然灵验，天子"又惊又惧又含惭"，不但，"一怀春意登时尽"，反因其无怯无惊而"料想原非闺阁女"，"莫惹当朝铁面臣"，把个郦明堂轻轻放走，空费心机。作品写到这里，作者对自己的主人公充满了激赏赞美之情："一声旨下送三公，郦相犹如放赦同。""两名内侍前边引，一对宫灯照道红。真个是，劈破雕笼飞彩凤。真个是，顿断金锁走蛟龙。"

三

人们不禁要问，孟丽君为什么千方百计、苦心孤诣地隐匿自己的性别身份，不愿复归女性的本来面目呢？

从客观情势而论，她确有不得已的、被迫的方面，她在扮演男性角色的道路上，已经愈走愈远、骑虎难下。正如她对父母所说的那样，"儿虽不孝，却是不痴"，今已位到三台，如若说明为女扮，则动地惊天，非同小可，"瞒蔽天子，戏弄大臣，搅乱阴阳，误人婚配，这四件一来，孩儿就是一个杀剐的罪名了"。不但已身难存，且将祸及爹娘，连累继父岳父康梁两家。即便天子恩赦，也没有"老师作妇嫁门生"之理，相府梁千金已诰封"一品夫人"又如何处置？桩桩件件，实难处分。更何况天子私情密意，等待坐收渔利，情势更不容败露真相。总之，由性别身份的复原将引起一系列连锁反应，使得现在是合理的、正当的、体面的、荣耀的一切，逆转为荒唐的、悖谬的、可耻的、有罪的。真所谓一着差，满盘输，令人动弹不得。

然而，客观的原因纵有千条，也不足以完全解释孟丽君的不肯回归。我们还应当从主观方面即孟丽君的内心世界去寻找原因,这才是更为深层的、内在的原因。我们看到,她在改变角色、涉足男性领地、广泛参与社会生活的过程中,充分发挥了自己的聪明才智,真正发现了自身的价值和潜能,有一种自我实现的满足感、成就感。这种心态在作品的许多描写中明白无误地展现了出来。如郦明堂因才高功大屡受加封之时,那气象和感觉是深闺女子从未经历过的:"广袖香飘横象笏,朝衣日映出天阶。东华门外方登轿,唱道悠悠到往来。但见那,金顶鱼轩起得高,风飘宝盖走滔滔。一临内阁该员接,郦相升堂会百僚。大众京官齐进谒,人人打拱与弯腰。蟒袍作队威仪重,纱帽齐班礼法高。肃静俱皆垂手立,端颜不敢展眉梢。"此时此际,少年相国能不扬眉吐气,感喟"世上裙钗谁似我","何须洞房花烛夜"!不仅自我感觉十分良好,整个男权社会也给以广泛承认和高度评价,同僚敬服、门生拥戴、天子倚重,盛赞她"事事刚明有主张",是"报国精忠大栋梁",深庆"贤相掌朝,国家有幸"。在这样的自我感觉和社会氛围中,她视野开阔、胸襟扩大,对自身婚嫁的关注就相对淡化以至消解。她不止一次地流露:"我孟丽君就做一世女官有何不可?""从今索性不言明,威风蟒玉过一生。""吾为当世奇才女","孝心未尽上忠心","何须嫁夫方为妥,就做个一朝贤相也传名"。她不仅"不欲于归皇甫门",更不屑受宠幸被纳为后妃,实质上是不愿依附于任何男性而失掉现有的一切。这与她身旁那位"一品夫人"、念念不忘少华、一心想成就梦中姻缘的梁素华,形成了鲜明的反差。

应当说,这种不愿意依附于人的自主自立、不愿意受制于人的自尊自强,才是孟丽君性格中最有光彩最可宝贵的东西。比之其他女扮男装的人物,孟丽君恐怕是走得最远的了。她真正领略到了作为一个独立的人、一个能够体现自身价值和受到社会景仰的人的尊严和乐趣。这是她在深闺之中以及一切处于家庭洞穴之中的女性所从未领略也永难实现的梦。用今天的话说就是,外面的世界很精彩,孟丽君不愿意重复那封闭的人生了。

当然,孟丽君借以护卫自身、对抗社会的武器不能脱离她的环境和教养。"她是挟封建道德以反封建秩序,挟爵禄名位以反男尊女卑,挟君威而不从父母，挟师道而不认丈夫，挟贞操节烈而违抗朝廷，挟孝弟力行而犯上作乱。"（郭沫若：《〈再生缘〉前十七卷和它的作者陈端生》，《光明日报》1961年5月4日）更何况在封建社会里，女性被规定永远只能扮演一种角色，即闭锁在家庭里为女、为妻、为母，做驯服的奴隶和传宗接代的工具。她们如若扮演了男性的角色，参入大社会，就是搅乱阴阳、颠倒乾坤、罪莫大焉。这两种角色，一种是孟丽君所不甘愿扮演的，一种是社会不容许她扮演的。她无时不处在岔路口上，进退两难，无可选择，这就必然陷入困境，以至被逼上绝路。当太后相召，醉以美酒、脱靴验看、真相败露之时，郦丞相"口吐鲜血一命危"，书也就写到十七卷中止，作者再也写不下去了。

按照人物的性格和作品的逻辑，《再生缘》的结局必然是悲剧。对此，郭沫若曾做过合理的推断，他的构想相当具体细密，其要点是：第一，让孟丽君在吐血中死去。此前应有一次表白的机会，承认自己是孟丽君，严斥元朝天子的荒谬要求；还应让她说出自己的抱负，想再有所作为，故不愿及早卸却男装，并非留恋名位。同时让她与父母亲人再见一面。第二，由于孟丽君之死，皇甫少华上廷抗议，苏映雪揭出底细，皇帝恼羞成怒，将二人丢进天牢。第三，朝廷闹得昏天黑地，握有兵权的皇甫及山寨义民诉诸武力，由皇后长华出来收场，使二人被释出狱。第四，依书中伏线，皇甫少华挂冠辞朝，飘然隐退。郭沫若写道："我认为作者心目中所拟定的后事大体是这样。但这样的写法，处在封建时代，尤其是处在丈夫充军、亲友忌避的境遇下，作者是不敢把它写出来的。所以她的书写到第十七卷便写不下去了。又或者是她写出来了，而不敢公诸于世。"（《〈再生缘〉前十七卷和它的作者陈端生》）

《再生缘》的止于十七卷，究竟是写不下去抑或不敢出示，不得而知。但可以肯定的是，它之所以成为未完成的杰作，与作家的思想、遭际及当时的社会环境密切相关。这与《红楼梦》的迄无全璧，情形十分相似。

既然神龙无尾，必定惹得续者蜂起。香叶阁主人侯芝在改写《再生缘》的序中说："《再生缘》一书，作者未克终篇，续者纷起执笔。奈语多重复，词更牵强，虽可一览，未堪三复。予删改全部为十六本三十二回，固非点石成金，然亦炼石补天之意。……不料梓出阅之，盖更有好事者添续。事绪不伦，语言陋劣。既增丽君之羞，更辱前人之笔，深可惋惜。予改本，今名《金闺杰》，盖书中女子皆有杰出之才，以是名之，得矣。"侯芝批评他人续书的确很有眼光，可她自己的《金闺杰》也并不高明。这个改编本对原作大加删斫，弄到面目全非，"既增丽君之羞，更辱前人之笔"的评语留给她自己倒是合适的。郭沫若在看到这些续书的时候，尝谓有的不仅是"狗尾续貂"，简直是"鼠尾续貂"了。他不愧是创作家，上文所引只是一个撮要，他关于结局的情节设计详细周全，而且前后照应，如同一个写作提纲。当然，今天我们不必一定拘泥于"郭续"的每一个情节设想，但总体的悲剧结局则是有充分理由的，因为如上所述，这是十七卷原作中孟丽君性格逻辑和各种矛盾发展的必然趋势。

现有的各种续作和改编包括据此而来的诸多戏曲剧本，直至当今新上演的黄梅戏《孟丽君》，无一例外都写了大团圆的结局。就以目前通行的与前十七卷合在一起排印的中州本而言，后三卷（第十八至二十卷）为梁德强（楚生）所续。续书接写三天后孟丽君上本陈明实情，皇帝正欲加罪，太后娘娘懿旨已到，大开恩赦，命孟丽君"仍给皇甫少华为正室，限十五日成亲，从此顺协坤德"，"丽君闻听心欢悦，满面羞容谢一声"。就这样轻而易举地复姓归宗，重新做起千金小姐，与苏映雪双双嫁给皇甫少华，连同先前已为侧室的刘燕玉三女共事一夫。总之是有情人都成眷属，父母身安，翁姑心乐，琴瑟调和，芝兰毓秀，共庆升平。续作者还要锦上添花，让太后认孟丽君做干女儿，加封为保和公主，起造府第，御赐珍宝，宠幸优渥，无以复加。续书的这一套路成为日后各种戏曲改编的依据和参考，流播至今。

比之《红楼梦》的后四十回，《再生缘》的后三卷十二回要差得多了。对《红楼梦》后四十回，尽管见仁见智，评价不一，甚至大相悬殊，但正如鲁迅所言，"大故迭起，破败死亡相继"，保持了一个悲剧的氛围。而《再生缘》的后三卷则可谓大喜连绵，恩赏庆典叠加。钦赐成婚是大喜，加封公主是大喜，早获麟儿是大喜，太后寿庆是大喜。这一切如走马灯一般匆匆过场，贯穿其间的是忠孝节义、报恩释怨两大支柱。人物无个性可言，主人公孟丽君生命和精神中的深刻矛盾和危机被弱化、抹平以至无影无踪，她性格中最光彩的东西已失落殆尽。

我们并不一般地否定大团圆的结局，也无意抹煞那些女扮男装故事的意义。"大团圆"也可以是不得已的、形式上的，问题是团圆之后怎样呢？人物的内心会是一池静水、圆满无憾吗！至于木兰从军、梁祝哀史这样的故事家喻户晓，自有其积极的意义和存在的价值。而《再生缘》中的孟丽君则是超越于同类故事中的女主人公的，正如乐黛云教授所揭明的："杀敌立功的花木兰的最后结局是'穿我旧时裙，著我旧时裳'，待字闺中，成为'某人妻'。梁祝故事中的祝英台最后殉情固然有为爱情宁死不屈的一面，但她所追求的理想幸福也还是在男性所规定的秩序之内——成为'某人妻'和'从一而终'……惟有孟丽君，她的理想决不是'著我旧时裳'、成为'某人妻'，更不是'从一而终'的'生不同室死同穴'，她所追求的是超越于男性法规的男女并驾齐驱，是女性聪明才智得以和男性一样充分发挥的平等机会，是像男性那样挣脱家庭桎梏而远走高飞的可能性。这是少女陈端生的梦，也是她创作孟丽君的女性的幻想。"（见本文第一节所引乐文）

这种理想在作品中表现得十分鲜明，而且相当自觉，除去上文分析到的孟丽君的"外面世界很精彩"的内心感受外，作家还有一些很醒目的点睛之笔。比如第十回（丽君离家出走）的回前诗："洁身去乱且潜逃，跋涉艰难抱节高。定要雄飞岂雌伏，长风万里快游翱。"她自画真容的题留也明确表示"愿教螺髻换乌纱"，总之是抱定了要凭自身才华干功名做奇女的雄心。尤其值得注意的是当亲情同独立意志发生矛盾时，她毫不犹豫地撇开亲情，维护自己的独立地位。比方她第一次被延入孟府脱身出来时，便庆幸自己"逃出此重门"，把家庭看作牢笼。后来不得已认了亲，竟又在朝堂上翻脸不认，十分决绝，颇有点六亲不认的味道。为此，人物和作家受到了不少指摘。其实，对于抱定宗旨独立自主的孟丽君来说，别无选择。至于对"射柳姻缘"，孟丽君并非不守盟约，对少华也不是没有感情，她当初出走就有全身守节的动因。

应当看到，孟丽君的性格是有所发展的，她的独立意志有一个逐渐强化的过程。对于少华，其间固然曾有误解，以其娶了仇家刘燕玉而疑其变心；但主要的是孟丽君的思想已出离了"夫荣妻贵"的窠臼。否则就难以解释在误会消除条件具备时，孟丽君首先想到的是要成全苏映雪的梦中姻缘，而自己倒也"不愿偕来不愿成"。她曾向爹娘明白剖示："世人说做了妇道人家，随夫荣辱。想当初，孩儿不避风尘，全身远走，也算与皇甫门中同受患难了。今日伊家烘然而起，孩儿倒不在乎与他同享荣华。""丽君虽则是裙钗，惟我爵位到三台。何须必要归夫婿，就是这，正室王妃岂我怀？况有那，宰臣官俸鬼鬼在，自身可养自身来。"这不由得使人想起鲁迅"娜拉走后怎样"的名言，现代的娜拉离家出走尚且有社会解放经济自主等一系列问题，古代的娜拉自然更其艰难，而孟丽君已经想到独立于世和自食其力了，她已经大大超越了那个时代。

看来，那些指摘孟丽君缺少亲子之情和忠贞爱情的人并不真正理解她，殊不知这正是女作家陈端生的超越之处，也正是一切续作的失败之源。

四

除主人公孟丽君之外，《再生缘》中的其他女性从总体上说都比男子要胜过一筹，这也和《红楼梦》有某种相似之处。比方青年女子中，卫勇娥、皇甫长华自然是英雄豪杰；在上年纪的妇女中，皇太后就很有见识，孟家和皇甫家的两位夫人也不好惹。

卫勇娥可以说是全书中仅次于孟丽君的又一个女扮男装的重要人物，尽管所占篇幅不多，却光彩耀目。她本是皇甫敬部将卫振宗之女，东征中卫振宗与皇甫敬一同身陷敌国、同遭朝廷权臣刘捷的诬害，卫家与皇甫家同罹厄运，亦有灭门之祸。十七岁的卫勇娥被迫逃亡，"俺本是生长将门奇女子，岂甘束手等钢锋"，遂改名卫勇达，女扮男装，途经温州吹台山，遇着一伙强人，勇娥杀了贼首，击败群凶，被喽啰迎立为王。"道孤称寡为帝王，礼贤下士作英雄。部前将士心俱服，都说道，定要真龙夺假龙。"当皇甫母女囚车过此，被打劫上山，且看作品怎样描写这位少年寨主："但见他，黄金铠甲身中挂，扎额平分龙两条。""左边暗佩青锋剑，右首明悬金背刀。""眼映秋波横俊俏，鼻悬玉胆倚琼瑶。""分明是，待时而动一英豪。"皇甫夫人一见之下不觉惊疑："看他如此美丰神，岂是根基在绿林。不但生成豪杰貌，更兼还有帝王形。莫非元运应该绝，正是兴亡定霸人。"这些描写十分大胆出格，明显表露出作者把绿林好汉写成潜龙真命的叛逆精神。因为当此之时，身为朝廷诰封一品夫人的皇甫尹氏，并不知晓寨主的真实身份，居然对草莽之中的"山大王"有如此好感，不仅息了寻死殉节的念头，而且竟愿将女儿许配，"今观这位山中王，配得我，亲生娇女膝前人"。在她心目中，宦室名门可以同山林草莽结亲，见出这位诰命夫人头脑中正统观念比较稀薄，并非迂塞不化之辈。当然，待卫勇达即卫勇娥吐露真情后，即亲如一家，勇娥拜尹氏为继母，与长华结为"兄"妹。

作品还着意铺写卫勇娥"替天行道正纲常"的声威业绩。女大王，招兵买马，聚贤集勇，公然高标"要学梁山宋公明"的口号，带领人马，趁夜出击，杀死贪官污吏，夺得府库赃银，不犯黎民百姓，"从今声势传千里，尽说吹台出霸君"。吹台山义军还屡次打败前来征剿的官军，活捉朝廷命官，刘奎璧便被生擒，拘押在山，供出罪状。作品借刘奎璧进山再次渲染山寨和大王的声威仪容。当其来犯之时："寨主正值厅中坐，草莽英雄左右排。滚滚盔星形灿烂，锵锵甲叶满庭阶。威凛凛，尽皆打虎擒龙将；气腾腾，都是擎天架海才。殿上端居韦寨主，分别是，一朝皇帝会英才。"刘作为阶下囚，举目只见："金龙双绕朱红柱，彩凤争飞紫画梁。百盏花灯垂宝络，两层刀斧映寒光。……稳坐端严如帝后（指长华），正堪配，左边寨主似君王。"

纵观作品对卫勇娥仪容风采和吹台山军威声势的描写，其"规格"之高，早已超过对绿林好汉英雄豪杰的赞颂，而是有帝王之相、潜龙之象。反复出现的"金龙""圣主""帝王"等字眼，决非偶然，"真龙夺假龙""待时而动""兴亡定霸"云云，不是讴歌造反，又是什么！

第二编　红楼文心

总之，卫勇娥这个人物，远非《水浒传》中扈三娘之辈可及，她是大王，领袖群雄。就女扮男装这一点而言，不像孟丽君那样不愿回归，作品交代她的归宿相当草率，招安后征东立功受封，奉旨嫁给了同为征东先锋的熊友鹤，未能超越"著我旧时裳"的花木兰模式。尽管如此，就作品现有的描写而言，卫勇娥君临吹台山是全书中极见精彩的段落，表现了作家对朝廷的蔑视、对君权的蔑视、对男权的蔑视。卫勇娥的形象，当得起"如此红颜真壮哉"的赞叹，与孟丽君二者一武一文，相映生辉。

比之卫勇娥，皇甫长华的正统气息要多一些。她坚守门第闺仪，不愿委身草莽。但长华也是一位曾经征战的女将军，虽未改装，颇负英名。后来贵为皇后，力效前贤，慎修母仪，有时却仍不免流露"将军性"。比方当天子将郦君玉情事相瞒、很少到后宫时，她便口出怨言："呵呀，罢了！罢了！嫁什么天子！做什么娘娘！一入宫中举动难，满门骨肉不团圆。人说是，椒房国母方为贵；我观来，凤阁龙楼倒像监。"君主竟不得见面："算得个，当今无道一昏君。""真真罢了！做到王后之尊，还到这等地位，那富贵荣华四字可以不羡了。"这里很容易使人想起《红楼梦》里被送到"那不得见人的去处"的贾元春，正所谓"豪华虽足羡，离别却难堪。博得虚名在，谁人识苦甘"。《红楼梦》精微严格的现实主义笔触，把对皇权的讽喻批判蕴含在艺术描绘之中，含蓄深刻；《再生缘》风格不同，虽乏深沉婉曲之致，却显豁直截，给人以痛快之感。

太后的识见谋虑值得一提。第三十一回奖功臣赐良缘一回中，女侯皇甫长华和女伯卫勇娥都为绝色佳人，太后因念皇甫和卫氏两门功大，且拥重兵，即有意立其中一女为后而将另一女赐婚征东将帅。她深知对于有功之臣："皇家若有相轻处，必定忠臣变佞心。况复他们俱一室，少年天子易欺凌。立其爱女为皇后，骨肉相关不异心。""一统江山难得掌，相机行事好为君。"天子自然依从母后的训教，只是对立长华为后尚有顾虑，怕不如已故刘后柔顺，"但愁此女曾为将，只恐他，不服宫闱法度严"。"杀将斩旗皇甫女，召来只恐不如前。如其有法从公治，伊父全家心又寒；若为此情容忍过，长华仗势更当权。因而忖度难成事,惟愿娘娘出训言。"太后毕竟高明,点拨道:"皇儿呀!正为长华利害,所以要纳入宫中。"并教以驾驭的法门:"初入宫闱不可轻,广加敬礼广加恩。频将忠孝殷勤谕,再把奸佞比并云。彼如听时名望重,自然蓄志做贤人。刘门父子严加治,这叫做,打草惊蛇计可行。皇甫一门观榜样,自应悚惧用忠心。明君治世宜如此,惟要皇儿早处分。"姜是老的辣,太后的统治经验毕竟比少年天子丰富得多,对臣下恩威并用,方能坐稳江山。

相对而言,《再生缘》里的许多男性,比他们的贤内助往往差了一射之地,正所谓"阴盛阳衰男惧女"。孟丽君的父亲孟士元就以惧内闻名,连皇帝也知道,而且当面批评:"呵,孟先生!你做了一个朝廷宰相,既然治国也要齐家。为什么纵妻失规,在朝中乱道?"弄到"惧狮吼"的孟龙图既受朝廷责罚,又被夫人埋怨,里外不是人。皇甫一家也有此风,当初比箭夺袍,少华犹豫,既忌伤了和气,又怕万一出丑,"只好低头让别人";这可惹恼了他母亲,斥其无知,"枉作堂堂一少年",姐姐长华鼓励他施展武艺,"人前不可失威光"。可见积极进取的是女子,男子反倒畏缩退让。皇甫敬惧内不说,还劝告儿子"不要差了主意"娶丽君这个"太利害人","休要千盼万望,等得娶进门来,竟是一个不贤惠的,岂不那时候悔之无及"。"郦相果真是女子,入门未必是贤人。况兼做过当朝宰,他的那,情性由来已惯经。再若放些凶手段,只怕你,禁当不起悔初心。"可是少华并不听劝,甘拜下风,"果真如此,也是孟府的家风","岳母大人手段凶,自然他,所生之女亦相同。丽君若是同其母,少华也,只好低头做岳翁。惧内名儿逃不去,能得个,重偕伉俪靠天公。"看来,这惧内竟是一代传一代,"阴盛阳衰"带有某种普遍性。由此明显表露出作家对男尊女卑的逆反心理。

特别值得注意的是《再生缘》中对少年天子的描写。皇帝本是至尊至贵至高无上的男权社会的顶尖,就如《红楼梦》虽是虚写,却隐然可以感受到"今上"那无所不在的权威。《再生缘》中,作家像对待其他人物那样用了不少笔墨来写这位元天子,正如乐黛云先生所说,"皇帝原是绝对权力的象征,但在陈端生笔下被还原成一个充满情欲的凡人,他深深爱恋孟丽君的才貌,曾穿着书生微服深夜到内阁探望她,只感到'高谈阔论真博学','风流态度好摇心','朕竟不觉销魂矣,剪烛依依到几更'。又于黄昏时分将孟丽君私自召入深宫企图留宿,费尽心机,'盼一朝来望一朝,满怀只望度春宵'"。甚至在孟丽君被识破吐血之后,还护送回府,翌日竟扮作一个内监,冒着风雨前去探视,倾诉衷肠,"朕心已定不能移,亲自前来一订期"。真可谓"风流天子用情深""一片怜香惜玉心"了。也许因为作品开篇时设定元天子是天界金童转世,所以并不过多表现他的专制,而写成一个风流的少年天子。天子对郦相不但是倾慕,而且治国理朝都离不了她,着实敬畏这"花月精神铁石心"的当朝宰相。因此,在几番较量中,不论斗智斗勇,都让孟丽君占了上风。

在陈端生笔下,女性不仅富于才华识见,而且主动、进取,往往压倒须眉,这一点在全书中十分突出。比之《红楼梦》,《再生缘》对女性文化性格的开掘也许显得肤浅,然而她们敢行动、敢闯荡,这恐怕是红楼女性做梦也不曾想到的。

五

关于《再生缘》在艺术上的成就,本文第一节已经提出陈、郭两位大家对它的高度评价,这里,结合具体作品做些申说和分析。

首先,《再生缘》这样一部长篇作品不是以散文而是以韵文写成的,"乃一叙事言情七言排律之长篇巨制也"。寅恪先生这句话是很有分量的,表明他对弹词这种文体的看法,可谓慧眼方能识珠。他在《论再生缘》开头一段写道:"寅恪少喜读小说,虽至鄙陋者亦取寓目。独弹词七字唱文体则略知其内容大意后,辄弃去不复观览,盖厌恶其繁复冗长也。及长游学四方,从师受天竺希腊之文,读其史诗名著……其构章遣词,繁复冗长,实与弹词七字唱无甚差异,绝不可以桐城古文义法及江西诗派句律绳之者,而少时厌恶此体小说之意,遂渐减损改易矣。又中岁以后,研治元白长庆体诗,穷其流变,广涉唐五代俗讲之文,于弹词七字唱之体,益复有所心会。"因此,寅恪先生对这种通俗文体,不仅毫无轻视之意,而竟引为同调,在该文之末有句云:"论诗我亦弹词体。"(自注:寅恪昔年撰王观堂先生挽词,述清代光宣以来事,论者比之于七字唱也)尤其对于陈端生的诗文功底、她的驾驭长篇排律的艺术才能,推崇备至,陈寅恪举出前人对于杜诗排律的称道,谓"山东人李白亦以奇文取称,时人谓之李杜。予观其壮浪纵恣,摆去拘束,模写物象,及乐府歌诗,诚亦差肩于子美矣。至若铺陈终始,排比声韵,大或千言,次犹数百,词气豪迈,而风调情深,属对律切,而脱弃凡近,则李尚不能历其藩翰,况堂奥乎?"(《元氏长庆集伍陆唐故工部员外郎杜君墓系铭并序略》)他认为这类论评也适于弹词之文,而"弹词之作品颇多,鄙意《再生缘》之文最佳,微之所谓'铺陈终始,排比声韵','属对律切',实足当之无愧,而文词累数十百万言,则较'大或千言,次犹数百'者,更不可同年而语矣"。可见,陈寅恪认为端生的诗才功力不下于杜甫。

  以一部近千页的巨构举其肢节来说明功力之深文词之美是困难的,从本文以上各节所引片段中略可知见一二,这里不妨再引述相对完整独立的一段,即第十七卷卷首带有自序性质的一段,其文如下:

> 搔首呼天欲问天,问天天道可能还?
> 尽尝世上酸辛味,追忆闺中幼稚年。
> 姊妹联床听夜雨,椿萱分韵课诗篇。
> 隔墙红杏飞晴雪,映榻高槐覆晚烟。
> 午绣倦来犹整线,春茶试罢更添泉。
> 地邻东海潮来近,人在蓬山快欲仙。
> 空中楼阁千层现,岛外帆樯数点悬。
> 侍父宦游游且壮,蒙亲垂爱爱偏拳。
> 风前柳絮才难及,盘上椒花颂未便。
> 管隙敢窥千古事,毫端戏写再生缘。

也知出岫云无意，犹伴穿窗月可怜。
写几回，离合悲欢奇际合；
写几回，忠奸贵贱险波澜。
义夫节妇情向报，死别生离志更坚。
慈母解颐频指教，痴儿说梦更缠绵。
自从憔悴萱堂后，遂使芸湘彩笔捐。
刚是脱靴相验看，未成射柳美姻缘。
庚寅失时新秋月，辛卯旋南首夏天。
归棹夷犹翻断简，深闺闲暇复重编。
由来早觉禅机悟，可奈于归俗累牵。
幸赖翁姑怜弱质，更忻夫婿是儒冠。
挑灯伴读茶声沸，刻竹催诗笑语联。
锦瑟喜同心好合，明珠早向掌中悬。
亨衢顺境殊安乐，利锁名缰却挂牵。
一曲惊弦弦顿绝，半轮破镜镜难圆。
失群征雁斜阳外，羁旅愁人绝塞边。
从此心伤魂香渺，年来肠断意犹煎。
未酬夫子情难已，强抚双儿志自坚。
日坐愁城凝血泪，神飞万里阻风烟。
……
造物不须相忌我，我正是，断肠人恨不团圆。
重翻旧稿增新稿，再理长篇续短篇。
岁次甲辰春二月，芸窗仍写再生缘。
悠悠十二年来事，尽在明堂一醉间。

　　这是一段很重要的文字，提供了有关作家生平创作的可靠信息，同时亦可窥见其七言排律的功力不同凡俗。恰恰《再生缘》的续作者梁楚生在第二十卷之首亦有一段自述之文，寅恪先生指出，两相比较"高下优劣立见"。楚生之文不长，举出可资比照：

> 年来病骨可支撑，两卷新词草续成。
> 胡乱诌来胡乱写，也无次序也无文。
> 怎同戛玉敲金调，聊作巴辞里句听。
> 偏遇知音频赏鉴，欲求廿卷嘱谆谆。
> 无可奈何重握管，枯肠搜索续前情。
> 笑予暗作氤氲使，鹊桥早架渡双星。
> 既已于飞偕凤侣，又可好，乃梦熊罴呈趾振。
> 嗟我年将近花甲，二十年来未抱孙。
> 藉此解颐图吉兆，虚文纸上亦欢欣。
> 一支彩笔天花坠，弦外余音尽还明。
> 十九卷成登二十，螽斯衍庆吉祥呈。

对于长篇排律这种诗文体裁，要想驾驭自如，基本的一条自然是要善于运用对偶和协调平仄，即遵循体式音韵方面的限制。一般作者往往为了对仗工整音调铿锵而损及内容，使思路脉络不能贯通，裁制事理繁复的长篇，这种缺陷尤其明显。高明的作者则既能入乎其内又能出乎其外，不为所缚。深于此道的寅恪先生指出："吾国昔日善属文者，常思用古文之法，作骈俪之文，但此种理想能具体实行者，端系乎其人之思想灵活，不为对偶韵律所束缚。""此等之文，必思想灵活自由之人始得为之。非通常工于骈四俪六，而思想不离于方罫之间者，便能操笔成篇也。"而《再生缘》原作和续作之词之高下判然，原因正在于此。"楚生之记诵广博，虽或胜于端生，而端生之思想自由，则远过于楚生。撰述长篇之排律骈体，内容繁复，如弹词之作者，苟无灵活自由之思想，以运用贯通于其间，则千言万语，尽成堆砌之死句，即有真实情感，亦堕世俗之见矣。不独梁氏（楚生）如是，其他如邱心如（按：《笔生花》作者）辈，亦莫不如是。《再生缘》一书，在弹词体中，所以独胜者，实由于端生自由活泼思想，能运用其对偶韵律之词语，有以致之也。故无自由之思想，则无优美之文学。"（《论再生缘》）

这些精到的分析，正是我们欣赏和评价《再生缘》作为长篇排律所达到的艺术水准的重要指南。纵览十七卷原作，无堆砌生造之病，有自然流畅之致，夹叙夹议，有景有情，遣词用语，灵动自如。这里可以再补充若干例子，以见其文词之美、用笔之活。在陈情方面，比如第十回孟丽君离家出走前留言谓，女儿已去无人在，权把苏娘作替身，"爷娘有女还增女，映雪无亲却有亲。事得两全惟此计，大人酌量要依行"。又如第二十一回继父母封诰邀荣，感叹不已，正是"异姓有情非异姓，亲生无义枉亲生"。此类对偶语句，平朴流畅，言浅意深。在写景方面，可举第五回末对皇甫敬奉旨出征的描写："一道彩旗迎晓日，九重银戟绕寒烟。八方尽挂安民榜，宝帐齐传赶路宣。六处粮官催食用，五营战将跨行鞍。四围旷阔山林远，三径迢遥蔓草寒。两匹探骑频走报，一家元帅下边关。"这幅出征图在雄壮之中透出悲凉，于阔大之中见出细微，十句之中九句句首均以数字领起，以一、两、三、四、五、六、八、九嵌入其内，自然天成，无刻意雕琢之感。还可举出熊友鹤伴皇甫少华弃家学道，音问隔绝，其妻亡故，两年后返回时近家担惊："眉将展处重难展，步欲行时却怕行。日色欲斜方下午，前边望见自家门。寥寥落落双门掩，冷冷清清一巷深。"这里活绘出那种"近家情更怯，不敢问来人"的情态，真切如画，简洁传神。全书中这种例子很多。至于主人公郦君玉的"言词敏捷京都客"，"一谈一笑可人听"，莫不是作家陈端生语言才能的表现，前文的人物分析中已有涉及，此不再赘。

《再生缘》作为一部长篇叙事作品，其艺术上的成功还不能不归因于结构的严密紧凑和人物刻画的成功。

冗长枝蔓几乎是弹词作品的通病，要做到线索分明结构严谨就必须有总揽全局驾驭矛盾的能力。在这方面，《再生缘》不仅在弹词中首屈一指，即使比之于数量众多的小说也属上乘。人们都熟悉《红楼梦》，围绕着主人公贾宝玉，钗、黛、湘几成三足鼎立，而以宝黛之情为主线。《再生缘》中以人物关系论，围绕着皇甫少华的有孟丽君、苏映雪、刘燕玉三个女子，但主人公并非皇甫而是孟丽君。全书故事以孟丽君为中心展开，但在丽君出走后，分岔成了多条线索，有少华的避难学艺，有皇甫母女的被劫获救，有卫勇娥的赫赫功业，有刘燕玉的尼庵受难，还有孟龙图的重返皇都等，但这些分岔并不给人以枝蔓之感，都属必要的过节和铺垫，最终都归拢到郦君玉这条主线上来。随着郦君玉的中式、居官、招贤、拜相，各条辅线上的人物都渐次向京都汇集，和主线上的一系列人物处于同一空间，各个家庭——孟家、刘家、皇甫家、卫家、康家、梁家以至皇家发生了交融和碰撞，矛盾的焦点逐渐集中到了主人公郦君玉身上，集中到了怀疑其是否乔装及其本人是否甘愿回归这一聚集点上。

在真假是非这个焦点上，《再生缘》的矛盾冲突有它十分独特的地方，这就是它在使各条线索交织时，始终让两种逻辑发生冲撞。一方面，以亲子关系而论，孟丽君的父母兄嫂、她的未婚夫皇甫少华及公婆、以至于上下左右的舆论，都有千万条理由要求她重现女身、恢复作为孟家女儿和皇甫媳妇的角色，这是天经地义的人伦常道；否则就是不孝、忤逆，就可以责备她"狠心""绝情""贪图名利之荣，竟不念劬劳之德"。另一方面，郦君玉分明是当朝宰相、国家重臣，才华盖世、功绩卓著。以国法纲纪而论，容不得侮慢猜疑、谣诼贬谤，皇甫上本就有诳奏朝廷、戏弄大臣两般大罪，连亲生父母当廷指认也被责为昏聩受到折辱。正是在这两种逻辑的交叉叠合下出现了许多极富戏剧性的场面和惊心动魄的波澜。比方说孟丽君成了她丈夫的恩师，公然领受八拜全礼，连公公皇甫敬也登堂叩谢、撩衣下跪；又比如丽君闻知少华娶了刘燕玉，暗想："待我去受他夫妻一个礼儿，看一看门生媳妇有何不可？"果然新郎新娘跪尊前，"上坐着，相国明堂郦大人"，"叩头万千犹未足"。这类"倒错"，嘲弄了夫权和男权，极具讽刺喜剧的意味。全书中最令人揪心的高潮要数"医亲疾尽吐真情"之后回过身来在朝堂上做翻案文章一节。面对着猝不及防的皇甫上本、双亲指认，孟丽君似已无路可退；而她此刻竟能机敏应变,将前番认亲说成将错就错,从而翻真作假,辩诬反诘,当堂撕本,令少华着慌、生父糊涂,斜刺里杀出岳父做证,天子也将信将疑、暗中回护,结果丽君大获全胜。由此足可见出作家组织冲突、推进高潮、驾驭矛盾的能力,可谓高高举起,轻轻放下,收卷自如,手笔不凡。我们曾经从《红楼梦》里"宝玉挨打"那样的大场面大手笔中领略到作家的气魄和才华。《再生缘》中此类篇章庶几近之。正是在一次又一次大大小小的矛盾冲突中,各色人物活了起来,尤其是主人公孟丽君那智慧机敏、干练决断、开朗豁达的个性活现在眼前,这是一个多么可爱的性格,在以往的文学作品中似乎还没有遇到过。

即使是极次要的人物、小人物,作家亦未忽略,颇有寥寥数笔神情毕肖之妙。兹举一例,婢女荣兰伴随孟丽君出逃,临行须往槽中盗马,小姐心惊,荣兰却全不在意,如飞跑去:"假扮书童笑启唇,呵呀小姐呀,你不知盗马的行藏么?先用绳条勒住头,使他不得动咽喉。复将四只征蹄捆,拖出槽来任你偷。婢子若无真本事,如何敢保你长游。"盗马本非婢女干的勾当,茗烟之类小厮倒可能在行,然而看她说出那要领,头头是道,且不无自矜得意,若无这样的"真本事"——这本事肯定不止此一端,怎能保驾远行!闺阁小姐哪有这样的生活能力和应变能力。只此一细节,便把这个忠心、耐劳、精干又有点调皮的小鬟——小僮形象活现纸上,不是一个概念化的梅香,也区别于红娘、紫鹃等,荣兰的机智自信有自己的特色。

还须提及的是陈端生艺术风格中有幽默谐谑的因子,这同她大胆活泼的思想有关,也同随机而生的才智有关。作者常常借人物开一些乍看荒唐却颇有意味的玩笑,或者用旁白、内心独白的形式使人物自嘲。比如孟丽君开她父亲的玩笑,请去诊治时孟龙图旁敲侧击谓:"心病还将心药医,不知大人可有心药医他么?"郦相见问得刁,"故意的,春风一笑便相嘲":"这又奇了,尊夫人有何心病?莫非是老前辈近纳如君么?"这一取笑,倒令孟相疑惑"还像个做女儿的不像"。设想如果宝玉取笑贾政纳妾,岂不反了。又如郦明堂和梁素华本是假凤虚凰,她却在门生面前公然搪塞说夫人有喜不便前来,少华信以为真:"师母已要生世兄了,哪里老师还是女子!""今须谨慎莫多言"。郦明堂也时有自嘲式的内心独白,"天生狡猾聪明性","应变言辞随口来"。在朝廷对质时更是很直白的自忖,"我只须抵赖便了"。即使是对天子,作者也并无诚惶诚恐之心,对其意欲双美并蓄屡加讥贬:"咳!若然如此,岂不是好色的昏君了?""咳!此之谓人心不足。"又像自省,又如旁白。当郦君玉分明已入深宫陷阱之时,还不失一种从容的心态:"呵唷,真真奇绝了!这一个风流阵,倒也摆得森严。"简直有一种审美的态度。这是自信有脱身之计的从容,是一种居高临下的优势。幽然谐趣从来属于精神上的强者、主动者。

六

关于陈端生的生平事迹,今天所能确知者甚少。陈寅恪晚年读《再生缘》之后感慨万端:"除端生以绝代才华之女子,竟憔悴忧伤而死,身名湮没,百余年后,其事迹几不可考见。"《论再生缘》一文就是依据作品本身所提供的材料,以乾隆时的史实和当时人的诗文相参证,尽力钩稽推考写成。这是迄今为止有关陈端生事迹最详尽的考证,以后郭沫若等又在此基础上做了进一步的探索研讨,使得我们对这位女作家的身世有一个大致的了解。

陈端生(1751—1796),钱塘人,出身于书香仕宦之家。祖父陈兆仑(句山)很有名望,为雍正进士,曾任《续文献通考》纂修官及总裁、顺天府尹、太仆寺卿等,著有《紫竹山房文集》闻名于世。父亲陈玉敦为乾隆时举人,曾任山东登州府同知。母亲汪氏是汪上堉之女,汪上堉曾在云南为官多年,端生母随父宦游,熟悉云南情况。这样的家庭使陈端生自幼就受到很好的文化与学术的教养和陶冶,尤其是她的母亲对她的成材和创作有很大影响。"已废女工徒岁月,因随母性学痴愚","姊妹联床听夜雨,椿萱分韵课诗篇","慈母介颐频指教","纱幔传经慈母训",这些她自己和旁人的诗句都说明了母亲对她的影响和支持。陈端生除弹词《再生缘》外,还有诗集《绘影阁集》,惜已不传。

第二编　红楼文心

本文上节曾引《再生缘》第十七卷一段，这是考察陈端生身世和创作的重要文字。此外，还有两则当时人的诗文，也是推考端生生平及撰著的重要材料，据引如下：

其一为陈文述（字云伯，陈句山族孙，曾晤见端生之妹长生）在其《颐道堂诗外集》中有咏端生之妹长生《绘声阁集》的七律四首，其第二首提到端生："湖山佳丽水云秋，面面遥山护画楼。纱幔传经慈母训，璇玑织绵女儿愁。龙沙梦远迷青海（自注：长姐端生适范氏，婿以累谪戍），鸳牒香销冷玉钩（自注：仲姊庆生早卒）。争似令娴才更好，金闺福慧竟双修。"其二，陈文述《西泠闺咏》中有咏陈端生诗一首，诗的小序尤其重要，但为了避忌隐去了端生之名。诗题为"绘影阁咏家□□"。序云："□□名□□，句山太仆女孙也。适范氏。婿诸生，以科场事为人牵累谪戍。因屏谢膏沐，撰《再生缘》南词，托名女子郦明堂，男装应试及第，为宰相，与夫同朝而不合并，以寄别凤离鸾之感。曰，婿不归，此书无完全之日也。婿遇赦归，未至家，而□□死。许周生梁楚生夫妇为足成之，称全璧焉。'南花北梦江西九种'梁溪杨蓉裳农部语也。'南花'谓《天雨花》，'北梦'谓《红楼梦》，谓二书可与蒋青容九种曲并传。《天雨花》亦南词也，相传亦女子所作，与《再生缘》并称，闺阁中咸喜观之。"其诗云："红墙一抹水西流，别绪年年怅女牛。金镜月昏鸾掩夜，玉关天远雁横秋。苦将夏簟冬釭怨，细写南花北梦愁。从古才人易沦谪，悔教夫婿觅封侯。"

陈文述之为人因其颇喜攀缓贵势名媛而遭人诟病，晚年竟遭顾太清痛斥。但无论如何，他记下了这一段故实，虽有避忌而仍点出了端生的名字，使得《再生缘》的作者不致完全淹没失传，这一功绩是不应抹煞的，是文学史上的一件幸事。不过陈文述似乎并没有看过《再生缘》，对陈端生的身世知之不详，写《再生缘》早在端生结婚之前的少女时代，陈文述所谓"寄别凤离鸾之感"完全是一种臆测之词。

陈端生的婚姻较当时一般女子为迟，原因是她母亲汪氏夫人和祖父陈句山于乾隆三十五、三十六两年（1770年、1771年）相继去世。她要服母丧三年，她父亲要服父丧三年，服丧期间不能婚嫁，所以她出嫁时已二十三岁（1773年），

347

在那个时代算是相当晚的了。端生的丈夫范菼（tan毯）是个读书人，婚后生活看来是颇为称心的，"锦瑟喜同心好合，明珠早向掌中悬"，生有一女一子。岂料不数年后，范菼在应恩科顺天乡试中卷入科场案，发配新疆伊犁，与边疆士兵为奴。正是"一曲惊弦弦欲绝，半轮破镜镜难圆。失群征雁斜阳外，羁旅愁人绝塞边"。其时为乾隆四十五年（1780年），端生三十岁。直至十五年后的嘉庆元年（1796年），方获赦得返，在归途中，端生病故，时年四十六岁。据清代《刑部提本》的档案材料，范菼的案子是倩人代作，这似乎难以置信，作为陈端生的丈夫，是有才华的儒生，只可能代别人作而不可能求人。但深一层想也不奇怪，制艺和诗文原属异途，贾宝玉的厌恶八股喜爱杂学就是佳例。范菼很可能对诗赋艺文颇有所长："挑灯伴读茶声沸，刻竹催诗笑语联。"他们夫妇在才思雅趣方面是能沟通共鸣的。然而对八股制艺的应举文章却没有什么把握，为"利锁名缰"所缚，在求取功名中跌进了深渊。这一案件在当时牵连甚广、处罚很严，家属亲友皆隐讳不敢言及，陈端生的事迹之所以不易考见与此有很大关系。续作者陈楚生与端生有同里之亲、通家之谊，也只能含糊其辞地称"某氏贤闺秀"，而不敢明具其姓名，从楚生"中路分离各一天""天涯归客期何晚"等语中可资旁证。对端生而言，遭此变故，"从此心伤魂杳渺，年来肠断意犹煎""日坐愁城凝血泪，神飞万里阻风烟"，身为罪人之妻，忧患颠沛，四海无依，六亲不认，其处境和心境是可以想见的。

《再生缘》的创作开始于乾隆三十三年（1768年），其时陈端生才十八岁，自是年秋至次年夏在北京外廊营旧宅写成了第一至八卷；三十四年夏随父赴山东登州任，在登州自该年秋至次年春又接着写了八卷即一直写到了第十六卷。乾隆三十五年夏因母亲病、秋初去世，不得不中辍写作，此后一直停笔十余年，到乾隆四十九年才在"知音"的催促下用了将近一年的时间写了一卷即第十七卷。这就是说，《再生缘》主要是陈端生少女时代即十八到二十岁时的作品，其创作激情之饱满、速度之快捷令人赞叹！从各卷首尾有关节令物候写作心境的抒发中，我们可以看到她创作的勤奋和专注："灯前成卷费推裁，玉漏催人慵欲睡，银灯照影半还挨。""尽放精神来笔上，全收意兴到书中。"也可以看到她投入其中的快慰和自得:"七字包含多少事,一篇周折万种情。才如笑自吟香奁,又转兴风作浪声。好似琵琶传曲调,再同琴瑟鼓和鸣。慢来薄雾飘银汉,急处飞流下碧岭。闲绪闲心都写入,自观自得遂编成。""天孙织绵千丝巧","孔雀开屏五色重"……端生的祖父句山先生写过《才女说》,主张女子可以娴文事,受诗教,启发性灵,有益妇德;但他极端鄙薄弹词之类的通俗作品。端生的诗才自然得力于家学,但她以如此巨大的热情和精力创作了六十万言的弹词,完全违背了温柔敦厚的诗教,这却是她祖父所万万没有料到的。

关于"南缘北梦"的话题,远不是本文所能说尽的,不论是"同"的方面还是"异"的方面,都还有许多话可说。以写"情"而言,两者都受到《牡丹亭》和《西厢记》的深刻影响,《再生缘》中苏映雪和皇甫少华的梦中定情、苏女的为情投池死而复生,明显的"又似当年杜丽娘"。作品写梦境改用三、三、四句式,节奏跳动、惝恍迷离,颇有惊梦余韵。至于《红楼梦》在这方面的承传和超越早为人们熟知并多所研究,不必再赘。说到《再生缘》和《红楼梦》的相异处,有一点不能不着重指出的就是:《再生缘》是一个未涉世事的少女的闺中梦幻,《红楼梦》则是一个饱经沧桑的过来人的血泪结晶。陈端生称自己的创作为"髫年戏笔"正符合实情,故而大胆奔放,少有拘束,孟丽君的经历功业不可能存在于现实之中,而只能是陈端生女性理想的曲折反映,虽则难能可贵却带有浓重的幻想性质。至于作品的稚拙疏失之处,诸如神灵怪诞之类地理历史之误,则毋庸讳言亦不必苛责。相对而言,曹雪芹从早岁的风月繁华到晚年的穷困潦倒,经历了升沉荣辱,阅尽了世态炎凉,是"翻过筋斗来"的人。他丰富的人生感受和抑塞的胸中块垒经过天才的熔铸,化为"满纸荒唐言,一把辛酸泪",因此《红楼梦》是高度成熟的艺术精品。

笔者以为,陈端生及其《再生缘》的存在,对于曹雪芹和《红楼梦》而言,其最重要的意义在于雄辩地证明了"闺阁中历历有人",证明了"当日所有之女子"其行止见识皆出于堂堂须眉之上。曹雪芹开宗明义就为了使闺阁昭传，不忍使其泯灭，所以写了那么多可爱可钦可歌可泣的女儿。然而有的读者往往会提出这样的问题，这些十几岁的少女果真有这样的才华、这样的见识、这样的行止、这样的魄力吗？甚至觉得大观园诗会之作也是过于早熟的产物。那么，陈端生和她的作品可以明白无误地做出肯定的回答。陈端生不是文学作品中的人物，是历史上真实存在的、是乾隆年间和曹雪芹大体同时的人物。足见在曹雪芹的时代，在他的周围，闺阁中的确历历有人，包括像陈端生这样怀有绝代才华的女子。

"朝朝敷衍兴亡事，日日追求幻化情。"作为一名富有才情的少女，闺阁红楼的封闭人生锁不住她幻想的翅膀，红楼之外有新天。乐黛云教授曾预言："可以毫不犹豫地说，《再生缘》的研究还刚刚是开始。"相对于长久以来《红楼梦》的热，《再生缘》的确是太冷落了，曹雪芹如果泉下有知，也必定会不忍心于陈端生的泯灭无闻，而激赏她的才华、喜爱她《再生缘》这部佳作的。

完稿于1995年岁末

文化名人的厄运和幸运

——写在曹雪芹逝世250周年之际

一

曹雪芹和比他早约一个半世纪的莎士比亚同为世界文化名人，生前皆寥落，身后境遇亦颇多相似之处。在中国，能读莎翁原著的人如凤毛麟角，大多只能读一些翻译的代表作品，笔者亦属此列；然而，对莎学倒有所关注。那原因，恐怕由于文化名人不论是倒霉还是走运，都折射出世道学风，更印证了他们的长存不朽。

近日读报，看到在莎士比亚的故国，质疑莎士比亚著作另有其人的疑莎、反莎之风甚嚣尘上。据英国老牌周刊《观察家报》今年2月报道，自十九世纪五十年代以来，被推定为疑似莎翁者已有77人之多，包括某著名哲学家、某牛津伯爵、某最受追捧的诗人和剧作家、乃至最不靠谱的候选人伊丽莎白一世女王。而且此种风气通过流行的影视传媒俘获大众，蔓延到了学界，大有撼动以至掀翻莎士比亚地位之厄。（康慨报道《没有马翁，不是牛翁：莎翁就是莎翁》，《中华读书报》，2013年4月3日第4版）乍读之下真感到不可思议，怎么会有这种事？很自然地联想到了曹雪芹。曹雪芹不如莎士比亚资深，疑似的《红楼梦》作者到不了77位之多，大约也不过一二十人。如若《红楼梦》的作者不复是曹雪芹，那么纪念云云也就无从说起了。认真想来，莎学的此种现状真令人大开了眼界，领略了文化名人身后的种种厄运几乎是不可避免的，面对红学的种种芜杂现状不必大惊小怪，名人巨匠自有其不可磨灭的永恒价值，是一种真实可考的历史存在，当代学人应有沉潜致远的文化定力。

红学和莎学的相似之处还在于谜团之多。莎学行家谓莎士比亚浑身上下都是谜。"学术"一点的包括他到底创作了多少部作品？他的戏剧里有没有含沙射影地针砭时弊？他到底是天主教徒还是基督教徒？"八卦"一点的包括他的性取向到底如何？他和太太的关系是否融洽？他十四行诗里出镜率很高的美少年到底是谁？此外，当然还有一些基础性的谜团如他的名字该如何拼写以及上述那个最大的谜团：他名下的作品是否为他所写。人们慨叹"满身是谜的莎士比亚养活了一代又一代的学术人，连带着也有文学文艺人、戏剧电影人、学校教书人，当然还有出版商和媒体从业人。但一代又一代的学者轮番穷钻细研，到如今这些谜仍然多半无解——准确地说是解释太多，让人眼花缭乱，难做取舍，加之一种解释常带出更多的疑惑，故等于无解"。(陈星：《也谈莎士比亚长什么样》，《中华读书报》，2012年5月9日第17版) 上述这样的话，我们太熟悉了，不只听熟了，简直听腻了。曹雪芹何尝不是浑身谜团！举国上下学界内外充斥着上述那样的议论，是慨叹、是嘲讽，其实也是一种描述。在当今的《红楼梦》普及本前言中开篇即谓关于曹雪芹处处都存在争议：诸如他卒于何年、生于何时？他父亲是谁？祖籍何处？都有争议。甚至连他的"字""号"也不能十分确定。较莎士比亚更其不幸的是曹雪芹的遗迹几近淹没，莎士比亚故居斯特拉福小镇至今保存完好，连他后人和邻居的遗迹也翔实可考。而有关曹雪芹的生平则只能在少之又少的史料和传说中追寻，留下了无尽的遗憾和疑问。《红楼梦》为何未完？如何迷失？批书的"脂砚斋"是谁？续弦妻又是哪个？看法都大相径庭。至于著作权的质疑由来已久、于今尤烈；其中后四十回更是一个老大难问题，何人所续、优劣如何，歧见甚多，前不久笔者就此写过一篇文章，坦陈自己心存的诸多困惑。说到《红楼梦》的主旨、意蕴、影射、猜测更是众说纷纭，学者和大众深挖广开，至今真味难解，却欲罢不能。"红学"的风景同"莎学"何其相似乃尔。

无独有偶，同曹雪芹一样，莎士比亚长得什么样也是一个大谜团。"他老人家的生前清名和死后殊荣反差巨大。囿于地位及技术限制，生前未能留下明白无误的标准像；后人在认识到他巨大的文学价值后，就好奇于他的真人之相，穷究至今，依然无解，但依然是个热门话题。"（陈星：《也谈莎士比亚长什么样》，《中华读书报》，2012年5月9日第17版）同理，曹雪芹时代亦未有照相术，我辈记忆犹新的是上世纪曾有过一场关于曹雪芹两幅画像的大讨论，参与者有胡适之、俞平伯、吴恩裕、吴世昌、周汝昌、陈毓罴等学者名家，发表文章近百篇，终于未能证其为真，令人失望也是无可奈何之事。曹雪芹长得究竟是传说的"身胖头广而色黑"，还是友人诗中嶙峋清瘦的样子呢？上世纪八十年代的国际学术研讨会上还争得十分热闹，可见也是个热门话题。然而正如《也谈莎士比亚长什么样》一文结末所言，"莎士比亚又不是靠脸吃饭的"，他"代表着英国文学的一个高峰，代表着欧洲文艺复兴时期的成就，代表着人类丰富多彩的想象，还代表着无尽严肃研究的可能"。同样，不论曹雪芹长得什么样，都无碍于他作为中华文化优秀代表的巅峰地位，毫不影响他作品的不朽价值。

二

围绕着文化巨人的难解之谜本身，就昭示着探索研究的无限可能性；由此，人们会时时发出"说不尽的曹雪芹"的赞叹，并以此作为自己文章或著作的题目。随意抬头往书架上一望，跳入视野的立刻就有端木蕻良的《说不完的红楼梦》、胡德平的《说不尽的曹雪芹》等，以此为题的著作和文章真不知有多少。当我在报章上看到《说不尽的莎士比亚》的标题时，立即被吸引住了读下去："莎士比亚永远是文学界、学术界乃至出版界的永恒的主题。有人做过统计说，莎士比亚作品的总出版量仅次于西方每个家庭必有一册的圣经，而关于它们的研究著作则稳居各作家作品的首位，而且在可以预见的将来绝难有其他作家作品能予以撼动。"（子雨：《说不尽的莎士比亚》，《中华读书报》，2008年3月19日第19版）我不知道在中国有没有人做过《红楼梦》出版物的统计，只听出版社的朋友说过《红楼梦》的各种版本时下已达500种之多，仅人民文学出版社的普及本自五十年代至今印数约在700万册，北京及全国各地大中小出版社所印总数不得而知，涉"红"书刊和网络"红"文更是不可胜数。笔者孤陋寡闻，只凭感觉而无数据。但我揣想，在当代中国，印数堪比西方圣经的大概是文革期间的毛泽东著作(包括"语录")，其时出版量仅次于毛著的可能就是《红楼梦》了。至于说关于《红楼梦》及其研究著作居于各作家作品研究的首位，在可以预见的将来，此种地位难以动摇，这样的估计大约不会太离谱。

如此巨大的印量和如此广大的读者对于作家来说到底意味着什么，到底是走运还是走邪呢？总体而言，自然是幸事；然而林子大了，什么鸟儿都有，什么怪事也都会发生。比照较"红学"远为资深的"莎学"，可以得到诸多借鉴和启示。远的不说，只看近几十年来，传统莎学仍在发展，新的理论和方法在不断引入，诸如结构主义、后结构主义、女性主义、叙事学、符号学、接受美学、文化人类学、新历史主义等，扩大了学者的视野，做出了诸多富有新意的阐释。红学也大体经历过类似的历程，然而更其匆促和草率，它的深广度远不及莎学。就在这种大发展中，正如资深英国文学研究家王佐良先生所言，到了今天，虽则以莎士比亚之伟大，也不得不听任当今大导演的摆布。"阐释的自由代替了对莎翁原意的追索"，"其实原意固然难追，阐释又何尝自由？" 阐释者"仍然受着时代思潮和社会风尚的影响"。(王佐良：《学府、园林与社会之间》一文中"莎学近况"一节，《读书》1989年第4期) 许多顶着创新之名的怪异荒诞之说无不是这个飞速变化焦躁不安的时代的投影。红学视野中对作品的正说、反说、歪说、浅读、细读、误读，杂然并存，固然可以看作阐释的多元多样，而其中某些想入非非的新说并不具备一家之言的品质，多半是吸引眼球崇尚娱乐时风的折射，或者竟是陈年旧货的重新包装。

值得重视的是莎学在传承积累的基础工程方面所下的功夫，真令人惊叹，应当效法。传统莎学的版本学十分兴旺，四百多年来，莎士比亚的各种英文版本已经达到1300余种，被陆续甄别为善本和劣本，即使较好的版本也各有长短。随着莎学的日益发展，学者云集，注家蜂起，渐成显学。自1803年起由名家主编的莎学史上规模最大的21卷《第一集注本》产生，集各版本优长及各家注，将所有文本异文列表于后，并附词汇索引。为后来硕大无朋的莎士比亚用语索引大辞典开了先河。十年后重版成为《第二集注本》。继起的《第三集注本》规模又有扩大，单是所收十七、十八世纪莎士比亚各类版本的序言资料就达三卷之多。《第四集注本》又称《新集注本》，启动于1871年，规模更大，历经数任主编，已逾百年，迄未完工。与此同时，出版了多种面向普通读者、校注精良的版本，其中以《阿登版莎士比亚》最负盛名、最具权威，历时数十载，目前已出到第三版，翔实精审、客观包容，吸纳了莎学的新成果。这也是我国近年来首次引进的兼具学术性和欣赏性的原版莎士比亚作品集。(辜正坤、鞠方安：《〈阿登版莎士比亚〉与莎士比亚版本略谈》，《中华读书报》，2008年4月16日第11版) 至于莎士比亚大辞典，笔者十年前已有所闻，出到了四十多版。说到莎著的中文版，单行本有数十种之多，完整的《莎士比亚全集》也有四种。

　　返观我们身处的中国红学，前文提到有500多种版本，乍听之下，真吓了我一大跳，不敢相信自己的耳朵。仔细想来，自出版社改制、面向市场，某些机构或个人在利益驱动下，顶着曹公之名，只要卖得出去，就顺手牵羊、不标出处，或随意拼凑、不加校勘，种种来历不明的本子充斥市场也就是难以遏制的了。若加甄别，此类劣本当不在少数，实在也是作家遭逢的又一种厄运。当然，250年间尤其是近半个世纪以来，《红楼梦》版本的发掘、整理、印行成绩斐然，不容抹煞。各种早期抄本、刻本都得到了不止一次的影印、排印、翻印。同时，经过学人认真校勘、注释、评批的各种版本，包括各种普及的校注本、列出各种版本异文的汇校本、前人和当代人的各种评批本，以及插图本、节缩本、改编本等，林林总总，相继面世。相关的辅助读物、资料汇编、研究论著也层出不穷，蔚为大观。其中不乏真知灼见，只是良莠难分、泥沙俱下。如果以莎学为镜，深感红学缺少学术定力和操作规范，缺少对于学术基础工作的一代又一代持之以恒的投入。举例而言，像《红楼梦书录》《红楼梦卷》这样上世纪六十年代出版的极其重要的目录和资料书早就应当认真增补了,即使本世纪初的《稀见资料》也需要修订增补。再如有关辞典一类,上世纪八九十年代曾出过《红楼梦鉴赏辞典》《红楼梦语言辞典》《红楼梦大辞典》等若干种,《大辞典》曾作增补而殊不理想,旧错未改、新憾丛生。与莎士比亚大辞典和集注本的代代相传、学术接力棒的未曾懈怠相比,距之甚远。至于数量惊人的涉"红"之作,亟待检点、筛汰、整合,虽则已有多种红学史和史论著作,著者个人付出了巨大努力,而此种研究之研究,难度很大,需要相关资料和有深度的专题研究作为支撑,尚有待于更多的关注和付出。而上述所谓基础工作不外是指那些有益当代,功及后世的具备资料性、工具性、知识性也兼具学术性、稳定性的学术工程,它往往难以个人之力短期完成,而需集结力量持久用功方能见效。在这个实用的功利的时代,到处都讲量化、讲等级,成果仿佛指日可待,而资料工作不算成果,这样的学术评估体制不能不逼出急功近利的浮躁学风,而学人自身的学术积累和奉献精神不足也是不可忽视的内因。环顾学界,笔者尝见某些耗资甚巨、参与者甚众的超大型工程,其学术质量却经不起检验。总之,周遭的学术生态和各种非学术因素的干扰掣肘和限制了学术的健康发展。红学的"虚热"招来非议原不足怪,学界有一种不愿以至不屑触碰"红学"的现象,则足以令人深思。归咎客观环境之余,是否也应反躬自省?

笔者尝想,纪念曹雪芹,一打空话莫如做一件实事。退热降温、返璞归真,目下恐怕仍属奢望。

说到做实事,这里要特别提出和感念一位长期专注于搜集整理红学资料的刘晓安老人。刘老于"文革"中退休,之后在京城潘家园设摊收售淘觅旧书,数十年来,他所搜得和辑录的红学资料无人能及。在热心红学版本资料人士的鼎力相助下,刘晓安先生和他的孙女刘雪梅合作编撰的《红楼梦研究资料分类索引》(1630—2009)上下两大册,终于在2012年10月由国家图书馆出版社出版。这是收录时段最长、收集文献最全、内容最丰富、编排较合理的大型专题分类索引工具书。刘老于今年初以96岁高龄辞世,这部书的出版成全

第二编 红楼文心

了他毕生心愿。刘老是出自实践的最富经验和识力的版本鉴定家，他并无教授一类的头衔，更无项目等体制内的优势，却做成了大有益于学术的实实在在的业绩。这里还可以拿莎学来提气。中国莎学界有一位埋头苦干、成就卓著的学者，穷二十年之功独力完成了550万字的《英汉双解莎士比亚大辞典》（刘炳善：《一个人的二十年——我怎样编纂一部莎士比亚辞典》，见《南方周末》2009年4月22日，《人民日报海外版》2002年9月24日第二版有该辞典首发消息）全书据国外第一手资料，搜罗了三个世纪以来大量莎氏词汇，附莎剧原文例句，包括莎氏全部剧本、诗歌共41部作品。他说，二十年爬了41座大山，无一处可以省力。这位学者就是河南大学外语学院的资深莎学家刘炳善教授（1927—1910）。他深知在英语世界的普通读者中，尤其在中国一般英语专业的学生，莎士比亚的原著仍是"天书"，障碍在于莎著用语的特殊性。莎士比亚生于四百多年前，其语言处于中古英语向近代英语过渡的早期近代英语时期，莎剧中还包含大量伊丽莎白时代的俗语俚词，构成阅读原文极大的困难。这部功力深厚的双解辞典真是功德无量。

《红楼梦》原著对于中国读者自然不是"天书"，但所用的并非现代汉语。它是中国古典白话小说，所用语言距今也有二百多年，不必说其中韵文属于古汉语，许多当时社会生活中的名物专词需要疏解，即便看上去并无障碍的叙述语言和人物语言，许多词汇其含义与今天有很大差异，打开原著读下去便可举出一大串，诸如：演说、妥协、便宜、挥霍、作案、淘气、可恶、解释、能着、作法等，均不能望文生义，需要注释。可见《红楼梦辞典》包括语言辞典对当今读者是必要的，学界做过一些这方面的工作，但做得很不够。相比莎士比亚各类辞典的几十个版次，还处在初步阶段。比较而言，中国读者对莎士比亚作品的了解，远胜于西方读者对《红楼梦》的了解。尽管《红楼梦》已有了多种外文译本，然而她的读者并不多。红学对于本国读者的帮助尚且不够，遑论外国读者。有识之士最近指出，作为"国礼"在外交场合赠送的大中华文库本《红楼梦》，存在着诸多硬伤和英汉不能对照的失误。（洪涛：《作为"国礼"的大中华文库本〈红楼梦〉》，《红楼梦学刊》2013年第1期）像这样关系到中国文化声誉、关系到《红楼梦》的海外传播和汉语学习的大事，不知道应当由哪些方面来担当和矫正。在纪念曹雪芹的时候再次提出来，怕不是多余的吧。

三

回望半个世纪前纪念曹雪芹逝世200周年之时，笔者还是一个刚刚从中文系毕业不久的青年，因身在北京又处高校，对当时纪念的隆重氛围和高规格报道是有所感知的，记得也曾去文华殿看过展览，盖因所教的课与曹红无涉，故不甚关注。倒是我所在的北京师范大学学报1963年第三期的专栏令人印象深刻，这是学报为纪念曹雪芹精心组织的一组学术文章，共有六篇：依编次为郭预衡《论宝、黛爱情悲剧的社会意义》、邓魁英《王熙凤的典型意义》、童庆炳《论高鹗续〈红楼梦〉的功过》、钟敬文《近代进步思想与红学》、聂石樵《论〈红楼梦〉的语言》、启功《读〈红楼梦〉劄记》。这些文章我曾认真阅读并在以后的岁月里不断重温。在我调离北师大后到了九十年代去钟敬文老先生家聊天，他还不止一次地提到他的这篇文章，十分看重其中的观点。此文长逾两万字，是一篇力作，他对《红学三十年》编选此文很感欣慰。启功先生之文不必说是阅读和注释《红楼梦》的必读篇目，常置案头。郭、聂、邓诸先生也拿出了他们的用心之作。其中最年轻的童庆炳是我的学长，今已著作等身，成为国内文艺学领域的首席专家；但一提及这篇论红之文，他仍会深情地称之为"学术处女作"，开启了他的学术生涯，目下正编入其12卷的文集。总之，以当年的北师大中文系，能排出这样的学术阵容来纪念曹雪芹，是够上隆重的了，给了我这样的后辈以深刻的教益。这期学报在整个纪念活动中，也留下了深深的学术足迹。如今，其中钟敬文、启功、郭预衡三老已经作古，专辑中的文章，分别收入了他们各自的文集，足见其学术分量。

应当说，上世纪六十年代初期，围绕曹雪芹逝世200周年，红学有一个相对稳定的发展，结出了弥足珍贵的成果。这是曹雪芹的幸运。然而，好景不长，自1966年起的十年间，曹雪芹和中国人民一道，遭受了空前未有的浩劫。这是由特殊国情造成的不同于莎士比亚的一种特殊的厄运。表面看去，曹雪芹同鲁迅一样走红了，举国上下，无处不在演鲁评红；然而《红楼梦》和鲁迅作品相类，被抬举、被绑架，以至于被曲解、被利用，某些受控之作堕落到被名之曰"帮红学"的可悲境地。这一场噩梦对经历者是刻骨铭心的，可颇有些吊诡的是对于广大百姓尤其是知识分子而言，《红楼梦》由于它自身的精神魅力和深厚底蕴，在黑暗浑浊的年代里对人有一种净化和庇护作用，躲进作品的世界可以得到心灵的慰藉和精神的滋养。

笔者本人就是在那个年代贫瘠的生活和窒闷的空气里触摸到了《红楼梦》的血脉气息，切己的人生感受和作品的意蕴不期而然地相通了。世间的沧海桑田、人事的升沉荣辱原本既可近看也可远观，小说里的一枝一叶一颦一笑原来同大千世界社会万象连通着，人生世上固然要执着当下更应寻求超越。反正，这部原先只觉琐屑平淡的书现在读下去有无穷兴味诸多感悟。于是，在改革开放的春天来临之时，面对《红楼梦》和周遭的学术环境，我由衷地感叹"形象的丰满和批评的贫困"。这不仅是一篇文章的题目，不仅是对薛宝钗这一艺术形象而言；而是对所有的人物、对作品整体而言。之后，尝试探求林黛玉形象的文化蕴含和造型特色，勾勒史湘云的不羁之态和魏晋风度，寻绎王熙凤的魔力和魅力，开拓秦可卿形象的诗意空间，等等。新世纪前后，着力寻求《红楼梦》的深层意蕴，蠡测它的超验之美和人性深度。总之，在求索艺术真谛和人生真味的路上，永远没有完成时，只有进行时。

如今，来到纪念伟大作家逝世250周年这个节点上，笔者并无什么箴言警语可说，高贤时彦都会说得比我好，这里只想就自身的感受和心愿说一句话，那就是：把《红楼梦》还给小说。

把《红楼梦》还给小说，亦即回归它作为文学艺术的本位。它不是历史、不是哲学，更不是谜语、不是密码。

有许多学者伟人把《红楼梦》当作历史来读，这当然是一种角度，然而《红楼梦》并非历史；有许多智者达人从作品中直接抽绎各种哲思学理，然而《红楼梦》并非哲学。

众所周知"新红学"是以考据为主要特征并取得了丰硕的成果，因而有一种史学的品格。治史的专家曾锐意搜寻小说的原型，如最近有清史专家著文考察元春省亲的原型，该文在前人基础上做了细致缜密的梳理和追索，举出了若干间接的可资参照闻见的史料。文中实事求是地指出，"查中国历朝历代似无允许当朝妃嫔归省者"，在清代"当朝妃嫔回家归省的情景，在真实世界应不被允许"。(薛戈、黄一农：《红楼梦中元妃省亲原型考》，《曹雪芹研究》2012年第2辑)如此看来，在真实世界不被允许、不可能发生的事，在小说中却发生了，而且呈现得生动饱满、淋漓尽致。二百多年来，读者不仅不以为忤，没有质疑、责难，反而服膺、激赏，被打动、被感染。这到底是怎么回事？这显然不是实证范围内的事，不是史学可以解释的。盖因《红楼梦》是小说、是艺术创作，艺术容许虚构、必须虚构，愈是伟大的作品，其虚构的幅度也愈大。何止省亲中的元春，贾、林、薛一干人现实中是不可能有的，只存在于小说之中；何止大观园，偌大荣宁府及一系列社会生活场景都是经过作家重构或曰虚构的。须知艺术之所以为艺术，或艺术之所以有价值，是因为它提供了另一个世界即可能的世界，另一种向度即诗性的向度。

以诗性的向度观之，《红楼梦》的确是一个天才作家艺术虚构的王国。人们习惯认为开篇仰赖古代神话，其实是凭借一点因由而生发，是作家自创的极富想象力的寓言故事。炼石补天固然古已有之，而居然孑遗一块，且顽石美玉、同源异形、叠合映照，实在是匪夷所思的一种构想。同样，三生石、前世缘人们也不陌生，而以泪酬答则是千古未闻的新异想头。即此而言，就奠定了林黛玉第一女主人公的地位，纵然史湘云十分可爱，也不能取而代之。

同古今中外诸如哈姆雷特、堂吉诃德、少年维特、阿Q等人物一样，贾宝玉也是作家孕育构想的产儿。《哈姆雷特》是莎作王冠上最灿烂的宝石，研究它的著作已万倍于作品本身，至今仍未有穷期。贾宝玉也一样，笔者曾经说过，要理解和欣赏贾宝玉这样的人物并不容易，是需要有一点艺术精神、有一点超越意识的。他不入世、不成熟、不崇尚实用,由此带来的超越态度和人文情怀才是他的可贵之处。(见拙作《作为文化经典的红楼梦》。《红楼梦学刊》2008年第5期)这个人物或许缺乏建构的热忱,却不乏解构的智慧。他自惭自愧、放下身段、放低姿态,才有了孩童一般的眼光,问出了一连串犯傻的问题,说出了一堆傻话,往往触碰到了人性的底蕴和人生的终极。这些傻话常被视作名言,却是恣情任意、随性而发的,不必拔高却光彩自现。书中诸如正邪二气、论阴阳、说荣枯、太极图等涉理描写都与人物情节相契,并不能视为成型的哲理学说。曹雪芹无意布道、不愿说教,讨厌理治之书。他不是思想家,却是思想深邃的艺术家;他不是哲学家,所创造的艺术世界却充盈着哲思妙谛。他的艺术疆域远不止于儿女真情、家族兴衰,而是天地宇宙、生命本原。

说《红楼梦》不是历史、不是哲学,并不是贬低它。因为在一定意义上,文学大于历史,文学大于哲学。

至于把《红楼梦》当作密码来破解,当作谜语来猜测,把它演绎成推理小说、侦破小说(笔者在电视的读书节目里看到过此种改写),当然有趣得紧,迎合了人群中的好奇心和窥探欲,博得了收视率和销售量。这只能反映在以时尚为主导的社会文化中,没有深度的精神生活可言。之所以出现这样的风景或曰煞风景,在诸多原因中,或许还同《红楼梦》本身充满着象征、隐喻、关合、谐音有关,这同汉语文字的独特和优长以及作家把这种特点优长发挥到极致有关,是一种地道的中国式表达,值得深入研究。质言之,呈现在人们面前的,正是一个经过精心重构或虚构的艺术天地,在这里经验世界和超验世界的一切自然天成,就像生活本来的样子,空灵之美和写实之真水乳交融浑若一体。对于任何具备正常审美感觉的读者,作品激发起的不是猎奇究底的探秘欲,而是一种提升精神境界的神秘感、超越感。

归根到底,对曹雪芹最好的纪念莫过于阅读他留下的唯一作品。在日益广大的阅读群和阐释者中,会有附庸风雅的、老调重弹的、过度阐释的,当然也会有惊喜的发现。作为其中的一员,笔者愿意重新出发,在众声喧哗中有所持守，守护这个文学的家园。

　　遐想再过半个世纪，到了曹雪芹逝世300周年之期，我辈早已归于黄土，自己所发的种种红学感想和议论亦了无痕迹；只有《红楼梦》依然鲜活，她的作者依然被人记起、为人纪念。因此，文化名人曹雪芹是幸运的，他的血泪结晶《红楼梦》将与天地日月同在。

写于二〇一三年五月

曹雪芹在《红楼梦》中永生

今天，我们之所以纪念曹雪芹，是因为他给我们留下了不朽之作《红楼梦》。《红楼梦》是作家血泪的结晶、心灵的投影。

由于历史风雨的淹没、坎坷人生的摧蚀，有关曹雪芹的文献资料十分稀缺。尽管如此，我们依然能够从作品中感知作家的风貌、贴近作家的心灵。任何伟大的作家，必定会真诚地面对生活，面对自己，其在作品中流露的思想感情、投入的生活积累是最为真实、最为充沛的，作不得假、掺不得水。因此，我们可以通过作品同作家的心灵沟通。

首先，我们触摸到的是一颗敏感的心灵。在那充斥着悲凉之雾、冷漠之风的社会氛围里，作家发现了人间真爱、天地至情，这是多么难能可贵、惊世骇俗的发现。

其次，这又是一颗充满矛盾的焦虑之心。作家对现实世界既决裂又依恋、既绝望又希望，对笔下的诸多人物虽喜爱却抱憾、虽批评却有同情。其间充满了张力，犹如生活本身一样多维多棱、鲜活饱满。

再者，这更是一颗博大仁厚之心。他能够体察一切世态人情，超越于好恶恩怨之上，摒弃道德说教，彰显人文关怀。

作为伟大的艺术家，他始终秉持艺术良心，倾注全部才华智慧，使作品呈现出一种卓异的面目。人们看到，小说在写实与写意之间、再现与表现之间、描摹与抒情之间、雅俗之间、深浅之间，从容游走、挥洒自如。其间的审美意蕴，说不尽道不完，泽溉着中华艺苑的良田沃土。

要之，对《红楼梦》的阅读和深度阅读，是我们亲近曹雪芹精神世界的最佳途径。

英谚有云："宁可失去英伦三岛，不能失去莎士比亚。"因为莎士比亚代表的是文化。文化是根基，是民族的自尊心和凝聚力所在。直到2012年伦敦奥运会，人们看到英国还在成功地打莎士比亚这张文化牌。可见其重要性和影响力。世界各民族都有自己引以为傲的文化巨人，莎士比亚、普希金、托尔斯泰、巴尔扎克、歌德等都是，当然曹雪芹也在此列。我们没有必要在这些巨人之间说长论短、强作比较，只要珍惜和珍爱本民族的，同时尊重和珍爱他民族的，就是具有文化自觉和开放胸襟的现代人。

毋庸讳言，目下中国人对莎士比亚作品的了解远胜于英国人对《红楼梦》和曹雪芹的了解，这种不对称的状况源于文化软实力的差距。改变这种状况绝非短时期可以奏效。根本的在于我们对自己的民族文化首先是其精华部分的珍视和弘扬。值此曹雪芹逝世250周年之际，我们应当倍加珍视作为中华文化优秀代表的《红楼梦》，更加真切地去感受脉动于作品中的伟大心灵，以《红楼梦》的艺术世界见证曹雪芹永恒的精神价值。

写于二〇一三年十一月

红楼之美在哪里

近日在电影频道重新观赏了托尔斯泰的名著《战争与和平》，虽则是美国大片，不免受拘于好莱坞模式，但依然感受到了原著的神韵。放映之后专家谈到，可与托翁经典之作比美的中国作品，就数《红楼梦》了。

又是《红楼梦》。《红楼梦》凭什么能够屹立于世、长存不朽？不管当今的时世如何剧变，人们的趣味如何流转，作为一部文学作品、一个审美对象，它始终在书架上静静地散发出内在的光芒和魅力。

红楼之美究竟在哪里？

这是个难以穷尽的话题，只能挂一漏万地略说个人的感受。

首先，红楼之美在整体。《红楼梦》不同于托著有战争的宏大场面和煊赫的历史名人；它写的是日常生活、涓涓细流，很难用一个段落或一个故事来代表它的整体。文学前辈何其芳说得好，《红楼梦》最大的好处在于它"像生活本身一样丰富、复杂，而且浑然天成"。这是曹著《红楼梦》的一个总的特色，这决不只是艺术技巧问题，而是"洋溢在字里行间的生活兴味和揭露生活底蕴的诱人魅力"。人们熟悉的宝玉挨打、抄捡大观园一类当然是小说的精彩篇章，独立成篇或选入课本并无不可；然而高潮之起早已伏脉千里、远铺近垫，无数细浪方形成大潮。流灌其中的是生活的血脉，割断了就难赏整体之美。同样的优长也体现在人物创造之中，我们很难用一个维度、一种方法去分析概括某个人物。比如最鲜活的凤辣子，"辣"，正是一种总体的审美感受。谁都知道，凤姐这个人物，心机深细，劣迹多端，而又才智出众、谐趣横生。读者恐怕不仅欣赏她的才智和谐趣。作为艺术形象，她的恶迹和心机同样具有审美价值。何况她的恶迹和才干、心机和谐谑往往连在一起，很难分开的呢。不仅重要人物如此，即便是次要人物亦复如此。即如晴雯，张扬个性、抗衡主子当然是她的基调，其刻薄恣纵不也令更弱者惊心吗？三十多年前，笔者曾有"形象的丰满和批评的贫困"之叹，这是当年一篇关于薛宝钗文章的题目，也是我面对《红楼梦》艺术形象整体发出的叹息。

整体之美还在于作品呈现出一种趋势，由盛而衰、盛极而衰。或曰全书以乐写哀、以盛写衰是人们读《红楼梦》的强烈感受，无论是秦氏大殡、元春省亲这样的盛典，还是诸多节庆生日等喜事，无不透露出哀音紧接着衰变。秦氏临终托梦谓"烈火烹油鲜花著锦不过是瞬息的繁华"，并非一句抽象的语言，正是通过小说饱满的艺术描写呈现给读者的。

尤其不应忽略的是《红楼梦》的全部叙事置于炼石补天、仙草还泪这样神话寓言的背景之下，"大荒"的彼岸极大地拓展了小说的时空，使"大观"的此岸获得一种历史的纵深感。补天子遗的一块顽石下世，成为主人公贾宝玉的命根子通灵宝玉，绛珠仙草为酬答神瑛侍者的灌溉之恩用一生的眼泪还他，以至泪尽而逝。这样看似"荒唐"的故事饱含着作者的辛酸血泪。正因如此，《红楼梦》中的爱情婚姻悲剧和家族衰亡历程远远超出了一般的社会意义而上升到了哲思的高度，给人以一种沧桑感和命运感，启示读者思考人生、反观自我，超越当下。

其次，红楼之美在细部。上文所说《红楼梦》美在整体，并非是说对作品之美只能整体感受，不能近观细玩。恰恰相反，《红楼梦》同时是一部从情节、细节到语言辞采都经得起深度品味、反复咀嚼的文学精品。我们都有这样的阅读经验，任何时候翻开《红楼梦》的任何一页，都可以读下去、读进去，流连其中，品味再三。即便是一饮一馔、一动一静都令人向往。单看那雪天联诗时端出的几样果品：蒸熟的雪白的大芋头、朱红的橘、金黄的橙、翠绿的橄榄，(第五十回) 这雪白、朱红、金黄、翠绿，色泽多么鲜明、丰富，是果品的色彩，也是生活的色彩。再看中秋之夜的品笛赏月，从远处桂花树下，呜咽悠扬传来笛声，"明月清风，天空地净，真令人烦心顿解，万虑齐除"。(第七十六回)笛音、月色，加上桂花的幽香，触发人的听觉、视觉、嗅觉多种感官，形成一种综合的审美效应。更不必说书中写到的那茄鲞的滋味、莲叶羹的香气了。

《红楼梦》细节的准确、考究，到了不可移易的程度。无论是刘姥姥听见自鸣钟响的反应，还是焦大醉骂的口吻，都如见其人，如闻其声。对于人物心灵震颤的描摹更是洞幽烛隐，林黛玉一旦听得宝玉在背后称扬她，视为知己，其直觉是"又喜又惊，又悲又叹"，收到手帕则"可喜、可悲、可笑、可惧、可愧"，继而走笔题诗。真所谓至情难名。这里所说细节的准确、考究都是美学意义上的，例子不胜枚举。

再次，红楼之美在言外。有种见解认为红楼有夺目之红，抢眼醒目；拙见以为红楼之美含蓄蕴藉、深味方得。中国传统美学所谓"言外之意、象外之旨"，红楼深得其中妙谛。小说中鲜活的经验世界已令人叹为观止，那深隐的超验之美更具魅力。经验和超验的对应沟通生成一种无尽的意蕴。小而言之，如元春回宫离别之时，说了"倘明岁天恩仍许归省"的话，就是不再之谶；凤姐生日尤氏笑道好容易今儿这一遭，过后"知道还得像今儿这样不得了？趁着尽力灌上两钟吧"，此刻已有人在背后诅咒凤姐了，日后之事更不可料。在我们初读时泛泛看过而实则蕴含很深的往往是某些十分生活化的场景，在日常人物之间的言谈笑谑里，不时有超验之意象在闪动。比如贾宝玉动不动就说"你死了我做和尚去"，又如蒋玉菡鬼使神差地在酒令中说出袭人的名字，薛宝钗漫不经心地让莺儿打个络子把玉络上。更令人心头为之一震的是林黛玉冷不丁儿从芙蓉花影里走了出来，连同下文共改诔文之情节，《芙蓉女儿诔》所诔谁人，不必明言，读者自能意会想象，韵味深长。

以上是就小处言，其实《红楼梦》通体都具有言浅意深、词微旨远的蕴藉之美。几十年前，学界就有关于《红楼梦》的主题主线之争，任何一种概括和表述都不尽人意，显得表浅、干巴、顾此失彼、难中肯綮。于是，人们比较认同了其主旨的多义性、再生性，以至某种不确定性。其实，任何杰出的文学作品尤其是经典之作都具备这样的美学素质，可以越过时空，让不同时代的不同读者从中获得精神的滋养。鲁迅先生曾十分精辟地指出由于人们眼光的不同而从《红楼梦》看出不同的种种，主要是从读者的角度而言，也反映了作品本身的多义多歧、包蕴丰厚、释真不易。

简言之，对于《红楼梦》这部作品，只有自己去读、去体会，才能领略它内在的美质，懂得它何以经久不衰。时下，人们尤其是青年朋友往往"读不下去"，这同外部环境的浮躁功利、重物质轻精神有关，他们习惯于网络消费和快餐文化。网络固然有强大的生命力，但不可否认存在着低门槛、浅阅读、粗制作、泛娱乐的倾向，思想苍白、内容碎片化。要想在剧烈变动的世道中保持文化的定力，必须培育民族文化传统的"根"，《红楼梦》这样的文学经典正大有益于培根固本。一切优秀的文学作品都能够提升人的精神境界和审美修养，经典之作能使人深扎根、有底气，使我们在拥抱世界先进文化的同时，保持民族自尊心和人文原创力。

写于2015年4月

第三编　感念师友

这一部分，字数不多，分量不轻。怀人之作不止于此，这里主要收录本院的师长友人如已故的苏一平、艾克恩、周汝昌、陶建基、李少白；健在的冯其庸、李希凡、胡文彬诸位。至于前辈学者李长之、姜亮夫、潘从规则是我在编资料中遇到或有缘得见的。黄宗汉先生是北京文化名家，因将大观园从纸上搬到了人间，故有怀念之文。黑山女士是《红楼梦》斯洛伐克文译者，有缘相识，亦记于此。各文写作的时间不一、长短不一，都出自我的真实感受和真诚怀念。

依稀梦境同

——半个世纪前一次关于《红楼梦》的座谈

让时光倒流到五十五年前,正值抗战时期,内迁到重庆的中央大学的师生们正在举行一次学术座谈,这里先引一段座谈纪实,以便让后辈的我们进入"角色"。

12月11日晚上,在文学院。一教室的内外,拥挤着两三百人,在黯淡微黄的烛光下面,他(她)们兴奋地听着、谈着、笑着,这是本系第一次学术座谈会的热烈场面,讲题是"《水浒传》与《红楼梦》",讲师是李长之教授。最先,主席学术股长潘君,用四川官话说明举行座谈会的意义……词毕,便由李长之教授就本题作半小时的演讲,这时本系主任汪辟疆先生,赶来参加,并且为大家讲了十多分钟的话,讲完,即见谈锋屡起,参加同学共提出问题十余则,有问难,有反驳,也有补充李先生的见解的,往来论辩,直到十点钟才宣告散会。然而散会之后,还有人围着李先生讲"眼泪的确不是女人的弱点"呢!

此刻,我们仿佛也挤进了教室,同当年的学生一样的心情,急于聆听李长之先生的主题讲演。李先生首先声明,他纯是一种客观的、剖析的、鸟瞰的态度,"我并无爱憎,——既不爱林黛玉,也不恨薛宝钗,更不想加入梁山泊(鼓掌)。我只是把这两本书的异同,就我所能见到的,作一个客观的分析"。他从十个方面指出了两者的不同,其要点为:一、背景的不同,即平民与贵族的不同。而且《水浒传》游侠式的传奇,是墨子精神的继续;《红楼梦》却是儒道思想的合流,道家的个人主义、儒家的家庭中心,都为它所接受了。二、意识的不同,《水浒传》是不满现状,要求反抗,描写落魄江湖的亡命之徒,而《红楼梦》则在现状中求享受,写温暖的家庭。夏天最好读《水浒传》,因为它写得痛快;冬天最好读《红楼梦》,因为它写得温暖。(听众鼓掌)三、《水浒传》的人物是男性的,甚至女性也男性化;《红楼梦》是女性的,有的男子也女性化了。表示男子感情的,大都是"怒";代表女性感情的是"哭"。四、《水浒传》里的恋爱,是唯物的,单看潘金莲和西门庆就够了;《红楼梦》中的恋爱,可说是柏拉图式的,是理想的、形而上式的。宝玉一遇见黛玉就说"我前辈子见过",这"前辈子"就是形而上的了。(听众大笑)五、更可以说,前者的恋爱是写实的,金钱高于一切;《红楼梦》的恋爱是浪漫的,以感情为重心。六、《水浒传》是壮年的,《红楼梦》的人物是少年的。七、就美的观点说,《水浒传》是壮美,是雕刻,属单纯的美;而《红楼梦》是优美,是绘画,彩色繁复。八、《水浒传》是史诗,《红楼梦》是抒情诗;《水浒传》也抒情,抒大众之情,《红楼梦》单抒个人的感情。九、创作的过程不同,《水浒传》实是许多短篇小说的集合,至于《红楼梦》,即有人续做,也不过两个人。十、长篇和短篇不在篇幅的不同,而在短篇没有个性的发展。《红楼梦》中,宝玉的恋爱,则由"感观之恋爱"进入"心理的恋爱",到达"人格的、哲学的恋爱",有这样长的发展史,所以说《红楼梦》是长篇小说。李先生继而提出了两者的相同点:一、都有形而上的思想,都假定有两个世界。二、都描写寂寞,别看这样热闹的两部书,可都是寂寞之至的。三、都是细腻作品。四、都是伟大的作品。

紧接着系主任汪辟疆先生在讲话中发表了不同的意见,他说从小喜欢看三部书,就是"太史公"、《水浒传》和《红楼梦》,"因为只有这三部书,才是真正的历史书。我们知道历史的中心,应该是广大的社会和群众,不是狭小的庙堂",不能"只看见廊庙上的几顶红顶子就完了"。汪先生认为,"《红楼梦》的意义更重大,它是一部民族史"。"作者有亡国之痛。所以他书中的人物,都是满人,不是汉族;他骂贾府里除了石狮子以外,都没有干净人……这就是种族观念的透露。这一把辛酸泪,也即是亡国泪,不是普通的清泪水"!总之"应该要用读历史的眼光读它,才不辜负这种伟大的作品"。

先生的主题讲演和独到见解引起了学生的浓厚兴趣和一连串的提问,虽经整理者简化归纳为十大问题,但仍可以感受到往来论辩探讨的热烈气氛。兹举数端,以窥一斑。

首先,学生对《红楼梦》所写是"温暖的家庭"、作者的思想是"求享受"提出质疑。认为"《红楼梦》的家庭,宝玉是不满意的,不然他为什么要出走?""作者显然是暴露了一个悲惨的家庭的画面。这个家庭无论怎样,也不能说它是个温暖的家庭"。当然作者的思想不能等同于主人翁的思想,但确实厌恶享受,以享受为无益,"试看宝钗做寿时,念给大家听的寄生草有'试回头,真无趣'的结语,甄士隐被僧道点化的《好了歌》,就可知作者的态度了"。李先生答曰:"不然,宝玉生成是个喜聚不喜散的人,到散时也就无可如何了。所以他在未散时,总尽量的享受,这就是彻头彻尾的享受形态……"听者又对曰:"我想也不然,因为这是宝玉沉迷时的现象,作者不过是想加倍地衬出他解悟的笔法。""其享受是一种洗练,原不是作者最终的意义,所以我说《红楼梦》作者的态度,是非享受的。"

话题移到了大家更感兴趣的红楼女儿身上,有人"极正经的"发问:"李先生说从前少年多爱林黛玉,现在青年多爱史湘云",到底哪个可爱呢?(众大笑)又有人问:"我平日观察,大家都爱薛宝钗,(众笑)到底薛宝钗的评价怎样呢?"李先生巧妙地借用刘盼遂先生的话来回答这个问题。刘先生说:"在日常生活中,我们喜欢薛宝钗,因为他能干、识大体,是个好主妇;但是在精神上,我们却不愿有个打算盘、挂钥匙的爱人。"李先生指出,"这就是艺术与实际有距离的问题"。

对于汪先生"《红楼梦》是一部民族伤心史"的观点,有同学提出疑问:"照胡适之、俞平伯诸人的考证,大家都认为《红楼梦》是曹雪芹的自传,一人的自传,怎么会又是一部民族的伤心史呢?"这个问题虽因时间关系未及展开讨论,但汪先生关于妙玉的答问却引来了一段有趣的插曲。有一位站着的男同学,很关心地问:"妙玉的结局怎样?她到哪儿去了?"汪先生答:"她回慈溪老家去了!"(大家愕然寂静)汪先生接着说:"这实在是一个不得已的解答,因为相传《红楼梦》是纪明珠家事的,宝玉是纳兰成德,妙玉便是姜西溟,据陈康祺《郎潜纪闻》讲,成德对西溟说:'家大人十分器重老师,早就想请老师出山,不过老师总不肯礼遇大总管某人,此后请老师对他稍加颜色。西溟拍案大怒说:'我教你一年,你还对我说这样的话,真是白教了。'于是卷起行李,一气归隐慈溪,所以我说妙玉回到慈溪去了。"(众大笑)

最为热烈的,要数围绕"眼泪是感情的表现吗"这一问题引发的一场论辩,颇有短兵相接、快速推挡的味道。有一位女同学挺身而起愤愤地说:"刚才李先生说,男性的感情是'怒',而女性的感情是'哭',因此《水浒传》是男性的,而《红楼梦》是女性的,哭里面含有眼泪,意思说,眼泪是女性的弱点似的。(众鼓掌)我以为眼泪不是女人的弱点,(鼓掌)而且《水浒传》中也不是没有眼泪,豹子头林冲夜奔的时候,不是也洒了几点英雄泪么?"(众鼓掌)李先生急起来声明说:"我并没有说眼泪是女人的弱点。"(众大笑)这位女同学仍然不服:"我是说李先生话里有这种意思,好像在李先生的一本著作中,也明显说到这点。"(众大笑)这时一个男同学幸灾乐祸似的加一句说:"不错,这本著作是《苦雾集》,商务出版的。"(笑声更大)李先生没奈何了,眉头一皱,站起来像个老练的外交部长回答新闻记者似的说:"不!我的著作中也没有说过这点!"(笑声与掌声并作)这位女同学振振有词地说下去:"不管怎样,眼泪总不光是女人的,(鼓掌)《水浒传》中也不是没有眼泪!所以'哭'、眼泪,只是感情的表现。如果不是,请问是什么?"这时后面忽然有声,大家回过头去,一位穿黑大衣的同学幽幽地说:"我可以告诉你,眼泪是感情的走私!"(众大笑鼓掌)李先生接着严肃地说:"是的,《水浒传》中也有眼泪,但,眼泪至少不是理智的表现。(众笑)我可以更举一个例,林冲在黑松林被绑在松树上,要被水火棍打死的时候,突然飞出一条禅杖,跳出一个胖大和尚鲁智深,替林冲解了围,林鲁相见，不觉悲喜交集，都落下泪来。但是要知道，这是一种兄弟之爱的泪，不是儿女泪。反过来说，《红楼梦》中也不是没有'怒'，不过那种'怒'是撕扇子、不盖被子、不吃饭的怒法，这是属于女孩儿的怒法，(众大笑鼓掌)而且男性与女性'怒'与'哭'，都是象征对比的说法，请大家不要太看呆了。"

此外还提出了"《红楼梦》的结局""大观园在哪里""太虚幻境的意义"等问题，各有精彩。至于上举"女儿泪"的讨论，李先生带总结性的发言似乎也还没能完全打住，直到散会还在那里围着先生讲个不休呢。

我们真应当感谢这座谈记录的整理者，不仅保存了发言的内容，而且呈现出会场的气氛和与会者的神情口吻，使人如临其境。时隔半个世纪，今天当我们重温这次学术座谈之时，仍有一种热乎乎的感觉，既亲切又新鲜。觉得亲切，不仅因为里面一些熟悉的名字就是自己的师长，更因为当年的师生竟然和我们有相类的感受和相同的问题；觉得新鲜，是因为他们的所想所言，无不带有时代的印记和个性的色彩，为今人所不曾经历和不可重复。谁说《红楼梦》不是一棵常青树呢，围绕着她永远有古老而新鲜的话题。

"历过一番梦幻"，这是人人都会有的人生体验。上文所记座谈会的主讲人李长之和他提到的刘盼遂两先生，在五六十年代，笔者作为学生在北师大校园内还常见到他们，由于众所周知的原因，当时他们已不能或极少上课。从座谈会纪要可以看出，他们当年曾经那样地谈笑风生、幽默谐趣，和学生无所拘束地平等交流、论辩探讨。任教南京的汪辟疆先生虽无缘得见，他对学问的执着和谈吐的风趣亦可在此略窥一二。这一切，今人只能以想象得之，恍如梦境。

《红楼梦》所展现的生活画卷和包含的内在意蕴，确实丰富深邃、难以穷尽。试看这份纪要所归纳整理的十大问题，有哪一个不是似曾相识，永远引发着人们的求解欲望和探索兴趣！无论是笔者自己作为青年学生和日后忝为教师面对青年学生的时候，都曾提出和遇到这样的问题。对于黛、钗、湘、妙等红楼女儿个性和命运的关注和评说，对于主人公和作家人生态度的叩问和求索，对于大观园和太虚幻境的寻迹和拟想，等等，都会被一代又一代的读者重复和出新，足见《红楼梦》葆有恒久的生命力，启示着艺术和人生的真谛。从研究的层面看，作品本身的探讨和比较固然是多数人的兴趣所在，而自传和索隐诸说也自有学者执着地坚守，足见红学研究的多元和多彩。

历史不会重复，历史却可能有惊人的相似。目下时兴"老照片"，在这张学术的老照片中，使人重温一个依稀相同的梦境，不失为一件有趣和有益的事。

附记：

本文材料据南京大学文学院《第一次学术座谈会记事》，载1944年4月《中国文学》创刊号"艺文丛话"，重庆文信书局发行。"艺文丛话"原为该校中文系的壁报，亦即学术座谈会的记录。

写于1998年

两岸同入梦

——《红楼梦》文化艺术展在台北

当《红楼梦》所展现的梦幻般的人生吸引着愈益众多的读者之时，人们也更加真切地感受到这原汁原味莫失莫忘的人生体验并非是一场梦幻。当时光无情地流逝，20世纪的历史之页将要翻动之际，却迎来了海峡两岸一次盛况空前亲情浓郁的文化交流活动。

1998年9月12日，"红楼梦文化艺术展"在台北国父纪念馆揭幕。展览由中国艺术研究院筹备，沈春池文教基金会主办。共分两个展厅。第一个展厅包括五个部分："包衣世家"展示曹家的发迹和清王朝兴起的关系；"秦淮旧梦"展示曹家的鼎盛和曹雪芹的江南生活；"燕市悲歌"展示曹家的败落与曹雪芹的坎坷人生；"旷世奇书"陈列了《石头记》的早期钞本和《红楼梦》的多种刻本；"皕年红学"陈列了《红楼梦》问世以来各个时期的研究成果，介绍了红学史上有代表性的研究专家。在这一展室中，北京图书馆收藏的"己卯本""甲辰本"原本和"楝亭图"原件，是首次在北图以外的地方展出，其文物价值令人瞩目。第二个展厅则以红楼文化为主题，展现这部杰作向姐妹艺术渗透及其与社会生活融合的多彩风姿。展厅中央是全景式制作精巧的大观园建筑模型，四周挂满了清代服饰、各种质地和形制的红楼人物故事的工艺品、书法和绘画作品，红楼茶红楼酒以及红楼宴的图片、红楼戏的剧照等，琳琅满目，蔚为大观。较之1988年在新加坡、1993年在香港的展览，这次展览的内容更加充实，形式更加多样，时间也长得多。开幕那天虽则有雨，但丝毫未影响观众参与的热度。头两天适逢周末，参观者达四五千人之多，可谓盛况空前。许多观众凝神细看，驻足流连，频频拍照留念。

与展览会同步，开展了两岸三地红学研究者共同参与的学术活动，包括多场讲演会和研讨会，从传统红学到现代红学、从家世版本到作品意蕴、从承传流变到比较研究，论题广泛，气氛融洽。学术交流之外，还精心组织了谜语竞猜、征文比赛、新书首发、影视欣赏等大众参与的活动，形成全民读《红楼梦》的热潮。出版界的朋友告诉我们，近来《红楼梦》的销数上升，正与大陆一浪又一浪的红楼热遥相呼应。总之，既追求较高的学术品位，又注重广泛的大众参与，说明这次围绕"红展"的整个活动策划周到、组织得力，也再次证明了《红楼梦》作为中华文化精品本身的不朽价值和永恒魅力。

令笔者深有感触的是，当海峡两岸的故友新交和普通百姓因了《红楼梦》这一话题而相聚之时，彼此的交流和沟通是如此顺畅，毫无阻隔。记得昔年曾听北大教授也是中国红学会第一任会长吴组缃先生讲述过一段往事，说有两位从他学习的外国留学生，毕业辞别之时，提出问题道，贾宝玉和林黛玉是如此富有，又如此相爱，为什么不私奔呢？吴先生真有啼笑皆非之慨。这大约就是中西文化背景不同形成的隔阂吧。今天我们在台湾共话"红楼"则毫无阻隔。因为我们同根同源，有共同的文化传统和文化心理，无论是面对大众的讲演还是个人之间的交谈，都可以感受到一种文化脉搏的共振、心灵相通的默契。华夏文化的血脉在我们身上流贯融汇，呼吸相通。9月13日下午，两岸三地的学者共同望候了红学前辈、91岁高龄的潘重规先生。潘先生精神矍铄，他于六七十年代在新加坡以及香港、台湾等地区开设红楼梦课程，授业办刊，开创奠基，泽溉后学；今日桃李芬芳，三地四代学人共聚一堂，使老先生倍感欣慰，彼此话旧道新，洋溢着亲如家人的融和气氛。

在台短短的时日中，笔者还感受到我们应在交流中互相学习、"优势互补"。大陆地域广大，《红楼梦》读者和研究者人数众多，有持续二十年之久的红学刊物和学术团体，推动促进，不遗余力；而宝岛红学，也自有其特点和优势，除许多与大陆共通的研究领域之外，还有两个方面十分突出。一是从研讨会中我们得悉一部台湾红学史正在撰写之中。自道光年间太平闲人张新之在台南完成了一百二十回本的评点至今，《红楼梦》在台湾的传布和影响绵延不断，代有隽彦，于今人才辈出，成果丰硕，给以总结和定位必将有益于今后的研究。另一方面是以电脑这一现代化的科技手段服务于传统文化成绩斐然，"红楼梦网络资料中心"的开发已相当完备，包括各种版本、资料、评论、图像，均可便捷地用于教学和研究，特别考虑到使用者的回馈，这种互动模式必将使系统不断更新和成长。其创新和实干的精神以及取得的成果，令人钦佩。

写于1998年10月

楚辞大师的"红楼"情结

今之后生学子知道姜亮夫先生的大名都是由于他对楚辞学的贡献。姜先生和他同辈的许多学者一样，虽则早年留洋，却终身深研国学。他在二十年代末三十年代初就已写定成书的《屈原赋校注》，直至五十年代才得以出版；《楚辞书目五种》亦成于三十年代，经补充完善于六十年代初出版。新时期以来，姜先生老而弥坚，于八十年代又有更精深宏大的《楚辞学论文集》和《楚辞通故》等新著问世。《楚辞通故》全书十部五十六类，三千多个条目，四百余幅图，计120万字，堪称古今第一部大型详备的楚辞类书，没有长期的积累和深湛的学养不可能臻此境界。楚辞大师之于姜先生，确是当之无愧。

正因如此，当人们在八十年代初的一本红学文丛中看到一篇由姜亮夫先生口述的题为《关于现已不见的一种〈红楼梦〉续书》的短文时，便有一种意外的惊喜。姜先生说："我读过一个《红楼梦》的稿本，里面曾说宝玉后来做了更夫。有一夜，他过一个桥，在桥上稍息，把他手中提的一盏小灯笼放在桥边。这时，桥下静悄悄的，有一只小船，船内有两个女子，其中一个探出头来，看见这灯笼，惊讶地说道：'这是荣国府的夜行灯啊！'就更伸出头来看这桥上的人，看了又问：'你是不是宝二哥？'桥上的答道：'你又是谁？'那女子说：'我是湘云。''你怎么会在这儿？'湘云说：'落没了，落没了！你又怎么会在这儿？'宝玉答道：'彼此彼此！'湘云哭着说：'荣国府是全都星散了，没有一个不在受苦的。你当更夫，我在当渔妇呢！'便请宝玉下船谈话。船中另一女子是湘云的丫头。'我现在便只这一个忠婢跟着我了！'原来湘云也早已无家了。谈了一回，宝玉便坐着湘云的船走了，以后便也不知去向。这书吴雨生、张阆声先生都看过，因和他们谈起过。"姜先生还说："此书是我在清华读书时看见的。但不是清华、北大及当时京师图书馆的书。我当时借书看的还有贝满女中及孔德学院图书馆，会不会是这两处的书，现已追想不及了。"（见《我读红楼梦》，天津人民出版社1982年1月）这段话原是1980年姜先生在杭大对前去看望他的蔡义江先生讲的，因姜先生其时卧病，由他女儿姜昆武笔录。

记得当时笔者也和许多爱好《红楼梦》的朋友一样，对这则短文很感新奇、很有兴味。同时还觉得作为楚辞研究家的姜老先生竟然对《红楼梦》也这样关注，并且有幸见到情节独异的"旧时真本"，心中不免有点小小的诧异，也因此留下了深刻的印象。

近年，由于某种机缘，笔者在1935年6月出版的上海《青年界》第八卷第一号上，发现刊载有姜亮夫的《红楼梦送我出青年时代》一文。这是登在该刊"我在青年时代所爱读的书"栏目中的一篇，文中写道："至于爱读的小说，可就多了。最初同我见面的，是《三国演义》，接着是一些英雄派的小说，历史派小说，差不多都看过，然而还不曾真的'入魔'。后来不知怎的，偶然间在书架上发现一部《红楼梦》，偶然的翻了几页，不料竟成了整个中学生时代的好伴侣。差不多一个中学时代，不曾离过他。我曾为贾府绘了顶顶详细的世系图，为大观园里的公子小姐们画过像，又费了若干力去想像一个大观园的图模。这时我最赏识的是宝钗、探春、史湘云三人，其次才是黛玉、宝玉，为钗、探、湘、黛四人画了四张特别大的像，题了些歪诗，作了些详论四人的文章。《葬花词》不必说是读得烂熟，就是零零散散的诗词，也记得不少，也陪过黛玉落泪，也陪过宝玉相思，无所不为，只要想得到。后来是凡关于《红楼梦》的书，都搜了来看。第一步是看续《红楼梦》的书，如《红楼复梦》《红楼再梦》《红楼圆梦》《红楼后梦》《后红楼梦》等等，天天睡在《红楼梦》中。后来不知到什么时候，又在家里书架上翻到一本王静安先生的《静安文集》，这是我后来学问兴趣转变的一个大关键，读到《红楼梦评论》,才觉得自己所作过的评论文字太幼稚,同时也觉得这里边还有如许大的哲理。等到看了《红楼梦索隐》一类的书,更知道这里边还有如许多的曲折事实,这时似乎是明白些世事了!已不再从兴趣方面的爱好去探索了!我突然觉得知道了一些人生,突然觉得已离去了黄金时代的青年期!"

遥想撰写此文时的姜先生也只有三十多岁,虽则早已进入屈赋研究领域并成绩斐然,而其实离青年时代并不远。文中回叙青年时代的读书生活是那么真切可感,一个对《红楼梦》痴迷"入魔"的青年学生的形象活现纸上;而《红楼梦评论》和《红楼梦索隐》等"红学"的经典之作竟对其后的治学和成长产生了如此强烈的震撼和微妙的点化。读了这篇旧文不仅使笔者心头原先那点小小的诧异冰释,而且恍然有所领悟。即《红楼梦》和"红学"可以称得上是精神文化领域里的一块公共绿地,不论你研修何种学问、从事哪项工作,这片绿地给予人的泽惠不是短暂的而是久远的,不是表浅的而是深层的。姜先生毕生深研楚辞学,同他早年的读书生活是有着某种内在的深刻联系的。

姜老先生已于前年仙逝,不知他晚年是否还记得半个多世纪前写的这篇短文。不过从他八十年代的那一段谈话看,他始终没有忘记《红楼梦》,包括那样具体的一个稿本、一些细节。从青年,到老年,从入迷,到出悟,姜亮夫先生同《红楼梦》,真可谓是有缘了。

写于1999年4月

仁者风范暖人心
——忆苏一平同志

苏一平同志给我的最初印象是六十年代中期他作为中宣部文艺处的一位领导人同我谈话，通知我下乡"四清"。他谈话的态度十分和蔼，用的是商量的口气，令人感到亲切。

"文革"风暴来临，老苏自不能免于"靠边""批斗"的厄运，以后与大家一起被下放到宁夏贺兰的"五七"干校劳动，长达四年之久。在我心目中，老苏虽则"靠边"，但他自有一种坦然、从容的心态。对他来说，"相信党相信群众"不是一句教条，而是一种真切的信念，我想大约是他经历过延安整风，对党内生活最终会恢复正常怀有坚定信心的结果。其时老苏分在菜田干活，这种活工时长、技术性强，相当吃力；他身体不好，以极大的毅力坚持下来，而且颇为内行，还常教给我怎么干。我有很长时间在炊事班和磨豆腐，一次在小组个人谈劳动体会，他很认真地听，并且语重心长地对我说，这是经过实践得到的知识，应当珍视。长者之言，一直留在我记忆中。

逆境不馁，顺境不骄，这是一般人不易做到的，在老苏却履之如常。七十年代末复出之后，老苏并没有居什么高位，而是在艺术研究事业这块土地上辛勤开垦。十多年来，老苏在位期间因他太忙太累我不愿多所干扰，离休之后去看望他老人家较多，谈话无拘无束，他谈及的话题最多的是对文艺界往事的忆念，特别是对历次运动中被错批错划的艺术家的同情和不平。他不止一次地说起美术界"反右"时他焦灼的心情，说刘开渠做了天安门英雄纪念碑浮雕那样的不朽的艺术品，转过身来却要把人划成右派，道义良心怎能容许！他对"四人帮"迫害艺术家尤有切肤之痛，曾向我讲述田汉、阳翰笙被关押毒打的情形，他说田汉原本身体壮实，竟被摧残至死！听过他的这些讲述，以后每当我唱起国歌，想起这首义勇军进行曲的词作者田汉，心中充满了义愤和痛惜。此外老苏还深情地谈到他和一些艺术家的交往，其中与常香玉的交谊最深，来京必互相看望。总之，在这些往事的追忆中给我印象最深的，一是老苏对人才的爱惜，对艺术家的尊重；再是老苏当年不避风险，说公道话，为保护好人所表现的实事求是的可贵品德。

老苏待人宽厚的长者之风尽人皆知，但他从不倚老卖老，他还有十分虚心、不耻下问的一面，对此我有切身的体会。论资历或专长，我是后辈，成绩平平；而老苏总以平等的尊重的态度待我，由于他体力精力不逮，曾委托我起草过一些文章或信件，他从不挑剔苛求，我也从无紧张感，做起来也就轻松自如，总能顺利舒畅地完成任务。

我在老苏家中最后一次见到他是1995年春节，正当大年初一，那天他兴致甚高，十分认真执着地对我说："去年夏天你冒着伏暑来看我，我竟然没能说服你吃一块西瓜，我做了一辈子政治思想工作，竟连这一点也做不到！"说罢感慨不已。他的关心别人、严于责己，一至于此。

老苏病危住院期间，我去探望过两次，他已不能说话，仅从他极其费力的哑音中分辨出"度日如年、一言难尽"八个字。

老苏去了，他那可亲可敬的仁厚长者风范，像一股暖流，永远涌动在人们心间。

写于一九九五年岁之末

惜别艾克恩

1995年12月3日,我去积水潭医院探望艾克恩同志,其时他虽较消瘦、说话有些噎阻,但语言清晰、思维敏捷、心态开朗,一再嘱咐我不必告诉朋友同事,待他好转出院后在家里接待大家,还有许多手头正在做和计划中想要做的事……没有想到,这竟是我见到艾克恩的最后一面。

噩耗传来,我的心直往下沉,变得麻木;几个月过去了,三十年来我所认识的艾克恩,他的淳朴、他的勤奋、他的平易、他的诙谐,一一浮现在脑际。

以资历论,艾克恩是我的前辈;从工作关系说,是同事;加之曾在"五七"干校共同劳动生活过整整四年,我们又可称为"同学"。三十年间的风风雨雨中,常有许多共同的感受,他的诚挚和乐于助人,使我受益匪浅。记得最初与艾克恩相识是在六十年代中期的中宣部文艺处,我们从大学里借调来的人不免拘谨,而艾克恩毫无干部架子,平易随和、出语幽默,一下子使人感到轻松自如,我们戏称他为"年轻的老干部"。的确,他就是这么一个人,资历比我们老,心态却永远年轻。

今天艾克恩是以延安文艺史研究专家知名于世的,人们往往是从他所编的书、所作的学问认识他;在我,却是先识其人,再见其书,多少知道此中甘苦和得臻此境的诸多缘由。艾克恩的勤奋是出了名的,他眼勤、手勤、发现资料、搜集资料、整理资料,对他说来不仅是一种长期形成的习惯,简直是一种癖好,不论办公室还是居室,资料堆叠得几乎没有插足之地。更为重要的是，艾克恩不是那种关在书斋里的学者，他腿脚勤快，不辞辛苦地到处跋涉、访问调查，注重当事人见闻感受等口碑史料，把学问做活、做到家。这种注重资料的科学精神，从六十年代到九十年代未尝懈怠，只是到了八九十年代，方向更明确、更加自觉地集中于延安文艺史这一主题。他翻遍了延安时期的各种报刊，踏遍了"老延安"的门槛。此时的艾克恩已经六十岁上下，还是骑着一辆自行车、怀揣一张"联络图"风尘仆仆地奔波走访。每次遇到他，总是兴致勃勃地告诉我最近又访问了哪位老同志，还拍了照、题了辞。丁玲、艾青、肖军、臧克家、李琦、魏巍、周而复、朱子奇等一大批著名作家、艺术家的照片和手迹，都入了他的"宝库"里。

他不止一次地同我谈起，这项工作要是从五六十年代开始就好了，有更多的人健在，现在已经晚了。如果再不抢救、不收集、不承传，那就上对不起前辈，下对不起后代。这正是他犹如上了发条的钟，争分夺秒的原动力。我分享他的喜悦，由衷钦佩和赞赏他现在所做的一切，十分理解他的紧迫感。在我看来艾克恩是最适宜于成就这项事业的不可多得的人选。一方面，他本人是喝延河水长大的陕北娃，与许多延安时期的老同志熟识，对延安的革命文艺有深厚的感情；另一方面，他又比这批老人相对年轻，体力和精神正堪承担此任。可谓承上启下，得天时地利人和。正是在这样的主客观条件下，才产生了《延安文艺运动纪盛》《延安文艺回忆录》《延安文艺家》等一系列丰硕成果，还有尚待出版的《延安文艺史》和那些来不及整理发表的史料和著述。

这里还要特别提到他为林默涵同志八十寿辰纪念集所做的奉献。记得是一个满天飞雪的日子，我与他在13路公共汽车站相遇，同去默涵家向老人祝寿，当时艾克恩就有编一个纪念文集的想法。以后经过了相当时间的努力，多方采编、辛苦奔走、终于成书。定名《大江搏浪一飞舟》。这里面出力最多、作用最大的当数艾克恩。仅此一例，即可见出他对老同志、老领导的一片热忱。

艾克恩待人的热忱，决不限于对前辈和长者，对同辈和比他年轻的人同样如此，在这方面我本人就是感受颇深的一个。最难忘的是在宁夏贺兰干校的那段岁月，当时劳动繁重、生活清苦，办伙食是关系到大家体力和健康的难题，食堂采购员尤其辛苦而关键，这一差使落到了艾克恩身上。为了使大家的副食在困难条件下有所改善，他起早贪黑，长途跋涉，常常为了买得一副猪下水主动帮杀猪的打下手以感动"上帝"（卖主）。他岂止是食堂的采办，简直又是大家的信使和货郎，有谁要他带信、抓药、购物，事无论大小，人不分老少，都托艾克恩。他经常往返几十里超负荷地驮带物品，汗流浃背、饮食无定，只要与人方便，从来是乐呵呵的。大田离住处路远，艾克恩用自行车把我带到地头；为了完成积肥拣粪的指标，他还曾用自行车驮着我到处寻寻觅觅，不慎连人带车和粪筐一起翻倒在盐碱滩上……干校的女同志和体弱者受到艾克恩帮助关照何止我一个。这种患难中的情谊弥足珍贵，直到二十余年后的今天还历历如昨。

更有一桩使我难忘的事是艾克恩把小提琴悄悄带到了干校。干校实行的是军管，那是个不能随意弹奏的年月，生活单调而紧张，人们的感情已被无休止的斗争折磨得十分粗糙。有一天傍晚，忽然从艾克恩的屋子里传出陕北民歌的悠扬琴声，我一下子想起了《琵琶行》里"如听仙乐耳暂明"的诗句，眼眶里噙满了泪水，久违了的音乐是多么神奇，如春风化雨，能唤起沉埋在心灵里的人间美好的情愫。这乐声，给精神重压下的人们带来了欢慰，带来了热爱生活、热爱艺术的信息。

艾克恩从西北文工团来，他拉小提琴，演《兄妹开荒》，身上有一种艺术气质，和他那淳朴、厚道、幽默的个性揉合在一起，渗透在他的为人和为学之中。在我看来，艾克恩不适宜做行政工作，事实上他只做了很短一段就全身心投入延安文艺史的研究，这是明智的选择，使艾克恩得到了最佳的发挥——惜乎正在出成果的高峰期嘎然而止，怎不令人扼腕浩叹？

数年前，在去八宝山送别一位故人的归途中，艾克恩以他特有的风趣口吻对我说："上八宝山不用按年龄排队，是可以夹塞的！"哪知戏言成谶，这是他本人和我们大家都始料不及的。艾克恩匆匆离去，留下了一大批资料以及正在做和计划做的课题，也留下了他为之倾心竭力的未了心愿。正如老一辈革命文艺家给艾克恩的诸多题辞赠言，说他是"用延安精神研究延安文艺"，"不愧是有心人、热心人、苦心人"，"心系延安魂系党"……当我们告别艾克恩之际，的确留下了无尽的惋惜和遗憾，也深深被他执着于延安革命文艺的精神所感召。新一代有志于延安文艺史的研究者必定会把这项事业继续做下去，这将是对逝者最好的告慰和纪念。

写于一九九六年三月十二至二十五日

周汝昌先生二三事

上世纪五十年代初期，周汝昌先生以他的《红楼梦新证》闻名于世，此后六十年来，尽管著述不断，数量骄人，但《新证》依旧是他的奠基之作和代表之作。借用冯其庸先生在《曹学叙论》中的话："《红楼梦新证》初版四十万字，重订再版八十万字，几乎涉及了有关《红楼梦》的全部命题，客观上成为此书出版以前《红楼梦》研究的一个总结。""如果说胡适是'曹学'的创始人和奠基人，那么，周汝昌就是'曹学'和'红学'的集大成者。"（光明日报出版社1992年10月第1版）

这是一部具有整体性构思的大型专著，资料丰富，其历史地位和学术影响已广为人知，毋庸费辞。笔者末学后进，直到七十年代中后期才接触此著，记得是向红楼梦校注组管资料的同志借阅的，是一种线装的大字本，所印为"史事稽年"一章亦即《新证》中的精华部分。初读此书，大致通晓与雪芹及曹家相关的二百年间的种种史实，于我是一种启蒙。

这里只想说说我亲历的和相关的三两件事。

其一是上世纪八十年代之末，《红楼梦大辞典》即将定稿付排之前，我接到周先生托人——记得是他的女儿和助手周伦玲同志捎来一封便柬，上写：

吕启祥同志：

"辞典"中涉我之"词条"，如已付排，俟有校样时请费神令我一

《红楼梦》校读文存

核，为妥。预先拜嘱，顺颂撰祺！

周汝昌 88．7．7

　　当年，在辞典确定体例尤其是最后审读定稿时，对"红学人物"部分是相当谨慎的，稿子交到我手中时长短不齐、详略不一、参差芜杂，须按一定规格加以规范，或删节或补充，包括字数皆有定则。比方周汝昌、吴世昌、吴恩裕、周绍良、杨宪益等先生在同一档上，蒋和森、陈毓罴、蔡义江等诸位则下一档，至于我辈后学则居末档。每位先生尤其是老先生尽可能以其自撰为基础，增删调整，定稿后经本人审看，或送达或邮寄。其中周先生对此是十分看重的一位，事先即打招呼，专函嘱咐，校样出来后我遵嘱送他审看后才发稿。由此足见先生对此项工作的重视和支持。尤其关注辞典中有关他的著录。"红学人物"的当代部分是辞典中的敏感部分，各方关注，书出后港台海外学界颇有好评，认为比较客观，这同我们坚持学术为本、不列官职，海内外学人一视同仁有关，当然也同周先生这样的老一辈红学家的支持分不开。辞典工作的档案已荡然无存，我个人竟还保存了廿余年前周先生的这一便柬，当年他目力尚可，虽以硬笔书写，遒劲的瘦金体清晰可观，成为一个难得的纪念。遗憾的是，二十多年后的增订者对周先生在内的一大批红学人物毫无增补，只有少数人畸形膨胀，自乱体例。面对周先生的认真嘱托，感慨不已。

　　其二是本世纪初我收到一本"周汝昌周伦玲主编"的书《红楼鞭影》。这是北京师范大学出版社出版的一套丛书中的一本，为面向大学生的"中国当代文化书系"，其中"中国当代红楼梦研究"这一本，丛书编委会约请周先生选编。2003年3月出了第一版。书出之前我对此一无所知，收到后却发生了兴趣，之所以关注这个选本，并非因为其中选了我本人的一篇文章，而是另有原因。

　　这本体量不算大的四十多万字的选本里，有一篇题为《伟大心灵的艺术投影》的长文，署名罗钢、陈庄，曾经刊发在1987年《红楼梦学刊》第二辑上。此文说来与我颇有渊源，第一作者罗钢当年是北师大黄药眠、童庆炳二位先生的第一批弟子，最早的博士研究生。其时我家住北师大，又是从中文系出来的人，所以系里逢到职称评定、项目推荐之类的事，有时会找到我头上。罗钢正在读博(1984—1987)，有时也来我家，记得为他写过某个项目的推荐。一次他说起有篇关于《红楼梦》的文章，拿来给我看看；我一读之下，觉得是识见学力俱佳的不可多得的好文章，推荐给学刊发表了。如今在周先生的选本里见到这篇文章，不觉眼前一亮，而且颇感诧异。原因是周先生历来主张红学定位于新国学，包含作者研究、版本研究，加上脂学和探佚，不包括一般的文艺学意义上的小说研究；而罗钢的文章正是一篇小说学论文，他是文艺理论专业的研究生。尽管此文有一个副标题为"从自传体小说形式看《红楼梦》的美学意义"，然而通观全文，其"自传体"并非本事意义上的而是美学意义上的。文章视野宽阔，涉及古今中外的文论及文学史现象，征引的外国文论家有六七位之多，其中阐释"自传性"深刻的美学意义是从西方当代理论家之文学艺术四要素即"宇宙、艺术家、艺术品、读者"出发的，强调作家艺术家不再是旁观者、说故事者，而作为主体深度介入，指出"自传体"的前提是作家自我的觉醒和创作个性的成熟。这是地道的文艺学、小说学的分析论述。周先生竟选中了此文，尤为难得的是该选本几经周折、几番删削，由最初的规模大、字数多删定为100万字，上下两册，以后又要求减去一半，剩下不到50万字。尽管如此，仍保留下了这篇长达二万六千字的文章，几为全书中最长的一篇。

这究竟如何解释呢？窃以为：首先，说明了选家的眼力，这确是一篇好文章，廿余年后的今天仍经读耐读，不减其说服力和新鲜感。其次，可以从一个侧面窥见"红学"的内涵未必一定要疆界森严，在实际操作中更可以会通互容。即便是小说学、新理论，只要不是牵强附会、生搬硬套，而是消融吸收、为我所用，以阐发《红楼梦》的美学真谛，同样入于周先生法眼。照此推论，家世、版本、脂评、探佚范畴内若言之无据，恐怕也是够不上"学"之水准的。再者，这个选本取名《红楼鞭影》，令人联想到旧之蒙学读物《龙文鞭影》，见出选家用心，着意于以青年学生为对象。因而选本中有必要留下这样一篇全面阐释《红楼梦》在小说史上的革新意义及其美学价值源泉的文章，即便篇幅再长也在所不惜。受惠的正是广大青年读者。

入选此文令我印象深刻，罗钢今已学有大成，并已是《清华大学学报》(哲学社会科学版)主编、清华大学人文学院副院长，此乃少作也许已经淡忘。这件细事倒可以从一个侧面增加对周先生的了解，有时候，实践和宣言不见得一致。如今老选家已逝，选本长存。我的这一点认知也将随之存留于心，作为个人一种别样的纪念。

上世纪八十年之末，我尝去周先生府上送书，彼时他住东城区南竹竿胡同，记得是一所宽大的四合院，进门见到先生正坐在檐廊上用放大镜看书，屋外光线较好之故。也正是在八十年代，辽宁红学会曾在大连棒槌岛开会，周先生父女与会，我们在岛上散步相遇，伦玲谓父亲饮食简单，窝头咸菜，甘之如饴。想来生活简朴、饮食清淡亦为长寿的原因之一吧。

新世纪以来，先生新作迭出；在我，倒是早先的著作相对熟悉。在1985年出版的《献芹集》书首，有周先生自撰题句"借玉通灵存翰墨，为芹辛苦见平生"，此句可为先生写照，也足资后学仰望。企盼先生能在天国与雪芹相晤，问难解味，以偿平生夙愿。

写于2012年7月30日

周先生逝后两个月

穿越光影写春秋

——记中国电影史大家李少白之点滴

少白先生于我，介乎师友之间。论交谊，可以称友；论学问，应当是师。他年长，出道又早，我视为前辈；以专业论，作他的学生也不够格，盖因我于电影完全是门外。他在电影史方面的成就和贡献自有行家和弟子来说，我只能谈一点对他为人为学的感受，虽则零星，却真切、植入人心。

上世纪七十年代末、八十年代直到1996年我退休之前，在前海恭王府大院(中国艺术研究院原址)，我与少白先生虽不属同一个所，但颇有见面的机会，有时在院子里聊上几句，有时在会上交换意见，我们很容易沟通，常有同感共识。在认识他之前，我就知道《中国电影发展史》，那是"文革"期间处于"地下状态"偷着看的，好大一厚本，图文并茂，里边有江青的剧照。主编程季华。"文革"中，此书当然是绝大毒草。新时期来院后知道协同程季华完成此书的有两员大将：邢祖文和李少白，李少白正是研究院电影所的所长。老邢早逝，也给我很深的印象，这么一位收藏外国电影资料极为丰富、谙熟好莱坞、外语水平高的专家，看上去却像老农民，一身"土"气，一件旧棉袄，腰上系着一条草绳。我常在厂桥东官房电车站与他一同等车，一同浩叹资料的流失。他是上海人，有时我们就说上海话。

相比而言，少白较年轻，与之接触的机会也更多。我们同在院学术委员会，对院内各所的青年才俊，只要有成果有潜力，就大力推荐，破格评职，记得丁亚平(今之电影所所长)就是其中一位。又如对专职做党政工作的同志，认

393

为他们的工作很重要、同样受尊敬，但不见得要拿职称。凡此种种，我与少白同志都有共识、同进退。我们还担任当时科研评奖委员，也常有相同的见解。在我眼中，少白履职既严格又热情，是我的榜样。会下有时闲聊，偶尔他还会邀我到那九十九间半的影视所屋子里去坐坐，谈话无拘束，甚至某些高校影视类博士导师遴选请他投票，都会商之于我。我们是讲原则又与人为善的。他对我从不见外。谈话中当然会涉及他的本业中国电影史，有两件事印象深刻。

一是关于费穆和他的《小城春秋》。少白不止一次地感叹费穆这样的人才太难得，既谙中国古典美学，又懂得电影艺术特性。他执导的影片镜头凝练、构图精美、节奏舒缓、清丽淡雅，代表作品《小城春秋》写人物细腻、优美，是高度电影化的。上映当年也许有点不合时宜，今天应当充分评价。我在学校教过一段时期现代文学史，对费穆其人是闻名的，也大略知晓四十年代的一些作品，少白所言使我获益良多，痛感这样一位学贯中西、精通法、英等外语的优秀导演竟不得展才，于新中国成立之初，便抑郁而终。我从中也体认到少白对于电影艺术品位的高标准。

再是谈及电影史，他不止一次要我转告我的老同事邹士明，说她做了件好事，保留胡蝶这样的演员，提出这样的意见不容易。其原委是"文革"前《中国电影发展史》送审，邹士明（北京大学56届毕业）工作在中宣部文艺处（陆定一、周扬时代），邹负责联系电影口，抱着学习的态度仔细读了电影史，认为像胡蝶这样的著名演员不应为了某些枝节问题删落不载，历史应当存真。"文革"中这当然成了邹的一条罪状。少白了解前情，也知我曾在文艺处工作，故屡次嘱我转告。由此小事，见出少白赞赏实事求是的治史态度。

关于费穆，以后电影界曾有郑重的讨论和评价；治《中国电影史》更是少白先生终身以之的事业。上举我的所见，仅为"一斑"，且在门外，不足为方家道。

退休前夕，收到相赠的李少白旧体诗词选《灵府轨迹》，扉页上写"启祥、安年好友留正，李少白，九五春"，盖了名章。试想，一位从事电影史研究的学者，能业余出这样一本旧体诗词集，难能可贵；书不足百页，我很珍惜。自序中说："我始终坚信马克思主义是科学；科学不是教条，而是体系，因此需要发展，包括纠正它的一些经过实践证明是错误的判断和结论。"我由此也悟得与少白先生无隔阂多共识的"基因"，在于我们都坚信马克思主义是科学，不是僵化的教条，科学需要坚守，更须生动地发展。如果有所谓"前海学派"，这应当是一个标识。诗集中作者自荐《题虎刺梅》的一首七绝："密针疏叶不敷香，八年风霜同敝伤。枝萼报传春候至，一朝盈束艳红裳。"认为蕴含自身的人格态度，颇耐寻味。

退休以后，居地悬隔，无由相见。由于同少白先生的夫人孙大夫相熟，一年之中，总有几次电话望候，陆续得知他颈椎疾患，不利于行；呼吸道感染，曾经住院。但总认为他并非高龄，心态平和，生活规律，当无大虞。今年初，我本人运交华盖，心力交瘁，自身可危，不愿亲友牵挂担忧，故音讯中断。遽料昨忽从报上见到少白先生照片，急取放大镜细读，先生已离世三日矣！拨通孙大夫电话，回溯病情，方知种种。

少白先生生前，曾于九十年代去看望过艺研院老书记苏一平同志，其时老苏病危住院，不能自主，任凭施救，对探望者只说了四个字（写在纸上）"度日如年"。这一幕也为我亲历。少白曾为老苏在位退任生前逝后的人情冷暖深深慨叹，尤其铭记老苏病危时的景象；他之坚持不住院，拒绝徒增苦痛的抢救，是为了保持自主和有尊严的离世。我深深理解他的坚持，并衷心感激孙大夫真正遵从了他的意愿。他走得平静，如同他平日的生活，不惊扰别人，不张扬自己。

如果要概括少白，我愿用"踏实为学，低调为人"八个字。

末了，我想起四年前他八十岁的时候，我曾送他一个条幅。我非书家，字无功底；更非诗人，句乏格律。但这一联语却出自至诚，句云：

  穿越光影写春秋 无悔年少到白头
  少白先生八十寿辰 呈俚句以供一粲

还是以这一联语，为少白先生送行。

二○一五年三月十九——二十日

少白先生逝世后三日

陶老与《红楼梦》注释及辞典

——陶建基先生廿年祭

如今的青年朋友对陶建基这个名字也许比较陌生；他曾是《红楼梦》人文新校本注释方面的负责人，《红楼梦大辞典》编委之一，红学所的副所长。

前一阵子翻检旧稿，发现了陶老在1987年给我的两封信。一封是关于《红楼梦》新校本注释的，一封是关于《红楼梦大辞典》的。

陶建基先生于1977年5月调入中国艺术研究院红学所，到1987年底离休，我与他共事十年，朝夕相见，直到他1992年病逝前一直保持着联系。这十年多，可以说是红学所的黄金岁月，亦即最出成果的时段；陶老人生的最后也是最成熟的岁月，是和《红楼梦》新校本和《红楼梦大辞典》相始终的，也就是说，他把改革开放焕发的生命活力和学识经验全部奉献给了红学的基础工程。于我而言，他是我学术上和工作中日常请益最多、商量最多、最可依凭的一位长者。如今重读这两封信，仿佛又把我带回到专心致志、全力以赴推敲注文和构筑辞典的年代。

平日由于经常见面，无须写信；而1987年正是他离休之年，抱病在身，不能来所，才有了这些信件。他用的是《学刊》的信笺纸，共五整页，写得满满的，字字清晰，笔笔工整。先看关于注释的一封。

启祥同志：

前日在舍下谈及"冰弦"之释文，当时因时间关系，语焉不详。现将我过去所接触到的有关材料简述如下，供参考。

在过去为校注本作注时，我曾向我院音研所古琴研究者许健同志请教过关于冰弦的问题。据他讲(大意)：质量好的丝弦，色泽透明像冰，声音好听，叫冰弦。过去杭州就出过这种弦，现在已买不到。我也曾向该所另一位古琴研究者王迪同志请教过，她讲的和许健同志讲的差不多，她还说，她的老师古琴名家管平湖先生就曾用冰弦演奏过。后来，我又向文物专家王世湘（引者按：应为王世襄）同志请教，据他讲(大意)：他过去曾藏有此弦，是从旧货市场上买到的，制弦的丝和胶，质地均甚优异，透明似冰，略带腊黄色，弹奏时声音清越，曾送给管平湖先生鉴定，管先生说就是冰弦。

此外，明代朱权（臞仙）在其编辑的《新刊太音大全集》卷一中，列冰弦为"臞仙琴坛十友"之首，并有"音释"云："古人有水晶弦，似明胶合而或（似为'成'之误），其色明莹，故曰水晶弦。"对于丝弦的制法，该书也有较详的叙写。其"辨丝法"云："……《齐民要术》云：柘蚕丝宜为弦，清明响彻胜于凡丝；伯牙用原蚕丝。……今只用白色柘丝为上，原蚕次之。……"其"打法"云："阴雨无尘，润而不断，才晴明则声清。……秋合弦色莹而清（原注：'秋分桂花时，细雨中合之'），春合者色浊而声慢，三月初亦可作，终不及秋也。"其"煮法"云："晴明日以新沙盆汲长流水没管子上二寸许，以文武火煮之，候麦烂即止。太生则弦声胜木声，不久则无声；太熟则声不清而易断"。其"用药"云："明亮鱼胶五两，小麦一合，明莹腊半两，白笈半两，桑白皮一两，天门冬十个。右药入沙盆内，可煮弦十副。"

上面所写的这些简单材料就是校注本中"冰弦"注文的依据，这大概不能算是"望文生义，大错特错"（朱松山语）吧。不过，那条注文也是存在缺点的。因为它只说到弦的外形"明透如冰（此'冰'字原注误排为'水'）"，而未提弦的声音激越清亮，作为乐器发声部件的注释，应该说是个缺点。

第三编　感念师友

至于引宋乐史《杨太真外传》作为"冰弦"之注，从传说的角度考虑，当然可以，过去也有人这样作过，但这似乎不应看作是唯一的、标准的解释。因为《杨太真外传》的版本有所不同，有的版本中并无用冰蚕丝作弦之说，如鲁迅先生校录的《唐宋传奇集》卷七《杨太真外传》卷上云："妃子琵琶逻沙檀，寺人白秀贞使蜀还献。其木温润如玉，光耀可鉴，有金镂红文，蹙成双凤。弦乃末诃弥罗国永泰元年所贡者，渌蚕丝也。光莹如贯珠瑟瑟。"（汪辟疆先生校录的《唐人小说·长恨歌传》所附《杨太真外传》中这段文字与此相同，惟"白秀贞"作"白季贞""金镂"作"金缕""渌蚕丝"作"渌水蚕丝"）在这里，用来作弦的不是"冰蚕丝"而是"渌蚕丝"（或"渌水蚕丝"），不知还能不能叫作冰弦？

已经罗嗦得不少了，就此止笔。

请代候

同志们好！

陶建基1987.12.4

这封信，通篇讲的是"冰弦"这条注的依据以及如何改进的考虑。由此可以体察到作注的甘苦，就如信中所述，当时凡遇到注者不太有把握的情形，都会请教行家和尽力查找相关的材料。同时也可以看到我们是如何对待读者和同行意见的，信中提到的"朱松山"是淮阴教育学院的一位老师，曾对新校本的校文和注释提过不少意见，给我来过不止一封信，提到冰弦"望文生义、大错特错"的信已找不到了，极可能是此信我已带给了陶老。由一斑可窥全豹，对待意见包括不一定很恰当的部分陶老同样认真对待，反映了他严谨求实、谦和自省的学养和人品。

新校本是1982年出版的，出书的最初几年里，赞扬的批评的各种声音都不少，作为校注者，认为应当保持一种清醒平和的虚怀若谷的态度。此信写于1987年，适足以反映校注者对待批评意见之重视。细心的读者如果去翻看新校本的初版和修订版就可以发现其间的差别。这条注在五十一回，修订本注文为，"冰弦——一种优质的丝弦，其音激越清亮，色光洁，明透如冰，故称冰弦。一说为冰蚕丝制成的弦。这里指王昭君琵琶上的弦"。(见第三版688页)依体例，注释当简约明了，此注只不到两行字，背后则包含着若许辛劳，修订时陶老已离世，我们仍按照他的意见照应到冰弦的形和声两个方面，弥补了初版的缺憾。

下面再来看另一封信，是关于《红楼梦大辞典》的。此信也写于1987年，时间还早了两个月。盖因此时《辞典》编写已进行了好几年，自新校本完成后，陶老和我就一起投入了这项工作，从确定体例、讨论词目、研究分工、反复修改等各个阶段始终在一起。相比而言，我年轻得多，跑腿协调之事自应多做，在这方面耗神费力而承担的词条编写并不算多。在陶老则专心致志集中精力，词条的工作量相当大。到1987年底，初稿已大体完成，通看之后感到类别宜有所调整和增补。陶老承担的部分牵动较大。此时陶老正病着，除了有时去他家而外，又有信件来往。他给我的这封信足以反映辞典此时的进程和他那极端负责、在病中坚持工作的顽强毅力。今照录如下：

启祥同志：

您好！两次来信均已收阅，关于我处之稿件处理情况如下：

(一)原来的"礼俗时序类"已按新定的分类办法分为"礼仪"和"时令风俗"两类，不知分得是否合适，请你们看看再说。

(二)原来的"称谓典制类"，我按照新定的分类办法，考虑了三个方案：(1)分为"称谓"、"职官"、"典制"三类，现在带去的就是照这个方案作的；(2)以现在的"称谓"为单独一类，而将现在的"职官"与"典制"合为一类，称作"职官典制类"；(3)以现在的"典制"为单独一类，而将现在的"称谓"与"职官"合为一类，仍称"称谓类"。究竟哪个方案较合适，请你们商量决定，若都不妥当，可再考虑改变。

第三编　感念师友

（三）现在"职官类"中的"内阁"一条，目录里已经列出，但释文仍留在我处。因据《文摘报》载，《争鸣》第5期上有文章对一般所认为的"内阁"这一政务机构始设于明初提出异议，认为应该是始设于东汉。为了考虑我们关于"内阁"条的释文要不要改动，我希望能读到《争鸣》第5期上的原文和原文作者作为根据的《魏书》，《魏书》已由张凤兰同志带来了，但《争鸣》第5期没有借到。我想麻烦您再问问资料室、编辑部或哪位同志个人有此杂志时，请借我一读，读后即还。

（四）另有"伦常"、"寿夭有定"、"土番"、"犬戎"四条，前两条似可归"哲学宗教类"，后两条可否归"词语类"，请考虑。

（五）"地理类""西方灵河"条（1.8.2）释文中之"印度人旧称恒河为'圣水'"一语，请您代为改作"印度人至今仍称恒河为'圣水'"。

（六）老顾和马欣来同志所提补充条目之释文，我将尽力去作，但由于缺少材料和行动不便，到底能作多少，很难预计。

（七）《红楼梦类索》若找到时，希望能带给我看看。

贱恙有所好转，但转得很慢，很慢，现在已经能坐到桌旁写字了，可每次坚持不了二十分钟，就得再到床上平躺一阵，实在无可奈何。再过几天我将按照医生的嘱咐去医院复查，到时结果如何，再告。请代候同志们好！

陶建基1987.10.22

信中提到的老顾即顾平旦同志，亦为辞典编委之一，马欣来是中华书局编辑，为《红楼梦大辞典》的首任责任编辑。

从信中可以见出类别的调整、词条的归属、释文的推敲等方方面面的思虑，从不自以为是的商量态度、求取新知老而弥坚的学习精神令人感动。尤其是末段叙及病体只容许他在写字桌前坚持二十分钟仍在勉力工作的情景，使我至今难忘。

除此二信外，另有一页是陶老手迹，题为"各类释文共有的问题"，共7项，包括年代、人名、标号等细微末节的统一问题，旨在减少发稿前的疏漏。《红楼梦大辞典》于1990年出版，1989年我至少有大半年的时间在看校样，此时陶老早已离休，倘没有他事先的种种提醒和全力支持，《辞典》不可能按期出版。

陶老1944年毕业于重庆中央大学中文系，抗战胜利至新中国成立前在河南、陕西、湖北等多所中学任教，新中国成立后调北京，先后在文化部艺术局、人民文学出版社、民间文艺研究会，主要从事编辑和资料方面的负责工作。长期的教学和编辑生涯积累了丰富的经验，养成了他重基础、重资料、埋头苦干、默默付出的职业习惯和不计名利的奉献精神。我在纪念新校本出版25周年之文中忆及陶老，敬他为人当得起"端方正直"四字，最令我钦服的有两点，一曰勤勉严谨，一曰平实随和。并举了一些例子。如今这些信件再次印证了他的人品和学养，把我带回到那些同心协力、问学编书的日子。

为工作，也为探病，我曾多次往访陶老家中。他居东城，起先住演乐胡同平房，以后搬入研究院为老知识分子在红庙盖的新楼。两处我都去过，无论居平房还是楼房，家中都简朴洁净，偶因事多谈得久了，就坚留我便饭，也是洁净清淡，尽礼而简朴，毫无拘束之感。家中只二老，都是河南人，我从未见过陶老的子女，不同住，大儿子似在南方。我最后一次去看陶老他已病危，记得不在家中，也不是医院，而是东华门大街儿童剧院斜对面一所楼房里的一个单间，可能是离医院近吧。房间很小，去时只他独自在床上，我是急急忙忙把《大辞典》的稿酬给送过去的，共计2866元。（《红楼梦大辞典》的档案已荡然无存，只各人的稿费收据和少数信件我还留着）。像陶老这样的老知识分子一生清贫，我想这点稿费对他治病调养或许用得上，只是为时已晚，此刻他已不能说话，我久留无益，便怅然告辞了。

陶老生于1915年，长我廿一岁，是所内年龄最长的一位。1977年他来所时已六十二岁，按以后的标准即如我六十岁便退休了。亦即是说他是在今之退休年龄之后，才开始接受和完成注释和辞典这样很吃重的任务的，直至七十二岁离休，仍孜孜不倦。

近年，《红楼梦大辞典》出了增订本，有所增补理所应当，然而上编已失去工具性，全书错讹草率少有订正，加之丢失改稿、新旧杂陈、轻重失当，令人徒唤奈何。笔者无权参与此役，后记所言失实；陶老地下有知，宁不痛心疾首。于今老人逝去已二十一年，自己虚长枉存至今，单论为学的严谨细密，与陶老仍相距甚远。回看这些手迹，回想过往岁月，心中充溢着感念，还有感愧。

二〇一三年五月

莫道前路无知己

——忆念黄宗汉先生

去年(2013年)早春,我和老伴去看望黄宗汉先生,带去习作条幅:"莫道前路无知己,天下谁人不识君"。我非书家、字无功底,只不过想借此表达对黄老的敬意和祝愿。今年重阳,大观园徐菊英女士告知曾两度去看黄老,状况不错,我心中存想,待自己痊可(9月左臂不慎骨折),入冬前再去探望老人。孰料十月中旬突然得知黄老离世,看望之想顿成泡影,一时间,失落、痛惜之情涌上心头。我与黄老的接触十分有限,但这些片断却历历在目。

"京城文丐"集资为公益

认识黄老,已经是他的晚年,尽管此前早已闻名。记得初次见到是在上世纪九十年代一个小型集会上。会议是我的老同事顾平旦邀约的,为了他所策划的一套有关《红楼梦》的资料丛书,此举与中国书店和北京市相关,居然请到了黄宗汉先生这样的名人。会上如何论证已印象模糊,丛书也因投入过大等诸多原因最终未能做成。而黄老豁达坦诚、幽默风趣的风采则成为会议的"亮点",尤其是他出示的赫然标举"京城文丐"的名片堪称一绝,大家争相求取,我也要了一张。

"京城文丐",顾名思义,是为京城的文化事业奔走呼号、集资募款的一种戏谑式称号,洒脱明了。此前,大家都知道黄宗汉先生是一位在诸多领域游刃有余广有人缘的奇才(用时下的话可称为"复合型人才")。他经营企业成为全国劳模,投身文化事业创造了多个"第一"。八十年代之初,《红楼梦》电视剧筹拍之时,经费十分有限,正是黄老和一些有识之士把为拍片而搭建的布景变成了一座永久性园林,把大观园从纸上搬到了人间。由此,国内有了第一座名著园,黄老就是那第一个敢吃螃蟹的人。当时,人们尚不知影视基地为何物,对"文化企业家"这一角色十分陌生。黄老开风气之先,对于大观园的建设,从创意、筹资到施工、开园以及运营,都倾注了心血智慧,贡献至大。以至在他任北京电视工业公司副总时,还特请他兼任中国制作中心顾问和国际合作公司总经理,可见此举的作用和影响。黄老的外语也很好,曾担北京市对外交流协会之任。

如果说,"大观园"是响亮的第一炮,那么此后为了天桥文化的复活和宣武会馆的重生,黄老从未停止过他的高远设想和埋头实干,此中的艰辛甘苦,只有黄老"冷暖自知"。这里,笔者只想记一件与己相关,也算是亲历的往事。

本世纪初,一次在大观园见到黄老,他颇为兴奋地告诉我,久已有意修复宣武门外的鲁迅旧居绍兴会馆,已经同绍兴市领导商谈过,市里愿意出资。黄老嘱我写一个"鲁迅与绍兴会馆"的文稿,尽量翔实,以备参考。闻讯之下,我的惊喜之情难以抑制,鲁迅在我心目中的位置是任何外力(无论"捧杀"或"骂杀")都不能动摇的;我虽够不上一个鲁迅研究者,但早年通读过全集,也教过若干有关鲁迅的课,对作品还算是熟悉的。遵照黄老的嘱托,我把鲁迅日记、鲁迅书信,逐年书账,都细加检阅,翻看了相关的回忆、重温了鲁迅作品。总之,是认真用心地做了这件事,到2003年春北京抗击"非典"期间完稿,全文二万余字,就以黄老所命之题《鲁迅与绍兴会馆》成文。该文依据材料分为七个段落:一、供职教育部;二、整理古籍与学术拓荒;三、对《红楼梦》的真知灼见;四、从沉默到呐喊;五、新文化运动的闯将;六、"五四"思想革命的中坚;七、俭朴的生活。借此粗略勾勒鲁迅在绍兴会馆期间的生活和业绩。交卷之后,很快黄老将其全文刊发。

黄老深知北京宣武门外南半截胡同的绍兴会馆是鲁迅来京的第一个寓居

之地，时长七年半，是他一生中居住时间最长的地方，"鲁迅"的名字就诞生于此。这一时段对鲁迅思想的深刻和战斗的韧性，影响至巨，于中国现代思想史和革命史也关系重大。修复绍兴会馆，是一个富有远见卓识的倡议，为此黄老牵线奔走，不遗余力。

然而，再好的愿望要付诸实施又谈何容易。在日益市场化的社会经济环境下，房地产价居高不下，这些荒废已久、民众杂居的会馆，要想抢救修复、保护开放，难度是愈来愈大了。据黄老的经验，唯一已修复的湖广会馆耗资3300万元，主要用于搬迁；绍兴会馆较小，修复费用当时测算约需2000万，主要仍为搬迁。面对如此高昂的费用，原本态度积极的绍兴市政府也感到难于运作；且修复后地方并无产权，对绍兴人民也不好交代。这里既有经费问题，也有政策问题、体制问题，总之，是一些难以短时解决的复杂问题。记得黄老曾告我相关情况，并说，绍兴市长如今换了届，更无从谈起了。这样，绍兴会馆的修复之议就难有下文，良好的愿望，终于落空。由此，也可以约略体察到黄老在实现他每一步梦想时所经历的艰难曲折，愈到近年，愈加举步维艰。

文化名人，甘当小学生

黄老出身书香门第，家里名人辈出。大哥黄宗江、二姐黄宗英、三哥黄宗洛都是闻名遐迩的戏剧文化界名家；黄宗汉最幼，在潞河中学时的同学刘绍棠又是著名作家，黄宗汉本人对北京的建设主要是文化事业，建树良多，早负盛名。然而，同黄老接触却感受不到名人的光环，那平易、平朴的作风，让你觉得这是一个可以与自己平起平坐，平等交流的老友。不仅如此，他虚怀若谷、渴求新知，他的想读书当学生的愿望极其强烈和执着。

人们早就听说黄老年过花甲当了人民大学清史专家戴逸的研究生，上课考试，毫不含糊；拿下硕士学位后继续攻博，带着在现实中积聚的问题，搜集材料，撰写论文。2004年已经73岁了，硬是带病强撑参加博士论文答辩，不折不扣地完成了学业。黄老的读研早已在文化教育界传为美谈，他的好学求知，即便是如我这样一个后学晚辈也有真切的体会。

记得在2001年，大观园的"新世纪红学论坛"正以每月一次的频率开讲，当年12月1日轮到了我，讲座地点在含芳阁的楼上，那一天气温骤降、寒风刺骨，来听讲的人很少。我讲的题目是《红楼梦与中国现代女性》，小小讲台上，有蔡义江、胡文彬两位助阵，一眼望去，下面寥寥十来个听课者中竟然端坐着黄老。我心里万分过意不去，禁不住说："哎呀，您怎么也来啦！"须知黄老不仅是名家、是长者，而且还是个病人，早已诊断出淋巴癌，做了多次化疗。他不止一次乐呵呵地对大家说："又闯了一关。"这当然是幸事，但病势凶险，治疗休养万不能掉以轻心。那一天我都冻出了重感冒，可黄老居然如同小学生一样正襟危坐直到下课，真担心他受冻受累危及病体，更为他求知好学不耻下问的精神深深打动。也就是在这一次课后，我送了一本旧作给黄老，里面有关于鲁迅《红楼梦》论述的文章，也因此有了上文所述黄老嘱我为鲁迅与绍兴会馆撰文的一段因缘。

事实上，远不止这一次，凡"红学论坛"开讲，黄老几乎场场必到，我们也得以更多地亲近这位可敬可爱的长者。顺便提到，大观园的"红学论坛"在新世纪的第一个十年里，从2001到2005年，不间断地举行了二十八次，几乎囊括了所有与红学界相关的老中青几代学者，听讲者有时多达数百人，可谓盛况空前。饮水思源，作为一个名著园，没有如同黄老这样的缔造者也就没有这方园地；名著园里讲名著，时时闪现黄老的身影正是一种默默的无言的支持。更加可贵的是，借助"论坛"，我们也真切感受到了作为文化名人甘当小学生的求知之诚和谦逊之心。

老年公寓，如同工作室

同黄老在大观园以及后来一年一度晋阳饭庄的聚会中渐次熟悉起来，得知他入住老年公寓（北京市第一福利院）已经多年，便萌生了想去那里看望他的想法，同黄老电话约定后就径直往访了。

去年（2013年）3月13日上午，我与外子一同乘坐公交车来到朝阳区华严北里的北京市第一社会福利院，很容易便按号找到了黄老在颐养区的房间。我们去得很早，进门不到九点，黄老已经等在那里了。此来的首要目的是看望老人，问候起居，聊聊近况，顺带也想看看老人的居住环境和老年公寓的状况。外子曾出过有关社会保障的专著，长期关注老龄问题，在美国和中国其他城市看过不少老年公寓，北京的还少有了解。

一进黄老的房间，我的第一印象是：这哪里像一个久病老人的修养调理之所，简直就是一间工作室！看哪，桌上、墙上、床上、地上到处都堆放着书籍、报纸、杂志、资料，层层叠叠。看得出来原先是整齐排列码放上架的，而后不断有新出的书报接续而来，实在放不下或来不及整理，只好"顺其自然"了。这是所有读书人、文化人的常态，说明阅读和工作正在"进行时"，我们在黄老屋里感受到的就是这样一种进行时。他告诉我们，自己有"书卡"，经常买感兴趣的新书，不少是赠书；免费送的报刊就有七八种，自己还另订了《南方周末》；还特别拿给我们看一种某高校出的供离退休人员看的综合参考性刊物，涵括时政要闻、文化事件、最新动态，等等，几乎包罗万象，一册在手，全无闭塞之虞，而是耳明目聪，与社会脉动息息相关。屋里当然有电视、电脑，可以看国内外新闻，凤凰卫视等。黄老还告诉我们他挺"忙活"，有些必要的会得"请假"出去参加，采访也不少，最近还做了将近一个月的口述史。总之，人是住进了老年公寓，社会活动、著述活动，其实并未间断。

我打量黄老的书刊，有政治经济的、哲学社会的、历史文化的，当然不乏文学艺术的。其特色是都很新，有的刚出版。翻看之中，我注意到其中两本有关鲁迅的书：钱理群《我的精神自传》和孙郁《鲁迅忧思录》，新出不久，我知其名而未见书。对我而言，虽不研鲁，但遇到类此的书，就有想读的渴望，忍不住当即就向黄老借了这两本书，带回家去，两天之内，读毕立即快递寄还。黄老在电话里还说："你急什么，慢慢看嘛！"这一椿借书的轶事，虽属即兴偶发，却足以说明黄老精神视野之广和读书的"前沿性"，也反映出我的闭塞和阅读饥渴。

在黄老屋里聊了足有一个多小时，之后他便领着我们里外上下的参观，并滔滔不绝地介绍讲解，看了颐养区、生活照料区、养护区和医疗区以及相连的老龄医院，还到了他一位友人入住不久的新楼区。所有区域均有中央空调、日夜热水、吸氧系统、紧急呼叫、消防报警等设施，还有阅览室、书画室、棋牌室、健身房、聊天室、网吧、茶社、多功能厅等。还带我们看了每周食谱，黄老已习惯于这里的清淡、低盐低糖的饮食。据他说，有的厨师还是从国宾馆退下来的呢。

不知不觉，时已近午，怕他太累，就此告辞。黄老还精神十足地热情留饭，说非常方便，用手一指，就在这里，友朋常来。我们谢了他的心意，相约今后会再来便离开了。

当晚，我在日记里对印象最深的两点有所记写。其一是黄老的"工作室"。对于知识分子而言，没有书报犹如鱼之无水；对于黄老而言，停止工作生命就了无意趣。黄老固然是离休干部、全国劳模，他在根底上更是一个文化人、读书人，他告诉我们，这里高知、教授、文化名人很多，足可以开个大学哩。其二，这里是北京最优的公立老人院，是北京市的一个品牌，一个窗口，前来参观访问者很多。黄老所居原本格局是庭院式，有绿地，现在盖起了一座大高楼，十分局促，也挡住了黄老房间的采光。为了多收老人，实属无奈之举。曾听友人说，欲进此院，要排队一百年，可见稀缺之甚。

黄老走了，今后怕再也不会重访此地，重见他的"工作室"了；书刊有灵，也在怀念故人吧。

宣南文化　相伴去天堂

据参加黄老告别式（在协和医院，极为俭朴小型）的徐菊英告知，黄老有遗言，嘱托将《宣武区消失之前》一书陪他下葬。这本书是黄老生前最后或曰最新的一本著作，尚未正式出版，目前只有样书，就是这本样书陪他西去。听到此讯，我翘首等着看这本书，然而至今尚未看到，只能将黄老先前赠我的几本《蓝台参阅》找出来，重温黄老对宣南文化的深沉眷念和深入研究。

《蓝台参阅》系北京市宣武区档案馆所编的内部刊物，旨在以史料为依据提供决策，黄宗汉先生为该刊顾问。他赠我该刊2003至2005的增刊三本，从刊物选题的高端、内容的厚实、封面的典雅、印制的上乘来看，我以为很少有一个区、县的档案馆能编出这样的刊物。它的创意、策划、组稿，以至封面设计无不倾注着黄老的心血智慧，体现他的识见眼光。《增刊》第一期，适逢北京建都八百五十周年，选载了侯仁之院士1953年为北京建都八百年所撰专文，刊出了朱希祖先生和黄宗汉先生有关北京历史文化的专稿，拙文《鲁迅与绍兴会馆》亦在其中。第二期可以说是大观园和红楼梦电视剧（1987年版）的专号，很有史料价值。第三期则关涉宣南文化的各个方面。

特别令我注目、长我知识的是封面"蓟城纪念柱"的照片和铭文，曰"北京城区，肇始斯地，其时维周，其名曰蓟"，柱右载碑文，为侯仁之先生所撰，左下方有小字注明，此柱为纪念北京建城的标志物，耸立在广安门滨河公园北侧，建于一九九五年十月，扩建于二〇〇二年一月。要之，刊物由表及里都昭示了以探究、保护、弘扬北京建城的历史文化为己任，宣南正是其源头和中心。笔者愧为北京市民，居京超过半世纪而对这一切知之太少，黄老和他的著作对笔者之辈有启蒙发昧之功效。

在这几本刊物里，有黄宗汉先生《宣南文化研究概况》《清代京师宣南士人会馆论说》两篇重要文章，写于本世纪之初。黄老曾任宣武区政协副主席，无论在任上还是卸任之后，都对宣南文化做过持久、系统、深入的研究。宣南泛指北京宣武门外南部一带，宣南文化是一个特定的地域文化概念，是一个崭新而古老的命题。宣南文化荟萃了北京文化的精华，是北京历史文化的源头和缩影。黄老的矢志深造晚年攻博与此密切相关。

从黄老的著述里，我们认识到北京作为大国的首都，建城历史悠久，宣南是其肇始之地，这里包容了皇家、士人、平民三种类型的丰富文化。以士人为主体，曾在宣南居住、活动并有著述者，史料所记有七百多人。最为典型的有乾嘉学派诸大师、宣南诗坛诸名士、戊戌维新诸先驱这三个士人群体，他们曾引领学风、主导潮流、开近代革命先河。宣南文化求实、创新、改革的精神反映历史上社会进步的趋向，许多重大历史事件发轫于此，蕴育激荡、辐射全国、影响巨大。黄老尤为关注的是作为宣南文化重要载体的会馆，宣南有会馆三百余座，士子文人寓居于此，读书鉴史、察时论世、著书立说、集会结社，保留着许多重大历史事件的故实陈迹，对于清代文化史、尤其是近代中国历史变革是不可多得的历史见证。中国没有一个地方集中了如此众多的会馆，保存了这么重要的历史遗迹，堪称近代史的化石群。

面对城市快速发展的现状，黄老清醒地意识到："北京的会馆不若王府的豪华壮观，不若四合院的精致完整，它们本来就多是深居陋巷中的简朴的馆舍。现在已经残破不堪，难于支撑，再不抓紧抢救，北京绝大多数会馆也就只能遗憾地化为历史烟云了。"十多年前，黄老曾尽心竭力地策划参与过湖广会馆、安徽会馆（戏楼部分）的保护修复工作，其后，绍兴会馆的修复未能如愿，更遑论其他。这是黄老的遗憾，也是历史的遗憾。如今，由于城市的区域整合，宣武区已被合并取消，宣南文化前景未卜，黄老的忧患日益深重，从他的书名和遗愿中，可以窥知一二。

在笔者心目中，黄老并非那种纯书斋式的学者，他是能够贯通古今，吸纳中西、协同左右、整合知行的通达之士，是一个有梦想、重实干、敢担当、善操作的难得之才。他的识见，他的忧患不仅属于他个人，也属于这座城市，属于快速发展中的家国。

黄老是寂寞的，宣武区消失了，他长期关注、潜心研究、传承实施的宣南文化是否也在消褪、被遗忘了呢？

然而，我想黄老最终不会寂寞。北京城在发展，硬件的完善必须辅之以软实力的提升。京城深厚的历史文化底蕴应当迸发出新的活力和光彩，黄老所关注和期盼的事业终究会得以传承、继以来者。

"莫道前路无知己，天下谁人不识君"。这是笔者对黄老的祝福，以慰藉他的在天之灵，也呼唤他的文化知音。

写于2014年10月下旬至12月

阔大恢宏，坚韧执着
——感受冯其庸先生治学为人的精神力量

在前辈学者中，其庸先生应是我相处最长、受教最多的一位，算来已有三十余年，其中包括退休以后的十多年间，他仍一如既往甚至更加勤勉地治学诲人。按常理，我应当对他的治学理路有较多的领会和心得；而其实却做不到。究其原因，除去自身的浅陋愚钝外，实在因为先生领域广阔、造诣深湛。且不说众所周知的兼学者、诗人、书画家于一身的境界，即以学问而论，先生固然以红学著名于世，而同时于中国文化史、文学史、戏曲史、艺术史等都深有研究。他是中国红楼梦学会的名誉会长，又是敦煌吐鲁番学会顾问，"红学"和"敦煌学"都是当代显学，具有世界性，一个学者能在这两门专学中兼有这样的学术地位，是十分难得的。

这里只说红学，冯先生用力最多、成果最丰的是家世谱牒和版本校勘之学，也下了大力气进行评批和文本的研究。前二者需要具备文物考古和文字学文献学的功底，自己历来未敢轻涉，自有行家来评说。在我看来，冯先生对红学事业的建树和推动除了他本人著述而外，十分重要的是他以一个学术领头人的识见和气魄，主持和主编了一系列大型的学术基础工程（如脂本《红楼梦》新校本、汇校本、汇校汇评本、八家评批本、《红楼梦大辞典》等），与前辈和同道一起倡导和组建了中国红楼梦学会、《红楼梦学刊》，培养和造就了一批后起的研究者和爱好者。我本人就是其中的一个受教者、受益者，长期以来在冯先生领导下工作，自问算不上得力，只是一个自始至终的参与者、坚守者。他从来不做空头主编、挂名主编，而是切切实实地从确定体例、设计框架、约请人选，到审看稿样撰写序言以至查找出处都亲历亲为，我所经历的一些项目尤其是初版《红楼梦大辞典》的全过程便是极好的例证。至于我个人的研读写作自来都从冯先生那里得到极大的鼓励和支持，不仅是长者的热忱，更有一种学术大家的包容。为此，有时竟使我感到意外，甚至震撼。

举一个近年的例子，2005年正是"秦学"火爆之年，学界的朋友和学会的领导已经有不少文章和讲话从史实上学理上正本清源，这年底我去美探亲，心里仍郁结着这个问题，难道秦可卿这个人物除了揭秘猜谜之外，就无话可说了吗？于是写了一篇题为《秦可卿形象的诗意空间——兼说守护红楼梦的文学家园》的文章，寄回国内，2006年7月的《红楼梦学刊》发了出来，其时我并未看到。忽然，有一天夜里，接到冯先生的越洋电话，说他刚收到新出的《学刊》，不经意地翻开一看，不觉看住了，一气读完，正是我那篇。他很兴奋、很赞赏，当即写了一首诗，在电话里念了一遍，告诉我写好裱好后回来送你。放下电话我真的很感意外，我写此文不必说冯先生毫无所知，就是学刊编辑诸君事先也未得知，完全是我的"自发"行为，有此反响实乃始料不及。次年回国后，五月十九日冯先生托任晓辉君送来赠诗，已精裱装匣，打开一看，句云："红楼奥义隐千寻，妙笔搜求意更深。地下欲问曹梦阮，平生可许是知音。"上写题"论秦可卿"，落款为"冯其庸八十又四"。诗当然是过奖，我曾言明不会张挂，所以他写成手卷，以便收藏。后来还得知他在2006年秋天大同国际红学研讨会开幕式的讲话中还提到了此文："完全是从文本出发，从人物的思想内涵、美学内涵出发的，……一点也不需要胡编什么，可见红学研究的根本是要深入文本。"大同会议我未参加，从会议专辑中才看到了这段话。我举这个例子，不只说明他对后学的关怀嘉许，如此郑重其事；更是由此见出一个学术大家的气度，即使我从不涉足家世、版本等实证性领域，我的视角和方法他也同样能够包容和肯定。窃以为冯先生学术上的大家气象，不仅体现在他能出入多个领域，也体现在红学本身，这是他能够服众和具有凝聚力的重要原因。

以诗画相赠作为激励和纪念，早在十多年前我就曾得到过，记得1991年《红楼梦会心录》在台北印行，其时他太忙，我提出不必费神作序，题几句就好。结果他不仅作了一诗一画，又写了序。其间还有一桩插曲，就是先生的诗、画印在书首，同时还准备将原件送我，似乎是在上海装裱的，岂知放在宾馆被盗走了。后来先生又重写新画，那是一对立轴，十分精美，同印在书上的大不一样了，原先画的是南瓜，后来是葡萄，且有题句，赠诗行款也因尺幅放大而不同。总之，因祸得福的是我，先生则为此费神费事。赠诗曰："十载开卷此会心，羡君真是解红人。文章千古凭谁说，岂独伤心有雪芹。""启祥同志会心录成，为题一绝。宽堂冯其庸于京华瓜饭楼"。对于我，此句可看作一阶段性总结，当然更寓勉励之意。作为受赠者更有一种提升的作用，即便文章写得并不令人满意，也会为树立一个高的标杆去努力。这正是先生高远阔阔的大家风度对后学的一种影响。新世纪以来，先生还画了大幅红梅和以精心构思的律句相赠，都是极大的策励和珍贵的纪念。

冯先生的豪情壮志和坚毅品格，在他对祖国大西部的实地调查和发现中表现得最为鲜明和充分。在先生精神的感召下，我也有了一次新疆之行，此行令我终生难忘，也由此对先生的精神品性有了更为直观的体察和印证。

人们知道，从1986年到2005年这20年间，冯先生十次去新疆，三上帕米尔高原，二进沙漠深处的罗布泊，沿着当年玄奘取经之路，备尝艰险，取得了极为宝贵的原始资料和学术成果。他每次西行归来，都会向周围的人讲述闻见，出示照片，还开过展览会和出过大型画册。这一切无不令人惊叹。然而闻见不如亲历，冯先生不止一次地建议我"应该去新疆看看"，我虽心向往之，但一直延宕至2007年秋天才终于实现了这个心愿。

当我告知冯先生决定西行、准备订购机票时，行前几天之内，他大约打了十几个电话给我家和新疆的朋友，做了种种提示和安排，设计了具体的路线，估量了行程，给我带来了相关的资料，还画了图。他的热忱和细心令我和外子感动不已。我们按冯先生的建议从北京经乌鲁木齐换机直飞南疆的喀什，由友人全程驾车带我们由喀什返回乌鲁木齐。一路之上在南疆大地，我们边走边看，所到之处都是冯先生去过或者多次去过的，当然只能择其要者匆匆掠过。抵喀什后，我们参观了莫佛尔塔、香妃墓、艾提尕尔清真寺、班超城等，用一个整天由喀什出发走国道直奔帕米尔高原至红旗拉甫国境线口岸，归途经塔什库尔干石头城，于当日入夜返回喀什。次早离开喀什经泽普至和田，停留一夜半日，看了千年核桃王和无花果王，接着正式上路，穿越塔克拉玛干大沙漠新公路到阿拉尔、住阿克苏，翌日走拜城、克孜尔千佛洞、苏巴什佛寺遗址，抵库车，入夜宿轮台，下一天经轮南油田、进入原始胡杨林、又到铁门关、库尔勒，夜越天山直奔吐鲁番，次日参观了苏公塔、郡王府、历史名城高昌和交河古城遗址、吐鲁番葡萄沟、坎儿井、博物馆等八处古迹和景点，当晚赶往乌鲁木齐，途中亲历长达百里的山口强风。到达乌市后朋友笑说你们真是"八千里路云和月"，这并非夸张，南疆的这一路行程堪称高速、高效，走过的里程恐怕不止四千公里。在乌市两日，上了天山天池，看了博物馆，还去了天山牧场和哈萨克牧民毡房。仍从乌鲁木齐搭机返京。此行从9月15至27日共十二天，中秋节是在新疆过的。

　　行前冯先生说过，能否上高原入沙漠要看天气条件和身体状况，随机而定。事实是先生楷模在前，先就给了我们以信心；新疆朋友的热情周到更使我们行程紧凑，无往不利；加之天公作美，日日晴好。比之先生之行，我们的气候条件、道路条件要好得多。每到一处，我都会推想他当日的艰辛劳顿。

　　比方说，当我们进入号称冰山之父的喀喇昆仑群山，将近边境之时，同行朋友告知，右边不远处就是冯先生考察的玄奘归国所经达坂明铁盖山口，那里没有路，靠部队和当地友人帮助才能达到。说话间我们的车子已上到海拔4750米的边境口岸红其拉甫，我下了车在世界屋脊上小心翼翼地一步一步往前走到中巴边境的界石，尽量节约体能，慢动作，少说话。此刻想起冯先生三上帕米尔，他是肩负着历史文化使命，考察之后又于2005年8月专程前往立碑为记，那一天晚八时许他竟然在这四千多米的高原上给我打了电话，其时还有不止一个记者采访他，这要消耗多少体能！我激动之余，十分担心他的身体能否承受。又比方说此行穿越塔克拉玛干大沙漠，原先总有些神秘感，如今却因现代交通设施的完善而化险为夷。我很幸运，得以在一条新修的尚未正式开通的沙漠公路上畅行，自和田至阿拉尔421公里只消三个半小时，瀚海无垠，单车直驱。冯先生此前走的是老沙漠公路，更何况他坚持同摄制组数度进入沙海深处的罗布泊，夜宿帐篷，气温很低，供水限量，这才是真正的探险之旅、科考之旅。再比方说，新疆的自然景观奇特，去千佛洞的路上，朋友指点两旁是典型的亚丹地貌，有五彩山，在吐鲁番远观火焰山真是红色的，这就印证了冯先生以西部山川入画，色彩浓重，犹油画然，人称"西域重彩山水"，我在这里看到了它的原型。

  总之我的浮光掠影式的行旅只能追踪冯先生的大西部考察于万一，但确乎获得了直观的感受与体验。他的累次西行，不避寒暑，不计晨夕。万里沙龙，风雪如狂，阻挡不了他攀登冰川的脚步；吐鲁番的夏日，气温高度摄氏五六十度，他冒暑考察古城遗址。他曾夜宿阿勒泰边防连，吟出了这样的诗句"窗外繁星疑入户，枕边归梦绕红楼"，足见西行不忘《红楼》。有人问，这两者有何联系？回答是，用玄奘万难不辞求取真经的精神来从事学术研究包括红学研究。冯先生数十年孜孜不倦对着《红楼梦》的各种本子，读了又读，批了再批，为一字之义寻根究底，无不贯穿着这种坚韧执着、追求真知的精神。

  冯先生是个天分很高的人，有件小事给我印象很深。大约在上世纪八十年代之初，有一次同乘13路公共汽车（彼时我们尚在恭王府花园上班，他住铁一号，常乘13路），在车上我随便提起最近在一个刊物上看到郁达夫的旧体诗，写得真好，是写给妻子王映霞的，他回应说也看到过，并且立即背了出来。这令我大为吃惊。在我，不过是留下一个"写得好"的模糊印象，而他却能过目不忘，郁达夫是个现代作家，古代名家他能记诵的自然很多。过人的天资加上超常的勤奋才能成大器，人常说冯先生有捷才，这不单凭一时的灵感，须得有长期的积累和不断的实践。还可举一例，2001年初他去海南，本为治病休养，却寻访东坡遗迹，寄来新赋诗作三十六首，又是件令我意外和吃惊之事。他就是这样一个走到哪里都不忘读书、调查、写作、吟咏之人。

先生出身贫寒，自称"稻香世家"，主要靠自学自励，苦读深钻，善于请益，敏于领悟，从不懈怠，老而弥坚。尤其可贵的是他有一种极为强烈的进取精神和探索勇气，突出的例子是他作画题材风格至晚年而大为拓展。长期以来，冯先生画葡萄、南瓜、葫芦等小品已臻化境，人谓有青藤之风，为我们大家熟悉和喜爱；然而新世纪之初，忽然画起山水来了。初时我不知缘故，着实为他担心，八十来岁的人了，何苦又重头学起，另开新张呢。弄不好新的不成旧的生疏岂不两伤。孰料这不仅是我的过虑，而且是一种凡庸之见。原来他之发奋画山水人物是启功先生的建议，启先生在2001年过访冯宅，鉴赏了他收藏的艺术品和观摩了他的若干画作之后有此建言。真不愧是知人知音之言。果然由此激发了他旺盛的创造力，不出数年，冯先生以迟暮之年，朝夕临摹，悉心体会，更出新意，山水画很快进入佳境，量多质高，不仅开了画展，且有两本大型山水画册赫然呈现于世。他才华学养的潜质，得到了深度开发，艺术成就更上层楼。在这期间，他有时在电话里会告知临摹宋元画作的体会，领悟门径的喜悦，可惜我于绘事未入其门，只是一知半解、似懂非懂，自知够不上格做学生，只能是一个"倾听者"而已。关于艺术绘画是如此，其他方面的学术新知和研究心得也是如此，以至包括倾听某些烦恼不顺的事。这大概是我这个后辈对先生的一种"无用之用"吧。

虽则外行，但我最喜欢的冯先生画作有两幅。其中一幅是1999年5月我第二次去芳草园冯宅，一进门抬头望见悬挂在楼梯间顶天落地的巨幅，庐山飞瀑倾泻而下，飞沫如珠扑面而来，上书"画到匡庐飞白玉，无边清气满中华"，令人精神为之一振。入目之后，不会忘记。此画的阔大之象恢宏之气正是画家人格的写照。另一幅就是"秋风图"，瓜熟叶老、彩墨相间、淳朴清雅，意味着收获和成熟，有一种阅历沧桑，由丰赡归于平淡的韵致，去年拿来做了《瓜饭集》的封面。见此画，如晤其人，有一种亲切感。

长期以来，我们有幸在冯先生身边学习和工作，真切地领受到他治学为人阔大恢宏的气概和坚韧执着的品性，感知那颗"虽万劫而不灭求学求真之心"。这是一种巨大的精神力量，潜移默化，取之不尽。这篇小文只能是蠡之测海，言不尽意。值此冯先生从教和学术活动六十年之际，唯望先生能善自珍摄，却病保健，学术生命和艺术生命有赖于自然生命而延续。先生的健康乃中国学术文化之幸事，也是学生后辈亲人友朋的诚挚愿望。

写于2010年国庆节

谛听历史当事人的声音
——我所认识的李希凡先生

一

距1954年即发表李希凡、蓝翎《关于〈红楼梦简论及其他〉》第一篇红学文章的年份至今，已整整一个甲子。六十年在历史的长河中不过是一瞬间，对于个体生命而言却很漫长。当年初露锋芒的"小人物"之一今已八十八岁高龄，作为历史的当事人依然健在。这不仅是希凡先生个人之幸，亦为红学之幸、历史之幸。

希凡先生长我约十岁，在世事变化剧烈的岁月里，十年应为一代。1954那年，笔者还在远离北京的边陲，教自己的化学课，浑然不知京城思想学术界发生了什么事。到了1957年秋来京上学，在大学的中文系里方逐渐知晓1954年这一历史性事件，以后经历了"文革"十年，新时期三十年，自己和学界渐次拉近距离，以至滥竽其中。就笔者而言，对于希凡先生的认识有一个由远及近的过程，即：由遥不可及的"小人物"，到所在单位的领导人，再到退休后的老学者。

如今，我的老师辈几已凋零殆尽，所幸学界尚多有我亦师亦友的长者，李希凡是其中的一位。他是名人，光环褪去离休居家后也是普通人。在五六十年代，希凡并不认识我，七十年代中校注《红楼梦》以至八九十年代他当中国艺术研究院常务副院长亦接触不多，其时他任重事繁，我亦不愿多所干扰。直至他退休并卸下《中华艺术通史》的科研重担后，尤其是在他夫人徐潮大姐故去的近年间，我和希凡先生之间的通话以至见面都比过往任何时段频密，我与老伴的确常在惦念他的健康和心情。

因此，无论就公谊还是私交，在这个甲子之年，我都应当写点什么。必须申明的是，自己对于红学的历史包括1954年这个题目并无专门研究；我只是认为，就李希凡个人而言，1954年是他红学研究的起点，也是一个制高点。六十年来，他陆续有红学文章包括谈话问世，到本世纪初，他专注于小说本身主要是人物的系列，下了大功夫，结集为《传神文笔足千——红楼梦人物论》。他很看重这本书，可视为他红学研究一个浓重的句号；我也很珍重他所赠的这本书，认为可以代表他当下的水平和成就。要谈李希凡红学研究的六十年，当然要重视起点；但也决不可以轻忽这心智结晶的集成之作(已收入他的七卷本文集，1954年之作倒是没收，也许是因为著作权属"两个小人物"的缘故)。

作为李希凡的晚辈和友人，我仅能就个人的认识和感受写这样一个夹叙夹议的东西，既不够"学术"，更不能全面，但或者倒是一个真实的侧面。

二

我第一次见到李希凡本人是在上世纪六十年代之初，在一次讨论《鲁迅传》电影剧本的座谈会上。其时我刚留系教鲁迅的课，系里告知有这样一个座谈会可以去旁听，以广眼界。会议大约是《文艺报》召开的，《文艺报》的主编是张光年(即光未然)，虽则张光年最小的妹妹张蕙芳与我是北师大同班同学，但那个年代不兴走关系，我仅去过蕙芳住东总布胡同的家一次，大哥光年不在家，所以我压根不认识这位大主编。那次座谈会是否张光年主持我也不记得了，与会约有十来个人，都是文艺评论界和鲁迅研究界的知名人士。我们这些带着耳朵去听会的年轻人，到得较早，坐在后排，会将开始，正在等人，前面坐在沙发上的一位长者半开玩笑地大声说"新生力量来了！"话音刚落，一个大个子进到室内，他就是李希凡。显然，他比在座所有的正式与会者都要年轻得多。

这次会议谈了些什么，包括李希凡发了什么言，我已经忘得一干二净。只留下了"大个子""新生力量"的印象。李希凡当然不会知道角落里还有我这样一个旁听者。

以上说的是"目见"，更多的当然是"耳闻"。试想在当时大学人文学科尤其是中文系的师生中，李希凡的知名度是很高的。尽管我并未经历1954年，入学时"反右"的高潮已过去；但老师们在课上课下仍会有介绍和讲述，要求我们阅读相关的文章和资料，李希凡是马克思主义理论武装的新生力量的代表，他的文章富有战斗性。记得一位老师讲过："南姚北李"(当然是"文革"前的姚文元)是文艺评论的楷模，年轻人都应当学习。总之，在青年教师和学生心目中，李希凡是公认的学习榜样，是敢于挑战权威的"小人物"。说实在话，这样的"小人物"在我们看来是遥不可及的。

首先，当然是因为"小人物"的学术勇气和识见自身并不具备，何况来自"上面"强有力的支持更是千载难逢的机会(那"上情"人们自然无从知晓，连李、蓝本人也不清楚)。总之，对于"小人物"，我们一是钦敬，二是庆幸，这主客观两者离我们普通人都是很遥远的。同时，还因为他们工作在人民日报社，当年百姓心目中《人民日报》何其神圣，具有无上权威，是党的喉舌、舆论的制高点。不必说在那里工作，就算在上面发表一篇文章也极其难得。希凡先生常说自己不过是"十六级的小编辑"(李希凡著：《往事回眸——李希凡自述》，第357、401等页，上海，东方出版中心，2013年第1版)，须知我们这些刚毕业的青年教师才二十二级，每月工资56元，工作多年也不过是二十一级62元，直到八十年代。全系十七级以上的教师寥寥可数，还多为党政干部(十七级是一条线，即所谓县团级)，"十七级以上"我们这辈子是甭想了。基于此，由下往上看，李希凡当然是顶尖新闻单位的大编辑，其地位和影响是高不可攀、遥不可及的。

对我而言，还因为所在的是中国现代文学史教研室，鲁迅著作读得多，也认真；对《红楼梦》则草草，更不关注红学。尽管如此，对"小人物"同样是深怀敬佩之情的。当年，时代氛围和批判风气的影响无处不在，文艺理论文艺政策作为指针贯彻在整个教学活动中，古今中外概莫能外。记得文艺理论崇奉的是"车别杜"（车尔尼雪夫斯基、别林斯基、杜勃罗留波夫），系里还有苏联专家和特设的苏联文学进修班；作为北京的高校，还能请到周扬、林默涵、邵荃麟这样文艺界领导人兼理论家来作报告、讲大课。应当说，努力尝试运用马克思主义的历史唯物主义和辩证法来分析文学作品和文学现象，用"人民性""现实主义"这些标准来衡量评价作家作品，对于我们这些刚刚入门的青年具有很正面的、深刻的影响，也树立了很高的标杆。然而，用群众运动的方式一哄而上，用非此即彼非红即黑的绝对化思维去"批判"，一时间，"反人民""反现实主义"的帽子满天飞，则明显偏激。

那时节，青年学生在知识储备、学术准备严重不足的情况下，上马大编文学史，著名的有北大55级编的《中国文学史》和北师大编的《民间文学史》。我所在的年级，没赶上这编"史"的浪头，却也不知天高地厚地把李白的全部集子搬到了教室里，企图"吞"下这个大作家，后来是无果而终。其后，系里又下达了"评论巴金"的任务，成立了小组，口号是"愈是精华愈要批判"（此事的始作俑者是上海的姚文元）。总之，此类简单粗暴、批倒一切的极左之风盛极一时，它伤害了我们的老师包括文学前辈和学术前辈，也教训了我们这一代"无知无畏"的青年。不必说半个多世纪后的今天，即使在"文革"前环境稍为宽松的时日，我们也痛感"发热发昏"之非，竭力补课补过。今天想来，五十年代的历史往事，其影响不论是积极的抑或消极的方面，作为个人都不应简单地推诿给历史环境，而应作为自身的经验教训深长思之。何况，像我们这样普通的青年师生，自身和"小人物"还存在着偌大的差距，如上所述，我们的理论准备和学术准备还远不及"小人物"呢。

三

再次见到希凡先生这位"小人物"并且相互认识，已是七十年代中期《红楼梦》校注组时代了。小组大约在1974年成立，筹建和初期的情况我不清楚，只记得我是1975年6月下旬去报到的，是全组最晚的一个。其时全组同志已工作了相当长一段时间，校出了前五回样稿，印成大字的征求意见本，由希凡、其庸带领，分头到各省市征求意见去了。我迟来，未出外，留在北京读书看资料。这个组的组长是袁水拍，副组长是李希凡和冯其庸。

比之第一次，这次拉近距离，见到并认识李希凡了。水拍找李希凡当副组长，私见以为很得当，用其所长，本来他就是1954年众所周知的"小人物"，做与"红学"有关的事，顺理成章。希凡于版本似无成见，在组内同大家一起开会讨论，给我的印象很平易。中午我们在前海大院内的食堂吃饭，他则自己带饭，因血糖高，受限制。这一时段很短，粉碎"四人帮"他即回人民日报社参加运动去了。

当李希凡再次来到前海大院时，则是1986年正式从人民日报社调入中国艺术研究院任常务副院长了。自1986年至1996年，希凡先生掌院十年，此时，他实实在在地成为我所在单位的领导人了。

全院有几百人，艺术科学的门类众多，作为掌管研究院的第一把手，任重事繁；我只是一个普通的研究人员，同院领导的接触很少。尽管如此，毕竟是在一个单位，较之以前的"遥望"，如今在"近观"中对希凡有了较多的认识和了解。令我印象深刻的有两点：一是重视科研、爱惜人才；二是宽厚待人，平朴坦率。

先说第一点，我虽则从未担任过所长一类中层干部，倒曾是院学术委员会的委员，记忆中当年院里才二三十岁的青年才俊，包括戏曲、音乐、美术、电影、戏剧、曲艺、艺术理论等方方面面的青年研究人员，只要有成果、有潜力，都会既严格又热情地为之评定职称甚至破格提升。他们如今早已是各个方面的业务骨干、知名专家。直至近年，希凡先生还在给我的电话中如数家珍地提到他们的名字。我还记得在希凡主政期间曾多次举办院内科研评奖，当时并无多少物质奖励，评委也没有什么报酬，我们还是认真地坚持不懈地去做，称得上风清气正。

第三编　感念师友

这里还要特别叙及的是自1996年起，希凡先生虽不担任行政领导，而实际上是离而不休，在此后的十多年间，他主编组织了国家"九五"重大课题《中华艺术通史》的编撰，全书14卷，计700余万字，采辑文物图片3000余幅，是填补我国艺术科学研究空白的巨著。我以为李希凡为官一任，最大的政绩当属留下了这一科研硕果，它已成为中国艺术研究院一张厚重的学术名片和一项基础的科研工程。

再说宽厚待人、营造宽松的学术环境这方面。说实在的，六七十年代我在学校里，人们对李希凡的一般印象是火药味浓，好斗好辩，尤其是《红楼梦评论集》三版的那些后记和附记，连篇累牍，势强气盛。虽则这是"文革"期间极左思潮中出的书，然而该书发行很广，其负面影响相当大。即使到了"文革"后人们对其作者仍心存戒惧、敬而远之。希凡来院后，行政工作繁忙，少有个人写作的时间，作为领导人，他却显示了开明宽厚的一面，对此我有亲身感受。犹记1989年春夏那些令人焦灼、激动的日子，青年学生和研究院的许多人包括所长们都上了街，其时我因赶看《红楼梦大辞典》的校样关在家里，虽未上街而心情焦灼。一天我去希凡先生办公室征询他的意见，他坦言不赞成上街，并以曾得到有关方面的"提醒"相告。嗣后，在大规模的清理清查中，许多单位处理、处分了不少人，主要是知识分子，然而，在研究院却未闻处分过什么人。有一位我所熟悉的品学兼优的所长曾愤而辞职，又有一位很有才华的青年学者在外地被人"检举"，这一切院里并未追查，可以说在希凡的保护下都平安无事。正如希凡所言"我不赞成上街，但我也不赞成整人"。(李希凡著:《往事回眸——李希凡自述》，第419页，上海，东方出版中心，2013年第1版)历史经验证明"整人"解决不了问题，在希凡看来，即便言行有某些不当，但他们终究是好同志、好干部。他所主管的研究院历经风波，并未伤筋动骨，优秀人才得以在宽松环境里展其所长，有不少还成为日后李希凡主编的《中华艺术通史》的骨干力量。

可以说，在李希凡领导的单位里工作，很大程度上改变了过去的一些老印象。我曾对师大的师友说："看希凡的文章很犀利，其实他对人挺宽厚的。"

425

希凡碰见我师大的老师，说，她以前不搞红学，如今能用功，"倒是入了门儿了"。得到希凡的认可，自然是对我的鼓励。作为领导，李希凡没有架子，随和可亲，他从来不勉强我做我力不胜任和不愿做的工作，这是我很心感的。1991年，中组部有一个读书班，他推荐我去，这是我乐于去的，在那里遇见了暌违已久的龚育之，其时他身居高位，是来讲课的，龚育之诧异于我怎么在这里，对弄红学不以为然，我只说，有安静、安定的环境读书就好。在这个班里我认识了不少自然科学各领域里真正的专家，大开眼界。十分感谢李院长给我这个机会。

  同希凡掌院有关的还有一事可顺便提及。那是上世纪八十年代之初，研究院酝酿换届，当时院党委书记、老领导苏一平（原在中宣部文艺处工作时的领导）以他在文艺界的上佳人望和人缘，力排众议，全力推荐院外两位即李希凡和冯其庸来院任职。这封推荐信老苏嘱我起草，信是写给王蒙部长的，我草就后老苏看了，一字不改，嘱我抄写（未有电脑，亦不打印），签了名就送上去了。其时我与李、冯接触不多、身处红学边缘，但总归在所里工作，写这样一封简明的信并不难；老苏既是我老领导，在中宣部"五七"干校又有四年"同学"之谊，他年老多病，找我代劳捉刀亦在情理之中。近日读李希凡回忆录，述及他刚上任，文化部收到很多告状信、匿名信，流言四起。这些我全不知晓，倒在我退休前夕，有人恫吓说，曾经替老苏起草什么信，要抖搂出来云云。我很惊诧，觉得无聊。多年来我从未刻意提起草信之事，冯、李也许从别的渠道略知一二，重要的是我从未倚仗苏一平和以后在位的李、冯院长谋一己之私，既未升官，亦未发财，倒是曾向部里上书固辞职务，总之问心无愧。我之和老苏、希凡交往多起来，都是在他们退休之后、门庭清静、心情寂寞之时。如今老苏墓木已拱，李、冯两位均年届九十左右，离退休近二十年；至于那封信，应该还在文化部存档，其措辞和笔迹都是我的，已经是历史的陈迹了。

四

本节要着重谈谈希凡先生最重要的一部红学著作，也是他晚年的"封笔之作"，即2006年由文化艺术出版社出版的《传神文笔足千秋——红楼梦人物论》，全书五十六万字，堪称巨帙。

这本书主要部分的写作虽则集中在本世纪初的两三年间，但它的起意、积累、思索却经历了很长的过程。作为1954年向"新红学"的发难者之一，到1957年就有与蓝翎合写的《红楼梦评论集》问世。之后，特别是进入新时期以来，希凡先生就有一个夙愿，就是要写出新的独立的著作，固然是为了弥补"儿童团时代"的粗浅，(李希凡著：《红楼梦艺术世界》，第422页，文化艺术出版社，1997年2月第2版)更是为了对《红楼梦》进行深入细致的研究。八十年代曾以《红楼梦艺境探微》为题拟定了四十个题目，只做了三分之一便无暇顾及了。他一直"想从文本研究上更深入一步，虽然写的是人物论，却是把几十年的心得体会都集中在这部书里了，它也包括了我对红楼梦的整体评价"。(《李希凡文集》(一)第646页，上海，东方出版中心，2014年1月第1版)到本世纪初，卸下行政工作和集体项目的重担之后，才集中精力，悉心写作，精心编排，结集成书。全书对《红楼梦》中的六十多个人物形象进行了逐一分析，共三十二篇文章，分成四组，卷首置一篇二万余言的长序。书前并有谭凤嬛专门绘制的彩色插图二十七幅。这确是一部用力之作、用心之作。希凡先生本人很看重这部著作，我收到赠书后也十分珍重，认为我们应当认真阅读、充分评价此著，才能对李希凡的红学研究有一个全面的认识。

诚如希凡先生在本书的《后记》中所说："直到今天，我仍然认为，用脱离社会、脱离时代的人性善恶、生命意志，是不能对《红楼梦》如此复杂而众多的'典型环境中的典型性格'的个性形象进行准确而透彻的分析的。因为《红楼梦》写的是封建末世复杂的社会生活，写的是特定历史环境里的贵族宗法之家的鲜活的'人'和'事'，而伟大的曹雪芹，以其深邃的生活洞察力和惊人的艺术天才，概括和创造了如此众多的、被誉为'如过江之鲫'

的个性鲜明、内涵丰富的艺术典型，正如爱新觉罗·永忠所赞美的那样'传神文笔足千秋'，哪怕是偶一出现的小人物，也都有着不可重复的个性化的精彩，给读者留下深刻的印象。""本书写了对《红楼梦》中六十几个人物形象性格的分析，仍然是源自典型论的阐释。"我用全书"阐释我自认为的马克思主义文学典型观"。(《往事回眸——李希凡自述》，第379页)可见，马克思主义的文学典型观，是这部著作的出发点和立足点。

纵观全书，应当说较之于希凡过往的红学论著，既有一以贯之的、坚持不渝的方面，又有了很大的丰富、发展和趋于完善的方面。

先说坚守的方面，对于《红楼梦》评价的许多基本观点，本书仍一如既往地重申、坚持并做了更为详尽深入的阐述。比如关于小说产生的时代背景和文化思潮，作者征引毛泽东的讲话："十八世纪的前半期，就是清朝乾隆年代，《红楼梦》的作者曹雪芹就生活在那个时代，就是产生贾宝玉这种不满意封建制度的小说人物的时代。那个时代中国已经有了一些资本主义萌芽，但是还是封建社会，这就是出现大观园里那一群小说人物的社会背景。"(毛泽东1962年1月30日在扩大的中央工作会议上的讲话)列举明末清初为数众多的反正统的异端思想家和明清文艺上众多反理重"情"的文艺作品，揭明正是《红楼梦》作者凭借的思想资源和文学传统。这在本书作为代序《红楼梦与明清人文思潮》的长文中，对"市民说""萌芽说"、重情说做了相当全面、详尽的阐述。通篇二万余言的序文是笼罩提挈全书的纲领。

又比如，在本书最核心的篇章——《贾宝玉论》中，作者开宗明义坦陈，并没有改变五十年前的基本看法，即"贾宝玉不是畸形儿，他是当时将要转换着的社会中即将出现的新人的萌芽，在他的复杂的性格里反映着个性的觉醒，他已经感受到封建社会的种种不合理性，他要求按照自己的理想生活下去"。(李希凡、蓝翎合著：《评〈红楼梦研究〉》)当年没有得到充分展开的论点在这篇二万多字的人物专论中得以从容地多方面地进行论证，认为"贾宝玉是封建贵族阶级的叛逆者，是那个时代正在觉醒的'新人'的萌芽"。他的见解虽含稚气，却透露出"异端思想的锋芒"，宝黛源自儿女真情的爱情悲剧，"是明清人文思潮中最富时代精神的代表",宝玉的用情"超越了儿女私情的界限",表现出对人的尊重,"具有初步民主思想的人道主义的新内容,吹拂着人性觉醒的青春气息"。贾宝玉不是曹雪芹,而是"曹雪芹在天崩地塌的封建末世创造出来的时代觉醒者的文学典型"。

在本篇以及紧接着的三万余字的《林黛玉论》和约二万字的《薛宝钗论》中,作者在对各自性格命运进行了详尽分析的基础上,重申"薛林双艳"绝非"二美合一",金玉良姻缺少"情"的内涵只有"理"的规范,木石前盟是自然之性儿女真情的必然发展,二者的对立冲突,闪烁着以"情"反"理"的时代精神。黛玉的"爱哭"的外表特征凝结着现实生活的血泪情缘,寄托着作家的胸中块垒,是不能用"典型共名"来解说的。

要之,本书从序言到各篇人物专论,以马克思主义的典型论为理论基石,坚守底线,保持了"小人物"的本色。

然而,时光毕竟过去了半个多世纪,希凡先生撰写此著已入晚年,人生的历练和学养的积累使得这部著作具有不同于过往的风貌。首先,它采取的是正面论述的学术姿态,完全从文本出发、从小说的情节和细节出发,而不是从观念入手;同时,它在分析人物时充分注意到了形象的丰富性和复杂性,具有层次感和分寸感;再者,文风平易文笔亲切,增强了可读性。总之,本书虽则厚重却无艰涩之弊,虽是论文却有审美情趣。可以说,这是学术上更趋成熟的一种表现,为希凡先生的红学研究画上了一个浓重也是稳重的句号。

我们不妨看看全书第一篇《贾母论》的开篇,它先从王国维"境界"的审美内涵谈起,说到"《红楼梦》可算作古典小说中最富有艺术气氛、艺术情趣,并能触发读者广阔联想的杰作"。"在它的生活画面里,经纬交织,头绪纷繁,从贵族到村妪的世俗生活,都以各自独特的氛围和境界汇合成一个色彩丰富的整体展现在读者面前。万事万物,熙来攘往,场面忽新忽败,忽丽忽朽,人物与人物、人物与环境中间也充满错综复杂的联系与矛盾!而封建末世富有历史性的生活风貌、世态人情、礼教习俗,却就是这样参差错落、富有情趣地编制在《红楼梦》的艺术情节里了"。全书就是这样引领读者进入小说的艺术世界和人物的日常情态的,不论是引用作品原文还是复述小说情节,都旨在使分析论证踏实有据。即使对待不同的学术意见亦基本不采论争的姿态而取正面阐发的路径。

具体到每一个人物的评说,则摒弃了简单机械线性思维的旧模式,在把握主要倾向的同时,充分注意到各个侧面和表层背后的深意。比方说对主人公宝玉的"偏僻"和黛玉的"利嘴"都有颇为独到的分析,尤其是二人之间并无一句示爱的语言和举动,却在日常生活形态中充溢着绵绵真爱,此乃纯情之美;又如薛宝钗固然是伦理观念和生活哲学上的"冷美人",却也偶尔流露出"道是无情却有情"的微妙状态。对于向来属否定性人物的贾政、王夫人等,也不止于一味贬斥,而是看到他们作为"正人君子""慈爱母亲"对于宝贝儿子的"不才之事",忧心如焚以至出手惩罚乃是不得不然的生活逻辑。从全书规模看,六十多个人物不仅包举了十二钗等主要角色,还有丫鬟系列侍妾仆妇以至着墨不多的小人物。可以说,作者包罗全局、巨细无遗的宏大意图和仔细梳理、把握分寸的谨慎态度是十分清晰的。

本书还有一个显著的特点是文风平朴和文笔亲切。它不追求高屋建瓴的气势,更没有居高临下的说教,只是娓娓道来,品鉴人物、赏析艺术。《林黛玉论》开篇文字用的几乎是诗的笔调。正如《后记》中说:"我写这本人物论,既是想写出我对曹雪芹创作艺术的一点理解和评价,和'同好'者切磋交流;又是想为《红楼梦》的普及尽一份努力,既结'红学缘',又结'青年缘'。"这完全是一种平等交流的态度,放下身段,与同好、与青年对话。写书的初衷和自我的定位很大程度上决定了本书的风貌,使之增强了可读性与亲和力。写作的过程又十分流畅舒捷,作者自谓如神游大观园中,五光十色,万象纷呈,对小说已熟烂于心,无须形象档案,也用不着提纲构思,一篇接一篇地从笔下自然流出。[《李希凡文集》(一)第675页]这种流畅之感也传递给了读者。

还应提到本书署名"李希凡、李萌"。李萌是希凡的大女儿,熟读红楼,襄助父亲整理加工、修改打印，"是真正意义上的合作者"。这部书她做出了重要的贡献，在此也送上我们诚挚的敬意。

新时期以来，《红楼梦》的人物论可谓多矣，或单篇、或成书，难以胜记；而李希凡的这部人物论，笔者以为有其特殊的重要意义，它不仅是李希凡个人的封笔之作，也是一定时期众多人物论的代表之作。何况它是作者思忖再三，借以表达对《红楼梦》的总体评价和了结"红缘"、偿还凤愿的深思熟虑的集成之作。它不仅受到广大读者的喜爱，更应得到红学史家的认真研究和充分评价。

五

本文开头说过，笔者对于希凡先生的认识有一个由远及近的过程，由遥不可及的"小人物"，到所在单位的领导人，再到退休以后的老学者。这第三阶段是最近十来年间的事。在此期间，希凡不仅早已摆脱了繁重的行政工作，而且卸下了科研重担、结出了硕果，他所主持的历经十年辛苦的《中华艺术通史》和个人著作《传神文笔足千秋——红楼梦人物论》于同年同月即2006年6月出版。接下来的余事——其实也是十分重头的旁人无法替代的文事，就是撰写回忆录和编辑个人文集了。较之过去，他有了更多的自由，又由于老伴久病新故和自身目力日减，已不复能够高强度地读书写作，静日暇中，我和希凡先生之间就有了较多的电话沟通，一年之中，也会有若干次见面的机会。

在电话中，我会真切地感受到一个八十开外老人的"故交零落"之叹。希凡常常会告诉我他的老同学、或者《人民日报》的老同事、或者文艺界的老熟人、研究院的老部下，某一位骤然离开了、某一位重病缠身了，等等。这些老友，我不见得都认识，更未交往；但许多我都知晓，或读过他们的文章。当然也有是我们共同熟悉的，比如黎之(李曙光)，黎之病故的消息是我告诉他的。黎之生前，有一本《文坛风云录》，颇多有价值的史料，希凡写回忆录很想参考而难觅此书，我曾找原中宣部老同事整本复印装订给他。通话所涉自然不单是忆旧，亦有感今，对于市场化商品化冲击下的学界文坛深感忧患和无奈。

去年（2013年）《往事回眸——李希凡自述》出版。说来也巧，希凡收到样书的次日，我和老伴正好去看望他，就在他家中第一时间得到了这本回忆录。今年(2014年)，《李希凡文集》出版，七卷本一大箱，囊括了他古典小说研究、红学研究、鲁迅研究、文艺评论诸多方面的成果。过往，希凡先生的各种著作每有出版都会赠我，当时也都看过。此番结集，来不及从头细检，我无力做全面评述，学界已有年富力强的友人做了及时推介。这里只能就我近年比较仔细读过的主要是有关红学的和回忆录的卷帙，谈谈个人的观感。

在我看来，用"有所坚持，有所反思，有所包容"十二个字也许可以概括希凡先生晚年也就是当下的学术态度。三者并非是平列的，前者是主要的方面，辅以后二者。

先说坚持。自1954年至今，六十年来主要是近三十年来，希凡先生接受过无数次采访，也包括他本人的回顾文章，谈及当年和蓝翎合写的两篇红学文章和由此引发的"评红批俞"以及思想文化战线上的批判运动，他从来都以中共中央党史研究室的权威著述为指针，全面认识和由衷赞同其评价。即，所提出的问题是重大的，进行清理和批评是必要的，对于知识分子"学习和宣传历史唯物主义和辩证唯物主义起了好的作用，有其积极的方面"。但是思想问题、学术问题"采取批判运动的办法来解决，容易流于简单和片面"，批判运动已经有"把学术问题当作政治斗争并加以尖锐化的倾向，因而有其消极的方面"。(中共中央党史研究室胡绳主编：《中国共产党的七十年》，第312—231页，中共党史出版社1991年版)至于他们写文章的初衷，只是想试着运用马克思主义观点去分析古典文学作品，发表一下与权威作家不同的意见，其后的巨大反响完全是"小人物"始料不及的。

上述基本观点，对李希凡而言是始终如一、一以贯之的。他始终旗帜鲜明、毫不含糊地坚持此一基点，不论在什么场合对任何人都会真诚坦率地加以表述和维护。他对毛泽东主席和毛泽东文艺思想怀有深厚的感情,对新中国建立以来的革命文艺作品热情讴歌和肯定。他曾忆及在"文革"中虽曾挨整,"但却整而不倒,还时不时地在公开场合露个面","应该说,这都与'小人物'的顶子有关。它似乎使我有了某种代表性"。[《李希凡文集》(七)第591页]希凡先生近五十万言的回忆录《往事回眸》全书的结束语谓,"我是新中国的幸运儿"!

诚哉斯言。此乃发自肺腑的由衷之言,是希凡先生文化人生的主旋律,是他坚守和践行的出发点和归结点。

正因如此,在学术研究主要是红学研究上,希凡先生坦承或曰乐于归属于"毛派"。他说:"只因为1954年对'新红学'的那场批判,有过'首发'的'鲁莽',也被列为一派。有红学史家名之为'社会评论派',却又认为,我们并非代表人物,代表人物是毛泽东同志,即所谓的'毛派红学'。如果确有此殊荣,我则幸甚至哉,甘当此任,无怨无悔。"(李希凡著:《传神文笔足千秋——红楼梦人物论》后记,文化艺术出版社,2006年版)毛泽东同志作为革命领袖,以他的宏阔视野把《红楼梦》当历史来读,看到了阶级斗争和社会百态,这当然是一个高明的视角,卓然独步。李希凡作为一个文艺理论家,把毛泽东的卓见消融吸收,以马克思主义的典型论为指针,具体分析和全面评价《红楼梦》这部旷世杰作,乃顺理成章之事。此点前文已有论及,此处不赘。

全面评价和明确肯定1954年批判运动的积极方面,始终不渝地保持着对马克思主义毛泽东思想的坚定信仰,这是回顾李希凡六十年人生经历的主要之点。

同时,伴随着六十年的风风雨雨,回头省察,当然不乏经验教训,有所反思和检讨。使之铭记于心的,首先是"毛主席对我的教条主义的严厉批评",(《往事回眸——李希凡自述》,第275页)1956年和1957年之际,自己缺少自知之明和实际生活,用"自认为是马克思主义,其实是一些根深蒂固的教条主义观点"的条条框框,去批评某青年作家的作品,"给作者扣了一顶大帽子",显然违背了党的双百方针。(《往事回眸——李希凡自述》,第266、167页)反右斗争开展以后,又连续在重要报刊上发表批判"右派分子"的文章,"一发而不可止",(《往事回眸——李希凡自述》,第175页)这当然是沉痛的教训。日后希凡曾当面向这些同志道歉,并在此次编文集时删去了这些明显错误的文章。

与之相联系,希凡先生也反思了自己在学术争论中年轻气盛、争强好胜的过当之弊。他回顾过往,"自以为根红苗壮,又有毛主席赏识的机遇,发言总是理直气壮"。(《往事回眸——李希凡自述》,第349页)特别是"文革"中《红楼梦评论集》第三版,借后记和附记"对俞平伯先生又一次进行了批判,对何其芳同志的反批评,更带有个人情绪"。(《往事回眸——李希凡自述》,第378页)这里对何其芳的反批评,"既不适时,也不应该,因为论战双方并不平等,何其芳同志在当时无法答辩",("文革"中何其芳同志被"打倒",剥夺了写作发表的权利,并于1977年7月24日谢世)"我确实没有料到,何其芳同志在他的有生之年,竟会没有机会和我公开辩论……每念及此,心中便有愧疚之感"。[《李希凡文集》(七)第587页]这场争论,在六十年代就已激化,今天回望"周扬、何其芳同志都已逝世多年,我自己又有了被批来批去的经历后,再重新审视这段三四十岁时的往事,用句时兴的话说,是找到了不同的'感觉'。我大可不必那么咄咄逼人,争强好胜,因为他们毕竟是我的师长和文学前辈"。[《李希凡文集》(七)第588页]七十年代为人民文学出版社的《红楼梦》写序,"自觉地实践极左思潮",这些书在当时发行量十分巨大,其负面影响一直延续到"文革"以后。

作为具体的人自然不能不受特定时代环境的制约,不能完全主宰自己的言行;但又不能都归咎于环境,因而需要反思、汲取经验教训。反思不仅使当事人清醒,也有益于他人和后代。

这里,笔者还想特别提到一件事,说明历史的偶然性背后有某种必然性。那就是"文革"伊始李希凡没有"听懂"或者没有"听从"江青的话,写批判《海瑞罢官》的文章。以江青对"小人物"的兴趣,这完全是有可能的;但李希凡虽则与吴晗同志有不同的学术意见,却无论如何无法和"单干风""翻案风"联系,不能上纲上线。(《往事回眸——李希凡自述》,第355页)由此,"北李"从根本上区别于"南姚",守住了底线,并未陷入江青的黑色泥沼。今天，我们为希凡先生庆幸，敬重他的品格；也由此悟到，在风云变幻的时代涡流中，个人并不总是无能为力的。

以下，再来说"有所包容"。前文已经述及我在希凡领导的单位里所感受到他待人的宽厚。这里想着重说说他在学术上较过去有一种更为博大宽容的胸襟。

作为学术史研究，1954年无疑是一个重要的节点，专文和专著已有不少。我常听希凡谈起，他不见得同意或不完全同意这些论著的观点，但他并不干预，更不强求，各人自可按各自的见解来评述和研究，还常常应他们的请求不厌其烦地接受采访、提供史实。当然，对某些恶意的造谣诽谤是要予以回击的。为此我们一直建议他自己来写，回忆录在一定程度上就是这样催生出来的。

新时期以来，红学确实呈现出繁荣、多元的景象，希凡作为前辈和学会、学刊的主要领导人之一，对此是欣慰和欢迎的。除去那些揭秘、戏说、异想天开的索隐，只要是认真的研究，用心的探索，他都会采取包容的态度。兹举切近的一例，笔者本人也曾写过若干人物的分析一类的文章，2006年为了不赞同"秦学"的揭秘，写过一篇题为《秦可卿形象的诗意空间》之文，意在阐释秦可卿这个人物的审美意蕴，认为无须揭秘，应当关注它的文学价值。此前，我读过希凡先生的可卿论，也认同以现实主义的典型论衡之，这一形象确乎破绽百出，当属败笔；然而又想，如果多用或改用一种尺度，又当如何？记得老作家端木蕻良说过，"我一直不认为《红楼梦》纯粹是写实手法，我对它的艺术有我自己的看法，无以名之，试名之曰意象手法"。(端木蕻良著：《说不尽的红楼梦》，第6页，上海书店出版社，1993年8月版)总之，我试图用意象论这样的艺术方法来补充现实主义的典型论，目的仍在阐释作品的文学审美价值，这是一种探索，可算是一家之言罢。希凡曾坦率直白地跟我说，"秦可卿是个丢了魂儿的人物，哪有什么诗意呢"！他虽不赞成，但完全能够包容。不止一篇，其他如薛宝钗、林黛玉、王熙凤等亦复如此；不只对我，对其他学界友人也是一样。其实，在我看来，马克思主义的社会历史分析永远不会过时，只不过所操的枪法应求更加成熟和高明，面对《红楼梦》这部杰作的多义性、丰富性、再生性，我们的研究也应拓展和深化。希凡先生同我们一起，也在"与时俱进"，他做到了求同存异、大度包容，营造一个宽松的学术生态环境。

人们诟病的红学乱象，实在主要是来自外部的干扰、炒作；学界本身，像李希凡这样的前辈和主事者对于各种学术见解都是采取包容宽和态度的。

以上是我对希凡先生近年也是晚年的一种近距离的观察和感受，我的概括未必全面允当，但却真切可感。

六

行文至此，我们从头谛听了1954年至今作为历史当事人的李希凡先生从青年到晚年发出的声音。自然，这只是我个人的角度，所谓"谛听"却是广义的，是想了解李希凡的全人。

然而，我写下这个题目，其实还含有更直接的当下的意义。那就是有感于近年某些人"质疑"李希凡，"揭秘"他们悬拟中的所谓"真相"。

记得是2011年，我探亲居美，老伴无意中从互联网上发现了一篇"揭秘"1954年红学运动、质疑李希凡的长文，我很感诧异。回国后，本想马上告诉他，因其时徐潮大姐病危，延宕多时才在电话里约略告知，他回说已从别处得知，但实在没有精力，也不想理睬，随它去罢！过了一阵子，希凡来电话说，友人劝告，女儿力促，不理睬岂非默认，必须澄清事实，回应以正视听。于是，他在家中遭变故、视力严重减退、十分困难的情况下，自己口述，由女儿李萌笔录整理，写了回应的长文。可"揭秘"者不依不饶，接二连三，后续之文，读者自可找来阅读。

令我奇怪和不解的是揭秘者对待历史事实和历史当事人的态度。前文提到过，对于1954年这一红学历史事件的看法和解释可以有多种；然而历史的事实只有一个。就说那封致《文艺报》的探询信吧，从五十年代起李希凡就始终如一说有，蓝翎也如是说，这是当事人的陈述，还有若干旁证。对于这样一个本来清楚也并不见得很重大的事实，揭秘者定要说成"并不存在"，这究竟是为了什么？五十年代初写文章的年轻人根本不知有什么"上情"，他去"迎合"谁，又到哪里去"对口径"呢？这本是常识、常理，揭秘者费如许周折，岂非徒劳？

维护历史事实，使之不受剥蚀，是历史当事人责无旁贷的义务，岂能适应某些人的需要来改写历史真实。无怪乎李希凡斩钉截铁地说："谁都休想让我把'有'说成'无'！"（李希凡口述、李萌执笔，《拿出1954年历史文献中的"证据"来》2012年5月，见《往事回眸——李希凡自述》附录）

一切想真正研究历史、进入历史现场的学人，首先必须认真"谛听历史当事人"的声音。

尊重历史当事人，也就是尊重历史。在此1954年的历史事件过去一甲子之际，衷心祝愿作为历史当事人的希凡先生身体健康，心态平和。

末了，愿借一位学界前贤的联语收结此文：

红楼似梦原非梦，青史无情却有情。

二〇一四年六月十七日草成

七月七日修订

勤耕博采，宏图大观

——试说文彬治"红"

翻开一本刚刚出版的新书《红楼梦与台湾》，这是作者胡文彬赠我的一系列红学著述中最近的一本。他编著出版的红学书籍迄今总共约在四五十本之数，我因受赠而大多齐全。我尝对他和周围友人说，这些书，该归拢起来，建一个"胡文彬文库"。这并非玩笑，是认真的。当下，我无意为这一新著置评，更无力为这"文库"述总，只想就长期以来得读文彬的诸多著作，谈谈个人的感受和印象，试图从中概括胡文彬治"红学"的若干特点，虽不见得全面和深入，却是真实诚心的。

我以为，胡文彬的红学著述，概而言之有以下数端值得看取：一谓历史的视野，二谓资料的整合，三谓人文的关怀，四谓文采的追求，五谓编次的精心，最后也是最重要的一点则是对红学的痴迷或曰对红学的执着。

手边这本书，因其新鲜而方便，不免较多地拿来作例，文彬当能宽容我的疏懒，未能一一翻找"文库"。全面准确的评述，自有年轻的学人来作。在这里我只能举其一隅，当然亦有窥一豹见全般之意。

第一，历史的视野。文彬是学历史出身的，历史的眼光成为他考察《红楼梦》及红学研究的一个最基本也是最重要的视角。他的一部最为厚重带有集成性的著作《红楼梦与中国文化论稿》的题记中明言。"我的研究目的就是要寻找曹雪芹与他的《红楼梦》自己的血脉、自己的土壤，从而寻找出《红楼梦》之所以能够在中国小说史上，乃至世界文学史上成为不朽名著的独特的文化个性。"所谓"土壤""血脉"其实就是历史的环境、历史的线索,著者是在努力寻找一个历史的坐标为《红楼梦》定位。任何事物包括天才的作家和不朽的名著根根结底都是历史的产物,历史的眼光可以帮助人们摆脱就事论事的局限,以更为开阔的胸襟获取新知和洞见。也正是缘于这种相对开阔的眼光,港台海外以至异域他国的《红楼梦》的流传和研究较早进入了胡文彬的视野,自八十年代初期起,便为之介绍引进,编选出版,以后又有《红楼梦》在国外的专著行世。在这方面鲜有第二人做出这样的实绩并产生如此深远的影响。

其实手边的这部《红楼梦与台湾》也适足以提供这方面的例证。本书也给人以一种历史感,虽则由单篇连缀而成,仍依循历史的轨迹,由150年前的"石头渡海"直至当今的宝岛红坛,其间凡《红楼梦》被在台人士或台籍人士阅读、评批、吟咏、研究,均历历在目。虽则不是台湾红学史,亦可看作夹叙夹议亦文亦史的长编。

还应当注意到在胡文彬自己文集中的许多文章,其写作的时间和缘由往往都在历史的"节点"上,比如新旧之交、世纪之交、雪芹生卒年的整数、某重要版本发现或行世的纪念日,以及某些重要学术会议、学术活动的开闭幕、起结点,等等。我常常惊异于他怎么会记得这些日子,赞赏他善于把握时机,回顾过往,前瞻未来,阐发出题中应有之义。这与其说是他的一种机敏或细心,不如说得益于他的历史感觉、宏观视野。

第二,资料的整合。学术研究的基础是占有资料。无砖无瓦,何以建屋?这是常识。每一个受过基本学术训练尤其是史学训练的人都会谨记在心。难得的是做得到位、做得持久、做成习惯。从文彬送我的第一本书《红边脞语》起,就鲜明地体现出他治学重资料、善积累的特点。在涉红资料的发掘、追踪、收集、整理方面,他不愧是个有心人,时时留心、处处在意,目光四射、巨细无遗。从《红楼梦》小说本文的一词一字、作者的家世生平、版本述闻、脂评的典故出处、续作的相关资料,以至于一切涉红的故实逸事,都在他的搜集范围之内。每隔一定时段,都可以看到在他的相关著述中归纳整理、分门别类，惠及同好。正因为有这样的储备和根基，便可以在红学的各个领域里具有一定的发言权。有的资料，孤立来看，似乎细碎，一经串联整合，其义显豁，往往能解破某些疑难问题。在端木蕻良和邓云乡二位前辈为《红边脞语》所作的序言中已经讲得很透彻了。

文彬收集追踪资料之勤奋是十分突出的，用前贤"上穷碧落下黄泉，动手动脚找材料"这两句话来形容颇为切合。资料是要去"找"的，不仅要动手抄，首先得动脚跑，跑北京本地的各大图书馆不必说，还常听得他去江南某城市或东北某地方寻书访故，出门在外，为某一资料绕道、延期，甘费周折。不论是无功而返还是喜出望外，前提都得"跑"，得付出。更有的文献资料近在咫尺却尘封冷堆，无人问津；文彬却能拨开雾障，不辞辛苦，"淘"出宝来。2004年发现曹寅《北红拂记》抄本便是一个切近的佳例。此抄本原在戏曲专家傅惜华捐赠文化部藏书中，归中国艺术研究院图书馆接收，既未整理，更无编目，且与其他几种戏曲同在一册内，几近淹没，而文彬慧眼识珠，竟能发现，无怪引起了学界一片惊喜！

"发现"固然不易，"考辨"同样重要。如上举《北红拂记》为邵锐手抄只署"鹊玉亭""柳山"，要确认其为曹寅作品还须多方佐证。因而发现者下了一番功夫，将此本作者、作于何时、有何价值一一厘定，才郑重向学界介绍。类此的考据辨析，同样需要耐性与功力，目的在于证明所占有的材料的真实可靠，这样的材料才有价值，才能加以整合和利用。而在"考辨"中，"辨伪"又是至关重要的一环。"伪"是"真"的反面，考定为真，固然可喜；识其为"伪"，可免误导，同样重要。比如清代《红楼梦》评点家太平闲人张新之，前人曾考定太平闲人为仝卜年，又有人提出另一个同名的张新之，文彬经多年辛苦追索，辨明仝卜年不是张新之，另一位苏州籍的张新之没有评点过《红楼梦》。这些"考辨"文字就收在新著《红楼梦与台湾》中，澄清了一桩红学史上的公案。

这里，特别要提到脂本《红楼梦》的校注，文彬参加了最早七八十年代的人文本初版工作，在最近的三版修订中，从正文到注释，文彬总揽其成，出力最多，因而收获也最大。为他今后的研究，奠定了更为深厚的基础。

要之，文彬治"红"所体现的朴学传统、实证功夫是很明显的。他的著述中，目录、版本、选编、搜辑占很大比重，这是红学的基础工作。在我看来，一本翔实的资料书，其价值远胜于那些并无真知灼见的洋洋大著。学术需要积累，积累既靠勤奋，亦赖识力，文彬可谓两者兼备，成绩斐然。

第三，社会的关怀，此指人文精神和社会责任。上文说到朴学传统，是指它的积极方面，今天毕竟不是乾嘉时代，一个人文学者不能只钻故实，疏离社会。我所认识的胡文彬恰恰是一个十分关心世道人心，具有强烈社会责任感的人。平日里他的交游范围广，对社会各阶层都有所接触和了解，他的忧国忧民之心和愤世嫉俗之言时有所闻。可以说，他是一个淑世主义者，有一种与生俱来的社会参与意识和积极入世情怀。这样的品性和个性不能不反映在他的治学和著述之中，大体上可以从两个层面来看，一是对《红楼梦》本身的研读，二是对"红学"学风的关切。

从文彬最早的红学论文《猛烈冲击封建制度思想家——曹雪芹》(与周雷合写)就体现了鲜明的社会关怀，尽管此文有当年谁都不能避免的时代印记，其影响却不容忽视。此后逐渐摆脱了简单生硬的批评模式，真正进入到作品的文学世界，文彬为广大读者、尤其是青年读者做了无数次讲演和系列讲座，写了多部著作，这些著作的主要篇幅，几乎都是用来分析讲评《红楼梦》人物的，不限于主要人物、十二钗、女性人物，而是几乎囊括了书中所有的人物。从中我们固然看到了作者对于人的尊严、人的品性、人的特点以及作家如何写人的方方面面细致入微的讲析，同时也感受到了作者关注社会的现实情怀。比如，作者感触良深地由元春劝告警示"成由俭、败由奢"的道理，一再强调贾府教育失败的沉痛教训。比方对男性人物颇为精到的概括，贾政之"庸"、贾敬之"空"、贾赦之"色"、贾珍之"奢"、贾琏之"浪"、贾瑞之"妄"，等等，为他书少见。即使是极次要的人物，顺笔点到，亦颇有意味，如谓邢夫人之愚蠢并不罕见，"特别是那些觉着自己有地位的人，时常把自己的愚蠢当作聪明"。总之，文彬谈红，有一种人间情怀、现实参照。这是特点，也是优长。

在新著《红楼梦与台湾》中，这种社会关怀尤为鲜明，跃动着一颗挚爱宝岛、企盼统一的爱国之心。所谓"劫火难烧才子笔，两岸同根一家亲"，全书各个章节中，不论是说古道今、评书述人、还是开会纪游，处处洋溢着亲情、乡情、思念之情、认同之情。单看"红楼渡海百年情""纵有关山不隔梦""海珠凝泪到今圆"这些标题，就可以体察到作者情系宝岛、心怀祖国、沟通搭桥的一片挚诚了。作为学者的社会责任和人文情怀坦露无遗。

另一层面则要提到文彬对于红学领域内树立健康良好学风的呼吁和对于不正之风的抨击。这方面的倡导和批评，见诸他的许多文章、序跋、讲话稿以及受访记等。在市场经济大潮中，学术商品化、娱乐化的势头一浪高过一浪，文彬对于出版、传媒业的现状颇为熟悉，尤其关注红学书刊的出版和传播，偶尔向我言及，多所感慨和忧思。令我印象深刻的是在近年来"秦学"大行其道，借强势媒体覆盖海内外的情势下，率先站出来明确表态予以严正批评的学界人士，就有胡文彬。记得在大观园的一次公开讲座中，他以《红楼梦的诱惑和红学的困惑》为题，明白无误地告诉读者《红楼梦》不是密电码，无从破译，不需猜谜。那些嗅觉灵敏的记者很快报道出去，一时间人多气盛的秦学护戴者大有兴师问罪之势。文彬本人明显感到压力，我闻知后竟有一种"文革""大民主"群众运动卷土重来之感，这真是中国学术的悲哀。作为一个红学研究者，唯有凭借自身的学术良知和社会责任发言行事，文彬是深知这一点并且不避锋芒身体力行的。

第四，文采的追求。如果以为文彬是学历史的因而下笔质朴少文，那就错了。虽说文史不分家，但也要看你主观上是否爱好并且营造一种文学的品格和氛围。《红楼梦》是文学作品，评论和研究她的文字应当力忌干巴巴，尽量文学化，这是大家的期望，也是文彬的追求。在这里只想谈一点，即文彬著述中极为显豁和突出的一点，这就是他每一部书的全部章节标题几乎都是"诗化"或曰"诗句化"的。换句话说，就是他都是用一个七言句来为每篇文章命题。有时连书名都用七言句式，配套成龙，《酒香茶浓说红楼》那同时出的四本就是例子。老实说，早先我对此并不以为佳甚或有些担心，总觉得文章之美是内在的，刻意求工是否会弄巧成拙。现在看来是过虑了。你看一本又一本的书翻开目录页几乎都是排列整齐的七言句，从早年的《红边脞语》到最近的《红楼梦与台湾》都是如此。我首先为这种三十多年来一以贯之的执着追求所感动，古人云"语不惊人死不休"，文彬颇有"题不动人不罢休"之概。说到这些题目本身，总体上都与每篇文章的内容合辙呼应，虽有优常之分，却无游离之虞。比方有一类谈各色人物的，自可依傍原著，或借判词、或用诗句、或撷出书中语句，这样做的大有人在，然而文彬仍自有匠心和创意，如贾政一篇题为"平庸无能到公卿"就很不错。而那些考据性、记叙性、评论性的文章也要以七言标目就不那么容易了，难得的是文彬坚持不懈，有的还很恰当和巧妙。仍以新著《红楼梦与台湾》为例，当头一篇《海天重话石头禅》概说《红楼梦》在台湾的流传及研究，以《山重水复疑无路》《柳暗花明又一村》两题标举追索张新之生平的过程，以《五云捧出游仙笔》原句标出丘逢甲的题红诗，类此，都醒目而恰切。在书评一类中，对苏雪林、张爱玲两位作家分别以《只缘身在此山中》《领新标异惊世殊》作题，很有意味。尤其是前者，含蓄而褒贬寓焉，苏先生这位前辈作家是否识得《红楼梦》的庐山"真面目"，读者自明。想出这样的题目，不仅要把握对象的特点，还要拿捏分寸，并不容易。

　　追求文采，当然不限于标题，也体现在行文之中。文彬擅写短文，一事一篇，一思一篇，有更多的想法和材料，他宁可写成两篇、多篇。这样的好处是单纯、集中、令人印象深刻，亦便于谋篇布局。最大的好处是易为读者接受和理解。标题的追求文采也使读者乐于翻阅、赏心悦目。我想，文彬的书受到广大读者的欢迎，长销不衰，与其行文的特色、文采的追求是大有关系的。

　　第五，编次的精心。编辑之道，笔者是外行，但知道文彬曾长期从事编辑工作，深谙此中奥妙。他之所以能将平时日积月累、广搜博采的资料和日思夜想、深思熟虑的心得，变成一本又一本的著述，除去勤奋之外，应当说得力于他精心的编辑。换成别人，面对一大堆文稿和资料，也许会无从措手，而文彬则胸有成竹。他有很强的整合能力，或按时序、或以类从、或着眼于外部相似、或者发现其内在联系，总之依循一定的规则加以编次，成为一个完整的东西。他自编的书，往往如此；最近这本《红楼梦与台湾》可谓佳例。此书将《红楼梦》在台湾的流传及自清代至当今的研究、对台版红著的一系列书评、两岸开放以来的学术会议、展览、游踪、交往，事不论巨细，人不分远近均包罗其中，最后附台湾《红楼梦》研究书目。编次有序，眉目清楚，使用方便。可谓知识性、学术性、工具性兼备。以一斑可以窥见全豹，其余著作编次或有胜于此者，不再列举。

最后，也是最重要的一点是对红学的痴迷。只要放在时间和空间的坐标上就可以看出胡文彬与红学结缘之长久和广远了。没有一份执着，是不可能达到此种境地的。

大约在上世纪七十年代之初，文彬开始踏入红学这块园地。在七八十年代，他有幸与老一辈红学家如吴世昌、吴恩裕、吴组缃、端木蕻良、周汝昌等相识、请益；当然更与冯其庸、李希凡等长者有共事求教的机缘。有关七十年代中期红楼梦校注组的组建、1979年《红楼梦》学刊的创办、1980年中国红楼梦学会的成立，这些在当代中国红学史上有重要意义的事件，胡文彬与周雷、刘梦溪等都是亲历者、策划者、奔走出力者，帮助冯李两位做了许多具体工作。"学刊"自创刊及前数期由他编发，八十年代及九十年代前期的一系列学术研讨会他直接参与筹备和组织召开。可以说，他个人的学术生涯和当代红学的历程是同步互彰的。

对前辈长者，胡文彬是受教传承者；对许多青年学人和广大红学爱好者，他又是提携指导者。他曾经热心地给许多青年学人提供资料、开启思路、设置课题、撰写序言，以至联系出版。只要翻一翻他的著作，就可以看到他为之作序的一长串名单。他还经常为北京和其他地方高校的青年学生开讲座，与之对话、答疑，既是对青年的辅导，也为自身带来活力。

这里，还要特别郑重提到胡文彬对围绕《红楼梦》这一名著的文化活动所付出的心力及其影响。首先，他是1987年版《红楼梦》电视连续剧的监制人，此剧口碑尽人皆知，文彬对该剧自动议到拍摄播出的全过程及其经验教训了然于胸。其次，他对北京大观园的建设和发展尤其是保持文化品位贡献良多。再次，他对红楼饮食下功夫，曾在电视台做过多次专题节目，对"来今雨轩"的红楼宴悉心指导，成为品牌。此外，梦酒、茶、泥塑、绢人各类工艺品，《红楼梦》题材的书、画、雕刻……总之，与《红楼梦》相关的文化活动，艺术创作，只要是有助于原著的普及和有益于群众欣赏的，文彬都有一份关注和帮助。笔者闻见有限，不免挂一漏万，意在说明文彬的红学世界之广阔，不限于书斋，不囿于著述。

从以上纵向和横向的简约勾勒，不难看出文彬不愧为红学的活动家和组织家。当然，更重要的在于由此映照出他心中的红学图景宏富丰瞻、蔚为大观，这是一个值得为之痴迷、为之魂牵梦绕终身相许的文学世界。他那一系列红学著述的产生，实在不是偶然的。

今岁文彬年届古稀，学问日趋成熟，心态日益平和。论年龄，笔者长于文彬；论学问，他当为我学长。这是实话，毋庸置疑。他本人几乎抵得一部红学小百科。在此，笔者权充一次"冷子兴"，"试说"而已，失当和不及，在所不计了。

行文至此，收结之际，唯祝愿文彬身强笔健、心宽神旺。

二〇〇九年岁次己丑　时值大暑中伏

遥寄黑山女士

中国有句俗话，叫"有缘千里来相会"。

我与黑山女士就有这个缘分，我俩相隔何止千里，却有相聚会面的机缘。有趣的是这次相会，既不是在她的故国斯洛伐克，也不在我久居的北京，而是在马来西亚的吉隆坡。

那是2008年盛夏，由马来亚大学发起主办"国际红楼梦学术研讨会"，我和多位北京的与会代表一起，于七月中旬报到之日同机到达吉隆坡，当即入住会议安排的宾馆。此刻房间里还只有我一个人，入夜之后，同屋的另一位到了——正是黑山！此前我们从未谋面，并不认识，互询之下，惊喜不已。我对斯洛伐克语一窍不通，黑山于汉语（书面当然纯熟）口语亦有困难，我只得用极其蹩脚的英语与他互致问候，表达心意。记得当时送了她一个具有中国特色的小礼品，她回赠了一枚有斯国民俗徽记的钥匙圈。这枚有异国风情的小小钥匙圈，我至今还保存着。

对于黑山，虽则从未见过面，但并不陌生，在我心目中，早就对她怀有敬佩之情和亲切之感。原因在于她对于《红楼梦》的由衷热爱和高度评价，特别是她在逆境中以非凡的毅力翻译和出版了全部《红楼梦》这一壮举。

黑山在三十多年前就认定，"《红楼梦》是世界上最伟大、最天才的一部文学作品"，它是"小说、散文和诗的交响曲，它是一部集所有重要的中国文化大成的百科全书，它是一部蕴含重要的人生哲理和世界观的小说——而这样大师级的文学作品在世界上任何别的地方均不存在"。(见《红楼梦学刊》1997年第4辑《红楼梦的斯洛伐克文翻译》)她从1978年起，开始了把《红楼梦》翻译成斯洛伐克文这一艰巨工程，在翻译的过程中，她愈来愈喜爱这部作品和更加深刻地认识到它的价值，认为"这些故事不仅仅以其戏剧般的艺术，而且以激动人心的超自然事件的描述和高度智慧的形而上学及哲学真理吸引读者"。在书中一边是诗一般的语言，一边是以细腻的手笔把大量不同的文学体裁有机地编织在一起，其语言的生动和情景的逼真使读者仿佛"住进了大观园，实实在在地和那里的人生活在一起"。(同上)从这些见解可以感知她的卓识。黑山具有文学和哲学双修的学术背景，因而她对《红楼梦》所达到的深度有独特的感悟，也成为她坚持译事的深层动力。

从1978年到1990年，历经十二个春秋，日复一日、年复一年，与书中人同悲、同喜、同忧、同乐，终于完成了全书120回的翻译。其间经历了由政治变动失去工作等难以预料的人生坎坷，书成后又遇到了出版困难资金匮乏等重重难关；但这一切都阻挡不了黑山的"痴心"和决心，到了2001年，终于在斯洛伐克共和国文化部的资助下，三年之间，这一中国文学的巨著依译者原设计"春""夏""秋""冬"四卷的排序，全部出齐，印刷考究，插图精美。黑山的夙愿得以完满实现。其对《红楼梦》的域外传播和中斯文化交流，可谓意义重大，影响深远。

试想，一位生长异国他乡，或谓远在东欧的有着完全不同文化背景的学人，对于《红楼梦》如此深情、如此执着，做出了如此卓越的奉献；身为《红楼梦》故乡的中国人，包括像我这样热爱《红楼梦》的老读者，怎能不对之产生深深的敬佩和感激之情呢？

值此黑山女士75岁寿辰之际，祝愿她健康长寿、事业常青。期待这位汉学家、哲学家、特别是作为多瑙河畔的红学家，在今后的岁月里，为学术事业、红学事业和中斯友好事业做出新的贡献。

当这篇小文收束之时,圣诞的钟声即将敲响。谨在这里再次送上我最诚挚的祝福:祝圣诞美好、新年吉祥,更祝黑山女士生日快乐。

Happy Birthday To You!

写于2013年圣诞节前夕

附 录

本书附录为过往所出之书的若干前言和后记，或有助于了解我为文的背景和初衷。

《红楼梦开卷录》后记

这本小书里收集的是1978年至1983年间所写的十余篇文章，不过是些习作或读书的心得。按其内容大体可分成三组。《红学的坦途和歧路》等两篇是有关红学史的；《形象的丰满和批评的贫困》以下十三篇，主要是从艺术创作的角度所做的探讨，兼及人物分析。再就是由于前些年参加了《红楼梦》新校本的一部分具体工作，为使自己较好地认识这个本子的长处和不足，书出之后，读的时候做了些札记，因整理成文，至于注释，原是项集体工作，我也是其中一员，由于工作需要，将大家的想法和做法加以归纳，写了出来，这非我一人之劳，应当申明。本书的附录部分，是将当今读者最易得到的两种普及本，即人文新校本和人文原通行本正文的重要差异，摘出四百例，作为一种资料，供参照比较，或可省去人们的检阅之劳。

在此之前，我从来没有写过关于《红楼梦》的文章，也从来没有想到会同这部作品结缘。生活当中，"始料不及"之事原不少。我们虽不能说完全被环境左右，但应当承认客观环境对一个人的影响。回想起来，像我这样的五十年代的青年学生，当初并不热心于读《红楼梦》。虽说上的是中文系，这书是必读的，但似乎有一种看法，认为哪个同学如果整天抱着《红楼梦》不放，像林黛玉那样多愁善感，多半是感情不健康。这，一方面是时代环境使然，同时也是思想上一种片面性的反映。何况，我自己在六十年代初期所学所教都是鲁迅的课程，更谈不到同《红楼梦》有什么瓜葛了。十年动乱期间，人妖颠倒，是非混沌。我也和同时代许许多多的普通知识分子一样，被置放到塞外贺兰山附近的一个"干校"里，"学制"长达四年之久，种地、做饭、养鸡、磨豆腐都干过。其时虽则没有再做文化工作的打算，然而稍有闲暇，总还想找点书看看，以填补精神的寂寥。恰好同屋一位老同志弄来一部《红楼梦》，在那文化沙漠之中真使人如获甘霖、如逢知己。读下去有无穷兴味，很多感悟。此时，无论是年岁或阅历，都较往日大大增长了，虽不能说"翻过筋斗来"，可也颇见过些世面了。因之读起《红楼梦》这样的作品来，尽管离"解味"尚远，但对作者丰富的人生感受，是有所领悟的。这大约可以算是日后同"红学"沾边的一种契机吧。

因此，在我想来，对于《红楼梦》这部书，总要有一定的人生经验，才能领略它的好处。自然，翻转来，它又能使人间接地认识社会、阅历人生。今天，《红楼梦》的读者空前的多，《红楼梦》研究者的队伍空前的大。人们公认，这是一部经得起长期研究的作品，堪称中国民族文化的优秀代表。作为一项宝贵的精神财富，它应当有助于提高人们的道德水平和审美修养，更可以作为繁荣和发展社会主义新文艺的借鉴。即就这方面的意义而言，红学之"显"，实在不是一件偶然的事。

唯其是"显学"，又带来了另一方面的问题，即治"红"者多，不免深翻三尺，精耕细作，出"新"不易。这集子里的文章，今天看看很是单薄浅陋，没有多少新意了。之所以还要结集，一则是为了不辜负鼓励我的师友，有的同志甚至说，《红楼梦》的作者是这样尊重女性，身为女性的《红楼梦》爱好者，难道不应当争点气么！二则是为了表达一种滴水穿石的愿望，个人的力量是这样微薄，倘和大家聚在一起，或者能够把这"石头"滴穿解透吧。

启功先生多年来应我所求，答疑解难，从不惮烦，今为此书命名并题签,冯其庸同志一直主持新校本的校注,指导我们工作并鼓励进修,今为写序。总之,自己果若学有寸进,当念及所有师长前辈以及共事同学的朋友。在此,谨向鼓励、帮助我的师友,尤其是促成此书出版的编辑同志,敬表谢忱。

写于1983年春节,此书于1987年方出版

《红楼梦会心录》(台湾版) 后记

记得1983年《红楼梦开卷录》交稿时，启功先生为我题了书签，连书名也是他给想的，说是要起一个不与人雷同的名字，当然还得符合我原先教现代文学以后才转入红楼梦研究的实际。《开卷录》这题名，我觉得很相宜。随后不久，一次偶然的机会，又请启功先生顺手写了一个《红楼梦会心录》的书签，这倒是自己想的，多少有点心血来潮，其时书稿远未辑齐，更不知何时可以出版，总之，一切都尚渺茫，心里只想，启功先生声名日高、文事益繁，今后实在不忍心再去劳烦他，不妨"预支"一个，即便书出不成，也可留作纪念。于是便把书签藏了起来，已经足足有五六年光景了。

如今，《红楼梦会心录》居然得以印行，这又当感念冯其庸先生的鼓励和促进。同《开卷录》一样，他在纷繁的公务和文事中，不辞辛苦地为之作序。我本想请他作一张画或题一首诗以代序，觉得这样可以节省时间和精力；但他坚持不可以代替，于是变成了亦画亦序，反倒增加了工作量。比之那时，他的领域更宽阔了，有关中国文化史，包括地下出土的和地面存留的、文字的和形象的，都在视野之内。前不久为探考中国文化的源头，踏勘丝绸之路的遗迹，甘冒风雪严寒，万里西行，登山涉水，不避艰险。从冬到夏、自朝至夕几乎没有一点空隙。在这当中，"红学"仍然是他倾心关注的一个重点；对于同道和后辈的热忱，亦一如既往。

这本《会心录》收入了我1984年以来写下的有关《红楼梦》的长短文字二十余篇。在这其间，我的主要精力放在了《红楼梦大辞典》的编纂上，参与了从拟定体例到修改定稿以至审看校样的全过程。说来惭愧，辞典中我个人撰写的条目并不多，但这是一个集体项目，规模较大，受命协助主编做些具体工作，而筹措协调多有不力、拾遗补阙多所不及。对于我这样一个学识浅窄又缺少"杀伐决断"的人来说，实在感到很吃力了。现在，大辞典已经出版，回过头来编自己这本书，看看里面的东西，比之《开卷录》并没有多少长进。然而在我，倒也未曾特别地躲懒或故意地趋时，每写一篇，力求论析肯切、有所会心。收入本书的文章，分梳起来大致有以下几种类型：《冷观"红楼热"》《胡适与红学》两篇近乎红学史论；《湘云之美与魏晋风度及其他》以下七篇，大体上同《开卷录》中《形象的丰满与批评的贫困》之类一个路数，只不过更着意于从艺术形象的文化背景和审美价值方面去开掘和探求。"《红楼梦》与李贺诗""《红楼梦》与《金锁记》"等则试图从作品的承传和影响方面做点文章，当然只限于某个局部而非宏观综论。《"凤辣子"辣味辨》等八篇短文曾发表在《文史知识》等刊物上，文虽短，写来却颇费力，因为刊物是面向青年的，更不能塞责。另有数篇是书评，其中"《红楼梦大辞典》编纂旨趣述要"实际上是辞典编写工作的一个学术总结，此项工作历时数年，对读者编者都应有所交代，是经过思考反省写成的。总之，这些文章之所以还要结集而且名之曰《会心录》，是因为不论长短，并无应景或勉强之作，虽有应约而写的情况，那也是自愿的，都经过了自己头脑的思索体味，时有会心独得之乐。这心得在别人也许早已领会，在自己却刚刚悟得，因此不免敝帚自珍，要想留下这印记了。

尝有友人相劝说，你把这些东西打碎、拆卸、组合，构成一个"体系"，或变成"系列文章"，不就是一本"专著"了吗？书店推销不也容易些吗？这好意诚然是可感的，时下出版艰难也不失为一种办法。然而我自知并无构筑"体系"的雄心和能力。果若有扎实的理论根底和广博的文化知识，为建设红学的学科体系或红学某一方面的体系做贡献，确实是有意义而且很诱人的；但如自身并无相应的学力识见而奢谈体系，那么顶多是个大而无当的空架子，甚或连架子都搭不像样。与其如此，不如听刘姥姥的话，"守多大碗儿吃多大的饭"，还是量入为出、量体裁衣的好。

想到为学的功底，私心常常羡慕老一辈学人的蒙学幼功或家学渊源，那种潜移默化的熏陶和严格训练简直一生受用不尽。自己忝为浙江人，我的外祖父是绍兴临浦（今属萧山）一位笃学而开明的教书先生，曾在上海商务印书馆编书。他与同乡的以编撰了中国历史演义五百余万字巨著名世的蔡东藩先生交谊甚厚，听母亲说，差点儿成了儿女亲家。可惜外祖父在我出生之初已经故去，我只在抗战期间逃难回乡时见到过满屋子一橱橱的线装书，据说外祖父还很有一些吴昌硕见赠的字画。这一切，经过战火，尤其是"文革"的劫火，早已荡然无存了。对我来说，先辈们的余泽流风，已无从感应，这一切不仅已经远去，而且简直隔断了。既然只能生长在相对贫瘠的文化土壤上，那就只有靠自己勉力学习了。说到头来，我们每个人不管有过怎样的经历，走过了怎样曲折的道路，我们都是中华民族的子孙。中国文化源远流长、门庭宽阔，她的丰厚绚烂，早已举世闻名，理应得到珍重并且必将能够绵延和再造。我们背靠着这样古老的文明，面对着一个开放的世界，只要具有健康的文化心态，既自重又开放，就能够在这大的坐标系中找到自己的位置，看到自己工作的意义。《红楼梦》无疑是我国民族文化的一个精品，通过她，世界可以认识中国，中国也可以走向世界。

在《红楼梦开卷录》的后记中已经交代过我是怎样阴差阳错地入了这个"红圈"。这些年来，在这个领域里虽则跋涉艰难却还至今不悔。因为《红楼梦》所启示的人生真谛和艺术奥秘具有无穷的魅力，作为一个红学的爱好者的确出自衷心。然而作为一个红学的研究者则不免忧心忡忡，近年愈来愈感觉到要在前人研究的基础上，不炒冷饭，不循八股，写出一点有新意的东西其难度是愈来愈大了。须知搞文学研究尤其是红学研究，一靠学力二靠悟性，或云一靠悟性二靠学力。所谓学力指的是学问、知识、功夫，可以靠勤奋积累得来，但决非一朝一夕之功。所谓悟性亦即灵气，犹如贾宝玉脖子上那块通灵宝玉，一旦失落便灵性全无，这是与生俱来的，关乎人的秉赋和心理素质。一般说来，作家写的文章以悟性取胜，学者写的文章以学力见长。

如果是学者化的作家，或者能创作的学者，自然可望写出二者"兼美"的文章。"兼美"应当是红学文章的理想境界。自问学力和悟性两者均不及格，在此只是叙说一种感受，表示对"兼美"境界的向往和呼唤。退一步想，贾宝玉尚且深深感慨"叹人间，美中不足今方信""到底意难平"。可见美中不足、意绪难平乃是普遍存在的人生局限。文章写不好同样是一种人生局限，凡夫俗子也可以从中受到启示，正视这种局限，或许就找到了超越自我的起点。因为这个缘故，尽管常常写出些缺陷很多、连自己也不满意的东西，却还不至于因此而束手。

陶渊明说："每有会意，便欣然忘食。""会意"亦即"会心"之谓。我自然不敢谬比高士前贤，但无论如何，本书所录毕竟是我自己的"会心"，我愿将此奉献于读者之前。

最后，谨向给本书以出版机会的编者和出版者表示诚挚的感谢和敬意。

1990年8月草
1991年2月改

母亲今年九十整

《红楼梦寻味录》代后记

母亲生于1909年，今年整整九十岁了。

母亲延展了我的学术生命，开拓了我的人生阅历。我不愿按常例在母亲百年之后才来写祭悼文字，怀念生前、赞颂美德，因为她已无知无觉；我只愿她在有生之年看到这篇文字，明白她在儿女心目中的位置，了解自己的人生价值，则其欣慰当何如！

母亲并无高学历，然而她有文化、有教养；母亲并非完全的职业妇女，然而她有事业心和社会责任感；母亲亦非纯粹的家庭妇女，然而她不惮琐屑、坚韧耐劳，恪尽为室为家为亲为长的一切天职。总之，母亲是个普普通通的老太太，却以她的普通平凡支撑起我们的生活和事业。虽然我们并不出色，但如若没有母亲这个后盾，只怕连这点事情都做不成。

十多年前在《红楼梦开卷录》的后记里，我曾述说自己怎样阴差阳错地走进了红学这个圈子；以后在《红楼梦会心录》后记里，又曾慨叹自身功力和悟性俱差，学术之路跋涉艰难。两次都叙及之所以还要为文以至出书，多半是凭借师长学友的教诲和关爱。如今《红楼梦寻味录》编就，又到了写后记的时候，除了一如既往地感念师友和读者而外，我不能不提及我的母亲了，可以这样说，我之所以有点读书的时间、思考的空间，很大程度上仰赖她创造的条件。如果说，时间就是生命，人生就是一本大书，那么母亲不仅给予了我自然生命，同时也延展我的学术生命。

当代一位著名作家说得好，"《红楼梦》就是人生，《红楼梦》帮助你体验人生"，你的一切经历经验都能从《红楼梦》里找到参照和共振。依据我自身的"涉红"经历，在《开卷录》后记里也说过，"对于《红楼梦》这部书，总要有一定的人生经验，才能领略它的好处；翻转来，它又能使人间接地认识社会，阅历人生"。我自身的闻见有限、阅世不深，母亲将近一个世纪的人生阅历自然而然地成为我领会和感悟《红楼梦》的一种参照和依托。她所走过的九十年的岁月虽无惊天动地的大事，却也充满了离合悲欢、升沉起伏。如今人们见了她常道"老太太有福气"，实则母亲中年丧夫、晚年失子，按传统观念并无福气可言，照现代说法也是一种坎坷人生。父亲在五十年代初44岁已病故，当年四个孩子都尚在学，其难可知，母亲不等不靠，毅然走出家庭，自食其力，从头学起，辛苦劳累，在所不计。至七十年代末弟弟突发恶性脑瘤，英年早逝，这一打击对七十开外的老母何其沉重，一度意绪萧索，了无生趣，终于走出低谷，依旧坚韧地面对生活。此外亲属子女几十年来所遭受的种种沉浮变故，都使她身心承受种种压力，养成一种处变不惊、居安思危的人生态度。《红楼梦》中所谓乐极生悲、否极泰来、祸福相倚、好了归一的意蕴，正是从生活中浓缩出来的至理真谛。母亲对于升沉荣辱的平常心态往往是我领悟红楼意蕴的一种最切近生动的启示和参照。

所谓处世说到底就是处人，就是处理人际关系。都说《红楼梦》把人物写活了，很大程度是因为把人际关系写活了。偌大家族，上下左右、纷繁复杂、变幻莫测。处身其中，一方面是风波迭起，险象丛生；另一方面亦有挚爱真情，天然韵趣。凡利名之心、货财之欲、一己之私膨胀，必定尔虞我诈、关系紧张；反之，则能将矛盾纠葛、误解积怨缩小，乃至化解。《红楼梦》写的似乎是一言一笑一饮一馔的生活琐事，若要处置得当，进退有据，分寸得宜，却有很深的学问。体察作品中人物关系，每每不期而然地联系到母亲，她堪称处理人际关系的模范，自尊亲长者至后生晚辈、远亲近邻、新朋故交无不交口称道。算来母亲曾经搬过无数次家，变换过多种人文环境，不论在乡下、在上海、在香港、在广州、在北京，到任何地方她都能与邻居和睦相处、以诚相待。在家庭中，她侍奉我祖母至九十高龄，平素持家以俭、薄己厚人、宽容忍让，我叔叔和姑姑现在都已八十开外，还因母亲当年"长嫂代母"的风范，至今对她敬爱有加、关切备至。在亲子关系上，母亲的观念亦不泥于传统，从不视子女为私有，一任我们天南地北求学就业，比方五六十年代，我们有的分到东北，有的到了海南，有的到西北，当年都是比较偏远的地方、穷地方，她视为当然，从不阻拦。而自1968年至今的这三十年间，母亲退休来到北京，和我同住。在这漫长的岁月里，我和外子前十年的下乡、下厂、劳动、运动，近二十年间的教学、研究、出差、开会，无不以母亲作可靠的后盾，其间劫难欢愉，无不同当共享，特别是自我女儿出生，从小学、中学、大学以至留学，无不渗透着老人的心血和期盼。确切地说，母亲在晚年成就了我们的事业和孩子的学业，使我们的家庭成为一个有老有小、互爱互补的和谐之家。我深切地感受到母亲处理人际关系中自奉甚俭、待人至厚、不图回报的一贯准则。她永远心态平和，处处想着他人，连对自己的子女亲属也是如此。

虽则我并不曾和母亲讨论《红楼梦》，但她这种不慕虚荣、淡泊名利的平常心态，甘愿付出，不图回报的处人原则，透过九十岁的人生经历和三十载的共同生活，给予了我一种铺垫和参照，使得我在寻求作品真味和人生真谛时多了一份心得、一份印证。

今年因了偶然的机会得见《山阴天乐乡葛氏宗谱》亦即我外祖的家谱，其中有一篇外祖父的传，传中有云"君之文虽不得志于科举，而贡献社会，裨益乡土"，"中年以后，居沪为久，门墙桃李遍及江南。民二十后复执笔商务印书馆"，日寇侵华，"于一·二八前夕，毅然返里，在籍笔耕，对人绝口不言贫字，而于乡村公益，排难解纷，莫不倡导"，"清风亮节，安贫乐道"。可见母亲之为人品性渊源有自。传中又云"君文笔博雅弘达，乡先贤汤公寿潜而后，当首屈一指，积稿满箧，日本第一次侵略上海，悉付之一炬，半生心血，尽成劫灰"。在《会心录》后记中，我曾有感于无从感应先辈的余泽流风，以文事论确乎如此，若以做人而言，则仍可从母亲身上感受其余绪。母亲不求子女闻达而安于平常，不希望我们做官而鼓励我们做事。在我想来，笔耕心织，当属做事，是符合先人心愿的吧。

本书收入1992年至1999年间所写长短文章二十一篇，长的超过两万字，短的不足一千字，依其内容大致分成四组。"体悟红楼梦"等篇是近年来阅读作品的心得，其中两篇分别为提交1992年和1997年两次国际红学研讨会的论文。"入迷出悟话红楼"一文只三千字，是1998年秋在台北讲演的提要，以其比较简括，拿来做了"代前言"。有关红楼女性数篇是在1995年世界妇女大会前后有所感发写成的，也算作为一个女性研究者的一孔之见。《红楼梦》与《再生缘》、与《鹿鼎记》、与李贺诗、与《金锁记》等篇则是对流源影响的一些考察，只拣我感兴趣的相关作品评说一番，够不上比较研究。后两篇曾收入《会心录》，因该书未在大陆出版，而《金锁记》一篇最初发在中国现代文学丛刊上，红学界朋友尝索阅而苦无书，故予收录。此外有关注释、书评、前言等一组几乎都是长文，大多在翻看爬梳大量原始资料的基础上写成，用的笨功夫不少。余下六篇均属千字上下短文，自问并不因短而塞责，记事说理，力求言之有物，读来有趣。最后还有两项附录，其一是1995年应"国学通览"之邀所编撰的"红学"条，要求写三万字，该书于1996年出版，作为一个比较扼要的学术通介尚有参阅之用，因留存于此。附录二为辑录"四象桥残钞本"异文，主要是杜春耕兄的劳绩，此项资料或有读者会感兴趣，一并收入。

本书名之曰《红楼梦寻味录》，不消说是来自作者"都云作者痴，谁解其中味"的感喟。扪心自忖，"解味"是不敢说的，"寻味"倒符合实际。"耐人寻味"难道不是《红楼梦》读者包括笔者在内的共同感受吗？至于寻到多少、味得深浅，那就凭各人的悟性和功力了。

二十世纪行程将尽，近年与友人同道合编一项资料，即本世纪上半叶红学论评汇要，辑入约三百篇，至于本世纪下半叶则太繁富复杂，当留待来者。翻检个人所写除已编二集外，截至1999年尚有上述各篇计二十余万字，心想还是在本世纪内将它编就较妥，不管能否出版，也算告一段落、有个交代了。

新的世纪将何如？自己不能预知，更不能预支。只愿在此衷心祝愿母亲平安跨入新世纪，并在新世纪里安享晚年。即便此书在本世纪内不可能面世，这篇后记无论如何要在她九十周岁的1999年秋写出；即便此文不及发表，我也会在她老人家寿辰之际呈上，以达成本文开头所说的愿望。

启功先生年事已高，我不忍再像从前那样屡为题签去打扰他了。冯其庸先生为师为友，始终关心我的滴聚寸进，冯先生是敬老的，他赞同我不麻烦启老而应允任此书题签之劳，同时也会理解我这不像后记的"代后记"。

写于一九九九年八月

附记：原拟收入本书的为《国学通览》编撰的"红学"通介约三万字，未收；只收四象桥残钞本的异文辑录，该资料约六万余字，未曾发表，仅存于此。

《吕启祥论红楼梦》
——自选集《红楼梦寻》前言

编一本个人红学文章的自选集，对我来说是一件既感欣慰又觉惶愧的事。说欣慰，是因为二十余年间陆陆续续长长短短写下了约莫百万字之数，如今从中选编一集，得以重新向师友和读者求教，诚乃人生幸事；愧疚的是这些文字无论从数量上和质量上都难以与这个学术繁荣的年代和这部丰厚深邃的奇书相称。在我周围，师友们常有新著问世，他们的学术识见和气魄常令我感佩不已，不断给我以启示和鼓励。自己深知在学术领域内，最为可贵的在于创新，只有那些具有原创性的东西，才有存留的价值，否则犹如过眼烟云，随风消散。当然，学术又需要积累，积累是辛苦的寂寞的工作。原创谈何容易，不是人人可以达到的；积累则不拒驽钝，皆可为之。平凡如我，只有在学步中摸索，在倚傍中思考，若能免于落入人云亦云的红学八股，不致成为速朽的学术泡沫，则于愿已足。

翻检最早发表的有关《红楼梦》的文章，是1978年初，登在北师大的学报上，其时《红楼梦学刊》尚未创办。以后，得益于《红楼梦学刊》《红楼梦研究集刊》和各种学术刊物的创办和恢复，更得益于历届学术会议的举办，才催生了这些文字。尤其是那些短文，完全得力于《文史知识》几届编者的催促。在这个过程中，在完成研究所集体项目的同时，我先后将所写大部分文章编入三本集子，即《红楼梦开卷录》《红楼梦会心录》《红楼梦寻味录》。

这些书的印量都很少，在市场经济的环境下，那原因是大家都可以理解的。于今，这几本书和一些未曾收录的及这以后写的文章，共同构成了这个自选集选文的基础。

本书编选的原则大致说来是两条，一曰尊重历史，一曰尊重读者。限于篇幅，也考虑到多数读者的兴趣，那些爬梳史料、辑评版本，以编校注的心得为基础的文章，不入此书；所选的主要是对作品本身的体验、思辨和分析。编排不依时间为序，以类相从，把性质相近的放在一起，也是为了读者检阅的方便。入选的文章一律保持原来的面貌，只有极少的文字修订。而在每篇文章的后面，都注明了写作的时间以及原载何处，使之返回当时的历史语境。因为许多在今天看来十分平常已成人们的共识的东西，在当时却是费了一番气力才认识到的。比如《形象的丰满和批评的贫困》一文写于1981年，那是在1980年首届全国红学讨论会之后，受到会议蓬勃生动学术气氛的感染，有感于《红楼梦》中艺术形象的丰富复杂而过往评论的简单贫乏，发兴想写一篇关于薛宝钗的文章，其中包含着自己在改革开放的最初年代思想方法和文学观念的变化，留下了从长期封闭的僵化状态下苏醒过来的印迹。今天看来也许微不足道，当年则确是一种心得，是经过独立反思而后达到的。该文居然得到了不少回响和共鸣。再如有关贾宝玉、史太君以及鲁迅与红学等写得较早的文章也有类此情形，其肤浅想来会得到读者的谅解。如果说以后所写从论析到行文与早先不同或有出入，这是毫不奇怪的，二十年的光阴总不能一成不变，总会有所长进吧。但或许是倒退也说不定，因为学术的道路常常不是直线，而是曲折的。总之，读者会因为尊重历史而有所包容。今天的年轻朋友起点很高，生活在宽松多元的学术环境中，不复再有那"贫困"的感受，比我们当年要幸运得多。

选入本书共三十八篇文章，大体上分为六组，却难以为每一组命名，往往互相交叉，加之长短悬殊，很不整齐。说得好听叫不拘一格，其实是驳杂无章。自己从来有这样的自知之明，即不善亦无力构筑体系，也没有将这些东西截长补短形成系列化为"专著"的企图。只谨守一条，曰"本色"，就如刘姥姥说酒令一样。亦即无论何时何地，无论长文短论，总要有一点属于自己的、值得一说的意思。记得在上世纪六十年代之初，一位文艺界资深领导人曾对学术文章的写作讲过这样的话，大意是，一篇文章如果有新的观点（哪怕是一点新看法）、新的材料（发现或重新发现）、或新的表述（不重复过去、重复他人），三者只要居其一，就是好文章。其时我作为一个高校的青年教师，初涉学界，听了印象很深。长久以来，无论衡文或自己为文，常常想着这几句话。前面提到学术的原创性高不可攀，学术个性也非一朝一夕所能形成；但如能将这"三者居一"的要求记在心上，庶几不至于连"本色"也失落掉。

十多年前，我在《饮水思源忆弢师》（收入《唐弢先生纪念集》）的短文中，开头便自承是从现代文学学术阵地上落荒而逃，那里人才辈出、成果累累，跟不上趟儿了。如今，面对更其拥挤、繁华热闹的红学界，又有点想逃了。试想，单是《红楼梦学刊》就已经出到一百多期，2500万字以上，何况还有层出不穷的新书新刊和网络！平心而论，上世纪八九十年代写文章似乎顺畅容易一些，现在则犹如湘云黛玉月夜联诗时所说："可知一步难似一步了。"然而逃路已经没有，主客观条件都不具备，而其实也不真的想逃。因为与《红楼梦》已经结下了一种缘分，这缘分说起来还真有几分奇特，让人始料不及。

我的涉足《红楼梦》是个异数，不合常规。青年时代对《红楼梦》并不喜欢。五十年代有一种开国气象，热心建设，重理轻文，1954年中学毕业后到广东海南岛的中学里教了三年化学课，居然很受学生欢迎。1957年考入北师大中文系，固然是不再"轻文"，也因考文科更有把握的缘故。当时的大学里充满了革命的批判的气氛，即以读书而论，《鲁迅全集》我倒是认真通读过，《红楼梦》则很草草，觉得琐琐碎碎、平平淡淡。留系后教的是中国现代文学史，还参加了一年全国高校文科统编教材的编写，与其说是工作，不如说是进修。接触到唐弢、王瑶、刘授松等前辈的学问和风范，益莫大焉。想来，大学时对《红楼梦》的漠然，除去受时代影响的原因，还由于自己的人生阅历和审美修养都不够的缘故。

"文革"是一场浩劫，也极大地改变了个人的性格和命运。其时我在中宣部文艺处，随着被打倒的"阎王殿"全员下放西北贺兰山下的"五七"干校。"学制"长达四年之久，劳动的艰苦不必说，精神的逼仄和寂寞更难忍受。除去"语录"，无书可看。凑巧我同屋的老太太是个红迷和戏迷，她带有一套《红楼梦》。此时我才又重新将《红楼梦》翻看起来，在这个文化沙漠中真是如获甘霖、如逢知己，盖因自己也翻过了半个筋斗来，看够了周遭"乱烘烘你方唱罢我登场"的把戏，切己的人生感受同《红楼梦》的意蕴，不期而然地相通了，读下去有无穷的兴味、诸多感悟。可见就我而言，最初并非对什么宝黛钗情爱故事感兴趣，倒是认同书中那沉浮变幻、真假难辨的人生世态。因此，我总觉得《红楼梦》这部书，总要有一定的人生经验才能领略；翻转来，它又能使人间接地认识社会、阅历人生。

后来，我调入了《红楼梦》校注组，作为一种学术工作，自己是尽责敬业的；然而以一部作品，竟能长期研究、历久不衰，则是难以索解，经常自问的。改革开放以来的事实是《红楼梦》愈来愈普及，对它关注的深广度超过历史上任何时期。不仅是人文社会科学，理工农医科大学生的兴趣尤高，红学社团十分活跃；不仅老人大学的学员一大清早赶来听课，以中青年群体为主的涉及红楼梦的网站就多达几十个；不仅红学论著不断面世，更有社区街道、家庭研红小组自编自印的红学小报。更有意思的是我们周边的"票友"日多，物理学家、化学家、中科院退休院士，以及政府部长、工厂书记、企业老总……都成为超级红迷，其中有的精研版本，卓然成家。

这里不妨一提近年我遇到的一件事。那是在2003年春，外子到洛阳解放军外国语学院讲学，我亦一同前往，该系的主持者希望我做一讲座。那天晚上，因听者太多临时换了一个能够容纳百余人的阶梯教室，当我走上讲台之际，看到下面是一片穿着一色绿军装的未来青年军官，心头不禁为之一震。以往我也做过各种讲座，在高校，包括理工科，在图书馆，在其他公众场合，但从未在军事院校、从未面对过军人。须知在过去军人是不可以看《红楼梦》的；而在今天，人们已不再仅把它看作一部言情小说而当作一种文化经典、民族文化的优秀代表，这就大不一样了。记得我那天讲的题目是《〈红楼梦〉与当代中国青年的文化修养》，讲得匆匆，听众的兴味则大出我的意料。

可见，《红楼梦》被不同阶层、不同职业、不同年龄、不同地区的人所喜爱，这恐怕不是行政命令所能奏效，也不是商业炒作所能达到的，它的原因，归根结底只能在作品的本身。就我自身而言，时至今日，研读《红楼梦》同样是出于对这部作品的爱好，是自愿的而非被迫的，是自由的而非功利的。在这里，可以寻求艺术的真谛、人生的真味、精神的家园。

去年，我在美国，此去并无学者身份，完全是平民百姓，即如此，我所在纽约州威郡华人社团绿堡常青俱乐部负责人，一位从联合国工作退休下来的朋友，还是把我邀去在社区图书馆讲了一次《红楼梦》。来的都是华人，有医生、工程师等，会场上他们热心探询可否回国参加红学进修和学术活动等，我深为他们的热情所感动。秋天，冯其庸先生来电话告知2004年将在扬州举行国际学术研讨会，嘱我写文章。我一无资料，二无书籍，只是凭借原著和一点读书笔记勉强交卷，这就是在本书中的《作为精神家园的〈红楼梦〉》。

人生真是变幻莫测，从贺兰干校读《红》到纽约郊区读《红》，其时间空间的差距是如此之大：一在东半球，一在西半球；一为穷乡僻壤，一为发达城郊，时间相隔已三十余年，而《红楼梦》之能给人以启示和泽溉则一。

  在《红楼梦》这个精神家园中寻觅、探索，可以不理会外部的喧闹，这里是平静而充实的，寻觅和探索没有止境，不一定形诸文字，却诉诸心灵。《红楼梦》是这样一种作品，只要你莫失莫忘地将她带在身边，她将不离不弃地给你精神的滋养、心灵的抚慰。

著者

2004年12月5日

《红楼梦会心录》（增订本）前言

大约在上世纪八十年代中期，启功先生为我题了"红楼梦会心录"的书签。其时他还颇有余暇，一气写了三条，两竖一横，任我拣择。到了1990年，承其庸先生的鼓励和促进，"会心录"将在台北印行，于是我又烦启先生写了繁体的，这就是1992年出版的该书封面题签。原先所写的几条简体书签便郑重收藏起来，心想，有朝一日出大陆版必定用上此签。这一心愿写进了启先生逝后我的悼念文字里。

二十多年过去，这样的机缘终于到来，"会心录"得以在大陆出一个增订版。之所以要出，一方面因为台湾版不在大陆发行，仅有少量赠就近师友；另一方面亦想借此将新世纪以来所写增入。过往，我的书从来印数很少。1983年以前的编为《红楼梦开卷录》，当时印了5000册；1984年至1990年之文收入《红楼梦会心录》，台北发行，印数之少，可以想见；《红楼梦寻味录》收九十年代之作，在大陆出，仅印1500册，友人告我曾在北京某书店一瞥即无踪影。对我而言，数量多少并不重要，能有若干册使师友寓目、有以教我便知足了。

现在来说说这个增订本的内容和编次。原版《会心录》除删却几篇讲稿性质的和重复者外，均予保留；同时将本世纪以来所写的长文短章约廿余篇增入。两者分量大致相当。此番不依原会心录次序，将所有篇目按内容重新编次，分三部分：

一、诗意美感在会心；

二、校释比照细研读；

三、良师益友长相忆。

第一部分，诗意美感在会心，我之喜爱和研读《红楼梦》往往由此出发，亦归结于此。盖因《红楼梦》是小说，是文学作品，阅读中凡会心处常有诗意美感在，它能开阔人的眼界，提升人的精神。作品的不朽价值无论是社会的、历史的、哲学的无不仰赖其审美品格来实现。这是我的着眼点和着力点。因而有关作品本身包括人物剖析、艺术探索、意蕴阐发等都归入了第一部分。

第二部分较多实证性内容。多年以来，我参加过《红楼梦》的校注、辞典的编纂，关注过刊物、改编，还做过某些相关作品的比照等，这一切当然离不开对作品本身的仔细校读。以前出自选集，有意舍弃了这类文章，以避枯燥；如今原《会心录》中的此类文章仍原样保留。如为北师大版（以程甲本为底本）校注本写的一篇书评，今天看来仍有意义；至于对人文新校本校读记和注释说明已收入《开卷录》，本书只收廿五周年述旧一文，也算一种历史的印迹。又如《红楼梦大辞典编纂旨趣述要》这篇长文写于1990年，可看作是对初版的一个学术总结。需要说明的是辞典已出增订版，我本人并未参与此项增订工作，只是将初版讹误和若干期望悉数托付修订诸君。因而辞典若因增订而充实丰富，我并无寸功；若仍沿原误或产生新的问题亦非我所能料想，更无能力、精力重检。因而本书中有关辞典之文乃是对初版而言；只是觉得当年编纂的初衷和设想并不过时，仍可供来日再修订时参考。上举师大版及辞典两文乃《会心录》中颇费心力的篇章，故略加说明。

至于第三部分，旨在记取诸多师长学友的教诲和帮助。每一个人的成长都有所依凭，灌注了前人和时贤的心血智慧。我深知自身学术上的成果十分有限，倘若离开了众多师友的培植，那就连这一点果子也结不出来。这部分所收包括健在的和已故的，受教有深浅，交往有长短，虽一点一滴，亦当铭记。在编次上稍作区分，如记写郭预衡先生有两篇，一在先生生前，一在逝后，即分别置于前后两处。尚须提及的是因本书早已交稿，关于师友之文有的未及收入，有的限于篇幅而舍弃，只有待诸来日了。

还要郑重申明的一点是本书时间跨度大，原《会心录》为1984年至1990年间之作，新增的是新世纪所写，当中隔过了整个九十年代(已入《寻味录》)，而本书编排又不以时间为序，因而也许有某些不协调。但我的原则是保持原貌，以为这总比强求统一要好。试想，本书中最早的文章写于1984年，最近的则到2013年，将近三十年间，从行文到规范不可能没有变化。比方说八十年代各刊物对注释格式并无统一要求，尤其如《文史知识》等刊夹注即可，简明切要，我本人亦习惯于此。我理解学术规范的精神在于尊重前人和他人，不在形式；学术文章可以多种多样，不必千文一律。如今除校改错字个别篇稍有增补外仍各依发表时原样收录，望读者包容鉴谅。

冥冥中似有天意。以书名论，本来依逻辑关系应是先开卷，再寻味，而后有所会心；此番重出《会心录》增订本，把原先的次序顺过来，倒合乎情理了，这是原先没有想到的。

本书初版时，即上世纪九十年代之初，其庸先生曾为题一诗一画于书前，原件准备送我，讵料带往上海装裱时在宾馆被斯文偷儿窃走。嗣后先生又重新书写该诗和作画，精裱相赠，我妥为收藏，即今置卷首者。这桩往事，先生已不复记忆，在我则印象深刻，特记于此。以诗画相赠，对后学是一种鼓励，我有这点自知之明。九十年代，郭预衡先生亦曾赐赠手卷一幅，也是我十分珍惜的师长墨迹，今并置卷首，以为永久的纪念。

2011年5月
2013年冬修订

《红楼梦会心录》（增订本）后记

这部书稿落户商务，看似机遇偶然，背后也有某种必然的因素。那缘由是我的外祖父在上世纪二三十年代曾服务于上海商务印书馆。也就是说，他曾是商务的老编辑。这一层旧缘，我从未向现代的商务人——从领导到责编——提起过。

外祖父葛姓讳陛纶字需生(1877—1940)，在我保存的《山阴天乐乡葛氏宗谱》中有一篇他的传记，叙及"君之文虽不得志于科举而贡献社会裨益乡土"，青年时代即"受上海各大书局之聘，任编辑有年，著有中国历史地理概论暨教科用书多种，风行海内"，嗣后绍兴同乡会设学校于上海，举为校长，又执教各校，"故君中年以后居沪为久，门墙桃李，遍及江南。民二十年复执笔商务印书馆"，由此可见外祖父曾先后两度执编商务，其著述及诗文"积稿满箧，日本第一次侵略上海悉付之一炬，半生心血，尽成劫灰"，由是返里教学，在战乱忧患中辞世。外祖父终其一生为乡村教书先生，并非名人，他居沪正值商务的全盛时代，据《顾颉刚自传》(北京大学出版社2012年1月版)，当时编辑部有300多人，全馆职工3000多人，已经是现代化的出版企业了。于今，将近一个世纪过去，商务又迎来了新的盛时。我心中存想，如能在商务出一本书，也算是对先人的一点缅怀吧。

我与红学结缘很迟，是中年以后的事；直到如今，可算是一个《红楼梦》执着的读者和寻味者。

生逢战乱，我在抗日战争沦陷中的上海读小学，中学转到广州，已经是新中国成立之初，其时社会风气重理轻文。1954年高中毕业奉派至全省最僻远的海南中学，教化学和数学。三年后1957年考入北京师范大学中文系，毕业时留系在中国现代文学教研室任教。1961年有幸参加全国文科统编教材《中国现代文学史》编写组，得见唐弢、王瑶、刘绶松等前辈专家的学养和风范，由此得到了"史"的观念之启蒙和写作的基本训练。一年后返校教课。1964年被先借后调到中宣部文艺处。其时主管文艺的是周扬、林默涵、袁水拍等前辈领导人，在此工作使我开阔了眼界，也受到了写作的训练。

在此之前，我对《红楼梦》没多少兴趣，只草草翻过，觉它琐碎平淡，情注儿女；鲁迅著作倒是认真通读过的。

正当1966年我的而立之年，"文革"风暴来临，中宣部成为"阎王殿"，军管后于1969年将全员下放到贺兰山下的"五七"干校，我撇下了出生仅几个月的女儿，长达四年之久。艰苦的劳动不必说，精神的桎梏令人尤感窒闷。此时翻开尚许阅读的《红楼梦》，在那文化沙漠中真是如获甘霖、如逢知己，盖因自己颇有了人生阅历，看够了周遭"乱烘烘你方唱罢我登场"的把戏，切己的人生感受同《红楼梦》的意蕴不期而然地相通了，读下去有无穷兴味、诸多感悟。对我而言，起初并非受宝黛故事之类吸引，倒是与书中那沉浮变幻、真假难辨的人生世态感通。这大约是种因结缘之始吧。

七十年代中后期，先借后调到了"红楼梦校注组"，在前辈和同人带动下，方认真阅读原著，嗣后参加《红楼梦大辞典》的编写。这两项均属基础工程，我虽非主力，亦收益良多。此后，对于版本等并无专门研究，但始终关注，深知实证工作之重要。自己也做过一些爬梳史料、辑评版本，写过若干以编校注为基础的心得。在完成集体项目的同时，我将自己对作品的研读所得陆续成文，大体上1983年以前之文编入《开卷录》，1984年至1990年之文编入《会心录》，九十年代之文入《寻味录》；世纪之交与友人合作编过百万字的"稀见资料"，2004年编过一本自选集《红楼梦寻》。以上诸书印数很少，影响有限。这本《会心录》的大陆增订版，增删原书，将近十年来所作选编收入。

在我，始终是将《红楼梦》作为小说、作为文学艺术来看待的。阅读中凡会心处常有诗意美感在焉。作品的不朽价值无论是社会的、历史的、哲学的无不仰赖其审美品格来实现。这是我的着眼点和着力点。我的为文无论是人物分析、艺术开掘、意蕴阐发均由此出发，亦归结于此。放眼四顾，滔滔学界，滚滚红潮，功利化的大环境确实不利于学术的健康发展。然而历史无情亦有情，泡沫泥沙终会淘汰，真知灼见终将留存。我不希望红学那么热闹显眼；复归平静，回归到一部小说，才是她的本色。自1985年起，被评为中国艺术研究院研究员。退休至今，已经十六年了。倘有余力，我愿在寂静中守望《红楼梦》的文学家园，出于良知，也出于兴趣。

本书编写的缘起和体例在前言中已有交代。承责编和友人美意，曾建议忆念师友部分划出，日后收入同类之书。但考虑到其中固然不乏名家，却也有不少是像我一样的普通学人，如不留存于此，将会淹没。我本人退休已久，近年偶尔参加学术会议常惊诧于学问虽未长进而年齿已届祖母级，所记叙的学术姐妹多数年长于我，为留存史料计，仍保持原来编次。忆想三十多年前的学术会议女学人仅及什之一，如今则满眼都是女教授女博士了，观之振奋，亦生感慨。

其庸先生年事已高而毫不懈怠，多年来为编校他的大型丛稿及续编外集、创作诗书画日以继夜，殚精竭虑；感召之力，泽及学林后辈。他不止一次建议我在大陆再版《会心录》，另将新世纪之作编集；自己思忖既非名家，亦不图多销，为节约出版资源计，就合编成了现在这个样子的一本书。可谓亦新亦旧，其中关涉小说人物的诸文曾被多种选本所收，同我此前的自选集也有所交叠。至于本世纪之文则首次收录，包括我今年新写的文章。总之，意在学术留痕而已。

本书责任编辑厚艳芬是二十多年前就已结识的学友，她通阅全稿、补阙匡正、所付辛劳自不待言。这里，还要特别感谢商务印书馆总经理于殿利先生的关切，还有朱绛先生专为本书题签和书画所作的精美摄影。此外，对于所有为此书出版辛勤工作的朋友，在此一并敬表谢忱。

作者　2012年7月

2013年冬修订

后　记

在这里，首先要感谢本院的两代学人李希凡先生和丁亚平先生对本书的郑重推荐。

大约在两三年前，我就得知有"学术文库"之事，最早是听希凡先生在电话中说起，总觉得同自己没有多大关系。

一则，院里为已评定的老资深研究员和在职的研究员出书，是顺理成章的事。二则，我院离退休的研究人员数量太多了，他们在职期间和退休以后做出的学术成果难以胜计，"文库"要想涵括和遴选难度太大了。作为上百人或几百人之一，我十分理解亦并无期待。

今年四月九日，接到院里函告"文库"划线在七十五岁以上，我已七十九，纳入其中。我多少有点意外，随即把此讯告诉了一直在关心我的希凡先生。他嘱我抓紧时间，把文库编好。我很快编就，写了前言，一并报告了希凡先生。

令我倍感亲切和不安的是，希凡先生已届八十八岁高龄，他有一年多不曾握笔写字了，在目力衰退、体力有限的情况下，为这本书写了推荐，大稿纸整整一页有余，一格一字，一笔不苟。其中写道：

吕启祥自上世纪七十年代的校订注释组到艺术研究院成立后的建所四十余年间，研究成就卓著，个人文集《红楼梦开卷录》《红楼梦会心录》《红楼梦寻味录》，以对曹雪芹和《红楼梦》独具特色的分析和评价，享誉红学界。同时，她又是红楼梦研究所两大建所课题——人民文学出版社的新校注本《红楼梦》和文化艺术出版社初版的《红楼梦大辞典》编撰的核心成员。为历史新时期的红学基础建设，以及红楼梦研究所的建所，做出了突出的贡献。本书较全面地概括了她的文品、人品和学术人生。本书第一组文章"红学基础""构成了本书的主体"，足见作者对《红楼梦》这部作品"特殊对象，实证工作的重视"，而这组文章又多数论述的是《红楼梦》新校本和《红楼梦大辞典》历次修订的认识和体会。它似见证了"前海红学""对红学基础工程的坚守、充实、更新与提高"。《文存》对红楼梦研究所的工作以及未来红学的发展，都是有着启示和促进作用的。

对我而言，或有过誉。我有这点自知之明。但希凡先生作为历史见证人和当年的科研领导和学界前辈，他是真诚的，他的认真评说，于我弥足珍贵。

再说丁亚平，同我也有一种渊源。十年前的2005年，其时他任文化艺术出版社总编，与中国红楼梦学会会长张庆善共同主编了一套《名家解读红楼梦》丛书，第一批中即有《吕启祥论红楼梦》一本，十年过去，这套书在红学之林中仍保有持久的影响力。这一次，亚平在繁忙之中，为此书写了如下的话：

> 吕启祥先生上个世纪60年代即在学界崭露头角，从事学术研究已逾半个世纪，她于我国的红学，作出了巨大贡献。吕启祥先生早年参加红楼梦校注工作，并多次参与组织推动红学研讨活动，于中国红学会、我院红楼梦研究所诸工作出力甚夥，还曾协助李希凡、冯其庸先生主编了《红楼梦大辞典》，影响广泛。她治学严谨，学术研究基础扎实，思维锐敏，视野宏阔，所著大量红学论文、评论，在学术界产生了非常显著而重要的影响。《红楼梦校读文存》一书文稿，凡三十五万余字，反映了吕

启祥先生的学术贡献、思想发展及探索轨迹，内容丰富，论述谨严，而酌收的怀人之作及所出之书若干前言后记，感性与资料兼备，亦弥足珍贵，独具学术文化价值。

亚平是较我远为年轻的艺术研究院今之中坚。他之所言是于我另一角度的鞭策。他的导师李少白先生最近不幸病故，我深深怀念少白先生，同时庆幸他有亚平这样优秀的接班人和学科的掌门人。

按常规，文库本无须推荐，只因其时我运交华盖，故两位的评语犹如雪中送炭，因铭记于此。

本书编校过程中，还有一位应当感谢的是国家博物馆图书馆采编部主任张志华先生。我八十年代和较早所写文章并无电子文本，而且多是关于注释和版本比勘之文，篇幅长，用词僻，校阅费事。张先生不仅将发表在刊物上的文章PDF版扫描，而且转化成WORD文件，更用功夫校勘订正，使编校过程顺利许多。他谦称校阅过程是一种学习，我只记住他为此付出的劳绩。

此外，有三点具体问题要给以说明。一是由于本书时间跨度大，为尊重历史，不作改动。如"广东海南"，该文写于海南建省前，不误，就不必以今律故了。二是注释问题，早年之文出处随文注明，本书所选多半如此，至近年放在文后。现均纳入文内以求本书的统一。三是文后只注明写于何时，使之返回历史语境，最初发表的刊物或收录的著作不再列出。此外，还要说明的是，本书集辑时，重新校读了一遍，订正了个别的文字错讹。行文中有关年代的表述，古代仍用汉字，不用阿拉伯字，保留历史的习惯。

对于所有为本书的审看、编辑、校阅、出版付出辛劳的故交新友，在此，一并敬表谢忱。

最后，不能不提到为本书、也为我其他著述尽力最多的老伴黄安年了，过往还从来不曾提及，仿佛应当如此，本分如此。他从北师大历史系

后　记

退休，之前是学校文科教授中最早使用电脑者之一，于今已有数以亿字计在电子文稿中，还有公益性的网站和博客，秉持的是"学术为公、实事求是、与时俱进、资源共享"的宗旨。作为长期从事世界史和美国史专业的退休教授，有他自己的研究领域，于我可谓"南辕北辙"；但因我盲于电脑，故一切著述、邮件，均由他代办。历来如此，本书亦然。他做事远较我理性、务实、快捷，不消半月，便将书稿全部打印，并经我仔细校阅，整理完成了电子版。

我俩是同龄人，已敬告远近亲友、机构个人，不过生日、诚纳美意。我杜撰联语曰"八十春秋等闲过　相依相诤到白头"。相依不必说，金婚之年已过，一切艰难险滩都共同度过，相诤包括争论、互诫、互补，不可或缺。

要之，平淡的日子、平凡的人生，借"文存"出书的机遇，以表我们的平实之迹、平常之心。

二〇一五年四月之末
二〇一六年三月再订